Sarah Everett se rappelle avoir grandi dans des forêts enchantées, sur des îles désertes, et dans une armoire magique. Les seuls souvenirs qu'elle effacerait, ce sont ses performances au karaoké, et certains de ses choix vestimentaires. Elle est née en Afrique de l'Ouest mais elle vit aujourd'hui à Alberta (Canada), où elle va à l'université et écrit des romans pour adolescents. Pour en savoir plus : saraheverettbooks.com

Ce livre est également disponible
au format numérique

www.castelmore.fr

Sarah Everett

LA FILLE SANS PASSÉ

Traduit de l'anglais (Canada) par Elsa Pellegri

CASTELMORE

Collection dirigée par Bleuenn Jaffres

Édition originale américaine publiée en 2016 sous le titre *Everyone We've Been*
par Albert A. Knopf, un label de Random House Children's Books,
Penguin Random House LLC

Loi n° 49-956 du 16 juillet 1949 sur les publications destinées à la jeunesse

Dépôt légal : mars 2018

ISBN : 978-2-36231-301-1

Castelmore
60-62, rue d'Hauteville – 75010 Paris
E-mail : info@castelmore.fr
Site Internet : www.castelmore.fr

À toutes les personnes qui prennent de l'espace dans mon cœur.

1

Au premier tonneau, je pense à mon costume d'orchestre : une jupe mi-longue noire, aussi douce que soyeuse. Au deuxième tonneau, à une pile de partitions, à tous les morceaux que je suis en train ou que je prévois d'étudier.

Au troisième tonneau, je percute le siège devant moi. Le garçon assis trois rangs devant est aussi propulsé en avant, mais lui, c'est un sac à dos qu'il protège, et non un étui à violon.

Au quatrième tonneau, tout autour de moi n'est plus que bruit. Le crépitement du verre brisé. Le cri de surprise d'une petite fille. Les lumières des réverbères qui deviennent trop brillantes, trop larges, et qui s'étirent à l'infini.

Les arbres tournoient autour de nous ; je ne sais pas si ce sont eux ou nous qui glissons sur une couche de glace.

Et puis, enfin, on arrête de tourner.

Il n'y a plus aucun bruit.

2

UNE HEURE PLUS TÔT

Une heure plus tôt

À une trentaine de kilomètres de Caldwell, les derniers passagers montent : un garçon d'à peu près mon âge – dix-sept ans –, et un couple d'Asiatiques plus âgés. Le couple s'installe au deuxième rang, juste après l'entrée, mais le garçon continue à marcher dans l'allée en soufflant sur ses mains pour les réchauffer.

Il avance tout en balayant le bus du regard pour choisir sa place. Nous ne sommes que cinq ou six passagers – c'est-à-dire suffisamment peu pour ne pas avoir à nous battre pour des accoudoirs, ni risquer d'envahir l'espace personnel de nos voisins, ce qui est le pire dans les transports en commun. Je me suis assise à l'arrière du bus, justement au cas où il y aurait un afflux soudain de passagers.

Le garçon passe devant l'étudiant qui somnole sur ma gauche, le visage caché par ses cheveux d'un noir de jais. Il s'arrête à quelques rangs de mon siège.

Derrière moi, une mère de famille tente de faire taire l'un de ses deux jeunes enfants.

Je regarde le garçon retirer son sac à dos et le placer sur le siège à côté de la fenêtre. Son sac, à moitié ouvert, laisse dépasser les pieds métalliques d'un tripode. Il me jette un coup d'œil et croise mon regard juste au moment où j'allais le détourner, et me dit :

— Mon Dieu, qu'il fait froid !

— Oui, il gèle, approuvé-je bêtement.

Je remarque qu'il n'est pas du tout assez habillé pour ce temps. Ses cheveux sont recouverts par un bonnet de laine noire, mais il ne porte qu'une fine chemise de coton aux manches retroussées. Ni manteau ni écharpe. Comment se fait-il qu'il ne soit pas encore mort de froid ?

— Un blouson, ça aiderait, laissé-je échapper après un temps bien plus long que le délai de réponse habituel.

Puis j'ajoute :

— Enfin, c'est ce que j'ai entendu dire.

Après un regard vers ses vêtements, le garçon hoche la tête et sourit, d'un sourire qui envahit tout son visage.

— Euh, oui, il faudrait que j'essaie un de ces jours.

Son sourire provoque une drôle de sensation dans mon ventre. Il hésite un moment, puis s'assied trois rangs devant moi.

Je sors mon téléphone pour regarder l'heure et je vois trois messages de ma mère, qui me demande comment se passe le voyage et à quelle heure arrive le bus, pour venir me chercher à la gare routière. Je lui réponds rapidement puis fourre le téléphone dans ma poche.

— Tu joues de quoi ? me demande le garçon quelques minutes plus tard.

Il désigne du menton l'étui sur le siège à côté de moi. Comme j'avais quatre heures entre l'arrivée du bus à Caldwell et le début du concert, j'ai pris mon alto pour pouvoir tuer le temps en jouant si je trouvais un endroit adapté.

— Alto.

Mais pourquoi est-ce que je suis tout le temps en train d'espérer que quelqu'un me parle, si je n'ai absolument rien à dire quand c'est le cas ?

Sans doute pour être témoin de mon incompétence à entretenir une conversation, le gothique d'à côté se redresse légèrement et tourne son visage vers moi. Il cligne des yeux plusieurs fois, puis détourne le regard.

— Je n'y connais rien du tout à l'alto, dit le garçon en me souriant.

Je sais que je suis en train de m'emballer, de « sortir de ma ligne », comme dirait mon pilote de père, car quelque chose dans son sourire m'enthousiasme de manière excessive.

Mais son sourire est si spontané, son visage si ouvert... On dirait que c'est un réflexe pour lui. Ce qui, bien sûr, devrait me faire redescendre de mon nuage : il doit sans doute sourire comme ça à tout le monde.

Pourtant, je préfère continuer à m'emballer. Je lui rends son sourire puis reprends, en parlant un peu moins fort au cas où quelqu'un voudrait dormir :

— Eh bien, l'alto, ça ressemble au violon, mais ce n'est pas la même chose.

Je me rends compte que je suis en train d'entonner le refrain de tous les défenseurs de la particularité de l'alto par rapport au violon, donc je modifie mon discours :

— Il paraît que Jimi Hendrix a commencé avec l'alto.

— Vraiment ? répond-il, l'air intéressé.

— Ouais. Je reviens justement d'un concert, dis-je pour entretenir la conversation. Pas de Jimi Hendrix, évidemment.

— *Évidemment*, répète-t-il d'un ton taquin, et quelque chose palpite de nouveau en moi.

— Oui, je pense pouvoir affirmer avec certitude que les morts ne donnent pas de concerts.

Je divague sans doute, mais il joue le jeu.

— En tout cas, je n'ai jamais eu l'honneur d'y assister.

J'éclate de rire. Cela m'échappe d'un coup, sans prévenir, et le gothique se tourne de nouveau pour me dévisager. Mais le garçon, lui, a l'air content de m'avoir fait rire.

Je continue, murmurant désormais :

— À moins que ce ne soit réservé à quelques privilégiés. Imagine combien les gens seraient prêts à payer pour un concert du fantôme de Mozart ! (Je reprends, plus sérieusement :) Non, en fait c'était un concert d'un quatuor à cordes au *Samberg Auditorium*.

— C'était bien ?

— C'était génial.

Mes pensées dérivent vers le concert, et en particulier vers le deuxième mouvement de la *Suite pour orchestre* de Bach. Cela ne m'étonne pas qu'il soit devenu si célèbre sous le nom de l'*Air sur la corde de sol*. Dans l'écrin de l'auditorium plongé dans le noir, le son avait empli l'espace et m'avait touchée au plus profond. Comme un long doigt musical pointé sur moi.

J'avais déjà entendu ce morceau, bien sûr, mais il y avait quelque chose de spécial dans la manière dont il était interprété. C'était différent, puissant. Je m'étais agrippée à mes accoudoirs jusqu'à la toute dernière note.

Je reviens d'un coup à la réalité et je me rends compte que le garçon me regarde toujours.

Un peu gênée par ce moment d'égarement, je lui demande :

— Et toi ? D'où viens-tu ?

Son regard se perd dans la nuit, puis il répond en triturant l'extrémité de son bonnet.

— C'est une longue histoire, mais, pour faire court, ma voiture de merde ne voulait pas démarrer.

Il sourit toujours, et je me demande si « voiture de merde » ne serait pas en fait un nom de code pour « Lamborghini ». Je me demande aussi pourquoi le rouge me monte au visage chaque fois qu'il me sourit.

— Ça craint.

Il hausse les épaules. Les enfants à l'arrière du bus sont en train de se disputer un jouet quelconque, que leur mère les menace de confisquer. Cela fait bizarre de se parler à trois rangs d'écart, donc le garçon finit par se retourner vers l'avant du bus, et je me force à me replonger dans *Les Grandes Espérances*, le livre que l'on est en train d'étudier en cours d'anglais.

Le bus s'arrête pour faire le plein à Riverton, et le garçon descend. La mère de famille, une petite femme aux cheveux châtain clair qui lui tombent jusqu'au milieu du dos, guide ses enfants le long de l'allée centrale.

— Je ne veux paaaaaaaas aller aux toilettes, geint la petite fille, pendant que son frère les suit en sautant entre les sièges.

Les cheveux de la fillette sont presque identiques à ceux de sa mère, en couleur et en longueur. En passant devant moi, la mère me lance un regard que je ne parviens pas à interpréter et continue à faire avancer ses enfants.

En regardant par la fenêtre, je vois le garçon fumer à côté du chauffeur du bus. Tous deux sautillent sur place pour se réchauffer, et la fumée de leurs cigarettes se mêle aux nuages formés par leur souffle. Ça peut sembler catégorique de ma part, mais découvrir que le garçon au grand sourire est accro à la nicotine m'aide à me convaincre que nous n'avons rien partagé de spécial. C'est juste un garçon comme un autre, dans un bus, en plein milieu du mois de janvier.

La petite famille remonte en premier dans le bus, et je sens de nouveau le regard de la mère sur moi, mais cette fois elle détourne les yeux quand je lève la tête. Comme si elle était gênée d'avoir été surprise en train de me dévisager. Elle va au fond chercher un pull et un sac à dos, puis change de place pour s'installer avec ses enfants à l'avant, de l'autre côté du couple.

Je me demande quel est son problème. Je regarde la couverture de mon livre. Est-ce que *Les Grandes Espérances* ont une réputation sulfureuse que j'ignore ?

Je suis concentrée sur mon livre quand le garçon et le chauffeur remontent dans le bus, mais les lettres commencent à danser devant mes yeux, et je somnole par intermittence pendant l'heure qui suit.

Ce sont les tonneaux qui me réveillent.

Le bus est en train de sortir de la route, complètement hors de contrôle. Les passagers hurlent. Derrière leurs cris, on entend des objets tranchants qui se rompent, et d'autres, plus mous, qui se heurtent les uns aux autres – des têtes, des coudes, des dos.

Puis, je me sens voler en avant et tomber. Une douleur aiguë, violente, me transperce la tempe.

Tout devient noir.

3

Je me réveille à la lueur d'une lumière bleue si intense qu'elle pourrait à elle seule faire s'ouvrir mes paupières. Ça sent le produit antiseptique, et je suis allongée sur un lit qui n'est pas le mien. Des câbles sortent d'une machine à côté de moi comme de longs et fins tentacules.

Je suis à l'hôpital.

Quand j'essaie de m'asseoir, j'ai l'impression que mon crâne est un instrument à cordes torturé par un violoniste, mais sans le réconfort que procure la musique. En grognant, je me rallonge pour faire cesser la douleur.

— Tout va bien, ma chérie, me dit quelqu'un avec un fort accent du Sud tout en me massant les épaules. Comment tu te sens ?

Les lumières agressives et les images floues cèdent progressivement la place à une femme d'âge moyen en blouse verte, debout à côté de mon lit.

J'émets un son inintelligible, mais, visiblement, l'infirmière parle couramment ce langage, puisqu'elle me répond :

— Oui, je sais. Tu t'es cogné la tête pendant l'accident. Tu te souviens, Addison ?

Le bus me revient à l'esprit.

Les tonneaux.

Le garçon assis quelques rangs devant moi.

Je m'y prends à trois fois avant d'arriver à articuler quelques mots :

— Oui. Est-ce que tout le monde va bien ?

L'infirmière acquiesce.

— Vous avez eu beaucoup de chance. Il y a quelques blessés légers, mais tout le monde va s'en sortir. Vu comme les routes étaient glissantes ce soir, cela aurait pu être bien pire. Le Maine en hiver, ça ne rigole pas.

Elle continue à parler, m'expliquant que nous sommes au Greenvale Hospital, à quarante minutes de Lyndale et à dix minutes du lieu de l'accident. Que nous y avons été amenés en ambulance.

— Tu veux bien essayer de t'asseoir ? me demande ensuite l'infirmière – le badge sur sa poitrine indique « Megan ».

Elle a une voix douce, apaisante, qui me fait me sentir toute petite et en sécurité. Comme quand j'étais à l'école primaire et que ma mère veillait sur moi quand je restais à la maison parce que j'étais malade. Je me rends compte que, en réalité, je ne suis reliée à aucune des machines qui m'entourent ; je suis donc libre de mes mouvements. Il y a quand même un bandage sur le haut de mon bras droit – une coupure, m'explique l'infirmière, mais rien de trop sérieux.

Elle me tend un gobelet en carton rempli d'eau et deux cachets blancs.

— Cela devrait soulager ta douleur à la tête.

Les pilules sont énormes ; je les sens encore dans ma gorge une fois que je les ai avalées.

— On a fini par réussir à joindre ta mère. Elle avait l'air vraiment très inquiète. Si j'ai bien compris, elle se mettait en route immédiatement.

Dans n'importe quelle autre circonstance, j'aurais eu un mouvement d'agacement. Évidemment que ma mère est *vraiment très inquiète*. Évidemment qu'elle a sauté dans sa voiture, prête à venir me sauver de mille dangers invisibles.

Mais là, je me sens soulagée, c'est tout.

J'aurais pu mourir ce soir.

— Et… (L'infirmière regarde autour d'elle puis saisit mon étui à violon et me le tend.)… je crois que ceci appartient à Mlle Addison Sullivan.

— Merci, dis-je en le récupérant.

Je n'ai jamais été aussi reconnaissante envers les deux étiquettes – l'une collée au dos de l'étui, l'autre cousue à l'intérieur. J'ouvre l'étui et commence à inspecter mon alto et mon archet sous toutes les coutures, à la recherche de bosses ou d'éraflures.

— Les médecins m'ont dit que c'est grâce à cet étui qu'ils t'ont identifiée, avant de trouver ta carte d'identité.

— Oh, dis-je.

J'aime bien l'idée d'être retrouvée grâce à mon alto ; moi aussi, j'ai l'impression de me trouver quand je joue.

— Alors ? Quel est le verdict ? Est-ce qu'il va s'en sortir ? demande l'infirmière en gloussant.

J'ai un peu honte quand je me rends compte que jusque-là je retenais mon souffle. Mais mon alto a l'air en bon état.

— Je pense que oui, dis-je en refermant l'étui.

Puis, changeant de sujet, j'ajoute :

— Et donc, les autres passagers du bus, ils sont là aussi ?

Pour une raison que j'ignore, le visage du garçon au grand sourire ne cesse de surgir dans mon esprit. J'ai envie de demander de ses nouvelles, de savoir où il est, mais je me rends compte que je ne connais même pas son nom. Et est-ce que ça ne serait pas un peu bizarre de faire ça ? Après tout, on ne s'est parlé qu'une fois dans notre vie.

— Oui, tout le monde est là. On vous a amenés dans deux ambulances. Est-ce que tu penses à quelqu'un en particulier ?

— Oui. Enfin, non… Je l'ai rencontré ce soir dans le bus. Ce n'est pas comme si nous étions vraiment amis… (Malgré l'eau que je viens de boire, j'ai encore la gorge desséchée.) On a juste parlé un peu. Je veux seulement être sûre que tout va bien.

Si mes divagations sont la preuve que j'ai retrouvé mes esprits, je ne suis pas sûre qu'avoir perdu la tête ait été une grande perte…

L'infirmière me regarde d'un air bizarre, maintenant. Comme si elle avait compris.

— Je vais me renseigner. Est-ce que tu sais comment il s'appelle ?

Je fais signe que non.

— Mais il est grand. Il a environ mon âge. Et un grand sourire.

L'infirmière me sourit, comme si la partie où je lui disais que c'était un garçon *que je venais juste de rencontrer* ne comptait pas, comme si elle était prête à se lancer dans un monologue à la Shakespeare sur l'amour naissant.

Heureusement, nous sommes interrompues par deux petits coups frappés à la porte, puis un médecin entre dans ma chambre. C'est une femme grande, la trentaine, avec une coiffure à la mode et des yeux fatigués derrière des lunettes à monture en écaille. On dirait qu'elle n'a pas dormi depuis des heures, mais elle me sourit gentiment et me dit qu'elle est ravie de me voir réveillée. Je suppose qu'elle m'a vue arriver. Elle me fait asseoir et contrôle mes réflexes, dirige le faisceau d'une lampe dans mes yeux puis échange quelques termes médicaux avec l'infirmière.

— Je pense que l'on va te garder une nuit, Addison, me dit-elle. Juste pour être sûrs que tu n'as pas de commotion cérébrale et que tu n'as aucun problème à la tête.

Elle inspecte ma tempe droite, qui n'est pas bandée, ni rien, juste un gros hématome. Ils ne savent pas ce qui l'a heurtée, et je ne m'en souviens pas non plus.

Après son départ, l'infirmière quitte elle aussi ma chambre, et me dit en me faisant un clin d'œil :

— Je vais voir si je peux trouver ton *ami.*

— Merci, lui dis-je en essayant de prendre un air désinvolte, mais je sens mes joues qui chauffent.

Dieu merci, j'ai la peau suffisamment foncée pour que l'on puisse à peine déceler quand je rougis.

Je suis curieuse de savoir ce qu'elle va pouvoir découvrir sur le garçon. Est-ce qu'il vit à Lyndale ? Comment s'appelle-t-il ? Est-il gravement blessé ?

Je m'allonge de nouveau et ferme les yeux, essayant de profiter de l'effet des antidouleurs.

Quelques minutes plus tard, l'infirmière déboule dans ma chambre.

— Bonne nouvelle ! Ton jeune homme va bien. Il a le coude cassé mais ils sont en train de le plâtrer.

— Oh, merci, dis-je en réfrénant l'envie de préciser « ce n'est pas *mon jeune homme* ».

— Et il s'appelle Bo, au cas où cela t'intéresse, ajoute-t-elle en venant mon chevet.

Quand elle se rapproche, je vois qu'elle fronce les sourcils.

— Et je sais que ça ne me regarde pas, mais il est un peu sinistre, non ?

— Sinistre ? répété-je avec l'image de son sourire à l'esprit.

Mon Dieu, j'espère qu'elle ne lui a pas dit que j'avais demandé de ses nouvelles, ce serait tellement gênant ! Peut-être que ça lui a fait peur et que c'est pour cela qu'il a paru énervé…

— Le piercing à la lèvre. Les cheveux noirs. Bon, mon jugement est sûrement biaisé parce que l'ex de ma fille – enfin, l'un de ses ex – lui ressemblait comme…

— Oh, le gothique ! dis-je en me remémorant le regard noir qu'il m'avait lancé simplement parce que je parlais. Ce n'est pas à lui que je pensais.

— Ah bon ? (Elle est visiblement soulagée.) Je me disais bien qu'il était un peu vieux pour toi. Tu pensais à qui, alors ?

Je lui décris de nouveau le garçon du bus, du mieux que je peux. Je lui dis qu'il est monté dans le bus à Raddick, en même temps qu'un couple de personnes âgées. Qu'il est grand, qu'il a l'accent du coin et qu'il ne porte pas de lunettes.

— Mmmh, j'ai dû le rater. J'ai quelques dossiers à traiter, mais après je vérifierai aux urgences. Il a peut-être été admis dans un autre service.

Mais quand elle revient quelques minutes plus tard, elle n'a toujours aucune piste.

— Il n'y a aucune trace de lui. Il devait aller suffisamment bien pour que l'on n'ait pas besoin de l'admettre, dit-elle, l'air un peu déçu de ne pas avoir pu jouer les entremetteuses. Désolée.

— Ce n'est pas grave.

Je me sens un peu bête d'avoir envoyé mon infirmière à cette sorte de chasse au dahu pour trouver un garçon à qui j'ai dû parler quelques minutes maximum. Bête de garder le souvenir de son sourire inscrit dans mon esprit, alors que je ne sais rien de lui.

Malgré tout, je suis triste de penser que je ne saurai jamais son nom.

4

— Je savais que quelque chose de ce genre allait arriver.

Ce sont les premiers mots que ma mère prononce quand elle fait irruption dans ma chambre d'hôpital.

— Je le *savais*.

Elle me serre fort dans ses bras en évitant le bandage sur le haut de mon bras, visiblement au bord des larmes. Elle sent le thé aux fruits rouges, celui qu'elle adore, et je ferme les yeux pour respirer son odeur. Je ne sais pas si c'est parce que je suis épuisée ou à cause de la peur que j'ai ressentie pendant l'accident, mais je sens des larmes auxquelles que je ne m'attendais pas perler aussi à mes yeux.

Je les chasse rapidement d'un battement de paupières, parce que, si ma mère est toujours en train de chercher des raisons de s'inquiéter, moi je cherche toujours à ne pas lui en donner.

— Quand je pense que tu voulais *conduire* ce soir, dit-elle en me relâchant enfin. Il neige toujours, et c'est de pire en pire. Même moi, pour venir, j'ai dû conduire à une allure d'escargot. Tu aurais fini dans un fossé.

— Je suis désolée. (Je me rends compte que, concrètement, je suis en train de m'excuser pour quelque chose qui n'est pas arrivé.) Où est Caleb ? As-tu appelé papa ?

— Oui, c'est fait, sont les seuls mots qu'elle prononce pour répondre à ma deuxième question. Caleb avait encore des problèmes avec sa voiture, et je voulais venir au plus vite, donc je n'ai pas attendu qu'il soit rentré. Mais il m'a dit de te dire qu'il était content que tu ailles bien, dit ma mère en s'asseyant au bord de mon lit.

— Merci.

Ce que maman ignore, c'est que « problèmes de voiture », c'est le code pour les rares occasions où mon frère va à des fêtes. En général, ce sont des fêtes de lycée, parce que celles organisées par les membres de la fac qu'il fréquente à Lyndale sont vraiment nulles. Cela dit, le plus nul serait peut-être plutôt de n'avoir rien de mieux à faire un samedi soir, alors qu'il a fini le lycée il y a un an et demi. Le pire que je puisse imaginer pour moi, c'est d'être coincée ici comme mon frère, comme retenue par une force invisible, à faire toute ma vie la même chose, alors qu'il y a tant à voir et à faire au-delà de Lyndale.

— Qu'est-ce qu'ils t'ont fait ? demande ma mère en me sortant de mes pensées.

Elle inspecte mon bandage et ma fine blouse d'hôpital.

— Qui, *ils* ? Les extraterrestres ?

Maman ignore ma remarque – manifestement, elle n'est pas particulièrement soulagée que mon sens de l'humour soit intact.

— L'infirmière a dit qu'ils te gardaient en observation cette nuit parce que tu as perdu conscience, et qu'ils t'ont donné quelque chose pour la tête. Tu te sens mieux, maintenant ?

— Oui.

— Quand ils ont appelé, j'ai cru que…

Sa voix tremble, et elle paraît si petite dans cette chambre à l'éclairage trop cru, comme moi quand je me suis réveillée. Peut-être que les chambres d'hôpital ont cet effet-là sur tout le monde.

— Si quelque chose t'était arrivé, Addie… J'ai eu si peur.

— Tout va bien.

Elle hoche la tête, mais elle ne semble pas convaincue. Pour ma mère, c'est toujours comme si le pire s'était déjà produit, ou qu'il était sur le point de se produire.

— Dieu merci, tu étais près de Lyndale, dit-elle en me massant le dos alors que je me penche en avant. Ton père est en Floride.

Elle dit cela comme si la Floride était l'antichambre de l'enfer, et non le point de chute de mon père entre deux vols. En fait, avant que mes parents se séparent cinq ans plus tôt, ils nous parlaient souvent d'y déménager, puisque mon père semblait y passer plus de temps qu'à Lyndale.

— Je l'ai appelé, mais j'ai eu sa boîte vocale. J'ai dû lui envoyer un e-mail. Pour lui dire que sa fille était à l'hôpital.

— Il doit probablement dormir pour se remettre de son décalage horaire.

Ma mère a une moue de mépris.

Elle s'installe sur le lit d'appoint que l'infirmière a fait installer pour elle, puis allume la télévision et commence à zapper distraitement. Évidemment, elle s'arrête sur Channel Se7en, la chaîne pour laquelle elle travaille, et nous la regardons un moment, jusqu'à ce que l'infirmière frappe à la porte pour donner une couverture à maman. Je lui ai dit qu'elle pouvait rentrer à la maison et revenir me chercher demain, mais elle a balayé ma proposition d'un geste qui signifiait que ce n'était même pas envisageable.

Une heure plus tard, la télé éteinte, je commence à me sentir un peu sonnée, et mon esprit bourdonne. Tout est paisible et calme, et je me laisse happer par le sommeil. Mais, après ce qui me semble être à peine quelques secondes, mes yeux s'ouvrent d'un coup, et toute trace de sommeil a disparu.

Dans le noir, mon esprit est assailli par des images du bus qui fait des tonneaux. Les ombres qui se projettent sur les murs de la chambre d'hôpital prennent la forme de fantômes.

Je me répète :

Tu es réveillée.

Tu es en vie.

Tout va bien.

L'*Air sur la corde de sol* résonne dans ma tête, la soirée entière résonne dans ma tête, et je repense au garçon, me demandant où il se trouve en ce moment.

— Dors, me dit doucement maman dans le noir.

— Comment est-ce que tu sais que je suis réveillée ?

— Instinct maternel.

J'entends le sourire dans sa voix. Ma mère m'a raconté une fois que, quand nous étions bébés, Caleb et moi, elle restait éveillée à surveiller que nos poitrines se gonflaient pour être sûre que nous étions en vie. Elle avait presque la sensation que c'était parce qu'elle nous regardait que notre respiration continuait. Elle restait jusqu'à ce que papa l'éloigne de force du berceau pour l'emmener au lit. Savoir que nous allions bien l'aidait à dormir.

Je déteste le fait qu'elle pense toujours que plus nous sommes près d'elle, mieux nous allons. C'est cette conviction qui m'a tenue à l'écart des soirées pyjama, des balançoires ou de ces « horreurs de châteaux gonflables dont les dangers sont trop souvent sous-estimés » (elle a vraiment employé ces mots-là), et parfois j'ai peur que cela me tienne éloignée du reste de ma vie. Si elle le pouvait, elle nous envelopperait de papier bulle, Caleb et moi, pour nous garder à l'abri dans son vaisselier.

D'habitude, je n'ai aucune patience face à son obsession de sécurité, mais ce soir sa présence me rassure, me donne de la stabilité, comme si le bus avait enfin arrêté de tourner sur lui-même, comme si tout allait bien se passer.

— 'Nuit, maman.

— Bonne nuit, Addie.

J'essaie de m'endormir pour qu'elle puisse aussi s'autoriser à le faire.

5

— Dieu du ciel, ma fille ! s'exclame Katy avec un accent du Sud à couper au couteau (c'est ma faute, je lui ai parlé de mon infirmière) quand elle me voit le lundi.

Elle garde les bras grands ouverts tout le trajet entre son casier et le mien, soit environ sur une quinzaine de casiers. Quand elle me rejoint, elle écrase littéralement mon corps contre le sien.

— J'ai failli avoir une crise cardiaque. J'aurais dû venir avec toi !

Je ris, un peu étouffée par son parfum à la lavande.

— Pourquoi tu dis ça ? Tout ce que tu aurais gagné, c'est d'être toi aussi blessée, et c'est à *ta* mère que tu aurais causé une crise cardiaque.

— Non, c'est pas vrai.

Ce qui indigne Katy, c'est l'idée qu'elle aurait pu être blessée, pas ce que je dis sur sa mère. Celle-ci aurait effectivement eu une attaque, et Katy aurait *adoré* ça. Je retire mon manteau et le fourre dans mon casier.

— Laisse-moi te regarder, dit Katy en me prenant fermement le visage entre les mains. On dirait que quelqu'un t'a frappée.

— C'est surtout que j'ai dû dormir quatre heures dans la nuit de samedi à dimanche, et peut-être trois heures cette nuit, dis-je, un peu embarrassée soudain par mes paupières gonflées.

J'espérais que ça ne sauterait pas autant aux yeux.

— Pauvre petite chose, roucoule Katy.

La douleur à la tête a complètement disparu, et mes épais cheveux noirs recouvrent ce qu'il reste de mon hématome.

— Et le bras ? (Katy soumet celui-ci à un examen minutieux, puis déclare d'un ton solennel :) Cela ne devrait pas trop affecter ton jeu. Je te donne encore quelques décennies.

— Merci, docteur.

Je prends tous les livres dont j'ai besoin pour les cours de la matinée.

Katy emporte son étui à violon, même si on aura le temps de repasser à nos casiers avant l'orchestre ; elle affirme qu'elle a besoin des intercours pour « socialiser ». Et, effectivement, elle passe notre court trajet vers notre classe d'anglais à saluer d'autres lycéens et à échanger quelques mots avec eux.

Parfois, le fait que Katy et moi soyons meilleures amies semble relever du miracle. Les deux premières années après mon changement de collège, j'avais trouvé un petit groupe de filles auquel m'agréger, mais sans aller plus loin qu'une amitié de surface. Katy avait alors emménagé à Lyndale avec sa mère après avoir quitté Washington. Dès qu'elle m'avait vue au milieu de la section des altos, elle m'avait détestée. J'avais essayé de ne pas le prendre personnellement, parce que j'avais rapidement compris qu'elle était jalouse de mon niveau de jeu. C'est vrai que Mme Dubois n'est pas du tout impartiale quand elle attribue les solos – j'en avais eu sept pour notre dernier concert, alors que l'alto n'est vraiment pas l'instrument le plus populaire du monde –, donc ce n'était pas la première fois que je percevais de l'hostilité de la part d'un de mes camarades de musique.

J'ai vite compris cependant que la haine que me portait Katy était d'un autre niveau que ce que j'avais connu auparavant. Sa vraie passion, c'était de jouer la comédie ; la musique arrivait en deuxième, comme un plan de secours. Quand j'arrivais aux répétitions, tous les rires s'arrêtaient brusquement et Katy me lançait un regard qui combinait dédain et culpabilité pour me faire sentir que tout le monde était en train de parler de moi, même si ce n'était pas le cas. Ou alors, quand je demandais en chuchotant de quelle mesure Mme Dubois parlait, elle prétendait ne pas le savoir, une expression glaciale sur le visage.

Ce n'est que trois mois après son arrivée, quand elle a appris par hasard que je ne comptais pas essayer de m'inscrire à Juilliard[1], son Graal, qu'elle a commencé à me parler. Ce jour-là, M. Quinn avait diffusé une vidéo en cours de biologie – quelque chose à propos de la manière

1. La Juilliard School of New York est le plus prestigieux conservatoire des États-Unis. (*Toutes les notes sont de la traductrice.*)

dont les recherches sur la mémoire avaient révolutionné les neurosciences et le traitement des traumatismes –, et nous étions censés prendre des notes pour ensuite débattre sur le sujet. J'avais juste gribouillé « consentement éclairé » en haut de ma page quand Katy, alors assise derrière moi, m'avait tapé sur l'épaule avec son stylo. Quand je m'étais retournée, elle m'avait montré d'un signe de la tête M. Quinn, qui somnolait la bouche ouverte, un petit filet de bave lui coulant sur le menton.

Je n'avais pas pu m'empêcher de sourire, et Katy avait toussé pour masquer un éclat de rire.

Avant que la musique nous rapproche, c'est en nous moquant des gens que nous sommes devenues complices, Katy et moi. On s'est moquées de Mme Dubois et des motifs criards de ses vêtements, qui contrastent avec son caractère doux et timide et sa voix si ténue qu'on ne peut l'entendre qu'en étant parfaitement silencieux.

Aujourd'hui, quand nous la croisons dans le couloir, Mme Dubois porte l'une de ses tenues préférées, une longue jupe flottante turquoise à rayures jaune vif, et une chemise marron à pois orange. Un léger haussement de sourcil de Katy et nous pouffons toutes les deux en silence.

On s'est moquées de Paulie Wentz, un apprenti surfeur toujours brûlé par le soleil, dont la présence au sein de l'orchestre du lycée n'a qu'une explication possible : la conviction inébranlable de Mme Dubois que l'important dans la musique, ce n'est pas de bien jouer mais de jouer *joyeusement*. Paulie est effectivement plein de joie, et c'est un garçon plutôt gentil, mais quand il joue du cor, on dirait vraiment qu'il s'efforce d'imiter à la perfection un bruit de pet. Nous devons alors nous éloigner l'une de l'autre, sinon nous partons d'un fou rire irrépressible.

Et enfin, ce qui a fini de nous rendre complices, c'est Gilbert et Sullivan : Sullivan, qui a composé quelques-uns des plus incroyables opéras-comiques, et Gilbert, qui en a écrit les livrets[1]. Comme mon nom de famille est Sullivan, je suis Sullivan, et Katy est Gilbert, mais cela colle aussi bien avec nos personnalités respectives. Pour Katy, la musique vient se couler dans une histoire, en accompagnement, mais pour moi, la musique vient toujours en premier. Forcément. C'est l'un de nos sujets de dispute récurrents.

On débat aussi souvent sur Juilliard. Mon premier choix, c'est l'université de New York (NYU), pour un diplôme généraliste, mais Katy, elle, jure ses grands dieux qu'elle est née pour faire du théâtre à Juilliard.

— Les médecins avaient prévu de me nettoyer un peu, de couper le cordon ombilical et de m'envoyer directement là-bas. Mais ma mère n'a jamais eu l'info, et elle m'a gardée pendant *dix-sept ans*.

Elle dit cela sur un ton si sérieux que j'éclate de rire immanquablement, peu importe le nombre de fois que je l'ai entendue le dire.

Moi, j'ai découvert l'alto en CM2, la première année d'école élémentaire où nous avions orchestre. Tout le monde

1. Ils ont collaboré sur plus de quatorze opéras-comiques entre 1871 et 1896.

se battait pour jouer de la flûte traversière, de la flûte à bec ou de la clarinette. Mlle Root nous avait fait écouter des enregistrements de chaque instrument pour nous permettre de découvrir leurs « voix » et décider lesquels allaient le mieux avec la nôtre. Pour le violon alto, elle nous avait passé la *Sonate pour alto et piano en* fa *mineur* de Brahms, interprétée par Lionel Tertis, et j'étais immédiatement tombée amoureuse de ce son plein et riche. Mlle Root avait expliqué que c'était l'un des seuls instruments qui utilisaient la clé d'ut, et je m'étais dit que cela expliquait sans doute pourquoi il avait l'air si solitaire. Même quand la mélodie était joyeuse, j'aimais le fait que sa sonorité soit teintée d'une note de tristesse, et que les silences entre les notes soient si profonds, comme si on avait pu y dissimuler des mondes entiers.

Katy ne comprend pas que je puisse vouloir aller ailleurs qu'à Juilliard – ce qui est ironique, parce qu'elle ne serait pas devenue amie avec moi si j'avais voulu y aller. Quand j'y songe, c'est quand même vraiment bizarre qu'elle ait pu penser qu'être mon amie pouvait avoir un quelconque impact sur la probabilité qu'elle entre ou non à Juilliard.

En décembre, nous avions passé des heures à remplir ses formulaires d'inscription et à réécrire la dissertation qu'elle devait leur envoyer. L'inscription à NYU avait eu lieu un mois plus tard, en janvier, et nous y avions aussi travaillé ensemble.

Aller à Juilliard – et donc être complètement immergée dans la musique – n'avait jamais été mon rêve. Selon moi, la musique, à moins de l'écrire, on la vit par procuration. Elle est toujours écrite d'une façon qui est propre au compositeur, avec un style particulier. C'est l'histoire de quelqu'un d'autre, et, même si on peut y trouver un écho avec sa propre histoire, ou s'y cacher, elle ne nous appartient jamais vraiment. Quand j'explique ça à Katy, elle me répond toujours quelque chose comme :

— Eh bien, tu n'as qu'à écrire ta propre histoire, Sullivan !

Mais, pour écrire une histoire, il faut en avoir vécu une. On a besoin d'avoir connu des hauts et des bas, des sommets et des précipices, des *crescendos* et des *decrescendos*, des choses qui nous ont détruits et d'autres qui nous ont guéris. Et on ne peut pas dire que je sois une adolescente tourmentée, au contraire, j'ai eu une vie plutôt heureuse.

Cela dit, une partie de moi a toujours voulu un peu plus que ce que je connais déjà. J'aime mon alto. Plusieurs fois par semaine, je joue si intensément que je transpire, je joue jusqu'à ce que tout autour de moi brûle et fonde ; les heures passent comme des secondes, les secondes comme des heures. Et parfois, quand je m'arrête, le monde me semble si vide, si silencieux, que j'ai envie de me recroqueviller au pied de mon lit et de pleurer.

J'aime me perdre dans les sensations qui naissent quand je joue, j'aime cette impression de me sentir alors plus éveillée que jamais, et j'aime l'évasion et la stimulation que m'apporte la musique. Mais j'aimerais aimer autre chose avec la même intensité. Quelque chose qui ne fasse pas partie de *mon* histoire. Un nouvel endroit, un petit café au coin de la rue, un cours que j'aurais choisi par hasard à l'université, une personne nouvelle.

Pour être honnête, je pourrais sans doute trouver tout cela à Juilliard, ou n'importe où. Ma mère veut que je m'inscrive à l'université locale où va Caleb, au moins pour la première année, mais je veux aller quelque part où il n'y a rien derrière quoi je peux me cacher. Ni la ville où j'ai vécu toute ma vie, ni mes parents surprotecteurs, ni même la musique.

6

— Alors tu crois que le garçon du bus est de Lyndale ? me demande Katy en fouillant dans le compartiment placé entre nos sièges, à la recherche de je ne sais quoi.

Pour un après-midi de semaine, il y a beaucoup de monde sur le parking du centre commercial, mais c'est vrai qu'il n'y a pas grand-chose d'autre à faire dans une ville qui entretient aussi bien son statut de « petite ville moyenne ». Je m'attends d'ailleurs à tomber sur la moitié des gens du lycée, avec qui j'ai déjà passé la journée.

— Tu peux regarder dans la boîte à gants ?

Je m'exécute et commence à explorer le fouillis composé de documents d'assurance, d'élastiques à cheveux et de petits tubes de crème, même si je n'ai aucune idée de ce que je suis en train de chercher.

J'ai dit à Katy que j'avais rencontré un garçon mignon dans le bus, même si, à mon avis une conversation qui n'a pas duré plus d'une minute devrait plutôt être classée dans la catégorie des « non-histoires ». Mais les meilleures amies sont justement là pour donner de l'importance à toutes vos non-histoires.

— Je n'en sais absolument rien, lui dis-je après que nous sommes toutes les deux sorties de sa voiture.

Elle est debout, les mains sur les hanches, les sourcils froncés. Je ne sais pas si elle est en train de se demander où chercher le garçon du bus, ou bien si elle est déconcertée par le peu que je sais à son sujet.

— Comment veux-tu qu'on lance une recherche si tu n'es pas capable de me donner une description plus précise que « grand et mignon » ? À quoi ressemble-t-il ? Quelle taille fait-il ? De quelle couleur sont ses cheveux ?

— Il faisait nuit, et il portait un bonnet ! lui dis-je pour me défendre. Et de toute façon, il ne doit même pas être du coin.

— C'est trop bête. En même temps, si tu étais ouverte à l'idée que je te trouve un mec sexy… Ou si au moins tu acceptais d'aller là où on a une chance d'en rencontrer !

Au grand désespoir de Katy, les fausses pièces d'identité qu'elle nous a obtenues l'an dernier n'ont pour l'instant jamais servi – ni la mienne, au nom de Kathleen Kelly, comme l'héroïne de *Vous avez un message*, l'un de mes films préférés, ni celle de Katy, au nom de Beatrice Lane. Beatrice comme le personnage de *Beaucoup de bruit pour rien*, de Shakespeare.

Elle poursuit :

— Mais enfin, tu as dix-sept ans et tu te conduis comme une foutue veuve noire !

— L'araignée ou la super-héroïne ?

Katy lève les yeux au ciel puis ouvre le coffre de la voiture.

— Ni l'une ni l'autre. On dirait juste que tu as décidé que l'amour, pour toi, c'était terminé.

— Oui, enfin pour que ce soit terminé, il aurait fallu que ça commence un jour ! Et, à mon avis, être sortie avec Grant la langue acrobate, en cinquième, ça ne compte pas.

— C'est exactement ce que je veux dire, me lance Katy avant de disparaître dans le coffre de sa voiture.

Quand elle ressort la tête, à la recherche d'un peu d'air, je lui demande :

— Qu'est-ce que tu cherches ?

— Mon bracelet en argent – tu sais, celui que je porte tout le temps. Ça fait au moins trois fois que je te le répète ! dit-elle, agacée.

— Ah oui, c'est vrai, dis-je, même si je n'en ai aucun souvenir.

— Oui, et je t'ai aussi dit qu'on se voyait après le lycée, mais j'ai dû ensuite courir après ton bus sur au moins deux pâtés de maisons pour t'empêcher de partir avec ! Alors que ce genre d'efforts réveille mon asthme. Et puis de toute façon, quel élève de terminale prend le bus de son plein gré ? Dieu du ciel.

Elle plaisante, mais je peux quand même sentir son énervement. J'ai eu la tête ailleurs toute la journée. Visiblement, deux nuits d'insomnie ont des conséquences... Je rétorque :

— Je n'étais pas déjà à deux pâtés de maisons ! Enfin... Bon, j'ai oublié. Désolée. Et je ne prends pas le bus de mon plein gré : je te l'ai dit, ma mère a refusé que je conduise ce matin. Hier, c'était pire : elle n'a pas voulu me perdre de vue une seconde.

— Troubles de l'attachement. Je ne pense pas que l'on puisse trouver un cas plus grave que ta mère, assène Katy d'un ton pédant. Se dit d'un individu attaché à un autre de manière déraisonnable et néfaste.

La mère de Katy est psychologue clinicienne, c'est d'elle qu'elle tient ce genre de phrases qui semblent tirées d'un gros livre de médecine. Cela aurait dû faire de ma meilleure amie la fille-de-dix-sept-ans-la-plus-équilibrée-du-monde, mais ça alimente surtout depuis toujours son hypocondrie. Katy n'a pas mal à la tête, elle a des migraines ; des chocs anaphylactiques, et pas des allergies ; la grippe, et pas un rhume. Tout devient un Épisode psychologique.

J'ai toujours suspecté que ça avait quelque chose à voir avec le fait que le père de Katy les avait quittées et s'était remarié avant qu'elle ait cinq ans, préférant envoyer des cadeaux plutôt que de venir la voir. Sa mère travaille dur, mais quand il y a un problème, elle est toujours là. Si Katy veut de l'attention, il vaut mieux qu'elle – ou quelqu'un qu'elle connaît – soit au bord du gouffre.

On avance dans le parking, en restant bien ensemble pour ne pas se perdre. Il y a un autre lycée dans notre ville, Meridian High, et on dirait que tous ses élèves ont eu la même idée que nous : envahir le centre commercial.

Moi, je ne connais personne de Meridian, mais Katy ne peut aller nulle part sans tomber sur quelqu'un de familier. Juste le temps d'arriver dans le hall du cinéma, qu'elle interpelle une fille. Elles couinent et s'enlacent tout en parlant de trucs liés à leur petite troupe de théâtre amateur. Je ne me sens jamais aussi peu à ma place qu'en présence des autres amis de Katy. Ils sont de la même espèce qu'elle : brillants, sûrs d'eux, drôles. Ils parlent plus fort que nécessaire ; ils s'attrapent par les épaules, les mains, les joues. Ils s'exclament, font de grands gestes, sanglotent facilement et AR-TI-CU-LENT exagérément. Je ressens toujours une certaine forme de solitude quand je suis parmi eux – comme s'il n'y avait qu'une moitié de moi qui était vraiment là.

Quelques-uns des amis de Katy sont gentils, pourtant – une ou deux fois, l'un d'entre eux est même venu me parler comme si on se connaissait, alors que Katy n'était même pas avec moi. Je ne voulais pas avoir l'air malpolie, mais je me suis contentée d'écouter avant de marmonner quelque chose et de m'enfuir. Quand j'en avais parlé à Katy, elle m'avait dit que cela devait être Untel, de Meridian, et de ne pas m'en préoccuper.

En revanche, ceux-là – une blonde et son copain – m'ignorent complètement, donc je dis à Katy que je vais acheter nos billets, et je me dirige vers les guichets. Alors que j'essaie de déterminer quelle est la file la plus courte, je le vois.

Un sourire à cent watts.

Grand. Mince.

Le garçon du bus.

Et il regarde précisément dans ma direction.

Sans réfléchir, je me retrouve à avancer vers lui. Il est derrière le comptoir du stand de friandises, mais pas derrière une caisse.

— Salut ! m'exclamé-je. C'est toi !

— Salut, dit-il, l'air tout aussi content de me voir.

Je sens des picotements dans mon ventre. Où est-ce que quelqu'un peut apprendre à sourire comme ça ? Sur n'importe qui d'autre, ce sourire aurait l'air niais, mais lui, ça lui va vraiment bien. Il réajuste sa casquette noire, marquée du logo du cinéma, CINEXPÉRIENCE, comme tout son uniforme.

— Est-ce que tu vas bien ? Tu as disparu après l'accident, et tu n'étais pas à l'hôpital. Est-ce que tu es parti avant qu'on nous y emmène ? Je te… cherchais.

Ces mots font pétiller ses yeux. Qui sont gris, d'un gris aussi proche que possible de l'argent pour des yeux humains. Je n'avais pas remarqué ça la dernière fois.

— Vraiment ?

Je deviens rouge, mes oreilles chauffent.

— Oui, plus ou moins. Enfin, je ne te cherchais pas *vraiment*… Mais l'infirmière…

Tais-toi, Addie. Il me faut une diversion :

— Alors, tu travailles ici ?

Il baisse les yeux vers son tee-shirt CINEXPÉRIENCE, puis les relève vers moi.

— Ce serait très bizarre si je portais ça sans travailler ici, non ?

Je ris.

— Eh bien, ça a l'air plutôt sympa, comme travail. Mis à part les lundis, avec les séances à prix réduit.

Juste à ce moment-là, je sens que quelqu'un me donne un coup d'épaule et je suis propulsée vers l'avant.

— Mince, désolé !

Je me retourne et je vois que la voix appartient à un garçon indien aux cheveux noirs, avec des lunettes à monture rectangulaire. Il porte à peu près cinq sachets de pop-corn, trois boissons extra-larges, et un sachet de barbe à papa. Pas étonnant qu'il ne puisse pas regarder où il va !

— Pas de problème.

Je m'apprête à me retourner, quand je vois l'expression du garçon changer, comme s'il était surpris, ou qu'il me reconnaissait, ou qu'il était embarrassé.

— Salut… toi, dit-il.

Il me regarde maintenant bouche bée, et cela me gêne. Je veux pouvoir continuer à parler au garçon du bus, qui est témoin de cette scène.

— Est-ce que je t'empêche de passer ? finis-je par demander, parce que je ne vois aucune autre raison pour laquelle il resterait planté là.

Cela semble le sortir de sa stupeur.

— Euh, non, tout va bien, dit le garçon en réajustant sa prise sur les sachets de pop-corn.

Il hésite de nouveau.

— Bon, au revoir, me dit-il finalement en reculant d'un pas.

— Mec, on va rentrer sans toi ! dit une voix masculine venant de quelque part dans le hall, sans doute en s'adressant à lui, et il finit par se retourner pour rejoindre ses amis.

Il y a tant de monde dans le hall que je le perds de vue avant de voir quel groupe il rejoint.

Je me retourne vers le garçon du bus, qui me regarde avec une expression amusée.

— Désolée, c'était bizarre, dis-je alors qu'une femme portant la même chemise CINEXPÉRIENCE que lui passe derrière lui puis tend le bras pour atteindre des serviettes sur le comptoir.

Elle me lance un regard à la fois intrigué et impatient.

— Qu'est-ce que tu dis ?

— Euh, rien, dis-je en attendant qu'elle comprenne que ce n'était pas à elle que je m'adressais.

Elle s'arrête un instant, avant de finalement se remettre au travail. Est-ce que le fait que je distraie son collègue la dérange ?

— Peut-être qu'il vaudrait mieux que je te laisse…

Avant d'avoir pu finir ma phrase, je sens qu'on m'attrape par le bras et me tire vers le hall.

— Katy ! Qu'est-ce qui te prend ?

— Et toi, qu'est-ce que tu fais à traîner, alors que tu étais censée nous acheter des billets ? Regarde comme la file s'est allongée !

Nous prenons place à la fin d'une file située exactement à l'opposé de là où je viens de voir le garçon du bus.

— Je sais que tu ne dors pas bien et que tu as peut-être une commotion cérébrale, et patati et patata, mais je te jure, on dirait vraiment que tu es en plein milieu d'un Épisode psychologique.

— Je l'ai vu ! dis-je, choisissant de ne pas relever. Le garçon du bus ! Je viens de le voir.

Katy finit par relâcher sa prise sur la manche de ma veste.

— Tu l'as vu *ici* ? Mais qu'est-ce qu'il peut bien faire ici ? Tu lui as parlé ?

J'acquiesce, incapable de retenir le sourire qui se dessine sur mon visage.

— Pas longtemps, mais oui.

— Alors, comment il s'appelle ? Il t'a donné son numéro ?

— J'étais justement en train d'y travailler quand *quelqu'un* m'a attrapée par le bras.

— Je ne l'ai même pas vu, dit Katy en fronçant les sourcils. Où est-il ?

Je regarde vers l'autre côté du hall, mais il y a trop de monde.

— Il est complètement de l'autre côté.

— J'ai vraiment envie de voir ce film, mais on peut le zapper si tu préfères aller lui parler…

Je pousse un long soupir.

— Non, non, allons-y.

La femme au comptoir n'avait pas l'air ravie que je traîne pour discuter, et je ne veux pas attirer d'ennuis au mystérieux garçon, mais je feins de faire le sacrifice suprême pour Katy.

— Ce que je ferais pour toi !

Elle me donne un petit coup d'épaule.

— Ce que *moi*, je ferais pour toi. Tu n'as pas idée.

Pendant qu'on fait la queue, elle commence à me raconter qu'elle a traîné avec Mitch Enns la veille et qu'elle venait juste de le raccompagner chez lui (« "Traîner avec" sonne pas mal comme "sortir avec" », la coupé-je) quand elle s'est aperçue que son bracelet avait disparu. Je me sens coupable de ne pas me rappeler quand elle me l'a dit la première fois, parce qu'elle a l'air bouleversée de l'avoir perdu, et que ça fait des mois que je ne l'ai pas vue dans cet état. Mais son visage s'éclaire d'un coup quand elle reconnaît quelqu'un dans la file d'à côté.

—Addie ! C'est Lena, de « Act ! Out ! », mon groupe de théâtre !

J'échange quelques mots de politesse avec la fille, qui porte un manteau d'hiver sur un uniforme de volley-ball en élasthanne, et ce sont Katy et elle qui entretiennent la conversation pendant que nos files respectives avancent. Je suis toujours un peu embêtée de ne pas avoir pu dire correctement au revoir au garçon du bus. Ni de lui avoir demandé comment il s'appelle.

Nous sommes visiblement condamnés à des conversations d'une minute maximum. Néanmoins, je suis soulagée qu'il aille bien. Et le fait qu'il vive à Lyndale signifie que j'ai de grandes chances de le revoir.

Je repasse la conversation d'aujourd'hui dans ma tête.

Je m'attarde un moment sur son sourire. La manière dont il commence tout doucement pour s'étirer, s'agrandir rapidement sur son visage. Peut-être que je suis bien en train d'avoir un Épisode psychologique, parce que ça me fait penser à la physique : à quelle vitesse les coins des lèvres doivent-ils se courber pour provoquer des palpitations dans un estomac ?

Une autre question : suis-je à ce point en manque d'attention masculine – une vraie veuve noire, comme dirait Katy – pour m'emballer dès qu'un garçon me sourit ?

On atteint le comptoir, et Katy est en train de commander nos tickets quand je comprends que je ne suis ni désespérée, ni pathétique, ni éperdument amoureuse.

C'est juste que son sourire me fait ressentir quelque chose que je n'ai jamais ressenti de ma vie.

7

AVANT

Début juillet
(18 mois plus tôt)

L'air lourd me colle tellement à la peau qu'il paraît presque impossible d'imaginer qu'il existe d'autres saisons que l'été. Je soupire de soulagement en entrant dans le vidéoclub, qui est climatisé. Je sens mon téléphone vibrer dans la poche de ma robe. J'essaie de remettre mes cheveux en place, mais c'est le début de la saison des frisottis, et ils n'en font qu'à leur tête. J'ai hérité de l'aversion de ma mère pour la chaleur et des cheveux frisés des sœurs de mon père, qui habitent à Saint-Vincent[1], donc le mois de juillet est toujours un calvaire pour moi.

Le magasin a l'air désert, ce qui n'est pas surprenant puisque plus personne n'emprunte de DVD. *At Home Movies* est le dernier du genre à Lyndale, et les adultes comme ma mère qui ont toujours vécu ici et se rappellent les jours heureux des vidéoclubs, des camions de glaces et des enfants qui jouaient

1. Île des Caraïbes.

dans la rue jusqu'au coucher du soleil sont bizarrement nostalgiques et très impliqués dans sa sauvegarde.

Même si la zone des emprunts est vide, j'entends quelqu'un qui bouge et qui marmonne sous le comptoir. J'apprécie trop la miraculeuse fraîcheur du magasin pour vraiment m'en préoccuper. Je sors le téléphone de ma poche, m'attendant à lire l'un des vingt textos de ma mère qui me rappelle de prendre une chose ou une autre pour notre soirée vidéo en famille. Ou l'un des vingt textos de Katy qui me raconte dans les moindres détails son interminable road trip.

Le message est une photo de quatre paires de pieds nus sur l'asphalte, une véritable foule d'orteils. Je repère ceux de Katy au vernis à ongles noir qu'elle a commencé à porter à la fin de l'année scolaire. Sur une autre photo, elle est debout devant un panneau indiquant « Attention, virages », avec une moue séductrice et les bras en l'air comme une star. Le bracelet en argent que son père lui a envoyé il y a trois ans reflète la lumière, ce qui lui donne un éclat à la fois angélique et sexy. Un mélange assez perturbant.

Il n'y a aucun texte. Pas de « Tu me manques, chérie ! » ni de « Tu tiens le coup ? ». Je ne m'y attendais pas vraiment, mais j'aimerais quand même bien avoir quelques marques de compassion, ne serait-ce que par égard pour ma détresse. Elle est exactement là où je rêve d'être en ce moment. Dans une voiture, le vent dans ses cheveux jaune pipi (ce sont ses mots, pas les miens) en route vers New York pour trois longues semaines. Voyage payé par son père, évidemment. New York n'est qu'à sept heures de route du Maine, mais Katy et ses amis de son cours de théâtre en font un vrai voyage, s'arrêtant à Hampton Beach et à plein d'autres endroits sur le chemin. Pendant ce temps-là, moi, je suis en train d'emprunter des DVD pour une soirée film avec ma mère et mon frère.

J'ai passé les mois d'avril et de mai à essayer de convaincre mes parents de me laisser partir avec Katy, et tout le mois de juin à bouder parce qu'ils avaient refusé, faisant capoter mes plans pour un super été, et donc ma seule occasion de voir New York avant d'y emménager. *S'ils* me laissent bien m'y installer un jour.

Être bloquée à la maison, c'est déjà horrible, mais comme c'est en été que mon père a quitté la maison il y a quatre ans, juillet et août sont toujours déprimants chez nous. Katy dit que c'est notre version familiale de la dépression saisonnière.

Peut-être que cela fait de moi quelqu'un d'horrible, mais, même si j'ai bien compris que c'était très triste que mes parents ne soient plus ensemble, je ne suis pas aussi bouleversée que le reste de ma famille. Cela me paraît si loin, maintenant.

Malgré tout, nous nous sommes réunis la semaine dernière pour un étrange dîner au *Café Amore* afin de fêter mon seizième anniversaire et le diplôme de fin de lycée de Caleb reçu il y a quelques semaines. Mes parents sont toujours un peu gênés quand on est en famille en public. Il y a quelque temps surtout – et encore parfois aujourd'hui –, des étrangers nous lançaient des regards bizarres, des connaissances nous dévisageaient un peu trop longtemps, serraient les épaules de ma mère en passant, ou bien posaient la main sur la tête de Caleb sans y être invités. Quand j'étais plus jeune, je me demandais si c'était parce que mon père est noir et ma mère blanche.

Mais ce genre de choses arrivaient aussi quand mon père et ma mère n'étaient pas là – il m'arrivait d'avoir des regards bizarres de la part de parents d'élèves, et parfois un traitement de faveur de la part des professeurs, qui me regardaient avec sympathie. Que ma mère soit sur Channel Se7en fait d'elle une célébrité dans notre petite ville, et je suppose que les rumeurs sur la séparation de mes parents ont constitué une nouvelle d'une certaine importance. Cette attention étrange se manifeste beaucoup moins maintenant, mais je me rappelle que mes parents détestaient ça et semblent toujours redouter que cela ne se produise. Du coup, notre dîner de fête avait principalement consisté en un échange inconfortable de banalités ; Caleb semblait avoir envie d'être n'importe où ailleurs, et moi je surcompensais pour essayer de mettre tout le monde à l'aise.

Pendant les deux prochains mois, j'ai des cours particuliers le matin chez Clarence, une professeure d'alto à la retraite que Mme Dubois m'a présentée l'an dernier. Cela me donne surtout l'occasion de jouer pour Clarence, à qui l'arthrite l'interdit désormais, et qui trouve que les enregistrements ne sonneront jamais pareil. Donc je joue les morceaux sur lesquels je travaille, puis elle me donne quelques conseils, et nous parlons musique pendant une heure. Je dois ensuite trouver comment passer le reste de la journée, tuant le temps en répétant et en lisant l'un des livres de la liste pour nos cours d'anglais de l'an prochain, et puis je recommence.

Être bloquée à la maison cet été n'a qu'un seul avantage, celui de ne pas être tassée dans une voiture avec les amis de théâââtre de Katy. Elle m'a attirée par son énergie, sa capacité à toujours rester elle-même, mais quelque part, une partie peu reluisante de moi se demande secrètement si elle m'a choisie *moi* comme meilleure amie parce qu'elle avait besoin de quelqu'un avec qui elle ne serait pas en compétition, ni pour entrer à Juilliard, ni pour avoir de l'attention. Dès que quelque chose ou quelqu'un de mieux se présentera, elle me remplacera. Parce que s'il y a une chose à laquelle Katy excelle, c'est bien le changement.

Je chasse ces pensées et contemple les étagères sur lesquelles s'alignent les films aux noms étrangers. Les consignes exactes de ma mère sont les suivantes : « Quelque chose d'émouvant mais qui met en joie. » Je n'ai rien contre les films étrangers, mais aucune de ces couvertures ne me semble clairement capable de « mettre en joie ». Mais peut-être que c'est juste parce que je ne parle pas couramment hongrois.

Au cours des dernières semaines, ma mère a insisté pour que nous fassions notre soirée film. En vain, parce que notre famille n'est pas du genre à passer du temps ensemble, ni même à partager un espace commun ou à échanger des contacts visuels. Tous ces comportements extrêmement évolués sont pour les familles de séries télé. Mon frère aime rester seul, enfermé dans sa chambre, et moi j'aime écouter de la musique classique ou rêver que je suis très loin d'ici. Cela ne nous fait pas beaucoup de points communs.

Juste à ce moment, j'entends un bruit venant du comptoir d'emprunt, et je me retourne pour voir un garçon bondir par-dessus et se précipiter vers moi.

— Bonjour ! crie-t-il en souriant, un peu essoufflé. Bienvenue chez *At Home Movies* ! Je peux vous aider ?

Je le regarde en clignant des yeux, un peu alarmée.

— Euh, je cherche… un film ?

Le garçon éclate de rire, ce qui fait remuer la mèche de cheveux sur son front. Il se passe les mains sur sa chemise et dit :

— Désolé, mon père nous dit toujours de saluer les clients avec enthousiasme, mais je ne t'ai pas vue arriver.

Le côté enthousiaste, il l'a bien retenu, c'est sûr.

— Pas de problème.

— Qu'est-ce que tu cherches ?

Je lui dis que ma mère m'a demandé un film étranger « émouvant mais qui mette en joie ».

Il regarde le mur de DVD, l'air concentré, puis finit par dire :

— Est-ce qu'elle aime les *slashers*[1] ?

Je suis tellement surprise par sa réponse que j'éclate de rire.

— Je ne lui ai jamais demandé mais je dirais que… *non.*

Mais lui reste sérieux quand il dit : « Dommage. » Il commence à se diriger vers une autre section et je le suis, curieuse.

— Sinon, il y a cet Italien, Rinieri Ciano… Ses films sont vraiment excellents dans le genre… comment dire… *taré.* C'est une vraie légende.

Je dois être en train de le dévisager, bouche bée, parce qu'il ajoute rapidement :

— Non, non, je ne veux pas dire que ses films sont perturbants, ou effrayants, ils sont simplement vraiment réussis.

1. Les *slashers* (*slasher movies* en anglais) sont des films d'horreur mettant en scène un groupe d'adolescents se faisant assassiner par un tueur psychopathe.

En fait, je les rangerais plutôt parmi les comédies, les satires. Je dirais des *horrodies*: des films d'horreur-comédies. Avec du ketchup et des ficelles bleues pour faire les veines, et des chaussettes rembourrées pour faire les intestins.

C'est sûr, maintenant, je suis bouche bée, parce que le garçon éclate de rire. Un rire qui me réchauffe tout le corps, annulant l'effet de l'air conditionné, et cela ne me dérange même pas.

—Il faut que tu les voies. Ce qui est bien, c'est qu'on sait que c'est faux, et c'est justement ça l'idée. C'est la façon qu'a Ciano de donner son point de vue sur le fait même de faire des films, sur la vie en général.

—Et c'est quoi, exactement, son point de vue?

—Eh bien je dirais que c'est un point de vue artistique, une réflexion sur la manière de raconter des histoires.

Il dit ça si sérieusement, d'un air si pensif, que la chaleur est remontée jusqu'à mes oreilles. C'est comme s'il m'y chuchotait un secret.

—Tu veux en essayer un?

—OK, dis-je. Peut-être pas pour ma mère, par contre. Mais il paraît que *Le cœur est une montagne** est bien.

La chaleur me monte encore plus au visage parce que je suis gênée de mon lamentable accent en français.

—Ah, *oui**, dit le garçon en souriant.

Puis il se penche pour attraper un DVD. Ce *oui**, qu'il a prononcé à la manière d'un garçon de Nouvelle-Angleterre qui

* Les mots en italique suivis d'un astérisque sont en français dans le texte.

parlerait français – c'est-à-dire aussi mal que moi –, dissipe un peu ma gêne.

— Je commencerais avec celui-ci – *The Sea in the Garden.*

Son expression est redevenue grave, et je me rends compte que ce garçon ne plaisante pas avec ses *slashers.*

— Je suis là toute la semaine, me dit-il quelques minutes plus tard. Et je veux connaître ton avis.

— OK.

Il me vient alors à l'esprit qu'il est possible que je déteste le film qu'il m'a conseillé, que je le déteste *vraiment.* Qu'est-ce que je lui dirai, si c'est le cas ?

— Si je ne suis pas dans le magasin, c'est que je suis dans la réserve, donc demande juste Zach.

Zach. Ce prénom lui va plutôt bien, à ce garçon énergique fan de *slashers.*

— Merci.

— De rien, mademoiselle Sullivan, me dit-il en trouvant le profil de ma mère dans son fichier informatique.

— Addie.

— Addie.

Il teste mon nom à haute voix, comme pour voir s'il me va bien, s'il va bien avec mes longs cheveux noirs qui s'emmêlent facilement et avec mon allure générale. Le résultat semble lui convenir, parce qu'il me sourit de nouveau.

Un sourire lumineux, rayonnant, si chaleureux que, en comparaison, ce lourd jour d'été à Lyndale semble aussi frais qu'une ombre.

Je vois des étoiles quand je monte sur mon vélo.

Ce soir, je vais regarder *The Sea and the Garden*, juste pour avoir une raison de revenir demain.

8

AVANT

Début juillet

— Addie ! s'exclame Zach en me voyant entrer dans le vidéoclub.

Il m'offre un sourire rayonnant, comme si j'étais une vieille amie. Mais au fur et à mesure que je me rapproche du comptoir, son expression devient plus grave.

— Alors, verdict ?

— Atroce. Vraiment, vraiment atroce !

Je vois son visage se décomposer.

— Vraiment ? demande-t-il, l'air déçu.

— Il a failli épouser sa *sœur* ! lui dis-je d'un ton dramatique.

— Ah, tu parles de *Le Pontagne* !

Le soulagement est visible sur son visage, et un sourire commence à s'y former.

— *Le quelque chose montagne*, dis-je en jetant un œil au DVD dans ma main. *La Merdagne*, si tu veux mon avis. Même si ma mère a bien aimé, elle.

Zach rit à présent, et même si c'est quelque chose qu'il a l'air de faire facilement, je me sens fière. Il récupère le DVD et se penche vers moi.

— Bon, alors, le *vrai* verdict ? Je t'ai promis que cela ne me dérangerait pas si tu me disais que tu as détesté.

J'en serais bien incapable. Pas avec ses yeux dansants et ses lèvres retroussées en un demi-sourire, prêtes à se précipiter en un sourire entier.

— C'était bien, dis-je prudemment. Un peu perturbant.

Zach me regarde en hochant lentement la tête.

— Par exemple, je ne comprends pas pourquoi le type finit par devenir fou alors qu'il a été si normal pendant tout le film.

Il continue de hocher la tête, complètement absorbé par ce que je dis.

Je poursuis :

— Et tout faisait faux. Mais vraiment faux !

Il sourit complètement, maintenant.

— Je crois même que j'ai vu la bouteille de ketchup dans un coin de l'écran, à un moment.

— Oui ! Je sais ! (Zach éclate de rire, euphorique.) C'est trop bien !

Son rire est contagieux, donc je commence moi aussi à rire. Le *ding* de la porte d'entrée retentit alors, nous annonçant l'arrivée d'une cliente : c'est une femme d'âge moyen avec une queue-de-cheval haute, en survêtement, qui vient rendre une pile de DVD.

— Alors, qu'est-ce que tu as d'autre ?

Je n'ai pas menti à Zach, le film était *vraiment* bien. Bizarre, mais bien. Et différent de tout ce que j'ai vu. Et surtout, il m'a donné une excuse pour revenir aujourd'hui.

— Je savais que tu allais aimer ! dit-il alors que nous nous dirigeons vers la section horreur.

— Ah bon ? J'ai l'air d'une fan de *slashers* ? dis-je en plaisantant.

Il me regarde des pieds à la tête, et ses joues rougissent légèrement.

— Non, juste de quelqu'un qui serait capable de comprendre.

Je ne sais pas exactement ce qu'il veut dire, mais cette réponse me plaît.

Je le suis quand il retourne vers le comptoir, et je vois avancer vers nous la copie carbone de Zach, mais avec trente ans de plus. L'homme est aussi grand que lui, il a les cheveux brun-roux, et son crâne est un peu dégarni.

— Oh, mince, je suis désolé, me dit l'homme. Il est en train de t'imposer Ciano, c'est ça ?

— Non, il ne me force pas, dis-je en même temps que Zach s'exclame : « Mais ça lui *plaît*, papa. »

Le père de Zach lève les deux mains en un geste d'impuissance.

— Ce n'est pas nous qui l'y avons initié ! Mais, au moins, il te donne les films l'un après l'autre, et pas toute la collection d'un coup. (Il se tourne vers son fils.) Tu pourrais le faire, tu sais. Ce n'est pas comme s'il y avait une grosse demande.

Les yeux rivés sur le comptoir, Zach répond :

— Non, je veux qu'elle me dise ce qu'elle a pensé de chacun d'entre eux.

— Oh, dit seulement son père.

Oh, c'est tout ce que je suis capable de penser pendant que Zach me tend le DVD, le visage toujours éclairé par son fameux sourire. En sortant, je trébuche sur le pas de la porte, le cœur battant la chamade. Et puis, je m'apprête à remonter sur mon vélo en me demandant comment font les autres filles pour enfourcher leur vélo quand elles sont en jupe ; je prie pour qu'il ne soit pas en train de me regarder…

Mais, en même temps, j'espère qu'il le fait.

9

APRÈS

Janvier

Comme il venait de rentrer de voyage – et que je suppose qu'il avait envie de me voir après avoir appris pour l'accident de bus –, j'ai passé la soirée de mardi avec mon père, même si d'habitude je le vois rarement en semaine.

Mon père vit dans un minuscule appartement en centre-ville, dans la partie la plus animée de Lyndale. Il n'est pas souvent chez lui, mais, de toute façon, même quand c'est le cas, je n'y suis vraiment pas à l'aise. J'aime mon père, mais j'ai l'impression qu'on vit sur deux îles complètement séparées. Avec lui comme avec mon frère, même quand on est dans la même pièce, c'est comme si un énorme golfe nous séparait, un détroit que rien ne saurait combler.

Ce qui est triste, c'est que, quand j'étais enfant, mon père était ma personne préférée au monde. Je le revois me tenir en l'air, me laisser marcher avec mes pieds sur les siens à l'épicerie, m'apprendre à faire du vélo dans l'allée de notre ancienne maison dans l'est de la ville. C'est lui qui m'a acheté mon premier alto. Il m'appelait « Soleil », en le prononçant avec ce qui reste de son accent caribéen, parce qu'il disait que j'illuminais toutes les pièces dans lesquelles j'entrais. Et, selon lui, je n'entrais pas dans les pièces, j'y jaillissais.

Parfois, quand je progresse dans un morceau que je suis en train d'apprendre, que la mélodie parcourt encore le bout de mes doigts comme un courant électrique, et que je me sens tellement heureuse que j'ai envie de danser, j'aimerais tant qu'il puisse voir mon visage. J'aimerais tant être de nouveau l'enfant pétillante dont il se souvient, et que lui soit le père dont je me souviens. Qu'on se reconnaisse l'un l'autre, comme on capte son propre reflet dans une vitre, même l'espace d'un instant.

— Tu sais que papa sait voler, hein ? me disait Caleb quand on était petits, essayant de me faire croire que c'était au sens littéral du terme.

Comme un pouvoir à la Superman, avec sa cape, sa mèche de cheveux sur le front et tout le toutim.

— Waouh, répondais-je, avec les mots d'une petite fille de quatre ans.

Puis mon père rentrait de ses voyages, me hissait sur ses épaules, et je me sentais si loin du sol que, chaque fois qu'il levait un pied, j'avais l'impression qu'on allait tomber.

Tous les souvenirs que j'ai jusqu'à mes douze ans – c'est-à-dire précisément le moment où mes parents se sont séparés – sont comme ça ; et puis, d'un coup, ils sont différents, plus lointains, plus tristes, et comme marqués d'un flou que je ne m'explique pas. Qui voile chaque souvenir avec mon père, comme un arrière-goût amer, et je ne peux être vraiment certaine qu'il m'aime que parce que je me rappelle que c'était le cas autrefois.

Papa est différent avec Caleb. Moins distant. Mais peut-être que c'est parce que Caleb est plus âgé ; ou peut-être qu'entre les pères et les fils, ce n'est pas la même chose. Parfois, je me dis que le divorce de mes parents a scindé la famille en deux : ma mère et moi d'un côté, Caleb et papa de l'autre.

Mes parents se sont rencontrés à une soirée alors que maman présentait la météo à la radio. À l'époque où il suivait sa formation de pilote, papa écoutait son bulletin de 6 h 30 avant de se lever, et il a toujours dit qu'il était tombé amoureux de sa voix. Sa voix calme, neutre, qui montait juste un peu dans les aigus quand il y avait des mauvaises nouvelles. Un orage, un avis de tempête, du mauvais temps pour la fête nationale du 4 juillet.

Quand ils ont été présentés, papa s'est écrié :

— Vous êtes Sandy Météo !

— Sandy Houston, a-t-elle répondu en essayant de cacher qu'elle était ravie qu'il l'ait reconnue.

— Les mauvaises nouvelles ne me dérangent pas, tant que c'est votre voix qui les annonce, avait dit mon père.

Je connaissais ce dialogue par cœur parce que papa l'avait raconté des milliers de fois, avant que tout change.

Avant qu'il ne rentre plus jamais à la maison, puis qu'il prenne son appartement à l'extrémité est de la ville.

Malgré tout, je le surprends encore quelquefois à écouter le bulletin de maman.

L'appartement de papa est encombré en permanence, parce qu'il achète sans cesse des meubles ou objets qu'il n'aura jamais le temps d'utiliser ; l'espace se remplit de plus en plus, et l'odeur musquée du cuir neuf se mêle à celle de renfermé pour créer un mélange sec et étouffant. Quand ça devient suffisamment insupportable pour qu'il le remarque, il ouvre toutes les fenêtres et la porte qui donne sur le balcon, et les crissements de freins, les cris de couples ivres qui se disputent et les sirènes d'ambulance envahissent l'appartement.

Le pire, pour moi, c'est que comme les appartements sont très mal isolés et les murs épais comme du papier à cigarette, je ne suis pas autorisée à jouer. On regarde donc la télé, placée en face du nouveau canapé en cuir qu'il vient d'acheter, et toutes les deux heures, il met pause pour me demander si j'ai vu la nouvelle lampe ou le nouvel ustensile de cuisine, et je dis non, même si ce n'est pas vrai.

Ce soir, on regarde pendant des heures des émissions sur la rénovation de maisons qu'il a enregistrées, en mangeant des plats thaïs dans des récipients en polystyrène.

— Tu es sûre que ta mère ne s'en sert pas ?

La question de mon père me tire de mes rêveries, et je le regarde, perdue.

— Addie ?

Je comprends à son froncement de sourcils que je dois avoir une expression figée, et je cligne des yeux pour la chasser.

— Pardon. Qu'est-ce que tu disais ?

— Je parlais de l'horloge de grand-père que l'on avait à la maison. Je pensais ajouter une petite touche au salon.

Caleb m'a dit qu'elle était quelque part au grenier, et que ta mère ne s'en servait pas ?

— Ah oui, je regarderai quand je serai à la maison.

Aujourd'hui a été le pire jour depuis l'accident. Je n'ai pas mal, mais j'ai l'impression de ne pouvoir me concentrer sur rien. Probablement parce que la dernière fois que j'ai eu un sommeil réparateur, c'était dans le bus, avant l'accident. Je rends Katy complètement folle.

J'ai été tentée d'en parler à ma mère, mais je sais que ça la ferait paniquer et qu'elle m'enverrait directement aux urgences. Et papa – eh bien, je ne suis pas vraiment habituée à le solliciter quand j'ai besoin d'aide. Et je ne sais pas exactement quel est mon problème – être distraite et étourdie depuis trois jours ?

Je fais non de la tête quand papa met de nouveau pause pour me demander si j'ai vu le nouveau tapis de cuisine.

Cela lui fait plus plaisir qu'à moi, ce petit jeu, le fait de se convaincre que son appartement est aussi rempli que notre maison l'était. Ou peut-être que ça nous fait juste quelque chose à nous dire. Parfois, alors que je regarde la télé sur le canapé, je sors mon archet, ou bien je le balaie dans l'air, juste pour chasser la tristesse.

— Est-ce que tu avais bien regardé où étaient les sorties quand tu es montée dans le bus ? me demande soudain mon père.

C'est la première fois qu'il me pose une question sur l'accident depuis que je suis arrivée chez lui après le lycée.

— Oui, je le fais toujours.

Même s'il est pilote, mon père n'a aucune confiance dans les avions. Il déteste que l'un d'entre nous le prenne. Il y a des années, avant le divorce, nous étions allés tous les quatre rendre visite à la famille éloignée de papa à Saint-Vincent – Vincy, comme il dit. Il a grandi aux États-Unis, et ses parents sont morts quand il était petit, mais papa y retourne toujours tous les trois-quatre ans, et c'était l'une des quelques fois où nous y sommes allés avec lui. Dans sa chemise hawaïenne qui flottait bizarrement autour de lui, papa nous avait pris à part à l'aéroport. Je me souviens que je sautillais partout en fredonnant toutes les chansons que je connaissais sur la plage, les îles ou le soleil. Papa avait regardé chacun d'entre nous dans les yeux et avait dit :

— Faites toujours comme si l'avion allait s'écraser.

C'était notre dernier voyage en famille.

Mais son avertissement avait été efficace, parce que désormais aucun d'entre nous ne pénètre dans un avion, un bus ou un train sans vérifier où sont les sorties de secours.

— Ta mère dit que toutes les universités pour lesquelles tu as postulé sont à New York.

Sa voix est dénuée d'émotion, et il ne me regarde pas. Il ne me regarde jamais.

— Le taux de criminalité est plutôt élevé, là-bas.

— Comme dans plein d'autres endroits.

Il hoche la tête et remet la télé. Je lui jette des regards en coin, en me demandant quelle serait sa réaction si je lui disais que je me sens bizarre depuis l'accident. Est-ce qu'il s'inquiéterait pour moi ? Peut-être qu'il serait capable de m'aider, en fait ?

— On cherche les problèmes, quand on s'éloigne autant de sa famille, dit-il, désormais absorbé par la télé – ce qui confirme ce que je pensais déjà : c'est ma mère qui lui a demandé d'aborder le sujet.

Je réprime mon envie de répondre : « Euh, *pardon* ? Tu as construit toute ta carrière, tout ton choix de vie, en étant justement loin de ta famille. »

Mais ce serait un coup bas, donc je préfère ne pas répondre, et je me concentre sur l'écran.

Même s'il ne fait rien *activement* pour favoriser ce genre de choses, c'est dans ces situations que j'en veux à mon frère. Il a deux ans de plus que moi, il fréquente l'université du coin – malgré de bonnes notes – et il vit encore à la maison.

Il n'y aurait rien de mal à ça si c'était ce qu'il voulait. Mais je sais que, même s'il ne le reconnaîtra jamais, ce n'est pas ce qu'il souhaite. Il a toujours eu une vraie passion pour les avions, comme mon père, et il rêve de voler depuis des années. Mais, au lieu de faire quoi que ce soit pour le réaliser, il reste à Lyndale à traîner avec des gens bien trop jeunes pour lui.

La seule chose sur laquelle mes parents sont d'accord, c'est d'étouffer toute étincelle de désir que Caleb et moi pouvons avoir d'aller ailleurs, de bouger, de faire sauter les coutures de nos vies. Cela vient plutôt de ma mère, mais elle s'est toujours débrouillée pour rallier mon père à sa cause. Elle est convaincue qu'elle peut nous protéger de tous les dangers du monde. J'ai dix-sept ans et j'ai toujours ce putain de *contrôle parental* sur mon ordinateur.

Même si Katy exagère un peu sur le sujet, je sais exactement ce qu'elle veut dire quand elle affirme qu'elle est destinée à un endroit en particulier. Moi, je pense que c'est pour l'alto que je suis née, pour jouer de la musique sur le plus solitaire des instruments.

Mais j'ai choisi New York parce que je voulais autre chose. Ce n'est pas parce que Juilliard est dans cette ville que je dois forcément y aller.

Je veux des néons, des rues bruyantes, l'Orchestre philharmonique de New York, je veux des artistes, des bohèmes, des gens dynamiques, une ville avec plein de lieux à découvrir, et Broadway, et le Carnegie Hall.

Je sais que c'est super cliché, mais j'aime l'idée d'une ville qui me rappelle tous les jours que je suis en vie. J'aime le fait que New York soit à la fois plus grand et complètement différent de Lyndale parce que je veux croire que ma vie y sera, elle aussi, différente et plus grande.

Si j'ai travaillé dur pour maintenir des bonnes notes, c'est pour avoir une chance d'aller à NYU.

Mon père me donne une petite tape sur le genou.

— Réfléchissons-y encore un peu, d'accord ?

J'acquiesce. *Oui, réfléchissons-y encore un peu.*

Mais je suis déjà en train d'imaginer tout ce qui pourrait m'empêcher d'y aller, et de décider que ce qui ne m'en empêchera pas pèsera bien plus lourd dans la balance.

10

APRÈS

Janvier

Ce soir, je joue longtemps pour compenser la soirée passée hier chez mon père.

Quand je suis rentrée de l'hôpital dimanche matin, j'ai téléchargé une version de l'*Air sur la corde de sol* de Bach ; je suis en train de l'écouter, et je tombe de nouveau amoureuse de la manière dont la mélodie ondule doucement, avec insistance, et des millions d'histoires que je peux imaginer dissimulées en elle. J'ai essayé d'apprendre une version pour alto, mais elle n'est pas aussi pleine, aussi fantastique. Elle n'est ni mélancolique ni romantique, mais désespérée. Comme quelqu'un qui danserait la valse seul.

Abandonnant là pour ce soir, je décide de travailler les nouveaux morceaux de notre orchestre. Je connais presque par cœur la danse paysanne du deuxième mouvement de la *Musique sur l'eau* de Haendel, mais, d'après Mme Dubois, il n'y a rien de pire que d'apprendre des morceaux avec des erreurs. Mme Dubois a une théorie sur tout ce qui vient « en premier » : elle estime que chaque première fois établit un précédent – la façon dont on commence à apprendre un morceau ; la façon dont on joue la première portée, qui donne le ton du reste du mouvement, puis du morceau entier ; le premier morceau joué en concert, qui donne le ton du reste du spectacle. Elle dit aussi que la première erreur que l'on fait en concert – et la manière dont on la gère – établit un précédent pour toutes les erreurs à venir. Donc, comme je préfère commencer sans aucune erreur, je décide de jouer en suivant les partitions jusqu'à ce que ce soit parfait. Sauf que j'ai laissé mes classeurs d'orchestre dans ma voiture, que ma mère m'a autorisée à conduire aujourd'hui.

Il est seulement 19 heures, mais il fait nuit noire dehors, et il gèle, donc j'enfile mon manteau par-dessus mon pyjama de flanelle et je sors. Je fredonne encore l'*Air sur la corde de sol* pendant que je fouille dans ma voiture pour récupérer le classeur noir.

Je suis à moitié sortie de la voiture quand la vue d'un garçon sur la route, éclairé par un lampadaire, manque de me faire cogner la tête contre le toit. Sans réfléchir, je sors et je lui fais signe en agitant mon classeur.

— Hey ! dis-je.

Il lui faut un moment pour remarquer ma présence, puis un sourire – ce sourire – apparaît sur son visage. Il porte toujours le même bonnet, mais cette fois des mèches de cheveux roux en sortent.

— Salut ! dit-il.

Il traverse la rue pour me rejoindre devant mon allée.

— Qu'est-ce que tu fais ici ? lui demandé-je.

Il se gratte la nuque.

— Je ne sais pas, je me suis juste retrouvé là. Je faisais un tour. Et toi ?

— J'habite ici, dis-je en désignant la maison derrière moi.

Mais au lieu de me regarder dans les yeux, son regard me parcourt de haut en bas. Et s'arrête juste à l'endroit où mon manteau finit et où mon pantalon de pyjama Hello Kitty est rentré dans mes chaussons.

— Ah oui ? Tu n'étais pas en train de te balader dans les rues habillée comme ça ? demande-t-il, les yeux pleins de malice.

Des papillons viennent voler dans ma cage thoracique.

— Non, certainement pas, dis-je, le nez plissé pour faire semblant d'être offensée. Et, de toute façon, qu'est-ce que tu as contre Hello Kitty ?

Il lève les mains comme pour m'amadouer.

— Rien. Je suis sûre que c'est une gentille… fille.

— C'est ça, oui. Est-ce que tu ne serais pas plutôt en train de m'espionner ?

Je rougis quand je m'aperçois combien ce que je viens de dire ressemble à de la drague. Pour une fois, j'apprécie la rapidité avec laquelle le sang me monte aux oreilles quand je suis gênée : elles ne sont absolument pas affectées par le froid.

Le garçon du bus rit, mais avant qu'il ne puisse répondre, la voiture de Caleb s'engage dans l'allée, manquant de l'emporter au passage – il est plus proche que moi du centre de l'allée. Il saute hors du chemin, tremblant. Avant que je n'aie le temps d'émettre le moindre son, mon frère me lance, par la fenêtre :

— Qu'est-ce que tu fais dehors, Addison ?

— D'abord, est-ce que tu es obligé de conduire comme un psychopathe ? Et je suis en train de parler à quelqu'un.

Je m'attends à ce qu'il s'excuse d'avoir failli le renverser, mais il ne s'arrête pas et continue à rouler vers le garage. Sans me regarder, il me répond :

— J'étais en train de changer de chanson. Mais je ne suis pas passé si près que ça !

Et tu ne peux pas téléphoner à l'intérieur ?

Caleb ne prend pas la peine d'attendre ma réponse, et j'entends le garage qui se ferme en gargouillant derrière lui.

Quoi ? Est-il donc déterminé à m'ignorer au point de ne pas daigner lever les yeux pour s'assurer que je vais bien et de supposer que je suis au téléphone ?

— Est-ce que ça va ? Je suis tellement désolée.

— Oui, ça va, dit le garçon du bus en riant, imperturbable.

— C'était juste ma tête de nœud de frère.

Il hoche la tête, l'air compréhensif. Je sais qu'il y a beaucoup de frères et sœurs qui ne s'entendent pas et que ma relation distante avec Caleb est sans doute commune. Mais il y a tant de jours où j'aimerais que les choses soient différentes entre nous, qu'il y ait au moins un terrain d'entente. Même si là, tout de suite, j'ai surtout envie de lui donner un bon coup de pied aux fesses.

— Hé, mais tu n'as jamais froid ? demandé-je quand je remarque que le garçon du bus ne porte toujours pas de vêtements d'hiver.

Sa chemise est à manches longues, mais elle est loin d'être assez chaude.

— Non, ça va, je n'ai pas trop froid.

— Mais il doit faire moins cinq !

Je suis toujours stupéfaite qu'il ne soit pas en train de grelotter ou de se transformer en glaçon. Est-ce que c'est parce qu'il n'a pas les moyens de s'acheter des vêtements d'hiver ? Il n'a pourtant pas l'air mal nourri, ni SDF. Je ne vois aucun trou dans ses chaussures ou dans son jean, par exemple.

— Tu ne peux pas rentrer chez toi comme ça. Tu vas finir en hypothermie.

Je ne sais pas si je ressemble davantage à Katy ou à ma mère en disant ça.

— Tu vas finir en hypothermie *et mourir*, dis-je en décidant d'en rajouter encore un peu.

Il rit. Un son plein, riche qui me fait, *moi*, avoir un peu moins froid.

— Comme ça, je pourrai aller au concert de Jimi Hendrix.

— Pas sûr. Je parie que tu auras quand même besoin d'une invitation.

OK, je suis définitivement en train de flirter. C'est comme si le fait d'avoir agi comme Katy une seconde plus tôt l'avait fait prendre complètement possession de mon corps.

— Tu sais, je peux te prêter un manteau, dis-je soudain. Enfin, *mon frère* peut te prêter un manteau.

Caleb n'aimerait pas que je prête son manteau à un inconnu, mais c'est le cadet de mes soucis.

— Vraiment, ça va, me dit le garçon du bus, sans sourire cette fois. Je n'ai pas si froid. Et puis, je suis sûr que ce n'est pas ma taille.

— C'est un blouson, pas un justaucorps.

Nous éclatons tous les deux de rire en les imaginant, mon frère ou lui, en justaucorps. *Beurk.* Pourquoi est-ce que j'ai dit ça ?

— Attends, je reviens tout de suite, dis-je.

— Non, écoute…

Je rate la raison de ses protestations en me précipitant à l'intérieur. Je pose mon classeur de musique et je vois un blouson vert sapin suspendu dans la penderie, encore chaud. Sans doute celui que Caleb vient de retirer. Il est hors de vue, donc je me précipite de nouveau dehors.

— Tu pourras me le rendre dem…

Ma voix s'éteint quand je vois l'allée déserte. Je regarde à droite, à gauche, comme pour traverser la route.

Où est-il parti ?

Je marche jusqu'au bout de l'allée et regarde des deux côtés de la route, mais il n'y a aucun signe de lui.

J'ai pourtant tant de questions à lui poser.

Qui es-tu ?

Pourquoi est-ce qu'on n'arrête pas de tomber l'un sur l'autre, tout à coup ?

Encore une fois, je n'ai pas réussi à savoir comment il s'appelle.

Je reste plantée là, serrant le manteau de mon frère dans ma main raidie par le froid ; je n'arrive pas à croire qu'il soit parti comme ça. Tout ce que je suis capable de croire, c'est que *c'est le début de quelque chose.*

11

AVANT

Début juillet

Chacune de mes visites chez *At Home Movies* est l'occasion de poursuivre ce qui doit être la plus longue conversation du monde sur les *horrodies.* D'abord, je dis à Zach ce que j'ai pensé d'un film, puis il me livre ses contre-arguments, défend son point de vue, concède finalement quelques points, avant que nous passions au film suivant. Mais au bout du quatrième jour, alors que j'attends la nouvelle recommandation de Zach, il se penche pour s'accouder au comptoir et plante son regard dans le mien.

— Quoi ? demandé-je, surprise. Il n'y a plus de films de Ciano ? Je croyais qu'il y en avait beaucoup plus que quatre.

— C'est le cas, dit Zach. Mais j'ai une question à te poser.

Ma bouche devient sèche. Que peut-il bien vouloir me demander ? Pourquoi est-ce que son regard intense, aussi concentré que s'il observait quelque chose au microscope, me donne si chaud ? Je croise les bras sur la poitrine pour me donner une contenance.

— N'hésite pas à me dire que j'ai réussi à te convertir aux *horrodies*, si c'est le cas. J'*adorerais* ça. Mais c'est juste que j'ai l'impression que tu aurais des millions de choses plus intéressantes à faire que de suivre toutes les recommandations de films d'un inconnu. Moi, si je n'avais pas eu à travailler cet été, je serais en train de faire de la randonnée, de passer du temps avec mes amis, ou alors… (Il s'interrompt, puis laisse son regard dériver vers les fenêtres du magasin ; ses lèvres se retroussent, puis cèdent la place à un rire franc.) Bon, d'accord, je serais plutôt en train de regarder des films. Mais tu as l'air beaucoup plus cool que moi.

— Parfait ! C'est que je t'ai bien eu, alors.

Mais il me regarde toujours fixement, attendant visiblement une véritable réponse. Alors je soupire et je dis, penaude :

— Ma meilleure amie m'a plus ou moins plantée. Pour un voyage à New York *via partout ailleurs* que j'étais censée faire avec elle. Elle n'arrête pas de m'envoyer des textos et de mettre en ligne des photos qui montrent à quel point elle s'amuse. Par exemple, elle vient de m'envoyer une photo de son super déjeuner.

Zach hausse un sourcil ; il n'a pas l'air impressionné du tout.

— De leur super déjeuner, répète-t-il d'un ton moqueur.

— Oui, mais ils sont dans West Village[1] !

Il va taper quelques mots sur l'ordinateur derrière le comptoir, puis reprend :

— Est-ce que tu as déjà remarqué à quel point il est rare que les choses dont on est jaloux soient vraiment enviables en tant que telles ? Elle est en train de *déjeuner*, tu sais, c'est tout.

1. Quartier de New York.

— Dans la ville où j'aurais dû être avec elle, dis-je d'un ton buté. Dans la ville où je préférerais être cet été.

— Bon, OK. Parfois ce sont des choses vraiment cool. Par exemple, être dans le cortège présidentiel – là, d'accord. Mais, le plus souvent, ce sont des choses ordinaires, que les gens s'appliquent à rendre extraordinaires en étant exagérément enthousiastes. Le secret, c'est la manière dont tu vends l'histoire.

Je ris et hausse les épaules.

— Alors peut-être que j'ai simplement *envie* de faire ces choses ordinaires !

— Tu devrais voir tes autres amies, et envoyer à Katy des messages sur tous les super trucs qu'elle est en train de rater.

— Oui, c'est une bonne idée. Je vais faire ça, carrément.

Je ne suis pas très convaincue, mais je le dis quand même, parce que, sinon, cela reviendrait à admettre que je n'ai aucune amie à part Katy. Des connaissances, oui, ou des copines d'orchestre, ou des personnes à côté de qui je peux m'asseoir au déjeuner si besoin, mais pas le genre d'amies qui pensent à moi quand je ne suis pas là.

— Bon, je peux avoir le DVD suivant alors, ou quoi ?

Zach me guide dans la section étrangère, choisit deux DVD et me fait un résumé enthousiaste des deux intrigues. Je choisis celui sur une ville dont les habitants voient tout à coup des araignées sortir de tous leurs orifices – oreilles, bouche, yeux. Je garde pour demain celui sur les machines ensorcelées.

Avec Zach, je me sens à la fois détendue et un peu bizarre. S'il s'en est rendu compte, il n'a rien dit, il a juste mentionné qu'il attendait le rapport complet dès que j'aurais fini de regarder le film, et m'a fait un signe de la main quand je suis sortie. La vérité, c'est que je ne suis pas vraiment quelqu'un de « cool », et je ne sais pas quoi penser du fait qu'il ait cette image de moi, quatre jours après m'avoir rencontrée.

Je ne suis pas comme Katy qui craque toujours sur plein de garçons, qui cherche l'attention et le drame en permanence, qui passe son temps à diagnostiquer des maladies, à elle-même et à tout le monde à cinq kilomètres à la ronde. Je ne suis ni brillante, ni expansive, ni sûre de moi, même si ce sont précisément les qualités que j'aime chez elle.

Moi, c'est comme si j'attendais que ma vie commence. Qu'enfin elle soit toujours aussi riche et trépidante que quand je joue.

Parfois, j'ai l'impression d'avoir traversé ma vie en somnambule jusqu'ici, sans que rien de significatif ou d'extraordinaire m'arrive. Il est temps que cela change.

C'est pour cette raison que je ne veux pas aller à Juilliard, même si j'en avais le niveau, pour cette raison que je ne veux pas passer un diplôme de musique, quelle que soit l'université dans laquelle je vais. La musique a toujours été ma couverture, un refuge, et si je la laisse me définir, je sais que je vais de nouveau me dissimuler derrière. Et j'ai besoin que ma vie soit *davantage* que ça.

12

APRÈS

Janvier

Katy est déterminée à retrouver le garçon du bus.

Le jeudi, nous voici donc devant l'entrée du cinéma.

—Je n'en reviens pas que tu ne m'aies pas dit qu'il *travaille* ici.

Katy est étrangement agitée depuis le déjeuner, durant lequel je lui ai raconté que j'avais vu le garçon du bus devant chez moi hier. Je sais qu'elle attend impatiemment les résultats de Juilliard dans quelques semaines et qu'elle travaille d'arrache-pied ses quatre monologues dans l'espoir d'avoir une audition, mais là, sa nervosité semble n'avoir rien à voir.

—Je ne t'ai pas dit qu'il travaillait là avant qu'on voie le film l'autre jour ?

—Non ! Tu m'as juste dit qu'il était ici. C'est différent s'il *travaille* ici, insiste-t-elle.

—Pourquoi ? demandé-je, exaspérée.

Avant de pouvoir répondre, Katy est, sans surprise, enlacée par une petite personne exubérante que l'on s'apprête à croiser.

— Ashley ! s'exclame Katy en repoussant la fille aux cheveux noir de jais, légèrement agacée.

— Oh, là, là ! Je me disais bien que c'était toi ! Ça fait mille ans que je ne t'ai pas vue, l'amoureuse ! couine-t-elle en se tortillant.

Rien que de la regarder, ça me fatigue. Elle continue :

— Tes cheveux sont trop beaux ! Ils ne sont pas tout frisottés comme les miens. Y en a qui ont de la chance.

Katy nous présente l'une à l'autre et je dis « enchantée » en même temps qu'elle.

— Mais… on ne s'est pas rencontrées à cette pool-party ? Tu sortais avec…

— Non, tu confonds. C'était Elise, coupe Katy. On doit y aller, Ash. Mais on se voit bientôt, d'accord ?

— Oh, très bien, soupire Ashley, déçue. Tu m'envoies un message plus tard hein ? Tu m'as manqué ! Salut, l'amoureuse ! gazouille-t-elle avant de traverser la rue et de disparaître dans le parking.

— C'était qui, « l'amoureuse » ? murmuré-je, et Katy grogne.

— Elle est en première à Meridian. Une vraie comédienne. Mais, en parlant d'amour, concentrons-nous sur ce qui nous amène ici, dit Katy alors que nous passons les portes automatiques. On va repartir avec le nom de ce garçon, son âge, son groupe sanguin, son numéro de sécurité sociale et le nom de jeune fille de sa mère.

— Le plan, c'est de pirater son compte en banque ou bien de lui proposer un rencard ?

Katy rit, d'un rire étrangement étranglé.

— C'est vrai que j'aime bien faire d'une pierre deux coups !

Son excitation est contagieuse.

— Je ne sais même pas si c'est une bonne idée. Je veux dire, il m'a plantée, hier soir. Il ne m'a pas demandé comment je m'appelais, moi, par exemple. Peut-être que ça n'en vaut pas la peine.

— Laisse-moi juger de ça, d'accord ? Je veux seulement voir comment il est.

La foule de cinéphiles est définitivement moins fournie que lundi, et je le repère dès que nous entrons ; il a le dos tourné, porte de nouveau le tee-shirt noir CINEXPÉRIENCE, et ses cheveux roux sont coupés court à l'arrière.

— C'est lui, murmuré-je.

Katy, qui fait une tête de moins que moi, se met sur la pointe des pieds et tourne frénétiquement la tête de droite à gauche.

— Où ça ? Où ça ?

Je lui pince le bras.

— Sois plus discrète !

— Ouch ! crie-t-elle.

Puis elle répète, impatiente :

— Où ça ?

Je pointe le doigt vers le stand de confiseries. Il a toujours le dos tourné.

La première réaction de Katy, bizarrement, semble être le soulagement. Puis son visage se froisse en une moue réprobatrice.

— Je croyais qu'il était mignon.

Je suis décontenancée par sa réponse.

— Mais oui, il est mignon. Enfin, tu ne peux pas voir son visage là tout de suite, mais…

— Si, si, je le vois. Mais il a, quoi, cinquante ans ? C'est vraiment dégoûtant, Addie.

Je m'aperçois que son regard est dirigé un peu sur la gauche du garçon, vers un spectateur aux cheveux poivre et sel, alors je prends son menton entre mes mains et le déplace de quelques centimètres vers la droite :

— Lui.

Katy reste silencieuse pendant un moment. Puis elle dit :

— C'est une blague ?

— Pourquoi tu dis ça ?

— Tu peux m'expliquer qui tu vois ?

— Le grand, aux cheveux roux.

— Roux ? demande Katy dans un murmure.

— Ouais.

Je sens la réaction de Katy plus que je ne la vois. Elle frissonne, semble manquer d'air. Et sans vraiment comprendre pourquoi, ma gorge se serre et je sens un poids me tomber au fond de l'estomac.

Sa voix tremble quand elle reprend la parole.

— Il n'y a aucun garçon roux là-bas, Addie. Il n'est pas là.

Quand je la regarde, elle tremble et ses yeux commencent à se troubler. Est-elle en train de plaisanter ? Est-ce qu'elle me prend comme cobaye pour un de ses trucs d'actrice ? Mon regard passe de Katy au garçon, du garçon à Katy, puis de nouveau au garçon – ce garçon à qui j'ai déjà parlé plusieurs fois, ce garçon qui me tord l'estomac… et que je vois nettement en train de bricoler quelque chose derrière le comptoir. Je me demande pourquoi elle fait ça. Je ne comprends pas comment elle peut dire ça alors qu'il est juste là.

— Mais, Katy, il est juste là, dis-je en l'attrapant par le poignet. Viens, on va lui parler.

Avec une force de taureau, étonnante pour son gabarit, Katy plante les talons dans le sol et refuse de bouger.

Je m'avance vers le garçon :

— Salut ! dis-je de manière un peu trop enthousiaste.

Mon cœur bat la chamade, et ce n'est pas juste parce que j'ai un faible pour lui. Il se retourne, de tout son mètre quatre-vingts, et me sourit.

— Salut, dit-il, et son visage s'éclaire. Tu es revenue.

J'acquiesce.

— Mon amie voudrait te rencontrer. Est-ce que tu veux bien venir lui dire bonjour ?

(Je montre Katy du doigt. Elle me regarde, les yeux exorbités.) J'aimerais vous présenter l'un à l'autre.

Il y a un blanc, puis le garçon du bus parle, la voix teintée de quelque chose que je ne parviens pas à définir – des excuses ? De la tristesse ?

— Je ne peux pas.

Puis il se tourne de nouveau, s'éloigne du comptoir et se remet à trier une pile de papiers.

Quand je rejoins Katy, je me sens sonnée.

— Il ne peut pas venir parce qu'il travaille, dis-je.

Est-ce un mensonge ? Je ne comprends pas ce qui se passe.

— Addie.

Katy essuie une larme sur sa joue. Elle continue :

— Addie, tu dois me laisser appeler ma mère, continue-t-elle en me regardant avec un désespoir que je ne me souviens pas d'avoir déjà vu dans ses yeux. S'il te plaît. Elle saura ce qu'il faut faire.

Je secoue la tête, puis laisse échapper un rire aussi bref qu'artificiel.

— Pourquoi est-ce que tu crois que c'est moi qui suis folle ? C'est toi qui ne peux pas le voir !

— Je ne suis pas la seule. Tu m'as dit que l'infirmière ne l'avait pas trouvé après l'accident.

— Parce qu'il est parti ! Il n'avait pas besoin d'être hospitalisé.

— Addie. Ça fait des jours que tu te comportes comme une morte-vivante. Tu ne dors pas. Tu n'arrives pas à te concentrer. Tu oublies des choses.

Je la regarde, éberluée.

— Euh, salut ? Tu te rappelles que je me suis cogné la tête dans un accident de bus ?

— Justement !

— Tu crois que je l'invente ?

Je secoue de nouveau la tête puis cligne des yeux au moins une dizaine de fois. Il est toujours là. Toujours penché sur une pile de papiers derrière le comptoir. Toujours avec son tee-shirt noir CINEXPÉRIENCE. Il existe toujours.

— Katy, c'est complètement fou.

« Je ne peux pas », m'a-t-il dit quand je lui ai demandé de venir avec moi.

— Je sais, je sais, dit-elle en repoussant la mèche qui lui retombe sur le visage. (Elle a l'air de plus en plus paniquée.) Bon, OK, viens avec moi.

Elle me prend la main et m'entraîne jusqu'au stand de confiseries à l'opposé de celui où se tient le garçon du bus. Il n'y a personne d'autre que nous, et une femme aux cheveux châtain clair et avec des lunettes – la même qui m'a surprise en train de parler au garçon du bus lundi – nous dit qu'elle sera à nous dans une seconde. Je me rappelle le regard bizarre qu'elle m'a lancé la dernière fois. Je pensais que c'était parce que je discutais avec un employé.

Je suis sûre que c'était parce que je discutais avec un employé.

— Tu vois son badge ? me chuchote Katy, et j'acquiesce.

Il y a écrit « Kari Toews, responsable adjointe ».

— Bonjour, dit Katy quand Kari Toews se tourne vers nous. Est-ce que vous pourriez nous dire s'il y a un garçon d'à peu près notre âge qui travaille ici ?

La femme plisse les yeux d'un air réprobateur, comme si elle avait l'impression qu'on la dérangeait en plein travail pour nous aider à draguer. Je ne sais pas si elle me reconnaît. — Oui, il y a plusieurs garçons qui correspondent à cette description.

— Bien, dit Katy en se tournant vers moi. Alors décris-le. Il est grand…

Je continue, tout en songeant que c'est complètement tordu d'être en train de le décrire alors qu'il est de l'autre côté du hall.

— Grand, des cheveux roux qui ont toujours l'air en bataille.

— Et un sourire assez brillant pour fournir de l'électricité à toute une ville, complète Katy les yeux fixés sur le comptoir.

Dit-elle cela avec ironie ? Lui ai-je si souvent parlé de son sourire pendant ces derniers jours ?

— Ah, et plutôt maigre, dis-je pour compléter la description.

Kari secoue la tête.

— Non. À moins que vous ne parliez de Vic ?

Elle désigne un grand garçon musclé avec de longs cheveux blonds, occupé à déchirer des tickets. C'est comme si elle n'avait rien retenu de toute la description que je viens de lui faire.

— Alors, désolée, dit Kari sur un ton exprimant le contraire, quand je lui dis que non. Cela fait un an que je suis là et cela ne ressemble à personne qui travaille ici.

— Vous êtes sûre ? Vous êtes sûre qu'il n'est pas en train de travailler, en ce moment même ?

Kari me regarde, semble suivre mon regard jusqu'à l'endroit précis où devrait être le garçon du bus, puis elle fronce les sourcils.

— J'en suis certaine.

— Elle le saurait ; elle est responsable adjointe, me dit Katy tandis que nous nous éloignons du comptoir.

— Je sais, dis-je d'un ton brusque.

Ma tête bourdonne, pleine de questions et d'idées absurdes. Ce qui m'effraie, c'est que je pense qu'elles ont raison. Katy. Kari. Le problème vient de moi.

Soudain, je me revois dans le bus en train de parler à mon inconnu la première fois ; je revois les regards bizarres que m'ont lancés le garçon gothique et la mère de famille.

À qui parles-tu ? semblaient-ils vouloir dire. Mais je ne le savais pas à ce moment-là.

Et Caleb, dans l'allée, hier : « Mais je ne suis pas passé si près que ça ! » Et, effectivement, il n'était pas passé si près que ça *de moi*. S'il avait presque renversé le garçon du bus, c'est parce qu'il ne l'avait pas vu.

Et même lundi, déjà au cinéma, ce garçon indien qui m'était rentré dedans et m'avait dévisagée un long moment, puis Katy qui m'avait entraînée comme si j'étais seule. Aucun d'eux ne l'avait vu, alors ?

Oh, mon Dieu.

Katy est en train de me parler.

— Ma mère, elle peut…

Aller voir mes parents pour qu'ils me serrent encore plus la bride ? Me fassent admettre dans un hôpital psychiatrique ? S'assurent que je ne quitte jamais, jamais Lyndale ?

— Non, non, dis-je. C'est juste parce que je me suis cogné la tête.

— Addie.

— Non. Promets-le-moi. Jure-le sur ma vie. Tu ne peux le dire à personne. Il faut simplement que je dorme davantage. Laisse-moi essayer de faire ça.

Katy secoue la tête.

— Je ne veux pas avoir encore un secret à garder.

— Qu'est-ce que tu veux dire ?

— Euh, non, rien… Mes… mes amis, bégaie-t-elle. De « Act ! Out ! » et de l'école, et tout ça. C'est juste que j'ai l'impression de devoir garder les secrets de tout le monde.

Je l'implore du regard. Elle détourne les yeux.

— S'il te plaît, dis-je.

— Et s'il t'arrive quelque chose ? Qu'est-ce que je dirai, alors ?

— Il ne va rien m'arriver. Promets-le-moi.

— Bon, d'accord.

Mais on dirait qu'elle regrette d'avoir accepté dès qu'elle a prononcé ces mots.

Je dis :

— S'il te plaît, rentrons à la maison. S'il te plaît.

Il va disparaître, me dis-je soudain alors que nous nous avançons vers la sortie. Je ne sais pas si je m'attends à ce qu'il disparaisse juste sous mes yeux, à ce qu'il devienne flou ou pâle comme un fantôme. Mais rien ne se passe.

Nous partons.

Il reste.

13

AVANT

Mi-juillet

En général, je le trouve toujours au même endroit – derrière le comptoir, en train de trier des DVD, ou derrière l'ordinateur. Mais, aujourd'hui, je ne le vois nulle part.

Neuf films de Ciano plus tard, et autant de visites au vidéoclub, je vais rendre le dernier à contrecœur, en essayant de trouver un moyen de continuer… cette amitié ? Ce groupe de discussion ?

Il se peut que j'aie passé plus de temps que d'habitude à me préparer.

Mais Zach n'est même pas là.

Je traîne du côté des nouveautés en surveillant les allées, quand M. Laird sort de la réserve et passe devant moi.

— Bonjour, Addie ! Tu sens bon !

Mince. Ce commentaire me fait rougir. Ma mère me dit toujours de me parfumer légèrement, quelques vaporisations au creux des poignets et derrière la nuque, mais, sous la mauvaise influence de Katy, j'ai cru bon de m'en asperger plus largement. Ce qui paraît efficace pour séduire un homme de quarante-cinq ans.

— Merci, monsieur Laird, dis-je en espérant que Zach n'est pas suffisamment près pour entendre cette conversation. Est-ce que Zach est dans la réserve ? Il m'a dit que c'est là qu'il serait si je ne le trouvais pas derrière le comptoir.

— Non, il est à l'arrière, dit son père, sans se retourner car il est en train de vérifier qu'une affiche est droite, l'air concentré.

Puis il se tourne brusquement vers moi.

— Si tu le vois fumer, tu viens me le dire tout de suite, compris ?

— Euh, d'accord, dis-je, pas bien sûre d'être à l'aise avec l'idée de dénoncer Zach, mais ravie que M. Laid m'autorise à aller *à l'arrière* du magasin.

Alors comme ça, Zach fume ?

Le DVD toujours à la main, je passe par une petite pièce sombre qui semble servir essentiellement de réserve, et je trouve Zach dehors. Il sursaute d'au moins trente centimètres quand je ferme la porte. Et puis il sourit, soulagé que ce ne soit que moi – content, même, que ce soit moi.

— Salut, Zach, dis-je en fermant les yeux.

— Euh… Salut ?

Sa voix monte dans les aigus à la fin de la phrase, comme une question.

— Tu te demandes pourquoi je ferme les yeux, c'est ça ?

— Oui.

— Ton père m'a dit que si je te voyais en train de fumer, je devais – je cite – aller le lui dire tout de suite.

Zach rit et je me sens stupide à sourire les yeux fermés.

—Je ne t'ai pas vu fumer.

—Et tu ne me verras pas fumer, dit-il en me contournant – pour éteindre la cigarette, je suppose.

Il s'arrête devant moi. Je le sens tout proche, je sens son haleine parfumée au tabac.

—Tu peux ouvrir les yeux.

C'est ce que je fais, et je suis éblouie par son sourire à cent watts.

—Le dernier, dis-je en lui tendant le DVD avant d'oublier *toutes* mes pensées.

—Et alors ?

Zach me tient la porte pour que je passe, puis s'arrête pour sortir un paquet de bonbons à la menthe de sa poche. Il m'en offre un mais je décline, me demandant à quel point il a déjà pensé à l'intérieur de ma bouche. Ou plutôt s'il a autant pensé à l'intérieur de ma bouche autant que j'ai pensé à l'intérieur de la sienne.

—Je le classe entre *The Mask of Falling* et *Volvo Lost*. La fin ne tient pas la route.

—Mmh, dit-il pensivement. Même avec le retour de Beppe ?

—*Surtout* avec le retour de Beppe !

—Mmh, dit-il de nouveau, les yeux rivés au sol, pendant que nous nous dirigeons vers la section horreur.

Pendant un instant, je me dis qu'il est en train de réfléchir à quel film me recommander ensuite, mais au lieu de ça il relève les yeux vers moi et lance :

—J'ai quelque chose à te demander.

Mon cœur rate au moins trois battements. Ce que Katy appelle un Épisode cardiaque.

Est-ce qu'il va me proposer de sortir avec lui ?

— Quoi ?

C'est seulement en m'entendant chuchoter que je me rends compte que Zach a posé sa question dans un murmure.

— Je ne pense pas t'avoir déjà dit que j'étais, comment dire… (Il semble un peu gêné.) … un aspirant réalisateur.

Je le regarde, les yeux vides.

OK, finalement, il n'est peut-être *pas* en train de me demander de sortir avec lui.

— Mon Dieu, ça sonne prétentieux, dit comme ça. Mais c'est la vérité.

Je laisse passer une seconde de silence avant de répondre :

— Comme Ciano ?

Son fanatisme s'explique mieux, maintenant.

Zach me jette un coup d'œil, ses yeux pétillent comme si j'avais *compris*.

— Oui, dit-il, un tremblement d'excitation dans la voix. Exactement comme Ciano.

Dire que les battements de mon cœur ralentissent de manière constante serait un euphémisme.

— C'est formidable.

J'espère au moins que j'ai l'air enthousiaste.

— Enfin, il faut que je travaille l'accent. Et la moustache en guidon de vélo, dit-il en pouffant. Tu as vu le making-of, d'ailleurs ? Tu t'attendais à ce qu'il ressemble à ça ? J'adore la manière dont il joue avec les clichés. Même dans son apparence.

Le petit réalisateur italien qui tripote sa moustache en guidon de vélo. Comment ça lui est venu ?

Je souris.

— Tu voulais me demander quelque chose.

— Ah, oui, répond Zach. Je travaille sur un petit film cet été. J'ai écrit le scénario avec mon ami Raj, et je me demandais si tu voudrais bien jouer dedans ?

— Moi ?

Il n'y a manifestement personne d'autre que moi, mais parmi tout ce qu'il aurait pu me demander de choquant – sortir avec lui, par exemple, ou alors, ma main – je ne me serais jamais attendue à ça, donc je ne peux pas m'empêcher d'avoir un doute.

Il acquiesce sans me quitter des yeux, jusqu'à ce que le choc se dissipe.

— Mais je ne sais pas jouer !

— Exactement, dit-il en riant. Enfin, pas le fait que tu ne saches pas jouer. Je demande à voir, d'ailleurs. Mais tu as vu les films de Ciano : aucune compétence n'est requise.

— Mais…

J'essaie de trouver une excuse, n'importe laquelle.

— Je pense que tu serais parfaite.

Quand son regard croise le mien, je n'ai pas la présence d'esprit de détourner les yeux.

— Je pourrais… enfin, je suppose que je peux essayer.

— Parfait ! (Nous sommes de retour à l'intérieur du magasin, et je suis Zach derrière le comptoir.) Tiens. On va tourner chez moi, donc je vais te noter mon adresse. On est mardi, est-ce que ça te va si on fait un essai samedi et qu'on commence lundi ?

Il prend un morceau de papier, un vieux reçu sans doute, et griffonne dessus. C'est la première fois que je remarque qu'il est gaucher.

Pendant qu'il le glisse vers moi, un client – un homme en costume venu choisir un film pendant sa pause-déjeuner – s'approche pour emprunter une pile de DVD. Zach se tourne vers lui pour l'aider. L'homme n'ayant pas de compte chez eux, ils doivent en créer un. Je tiens toujours le reçu dans ma main, attendant que Zach termine, quand une idée surgit dans mon esprit.

Je ne sais pas si cela fait de moi une fille désespérée ou courageuse, mais je décide que, à part en lui demandant directement de sortir avec moi, il n'y a qu'un seul moyen de savoir si je plais ne serait-ce qu'un peu à Zach. Peut-être qu'il est amical et charmant avec tout le monde ?

Alors, pendant qu'il est occupé à rentrer toutes les informations sur l'homme, je déchire le bas du reçu qu'il m'a donné et y note mon numéro de téléphone. Peut-être qu'il ne le verra même pas. Peut-être qu'il pensera que c'est juste au cas où il aurait besoin de me joindre, quand bien même il ne me l'a jamais demandé et que le numéro de ma mère est dans son fichier client. Mais avant d'avoir le temps de changer d'avis, avant d'avoir l'opportunité de me convaincre que ce n'est pas le genre de chose que je fais d'habitude, je pose le morceau de papier sur le comptoir, place le stylo dessus, dis au revoir à Zach et me dirige vers la sortie.

Pour la première fois depuis une semaine, je quitte *At Home Movies* sans DVD. Mais avec le numéro et l'adresse de Zach. Et un rôle dans son *slasher*. Et, surtout, en l'ayant clairement invité à m'appeler.

14

APRÈS

Janvier

J'écris une note sur un bout de papier arraché à mon cahier d'espagnol.

Parfois j'écris des choses dont je veux absolument me souvenir. Mes partitions sont pleines de notes et de mémos.

Si je me le demande, c'est que je ne le suis pas.

(Folle.)

Est-ce que c'est vrai que quand on se demande si on est fou, c'est justement parce qu'on ne l'est pas ?

J'espère que oui. C'est pour ça que je garde la note pliée dans la poche arrière de mon jean pendant six jours : pour me rassurer.

Je ne peux pas être folle.

Folle, ça voudrait dire bloquée ici, dans cette ville.

Mais cela va aussi bien avec le fait de voir un garçon que personne d'autre ne peut voir. Quelqu'un qui n'existe pas.

Je ne l'ai pas vu depuis jeudi au Cinéplex avec Katy, et je suis bien décidée à ce que ça n'arrive plus jamais.

J'ai volé deux somnifères dans l'armoire à pharmacie de ma mère et je les ai essayés, un à la fois, parce que je n'arrive toujours pas à dormir ; des bus et des arbres – et maintenant des garçons invisibles – tournoient toujours dans mon esprit. Ça aide pour le sommeil, mais ça ne change rien au sentiment tenace que quelque chose ne va pas.

Comme l'exercice physique est censé être bon pour l'esprit, je monte sur le tapis de course que ma mère a installé dans la chambre d'amis.

Au dîner, je finis les petits pois dans la salade qu'elle a faite, plutôt que de les repousser dans un coin de mon assiette comme à mon habitude.

Je ne sais pas si quoi que ce soit de tout ça fonctionne ; tout ce que je sais, c'est que je suis épuisée.

Je dois mobiliser toute mon énergie et toute ma capacité d'attention pour me concentrer au lycée, pour suivre les conversations à l'heure du déjeuner, pour ne pas m'agiter sur ma chaise en m'attendant à voir apparaître des dizaines de personnes invisibles. Et j'ai l'impression que j'y arrive plutôt bien : je garde les yeux rivés sur ce qui est solide, ce dont l'existence est sûre, sur ce qui est assez proche pour que je puisse le toucher.

Je m'en sors plutôt bien, jusqu'à mercredi. Jour où le garçon apparaît à l'école.

Je l'entraperçois du coin de l'œil. Une grande silhouette dégingandée à la fenêtre de la salle de musique, pendant ma répétition d'orchestre.

Les doigts figés sur l'archet, le cœur à l'arrêt, je prends le temps de m'assurer que ce n'est pas seulement une ombre ou un jeu de lumière.

Mais ce n'est pas le cas.

Je suis assise dans la section des altos, près du centre de la pièce, avec Katy et les autres violonistes à ma droite. Seul un siège sépare Katy de la fenêtre ; je ne peux pas détourner le regard de la vitre. En clignant des yeux, j'essaie de faire disparaître l'angle aigu des mâchoires du garçon, la touffe de cheveux qui dépasse de son bonnet noir ; la buée sur la vitre alors qu'il appuie son front sur la fenêtre pour regarder à l'intérieur de la salle.

Je dois prendre sur moi pour ne pas attraper Katy par le bras et la forcer à regarder, à voir la marque laissée par son haleine sur la vitre, ses dents qui claquent, en silence car notre musique couvre tout.

Dis-moi que tu peux le voir, ai-je envie de dire.

Comment est-ce possible que tu ne le voies pas ?

Mais je lui ai dit que je ne l'avais pas vu depuis le Cinéplex, ce qui est vrai. J'y suis retournée deux fois avec Katy et il n'était pas là. Je lui ai dit que je dormais mieux maintenant, ce qui n'est pas complètement vrai, et j'ai essayé de rester attentive quand elle me parlait pour me rappeler ce qu'elle me dit.

Je ne peux donc pas lui avouer qu'il est là.

Je fais trois erreurs sur la même page.

Katy me jette un coup d'œil en haussant un sourcil, me demandant silencieusement ce qui m'arrive.

Finalement, je pose mon alto et mon archet, demande à Mme Dubois la clé des toilettes et m'enfuis de la salle, au moment où Paulie joue un chapelet de notes au son particulièrement évocateur, qui fait glousser Katy.

Dès que je suis dans le couloir, je me mets à courir vers les lourdes portes qui mènent à l'arrière du bâtiment, puis vers la fenêtre de la salle de musique. L'air froid me fouette les joues, la poitrine et les doigts, et je me dis vaguement que j'aurais dû récupérer mon manteau dans mon casier, mais c'est trop tard. Je cours trop vite pour m'arrêter ou faire demi-tour. Alors que j'approche de la fenêtre de la classe de musique où je l'ai vu, je me rends compte qu'il est parti. Il n'y a personne.

Je m'arrête à quelques pas de la fenêtre pour que personne de l'orchestre ne puisse me voir, et j'essaie de reprendre mon souffle. Je baisse les yeux au sol, à l'endroit où il se tenait, à la recherche d'empreintes ou de quelque chose qu'il aurait laissé tomber, n'importe quel signe prouvant qu'il était bien là, mais il n'y a rien.

C'est là que je l'entends.

Un bruit étouffé, tout proche, comme des pas dans la neige.

Je sais que c'est lui. Cela ne peut être que lui.

— Eh ! Eh, attends !

Je me remets à courir, sprintant sur le trottoir déneigé dans la direction où j'ai entendu le bruit. Je tourne si vite à l'angle du bâtiment que je ne peux pas éviter de rentrer dans quelqu'un. L'homme m'attrape par les coudes pour éviter que je ne bascule vers lui.

— Whoa, whoa, whoa, s'exclame-t-il.

Sa voix est épaisse, son visage est large et buriné. Et il a environ quarante ans.

— Où cours-tu si vite ?

Je cligne plusieurs fois des yeux, pour donner à l'image en face de moi une chance de changer, mais c'est toujours Bert, le jardinier de l'école. Aucun signe du garçon.

— Et tu ne portes même pas de manteau. Tu veux attraper la mort ?

Je secoue vigoureusement la tête, trop essoufflée et trop déçue pour prononcer le moindre mot.

C'est presque exactement ce que j'ai dit au garçon du bus l'autre jour.

— Est-ce que ça va ? me demande-il en me lâchant, et j'acquiesce.

Il me regarde toujours bizarrement, alors je me force à parler :

— Désolée, je vous ai confondu avec quelqu'un d'autre.

Il n'a pas l'air très convaincu, mais il n'insiste pas.

— Très bien. Retourne en classe, maintenant.

Il commence à s'avancer sur le terrain de football américain enneigé.

Je fais demi-tour. En passant, je m'arrête de nouveau devant la fenêtre de la salle de musique pour vérifier que je n'ai rien raté.

Je l'ai *vu.*

Putain, je l'ai *vu.*

Maintenant que l'adrénaline a reflué, je sens le froid qui engourdit mon corps et je me recroqueville pour me réchauffer, les dents qui claquent ; je me souviens alors que je l'ai vu claquer des dents, et je me dis que je ne peux pas être folle. Je ne peux pas.

Je me laisse glisser contre le mur et m'assieds dans la neige en repassant tout ça dans mon esprit.

Régulièrement, je fais le même rêve. Je me tiens au milieu d'une foule – au niveau des restaurants du centre commercial, ou bien au parc, pendant un festival d'été, parfois sur un quai de métro où je ne suis jamais vraiment allée –, et soudain, tout ce qui m'entoure commence à disparaître. Les voitures, l'herbe, les tables. Les gens. C'est quand le son commence aussi à disparaître – les notes joyeuses des rires et des voix, ou bien la fanfare qui joue dans les festivals d'été – que je commence à paniquer. Que je me force à me réveiller.

Ce qui m'effraie le plus, c'est le silence.

C'est le vide laissé par toutes les vies, tous les gens, toutes les choses que je ne peux pas retenir. Je ne sais pas ce qui les fait disparaître, ni où ils disparaissent. Tout ce que je sais, c'est que cette sensation me terrifie.

Je repense à l'accident, je rembobine jusqu'au moment où le garçon est monté dans le bus, juste après moi. Puis je vais en avance rapide jusqu'à l'hôpital, puis au cinéma et à cette fenêtre, cinq minutes plus tôt. J'ai souvent fait ça ces derniers jours, mais je balaie une nouvelle fois tous les détails dont je peux me souvenir.

Juste une fois encore. Pour comprendre ce que je rate, ce que je ne vois pas.

Ce qui est bizarre, c'est qu'il est monté dans le bus avant l'accident, avant que je me cogne la tête. Est-ce que ça n'aurait pas dû être après, s'il est le résultat d'une sorte de commotion cérébrale ? Il doit bien y avoir un moyen de trouver un sens à tout cela.

Mais je ne trouve rien, et au bout de quelques minutes, je me dis que je vais vraiment attraper la mort si je ne rentre pas tout de suite. Je me reprends, une idée commençant à germer dans mon esprit.

Je n'ai pas dit à mes parents ce que je vois, et j'ai arrêté de dire à Katy la vérité. Parce que je ne voulais pas qu'ils pensent que j'étais folle. Parce que je ne voulais pas que ce phénomène, quel qu'il soit – cette sorte de chape qui s'est abattue sur moi, lourde, irritante –, me coûte ce qui m'est le plus cher. Mais je dois comprendre ce qui se passe.

Je dois *arrêter* ce qui se passe.

Quand je me relève, l'arrière de mon jean est complètement trempé à cause de la neige.

Je ne peux pas gérer ça toute seule.

Il doit bien y avoir quelqu'un que je peux aller voir sans impliquer mes parents.

Je commence à imaginer un plan, très vague pour l'instant.

Je me dépêche de revenir à l'intérieur du bâtiment. Mes chaussures mouillées crissent sur le sol quand je regagne ma place. Alors que je tourne une page, Katy désigne mes doigts, tout fripés à cause du froid. « Gangrène », articule-t-elle en silence. Pas engelures, mais gangrène.

— Ça va ? murmure-t-elle.

Je hoche la tête sans la regarder, attrape mon alto et mon archet, et me concentre sur les partitions devant moi, me préparant pour l'entrée des cordes.

15

AVANT

Mi-juillet

Ce qui est super avec le fait d'être la seule de l'orchestre à ne pas avoir de vie, c'est que ça me donne plein de temps pour répéter, donc je peux avoir une longueur d'avance sur tous les autres à la rentrée.

Cela fait une heure que je répète le concerto pour alto de Bartók, en essayant de saisir exactement le rythme. Il alterne entre *andante* et complètement frénétique : c'est comme si les notes se chevauchaient alors les unes les autres dans leur hâte d'éclater. Puis il redevient calme. Mme Dubois dit qu'un bon morceau fait s'effondrer les murs, ébranle les fondations, puis remet tout en place. Brique par brique. Note par note. Les coups de mon archet sont comme des coups de massue : lourds et violents. J'imagine que la maison que je suis en train de réduire à néant, c'est la mienne : mon père absent, la distance entre mon frère et moi, le fait que l'on ne puisse réellement entrer en contact les uns avec les autres. Quand je commence le deuxième mouvement, je visualise des ouvriers du bâtiment qui reconstruisent ce que je viens de détruire. Je me sens aussi épuisée que si j'avais travaillé avec eux. Après avoir joué les trois mouvements une première fois, je reprends l'ensemble depuis le début. Mon cœur bat à une allure d'escargot, puis de plus en plus vite, jusqu'à me faire tourner la tête. J'ai besoin d'un peu de temps pour le ralentir de nouveau. Je ne suis pas satisfaite de la première partie, alors je m'arrête pour tout recommencer. C'est là que j'entends que mon téléphone sonne – je ne sais pas depuis combien de temps. Je ne connais pas le numéro, donc j'hésite à prendre l'appel, mais l'image du morceau de papier où j'ai gribouillé mon numéro pour Zach hier me vient à l'esprit. En retenant mon souffle, je réponds.

— Allô ?

— Addie ! s'exclame-t-il joyeusement, comme si c'était lui qui était agréablement surpris de m'entendre. Je n'étais pas sûr que ce soit ton numéro, sinon je t'aurais envoyé un texto.

— Salut, Zach ! Non, non, c'est bien mon numéro, tu aurais pu m'envoyer un texto. Mais c'est bien que tu aies appelé, aussi. (*Oh, mon Dieu, tais-toi*, me crie mon cerveau.) Comment ça va ?

Je pose mon alto sur mon lit. Qu'est-ce que je suis en train de dire ? Pourquoi m'appelle-t-il ? Et, surtout, où est-ce que je peux me procurer un guide sur « comment avoir une conversation téléphonique sensée et pleine d'esprit » ?

Heureusement, il n'a pas l'air complètement horrifié.

— Ça va bien, d'autant que c'est mon jour de congé aujourd'hui.

— Super, tu as quelque chose de prévu ?

— En fait, c'est pour ça que je t'appelle. Je ne sais pas si ça va te paraître bizarre ou pas… (Il fait une pause, et je note une nuance de doute dans sa voix.) … mais comme ta copine t'a plantée cet été, et que je n'ai pas à travailler aujourd'hui, je voulais voir si tu avais envie qu'on se voie.

Est-ce qu'il est en train de me demander de sortir avec lui ? On dirait bien qu'il est en train de me demander de sortir avec lui.

—Addie ?

—Ah, ben oui, pourquoi pas ! dis-je en essayant d'avoir l'air décontractée.

Mon cœur, par contre, bat en triples syncopées.

—On pourrait faire ce que j'appelle des « Choses parfaitement ordinaires avec un enthousiasme excessif », par exemple.

Il éclate de son rire joyeux, sans aucune restriction. Je lui réponds de la même manière ; je ne savais même pas que j'en étais capable.

—Ça me paraît très bien !

—Vraiment ? Tu peux dire non, si tu veux. Comme je te le disais la dernière fois, j'ai l'impression que tu es bien plus cool que moi, donc je comprendrais très bien si tu me disais que tu n'avais pas besoin de nouveaux amis.

Amis.

Finalement, peut-être qu'il n'est pas en train de me demander de sortir avec lui.

—On n'a jamais trop d'amis, dis-je, sincèrement.

D'autant plus sincèrement qu'il vient de me désigner comme telle.

Il propose de passer me chercher pour que je n'aie pas à prendre mon vélo, et je lui indique comment venir chez moi avant de raccrocher. Je farfouille rapidement dans mon placard pour trouver quelque chose à me mettre, et je choisis mon tee-shirt préféré, le violet, mon short en jean délavé et des ballerines. Le vrai boulot, c'est de dompter mes cheveux, qui sont d'une exactitude absolue quand il s'agit de m'informer sur le taux d'humidité dehors. Au final, j'en attache une partie et laisse le reste flotter librement sur mes épaules. Je suis en train de me précipiter en bas de l'escalier pour attendre devant la porte de devant quand ma mère arrive de la cuisine.

On est jeudi, mais j'avais oublié qu'elle avait pris sa matinée.

Toute l'entrée sent le poisson, qu'elle prépare en général avec des fruits de l'arbre à pain – c'est le plat préféré de mon père. Les fruits sont verts, à peu près gros comme le poing, et leur goût est assez proche de celui des pommes de terre. Maman doit faire une commande spéciale au marché de producteurs pour en avoir, mais je suppose qu'elle a dû apprendre des milliers de manières de les cuisiner (frits, sautés, à la vapeur...) pendant qu'elle était mariée avec papa, et qu'elle veut les mettre à profit. Cuisiner est, apparemment, l'activité que ma mère a choisie aujourd'hui pour lutter contre notre dépression familiale saisonnière. Je ressens immédiatement un pincement de culpabilité familier : culpabilité de ne pas avoir passé plus de temps avec elle cet été, de ne pas avoir essayé de lui remonter le moral – ce n'est certainement pas Caleb qui va le faire –, et enfin culpabilité de ne pas me sentir aussi triste que je le devrais à cause de l'anniversaire de leur divorce.

— Où est-ce que tu cours comme ça ?

— On vient me chercher.

Elle hausse un sourcil :

— Je croyais que Katy était en vacances.

— C'est quelqu'un d'autre.

Elle croise les bras :

— Quelqu'un que je ne connais pas ?

Le sentiment de culpabilité commence à se dissiper. Réprimant mon envie de lever les yeux au ciel, je rétorque :

— Ils ne te laissent pas me tenir la main et venir au lycée avec moi tous les jours, tu te rappelles ? Donc, *oui*, quelqu'un que tu ne connais pas.

— Ne sois pas insolente, Addison. C'est quelqu'un du lycée, alors ?

Si elle savait que je venais juste de rencontrer ce garçon au vidéoclub, il y a moins de deux semaines, elle voudrait sans aucun doute le rencontrer. Et je ne peux rien imaginer de plus gênant que Zach se faisant interroger par ma mère lors de ce qui est peut-être notre premier rendez-vous officiel.

Mais parce que, parfois, une ou deux choses dans l'univers jouent en ma faveur, le téléphone sonne juste à cet instant, et ma mère va répondre. Elle attendait un appel de Bruce, l'homme qu'elle a commencé à fréquenter il y a quelques mois. Je sais qu'elle compte sur le fait que j'attende qu'elle ait fini de parler pour sortir, mais quand elle me tourne le dos pour noter quelque chose, je saisis l'occasion de courir vers la porte d'entrée. Dehors, l'air est humide, mais pas aussi chaud que les jours précédents. Je viens juste d'arriver dans l'allée quand une voiture turquoise s'arrête devant la maison. Zach me fait signe quand je m'approche, puis se penche pour m'ouvrir la portière.

— Salut ! dit-il.

— Salut !

Je connais beaucoup de gens enthousiastes – y compris Katy, malgré son hypocondrie –, mais ce qui est différent avec Zach, c'est que son entrain semble contagieux. Je mets autant de points d'exclamation dans mes phrases qu'il en met dans les siennes. Et, en général, sans même y penser.

L'intérieur de sa voiture est enfumé et un peu étouffant. Les sièges en cuir sont chauds, comme si la voiture était restée longtemps au soleil, et il y a des sacs en papier et des bouteilles vides partout, des paquets de cigarettes écrasés et une pile de DVD sur le siège passager.

— Merde, j'allais déplacer ça. Désolé, dit Zach alors que les DVD s'écroulent sur mes pieds quand j'entre dans la voiture.

Je ris, ramasse les DVD et les mets sur le siège arrière, qui est recouvert de magazines sur le cinéma. Un koala en peluche pend au rétroviseur.

— Est-ce que c'est à ça que ressemble l'intérieur de ton cerveau ?

— Malheureusement, oui, me dit Zach en souriant.

Il porte un tee-shirt et un jean, comme toutes les fois où je l'ai vu dans le magasin de son père. Ses cheveux sont particulièrement extraordinaires aujourd'hui : des petites bouclettes en forme de J lui tombent sur le front. Il se tourne vers moi, les mains sur le volant, mais il ne démarre pas. J'ai des visions d'horreur de ma mère déboulant hors de la maison, furieuse que je sois partie pendant qu'elle était occupée à autre chose, pour me faire revenir de force à l'intérieur.

— Alors, où on va ? lance-t-il. Quelles sont les choses les plus ordinaires auxquelles tu peux penser ?

— Mmmh, je ne sais pas… Laverie ? Ménage ? Poste ?

Zach fait une grimace.

— La poste ? Là, ce n'est plus une chose ordinaire, c'est une torture.

Je ris.

— Jardinage ? Courses ?

— Courses ! dit Zach en pointant son doigt vers moi comme si j'avais dit quelque chose de génial. C'est parfait.

Dès qu'on a démarré, j'envoie un message à ma mère :

Désolée, on est venu me chercher pendant que tu étais au téléphone ! Bisous.

On est près du centre commercial, mais on décide de continuer un peu plus loin, jusqu'au magasin discount. Il y aura moins de monde, et puis, comme on s'en est rendu compte dans la voiture, on est tous les deux un peu justes côté financier. La conversation est fluide pendant tout le trajet (on parle des DVD qu'il a dans sa voiture, de ceux qui valent la peine d'être vus), mais je sens une sorte de courant parcourir mon corps pendant tout le temps où on parle. Cela me rend hyper-consciente de tout ce qui se passe, du nombre de fois où Zach me jette un coup d'œil pendant qu'il conduit (cinq), du nombre de fois où il rit à quelque chose que je dis (trois), du nombre de fois où il se passe la main dans les cheveux (sept). Je joue avec la ceinture de sécurité, puis croise les mains sur mes genoux, mais ça fait matrone, alors je les décroise et les laisse juste à plat sur mon short, me demandant ce que les gens font en général de leurs mains.

Quand on arrive au magasin, Zach prend un panier et me dit :

— As-tu déjà joué à « Bigger and Better » ?

— Non. Comment ça marche ?

Il est environ midi, et on est en semaine, donc il n'y a pas beaucoup d'autres clients.

— C'est facile. Tu commences par la plus petite chose possible, comme, disons… (Il regarde autour de lui : nous sommes dans le rayon papeterie, donc il jette une gomme dans le panier.) Puis tu choisis quelque chose d'autre – quelque chose de plus gros et de mieux –, et on continue à changer jusqu'à ce qu'on se retrouve avec l'objet le plus gros et le mieux du magasin. Puis, on paie, et on se sent trop bien.

— Oh, mais ça me paraît beaucoup trop amusant pour être qualifié d'ordinaire, dis-je ironiquement.

— Tu vas voir, ça va le faire. À toi.

J'inspecte les objets autour de nous, retire la gomme de Zach et la remplace par un jeu de Post-it jaunes.

Il me regarde d'un air sceptique.

— C'est clairement plus gros, mais est-ce que tu es sûre que c'est mieux ?

— Évidemment. Tout le monde aime les Post-it !

— Moi, je n'aime pas les Post-it, proteste Zach. Ce cahier « No Boys Aloud » n'aime pas les Post-it.

Il retire les Post-it et les remplace par un cahier orange brillant avec les quatre visages des membres du dernier girls band à la mode. Il secoue la tête en le feuilletant.

— Je suis désolé : les *Spice Girls* étaient bien meilleures.

— Ah bon ? Et c'était qui, ta préférée, Zach ?

Il fronce les sourcils comme s'il faisait des efforts pour se souvenir de quelque chose.

— Thym[1] ? (Il essaie de se retenir de rire ; ses yeux gris pétillent, et quelque chose palpite dans ma poitrine.) Origan ?

— Oh, mon Dieu, dis-je. J'espère pour toi que tu plaisantes.

Avant le collège, l'une de mes passions, c'était les groupes de rock. J'aimais l'harmonie des voix, mais aussi toutes les histoires que l'on pouvait imaginer pour chaque membre. Que ce soit le dernier groupe à la mode avec une espérance de vie de cinq secondes ou Queen, que mon père et moi chantions ensemble à tue-tête dans la voiture. Personne n'aurait pu nous convaincre que nous n'étions pas assez nombreux pour l'harmonie à quatre voix du début de « I Want It All ». Il y a bien longtemps que je n'ai pas pensé à ça, et cela me fait mal d'essayer de me rappeler depuis combien de temps je ne me suis pas autant amusée avec mon père. Le souvenir de notre horrible dernier dîner de famille me revient à l'esprit, et j'ai soudain envie de rentrer à la maison et de mettre Queen à fond, de m'en servir pour tous nous secouer, mes parents, mon frère et moi. Je ferais tout redevenir comme avant, je nous sortirais de notre torpeur, grâce à Freddy Mercury.

Au lieu de ça, j'attrape un livre de mots croisés et m'apprête à prendre en échange le cahier orange, mais Zach refuse de me le donner.

1. *Spice Girls* signifie « Les filles des épices » ou « Les filles épicées ».

— Hors de question. Des mots croisés ? Ce cahier est clairement supérieur.

Je réussis à l'attraper au moment où Zach ne s'y attend pas, et nos doigts se frôlent ; une décharge électrique me parcourt de nouveau tout le corps. Le sang me monte aux oreilles quand je lui prends le cahier des mains pour déposer les mots croisés dans le panier. Je ne sais pas si lui aussi a senti quelque chose, et je ne sais pas non plus ce que c'était exactement, donc je feins d'inspecter soigneusement les rayons pour ne pas croiser son regard.

Dans le rayon décoration, Zach choisit un coussin avec quelques mots écrits en français dans des caractères cursifs noirs et déliés.

« *L'amour fait les plus grandes douceurs et les plus sensibles infortunes de la vie*.* »

Ma tentative de traduction ressemble à ça :

— « L'amour, le destin… pieds ? Deux ? »

Je regarde Zach qui réprime un éclat de rire, le poing devant la bouche.

— Continue, je pense que tu es sur la bonne voie.

— Vie sensée et malheureuse, finis-je.

— Ah, mais oui : « L'amour… » (Zach s'arrête, cherchant le bon mot.) … « L'amour est pour tout le monde, même pour Bigfoot[1]. »

— « Deux Bigfoot n'iraient pas bien ensemble », proposé-je.

1. Bigfoot (« Grand pied ») est une créature humanoïde légendaire censée vivre aux États-Unis et au Canada.

— Exactement, parce qu'ils seraient trop voyants, dit-il.

— Oui, mais un Bigfoot solitaire est voué à une vie malheureuse.

— Très bien ! s'exclame Zach. On est devenus des pros de la langue française en, quoi, cinq minutes ?

Il lève la main pour un *high five*, et je l'imite.

Quand ma main entre en contact avec la sienne, j'ai l'impression que toute ma peau est composée de terminaisons nerveuses, tant elle est sensible à ce contact.

— Et c'est pour ça que les Français détestent les Américains, dis-je en riant.

Ce n'est pas évident de trouver quelque chose de plus gros et de mieux que ça, mais je finis par prendre une grande boîte de rangement ovale.

Zach ne s'avoue pas vaincu :

— Je prends ton espèce de poubelle, et je surenchéris avec ce balai !

— Pas question.

— Et pourquoi pas ?

— Ce n'est ni plus gros ni mieux. C'est juste plus long.

— Je pense que ça compte, Addie.

— On ne peut pas repartir avec un balai !

Il finit par céder et on traîne dans le magasin pendant quelques minutes encore, jusqu'à ce qu'on trouve quelque chose qui ravit Zach.

— Oui ! Ma mère en a un comme ça ! s'exclame-t-il en s'approchant de quelque chose qu'il trouve tout au bout de l'allée. Avec ça, je crois que je gagne ! Tu vas voir, de loin on dirait quelque chose, mais quand tu te rapproches, on dirait autre chose.

Il dit ça sur un ton si théâtral que je ne peux qu'éclater de rire.

— On dirait un parapluie, Zach.

— Faux.

Je suis à peu près certaine qu'il n'en a pas le droit, mais il retire l'étiquette et il ouvre le parapluie, qui se déploie dans un sifflement, manquant de faire tomber une pile de cintres derrière nous.

— C'est un parapluie super géant. Très pratique, donc mieux. Et… (Il montre la boîte de rangement dans le panier.) … plus grand, donc plus grand.

Un petit garçon qui arrive dans l'allée où nous nous tenons pointe le doigt vers nous et murmure quelque chose à l'oreille de son père. Zach tourne le parapluie vers l'extérieur, pour qu'il nous dissimule à la vue des autres clients, et me sourit :

— Tu crois qu'ils peuvent nous voir ?

Nous sommes debout, le dos contre une étagère, et quand il parle, je me rends compte à quel point nous sommes près l'un de l'autre. Me sentir à la fois aussi idiote et légère me fait presque frissonner.

— Je crois surtout qu'on est dans le passage, murmuré-je en retour.

Zach rit et ferme le parapluie. L'un des employés du magasin commence à nous regarder d'un sale œil, et je ne crois pas pouvoir surpasser le parapluie de Zach, donc on va à la caisse et on paie.

En sortant, Zach me tend le parapluie.

— Prends-le.

Je secoue la tête.

— Tu as gagné dans les règles de l'art. Je ne veux pas de ta pitié.

Mais il me donne un petit coup sur le bras avec la poignée du parapluie et dit :

— Ce n'est pas de la pitié. Mais je m'amuse bien trop pour quelque chose censé être ordinaire, donc je suis disqualifié !

Je ne sais pas si ses mots ont dépassé sa pensée, mais l'atmosphère change alors très légèrement ; je me sens sourire, et lui détourne le regard, comme s'il n'avait pas voulu dire ça. Je prends le parapluie.

— Merci.

Pendant que nous étions à l'intérieur du magasin, quelqu'un a glissé un prospectus jaune sous les essuie-glaces : « Overton Inc. : des procédures neuroscientifiques de pointe qui peuvent changer votre vie. »

Je le tends à Zach, qui le froisse et le jette dans la poubelle la plus proche.

En montant dans la voiture, Zach dit :

— Bon, on a fait la première partie de notre programme de « Choses parfaitement ordinaires avec un enthousiasme excessif », mais il manque le plus important !

— C'est-à-dire ?

— La frime.

On reste sur le parking – fenêtres ouvertes – le temps que je rédige le parfait message pour Katy, en m'inspirant de ce dont je me souviens des siens.

Viens de faire une heure de shopping dans un magasin discount. Repartie avec un parapluie super géant. Trop bien !

Zach semble vraiment impressionné quand je lui montre mon travail, mais la réponse de Katy – inhabituellement rapide, dans la mesure où elle met en général des heures à réagir – est géniale.

???

Hein ??

On est secoués de grands éclats de rire pendant un moment, puis je dis :

— Alors, c'est quoi notre prochaine activité ordinaire ? Ou bien est-ce que ça suffit pour la journée ?

— Eh bien, ma voiture a vraiment besoin d'un bon nettoyage.

Alors on emmène la voiture de Zach à une station de lavage : avant, je l'aide à jeter tout ce qui doit aller à la poubelle, puis je tiens les magazines et les DVD pendant qu'il passe l'aspirateur.

Je ne peux pas m'en empêcher. J'envoie un nouveau message à Katy.

Mousse, eau, odeur de cire. Meilleur nettoyage de voiture de ma vie. La vie est belle.

Ce n'est pas si loin de la vérité.

C'EST QUOI CE DÉLIRE ? répond-elle.

Zach et moi explosons de rire et continuons notre travail. Il refuse de jeter le DVD cassé d'un de ses films cultes et donc impossible à regarder juste au cas où il pourrait être réparé. Tout mon corps bourdonne depuis trois heures : j'ai l'impression d'avoir été frappée par la foudre ; j'ai peur de respirer trop profondément ou de faire un mouvement brusque. Je me dis que c'est peut-être ça, avoir tous ses sens en éveil.

Quand je rentre à la maison, j'envoie à Katy un autre message, et je sais déjà que je vais recevoir une réponse en lettres majuscules, même si j'ignore quand. Tout ce que j'écris c'est : *Alors… j'ai rencontré un garçon…*

16

APRÈS

Janvier

Il me regarde en fronçant les sourcils.

Le garçon du bus.

Il y a beaucoup de vent au lac Bentley aujourd'hui, et la neige tombée il y a quelques jours recouvre l'herbe. Après une grosse chute comme celle-là, en général, la neige tient pendant une éternité, sauf sur les routes et autoroutes salées ou sur les trottoirs sablés. Mais comme c'est l'un des jours les plus chauds que nous avons eus depuis des semaines, les gens se promènent dans le parc, sur les chemins autour du lac. C'est là que je le trouve, assis sur un banc, ses longues jambes étendues devant lui, les mains dans les poches de son jean. Ni manteau ni pull, rien. Il porte le même bonnet noir qu'il y a quelques heures quand il est apparu à la fenêtre de la salle de musique.

Avant de disparaître.

Je tire sur mon propre bonnet en laine, tout aussi gênée que gelée, puis je prends le temps de vérifier plusieurs fois que je le vois vraiment.

Je suis venue ici pour réfléchir à la manière de gérer le fait que je suis en train de devenir folle. Pour décider vers qui me tourner, puisque cela ne peut pas être mes parents. Et pour me vider la tête en respirant l'air frais pendant quelques minutes.

Mais, évidemment, il ne pouvait pas me laisser ça.

Il m'a suivie.

Ou il est apparu comme par magie.

Peu importe.

Je marche vers le banc en gardant les yeux fixés sur lui, déterminée à ne pas le laisser de nouveau me filer entre les doigts sans des réponses solides à mes questions. J'essaie si fort de ne pas cligner des yeux – au cas où il disparaîtrait à ce moment-là – qu'ils commencent à me piquer quand j'arrive à sa hauteur.

Je siffle entre mes dents :

— Qui diable es-tu ? (J'ai tant de questions qu'elles semblent jaillir de moi en cascade.) Qu'est-ce que tu veux ? Pourquoi personne d'autre ne peut te voir ? Que s'est-il passé dans le bus ce soir-là ?

Il me regarde en clignant des yeux. Je poursuis :

— Mais qu'est-ce qui se passe, bon sang ?

Il ne dit rien, il continue juste à me regarder.

— Allô ? *Réponds-moi.*

— Je ne sais pas. (Il fronce toujours les sourcils, et quand il les lève ses yeux gris vers moi, son expression est grave.) Je ne sais même pas comment je m'appelle.

— Comment ça, tu ne sais pas ? (Ma voix monte dans les aigus. Je fais un pas en avant, l'air menaçant, et me penche au-dessus de lui.) Je le jure devant Dieu, si tu ne te mets pas à parler tout de suite, je… je vais voir la police.

Au lieu de me renvoyer mon bluff à la figure et de me dire qu'il y a plus de chances que ce soit moi qui me fasse arrêter, dans la mesure où lui n'est sans doute qu'un symptôme de ma psychose, il me dit simplement :

— Addison, si je savais quelque chose, je te le dirais, je te le promets.

Je prends une profonde inspiration tout en essayant de trouver un sens à ses mots.

Et là, une chose vraiment surprenante arrive. Vraiment terrifiante, aussi, puisque j'étais persuadée que si je pouvais lui parler, si je pouvais l'affronter, le faire s'expliquer, tout s'arrangerait. Mais là, ce qui se passe, c'est que je le crois.

Je vois – à l'expression sincère de ses yeux, au léger tremblement de sa voix, à la solennité de son expression – qu'il dit la vérité.

C'est comme si un géant venait de me frapper à la poitrine ; je dois m'asseoir à côté de lui pour garder un semblant de contenance. Je dois même me rappeler de respirer, je fais de mon mieux pour rester calme.

Je me tourne pour lui faire face.

— Comment tu sais comment je m'appelle, alors, si tu ne te souviens de rien ? Tu viens de m'appeler Addison ! Comment est-ce que tu sais ça ?

— Ton frère t'a appelée comme ça, dans ton allée, l'autre nuit.

— Non, il…

Attends, si, c'est vrai.

—Mes amis m'appellent Addie.

Il fait une pause puis bouge légèrement les lèvres, comme s'il essayait de voir si ça me va bien. Le tout avec une nuance de défi, puisqu'il soutient mon regard.

—Addie.

Ça a l'air d'un secret, de la manière dont il le dit.

J'ai perdu le fil de mes pensées au moment où j'ai failli lui dire qu'il n'était pas mon ami.

—Alors, qu'est-ce que tu es ? Un fantôme ? Est-ce que tu es – tu es mort ? Ou est-ce que tu es juste le produit de mon imagination ?

Il éclate alors de rire. Ce son plein provoque une vague de chaleur le long de mes bras. Mais son rire est bref, et il a quelque chose de triste.

Son expression soucieuse revient presque aussitôt.

On reste assis l'un à côté de l'autre pendant un moment. On regarde les gens marcher, les voitures qui passent en bordure du parc.

—Qu'est-ce qui ne va pas ? finis-je par demander.

À contrecœur : cela devrait ne me faire ni chaud ni froid qu'il ait l'air si malheureux.

—Je me rappelle avoir été à ton lycée ce matin, et je me rappelle avoir été au cinéma l'autre jour, puis devant chez toi, et bien sûr je me rappelle le bus. Mais je ne me souviens de rien d'autre, dit-il en baissant les yeux.

—Qu'est-ce que ça veut dire ?

—Ça veut dire que je ne sais pas comment je suis sorti du bus, ni même *si* j'en suis sorti.

Il se passe une main dans la mèche qui lui barre le front, c'est-à-dire la seule partie de ses cheveux qui dépasse de son bonnet, et dit, la voix pleine de détresse :

— Ça veut dire que je n'*existe* que quand toi, tu es là.

Je garde les yeux rivés sur lui, j'observe la buée que forme son souffle dans l'air et je ressens un élan inattendu vers lui.

— Peut-être que c'est juste une forme particulière d'amnésie, lui dis-je sans y croire vraiment.

C'est le mieux que je puisse faire, compte tenu de mon propre sentiment mêlé de déception, de fureur et… d'autre chose encore que je ne sais pas définir. À cet instant, une femme vient poser son sac à main sur le banc à côté de moi et se baisse pour refaire ses lacets. Elle pose son sac *exactement là où le garçon est assis*, et nous seuls pouvons voir que le sac violet est sur ses genoux. La scène est si ridicule, si folle, que j'éclate de rire, ce qui fait aussi rire le garçon du bus. La femme sursaute et me regarde comme si j'étais folle – ce qui est vrai –, puis attrape son sac et part en courant, comme si elle avait peur que je ne l'attaque, que je ne parte avec son sac ou que sais-je encore.

— Je ne suis même pas sûre qu'elle ait fini de lacer ses chaussures, dis-je, ce qui provoque un autre éclat de rire du garçon du bus.

En me calmant, je pose ma main là où le sac était posé – sur ses genoux, donc. Aucun doute, c'est un *être humain* que je sens. De la chair, dans un jean. Et je viens juste de poser ma main sur les genoux de cet inconnu. Je la retire rapidement en sentant mes oreilles chauffer, et il toussote.

— Bon, je suppose que tu n'es pas tout à fait humain, dis-je, alors même que je peux sentir la chaleur de son corps, voir sa respiration, le toucher.

Il ne répond pas. Au lieu de ça, il dit :

— Quand tu vas partir, je vais de nouveau disparaître. Et si tu m'oublies, je vais probablement disparaître définitivement.

Il dit ça comme pour plaisanter, mais il frissonne, sans que je sache si c'est à cause du froid ou parce qu'il a peur. Même s'il n'est *pas* réel, cela doit paraître réel d'être lui.

Mais je me demande s'il dit la vérité. Il n'apparaît pas toujours quand j'en ai envie, mais c'est vrai que la plupart des fois où il est apparu, sauf le premier soir dans le bus, c'est parce que j'étais en train de penser à lui. Si je pouvais décider de ne plus jamais penser à lui, est-ce qu'il disparaîtrait ? Est-ce que cela pourrait être aussi simple ? Mais, même si je peux me débarrasser de lui, comment est-ce que je pourrais être sûre qu'il ne va pas réapparaître un jour à l'improviste ?

— Est-ce que tu pourrais au moins essayer de deviner ton nom ? Peut-être que tu es le fantôme de quelqu'un et que, je ne sais pas, on pourrait trouver ce qui s'est passé si on a quelques informations ?

— Peut-être que je m'appelle Matthew, dit-il.

Je le regarde et j'essaie de jauger si le nom lui va bien ou non.

— Ou John ? Luke ?

— Est-ce que tu comptes citer tous les apôtres[1] ?

---

1. John, Matthew et Luke sont les versions anglo-saxonnes des prénoms des apôtres Jean, Matthieu et Luc.

Il rit, l'air plus détendu que quelques minutes plus tôt, moins triste.

— Ce mec-là ressemble à un John, en tout cas ; celui qui est en train de courir avec son chien.

Je repère le mec en question : la trentaine, manteau d'hiver et pantalon de running, en train de courir en tenant en laisse un jack russell nerveux.

— Peut-être, dis-je.

— Et ce chien pourrait s'appeler Apollon.

— Et comment s'appelle cette dame-là ? demandé-je en désignant une femme blonde qui marche avec un jeune garçon.

— Suzanne. Ou Lorelei, peut-être.

Je le regarde en haussant un sourcil.

— Si c'est si facile pour toi, tu devrais vraiment être capable de trouver ton propre nom.

Essaie, juste, ai-je envie de le supplier. *S'il te plaît, essaie.*

Il hausse les épaules, mais il y a de nouveau ce voile de tristesse dans son regard. Je bouge un peu pour m'installer plus confortablement sur le banc, et il me lance un regard en coin, comme s'il redoutait que je ne m'en aille, le condamnant à disparaître de nouveau. La tension dans son corps décroît quand il voit que je ne vais pas partir tout de suite. J'ai les doigts qui piquent parce que la température vient de baisser d'un coup, et je les frotte les uns contre les autres pour les réchauffer. C'est le genre de froid qui atteint toutes les extrémités : le bout des doigts et du nez, les oreilles, les genoux et les orteils.

— Tu as froid ? me demande-t-il.

— Non, je…

Mais il est déjà en train de se pencher vers moi pour baisser les bouts de mon bonnet afin qu'il me couvre mieux. Ses doigts effleurent la pointe de mes oreilles, leur communiquant un peu de chaleur.

Il ne retire pas tout de suite ses mains, et c'est seulement quand je m'éloigne un peu, le cœur battant, qu'il se redresse lui aussi.

— Euh… merci, dis-je, embarrassée.

Comment est-ce que je peux être sûre que ce que je vois ou sens est réel, si tout ça – le bruit de sa respiration, la sensation de ses doigts sur ma peau – ne l'est pas ?

— Pas de problème.

Je suis si frustrée que j'ai envie de crier – comment est-il possible que je sois assise précisément avec le garçon, ou plutôt l'apparition, qui m'a tourmentée ces derniers jours, et que je ne sache toujours rien de lui, ni comment il est arrivé, ni pourquoi il est là, ni ce que je suis censée faire avec tout ça ?

Mais le plus inattendu dans tout ça, c'est que je me sens mal *pour lui*. Bizarrement, il me fait penser à moi quand je suis avec Katy et ses amis, ou avec des gens de l'école, ou dans ma famille, où personne ne se regarde vraiment. Ce n'est pas exactement la même chose que d'être invisible, mais je pense que cette impression de *solitude* doit ressembler à ce que l'on ressent quand on ne se rappelle même pas son propre nom.

Alors je reste avec lui pendant quelques minutes encore, jouant à nommer d'autres promeneurs, jusqu'à ce que j'aie trop froid et que le soleil commence à sombrer à l'horizon.

Je n'ai plus vraiment l'impression que c'est un inconnu. Je trouve ça agréable, presque normal, même, d'être assise là avec lui. Malgré tout, je remarque que tous les passants me lancent des regards curieux, essayant de comprendre à qui je parle. Et quand je finis par me lever et que je lui dis au revoir, je sais que cet après-midi – cet étrange réconfort, et cette sorte de compréhension mutuelle entre nous – ne change rien.

J'ai toujours besoin d'aide.

Et je suis toujours, selon toute probabilité, complètement folle.

17

AVANT

Mi-juillet

— Tu ne m'avais pas dit qu'elle était *aussi* grande.

On est samedi matin, deux jours après notre après-midi d'activités ordinaires, et le meilleur ami de Zach, Raj, me regarde le front plissé, comme s'il voulait dire : « Tu as oublié de mentionner que c'était un troll. »

— Addie n'est pas si grande que ça ! se défend Zach en me lançant un regard d'excuse avant de faire les gros yeux à Raj.

— Elle est plus grande que moi ! proteste Raj en ignorant le message lancé par Zach.

— Et alors ? répond Zach, exaspéré.

Raj soupire en s'effondrant sur le canapé du sous-sol (heureusement climatisé) de Zach. Il a un visage rond, la peau brune et des cheveux noirs et drus qui lui tombent sur les oreilles. Il est habillé presque exactement de la même manière que Zach.

Je suis venue à vélo, et, quand je suis arrivée – avant Raj –, Zach a ouvert la porte, un peu essoufflé d'avoir descendu en courant les escaliers. On s'est timidement souri, puis Zach a dit :

— Mes parents ne sont pas à la maison, mais tu as déjà rencontré mon père. Kevin va descendre d'une minute à l'autre, et, en attendant, je vais pouvoir te présenter à tout le monde.

On s'est avancés dans le couloir et Zach s'est baissé pour câliner un chat persan gris qui passait furtivement le long du mur.

— Voici Macy.

Le chat nous a regardés de ses yeux verts, la queue dressée, l'air souverain.

— Bonjour, Macy, ai-je dit.

— Et voici Diego Maradona, a dit Zach en désignant un poster représentant un joueur de football, accroché au mur à côté d'une photo de deux couples de personnes âgées que j'ai supposé être ses grands-parents.

Au bas du poster, il était écrit *La Mano de Dios*, et, juste au-dessus, une signature manuscrite difficile à déchiffrer.

— La première personne que mon père sauverait en cas d'incendie.

J'ai ri.

— Waouh, je crois que c'est la première fois que je rencontre une célébrité ! Ton père aime le foot ?

— Ses parents étaient des immigrants irlandais de première génération, donc la réponse est oui.

—Mon père aussi. Il affirme que les Nord-Américains sont les seuls au monde à ne pas savoir apprécier ce sport à sa juste valeur.

—Ah, mais ce n'est pas vrai ! Regarde les Mexicains ! En tout cas, ne t'avise pas de dire du mal du foot en présence de mon père !

Papa nous a toujours raconté que, petit, il jouait au football partout – chez lui, dans la rue, dans des champs ou des terrains vagues – avec son frère, oncle Mark, qui est mort avant ma naissance. Leurs parents les laissaient faire parce que c'est ce qu'ils avaient toujours fait à Vincy. Il ne me raconte plus ces histoires, aujourd'hui. Maintenant, on parle de meubles ou d'équipements ménagers.

On a marché encore un peu, jusqu'à une salle à manger avec cuisine ouverte, et j'ai suivi Zach jusqu'à un aquarium rectangulaire aux reflets vert d'eau, avec tout un monde de plantes et de cailloux au fond. Il a un peu louché, puis m'a montré quelque chose derrière la vitre.

—Voici Goldie Hawn, le poisson de Kevin. C'est ma mère qui l'a baptisé comme ça.

Un poisson rouge a surgi de derrière une plante verte feuillue. J'ai supposé que c'était sa façon de nous dire bonjour.

—Le ? demandé-je.

—Ben oui, Goldie, c'est un prénom unisexe, chez les poissons rouges.

Nous avons tous les deux éclaté de rire.

—Bon, et sinon, tu vis avec des gens capables de te répondre quand tu leur parles ?

— Je te jure que oui, a dit Zach. Kevin est quelque part dans le coin. Tu es juste en avance.

On a descendu les escaliers qui mènent de la cuisine de Zach à un salon en sous-sol, littéralement envahi de matériel de tournage, et on a discuté de tout et de rien en attendant les autres.

Maintenant que tout le monde est là, Zach nous tend, à Raj et à moi, une dizaine de feuilles agrafées.

— Voici la version finale du scénario. Je suis désolé, on n'avait plus de papier blanc, donc je l'ai imprimé sur du papier à carreaux.

Raj soupire lourdement en prenant le sien. J'ai lu la version que Zach m'a envoyée par e-mail hier, et à première vue, la scène d'ouverture ne semble pas avoir changé.

— Kev ! crie Zach.

Je reste sans voix en voyant débarquer une version plus maigre de Zach, avec presque les mêmes cheveux, mais plus courts et moins bouclés.

— Voici mon frère, Kevin, dit Zach.

Kevin me sourit, d'un sourire de la même famille que ceux de Zach, mais, comment dire, plus… gras ?

— Salut, marmonne-t-il.

En même temps, il se donne une petite tape sur la nuque, si rapide que si j'avais cligné des yeux, je l'aurais ratée.

— Il a quatorze ans, précise Zach comme pour expliquer son comportement.

Cela me fait plaisir que Zach adopte une attitude protectrice avec moi, même si la bizarrerie de son frère m'effraie un peu.

— Presque quinze, dit Kevin, ce qui le fait instantanément paraître encore plus jeune.

Quand j'essayais de marchander plus de liberté, je disais tout le temps ce genre de chose à ma mère, et ce n'est que récemment que j'ai compris à quel point c'était stupide de rappeler à ses parents qu'on ne sait pas vraiment compter (neuf mois, ce n'est pas *presque*) et qu'on n'a *pas encore* tel ou tel âge.

— Ravie de te rencontrer, dis-je à Kevin.

Puis, en me tournant vers Zach :

— Combien de frères et sœurs tu as ?

— Trois frères. Deux plus âgés – ils vivent à quelques heures d'ici. Et toi, tu as juste un frère aîné, c'est ça ?

— Oui. Ça doit être bien d'avoir une grande famille. J'aurais adoré ça.

— Crois-moi, parfois je préférerais n'avoir qu'un frère.

Zach va s'asseoir sur le canapé, au milieu de tout son équipement de tournage.

Je m'installe à l'autre extrémité, et Zach dit :

— Bon, je crois qu'on va avoir besoin d'un planning pour le tournage et le montage, cette fois.

— Et moi, je pense qu'il faut qu'on soit payés. Je ne travaillerai pas gratuitement comme l'été dernier, dit Kevin en feuilletant le scénario. Maintenant que j'ai un vrai boulot.

— On ne peut pas se permettre de te payer, lui dit Zach.

— Alors tu ne peux pas te permettre de m'avoir.

Mais Kevin reste, continuant à parcourir le scénario, et au bout de quelques minutes, ils discutent décors et maquillage, dont Kevin est apparemment chargé.

— Pourquoi est-ce qu'on ne peut pas utiliser le trampoline comme la dernière fois ? demande Kevin.

— Parce que, répond patiemment Zach. C'était celui de Lindsay.

Il y a un silence, que Raj finit par rompre :

— Et elle ne te laisserait pas l'emprunter ?

— Non, répond Zach. Elle ne veut plus rien avoir à faire avec… (Il hésite.) … nous.

J'aurais juré qu'il allait dire autre chose.

— Quelle salope, lance Kevin.

— Tais-toi, Kevin, le reprend Zach d'une voix neutre.

— Je dis juste ça comme ça. Moi, si je t'avais quitté, je t'aurais laissé m'emprunter mon trampoline. Elle sait qu'on en a besoin. Dans combien de films on l'a laissée jouer ? Saloooope.

— Kevin, dit à nouveau Zach.

— Euh, dis-je calmement. C'est qui, Lindsay ?

Il y a un silence lourd, puis Raj dit :

— L'ex de Zach.

Encore un silence.

Ce qui me laisse le temps d'intégrer le mot « ex ». L'*ex* de Zach. D'un côté, cela veut dire qu'il n'a *plus* de copine, et que notre potentiel rendez-vous de l'autre jour peut toujours compter comme tel. De l'autre…

— Est-ce que ça a un rapport avec mon personnage, *Lindy* ?

— Bien sûr que non, dit Zach en me regardant comme si une deuxième tête venait de me pousser.

— Ton personnage est une *nonne*, ajoute Raj, semblant sous-entendre que Lindsay est tout sauf une nonne. Zach a quitté Lindsay comme on abandonne une mauvaise habitude.

C'est la première manifestation d'humour de Raj depuis que je l'ai rencontré, et il pouffe à sa propre plaisanterie. Kevin rugit de rire en se tapant les cuisses.

— Elle est bonne !

Zach ne rit pas.

— Tu sais qu'on l'a vue avec maman au centre commercial l'autre jour : on lui a fait signe, mais elle a continué à marcher sans nous répondre, raconte Kevin d'un ton réprobateur.

— Peut-être qu'elle ne vous a pas vus, répond Zach, provoquant une moue de mépris chez Raj.

— Oh, non, je t'assure qu'elle nous a vus, insiste Kevin. Saloooope.

— Cela me paraît un peu dur, interviens-je.

Cela me surprend moi-même de prendre la défense de quelqu'un que je ne connais pas. Qui plus est de la personne qui *était la copine de Zach.* Mais quand même. Je n'aimerais pas que l'on m'insulte derrière mon dos.

Raj me lance un regard froid et me dit :

— Ce n'est pas parce qu'elle a quitté Zach que Lindsay est une salope. *Personne* ne veut sortir avec Zach. C'est une salope parce qu'elle est fondamentalement mauvaise.

Zach tousse et ramène la conversation sur le scénario qu'il vient de nous remettre, mais je continue à me poser des questions sur Lindsay. À quoi elle ressemble, pendant combien de temps ils sont sortis ensemble (ils semblent tous plutôt bien la connaître), est-ce qu'elle était plus jolie ou plus intelligente que moi…

Les trois garçons continuent à parler, faisant référence aux précédents films qu'ils ont tournés pour des idées d'accessoires ou des scènes. Demain, on fait les essais, ce qui veut dire qu'on va tester l'éclairage et le maquillage.

Zach suggère que l'on fasse une lecture, et je commence vraiment à me demander si tout ça est une bonne idée. Raj (Solomon) et moi (Lindy) avons les rôles principaux. Kevin est Le Charpentier, et Zach joue tous les autres rôles, comme « Étranger n° 1 », « Mec avec une hache dans la tête » ou « Exorciste ».

Je suis nerveuse quand on commence à lire, ce qui est stupide : je suis habituée à me produire devant des salles entières, des gens dont l'oreille est exercée à entendre chaque note et chaque changement de clé, chaque erreur. Pourtant, je me sens plus gênée que jamais quand Zach dit :

— OK, Lindy apparaît.

— Euh… (Je déglutis.) « Est-ce que j'ai bien entendu ? Vous cherchez un petit, euh, Georgia ? Georgie. Tous les enfants ont été récupérés vendredi dernier. »

Mes oreilles chauffent tellement qu'elles ne seraient pas capables d'entendre le moindre bruit.

Étonnamment, quand je jette un regard en coin à Zach, il me fait un clin d'œil. Je ne suis pas dupe ; je sais que c'est sans doute la pire lecture au monde, et je pense : *Oh, mon Dieu. Jamais il ne m'aurait choisie si Katy avait été dans les parages.*

Il me vient à l'esprit qu'elle serait parfaite pour ce genre de chose. Je suis contente que Zach m'ait choisie *moi* pour être dans son film, et qu'il m'ait fait un clin d'œil à *moi*. Sur ce, je continue ma lecture avec autant d'émotion qu'une planche de bois.

Mais, pour être honnête, si je suis en bois, Raj est en métal :

— Oh non, ma rate.

Je ris, d'abord intérieurement, puis un peu plus fort quand je vois les épaules de Zach elles aussi agitées par un éclat de rire.

Quand on a fini de lire, je me sens un peu plus sûre de moi, Kevin me drague de nouveau, et la barre, finalement, est beaucoup moins haute que ce que j'avais d'abord pensé.

Raj, par contre, en est toujours au même point :

— Combien tu mesures, exactement ?

— Un mètre soixante-dix.

Il soupire.

Lindsay était plus petite, je suppose.

18

APRÈS

Janvier

Mes parents sont le tout dernier recours. Si l'un des deux découvre que j'ai des visions, je me retrouverai dans une institution psychiatrique avant d'avoir eu le temps de dire ouf. J'ai envisagé la possibilité d'aller toute seule à l'hôpital, mais après la nuit que j'y ai passée suite à l'accident, je préfère tout essayer pour éviter d'y retourner. Pour éviter le regard inquiet de ma mère, la nourriture en plastique, la puanteur du désinfectant tentant de masquer des odeurs bien pires.

Donc, après avoir quitté le parc, je me précipite à la maison et allume mon ordinateur. Je ne sais pas quoi chercher. Hallucinations ? Psychoses ? Je choisis le premier, mais je me retrouve immédiatement noyée dans un flot d'articles sur les troubles délirants, et un frisson me parcourt le dos.

Je cherche dans ma poche le morceau de papier, la note à moi-même.

Si je me le demande, c'est que je ne le suis pas.

Je ferme toutes les fenêtres de recherche et me force à réfléchir. J'ai entendu parler à l'école d'un établissement de neurosciences proche de Lyndale, et j'ai vu plusieurs publicités. Je n'arrive pas à me rappeler le nom, par contre, donc je tape « établissement neurosciences Lyndale » dans le moteur de recherche. Rien.

Comment est-ce possible ?

Après quelques minutes à fouiller dans mon cerveau, le nom me revient.

Overton.

Je le rentre dans le moteur de recherche, mais toujours rien.

Je suis pourtant quasi sûre que c'est Overton.

Je sors mon téléphone et essaie de nouveau, mais j'ai les mêmes résultats. Est-ce que je me trompe de nom ?

Ni mon téléphone ni mon ordinateur ne me proposent quoi que ce soit d'utile. Ce n'est pas la première fois que je ne suis pas capable de trouver quelque chose sur mon ordinateur, à cause des paramètres de contrôle parental complètement délirants que ma mère a installés quand j'étais au collège et que Channel Se7en diffusait des reportages sur les prédateurs d'enfants et sur la cybersécurité. Je n'ai jamais trouvé comment les contourner.

Quand j'ouvre la porte de ma chambre, j'entends mon frère en train de dîner en bas, donc j'avance sur la pointe des pieds le long du couloir.

En général, j'évite la chambre de Caleb, pas seulement parce que nous ne sommes pas très proches, mais aussi simplement parce que je tiens à la vie. Une fois, j'ai failli perdre une jambe pour m'être approchée à un mètre cinquante de son ordinateur.

Il y a des vêtements partout, trois assiettes avec des céréales à moitié mangées ayant atteint des degrés divers de décomposition, et le moindre centimètre carré de son bureau est recouvert de livres et de cahiers. Sur le mur, des photos de différents types d'avions et un poster du capitaine Chesley Sullenberger, dit Sully Sullenberger, le pilote qui a réussi à faire amerrir en urgence un avion dans l'Hudson en 2009.

En envoyant par terre le jean qui se trouvait sur l'accoudoir, je m'assieds dans sa chaise pivotante et ouvre une fenêtre de navigation. Je tape « Overton », et leur site apparaît instantanément. Je sais qu'il n'a pas de contrôle parental sur son ordinateur, mais je ne comprends toujours pas pourquoi le mien ne pouvait trouver aucun résultat. Sur la page devant moi, des mots comme « nanotechnologies » et « neurosciences cognitives » me sautent aux yeux, mais comme j'entends Caleb qui s'active en bas, j'ai juste le temps de parcourir le site. « Vous avez des problèmes de mémoire ? », demande une bannière en haut de la page.

— Oui, murmuré-je entre mes dents.

Apparemment, ils aident les gens à gérer les troubles de la mémoire et les problèmes émotionnels. Ils mentionnent même le sommeil quelque part ; c'est parfait. Je prends un stylo sur le bureau de Caleb et note le numéro sur la paume de ma main. J'entends Caleb faire la vaisselle, ce qui veut dire qu'il a fini de manger, donc je ferme la fenêtre et vais rapidement dans son historique de recherche – je ne veux pas qu'il sache ce que j'ai cherché. En effaçant les pages que je viens de consulter, la curiosité me pousse à regarder l'historique de Caleb.

Je suis agréablement surprise de voir que, parmi une dizaine de recherches de sites de jeu vidéo, il y a une recherche « écoles d'aviation » ce matin. Est-il possible que l'envie de quitter Lyndale le démange, finalement ? Peut-être qu'il va enfin suivre son cœur.

Je suis si occupée à m'émerveiller sur cette découverte que je n'entends pas Caleb remonter avant qu'il ne soit trop tard.

— Addison, qu'est-ce que tu fabriques dans ma chambre ?

Je saute hors de sa chaise.

— J'étais juste en train de, euh, chercher des trucs sur New York. Des trucs pour l'école. Toutes les pages ne s'ouvraient pas sur mon ordinateur à cause du contrôle parental.

Son visage reste impassible.

— Tu aurais dû demander.

— Oui, tu as raison. Désolée, dis-je en me dirigeant vers la porte, mais je m'arrête en chemin.

Je sais que je ne devrais pas mentionner ce que j'ai vu, mais je ne peux pas m'en empêcher.

— Alors, euh, j'ai vu que tu avais fait des recherches sur des écoles d'aviation. Est-ce que tu envisages de candidater ?

— Non, je n'envisage pas de candidater. Bordel, qui t'a dit que tu pouvais utiliser mon ordinateur ?

Il s'énerve, maintenant.

— Mais pourquoi pas ? m'entêté-je. C'est évident que c'est ce que tu veux faire.

— Quitter Lyndale n'arrangera rien, Addie.

Je ne sais plus s'il parle de lui ou de moi. Caleb déteste l'idée que je veuille aller à New York. Peut-être même plus que maman. C'est sans doute parce que, n'arrivant pas lui-même à se décider à partir, il ne conçoit pas que quelqu'un d'autre en soit capable.

Mais, si heureux qu'ils soient de nous couper les ailes, ce n'est pas comme si l'un ou l'autre de nos parents avaient vraiment besoin de nous ici. Papa n'est qu'occasionnellement dans son petit appartement triste et poisseux ; le reste du temps, il le passe à faire ce qu'il aime. Maman s'épanouit dans sa relation avec l'étoile montante du journal de 17 heures, mieux connue sous le nom de Bruce Landry, le Renard argenté. Ou encore « Bruce Landry le trou du cul », pour Caleb. Je ne crois pas l'avoir jamais entendu l'appeler autrement, sauf quand il est face à lui. À certains égards, mon frère sait être l'image même du respect.

— Alors, c'est mieux de rester ici et de te forcer à vivre une vie que tu ne veux pas ?

Caleb reste silencieux, puis, de la voix la plus calme dont il est capable, il dit :

— Sors de ma chambre, Addison.

— Très bien.

Je suis à peine dans le couloir que la porte claque derrière moi. Je sais que j'ai touché un point sensible, et j'aimerais me sentir coupable, vraiment. Mais je suis simplement énervée. Caleb et moi sommes d'accord sur certaines choses. Nous adorons tous les deux les bananes plantains frites, comme mon père les mangeait quand il était petit. Nous sommes d'accord sur le petit copain de maman – il est plutôt gentil, et nous sommes ravis qu'il la rende heureuse, mais nous espérons qu'elle ne l'épousera pas, parce que cela briserait le cœur de papa, et aussi parce que Bruce porte des chaussures en cuir sans chaussettes. Il se fait blanchir les dents un week-end sur deux. Mon frère et moi ressentons exactement la même chose à ce sujet. Il nous arrive de nous dire de temps en temps la phrase avec laquelle Bruce termine toujours son journal, pour rire :

— Désolé d'avoir à vous faire attendre, mes amis, mais il va vous falloir patienter vingt-trois heures avant le journal de demain.

Enfants, nous étions proches, tous les deux, mais quand il a eu treize ans, juste au début de son adolescence, Caleb a commencé à tous nous repousser. Peut-être qu'il était en colère à cause du divorce, ou bien peut-être était-ce seulement la puberté, ou les deux, cet état de vulnérabilité fébrile face à des changements qui arrivent en même temps. Mais plus j'essayais de l'inclure dans ma vie, plus il s'éloignait de moi. Depuis que je lui ai dit que je voulais aller à l'université à New York, il semble carrément m'en vouloir. De partir, je suppose. Ce qui n'a aucun sens, étant donné le peu d'interactions que nous avons aujourd'hui alors que nous vivons sous le même toit.

Quand nous étions tous les deux à l'école primaire, chaque fois que les copains de quartier de Caleb venaient lui demander s'il voulait jouer au tennis dans l'allée, Caleb répondait « J'appelle Addie ! », même s'ils ne m'avaient pas invitée à jouer.

Victor faisait alors une grimace et disait :

— Caleb veut juste frimer. Il veut nous prouver qu'il peut gagner même en jouant avec une fille.

Victor et Job avaient tous les deux l'âge de Caleb ; malgré le petit pois qui lui sert de cerveau, Victor s'est débrouillé pour aller jusqu'en cinquième, ce qui est assez remarquable. Je m'assurais de servir en visant son torse chaque fois que c'était possible, et Caleb levait les yeux au ciel et lui disait de se taire quand il commençait à se plaindre. Ce qu'il a fini par faire, quand nous l'avons battu à plate couture, et ce même avec un *garçon* dans mon équipe.

On jouait au basket avec le panier devant chez Victor, et, là aussi, Caleb disait : « J'appelle Addie. » Je me demandais toujours si c'était à cause de papa, qui volait à l'autre bout du monde et qui disait toujours à Caleb, les yeux dans les yeux, avant de partir :

— Veille sur ce qui se passe au sol, OK ?

Je pensais que c'était pour cette raison que Caleb prenait soin de moi, pour tenir la promesse qu'il avait faite à papa. Ou peut-être qu'il m'épargnait la peine de devoir faire équipe avec Victor ou Job.

Sauf que quand ils ne venaient pas jouer et que nous étions seulement tous les deux dans l'allée avec nos raquettes, Caleb disait : « Toi et moi contre le mur ? » Et alors nous lancions la balle contre le mur du garage en la frappant chacun à notre tour.

Quand on jouait, Caleb me récitait des informations, comme au hasard.

« Tu savais que le pilote et le copilote mangent presque toujours des plats différents, au cas où l'un des deux serait intoxiqué ? C'est papa qui me l'a dit. »

« Tu savais que toutes les heures, il y a plus de soixante mille personnes dans les airs aux États-Unis ? Ça fait plus que toute la population de Lyndale. »

« Le plus long vol du monde relie Fort Worth à Sydney, en Australie. Il dure presque exactement dix-sept heures. »

« Tu savais que le Concorde volait à plus de deux fois la vitesse du son ? Et que tu pouvais vraiment entendre un « boum » massif quand il passait le mur du son ? Même si, en fait, le premier avion à avoir franchi le mur du son était un Douglas DC-8, en 1961. »

Après notre déménagement, il y a quatre ans, il n'y avait plus eu de tennis dans l'allée. Il ne restait que des souvenirs d'une époque où nous nous connaissions vraiment l'un l'autre.

Un sentiment de nostalgie m'envahit parfois par surprise quand je repense aux relations que nous avions enfants. Quand maman nous force à regarder les films de vacances que l'on a vus tous les ans depuis qu'on porte des couches, on se retrouve à réciter les mêmes phrases exactement au même moment, et c'est là que je le ressens. C'est comme quand on retrouve quelque chose d'important, qu'on avait perdu sans en avoir vraiment conscience. Alors, c'est comme si on secouait la poussière, en se disant : « Ah, te voilà ! »

Nous *voilà.*

Mais en général, on le perd de nouveau rapidement.

19

AVANT

Mi-juillet

Caleb a les yeux bouffis quand il descend pour le petit déjeuner lundi matin. À l'exception des soirées film instaurées par ma mère, qui n'ont pas fait long feu, nos chemins ne se sont pas croisés très souvent cet été. Au lieu de fêter la fin du lycée et de faire des plans pour le reste de sa vie, il reste enfermé dans sa chambre. Aujourd'hui, il porte un jogging et un sweat-shirt crasseux, mais ce qui me choque le plus dans son apparence, c'est l'ombre d'une barbe sur son menton.

— Nouveau look ? lui demandé-je, incapable de masquer ma réprobation.

Sans me regarder, mon frère se caresse le menton.

— J'essaie juste un truc.

— Je ne crois pas que ça marche.

Sans me répondre, il continue à mâcher en silence, l'air hostile, ses céréales Lucky Charms. La plupart de ses amis ont filé loin de Lyndale à la seconde où ils ont fini le lycée, tout comme je prévois de le faire. Je le regarde en me demandant s'il se sent seul, s'il déteste secrètement le fait de rester. J'ai envie de lui demander *pourquoi* il reste.

Je doute qu'il me le dise, cela dit.

Nous ne nous confions jamais l'un à l'autre.

Je me rappelle avoir eu quatorze ans et avoir eu tellement envie de participer à tout ce que faisait mon frère. Le lendemain du jour où Caleb a eu son permis de conduire et a récupéré la vieille voiture de maman, je l'ai vu se préparer pour sortir et j'ai voulu l'accompagner, mais il a refusé. Il avait l'air si décidé – les mâchoires serrées, les yeux fixes. Il était parti pendant des heures, et quand il était rentré, il était monté directement à l'étage. Je l'avais suivi sur la pointe des pieds, curieuse.

Je l'avais trouvé dans la salle de bains, le tee-shirt relevé, s'examinant dans le miroir en tressaillant comme si on l'avait piqué. Je m'étais approchée, doucement, pour qu'il ne puisse pas me voir dans le miroir, et je l'avais vu se toucher les côtes, délicatement. On aurait dit qu'il allait se mettre à pleurer.

J'étais entrée dans la salle de bains avant qu'il n'ait le temps de baisser son tee-shirt.

R. C'était tout ce que disait le tatouage.

— Oh, mon Dieu ! Tu t'es fait tatouer !

Son visage s'était tordu en une horrible grimace. J'étais sûre qu'il allait me dire d'aller me faire pendre, me menacer des pires représailles, mais, à ma grande surprise, il avait juste paru terrifié.

— S'il te plaît, ne le dis pas à maman, m'avait-il suppliée. Ni à papa.

— D'accord.

J'étais choquée de ce qu'il avait fait, mais, surtout, de sa réaction. J'aimais l'idée d'un secret partagé, mais je voulais être complètement dans la confidence.

— C'est qui, au fait ? R ?

Caleb n'avait pas répondu.

— Rachel ? Rebekah ? Rrrrrrandy ? avais-je dit en roulant les R.

Il faut le reconnaître, j'étais jalouse. J'aurais aimé avoir quelque chose ou quelqu'un à qui je tenais suffisamment pour marquer ma peau, mon corps, en l'y inscrivant.

— Addie, s'il te plaît…, fut tout ce que put dire Caleb.

L'absence d'agressivité dans sa voix m'avait de nouveau surprise. Je lui avais promis de ne rien dire.

Quand j'avais rompu ma promesse quelques semaines plus tard en le racontant à maman, ça avait été pour me venger de quelque chose de stupide comme le fait que Caleb avait passé trop de temps dans la douche. Mais, dès que j'avais vu son expression et celle de maman, j'avais regretté d'avoir parlé. Elle était furieuse contre lui, et, de manière inexplicable, contre moi.

— Je suis désolée, avais-je dit à Caleb après que maman et lui avaient eu fini leur violente dispute dans la chambre de maman, la porte fermée. Est-ce que c'est parce que tu es encore mineur ? C'est pas grave, ça. Plein de gens ont des tatouages ! Je suis désolée.

Il s'était précipité dans sa chambre et avait claqué la porte.

— Je suis désolée, avais-je répété à travers le battant, mais il ne m'avait pas répondu.

Je savais que j'avais franchi une ligne rouge et que je ne pouvais pas revenir en arrière, même si j'en avais affreusement envie.

Je l'avais intercepté sur son chemin vers la salle de bains le lendemain matin.

— Caleb, je suis vraiment désolée. C'est juste un tatouage. Maman va s'en remettre. Est-ce que tu veux que je lui parle, par exemple ?

— Laisse tomber, Addie, m'avait-il dit d'un ton définitif et froid qui m'effraya. Laisse tomber.

J'avais repensé au moment où je l'avais surpris dans la salle de bains en train de passer les doigts sur la courbe du R, comme s'il était précieux ou douloureux. Peut-être les deux.

« Qui est R ? », aurais-je voulu lui demander quand il avait fini par me reparler, au bout de plusieurs semaines, mais je n'avais pas pu. Tout entre nous semblait fragile, provisoire.

En un sens, c'est toujours le cas.

Mais, maintenant, je me force à essayer.

— Qu'est-ce qui ne va pas ?

Il met si longtemps à répondre que je pense d'abord qu'il ne va pas le faire, mais il finit par dire :

— Rien.

Je ne suis pas sûre de pouvoir le croire.

— L'été, tu sais, ajoute-t-il sans conviction.

— Les gens se baignent et ont des contacts humains normaux, en été, dis-je, même si on peut aussi passer son temps à traîner à la maison.

J'hésite à lui demander s'il veut faire quelque chose, s'il veut sortir, traîner avec moi comme quand on était plus jeunes, mais on ne fait plus vraiment ça. Alors je finis par battre en retraite et commence à me préparer pour ma leçon d'alto. Bientôt, Caleb est de retour dans sa chambre, sa porte fermée entre nous deux.

Après la leçon d'alto d'aujourd'hui, je vais directement chez Zach.

— Mais pourquoi tu ne me l'as pas dit ? demande-t-il, bouche bée.

C'est notre premier jour officiel de tournage, et il a les yeux fixés sur mon alto.

— Ça n'est jamais venu dans la conversation, dis-je en haussant les épaules.

Après quelques ajustements, Zach a réussi à trouver un planning de tournage qui nous convienne à tous. Cette semaine, il travaille le soir au vidéoclub. Kevin, qui vient de trouver un petit boulot à la plonge chez *Pizza Hut,* commence à 16 heures tous les jours. Et comme mon cours d'alto finit vers 10 h 30 tous les jours de semaine, je ne peux commencer qu'après 11 heures, ce qui colle avec la demande de Raj de n'avoir à se lever avant 10 heures sous aucun prétexte.

Ce qui est bien avec cette organisation, c'est que comme ma mère est au travail à ce moment-là, elle ne peut pas traîner dans les parages, ni demander à rencontrer toute la famille de Zach ou quoi que ce soit d'embarrassant du même genre.

— On va utiliser l'iPod de Raj pour la bande-son, est en train d'expliquer Zach.

— Rajesh aime le *honky tonk*, ajoute Kevin d'un air dégoûté. Et pas pour les mêmes raisons que moi[1].

— Kev, dit Zach d'un air las.

Il se tourne de nouveau vers moi, l'air toujours sous le choc.

— Est-ce que tu veux bien jouer quelque chose ?

— Euh, oui, pas de problème, dis-je, alors même que je pense *Oh, mon Dieu, non.*

Peut-être que c'est le trac d'avant tournage, mais il m'est impossible de ne pas me sentir nerveuse quand toute l'attention de Zach est concentrée sur moi. Nos essais la semaine dernière se sont bien passés, mais j'ai remarqué quelque chose : Zach n'est pas le même quand il est derrière la caméra. Il est calme, concentré. À présent, je suis terrifiée à l'idée de le décevoir. Ou peut-être est-ce juste à cause de ses yeux gris – pétillants, ça, je peux le gérer, mais qui me scrutent, qui parcourent mon visage, même quand il y a l'objectif de la caméra entre nous, ça, je ne m'y suis pas encore habituée.

Je m'assieds sur l'un des canapés en faisant attention à ne pas écraser l'un des éléments du matériel de tournage de Zach, étalé absolument partout. Puis j'ouvre mon étui, sors mon alto et commence à jouer.

Je joue une minute maximum, une musique entraînante que j'espère ils reconnaîtront.

Quand j'ai fini, Kevin m'applaudit avec enthousiasme.

---

1. Le honky tonk est un style de musique country. Le terme désigne aussi les bars où se joue cette musique, où il y a souvent des danseuses.

— Bravo ! Bravo !

Zach et Raj restent silencieux pendant une minute, et je les regarde, les joues rosies d'avoir joué, essayant de ne pas être déçue de leur absence de réaction.

Puis, ensemble, ils disent, calmement :

— Oh, mon Dieu.

La première fois que j'ai rencontré Raj, tout ce que j'ai vu, c'est qu'il s'habillait de façon décontractée et semblait modérément investi dans leur projet de film, voire un peu détaché : il m'était difficile de voir pourquoi Zach et lui étaient amis. Mais, petit à petit, j'ai commencé à voir des similitudes. Tous les deux peuvent parler des films de Ciano pendant des heures – Zach les défend, Raj aussi, mais moins intensément que Zach. Raj, malgré les apparences, a un humour pince-sans-rire. Et, s'il plombe l'ambiance en soupirant à tout-va, son attitude blasée est compensée par la bonne humeur de Zach.

— Qu'est-ce qui ne va pas ? leur demandé-je en me mordant la lèvre inférieure.

— Putain, mais c'est *Super Mario* ! s'exclame Raj, avec ce qui ressemble à de l'émotion dans la voix – Dieu nous garde. Elle a joué *Super Mario*.

Kevin rit. Il aime frapper quelque chose quand il rit – ses cuisses, l'accoudoir du canapé. En l'occurrence, là, c'est le dos de Zach.

Je ris aussi, soulagée.

— Oh, mon frère était complètement obsédé par ce jeu quand il était petit, donc j'ai appris à le jouer.

Raj continue à me dévisager comme si j'étais une sorte de divinité.

— Il faut qu'on prenne ça comme bande-son, obligé.

Je m'aperçois que Zach n'a pas encore parlé ; il a commencé à assembler tout le matériel pour le tournage.

Je range mon alto, précautionneusement, parce que je suis complètement obsédée par la peur qu'il ne soit éraflé, quand je remarque que Zach a arrêté ce qu'il était en train de faire pour me regarder.

— Quoi ? dis-je en repoussant une mèche de mon visage.

Je me suis attaché les cheveux en une sorte de tresse africaine un peu lâche, pour que, à part ma frange, rien ne me tombe sur le visage.

— Tu joues comme si tu étais amoureuse de la musique.

Je ris, mais ses yeux sont si sérieux que je sens la chaleur picoter mes oreilles.

— Peut-être que c'est le cas, dis-je, trop doucement pour que Raj ou Kevin puissent m'entendre.

Zach ne répond rien, il se contente de m'examiner encore quelques instants.

On commence tous les quatre à déplacer les meubles pour dégager la partie centrale de la pièce. Zach pose une pile de draps par terre, que nous utilisons pour recouvrir les canapés, au cas où. Raj étale du papier journal sur le tapis, et je l'aide en m'émerveillant de leur efficacité, du nombre de fois où ils ont dû faire ça.

— OK, maquillage, maintenant, dit Zach. Kev, maman veut que tu fasses ça dehors.

— Mais le chat n'a sauté dans le bac de peinture qu'une seule fois ! proteste Kevin.

— Je sais, Kev, répond patiemment Zach. Mais il en a mis partout dans la maison.

Kevin se tourne vers moi :

— Suis-moi, alors, chérie.

— Kev.

Je laisse un peu d'espace entre Kevin et moi, en espérant qu'il comprenne que c'est une manière de repousser ses avances. Alors que je suis en train de monter les escaliers, j'entends des voix dans le sous-sol. Zach et Raj discutent, à voix basse.

Je n'arrive pas à comprendre ce qu'ils disent, et je n'ai pas l'intention d'espionner, mais je me fige un instant. Kevin a déjà disparu par la porte du sous-sol et je suppose qu'il est déjà arrivé dehors.

Nous croyant sortis, Zach et Raj élèvent un peu la voix.

— Comme si ça ne sautait pas aux yeux, dit Raj.

Je me sens un peu coupable d'écouter, et Raj va sans doute bientôt monter pour se faire maquiller aussi, donc je commence à monter les marches une à une pour atteindre la porte de la cuisine, puis la porte qui mène à l'extérieur.

Mais j'ai quand même le temps d'entendre Zach dire :

— Cet enfoiré de violon a bien de la chance, en tout cas !

Moi. Ils parlent de moi.

Je relève à peine que Zach a dit violon et non alto.

Raj rit si fort maintenant que son rire résonne jusqu'au jardin, où Kevin s'est installé.

Je donnerais n'importe quoi pour savoir ce qu'ils disent, ce que Zach pense de moi.

La chaleur est insupportable à l'extérieur, mais je le remarque à peine parce que tout mon corps brûle déjà.

20

AVANT

Mi-juillet

Les deux premiers jours de tournage se passent sans incident, sauf si on compte la pénurie de ketchup pour une scène impliquant une hache plantée dans un estomac.

L'après-midi de notre troisième jour de tournage, Raj est au magasin pour refaire des stocks de nouilles chinoises et de machettes en plastique pour le lendemain.

Je l'entends crier dans le téléphone de Zach :

— J'aurais plus de chances de trouver ce genre de truc si on était, disons, en octobre.

Kevin est déjà au travail, et je suis sur la pelouse à l'arrière de la maison, en train de nettoyer au tuyau d'arrosage les traces de la journée avant le retour des parents de Zach.

— Coucou, me dit Zach en me rejoignant dehors.

On ne s'est jamais vraiment retrouvés seuls tous les deux depuis ce qui était peut-être notre premier rendez-vous jeudi dernier, mais il y a toujours des petites explosions dans ma poitrine quand il me regarde. J'ai fait de mon mieux pour que cela ne se voie pas.

— Tu as fini à l'intérieur ?

Il acquiesce, sort une cigarette de sa poche et l'allume.

Tu vois, tout n'est pas parfait chez lui, me dis-je intérieurement en détournant le regard. *Ses poumons sont sans doute couverts de goudron.*

Je commence à m'arroser les jambes – le chemin du retour sera sans doute plus agréable si je n'ai pas du ketchup qui dégouline encore dessus.

— Je pense que j'en ai fini avec les hot-dogs. Pour toujours, dis-je.

Zach rit en soufflant un nuage de fumée.

— Désolé. Mais je peux te garantir que quelques semaines après la fin du tournage, tout ce ketchup commencera à te manquer.

— Peut-être, réponds-je, sceptique.

Pendant ces trois derniers jours, j'ai mis mes vêtements les plus vieux, les plus miteux. Aujourd'hui, je porte un short en jean déchiré et un vieux débardeur, avec mon haut de maillot en dessous. De toute façon mon débardeur est trempé, à cause des mauvaises indications sur le fonctionnement du tuyau données par Kevin avant de partir travailler. Je n'ai pas pu cacher mon trouble quand j'ai compris que Zach l'avait remarqué ; j'ai senti le sang affluer dans chaque cellule de ma peau.

— Tu sais, dis-je quand le silence devient trop pesant, je trouve que, de nous quatre, c'est toi qui t'en sors le mieux, dans tout ça.

Assis sur la dernière marche du perron, Zach sourit, les yeux plissés à cause du soleil. Il écrase son mégot sur le sol en béton.

— Comment tu expliques ça ?

— Eh bien, nous sommes tous, comment dire… réduits à des entrailles, à ce stade. Tous nos personnages. Toi… (Je fais un pas vers lui, tendant le tuyau comme une arme.) … tu t'en sors pratiquement indemne. Enfin, pour l'instant.

Le tuyau crache quelques gouttes sur l'herbe, juste là où est son pied.

Zach rit, met les pieds en l'air et lève les mains.

— OK, OK, on se calme. Les acteurs mécontents doivent être capables d'adresser leurs réclamations posément à leur réalisateur.

— Mais je suis très calme, dis-je en relevant le tuyau. Et toi ?

— Oh, merde ! s'exclame-t-il quand le tuyau arrose son tee-shirt.

Il se lève d'un coup, riant.

J'arrose son visage, tout en reculant de quelques pas pendant qu'il se précipite vers moi. Je ris comme une démente en visant ses yeux ; il est trop aveuglé pour me pourchasser.

— Où est mon ketchup quand j'en ai besoin ? bafouille-t-il entre deux gorgées d'eau.

C'est mon excès de confiance qui me perd, ou bien le fait que Zach est vraiment rapide, et plus persévérant que je ne pensais. Bientôt, il attrape un bout du tuyau et on se bat pour le récupérer. Puis, je me retrouve complètement trempée, et c'est à mon tour de couiner et de chercher le ketchup.

Après avoir demandé grâce – et après que Zach m'a fait reconnaître ma défaite un trop grand nombre de fois – on s'assied sur la dernière marche du perron, essoufflés. Son tee-shirt lui colle à la poitrine presque autant que mon débardeur à la mienne. On rit encore, avec nos genoux qui se touchent, et puis on se calme petit à petit ; on commence à distinguer le son des voitures qui passent devant la grille de la maison, le chant des oiseaux qui gazouillent au loin.

J'ai repris mon souffle, mais mon cœur bat toujours à tout rompre. Même si c'est le plus vieux truc du monde, je pose ma main entre nous deux, pour qu'il sache qu'il peut la prendre, s'il veut.

Il ne le fait pas.

—J'ai fini d'enregistrer le CD hier soir, dis-je alors que cela fait plusieurs minutes que nous n'avons rien dit. Je peux l'apporter demain.

—Hein ? dit Zach, comme s'il avait raté une conversation entière.

Cela me réconforte qu'il soit troublé : peut-être qu'il était bien en train de réfléchir à me prendre la main.

—La bande-son, tu sais ? dis-je en bougeant un peu la main, comme pour lui rappeler qu'elle est toujours là.

Il y a quelques jours, Zach, Raj et moi avons choisi les musiques de grands classiques de films d'horreur qu'ils voulaient que j'enregistre pour le film : des passages de la bande-son des *Dents de la mer* et d'un film dont le titre est *Night of the Electric Insects*, c'est-à-dire beaucoup d'accords mineurs et de phrases inachevées.

—Ah, oui, acquiesce Zach. Super. Merci.

Il s'interrompt, puis lance soudain :

—Addie. J'ai réfléchi et… je veux dire, peut-être que c'est bon, peut-être que tu n'as rien pensé de spécial au sujet de notre sortie de la semaine dernière. Ta copine te manquait, et moi… Peut-être que je devrais m'excuser pour ça.

—Quoi ? demandé-je, confuse.

S'excuser ? Non, non, non.

—Lindsay et moi avons rompu il y a trois mois seulement.

Ses yeux gris sont noyés dans les miens. Je devrais me demander pourquoi il parle de ça, mais je suis occupée à m'étonner qu'il ait dit *seulement* trois mois. Katy a dû entamer et terminer trois « relations » depuis le début de son road trip. Il lui arrive de m'envoyer des détails sur un garçon en oubliant de mentionner que ce n'est pas le même que la fois précédente, avant de se lancer dans les détails d'une autre liaison aussi brève qu'intense.

—Je pense juste que ce serait mieux pour tous les deux si on était juste amis.

—Oh. *Oh.*

Je sens mon cœur me tomber dans l'estomac. Je ne peux pas le regarder. J'arrache une touffe d'herbe de la pelouse. Puis une autre.

Zach fixe un point dans l'herbe, devant lui, pendant qu'il poursuit.

—Je ne suis pas idiot. Ni aveugle. Tu es très belle, et j'aime passer du temps avec toi. Je veux dire, tu me plais *vraiment*, dit-il, comme pour arracher toute trace d'espoir dans mon cœur, aussi efficacement que j'arrache les brins d'herbe.

Je lui jette un rapide coup d'œil et je vois qu'il rougit. Après tout, il vient juste de reconnaître que je lui plaisais. Il vient de dire que j'étais *très belle*. Mais…

— Mais, dit-il, je pense qu'il vaut mieux m'avoir comme ami que comme petit ami en ce moment.

J'arrache encore une touffe d'herbe et la mets sur mes genoux.

— Pourquoi vous avez rompu, avec Lindsay ?

— On était ensemble depuis qu'on avait l'âge de Kevin et je suppose que… enfin, elle a dit que notre amour l'étouffait. Qu'il la vidait, littéralement, de toute son énergie vitale. Je n'étais pas conscient que cela puisse arriver. Je veux dire, quand il s'agit de l'amour avec un grand A.

Il dit ces derniers mots sur un ton ironique, mais je vois qu'il est presque sérieux. Nos regards se croisent puis se détournent, et, parce que je ne suis pas loin d'être complètement dévastée, je ne lui dis pas que je suis d'accord avec lui. Que je pense que l'amour est là pour nous réveiller. Ne serait-ce même que l'idée de l'amour, le frémissement de l'idée de l'amour.

Je sens mon corps qui vibre, à la fois de désir, de déception et de gêne.

— Du coup, je pense que c'est mieux qu'elle ait mis fin à notre relation, dit Zach. Mais ça me paraît encore si récent…

Il attend que je dise quelque chose, mais je ne le fais pas. Le silence est mon seul recours.

— J'essaie d'être honnête, Addie, dit-il doucement.

Je hoche la tête, mais j'ai l'impression que je suis la reine des idiotes. Idiote de vouloir dire : « Trois mois, c'est une éternité ! »

Idiote de vouloir demander ce qu'elle a de si génial, cette Lindsay, de toute façon. Lindsay, dont le refus de prêter son trampoline a fait lourdement soupirer Raj cet après-midi, alors que lui et Kevin essayaient de me soulever (dans mon costume de nonne) quand Zach comptait jusqu'à trois – ils sont finalement allés chercher un matelas à ressorts dans la chambre d'amis pour que je saute et aie l'air de voler.

Mais je dis « Merci de me l'avoir dit, Zach », comme ma mère me l'a appris, puis commence à imaginer le message que je lui enverrai plus tard dans la soirée, pour lui annoncer que j'ai heurté un camion postal en rentrant chez moi, et que j'ai trop d'os brisés pour continuer le tournage. Ou bien que j'ai développé une allergie aussi violente que soudaine à tout ce qui est rouge ou orange – le ketchup, ses cheveux – et, que, par conséquent, il m'est impossible de poursuivre un projet auquel il est associé, de près ou de loin.

21

APRÈS

Janvier

J'appelle dès le matin pour prendre un rendez-vous à Overton aujourd'hui après les cours. La réceptionniste est une femme avec un fort accent européen. Quand elle demande pourquoi je veux voir un médecin, tout ce qui me vient à l'esprit, c'est un check-up. Je m'attends à ce qu'elle me demande de préciser, mais elle prend juste mon nom et me dit d'arriver un quart d'heure avant mon rendez-vous de 16 heures. Si je dois payer, il faudra que je puise dans mes économies.

Je suis en train de me précipiter dehors en avalant la dernière bouchée de mon bagel quand je le vois. Le garçon du bus. Je ne suis pas vraiment surprise de le découvrir là, dans la mesure où je pensais à lui. Je me demande où il est quand il n'est pas avec moi. Il faut bien qu'il *aille* quelque part, non ?

Il marche sur le trottoir, une cigarette allumée à la main. Il se fige et sourit quand il me voit. Le sourire à cent watts du bus. Un sourire à vous tordre le ventre, à vous faire battre le cœur plus vite.

Ressaisis-toi, Addie, me réprimandé-je quand je me rends compte que je lui rends son sourire.

C'est exactement pour cette raison que j'ai besoin d'une aide médicale.

Des flocons épars tombent du ciel. C'est le genre de neige qui ne tiendra pas, on dirait du sel qu'un géant saupoudrerait sur la terre.

Le garçon du bus prend encore une bouffée de sa cigarette, puis la jette au sol.

—Salut, dit-il.

—Salut, réponds-je. Tu veux que je te dépose quelque part ?

—Je ne sais pas comment je pourrais aller ailleurs, sinon, plaisante-t-il.

Il y a ensuite un silence gênant, qu'il rompt quand nous nous glissons tous les deux dans la voiture.

—Alors, euh… tu as passé une bonne nuit ? demande-t-il.

Je fais démarrer la voiture et sors de l'allée en marche arrière, laissant mes essuie-glaces éliminer la neige sur mon pare-brise.

—Oui, mens-je.

Mon insomnie de cette nuit est davantage liée au rendez-vous à Overton qu'aux conséquences de l'accident. Je me suis inquiétée de savoir si je pourrais en avoir un, et j'angoissais à l'idée que je serais peut-être internée d'ici la fin de la journée.

Je glisse un regard vers le garçon du bus et j'envisage de le jeter hors de ma voiture. Je ne devrais pas apprécier autant ce qui n'est, après tout, que la preuve de ma folie.

L'odeur persistante de cigarette m'assèche la gorge.

— Ça te dérange si je mets de la musique ?

Comme ça, nous n'aurons pas à parler.

Cela m'aidera à me préparer au moment où je ne le verrai plus, soit, je l'espère, après mon rendez-vous à Overton.

Il semble déçu, comme s'il comprenait que j'essayais de mettre de la distance entre nous, mais il répond :

— Pas de problème.

Le *Concerto pour alto* de Bartók envahit la voiture.

Au bout de quelques secondes, le garçon me taquine :

— Eh ben, c'est vraiment toute ta vie, le violon !

J'entends le sourire dans sa voix.

— C'est un alto, le corrigé-je en changeant de morceau.

— Ah, oui, c'est vrai. Jimi Hendrix. Désolé.

Quand on s'arrête sur le parking de l'école et que l'on sort de la voiture, il a l'air un peu inquiet, conscient que sa disparition est imminente.

— À tout à l'heure ? demande-t-il alors que je mets mon sac sur mon épaule.

— Oui, voilà, dis-je en m'éloignant déjà de ma voiture. Salut.

— Et, euh, ne m'oublie pas, dit-il, presque timidement, me forçant à me retourner.

À croiser son regard. On se regarde dans les yeux pendant une longue seconde ; les siens m'envoient des messages que ni lui ni moi ne pouvons comprendre. La peau de mon dos frémit, comme si on me caressait avec une plume ; je ne sais *vraiment* pas ce qui cloche chez moi. Il est invisible, pour l'amour de Dieu !

Ses mots me déchirent, mais je commence à être en retard, donc je me force à me retourner et à continuer à avancer. Quand je jette un œil vers ma voiture, juste avant d'entrer dans le bâtiment, il a disparu.

Toute la journée, je résiste à l'envie de parler à Katy de mon rendez-vous à Overton. À lui demander de venir avec moi. Mais elle se comporte bizarrement depuis quelques jours – elle est irritable et distante, toujours préoccupée par quelque chose ou par *quelqu'un*.

Je lui ai dit que je ne voyais plus le garçon, mais, qu'elle me croie ou non, elle ne semble plus vouloir en entendre parler. Je me demande si elle croit qu'être folle, c'est contagieux.

Du coup, après l'école, je vérifie le chemin sur mon téléphone et monte seule dans ma voiture. À part quelques flocons çà et là, on ne devrait pas avoir de grosse chute de neige aujourd'hui, sinon ma mère ne m'aurait pas laissé prendre ma voiture ce matin. Malgré tout, je parcours lentement la vingtaine de kilomètres depuis Lyndale, et je suis constamment doublée par des conducteurs impatients.

Je finis par arriver devant un ensemble de bâtiments d'un gris indescriptible, avec un O géant devant chacun d'entre eux. Je suis si concentrée à essayer de déterminer dans quel bâtiment je dois aller que je ne remarque pas le portail vert massif qui me sépare d'eux, jusqu'à ce que je sois juste devant.

Un agent de sécurité barbu sort la tête d'une petite cabine.

— Vous avez rendez-vous ?

— Euh, oui.

— Votre nom ?

— Addison Sullivan.

Je déglutis pendant qu'il tape quelque chose sur son ordinateur avant de me faire signe d'avancer. Les énormes portes vertes glissent vers la gauche pour me laisser passer. L'ensemble me paraît soudain menaçant. Peut-être que j'aurais dû commencer par voir mon médecin de famille ou l'infirmière scolaire, même s'ils seraient allés tout raconter à ma mère directement.

— Merci, dis-je.

Je pénètre dans le complexe. Immédiatement, je repère une flèche verte qui m'indique la direction de la clinique. Je suis d'autres signes jusqu'au parking. Puis je sors de ma voiture et marche vers l'entrée, nerveuse. Peut-être que j'aurais dû faire plus de recherches avant de venir ?

Contrairement au béton gris, impénétrable, des autres bâtiments, la clinique est principalement en verre. Je distingue d'ici la réception : une femme y est assise, un combiné téléphonique à l'oreille.

Mes doigts me picotent, à cause du froid, à cause de l'appréhension, mais les portes de verre automatiques s'ouvrent et m'invitent à entrer avant que je n'aie pu changer d'avis.

À l'intérieur, la clinique Overton est exactement comme tous les cabinets médicaux où je suis déjà allée. Des chaises contre les murs, une table recouverte de vieux magazines au centre de la pièce. Un homme et une femme sont assis l'un à côté de l'autre, la femme au téléphone, l'homme en train de feuilleter un magazine.

Mais il y a quelque chose de différent dans l'atmosphère, une aspérité sur laquelle je n'arrive pas à mettre le doigt.

La réceptionniste derrière le comptoir est une femme entre deux âges à l'air aimable, avec ce même accent européen indéterminé que j'ai entendu au téléphone. À côté d'elle, un homme d'une vingtaine d'années. Il doit être nouveau ici, car elle est en train de lui expliquer ce qu'elle fait pendant qu'elle entre mon nom. Au bout d'un instant, elle me tend un support en carton et deux formulaires. En me mettant sur le côté, je remplis les questions sur mes coordonnées, mes allergies et mon assurance maladie. Heureusement, la femme ne me parle pas du paiement.

Je rends le formulaire à la réceptionniste. Elle me dit de m'asseoir et m'indique que le docteur Overton sera là dans un instant.

Je m'assieds, nerveuse. Un morceau de musique baroque dont je ne reconnais pas le compositeur est diffusé par les enceintes placées aux quatre coins de la pièce. Je ne sais pas pourquoi on considère que la musique classique est une musique de salle d'attente, une musique d'ascenseur ou une musique de répondeur téléphonique. Moi, ça me donne envie de bouger, et comme il n'y a rien à faire, je tape les doigts sur mes genoux, en imaginant que je suis en train de jouer ce concerto.

J'espère que ce rendez-vous sera vraiment utile. Que le médecin ne me donnera pas juste des conseils bateaux comme « Prenez vos vitamines » ou « Faites de l'exercice », le genre de clichés que l'on entend en général quand il s'agit de remédier à des troubles de l'esprit.

Une infirmière en blouse, avec une mèche violette dans ses cheveux noirs, vient chercher le couple. Elle me sourit pendant qu'elle attend qu'ils se lèvent, puis elle les guide le long du couloir.

Sur la table devant moi, à côté des magazines, il y a une pile de brochures, avec le même O ovale que sur les bâtiments. Pour la première fois, je remarque le slogan sous le logo de la société. « Parce que votre passé ne devrait jamais faire obstacle à votre futur ».

J'ouvre la brochure à la deuxième page.

« Demandez à votre médecin un rasage limbique ! », est-il écrit en lettres majuscules, de la même manière que les tracts chez mon médecin de famille disent : « Demandez conseil à votre médecin pour maîtriser votre cholestérol ! » ou chez mon ophtalmologiste : « Demandez à votre médecin des gouttes pour les yeux ! »

Je regarde la quatrième de couverture et lis le titre : « Une brève histoire d'Overton ». Il y a une photo de deux sexagénaires souriants, en blouse de chirurgien.

Il y a plus de trente ans, deux neurobiologistes respectés, chercheurs à l'université du Maine, ont conçu un traitement pour les militaires souffrant d'un syndrome de stress post-traumatique. Pendant des années, ils ont mené des recherches, ont conduit des expériences et des études longitudinales. Au moment où la première guerre du Golfe s'est terminée, au début des années 1990, c'était déjà plus qu'une idée. La théorie : les soldats étaient prisonniers non pas du syndrome de stress post-traumatique, mais de leur mémoire. Le traitement : le raccordement de mémoire, une technique qui permet d'effacer les pires souvenirs, tout en préservant les meilleurs. Après des années d'essais approfondis, la technique Overton, aussi miraculeuse que précise, a été ouverte au grand public. Depuis, un certain nombre de procédures complémentaires et spécifiques ont été mises en œuvre, y compris le rasage limbique, qui permet de réinventer les composantes émotionnelles, les sensations et connotations liées à certains souvenirs.

Un frisson me parcourt l'échine. Ils peuvent changer la façon dont on ressent ses souvenirs ?

Qu'est-ce que c'est que cet endroit ?

Je pensais qu'ils allaient me donner des exercices pour faire travailler ma mémoire, des conseils pour améliorer ma capacité de concentration. N'est-ce pas ce qu'ils mettaient en avant sur leur site ? Quelque chose à propos d'améliorer sa mémoire et de retrouver le sommeil ?

Je lève les yeux ; la réceptionniste croise mon regard et me sourit.

Avec un sentiment bizarre, comme si j'avais été surprise en train de faire quelque chose de mal, je détourne rapidement le regard et poursuis ma lecture.

Depuis sa création, la technique Overton a sauvé et amélioré un nombre incalculable de vies. Depuis 2013, une équipe de médecins hautement qualifiés, menés par Stephen Overton, a maintenu la clinique cofondée par son père.

Je saute au bas de la page.

Rhys Overton, docteur en médecine, et John Salisbury, docteur en médecine, continuent à superviser la section recherche de leurs établissements. Plus de vingt cliniques de raccordement de mémoire ont ouvert à travers le monde, dans le respect de la méthode Overton.

Je commence à étouffer. Quand on nous a présenté la clinique Overton au lycée, on nous a dit qu'ils aidaient les personnes qui avaient des troubles de la mémoire et des traumatismes. Je sais que j'ai vu sur leur site qu'ils pouvaient aussi faire quelque chose pour le sommeil et les processus cognitifs. Mais retirer complètement des souvenirs ? Les modifier ?

Il m'apparaît soudain à quel point tout ici est *réfléchi*. À quel point c'est supposé, à tous les égards, donner l'impression qu'on peut juste venir ici pour un vaccin contre la grippe.

Le temps que j'entende appeler mon nom, mes mains tremblent.

Je lève brusquement la tête pour découvrir un homme portant une chemise, des lunettes et des mocassins, qui me sourit patiemment. Cela doit être le docteur Overton... junior ? Il est plus jeune que les médecins sur la photo, quarante ans au maximum.

— Bonjour, dis-je, une fois debout.

Ce n'est pas comme si je pouvais m'enfuir, si ?

— Comment vas-tu ?

Il me tend la main, et je la serre. Un infirmier lui tend un dossier – le mien, je suppose – en lui murmurant quelque chose. Le docteur Overton hoche la tête tout en y jetant un coup d'œil. Il m'invite ensuite à le suivre jusqu'à un bureau situé un peu plus loin dans le couloir, où il se glisse derrière la table en m'indiquant le siège en face de lui. Il semble un peu distrait, toujours en train de lire mon dossier. Est-ce que tous les médecins ont accès à notre historique médical complet ? Parce que le dossier qu'il consulte est bien plus épais que les deux formulaires que je viens de remplir.

Finalement, il lève les yeux vers moi et me sourit.

— Alors, que puis-je faire pour toi ?

Il prend une barre de céréales entamée et la finit en une bouchée. La musique de la salle d'attente – un morceau pour piano de Schumann – glisse sous la porte de son bureau.

— Désolé, dit le médecin en froissant l'emballage et en le jetant dans une petite corbeille contre le mur. Hypoglycémie.

Je suis surprise qu'il soit aussi décontracté. Aussi amical, informel. Je me détends un peu, essayant de faire passer le malaise que j'ai ressenti il y a quelques minutes. Ce n'est pas comme s'il allait m'opérer sur-le-champ.

— J'ai des problèmes de mémoire, lui dis-je. J'ai eu un accident de bus il y a douze jours.

Il se redresse.

— Pas celui près de Greenvale, si ? J'ai entendu dire qu'il avait été terrible. Comment vas-tu ?

— Euh, pas très bien, justement, c'est pour ça que je suis là. J'ai…

J'entends toujours le murmure du piano en dehors du bureau, les variations de rythme du morceau. Est-ce qu'on peut toujours entendre la musique de la salle d'attente jusque dans le bureau du médecin ? Veulent-ils s'assurer que le rendez-vous se déroule sans incidents, tout comme l'attente ?

— Je ne dors pas bien depuis l'accident. J'ai du mal à rester concentrée, et je n'arrête pas d'oublier des petites choses.

— Et cela a commencé après l'accident ? Ce n'était pas déjà là ?

— Non. Et je vois des choses, aussi.

Un profond pli lui barre le front désormais.

— Quel genre de choses ?

La musique s'infiltre toujours par l'espace sous la porte. Je m'enfonce les ongles dans la paume de la main. Pourquoi suis-je ici ?

Grand. Un garçon de mon âge. Un grand sourire. Je le vois, mais je suis la seule.

Au lieu de lui donner la description que j'ai donnée à Katy ou à la responsable du Cinéplex, je dis :

— Juste, euh, des choses.

— Mmh, dit-il, en me regardant toujours d'un air préoccupé.

Puis il me demande si j'ai des maux de tête.

— Non, réponds-je.

Des nausées ? Des étourdissements ? Des troubles de la vue ?

— Non

— Mmh…

Il reste silencieux un moment, puis il m'explique qu'ils sont spécialisés dans les procédures liées à la mémoire, et non dans les problèmes plus généraux comme les miens. De toute façon, ils ne pourraient rien faire sans l'accord de mes parents, parce que je n'ai que dix-sept ans.

— Il est possible que tu aies une commotion cérébrale qui n'ait pas été détectée à l'hôpital, me dit-il. Je serais ravi de faire quelques tests basiques pour vérifier tout ça, mais si j'étais toi, vraiment, je prendrais rendez-vous avec mon généraliste.

— Vous n'êtes pas médecin ?

Percevant l'inquiétude dans ma voix, le docteur Overton éclate de rire.

— Si, je suis bien médecin.

Il me désigne le diplôme de docteur en médecine, ainsi qu'une dizaine d'autres, sur le mur sur ma gauche.

— C'est juste que nous ne pratiquons pas la médecine de famille ici, et que la communauté médicale est plutôt à cheval – non, disons, plutôt stricte – sur ce genre de choses.

— Oh, dis-je.

— Mais voyons ça quand même.

Il me fait asseoir au bord de la table d'examen et dirige une lampe vers mes pupilles, exactement comme le médecin de Greenvale a fait après l'accident. Il contrôle mes réflexes, me fait un test d'acuité visuelle, me pose quelques questions générales – quel jour on est, qui est le Président, ma date d'anniversaire.

À la fin, il me dit qu'il n'y a aucune trace de commotion cérébrale.

— Un scanner nous permettrait d'être vraiment sûrs, mais...

Il s'interrompt, l'air pensif.

— Je pense qu'il vaut mieux que ton médecin reprenne la main. Je vais lui envoyer un mot. C'est bien le docteur Langley ?

Je hoche la tête, en prenant conscience que je ne vais pas pouvoir cacher tout ça à mes parents pendant plus longtemps. Mais s'il ne peut pas m'aider, est-ce que j'ai le choix ?

— J'aurais aimé t'être plus utile, me dit le docteur Overton avec un sourire triste quand je pars.

Quand je suis de retour à l'accueil, il y a un vieil homme dans la salle d'attente qui feuillette un magazine. Et soudain, je suis frappée par le fait qu'il y ait des gens dans cette ville qui viennent ici. J'essaie d'imaginer un monde où des gens apparemment normaux sont passés par Overton. J'essaie de les imaginer ne pas avoir de problème avec les mots que j'ai lus dans le tract pendant que j'attendais – raccordement, rasage limbique.

Le garçon qui est en formation est maintenant assis derrière l'ordinateur, alors que la réceptionniste est en train de bricoler la cafetière à l'extrémité du comptoir. Elle me voit et commence à s'approcher, mais le garçon secoue la tête.

— Je m'en occupe, dit-il. Bonjour, Addison. Alors tu as vu le docteur Hunt ?

— Non, je crois que c'était le docteur Overton.

Le garçon fronce les sourcils en regardant l'écran de son ordinateur, puis clique plusieurs fois avec la souris.

— Oh, oui, au temps pour moi. Le docteur Hunt, c'était la dernière fois. OK, alors, est-ce que le docteur Overton t'a donné…

Le temps se suspend.

— La dernière fois ? croassé-je.

Les yeux du garçon s'agrandissent. Il a à peine le temps de cligner des yeux que l'autre réceptionniste est de retour et prend sa place.

— Brendan, tu as ouvert le dossier d'un autre patient.

Elle regarde l'écran puis me sourit. Toujours ce sourire qui me donne l'impression d'avoir fait quelque chose de mal, sans savoir pourquoi.

— Il s'est trompé de dossier, répète-t-elle sur un ton d'excuse. Est-ce que le docteur Overton a dit que tu avais besoin d'un suivi ?

Je secoue la tête, la gorge serrée.

— Qu'est-ce qu'il a voulu dire, *la dernière fois* ? Je suis déjà venue ici ?

Elle ne se départ pas de son sourire.

Heidi, dit son badge.

— Comme je l'ai dit, ce n'était pas le bon dossier. Je ne suis pas autorisée à révéler quoi que ce soit sur d'autres patients.

— Je me suis trompé de dossier, dit de nouveau Brendan.

— Ravie d'avoir fait ta connaissance, Addison, dit Heidi avec un large sourire, mais il a quelque chose de contraint maintenant.

Quelque chose d'éteint.

Ravie *d'avoir fait ta connaissance.* Elle le dit avec une telle intensité qu'il y a un sens caché derrière ses mots.

C'est la première fois que tu viens ici.

On vient juste de se rencontrer.

Je grommelle un au revoir et sors en titubant, puis vais jusqu'au parking. Je m'assieds dans ma voiture, les yeux qui clignent à cause du soleil couchant, et maintenant ce sont les mots de Brendan qui me reviennent à l'esprit.

Le docteur Hunt, c'était la dernière fois.

Ce n'était pas le dossier d'un autre patient. Je l'ai vu dans la manière dont ils ont réagi. La froideur immédiate d'Heidi, la panique de Brendan.

Le dossier du docteur Overton qui était bien plus épais que ce qu'il aurait dû.

Je suis déjà venue ici.

Je suis déjà venue à Overton.

22

AVANT

Mi-juillet

Par masochisme, ou parce que les dix-neuf occurrences de l'adjectif « consciencieuse » sur mes bulletins scolaires depuis le début de ma scolarité sont justifiées, je n'envoie finalement pas de texto à Zach pour lui dire que je laisse tomber son film. Je veux respecter mon engagement, bien sûr, mais surtout j'imagine la déception de Zach, qui devra trouver une autre Lindy pour le rôle, je vois Raj soupirer quand il devra enfiler mon costume de nonne et Kevin me traiter de saloooope parce que je les abandonne au moment où ils ont le plus besoin de moi. Je n'ai pas vraiment de bonne raison pour continuer, mais je m'amuse avec eux, et j'ai l'impression d'avoir trouvé ma place quelque part pendant cet été sans Katy. Cela suffit pour me faire revenir pour les deux derniers jours. Ce ne sont pas dix ou douze heures de plus de tournage qui vont me tuer. Et, surtout, je ne peux pas tomber encore plus amoureuse de Zach pendant ce laps de temps, si ?

Le jeudi, après le tournage, je tends à Zach le CD, et il le met pendant que l'on nettoie.

— C'est fantastique ! dit-il, l'air émerveillé.

Il s'approche et me prend dans ses bras, une accolade rapide, anodine, de trois secondes, pour me remercier, mais que mon corps interprète – mal – comme l'autorisation de commencer à chauffer de partout et à picoter. Et je m'aperçois alors que j'avais tort – je peux effectivement tomber encore plus amoureuse de Zach, et je n'aurai même pas besoin de dix heures.

— J'aime les femmes qui savent jouuuuuer, dit Kevin en remuant les sourcils alors qu'il est en train d'aider Raj à remettre les meubles en place.

— Kev, soupire Zach.

Le vendredi, c'est-à-dire notre dernière matinée de tournage, la nostalgie nous frappe. Raj me demande si je veux garder le costume de nonne quand on aura fini, ou bien si je prévois de perdre la mauvaise habitude de m'habiller comme ça. Kevin me demande si ça va me manquer de ne plus passer des heures avec lui dans un sous-sol tous les jours.

J'ai un pincement au cœur – on fait une projection demain, dès que Zach aura fini le montage, donc ce n'est pas encore un au revoir. Malgré tout, je me demande quand je les reverrai, et même *si* je les reverrai. Nous n'avons pas passé suffisamment de temps ensemble pour que je puisse dire que Raj ou même Kevin et moi sommes amis. Et Zach… Eh bien, c'est probablement une mauvaise idée d'*essayer* d'être amie avec lui. Mais j'ai du mal à me faire à l'idée de ne plus le voir tous les jours, même si c'est juste pour qu'il me recommande un nouveau *slasher* ou qu'il me propose d'aller laver sa voiture avec lui, ou encore pour que je me retrouve violemment jetée au sol pendant qu'il se penche vers moi pour filmer la moindre contraction, le moindre tic sur mon visage. Je ne ressens même plus aucune gêne dans ces situations.

Et, malgré cette horrible conversation avec lui, être avec Zach fait toujours frissonner toutes les cellules de mon corps, les fait trembler comme le *vibrato* des cordes de mon alto. Une mélodie si ténue que je suis la seule à pouvoir entendre. Chaque fois qu'elle retentit, je n'ai plus l'impression de traverser ma vie en somnambule.

Zach semble distant pendant tout le temps où on fait les installations pour le dernier jour. Je me demande à quoi il pense, et s'il pense à la même chose que moi.

Et puis il dit, alors que Raj et lui sont assis par terre, en train d'assembler le matériel :

— Est-ce que vous pensez que je devrais envoyer un DVD du film à Lindsay ?

— Tu plaisantes, j'espère ? demande Raj.

— C'est juste qu'elle a payé pour la moitié du ketchup.

— Et alors ?

— Elle ne nous a même pas prêté le trampoline ! intervient Kevin.

— Je ne le lui ai pas demandé, dit calmement Zach. Peut-être qu'elle l'aurait fait.

Raj a une moue de mépris.

— Non, elle ne l'aurait pas fait.

— Peut-être, mais elle les a tous vus, s'obstine Zach.

Je m'occupe en plaçant les draps sur les meubles, en les aplatissant, en les bordant, puis en les lissant de nouveau.

Raj pousse le plus profond, le plus long des soupirs que je l'aie entendu pousser jusqu'ici – et c'est beaucoup dire :

— C'est trop tordu, mec, laisse tomber.

— C'est *tordu* ? répète Zach, sincèrement surpris.

— Oui, c'est *carrément* tordu, putain ! s'exclame son frère.

— Kevin…

— Oui, c'est tordu, confirme Raj, qui se tourne ensuite vers moi. Demande à Addie. Elle a un avis objectif. C'est tordu, Addie ?

— De lui envoyer un DVD ? demandé-je, comme si j'avais juste écouté d'une oreille distraite.

Katy devrait me voir jouer la comédie en ce moment ! Une semaine dans un film de genre et me voici devenue une véritable actrice.

Raj acquiesce, mais Zach se contente de me regarder, étudiant mon expression avec intérêt.

— Si j'étais Lindsay, dis-je lentement en mesurant chacun de mes mots, j'appellerais la police.

Kevin glousse. Je finis :

— Tu ne peux pas envoyer à ton ex un *slasher* dans lequel une version d'elle à peine voilée est quasiment décapitée. C'est juste pas possible.

— Lindy *n'est pas*… Lindsay, commence à dire Zach pour la cinquantième fois depuis qu'on a commencé le film.

Mais il comprend que c'est peine perdue et se tait, avant de reprendre :

— C'est la seule qui survit.

— Avec toute la partie gauche de son corps en moins ! lui rappelle Kevin en frappant le tapis avec les paumes de ses mains.

— Tu vois ? dit triomphalement Raj. C'est *tordu*. Envoie-lui une boîte avec ses affaires découpées en morceau, comme un amoureux au cœur brisé normal.

Cœur brisé. Ça paraît fou d'associer ces mots à Zach, avec son sourire bien trop brillant et ses yeux qui pétillent. Ce n'est que lorsqu'il évoque Lindsay, lorsqu'il parle d'elle, que ça se voit. Ses yeux se voilent un peu, ses épaules s'affaissent légèrement et son sourire est un peu moins brillant. Lindsay devait bien être une salope, après tout. Qui d'autre au monde serait capable de faire ça ?

Je remarque que Zach est toujours en train de m'observer, et je poursuis, calmement, mais en baissant un peu la voix :

— Mais ce n'est que mon avis, hein, je ne suis pas Lindsay.

Je ne regarde pas son visage pour voir s'il veut creuser le sujet.

Je donne le bras à Kevin et lui dis :

— Je suis prête.

Et nous montons ensemble pour le maquillage.

Pendant qu'il est en train de préparer le maquillage facial – principalement à base de bleu et de noir, dans la mesure où mon personnage, Lindy, tient à peine debout à ce stade du film – je lui demande :

— Kevin, à quoi elle ressemble, Lindsay ?

— Euh, dit-il, en continuant à tamponner le maquillage sur mon front, concentré. Eh bien, elle a une tête de cheval.

— Kevin !

Il plonge une éponge dans le bac de peinture puis la pose sur ma joue.

— Je dis juste, reprend-il d'une voix traînante, que sa mâchoire n'arrive pas à la cheville de la tienne.

Je ne sais pas si c'est vrai ou non. Mais Kevin fait son sourire à la Zach pendant que j'essaie de rester tranquille, et cela me réconforte un tout petit peu.

23

AVANT

Mi-juillet

Le samedi, comme je n'ai ni cours d'alto ni tournage, je décide de faire la grasse matinée. Il est 11 heures passées quand je me lève et marche doucement dans le couloir vers la salle de bains. Je vois que la chambre de maman est ouverte, et on dirait qu'elle est en train de parler à l'une de ses amies au téléphone, donc je passe la tête par la porte pour lui dire bonjour, mais elle ne me voit pas tout de suite ; elle est toujours au lit, le téléphone calé sous le menton. Ce qui me prend au dépourvu, c'est le tremblement dans sa voix, comme si elle pleurait.

Je me retire brusquement de son champ de vision pour écouter ce qu'elle dit.

— C'est toujours difficile à cette période de l'année.

Il y a une pause, puis elle poursuit.

— Je sais. Et parfois je me dis qu'on ne fait pas assez attention.

Je continue d'écouter, mais la conversation évolue vers un projet dont elle est responsable au travail, et je me demande pourquoi elle ne peut pas s'empêcher de revivre le divorce tous les ans.

C'est bizarre, parce que c'est elle qui a un petit ami ; elle est passée à autre chose plus rapidement que papa, alors pourquoi est-elle encore si secouée, après tant d'années ? Est-ce que c'est parce que c'est elle qui est partie ?

Je vais à vélo chez Zach vers 18 heures, excitée à l'idée de voir le résultat final de notre film, mais triste que le tournage soit terminé. Une fois entrée, je prends les escaliers qui mènent au sous-sol. Zach me rejoint quand j'arrive en bas.

Mes cheveux sont encore humides de la douche et tombent en boucles humides sur ma robe. Zach cligne des yeux en me regardant, puis rougit quand il se rend compte qu'il est en train de me dévisager. C'est là que je me souviens qu'il a dû s'habituer à me voir dans des vêtements inondés de ketchup, les cheveux collants et frisottants. S'il ne pensait *pas* que je suis plus jolie aujourd'hui, je devrais m'inquiéter. En plus, il est possible que j'aie fait un peu plus d'efforts que d'habitude, avec une touche de mascara et mon gloss préféré à la pastèque.

—Euh, où sont les autres ?

—Kevin fait des heures supplémentaires, mais Raj doit être en chemin. Il devrait déjà être là, en fait.

Il baisse les yeux vers son téléphone comme s'il s'attendait à ce que son ami en sorte :

—Je l'ai appelé il y a une heure, et il avait complètement oublié, mais c'était il y a une heure.

—Ah, OK, dis-je.

Je regarde le canapé, sur lequel l'ordinateur portable de Zach est posé, entouré de câbles et de CD.

— Tu as fini ?

— Oui, répond fièrement Zach. Je ne suis pas allé me coucher avant d'avoir terminé.

— Et alors ? Verdict ?

— Moi, j'aime. Ce n'est pas du Ciano, mais il y a définitivement du progrès par rapport aux précédents.

Il s'approche du canapé, pose son ordinateur par terre puis pousse les CD et tout le reste.

— Tu veux t'asseoir ?

— Merci.

— Pas de problème. Tu veux du pop-corn ? Ou autre chose ? me propose-t-il, en continuant à déplacer des objets, agité, pendant qu'il parle.

Il semble étrangement nerveux.

— Du pop-corn, ce serait super. Je peux t'aider ?

— Non, répond-il rapidement. Détends-toi. Je reviens.

Pendant qu'il est parti, je regarde certains des CD qui sont étalés, et je me rends compte à leur absence de jaquette que ce sont les précédents films de Zach.

Il revient, précédé par une odeur de pop-corn au beurre, avec dans les mains un grand saladier qu'il pose devant moi.

— Et voilà, dit-il.

Et puis il passe à autre chose, ou plutôt commence à déplacer encore autre chose. C'est presque comme s'il avait peur d'être tout seul avec moi ; je ne sais pas si je dois être blessée ou flattée.

— Est-ce que je peux en regarder un en attendant ? demandé-je à Zach en prenant un DVD.

— Bonne idée, dit-il.

Il les passe en revue pensivement. Quand je comprends qu'il en cherche un sans Lindsay, je commence à me demander si c'était vraiment une bonne idée.

Apparemment, il a dû en trouver un, puisqu'il met un DVD dans le lecteur. Avant de le lancer, il dit :

— C'est l'un des tout premiers que l'on a fait.

— OK.

— Et, ajoute-t-il la télécommande à la main, ça part un peu dans tous les sens. Et mon frère Rob est dedans. Il n'est pas du tout à l'aise avec les caméras.

Je glousse.

— OK.

— Et, ajoute-t-il pour gagner encore du temps, la musique est nulle. C'est celle de Raj.

— Autre chose ? dis-je, et Zach s'apprête à répondre quand il saisit mon ironie, sourit et s'affale à côté de moi.

— Ne me juge pas, conclut-il.

— Je ne le ferai pas.

Le frère aîné de Zach apparaît à l'écran, marchant dans ce qui semble être leur rue, dans un costume trois fois trop grand pour lui. Il balance sa mallette un peu trop agressivement pour que ça ait l'air naturel, et ses yeux sont fixés sur la caméra.

Zach et moi éclatons de rire.

Puis il y a un grand boum, et une version plus jeune de Kevin tombe d'un arbre. Le corps inanimé et imbibé de ketchup.

— Oh, mon Dieu, dis-je.

Je jette un œil à Zach et je le surprends en train de me regarder, jaugeant ma réaction avec un petit sourire.

Je dois faire tous les efforts du monde pour rediriger mon regard vers l'écran.

— Oh, non ! crie le frère de Zach, puis il se penche sur Kevin pour essayer de le ressusciter. Soudain, quelqu'un crie – une fille. Je retiens mon souffle, pensant que c'est finalement peut-être bien Lindsay, mais une adolescente un peu plus jeune que Kevin se précipite à l'intérieur du cadre, le doigt pointé sur le corps inanimé de Kevin.

— Ne le touche pas !

— Pourquoi ? demande le frère aîné de Zach, d'un ton plat et sans vie.

J'éclate de rire.

— Je t'avais dit que c'était mauvais, dit Zach en gloussant aussi.

— Tais-toi, je suis en train de regarder le prochain Ciano, protesté-je.

Le film dure environ vingt minutes et comprend un caméo d'un Zach de quelques années plus jeune. Quand il s'achève, je commence à applaudir fort.

Zach rit, et mon estomac se tord. Est-ce si facile ? Je veux continuer d'applaudir si cela fait se maintenir son sourire, jusqu'à ce que toute la pièce en soit remplie.

— Tu avais les cheveux tellement plus courts.

Il les touche, l'air gêné.

— Pas de houppette, ajouté-je.

— Houppette, répète Zach comme si c'était la première fois qu'il entendait ce mot.

Il rit, la main toujours dans les cheveux.

— C'est une vraie torture, ces cheveux, ajoute-t-il.

Je me redresse, étonnée.

— Je les aime, moi…

Zach soutient mon regard.

— Et moi, j'aime les tiens, dit-il.

— Non, lui dis-je, d'une voix ferme et convaincue. Je ne dis pas ça pour être gentille. Tes cheveux ont du caractère.

— J'aime tes cheveux, répète-t-il doucement, comme si c'était trop important pour être dit à haute voix.

Et quand il lève la main pour les toucher, pour faire glisser ses doigts sur quelques mèches, je retiens ma respiration.

Je me penche un peu vers lui. Il se penche un peu vers moi.

Je sens son souffle contre mes lèvres. Il m'embrasse lentement, une mèche de mes cheveux toujours entre ses doigts. Puis il s'arrête, ses lèvres toujours contre les miennes, et quand j'ouvre les yeux, il plisse le front. Cela me surprend, car je suis habituée à le voir sourire.

Il plisse toujours le front quand on s'embrasse de nouveau. Puis il change lentement d'expression, comme s'il comprenait quelque chose à force de réfléchir, d'explorer. Ses mains n'ont pas quitté mes cheveux ; elles sont partout maintenant, traçant leur chemin, précautionneusement, mais avec assurance. Avec ses mains dans mes cheveux, je le crois quand il dit qu'il les aime.

Et mes mains sont dans *ses* cheveux, qui sont étonnamment doux.

— Zach !

On se sépare d'un coup en entendant la voix de Raj. Heureusement, elle vient du haut des escaliers qui mènent au sous-sol.

— Euh, en bas ! crie Zach en se reprenant.

Je bondis sur mes pieds et me passe une main dans les cheveux, lisse ma robe, mais là je m'aperçois que Zach s'est aussi levé d'un coup et se lisse lui aussi les cheveux. Donc on se rassied tous les deux, trop vite et d'un air coupable.

— Salut, Raj, dis-je.

— Salut, mec, dit Zach.

Raj scrute son ami.

— Tu es fâché que je sois en retard ? J'ai dû attendre la voiture. En plus, ma mère était en train de préparer un *rajma*[1] parce que mes cousins viennent demain, et il fallait que je le goûte.

— Non, je ne suis pas fâché, dit Zach d'un ton détaché en jouant avec la télécommande.

Raj nous regarde l'un, puis l'autre, les yeux plissés, en silence. Je ne sais pas ce qu'il voit, mais il se laisse tomber sur le pouf contre le mur et soupire.

---

1. Plat indien à base de haricots rouges.

24

AVANT

Mi-juillet

Je sais que je suis censée avoir été très investie dans ce film, mais je n'ai aucune idée de ce qu'il s'y passe, tellement je ne suis pas concentrée.

Les parents de Zach sont descendus pour voir la *première mondiale*; ils ont ri et frémi avec Kevin et Raj. Après, on a mis un tas d'*horrodies* que Zach avait commandées sur Internet et que personne n'avait vues. Mon estomac a fait des sauts périlleux pendant tout ce temps, se tournant et se retournant jusqu'à faire des nœuds. Zach et moi sommes restés étrangement silencieux pendant toute la soirée, même s'il réussit mieux que moi à cacher son jeu. J'espère qu'être la nouvelle du groupe me donne une excuse.

En début de soirée, je reçois un texto de ma mère me demandant si je suis toujours à l'adresse que je lui ai indiquée (maman a instauré de longue date la règle selon laquelle on doit lui laisser l'adresse de l'endroit où on va sur le tableau du frigo) et s'il faut qu'elle vienne me chercher. Elle sait désormais que mon nouvel ami est un garçon et qu'il travaille au vidéoclub. Elle connaît le père de Zach parce qu'elle emprunte des DVD au magasin depuis quelques années. Étrangement, sa réaction a été de me regarder calmement pendant quelques secondes, puis de dire: « Tu as l'air heureuse. » Je me suis ensuite précipitée dans ma chambre avant qu'elle ne puisse établir les conditions selon lesquelles j'aurai le droit de le voir, ou me demander son numéro de sécurité sociale pour faire un contrôle de police. L'imaginer rencontrant Zach et ses parents maintenant, même si je ne pense pas qu'ils lui déplairaient, me donne la chair de poule. Je ne suis pas encore prête. Donc j'explique à tout le monde que je dois rentrer à la maison et que, comme je suis à vélo, il faut que je parte pour y être avant le coucher du soleil.

— Tu conduis, Addie ? demande la mère de Zach.

Elle a les cheveux gris et semble un peu plus âgée que le père de Zach. Elle a un visage des plus chaleureux, des yeux qui ont une manière particulière de vous percer à jour, et le rire facile. Je ne sais pas vraiment de qui Zach tient précisément son sourire, mais je vois bien comment on peut l'obtenir en mélangeant M. et Mme Laird.

— J'ai mon permis, mais ma mère veut que j'attende mes dix-sept ans avant d'avoir une voiture.

— Eh bien, Zach peut te raccompagner, dit-elle.

— Dans sa voiture de merde, propose Kevin.

— Kevin, le réprimande M. Laird.

— Non, c'est bon, j'aime bien faire du vélo.

— Je te raccompagne dehors, dit Zach en se levant.

Tout le monde me dit au revoir, et, heureusement, ils sont trop absorbés dans le film que Zach a mis pour remarquer quoi que ce soit d'inhabituel ou pour nous proposer de venir avec nous.

Je stresse à mort pendant que nous montons l'escalier et sortons de la maison. Je stresse parce que j'ai peur que Zach ne décide que c'était une énorme erreur et que cela n'aurait pas dû arriver, parce que, même si mes lèvres bourdonnent toujours, parcourues par un courant électrique, j'ai déjà oublié ce que cela faisait de l'embrasser.

— Euh…, dit Zach, après m'avoir regardée en silence pendant que je détachais mon vélo. Merci d'avoir accepté d'être dans le film.

— Merci de me l'avoir proposé. Je me suis bien amusée.

Oh, mon Dieu. Est-ce que cela ressemble à un au revoir ? Nous n'avons plus d'autre excuse pour nous revoir.

— Moi aussi.

Nous sommes devant le garage, et, en face de nous, un océan de roses et d'orangés commence à inonder le ciel. Je ne peux pas croire que parfois je trouve que tout ça a l'air vide.

— Addie, dit Zach.

— Oui ?

Je me prépare à contrer ce qu'il pourrait dire, à lui dire ce que j'aurais dû lui dire la dernière fois – *Trois mois, c'est une éternité. Tu me plais. Ce n'est pas si compliqué.*

— Je crois que j'ai envie de t'embrasser de nouveau, dit-il doucement en se tournant vers moi.

Oh.

Je me mets sur la pointe des pieds et je l'embrasse, avant qu'il n'ait le temps de changer d'avis. Et, bon sang de merde, il me rend mon baiser.

Il m'embrasse de façon plus intense cette fois-ci ; j'ai le dos contre la porte du garage, et son genou est lui aussi contre la porte. Il saisit l'arrière de mon crâne de sa main et je l'embrasse fiévreusement ; il ne s'arrête pas non plus, et je me demande pourquoi, trois jours plus tôt, il a dit que ce serait mieux qu'on soit amis.

Parce qu'il ne m'embrasse pas du tout comme si nous étions amis.

25

APRÈS

Janvier

De retour dans ma voiture, mes mains tremblent si fort que je peux à peine tenir le volant. J'ai l'impression d'être sortie de mon corps. Je suis toujours à Overton, en train de réfléchir au moindre détail de cet endroit : les murs gris du complexe ; les O qui marquent chaque bâtiment au cas où on oublierait où l'on est ; la manière extrêmement réfléchie dont tout a été mis en place, de la musique de la salle d'attente jusqu'aux sourires chaleureux, indéchiffrables, des membres de l'équipe ; l'infirmière aux mèches violettes – est-ce qu'elle me connaît ? Est-ce que je suis déjà venue ? Est-ce que le médecin a été aussi amical parce qu'il m'a reconnue ? Apparemment, ce n'était pas lui mon médecin la dernière fois, mais qu'en est-il de la réceptionniste – Heidi ? Elle m'a fait remplir tous ces papiers administratifs quand je suis arrivée, comme si j'étais nouvelle.

Je me triture le cerveau pour essayer de me rappeler quelque chose. Le motif des tapis, la disposition de la salle d'attente, n'importe quoi – mais rien ne vient.

Et pourtant, ils ont effacé ma mémoire, là-dedans.

Dès que je suis de retour dans notre allée, je sors mon téléphone et compose le numéro de Katy.

« Le docteur Hunt, c'était la dernière fois. » Les mots résonnent toujours dans mon esprit pendant que j'écoute la sonnerie à l'autre bout du fil.

Je m'affaisse quand j'entends l'annonce familière du répondeur de Katy.

« Salut, c'est Katy. Je ne peux vous répondre pour l'instant, mais laissez un message et je vous rappellerai. Sauf si c'est Jason, ou Mason, ou Grayson du Music Fest. Je t'ai juste donné mon numéro parce que je ne voyais pas d'autre moyen de me débarrasser de toi. Bref, salut ! »

Quand elle dit « salut », on peut m'entendre rire en arrière-fond.

— Oh, mon Dieu ! avais-je dit quand elle avait fini.

— Quoi ? avait-elle marmonné en haussant les épaules d'un air innocent. Au moins, je suis honnête.

Sauf que nous savions toutes les deux que c'était faux. Jason (pas Mason, ni Grayson) était un garçon très mignon du *Music Fest*, un festival de musique régionale où notre orchestre était allé en décembre. Tous les groupes de musique de la région étaient rassemblés pendant deux jours pour « partager notre amour commun de la musique ». Et, dans le cas de Katy, pour se cacher dans la pénombre à l'extérieur de la salle de jeux pour fricoter avec le meilleur bassoniste des trois États. Il lui avait vraiment plu ; elle n'avait pas arrêté de me parler de lui en chuchotant, les joues roses, pendant tout le trajet de retour vers Lyndale. Ils avaient évoqué l'idée de se rendre visite et avaient échangé leurs numéros de téléphone avec une telle solennité qu'on aurait cru qu'ils étaient en train d'échanger des bagues de fiançailles. Mais, une semaine après notre retour, Jason n'avait toujours pas appelé, et Katy était catégorique sur le fait que c'était à *lui* de le faire. Une horrible semaine plus tard, il était devenu Jason-ou-Mason-ou-Grayson, et elle avait enregistré ce message. Katy était blessée, mais elle n'avait pas le cœur brisé. Elle était passée, deux semaines plus tard, à un garçon de l'âge de mon frère qui travaillait au magasin de musique en centre-ville, et elle avait sincèrement oublié le nom de Jason. C'était si facile pour elle – les gens allaient et venaient dans son univers, comme un casting d'acteurs qui se renouvelle en permanence, tous aussi remplaçables les uns que les autres.

Pendant que j'attends en tremblant qu'elle me rappelle ou m'envoie un message, il me vient à l'esprit que, si longtemps que j'aie duré, je pourrais bien être la prochaine à être remplacée.

Je compose de nouveau son numéro. Répondeur.

Je lui envoie un message : *Appelle-moi dès que possible.*

Je reste assise au volant, dans l'attente, les mains toujours tremblantes, les yeux rivés sur l'écran de mon téléphone. Mais elle n'appelle pas.

Peut-être que c'est à cause de la distance entre nous ces derniers jours, mais ce n'est pas difficile d'imaginer que ce silence est aussi délibéré que son message de répondeur ou la musique de la salle d'attente d'Overton.

Je suis toute seule.

Je sors de la voiture et j'entre en trombe dans la maison, me repassant encore une fois tout ce qui s'est passé à Overton.

Ils ont dit qu'ils avaient besoin de l'accord du tuteur légal pour toute procédure. Est-ce que cela signifie – est-ce que mes parents ont pu…

Il est déjà 17 heures passé, mais ma mère n'est pas encore rentrée du travail.

Je monte les escaliers quatre à quatre, et, sans avoir le temps d'y réfléchir, me voici en train de frapper à la porte de la chambre de Caleb. Puis d'entrer.

Il est devant son ordinateur, mais il se tourne vers moi dès que je pénètre dans la pièce.

— Qu'est-ce qui t'arrive ?

Il ne parle pas de mon irruption dans sa chambre, mais de mes tremblements. Et du fait que je me mette à tourner en rond dans sa chambre.

— Addie ?

Je ne viens jamais voir mon frère quand j'ai des problèmes. J'ai l'impression que l'on n'est quasiment jamais du même côté.

Et pourtant…

Il me dévisage, l'air perdu. Il paraît vraiment inquiet.

— Tu sais où je suis allée aujourd'hui ?

— Non, où ça ?

— À Overton. Tu sais, c'est cet établissement de recherches sur le cerveau, qui fait des *procédures sur la mémoire*. (Je prononce ces derniers mots en sifflant.) Mais ils ne t'aident pas à te rappeler. Ils te font oublier.

Tout en parlant, je marche de long en large dans sa chambre, enjambant des vêtements, des chaussures, des livres et modèles réduits d'avions.

— Tu en as entendu parler, non ?

La plupart des gens en ont entendu parler. Mais moi, j'y ai *été*. En tant que patiente.

Mon Dieu.

J'ai besoin de m'asseoir.

— Oui, je crois, dit Caleb en haussant les épaules.

Il a le regard rivé au sol. En direction de sa moquette impraticable. On entend un grondement en bas.

— C'est maman ? demande-t-il.

Ça ne peut être que ça, mais je suis trop concentrée sur ce que je dis pour tenir compte de sa question.

— Je crois que j'y ai été, dis-je d'une voix sifflante, comme l'air qui s'échappe d'un ballon. Je crois que j'y ai été « soignée ». C'est le réceptionniste qui me l'a dit. Il ne l'a pas fait exprès, mais il était nouveau et…

Ma voix s'éteint.

Mon frère ne me regarde pas.

— Caleb.

Il ne lève pas les yeux, qui sont comme aspirés, aimantés par la moquette à ses pieds.

— Caleb ?

Je fais un pas vers lui.

— Tu sais quelque chose ? dis-je dans un souffle.

— Addie, il faut que tu en parles à maman, répond-il en secouant la tête.

Les yeux toujours rivés au sol.

— Donc j'y ai *bien* déjà été.

Il ne le nie même pas. Je m'adosse au mur, j'ai besoin de me raccrocher à quelque chose de stable. J'ai l'impression que tout tourbillonne autour de moi, d'un seul coup, que le sol se dérobe sous mes pieds.

— Dis-moi ce que tu sais.

— Addie, sérieusement. Va… va juste voir maman. Ferme la porte en sortant.

S'il n'était pas complètement figé sur place, il me mettrait dehors. Il me claquerait la porte au nez.

— Non.

Ma voix est soudain féroce. C'est mon frère. Pourquoi n'est-on jamais du même côté ?

— Je ne veux pas que ce soit maman qui me le dise. Tu vas me le dire.

— Putain, Addie !

Bien. Qu'il soit énervé. Comme ça, on est quittes.

— Je ne sais rien sur Overton, OK ?

— Si, tu sais quelque chose, insisté-je. Et tu vas me le dire. Tout de suite.

Il secoue la tête.

— Addie, je…

— *S'il te plaît*, le supplié-je. *S'il te plaît.*

C'est le même ton que celui qu'il a utilisé trois ans plus tôt quand il m'a suppliée de ne pas parler à maman de son tatouage, le même que j'ai utilisé quand je lui ai demandé de me pardonner. Je comprends soudain qu'on parle de la même chose depuis des années, comme une même conversation qui se poursuit. Sauf que je ne la comprends pas.

Pourquoi n'est-on jamais du même côté ? C'est une question silencieuse, mais mon frère semble l'entendre parce qu'il se lève soudain. Puis marche vers son placard. Fouille un peu. Ouvre une boîte et en sort quelque chose.

Une photo.

Petite, comme un Polaroid.

Quand il me la tend, sa main tremble.

C'est une photo de Caleb et moi. Je suis appuyée sur Caleb qui est assis sur un canapé que je ne reconnais pas. Caleb tient avec précaution un bébé joufflu aux boucles noires serrées. Sa peau est du même brun clair que la nôtre.

Immédiatement, mon cœur commence à battre plus vite.

J'ai l'air d'avoir onze ans, et Caleb treize. C'est *définitivement* nous. Je ne me souviens de rien de tout ça. Je ne reconnais pas l'endroit où on est, ni ce que l'on fait.

— Qu'est-ce que c'est ? lui demandé-je.

— À ton avis ? demande-t-il d'un air sincère.

— C'est nous, dis-je en pointant nos visages.

Ma mère dit toujours de ne pas toucher les visages sur les photos, sinon elles deviennent floues, et il n'y a plus que des corps sans tête.

— Qui est le bébé ?

— Regarde à l'arrière de la photo.

Je m'exécute, les mains moites. À l'arrière, à l'encre noire, il est écrit : « Rory ».

R.

C'est qui, R?

Tout commence à tourner encore plus vite autour de moi.

— Il te ressemble, dis-je à Caleb en me rappelant toutes les photos de lui bébé.

— Ouais, finit-il par dire.

— Il est… Je ne me rappelle pas cette photo.

Ma voix commence à vaciller, sur le point de se briser.

— Je sais, dit Caleb.

Qu'est-ce que c'est ? Qui c'est, ce bébé ?

— Mais qu'est-ce que c'est, Caleb ? demandé-je.

Maintenant tout tremble, je ne sais pas si c'est seulement moi ou le monde entier. J'ai l'impression d'être de nouveau dans ce bus qui file sur la glace vers l'accident.

Je dois m'asseoir. *Je ne comprends pas.*

— Il faut que tu demandes à maman, Addie, OK ? Je… je ne peux pas t'en dire plus.

— Caleb, c'est ton portrait craché. (Ma vue se trouble.) Est-ce que c'est le tien ?

— Addie, *non !* dit Caleb.

Il pouffe. De rire. D'émotion.

— Est-ce que c'est *le mien* ?

Caleb rit de nouveau. Je n'ai pas le moindre signe de puberté sur cette photo, mais je ne plaisante qu'à moitié. Au cours de la dernière heure, j'ai perdu tous mes repères : je ne suis plus capable de distinguer ce qui est vrai, farfelu ou impossible.

— Non, dit-il.

Alors, quoi ?

Quoi ?

— Demande à maman, dit-il, et il me pousse hors de sa chambre, mais lui aussi a la voix qui tremble, maintenant. Fais en sorte qu'elle te dise la vérité.

26

APRÈS

Janvier

— Maman.

Je suis sur le seuil de sa chambre. Il y a des sanglots dans ma voix, et je tremble de tout mon corps. Elle est en train de poser une pile de papiers sur son bureau, le dos tourné.

— Ne me mens pas. Dis-moi qui est Rory.

Elle se fige.

Rory. Le mot semble étrange et lourd sur ma langue, comme une balle, et maman tressaille quand la balle atteint sa cible.

Elle se tourne lentement vers moi.

— Où as-tu… ? Comment… ?

— J'ai appris pour Overton. Et puis Caleb m'a montré une photo.

Elle écarquille les yeux, et on peut lire tout un panel d'émotions sur son visage. D'abord, de la colère. Contre Caleb. Contre Overton. Ils n'étaient pas censés me dire quoi que ce soit. Puis du déni. Et enfin de l'inquiétude. Elle finit par pousser un long, un très long soupir. Elle prend une chaise à côté de son lit et s'assied, le dos droit, la posture impeccable.

— Est-ce que c'est… mon frère ? demandé-je, dans un murmure.

Je m'attends presque à ce qu'elle éclate de rire, qu'elle cligne des yeux et me demande si j'ai perdu l'esprit. *Dis-moi que c'est un cousin dont je ne me souviens pas. Il est encore temps.*

— Oui, dit-elle en se tordant les mains sur les genoux.

J'avance encore d'un pas, même si j'ai l'impression que mon corps entier est en gelée.

Son visage et sa posture impeccable s'écroulent.

— Il est mort quand il était encore bébé. Il avait huit mois.

Je ne peux pas accoutumer mon esprit à ce qu'elle vient de dire. J'ai un autre frère que Caleb.

Ou plutôt j'avais.

— Que s'est-il passé ? demandé-je, toujours en murmurant.

Elle secoue la tête.

— Je ne peux pas…

— Arrête de me mentir. Je vais trouver, de toute façon. Je ne m'arrêterai pas tant que je n'aurai pas trouvé. Tu dois me le dire.

Mon ton est féroce, énervé, effrayé.

— C'était un accident, Addie. Ce n'était pas ta faute.

Ma faute ?

Je m'assieds au bord du lit ; j'ai l'impression que la pièce tout entière tournoie autour de moi.

— Ton père était au travail, et Caleb était sorti ce matin-là. J'avais juste posé ton frère – Rory – dans son lit, et j'étais partie faire une sieste rapide, dix minutes au plus. C'était dans notre ancienne maison, tu étais au sous-sol en train de répéter un morceau.

Je visualise notre ancienne maison – des murs vert pâle, un ventilateur au plafond du palier, ma chambre à côté de celle de Caleb. J'avais l'habitude de me mettre en haut des escaliers et de chanter à tue-tête des chansons de comédies musicales. Je ne me rappelle pas pourquoi on a déménagé.

— Tu venais de commencer à prendre des cours après nous avoir suppliés pendant des mois. Rory a commencé à pleurer, et je ne l'ai pas entendu. Alors tu es allée dans sa chambre et tu l'as pris, et…

Elle prend une grande inspiration, qui semble presque douloureuse, mais c'est comme si ses mots étaient pressés de sortir. J'ai l'impression d'être un prêtre à qui elle fait une confession, d'un genre un peu particulier.

Qu'est-ce que j'ai fait ?

J'ai peur de poser cette question à haute voix.

— Tu l'as sorti de son berceau pour jouer avec lui, parce que tu savais que j'étais fatiguée et qu'il n'y avait que nous deux à la maison. Tu l'as posé dans la cuisine pour aller chercher quelque chose. Il commençait tout juste à ramper. Tu ne t'es pas souvenue que la porte du sous-sol était ouverte.

Elle déglutit, et des larmes lui coulent sur le visage.

— Je t'ai entendue crier, dit-elle en secouant la tête, les yeux douloureux, comme si elle entendait encore mon cri, même des années plus tard.

Une image folle me vient alors à l'esprit, celle de ma mère enfermée dans une chambre où elle entend mon cri, encore et encore. Je me demande comment tout ça peut être vrai. Je le saurais, si elle disait la vérité. Non ?

Ma mère se penche vers moi ; elle s'agrippe à mon poignet et attend que je la regarde, l'air désespéré.

— Ce n'est pas ta faute. Ça n'a jamais été ta faute, Addie, mais tu te sentais coupable. Quoi que nous puissions faire ou dire, tu te sentais coupable. Les mois qui ont suivi, ça a été l'enfer.

Soudain, elle sanglote si fort qu'on dirait qu'elle s'étouffe avec les mots qu'elle prononce.

— Un soir – ton père n'était pas là non plus –, je rangeais l'armoire à pharmacie dans la salle de bains, et j'ai vu que ses cachets avaient disparu. Ceux qu'il prenait tous les jours contre la dépression.

Des vitamines, me dis-je en me rappelant ce qu'il me répondait quand je lui demandais ce que c'était, petite. « C'est bon pour moi », disait-il.

— Ils avaient disparu, tout comme ceux qu'il prenait pour ses migraines ou quand il souffrait du décalage horaire. Ils avaient tous disparu, et je ne sais pas comment, mais je *savais* que je les trouverais sous ton lit.

En l'écoutant parler, c'est comme si je vais exploser de douleur. J'ai l'impression qu'on est en train de me déchiqueter, que mes tendons et ligaments sont étirés dans des directions opposées.

— Quand je t'ai demandé ce qui s'était passé, tout ce que tu as pu me dire, c'est que tu souffrais trop et que tu t'étais dit que les pilules de ton père t'aideraient. Tu aurais pu mourir.

Tu étais si jeune, tu étais ma petite fille. C'est là que j'ai décidé que je ne pouvais pas te laisser porter ça. *Nous ne pouvions pas* te laisser porter ça.

Elle secoue la tête si férocement que je ne peux que rester à la regarder avec des yeux vides, en essayant de voir comment les différents morceaux de ma vie telle que je l'avais toujours connue pouvaient encore tenir les uns avec les autres. En me demandant si c'était possible, si ça avait d'ailleurs été possible un jour.

J'avais douze ans quand mon père est parti. Quand il n'a plus rien eu à me dire, quand j'ai commencé à devoir me rappeler qu'il m'aimait. Quand Caleb et moi avons cessé d'être des alliés.

— Alors tu l'as fait effacer de ma mémoire ?

Je peux à peine respirer en prononçant ces mots. J'ai l'impression d'être dans un rêve – un rêve dans un rêve – ou dans une mauvaise série.

Les larmes continuent à rouler sur son visage.

— On a recouru à la procédure Overton.

Pendant une seconde, tout n'est que silence. Aucune de nous ne respire. L'air est statique.

Bien sûr, c'est ce que j'avais déduit, mais cela me fait mal de l'entendre le reconnaître. *Mes parents ont fait effacer une partie de ma mémoire.* Je n'ai plus d'air dans les poumons.

— C'est pour ça que papa est parti, dis-je calmement. À cause de Rory…

Et quand elle regarde ses mains, puis la moquette – tout, sauf moi –, je sais que j'ai raison.

— C'est tellement plus compliqué que ça, Addie, dit-elle. Il s'opposait catégoriquement à ce que tu subisses la procédure. Jusqu'à aujourd'hui, il pense…

Sa voix s'éteint, et elle secoue la tête, comme pour chasser un souvenir. Un des souvenirs que je n'ai pas.

— Cela a causé beaucoup de tensions dans la famille. Mais tu comprends pourquoi c'était nécessaire, non ? Nous n'arrivions pas à survivre à la mort de Rory. Aucun de nous.

Rory.

C'est comme si j'étais de nouveau dans le bus pendant l'accident, tout tourne autour de moi. Je m'enfonce plus profondément au bord du lit.

— Ce qui est arrivé à ton petit frère n'est pas ta faute, répète-t-elle, comme si tout ce qui importait était que je comprenne ce point-là.

Mais je ne le comprends pas. Je ne comprends rien de tout ça.

— Beaucoup de gens, dit ma mère, redevenue presque normale après quelques instants de silence, beaucoup de gens ont recours à la procédure, de nos jours. Pour des choses bien moins graves. C'est très sûr, et tout à fait abordable, et parfois c'est la meilleure option. Les gens font peut-être la grimace, disent que ce n'est pas naturel ou font comme si ça n'existait pas, mais ça marche.

Elle parle comme si elle était dans un publireportage, à présenter un produit sur lequel elle avait travaillé pendant des années, ou qu'elle avait essayé et qui avait guéri sa famille d'une acné persistante.

Je suis toujours bloquée quelques secondes plus tôt.

Je suis toujours bloquée sur *ton petit frère.*

Finalement, cela fait deux vies dont je ne savais rien jusqu'ici : celle de Rory, mais aussi la mienne.

— Et Caleb savait, pendant tout ce temps ?

— Il souffrait autant que toi – d'avoir perdu son frère et de te voir souffrir. Je pensais qu'il fallait aussi qu'il se fasse effacer la mémoire, mais il a décidé de ne pas oublier. Par contre, la procédure semblait être le seul moyen de t'aider. Et tu étais partante. Tu étais dans un état lamentable, Addie. Tu ne mangeais plus, tu ne dormais plus. C'était comme vivre avec un fantôme. Cela me tuait de te voir t'enfoncer plus profondément dans ta douleur jour après jour.

Cela *la* tuait. Où était papa ?

Parti, presque immédiatement, je suppose.

Elle continue à parler pendant plusieurs minutes, plusieurs heures même, et quand elle s'arrête, elle attend que je lui pose des questions sensées.

Mais tout ce que je peux faire, c'est murmurer :

— Quoi ?

Et la laisser recommencer. Encore et encore.

J'avais un frère qui s'appelait Rory.

Mes parents l'ont effacé de ma mémoire.

À cause de moi, ma famille est tombée en morceaux.

27

APRÈS

Janvier

Quand je quitte la chambre de ma mère, j'ai l'impression que le monde entier est en lambeaux. Comme déchiqueté, comme recouvert de milliers de bandeaux « hors service ».

Bientôt, le choc cède la place à la colère, à la paranoïa.

Je ne peux pas me concentrer sur mes devoirs, je ne peux pas manger. Je ne peux pas regarder ma mère ou Caleb.

Comment quoi que ce soit de tout ça peut-il être vrai ?

Est-ce que cela change quelque chose qu'ils l'aient fait pour me protéger ? Qu'ils aient pensé qu'ils n'avaient pas le choix ? Que j'aie été d'accord ?

Est-ce que j'ai vraiment choisi d'oublier ?

Non.

Non ?

Je n'ai aucune réponse. Je ne connais même pas cette fille dont ma mère m'a parlé. Celle dont le frère est mort à cause de son erreur.

Le pire, c'est que tout cela paraît sensé. Cela explique le brouillard qui entoure tous mes souvenirs après mes onze ans. Cela explique les comportements de mon père, de ma mère et de Caleb. Cela explique la manière dont maman réagit parfois avec les petits enfants. Les étés où notre maison semble totalement écrasée par le poids de la tristesse. Maman a dit que Rory était mort en juin, il y a cinq ans.

Comment n'ai-je pas compris ?

Comment ?

Des heures après la révélation de maman, Caleb me trouve dans la cuisine, un verre à la main, les yeux dans le vide.

— Addie, je suis désolé, me dit-il, même si c'est maman qui erre autour de la maison avec les yeux gonflés et l'ombre d'un bébé mort qui plane au-dessus d'elle.

Cela fait des années qu'elle pleure Rory, maintenant. Caleb aussi, à sa façon. Je repense au R sur sa poitrine. Je revois le violacé de la peau meurtrie, et j'ai l'impression moi aussi de n'être plus que de la peau fraîchement tatouée. Cela fait mal. Je veux revenir en arrière.

Le R n'est pas pour Rachel, Rebekah ou Randy.

C'est pour Rory.

Mon autre frère.

— Comment as-tu pu faire ça ? demandé-je, sans savoir moi-même ce que j'entends par là.

L'effacer ? Me mentir pendant six ans ? Me dire finalement la vérité ?

Je sens ma main transpirer autour du verre d'eau.

— Est-ce que c'est maman qui m'y a traînée ? Est-ce qu'ils m'ont dit ce qui se passait, au moins ?

Caleb hoche la tête.

— Avant de prendre le rendez-vous, maman s'est assise avec toi et t'a dit de quoi il s'agissait, et pourquoi elle pensait que tu en avais besoin.

— Et je lui ai dit que je n'en voulais pas, hein ? Je lui ai forcément dit ça.

Il se passe la main sur le front.

— Tu lui as dit que tu pouvais essayer plus fort, que tu pouvais être plus courageuse, que tu ne voulais pas l'oublier, mais alors elle t'a demandé – on était en train de dîner, je ne l'oublierai jamais – elle t'a demandé ce que tu voulais le plus : te sentir mieux et aller de l'avant, ou te rappeler.

Et j'ai choisi d'aller de l'avant.

— Même après que tu l'as fait, je voulais te le dire, mais la mort de Rory t'avait complètement détruite, Addie, dit-il, les yeux au sol, le remords palpable dans sa voix. C'est la seule chose pour laquelle ils avaient raison – tu avais besoin d'aide, et des mois de thérapie n'avaient pas aidé. Maman était sûre que c'était le seul moyen de te sauver, et qu'est-ce que je pouvais faire ? J'avais treize ans.

— Donc, tu t'es contenté de me détester en silence.

Il fronce les sourcils.

— Je ne t'ai pas – je ne te déteste pas. Je détestais le fait de faire semblant. Je détestais qu'on ne puisse pas parler de Rory. Tous ces anniversaires… Il aurait presque sept ans, aujourd'hui. Je détestais que l'on fasse comme si tout allait bien. Et puis, après tout ce bordel, toute cette douleur, toi, tout ce que tu voulais, c'était partir et vivre comme si rien ne s'était passé !

— Mais je *ne savais pas* ce qui s'était passé.

— Tu crois vraiment ?

Je repasse rapidement dans mon esprit tout ce qui m'a toujours semblé bizarre. Le divorce de mes parents. Le caractère surprotecteur de maman. Le garçon invisible.

Oh, mon Dieu, le garçon invisible.

Il ne peut pas être une coïncidence, un accès de folie, après tout ça. Est-il… Peut-il être connecté à Rory, sans que je sache comment ?

Les gens n'apparaissent et ne disparaissent pas spontanément ; quelque chose les fait apparaître et disparaître. Et, dans tous les cas, ils doivent bien venir de *quelque part.* Quelque part… comme le passé.

Qui est ce garçon ?

Je regarde Caleb.

J'ai envie de lui dire : « Tu sais pourquoi je suis allée à Overton aujourd'hui ? Parce que je vois des choses. Parce que, de la même manière que tout est brisé autour de moi, quelque chose en moi l'est aussi. »

Mais je regarde mon frère aîné, et, même si je le connais depuis toujours, je ne le reconnais pas.

Je ne lui parle pas du garçon du bus.

Je passe devant lui et monte dans ma chambre.

Mon esprit carbure à un million de kilomètres à l'heure, et je ne peux même pas envisager d'aller dormir, même s'il est plus de 22 heures et que j'ai école demain.

Je pense à envoyer un autre message à Katy, mais qu'est-ce que je pourrais lui dire ?

Devine quoi, mes parents sont encore plus fous que ce que l'on pensait ! Ils ont effacé mon petit frère mort de ma mémoire !

Je vois bien aux réactions de maman et de Caleb que ça n'a pas été facile, que rien que le fait de prononcer son nom est douloureux pour eux, après l'avoir tu pendant si longtemps. Ou bien peut-être le font-ils quand je ne suis pas là ? Est-ce qu'ils pensent à lui aux anniversaires, des jours comme les autres pour moi, et que ça leur donne envie de se blottir sous leurs couvertures ? Est-ce que le fait de me voir heureuse, normale, alors que ce n'est pas possible pour eux, les fait me détester ? Est-ce ce à quoi pensait Caleb quand il disait que je voulais vivre comme si rien ne s'était passé ?

Ma poitrine se serre en imaginant à quel point toutes les choses que je pensais banales ont dû les dévaster.

Mais je n'ai pas assez de place pour me sentir désolée pour eux ; moi, j'ai l'impression d'étouffer entre les quatre murs de ma chambre, comme s'ils se refermaient autour de moi. Il y a une multitude de petites tempêtes qui éclatent dans ma tête, des envies de faire mon sac, de partir pour ne jamais revenir. Je me demande à qui je peux faire confiance, et j'ai le sentiment que tout n'est que mensonge.

J'ai envie d'appeler mon père et de lui crier dessus, de hurler sans avoir à voir la douleur dans ses yeux.

C'est pour ça qu'il a arrêté de m'aimer.

Mais il est sans doute en vol.

Je mets mes écouteurs et écoute mon morceau préféré du concert, l'*Air sur la corde de sol.*

La mélodie m'engloutit. La voix de chaque instrument se mêle à celles des autres, comme des mains entrelacées, ou une main qui trace les lignes de la main de l'autre, une imbrication de doigts trempés de sueur. Avec cet air, j'ai la sensation de me rapprocher de quelque chose, d'une personne qui n'a ni nom ni visage.

Mais je ne veux me sentir proche de personne ce soir. Je veux me sentir hors de portée.

Alors je sors mon alto, malgré l'heure, et joue quelque chose d'autre.

Je joue fort, sans me soucier des conséquences. Je joue avec toute ma colère, pendant si longtemps que je repousse les murs de ma chambre et les maintiens à bonne distance. Maman n'ose même pas me demander d'arrêter, alors même qu'elle doit se lever tôt pour son bulletin de 6 h 30.

Mes doigts tremblent, à cause de la musique, de ma colère ou de ma peur, mais je continue à jouer. Je joue le fantôme d'un frère que je ne savais pas avoir eu, je joue toutes les questions auxquelles je ne peux toujours pas répondre.

Je pense sans arrêt au garçon invisible, à ce fameux soir dans le bus. Je ne peux pas me débarrasser du sentiment que tout ce qui est arrivé ce soir-là, tout ce qui arrivé depuis l'accident, a commencé au moment où ce garçon est monté dans le bus.

Mais qu'est-ce que ça peut vouloir dire ?

Rory aurait six ans aujourd'hui, pas dix-sept. Comment peuvent-ils être connectés ?

Je n'ai aucune réponse, alors je joue les questions. Caleb frappe deux coups à ma porte, pour me demander un peu de silence. Je joue plus fort.

Et puis j'arrête.

28

AVANT

Mi-juillet

Dire que je flotte en pénétrant chez *At Home Movies* le lendemain de notre premier baiser serait exagéré, mais je me sens légère, aérienne et nimbée du soleil qui m'a chauffé le visage pendant tout mon trajet à vélo. Une chanson pop stupide s'est nichée dans mes cheveux battus par le vent et ruisselle maintenant à travers tout mon corps. J'ai l'impression de *bourdonner.*

Je trouve Zach à la section comédie. Il est à genoux en train de trier une pile de DVD. J'attends qu'il remarque ma présence. Mes cheveux sont toujours en désordre à cause de mon trajet à vélo, et je porte un short couleur pêche qui a provoqué une grimace sur le visage de Caleb quand je l'ai croisé par hasard ce matin avant de partir. En venant, j'avais un peu peur que tout ça n'ait été qu'un rêve, que rien ne se soit passé, ou que Zach regrette et veuille me faire repasser dans la zone « amis », mais toutes mes angoisses se dissipent quand je le vois. Zach remarque d'abord mes pieds, puis son regard remonte le long de mon corps et, quand il croise le mien, ses yeux pétillent et un sourire illumine son visage.

— Papa ! Je prends ma pause !

Puis il me prend par la main et m'entraîne à l'arrière du magasin, trébuchant au passage sur la pile de DVD.

— Petit accident de parcours, dit Zach alors que nous nous précipitons vers la porte en gloussant. Salut, me souffle-t-il quand nous sommes dehors, avec un sourire incroyablement large.

— Salut.

Je souris aussi, étonnée de constater que cette sensation d'avoir tous les muscles du visage étirés m'est maintenant familière. Et puis, nous commençons à nous embrasser, à l'arrière du magasin de son père. Ce baiser est très semblable à celui de la veille, sauf que je ne suis plus appuyée contre la porte de son garage, mais contre le mur. Le baiser est urgent, humide, mais parfait. Zach a posé une main contre ma nuque et, de l'autre, il joue avec le bas de mon tee-shirt. La peau de mon ventre brûle au contact de ses doigts. J'aimerais passer le reste de ma vie à l'embrasser. Et, heureusement, il semble être du même avis. Il s'arrête malgré tout pour reprendre son souffle et me dit en jouant avec mes cheveux :

— Bon, écoute, si on doit continuer à faire ça, peut-être que ce serait bien qu'on ait un vrai rendez-vous, non ?

— Est-ce que tu veux dire que tu aimerais continuer à faire ça ? demandé-je d'une voix enrouée.

Je n'en reviens pas que ces mots sortent de ma bouche. Des mots qui respirent la confiance. Des mots qui flirtent.

Pour toute réponse, Zach se penche pour m'embrasser de nouveau, mais je me recule un peu pour demander :

— Qu'est-ce qui t'a fait changer d'avis ? Sur l'idée de rester amis, tout ça ?

Il se gratte la tête et sourit :

— En fait, j'*essayais* d'être seulement ami avec toi, mais hier soir j'ai compris que cela ne m'intéressait pas. Je crois que notre premier baiser y est pour quelque chose.

— C'est marrant, moi je trouve qu'ils sont de mieux en mieux, dis-je dans un souffle.

— Est-ce que tu crois qu'on devrait tester cette théorie ?

Quand on s'embrasse de nouveau, je passe les bras autour de son cou, et j'ai l'impression que ses mains, sur le bas de mon dos, sont en feu.

Après ce qui semble ne pas durer plus de quelques secondes, la porte s'ouvre brusquement. Nous nous séparons d'un coup.

— Zach, dit M. Laird d'une voix égale. Je vais te botter les fesses et t'envoyer à Tombouctou.

— Mais je ne suis pas en train de fumer ! proteste Zach, les joues aussi rouges que les lèvres.

— J'espère bien ! Mais tu n'es pas non plus censé faire une pause de vingt-cinq minutes.

Vingt-cinq minutes ?

Zach et moi nous regardons, incrédules.

— Très bien, dit Zach, mais il a un sourire aux lèvres quand son père retourne à l'intérieur.

Nous lui emboîtons le pas, toujours en nous tenant par la main, et des frissons me remontent le long du bras.

J'aide Zach à finir de ranger les DVD, puis il gère le comptoir d'emprunt pendant que M. Laird prend sa pause-déjeuner en regardant la télévision dans la salle du personnel ; il laisse la porte ouverte, sans doute pour garder un œil sur nous.

— Je peux te demander quelque chose ?

Je suis penchée sur le comptoir, pendant que Zach fait l'inventaire. Il hoche la tête, et je demande :

— C'est quoi, ton problème, avec la cigarette ?

Manifestement surpris par ma question, il repose son stylo avant de me répondre :

— En début de troisième, je suis allé dans un pensionnat pour garçons, Fincher, juste à la sortie de Raddick. Mon père et mes deux frères y étaient allés. Là-bas, tout le monde fumait. Tous mes amis, les professeurs. Les élèves n'étaient pas autorisés à fumer dans l'enceinte du pensionnat, mais nous étions prêts à marcher le petit kilomètre qui nous menait juste à l'extérieur pour fumer devant le panneau « Fincher All Boys School ». Tant que nous n'étions pas derrière le panneau, c'était bon.

J'éclate de rire.

— La première fois que mon camarade de chambre, Dean, m'a proposé une cigarette, environ deux mois après mon arrivée, j'ai voulu essayer pour voir pourquoi tout le monde fumait. C'était horrible. J'ai eu l'impression de me déchirer un poumon.

Je glousse de nouveau.

— Et puis, Dean s'est fait prendre en train de fumer dans les vestiaires, et il a été menacé d'expulsion. J'ai caché ses deux derniers paquets dans ma valise en espérant le dissuader de continuer à fumer.

— Ça a marché ?

— Pas vraiment : tout ce que j'ai gagné, c'est ça.

Il se penche pour me montrer une minuscule cicatrice à côté de son œil droit. La cicatrice paraît ancienne, mais je passe un doigt dessus.

Zach dit, dans un sifflement :

— Il était plutôt violent. Bref, j'ai complètement oublié les deux paquets, et je suis rentré à la maison pour les vacances de printemps.

Il baisse ensuite la voix, comme s'il ne voulait pas que son père entendre la suite :

— Et là, mes parents m'ont fait asseoir pour me dire qu'ils ne pouvaient plus assumer les frais de scolarité de Fincher.

Il hausse de nouveau la voix, mais parle toujours plus bas que quand il a commencé.

— J'étais pas mal dévasté : je m'étais fait des amis là-bas ; mes frères avaient tous les deux fait toute leur scolarité à Fincher ; c'était un peu comme un rite de passage dans la famille.

— Ah oui, ça a dû être difficile.

Il acquiesce, ouvre un paquet de bonbons qu'il pose sur le comptoir, juste entre nous.

— Ouais. Mais au moins j'y suis resté pendant un an. (Il prend un bonbon.) Kevin n'aura sans doute même pas ça.

C'est la première fois que j'entends une nuance de tristesse dans sa voix – une qui n'ait rien à voir avec Lindsay –, et cela fait se contracter quelque chose en moi aussi.

Il poursuit :

— Cela dit, Kevin n'en a peut-être pas besoin, puisqu'il jure déjà comme un charretier.

Je ris et attrape un bonbon. Il poursuit :

— Toutes mes mauvaises habitudes, je les tiens de Fincher. Enfin, bref, on est aux vacances de printemps, et mon père me dit que je ne pourrai pas y retourner en septembre. J'essaie de prendre ça bien, mais je reste assis dans ma chambre à me morfondre tout le week-end. Et tu sais sur quoi je tombe ? Sur les deux paquets de cigarettes. Je les ai fumés en entier en un week-end.

— Zach.

Je le réprimande, comme si cela s'était passé hier et non pas un an plus tôt.

— Mais j'essaie d'arrêter, hein ! C'est bien moins pire que ça n'était, dit Zach, fièrement. Papa m'a promis qu'il m'achèterait un caméscope Sonic CXX si j'arrive à réduire à deux cigarettes par jour d'ici la fin de l'été.

— C'est… (Je m'interromps pour trouver le mot juste.) C'est vraiment faire preuve d'une grande ouverture d'esprit.

J'imagine l'Épisode cérébral – pour ne pas dire accident vasculaire cérébral – qu'aurait ma mère si elle me surprenait avec une cigarette à la main.

— Mais c'est parce qu'il est pire que moi ! dit Zach en riant. Enfin, il était. Il a fini par arrêter à la fin de l'année dernière, bien longtemps après avoir pris cette mauvaise habitude à Fincher.

— Eh bien, j'espère que tu t'arrêteras aussi un jour, dis-je sans réussir à masquer la désapprobation dans ma voix.

— Et toi, alors ? C'est quoi, ton vice ?

— Euh…, dis-je en faisant semblant de réfléchir. Je suis vraiment droguée aux petits ours en gélatine. Je les chasse.

Je joins le geste à la parole en en engloutissant un.

Zach sourit, mais il me regarde sérieusement avant de dire :

— Et tu préfères ton alto aux gens.

Je suis tellement décontenancée qu'il me faut un moment pour répondre, et je me rappelle qu'il a déjà fait une remarque semblable la semaine dernière chez lui.

— Tu ne m'as vue jouer qu'une seule fois !

— Je sais.

Il y a encore un long silence, puis j'ajoute :

— Eh bien, peut-être que c'est parce que je n'ai pas encore trouvé la bonne personne à aimer.

Les lèvres de Zach se retroussent en un petit sourire :

— Pas encore, dit-il.

— Pas encore.

Et j'attrape un autre petit ours en gélatine.

29

APRÈS

Janvier

Dès que je ne vois plus de lumière dans les chambres de Caleb et de ma mère, j'enfile un jean, un pull, mon manteau et une paire de chaussures, puis j'attrape mes clés et sors en verrouillant silencieusement la porte derrière moi.

Contrairement à ce matin, le garçon du bus n'est pas sur le trottoir devant chez moi. La cigarette qu'il avait lâchée sur le béton a disparu elle aussi. Mais peut-être que quelqu'un l'a fait voler sur l'herbe, ou bien qu'une rafale de vent l'a emportée dans une rue voisine. Peut-être qu'elle n'a jamais existé, surtout.

Je sens la migraine monter, à cause du manque de sommeil de ces dernières semaines. Je me masse les tempes en essayant de me remémorer à quoi je pensais quand il est apparu avant que je parte à l'école – Overton, le bagel que j'ai pris au petit déjeuner, la chaleur si humaine de sa cuisse sur le banc du parc hier –, mais rien de tout cela ne fonctionne, alors je décide d'aller à sa rencontre.

Je roule jusqu'au lycée, jusqu'à l'extérieur de la salle de musique, parce que je ne sais pas par où commencer.

Mais il n'y a personne.

Je roule ensuite aux alentours du lac Bentley, et dans le parc, mais il n'y a personne non plus.

Puis j'essaie le centre commercial, puisqu'il « travaille » là, et qu'il doit pouvoir y être maintenant, même s'il est 1 heure du matin. Je sors de ma voiture et erre un instant près de l'entrée, bien sûr fermée.

Aucun signe de lui. Le parking est désert, recouvert d'une couche de neige sur laquelle se dessinent des traces de pneus.

Je suis complètement perdue, je ne sais plus quoi faire, alors je murmure :

— Garçon du bus ?

Évidemment, il n'y a aucune réponse, mais je sursaute, terrifiée par ma propre voix ; je me précipite vers ma voiture, finalement plutôt soulagée qu'il n'y ait pas de réponse.

Je ne sais ni où ni comment le trouver.

Je n'ai jamais essayé volontairement de le faire apparaître. Est-ce que je dois persévérer ?

Quelle est la dernière chose qu'il m'ait dite, déjà ?

« Ne m'oublie pas. »

La main toujours sur la poignée de la portière de ma voiture, je ferme les yeux et commence à repenser au premier soir où je l'ai vu. Je repense au concert, au bus. À son sourire lumineux, contagieux.

Dès que j'entends des bruits de pas crisser dans la neige, je monte dans ma voiture et verrouille toutes les portes.

Mon cœur bat fort dans ma poitrine en voyant ce garçon roux, que moi seule peux voir, qui n'était pas là il y a à peine une seconde, marcher vers moi. Il a les mains dans les poches de son jean, une chemise trop légère pour ce froid et une expression décontractée.

Comme s'il était en train de m'attendre. Comme si je ne venais pas de le faire apparaître de nulle part.

Il frappe deux petits coups à ma vitre, et j'inspire plusieurs fois avant de la baisser de quelques centimètres. J'ai la chair de poule.

— Est-ce que ça va ? demande-t-il.

Non, pensé-je. *Non, je suis loin d'aller bien.*

Mais tout ce que je dis, c'est :

— Dis-moi que tu as trouvé, maintenant. Qui tu es. Quelque chose. N'importe quoi.

Il secoue la tête, l'air désolé.

— Rien ? dis-je, exaspérée. Même pas un petit quelque chose ?

Mais, bien sûr, je sais au plus profond de moi que ce n'est pas de lui que cela va venir, mais de moi. Si je suis capable de le faire apparaître, si je peux le voir alors que personne d'autre ne le voit, si je peux lui parler et l'entendre alors qu'il n'est pas vraiment là, tout dépend de moi. C'est moi qui dois comprendre ce qui se passe.

Je le regarde fixement en essayant de faire coïncider son visage et la photo du bébé que Caleb m'a montré. Il ne ressemble absolument pas à mon frère. Ils n'ont même pas la même couleur de peau.

Pourtant, ils doivent bien être connectés, d'une façon ou d'une autre.

Est-ce qu'il pourrait être une sorte d'alerte ? Un signal pour que je m'interroge sur ma santé mentale, que j'aille à Overton et que je découvre la vérité sur ma famille ? Mais pourquoi serait-il encore là, maintenant que c'est fait ?

Au-delà du fait qu'il ne ressemble pas du tout à mon frère, il ne peut pas être de ma famille à cause de l'effet qu'il me fait, du frémissement dans ma poitrine quand je le vois, de la torsion dans mon ventre quand il sourit. Je sais que je suis folle, mais être attirée par quelqu'un de ma famille relèverait d'un niveau encore plus haut de démence. Sans compter que ce serait répugnant.

Si le garçon du bus et mon frère sont connectés, c'est d'une autre manière.

— Je peux entrer ?

Son souffle forme un nuage dans l'air de la nuit, et son nez est rouge et brillant. Je dois dire oui, parce qu'il fait le tour de ma voiture en sautillant puis attend que je lui ouvre.

Pendant tout ce temps, je me demande si je suis en train d'imaginer tout ça – le voir, lui parler, ouvrir la porte de ma voiture pour laisser entrer un inconnu invisible. La tête me tourne à force de penser à tout ça, je dois réprimer l'envie de crier.

Ma voiture a l'air tellement plus petite quand il est à l'intérieur, comme si nous n'étions séparés que par quelques centimètres. Ses longues jambes prennent trop de place, et je l'entends tâtonner dans le noir pour reculer son siège.

Je me penche vers lui en essayant de ne pas respirer son odeur – un mélange de lessive, de sueur et de cigarette – et je pousse le levier qui fait reculer son siège.

— Merci, dit-il.

Je pense qu'il me remercie d'avoir reculé le siège, mais il ajoute :

— D'être revenue.

Un mélange de désarroi, de culpabilité, de pitié et de je ne sais quoi encore me saisit devant la manière dont je semble être capable de le faire apparaître et disparaître à ma guise. Je ne peux que regarder droit devant moi, à travers le pare-brise.

— Ce soir, j'ai découvert que j'avais un autre frère, dis-je calmement.

Je ne sais pas pourquoi c'est sorti, mais ça me fait du bien. J'ai l'impression que c'était ce qu'il fallait dire.

— Que s'est-il passé ? demande le garçon du bus, l'air grave.

— Il est mort. Il y a presque six ans.

— Je suis désolé.

Il me met la main sur l'épaule, et je sens une vague de chaleur dans mon bras, à travers toutes mes couches de vêtements. Provoquée par un garçon imaginaire.

Je ne dis rien pendant plusieurs minutes, durant lesquelles mon esprit travaille à cent à l'heure, avant d'arriver à cette conclusion inévitable : *Je ne l'imagine pas.*

Un souffle d'air froid envahit la voiture, et quand je me tourne vers lui, je le vois une cigarette à la bouche et un briquet à la main, et la vitre est baissée.

— Quoi ? demande-t-il.

— C'est dégoûtant. (Ma voix s'élève peu à peu.) Si tu veux fumer, sors de ma voiture !

Je suis énervée, mais pas seulement parce qu'il fume. Ni à cause des sentiments que le fait de le voir provoque en moi. Plutôt à cause de la manière dont je sens ma vie s'effilocher peu à peu, comme si j'étais dans une enveloppe de verre qui se brisait en mille morceaux, sans que je puisse rien y faire. À qui puis-je faire confiance ? Que puis-je faire, maintenant ?

À ma grande surprise, il ouvre la portière et sort.

Je le regarde s'éloigner, la cigarette à la main, en me demandant où il compte aller.

Si un arbre tombe dans la forêt mais que personne n'est là pour le voir…

Il sait que dès qu'il sera hors de ma vue, il aura de nouveau disparu. Mais peut-être que je l'ai suffisamment vexé pour que ça ne l'effraie pas.

En revanche, il me vient soudain à l'esprit que s'il part de sa propre initiative cette fois-ci, je ne serai peut-être plus capable de le retrouver. L'espèce d'incantation vaudoue que j'ai faite ce soir a bien pu n'être que de la chance, et j'ai encore trop de questions à lui poser pour le laisser disparaître définitivement.

— Eh !

Je m'extirpe de ma voiture et commence à le pourchasser, mais il marche vite et il s'applique à m'ignorer.

— Eh, reviens !

— Pourquoi ? me crie-t-il par-dessus son épaule, sans s'arrêter.

— Je crois que je sais qui tu es, lui crié-je en retour.

Je le vois se figer, le dos toujours tourné. Et puis il se retourne et me regarde.

Nous retenons tous les deux notre souffle. Même à cette distance, je peux le voir.

— Qui suis-je ? demande-t-il comme un défi.

Quand je lui réponds, je ne crie pas, parce que je suis sûre de moi. Parce que j'ai peur. Parce que je le sens jusque dans mes os.

« Ne m'oublie pas », m'a-t-il dit il y a quelques jours.

— Un souvenir, murmuré-je.

30

AVANT

Début août

Notre premier vrai rendez-vous est chez *Schiavoni*. Comme certaines choses sont déjà admises – les baisers, le fait que c'est vraiment un rendez-vous, le lieu –, je suis plus excitée que nerveuse à propos de ce soir. Le choix de ma tenue est une torture – j'hésite à appeler Katy en urgence –, mais je me rappelle que Zach m'a déjà vue le visage plein de ketchup, et qu'on s'est quand même embrassés, donc je choisis ma robe bleu marine à bretelles, avec des rayures blanches en haut et en bas. Je l'assortis avec mes chaussures à semelles compensées préférées, et je me lâche les cheveux.

Zach vient me chercher à 18 heures. Il porte une chemise, un pantalon marron et des tennis. Il s'est plaqué les cheveux en arrière, ce qui le rend presque méconnaissable, à l'exception d'une petite mèche rebelle devant qui rebique un peu.

Ma mère est à un événement professionnel pour Channel Se7en, mais Caleb est d'étonnamment bonne humeur ce soir. Il est sorti de sa chambre, et, même s'il a toujours une barbe de trois jours, il a passé des vêtements propres.

Il se jette sur la porte avant que j'aie eu le temps de descendre les escaliers.

Je me précipite après lui, inquiète :

— Ne fais rien pour m'embarrasser, hein !

Quand il n'est pas enfermé dans sa chambre, le ratio trou du cul/gentil grand frère de Caleb est d'environ 70 à 30. Et je suis angoissée à l'idée de celui qu'il va être ce soir. Pour Zach.

Quand j'atteins l'entrée, il a fait entrer Zach et lui demande :

— Alors, quelles sont tes intentions avec ma sœur ?

— Caleb ! sifflé-je, et il éclate de rire.

Zach sourit, lui aussi, mais son visage est rouge écarlate. Je donne un coup de coude à mon frère. *Gentil.* Il devait être gentil avec lui.

— Je plaisante, dit Caleb en s'appuyant contre le mur, les bras croisés.

Je vois qu'il prend plaisir à tout ça, et je me dis soudain qu'il y a si peu de choses que je comprends sur mon frère. *Qu'est-ce qui te rend heureux, qu'est-ce qui te rend triste ?* me demandé-je.

— Alors, tu es à Meridian ?

— Ouais. Allez, les Titans ! dit Zach en essayant d'avoir l'air naturel, mais il semble nerveux.

Même s'ils font la même taille, Zach paraît plus petit et moins à l'aise en présence de Caleb.

— Mauvaise réponse. Allez, les Chats sauvages de Lyndale ouest ! dit Caleb.

— Oui, enfin, on vous a bien botté le cul l'an dernier au football !

— Pff, sur *un* match ! Et qu'est-ce que tu dis de notre série de trois ans de suprématie, avant ça ?

Zach rit :

— On l'a appelée le règne de la terreur.

— Tu m'étonnes.

— Bon, très bien, je suis ravie qu'on ait eu cette conversation, mais nous, on y va, interviens-je en poussant Caleb pour atteindre la porte.

— Attends, sérieusement, vous allez où, et vous rentrez à quelle heure ? Maman voudra avoir ces informations quand elle rentrera, à moins que vous ne souhaitiez qu'elle lance une battue…

Zach lui indique ce que nous avons prévu, et Caleb nous laisse enfin partir. Je regarde mon frère fermer la porte derrière nous, et c'est comme si une centaine de questions sans réponse dansaient autour de lui.

— Salut, toi, me dit Zach une fois dehors. (Il se penche et m'embrasse sur la joue.) Tu es magnifique.

— Toi aussi, dis-je, et il rit.

Mais c'est vrai qu'il est magnifique, avec ses cheveux Zach, son sourire Zach et ses yeux Zach. Son prénom est devenu un adjectif.

Maintenant que la rencontre avec Caleb est derrière nous, je m'attends à ce qu'il se détende un peu, qu'il retrouve son élasticité naturelle.

Mais son visage reste rouge, et il est encore nerveux pendant qu'il conduit, alors je me dis qu'il est stressé à cause de notre rendez-vous, ce qui me réjouit de manière un peu sadique.

Quand on s'avance vers le restaurant après avoir garé la voiture, je prends sa main et enferme mes doigts dans les siens. Ses mains sont chaudes, plus grandes que les miennes, rugueuses et un peu sèches, comme les mains de mon père.

J'ai l'impression que tous les regards se tournent vers nous quand nous entrons et que Zach donne son nom pour la réservation. *Il a réservé.* Mais je me raisonne en me disant que tout le monde est juste en train de dîner ou de travailler, comme d'habitude. Sauf que Zach se raidit un peu quand la serveuse s'approche, et que, s'il était déjà nerveux jusque-là, il semble désormais mener une véritable bataille intérieure. Je ne sais pas quoi penser, alors je tourne le regard vers la petite femme blonde en face de nous, qui demande :

— Votre table habituelle ?

C'est là que je comprends.

Ils avaient l'habitude de venir ici.

Lui et elle.

C'est *leur* endroit.

Lindsay.

Ma main devient molle dans la sienne.

Zach secoue la tête :

— Euh, non.

Il désigne une autre table, à l'autre bout de la pièce. La serveuse me regarde, voit qu'elle ne me connaît pas, me sourit d'un air contrit et nous conduit à une table pour deux.

Je me glisse sur mon siège en face de lui, et je sens mon visage qui chauffe. À cause de l'éclairage. Ou bien parce que je porte trop de maquillage. Notre serveuse, Taryn, pose deux menus devant nous. Zach prend immédiatement le sien et commence à le lire. Son expression est toujours tendue, et il semble toujours distant. Elle revient un instant plus tard avec du pain à l'ail fumant. Mon estomac gronde, mais je ne me sers pas.

Les pointes de mes oreilles commencent à me brûler.

— On n'est pas obligés de faire ça, tu sais.

Je suis surprise d'entendre que mon ton est énervé.

— Faire quoi ? Commander à manger ? dit-il d'un ton fermé. Je ne crois pas qu'ils soient capables de lire dans nos pensées. Sauf si tu sais quelque chose que je ne sais pas.

Je ne ris pas, même si je sais que c'est ce qu'il visait.

— Non, on n'a pas besoin de faire *ça.* (Je fais un geste en direction de notre table, de nous deux.) Je préférerais le savoir maintenant si tu veux qu'on arrête.

Je m'attends à ce qu'il fasse semblant de ne pas comprendre, mais il se contente de baisser son menu et de soupirer.

— Je suis désolé, Addie. C'est le plus joli restaurant que je connaisse, et ça ne m'est pas venu à l'esprit que… Bref, je me sens idiot.

Zach se penche sur la table, puis me demande d'un ton sincère :

— Tu veux… ? On peut partir, si tu préfères.

J'y réfléchis un instant, toujours mal à l'aise à cause de la chaleur des lumières trop intenses sur mon visage. Mais je concentre ensuite mon attention sur les pupilles de Zach, sur ses yeux gris profond dans lesquels je lis des excuses sincères. Même si je suis encore énervée contre lui, ils me font toujours frissonner. Si je me mets en colère, si je lui demande de me raccompagner, je gâcherai quelque chose que j'ai désiré quasiment depuis le moment où je l'ai rencontré : avoir un rendez-vous avec lui, passer suffisamment de temps ensemble pour aller jusqu'à s'avouer que l'on se plaît, et surtout, ressentir ce frisson inextinguible qui me parcourt les veines quand je suis avec lui.

C'est comme si son sourire, son contact, sa simple présence, même, suffisaient à m'éveiller au monde, à m'ouvrir les yeux.

— Et gâcher ce pain à l'ail, qui a l'air absolument délicieux ?

Je suis toujours un peu agacée, mais Zach sourit, soulagé.

— Je suis un idiot.

— Je ne vais pas te contredire.

Il rit.

Je commande pour nous deux la spécialité du chef que ni lui ni moi n'avons jamais goûtée : *corzetti stampati al limone*. Les pâtes sont rondes et plates, en forme de pièces de monnaie, avec une sauce au citron et du fromage saupoudré par-dessus. C'est chaud, crémeux et avec un petit goût acide : c'est la meilleure chose que j'ai mangée depuis des années.

— Mmh !

— Mmh…

On fait chacun notre tour des murmures d'appréciation à la sonorité douteuse, et je prends alors conscience que c'est en fait assez rare pour moi de me laisser aller, de prendre du plaisir, de profiter complètement d'un moment heureux, même si cela me fait me sentir idiote.

Je me force à m'abandonner complètement à la « zachitude » vibrante et joyeuse de ce moment.

— C'est bon !

— Trop bon.

— Tu devrais devenir commandeuse professionnelle de plats.

— Seulement si je peux manger tout ce que je commande.

— Évidemment.

— J'essaierais quelque chose de nouveau tous les jours !

— C'est ce que j'aime chez toi.

— Quoi ?

Je lève les yeux vers Zach, mais quitter du regard mon plat pendant trop longtemps me semble être un sacrilège, donc je baisse rapidement les yeux.

— J'aime le fait que tu essaies toujours de nouvelles choses. Quand je t'ai proposé un film d'horreur, tu étais partante, ce que… tout le monde n'aurait pas été. Il y a des gens qui ne repartent du vidéoclub qu'avec ce pour quoi ils sont venus. Mais toi, tu l'as pris, tu l'as regardé, et puis tu as été partante pour tout le reste.

Je mastique un peu plus lentement.

— Oui, enfin, j'étais un peu influencée… Je veux dire, je ne peux pas te jurer que j'aurais réagi de la même manière si tu ne m'avais pas plu.

Ce n'est pas faux, mais je suis touchée par ce que Zach vient de dire.

Je ne me suis jamais considérée comme quelqu'un d'ouvert. Je me vois plutôt comme quelqu'un d'incomplet : je cherche désespérément ce qui pourra combler ce vide ou me faire sentir vraiment vivante.

Vite, je cligne des yeux, parce que, mon Dieu, je ne peux quand même pas pleurer ici, pendant mon premier rendez-vous avec Zach, et pour quelque chose d'aussi stupide.

Il ne remarque rien et ajoute en souriant :

— Et puis, quand je t'ai demandé d'être dans mon film, tu as joué le jeu, pour tout. Même le portage de matelas avec Raj. Désolé pour ça, d'ailleurs.

Comme si le seul moyen pour m'empêcher de pleurer était de canaliser toutes ces émotions dans la direction opposée, je commence à pouffer de rire. Cela prend naissance dans ma poitrine, des petites vagues de rire qui grossissent progressivement avant de venir mousser à la surface. Malheureusement, je suis toujours en train de mastiquer : un petit morceau se coince dans ma trachée, alors je commence à m'étouffer, tout en continuant à rire, beaucoup. Ce qui déclenche aussi le rire de Zach. Ce qui me fait rire encore plus fort.

Je tends la main vers mon verre et prends une gorgée, mais l'eau prend le mauvais chemin, donc cette fois-ci, je tousse pour de bon, et mon visage est plus chaud que jamais – à la fois à cause de la quinte de toux, et parce que j'ai conscience qu'on est en train de se donner en spectacle – et cela me gêne. Zach rit si fort qu'il émet un petit sifflement, mais il s'arrête brusquement et me regarde, l'air inquiet.

— Attends, ça va, hein ? Tu n'es pas en train de t'étouffer ?

Mais, entre la toux et le rire, tout ce que je peux faire, c'est acquiescer. Le couple à côté nous regarde, et je perds toute contenance ; je me dis que la dernière fois que je me suis sentie aussi idiote doit remonter à la cinquième. Mais mon rire est comme le contenu d'une bouteille qui jaillirait parce que le bouchon de liège a sauté. Je ne peux pas l'arrêter. Je ne peux pas le contenir.

Zach est sérieux, maintenant. Il me demande :

— Tu ne vas pas mourir devant moi, hein ?

Je secoue la tête. Je suis un peu calmée, mais je ne peux pas encore parler.

— Attends, ça veut dire « oui, je vais bien » ou « non, je ne vais pas bien » ?

Je hoche la tête cette fois, et quand je vois l'air perdu de Zach, j'éclate de nouveau de rire, ce qui fait repartir ma toux. Là, Zach déplace sa chaise de mon côté de la table, jusqu'à ce qu'elle touche la mienne, puis il me met la main sur le bras et me dit :

— Addie, si tu vas bien, hoche la tête, et secoue la tête si ça ne va pas.

Reprends-toi, Addison, m'enjoins-je.

Mon accès d'hystérie s'apaise pendant un moment, et, même si mes yeux sont toujours humides, j'acquiesce.

— OK, parviens-je à articuler, même si le K est presque inaudible.

Zach me regarde en secouant la tête. Ses doigts, toujours sur mon bras, provoquent un courant électrique sur ma peau nue.

— Chut, me dit-il pour me dissuader d'essayer de parler. C'est bien.

Puis il poursuit, plus calmement, avec les yeux qui pétillent, et un sourire commence à se dessiner sur son visage :

— Tu es vraiment ma personne préférée au monde, là tout de suite.

Pendant un instant, je sens les neurones exploser de manière complètement insensée dans mon cerveau. Je suis contente de ne pas être autorisée à parler, parce que mon cœur bat à cent à l'heure et que le sang circule si vite dans mes veines que si j'essayais de parler, le son serait sans doute semblable à celui d'un océan : un grondement de vagues et de courants, des éléments déchaînés qui sortiraient de mon corps. Est-ce que j'ai toujours contenu tout ça ?

Ce n'est pas non plus que je ne me sens pas moi-même, c'est simplement que j'ai l'impression d'être une version différente de moi-même.

Donc, plutôt que de parler, je lève trois doigts à l'intention de Zach.

Il fronce les sourcils, essayant de comprendre.

Je pointe le doigt sur lui, puis lève de nouveau trois doigts.

— Je suis… dans le top trois ?

Il hausse les épaules, puis éclate de rire.

Ce rire plein, incontrôlable, aussi chaud que le soleil sur ma peau.

— Mon Dieu, tu es vraiment remontée contre ce restaurant, hein ?

31

APRÈS

Janvier

— Bon. J'ai compris que je me souviens de toi, mais pourquoi sous cette forme ? Est-ce que tu es un fantôme ? lui demandé-je en montant le chauffage de ma voiture dans laquelle nous venons de nous réinstaller.

Je suppose que tous les morceaux se sont assemblés tout à l'heure, pendant que je jouais dans ma chambre. Des centaines de questions et de suppositions se sont rencontrées, jusqu'à ce que le jour le plus détraqué de toute ma vie finisse par avoir un sens, même si cela signifie que tout s'écroule.

— Le vrai toi, précisé-je quand je vois qu'il ne répond pas.

Manifestement, je ne me souviens pas du garçon du bus. Celui de la vraie vie.

Mais je sais que je pose les bonnes questions. C'est la seule option qui semble cohérente et qui ne fait pas de moi une folle à lier.

Mais si c'est bien un souvenir, j'en ai des millions d'autres, et c'est le seul qui est comme ça. En taille réelle, et suffisamment vrai pour que je puisse lui parler, le toucher. Est-il possible que ce soit un fantôme ?

Je lui jette un rapide coup d'œil, je regarde ses grandes jambes à l'étroit dans ma voiture, et je me demande ce qu'il était pour moi. Ce que moi, j'étais pour lui. Le sang me monte au visage, et je m'en veux : je suis quand même en train de craquer pour un garçon invisible. Savoir que je ne l'ai pas complètement inventé me rassure un peu, mais ce n'est pas suffisant.

— Alors ? dis-je abruptement, impatiente d'entendre sa réponse.

— Alors.

Le garçon du bus s'interrompt, pensif. Il tend le bras et pose une main sur la vitre.

— Je ne peux pas passer à travers les objets. Mais peut-être que ça ne veut rien dire, je ne suis pas un expert en fantôme.

Ni en rien d'autre, me dis-je amèrement. Si on comptabilisait le nombre de choses sur lesquelles il sait quelque chose, surtout quand qu'il s'agit de lui-même, le total serait proche de zéro.

Je croise les bras.

— Donc, tu *pourrais* être mort ?

— Je suppose que oui.

— Dans ce cas, tu serais bien un fantôme.

— Oui… peut-être, dit-il prudemment.

Je lève les yeux au ciel, mais mon cœur commence réellement à peser des tonnes dans ma poitrine.

Et si le vrai lui était mort ?

Est-ce que mes parents étaient au courant de son existence ? Est-ce qu'ils l'ont supprimé intentionnellement quand ils ont effacé Rory de ma mémoire ?

Dans ce cas, pourquoi ma mère ne l'a-t-elle pas mentionné quand elle m'a tout révélé à propos de mon petit frère ?

Nous n'avançons pas, assis dans la voiture, à regarder nos souffles blanchir les vitres, alors je rentre à la maison. On se dit au revoir dès que j'arrive dans mon allée. Puis il sort de la voiture et commence à marcher dans la rue. Je le regarde aussi longtemps que possible, jusqu'à ce que sa silhouette, devenue de plus en plus petite, se fonde dans l'obscurité en un battement de cils.

Est-ce qu'il a disparu, ou bien est-ce qu'il est seulement sorti de mon champ de vision ?

Ça me rend folle de ne pas savoir.

Je sors de la voiture puis me glisse en silence à l'intérieur de la maison en me préparant à endurer une nouvelle nuit d'insomnie, avec trop de pensées qui tourbillonnent dans mon esprit.

Au matin, l'atmosphère est aussi froide que celle de ma voiture la veille. Ni maman ni Caleb ne semblent savoir quoi me dire. Je pars sans dire un mot, sans même prendre de petit déjeuner.

Je coince Katy devant son casier avant le premier cours. Je sais qu'elle est habituée à décider de la durée de vie de ses relations, mais elle ne peut pas me traiter comme ça. Je ne la laisserai pas faire. J'ai besoin de soutien. J'ai besoin de ma meilleure amie.

— Oh, salut ! (Elle a l'air étonnée, comme si je lui avais tendu une embuscade près de son casier.) Désolée de ne pas t'avoir rappelée hier soir. Ça me tue de travailler sur ces monologues. Littéralement. Tu as tellement de chance de ne pas avoir à préparer une scène ou autre chose pour la candidature à NYU ! Tu as candidaté, et c'est bon, mais moi, le processus vient juste de commencer. C'est pour ça que j'ai été si occupée.

Je croise les bras et la laisse s'enfoncer dans ses explications.

— En plus, j'ai horriblement mal à la gorge. Peut-être que c'est à cause de tout mon travail, mais j'ai demandé à ma mère de me trouver la trace de mon vaccin contre les oreillons d'ici à mon retour ce soir, parce que je ne suis pas certaine à cent pour cent de l'avoir fait. Et je suis sûre que ce n'est pas un mal de gorge normal.

— Il faut que je te parle.

— Je suis sérieuse. Les pastilles pour la toux ne font aucun effet. Est-ce que j'ai de la fièvre ?

Elle m'attrape la main et la pose sur son front.

— Tu as l'air d'aller bien.

— Je me sens terriblement mal.

Un instant plus tard, elle fait un signe énergique de la main à Mitch Enns, qui est en chemin vers sa classe avec son équipe de football, mais qui s'arrête un moment pour faire semblant d'amener sa bande vers elle.

Elle rit et fait un petit signe du poignet pour les chasser.

— Peut-être que Mitch t'a contaminée ?

Elle tourne les yeux vers moi, apparemment blessée par mon ton impatient, mais elle décide de l'ignorer.

— Est-ce que je t'ai dit que Mitch a trouvé mon bracelet ? Il était dans sa voiture.

— Je croyais que c'était toi qui l'avais raccompagné le jour où vous vous étiez vus…

Mon ton est toujours dur, accusateur.

Katy rougit :

— C'était un autre jour.

Elle glisse une mèche de cheveux derrière son oreille.

— Il a cherché partout – il a cherché dans tous les vestiaires de « Act ! Out ! » parce qu'il ne savait pas où était mon vestiaire à moi. Il a fouillé toutes les salles de classe, et les toilettes des filles après la fermeture, et il a expliqué au gardien que je l'avais perdu. Je n'étais même pas au courant qu'il se démenait comme ça, mais finalement, il était dans sa voiture. Est-ce que tu peux y cro…

— Katy, tu m'évites !

— J'étais occupée, dit-elle, et son regard fuyant me donne aussitôt raison.

— J'ai besoin de toi. C'est urgent.

Ma gorge se serre en repensant à tout ce que je viens de découvrir.

Rory.

Le garçon du bus n'est pas le produit de mon imagination.

J'ai des bribes d'information, mais j'ai besoin d'aide pour y mettre de l'ordre, pour comprendre comment les agencer.

Elle fronce les sourcils, évalue mon expression qui lui signifie « Ne me raconte pas d'histoires » et parcourt le couloir du regard.

— D'accord. Où veux-tu aller ?

On sort du bâtiment alors que la sonnerie retentit, et on se précipite dans ma voiture. Katy s'installe dans le siège où était assis le garçon du bus il y a quelques heures à peine.

— Alors, quoi d'neuf, docteur ? demande-t-elle en jetant son sac par terre. Et pourquoi le siège est-il poussé si loin en arrière ?

Je chasse le souvenir des longues jambes de mon garçon invisible coincées là la veille, et je réprime les larmes qui me montent aux yeux.

— Ma famille est un vrai bordel, Katy.

Ce n'est pas par là que je voulais commencer, mais finalement, c'est un début comme un autre.

— Eh, me dit doucement Katy en se penchant pour me prendre dans ses bras. Que s'est-il passé ? Qu'est-ce qui ne va pas ?

— J'avais un frère. *Rory.*

Encore maintenant, son nom est comme un poison, à la fois minuscule et gigantesque. Il veut tout et rien dire à la fois. Je poursuis :

— Il est mort quand j'avais onze ans, à cause d'une erreur que j'ai faite. Et tu sais, Overton ? L'établissement spécialisé sur le cerveau, juste à la sortie de la ville ? Mes parents – enfin, ma mère – m'ont emmenée là-bas pour qu'ils l'effacent de ma mémoire. *Effacé.*

Je sens Katy se raidir à côté de moi. Son bras sur mon épaule devient de bois. Au bout d'un moment, elle le laisse tomber sur ses genoux.

— Oh, mon Dieu, murmure-t-elle.

— Je sais. J'y suis allée hier pour savoir s'ils pouvaient m'aider avec mes trous de mémoire et mes insomnies.

Elle me regarde, l'air stupéfait, le visage blanc comme un linge.

— Mais tu m'avais dit que ça allait mieux ? Que tu ne le voyais plus ?

— J'ai menti, dis-je honteusement.

— Oh, mon Dieu, Addie, murmure-t-elle.

Elle le répète, encore et encore, dans sa barbe.

— Je sais.

Je veux me pencher vers elle pour l'étreindre, émue qu'elle puisse me comprendre. Parce que c'est ma meilleure amie, la seule personne à qui je peux parler de tout ça – lui dire que ma vie entière a été un mensonge, et elle comprendra à quel point cela fait mal, combien tout cela est horrible.

— Enfin, bref, à mon avis, le garçon du bus est lié à Overton et à Rory. J'ai pensé un moment que cela pouvait être mon frère, mais ce n'est pas possible. Il est trop vieux, et il ne lui ressemble pas du tout.

Et puis, je crois qu'il me plaît. Je commence à me perdre dans mes pensées, et ne suis que vaguement consciente que Katy devient de plus en plus blanche.

— Je pense qu'il a été effacé en même temps que Rory, quand j'avais onze ans. Enfin, je peux me tromper. Peut-être que l'accident m'a causé des lésions cérébrales. Peut-être que c'est un « Épisode psychologique », et que j'ai inventé de toutes pièces un garçon, mais je ne crois pas que ce soit ça. Il m'est familier. J'ai l'impression que je me souviens de lui.

— Addie, dit Katy.

Quand je la regarde, je vois qu'elle pleure, le genre de sanglots qui empêche de reprendre sa respiration. Je suis perdue. Je comprends qu'elle soit choquée par ce que je viens de dire, mais je ne m'explique pas sa réaction.

— Qu'est-ce qui ne va pas ?

Elle secoue la tête et essaie, en vain, de respirer pour articuler quelques mots. Et puis, finalement, elle dit :

— Je t'avais dit de m-m-me laisser aller en parler à ma mère. Oh, mon Dieu, Addie, tu m'avais fait promettre ! Je ne savais pas pour Rory. Et, évidemment, tu n'étais pas non plus au courant. Je n-n-ne t'aurais jamais laissée faire si j'avais su. On pensait que c'était la p-p-première fois. Tu voulais oublier tout ce qui s'était passé.

J'entends les mots qu'elle bégaie, mais ils n'ont aucun sens pour moi. J'attrape son bras pour la calmer.

— De quoi tu parles, Katy ?

— On ne savait pas, Addie, dit-elle en recommençant à pleurer. On ne savait pas que tu l'avais déjà fait.

— Je ne comprends pas, dis-je, même si certains de ses mots commencent à me faire peur.

« On ne savait pas. »

« On pensait que c'était la première fois. »

— Je ne comprends pas, répété-je.

Katy prend une profonde inspiration et me dit en me regardant dans les yeux :

— On y est retournées, Addie, dit-elle d'une voix enfin claire. Tu as de nouveau subi la procédure.

32

AVANT

Début août

— Addie, qu'est-ce que tu sais sur les poissons rouges ? me demande Zach dès que je décroche mon téléphone.

— Euh… ils oublient tout ? À moins que ce ne soit une légende ?

— Oui, je crois que c'est un mythe.

Il est environ 11 h 30 du matin. Je viens de rentrer de ma leçon d'alto et, sans m'en rendre compte, j'ai été engloutie par une sorte de vortex William Primrose : comme il est mort dans les années 1980, la plupart de ses enregistrements sont assez anciens, mais c'est sans doute l'altiste le plus expressif que j'aie jamais entendu. Jouer lui est aussi naturel que de servir de ses doigts ou de ses cordes vocales : il semble le faire sans aucun effort, comme si son alto était une extension de son corps. Je tuerais pour avoir cette dextérité. Même au bout de toutes ces années de pratique, jouer est toujours difficile pour moi. Plus je veux qu'un morceau ait l'air facile, plus je dois travailler dur ; mais ça en vaut la peine, ne serait-ce que pour ce moment où je peux jouer le morceau en entier sans plus penser aux détails techniques, et m'y perdre complètement.

— Eh bien, dis-je en essayant de sortir du mode « répétition » pour me concentrer sur la question de Zach. Ils sont rouges. Ce sont des poissons. Il leur faut de l'eau fraîche. Et tu en as un.

Zach soupire :

— J'en avais un. Quand je me suis levé ce matin, il était au fond de l'aquarium, comme s'il était assis. J'ai tapé contre la vitre pour essayer de le réveiller, puis j'ai essayé de le pousser un peu avec le filet, mais ça n'a pas marché. Ses branchies ne bougent pas. Et ses yeux sont retournés, et tout gris, ce qui n'arrive jamais. J'ai vérifié sur Internet, ce sont des signes clairs.

— Ah, mince. Ça avait l'air d'être… un gentil poisson.

— Oh, non, il était horrible, dit Zach. En fait, on a commencé avec deux poissons, un molly jaune qu'on a appelé Molly, mais Goldie Hawn l'a mangé au bout de six heures dans le même aquarium.

— Oh, mon Dieu. (Je ris.) C'est horrible.

— Oui, enfin, c'était celui de mon frère, mais… Oui, c'est horrible. (Je l'entends bouger à l'autre bout de la ligne.) Mais Kevin passe la journée chez un ami, et il n'est pas encore au courant. Alors j'ai pensé que tu serais peut-être d'accord pour m'aider à trouver la réplique exacte de Goldie Hawn avant qu'il rentre à la maison. Je ne veux pas te survendre la chose, mais ça risque d'être plutôt *ordinaire.*

Je ris.

— Je ne sais pas trop. J'avais prévu de passer la journée à ne rien faire, puis peut-être répéter un peu, puis continuer à ne rien faire. Mais je devrais pouvoir dégager un peu de temps sur mon agenda de ministre.

— Parfait ! dit Zach.

Je peux entendre le sourire dans sa voix.

Quand il vient me chercher, une demi-heure plus tard, il porte un tee-shirt vert délavé avec un petit trou dans le cou, et ses cheveux sont particulièrement en désordre. L'effet d'ensemble est si drôlement débraillé que je sens palpiter mon estomac. Quand je l'embrasse après être montée dans la voiture, je passe la main dans ses cheveux, pour savourer le fait d'en avoir le droit.

— Je dois travailler à 16 heures, dit Zach en regardant l'horloge de son tableau de bord. (Elle indique 9 h 12, ce qui, je suppose, signifie midi et quelques, puisqu'elle a en général trois heures de retard, même si Zach passe son temps à la reprogrammer.) Donc on va devoir être efficaces.

Je le regarde, interloquée.

— Je croyais qu'on allait chercher un poisson rouge, pas une maison. On a trois heures devant nous !

Mais Zach a raison, trois heures, ce n'est finalement pas assez. Parce qu'en fait, on ne cherche pas un poisson rouge. On cherche le sosie exact de Goldie Hawn. Dans la première animalerie, il y a des dizaines et des dizaines de poissons rouges ; nous pressons nos visages contre les vitres, mais Zach n'est pas satisfait :

— Non, il avait une rayure blanche juste sous l'œil.

— Des rayures blanches ? Vous êtes sûrs que vous ne cherchez pas un poisson-clown ? nous demande le vendeur, un adolescent aux cheveux coiffés en pointe.

Zach le toise :

— Oui, j'en suis sûr. Ce n'était pas une véritable rayure. Elle n'était ni longue ni grosse. C'était plutôt une sorte de marque.

On essaie un autre magasin, dont le responsable est un homme d'une quarantaine d'années extrêmement grand, à la carrure de quarterback. Il est parfaitement compétent sur tout ce qui touche aux poissons rouges, voire un peu pédant.

— Bien sûr, dit-il une fois qu'on lui a expliqué ce que l'on cherche, je vais vous montrer tous nos *Cyprinidae,* et vous me direz si l'un d'entre eux répond à vos critères très spécifiques.

— *Cyprinidae*

— Oui, les poissons rouges appartiennent à la famille des *Cyprinidae.*

Il nous regarde comme s'il se demandait ce qu'on nous apprend à l'école aujourd'hui. Je ne le sais pas non plus ; je savais que les poissons vivaient en bancs, mais je ne connaissais pas le nom savant des poissons rouges...

— Je parie que vous ne l'aviez pas mis dans un aquarium assez grand. C'est toujours ce qui se passe. Quand je pense qu'il y en a qui les mettent dans des saladiers ! Les poissons rouges peuvent faire jusqu'à une quarantaine de centimètres, vous savez. Qui aimerait vivre toute sa vie dans un saladier ?

Je sais que sa question est générique, mais elle ressemble quand même à une accusation. Zach et moi échangeons un regard et je me mords la lèvre pour ne pas rire. Je n'aimerais évidemment pas vivre dans un saladier, quelle que soit sa taille, mais je ne vois pas l'intérêt de le dire à haute voix.

Être dans une animalerie me rappelle à quel point j'étais dingue des animaux quand j'étais en primaire. Avant la musique, les chevaux étaient le grand amour de ma vie. Ma chambre et mes cahiers étaient recouverts d'images de poneys. Comme je ne pouvais pas avoir un cheval, j'avais traîné mon père dans une animalerie pour le convaincre qu'il me fallait absolument un hamster, un lapin ou un perroquet. On a eu un petit lhassa apso gris pendant au moins... vingt-huit heures, une fois. Mais maman a paniqué parce que Caleb était allergique et que le chien n'était pas vraiment hypoallergénique, donc on l'a ramené. Il était question que l'on y retourne quelques mois plus tard pour en prendre un qui perde moins de poils. Je ne sais pas pourquoi on ne l'a pas fait.

Zach scrute l'intérieur de l'aquarium rempli de poissons rouges qui, selon moi, ressemblent tous à celui que j'ai vu chez lui la semaine dernière.

— Qu'est-ce que tu en penses ? me demande-t-il, quand le vendeur va s'occuper d'autres clients.

Ce que j'en pense ? En vérité, je commence à me demander si Zach est fou. Peut-être que c'est trop beau pour être vrai qu'un garçon normal me plaise, et que je lui plaise en retour !

Il soupire :

— Aucun d'entre eux ne lui ressemble, c'est évident.

Il contourne l'aquarium pour aller examiner de plus près un poisson en train de manger quelque chose.

— Zach, dis-je, en comprenant soudain qu'il n'y a qu'une seule raison pour laquelle quelqu'un peut être si obsédé à l'idée de remplacer un poisson rouge. Est-ce que tu as fait quelque chose à Goldie Hawn ?

Je parle plus bas, pour que le vendeur je-sais-tout ne puisse pas m'entendre, même s'il est à deux rayons.

Zach semble surpris :

— Quoi ? Non !

J'éclate de rire, je ne le crois pas une seconde.

— Non, non, je te jure, insiste-t-il. Je l'ai vraiment trouvé comme ça ce matin.

— Très bien, mais tu me sembles vraiment très impliqué pour quelqu'un qui a juste découvert son corps.

Zach secoue la tête et me regarde droit dans les yeux.

— Je n'y suis vraiment pour rien. Mais… même s'il peut être vraiment fatigant et qu'il ne sait pas se taire, Kev est plutôt sensible. Ne sois pas choquée.

— Je ne le suis pas, mens-je.

Il se redresse complètement et se passe la main dans les cheveux, ce qui renforce l'impression qu'il vient de s'électrocuter.

— Je veux dire, je sais que Kevin a quatorze ans, et que bien sûr il est au courant du cycle de la vie et tout ça, mais même moi, ça m'a rendu triste de trouver Goldie Hawn gisant au fond de l'aquarium ce matin. C'est juste complètement nul de voir quelque chose vivant, et puis d'un coup… mort. Sans avertissement, sans transition. Et ça faisait trois ans qu'on l'avait. Donc je me disais qu'il n'était pas nécessaire que Kevin le sache.

Zach fait un signe de dénégation quand le responsable du magasin vient voir si on a trouvé ce qu'on cherchait.

On va tenter notre chance dans un autre magasin, la dernière animalerie de la ville. Le rayon poissons est juste à côté de celui des oiseaux, qui crient et piaillent, ce qui ne me paraît pas une très bonne idée si jamais ces oiseaux parviennent à sortir de leur cage un jour. On tourne autour de la vitre pendant un moment, à la recherche du bon poisson, mais Zach revient toujours au même, qui s'est faufilé jusqu'à la vitre et nous regarde fixement. Comme nos deux têtes sont collées l'une à l'autre, je peux sentir l'odeur de Zach, un mélange de lessive au citron et de sueur, avec une légère trace de cigarette. Je le regarde faire un signe de tête au poisson. Quand il passe au comptoir pour payer, il est nerveux : il n'arrête pas de regarder le sosie de Goldie Hawn dans le sac en plastique, en me demandant si je pense que c'est grave si la marque de ce poisson-là est plus proche de sa bouche que de son œil. C'est la chose la plus mignonne que j'aie jamais vue de ma vie.

Quand je le lui dis, il me répond :

— Mais non, c'est rien, tu ferais la même chose si tu avais un petit frère ou une petite sœur !

Mais il a un léger sourire aux lèvres.

Je ne sais pas s'il a raison – si je serais une grande sœur attentionnée –, mais je reste convaincue que lui, en tout cas, est vraiment gentil.

Un peu plus tard, alors que Goldie Hawn n° 2 s'est acclimaté à son nouvel environnement, que Zach est allé travailler, et que je suis en train de me disputer avec Caleb pour savoir qui doit nettoyer la salle de bains, je reçois un texto de Zach :

Bon. Maman a vu Goldie ce matin avant moi et a dit à Kev que le poisson était mort quand elle est allée le chercher en rentrant du travail.

Quoi? lui réponds-je. *J'espère que tu as dit qu'il avait miraculeusement ressuscité, ou bien que c'était son fantôme qui était revenu sur terre pour finir ce qu'il avait à y accomplir.*

Ha, ha! répond Zach. *J'aurais dû, oui, mais je lui ai avoué la vérité… Et il m'a dit qu'il aurait préféré une tortue.*

Ha ha ha, réponds-je.

Et j'ajoute :

Tu es un super frère, Zach.

Ouais, merci, répond-il.

On continue d'échanger des messages pendant toute la soirée, malgré le dîner et mes répétitions d'alto, jusqu'à ce qu'il soit minuit et que mes lèvres me fassent mal à force de sourire. Je pensais que ce dont j'avais besoin pour m'ouvrir les yeux, me réveiller, c'était une ville remplie de choses dont je pourrais tomber amoureuse : des gens, des lieux, des monuments, des goûts, des bruits… Je ne pensais pas que cela puisse être une seule personne, et encore moins un garçon vivant juste à côté de chez moi. Et pourtant.

Je me sens à la fois idiote et plus spirituelle que je ne le suis en réalité, et mon cœur fait des bonds dans ma poitrine chaque fois que mon téléphone vibre pour m'annoncer un nouveau message. Et quand le message que j'envoie reste sans réponse pendant quelques minutes, j'ai l'impression que je perds un peu la tête, je me sens chargée d'électricité, épuisée et à la limite de la panique. C'est pareil quand il me répond et que je dois trouver quelque chose de drôle, intelligent ou charmeur – ou, mon Dieu, les trois à la fois – à répondre.

C'est terrible. Comme de marcher sur un pont branlant. On peut tomber à chaque instant, mais on veut savoir ce qu'il y a de l'autre côté. Il n'y a pas grand-chose à quoi se raccrocher, mais, de toute façon, je ne sais pas si je le ferais si c'était le cas.

33

APRÈS

Janvier

— Je suis tellement, tellement désolée. S'il te plaît, ne me déteste pas, dit Katy. Dès que tu m'as dit qu'il travaillait au Cinéplex et que tu me l'as décrit, j'ai compris que c'était *lui* que tu voyais. C'est pour ça que je t'ai demandé de me laisser aller en parler à ma mère. Je me suis dit que quelque chose s'était mal passé.

Et c'est pour ça que tu m'évitais. Je ne le dis pas à haute voix. Je suis penchée, la tête sur le volant, les yeux fermés. J'essaie de me ressaisir, de me réancrer à la réalité.

—J'espérais que c'était juste un petit bug, un problème temporaire, parce que tu t'étais cogné la tête. Après tout ce que nous avions fait pour que tu puisses oublier ce qui s'était passé, et étant donné à quel point cela t'avait dévastée, je ne voulais pas tout te révéler… Et puis, tu as dit que tu ne le voyais plus, que tu te sentais mieux, alors j'ai pensé que ça allait…

J'ai toujours un million de questions en tête.

Qui c'est ?

Que s'est-il passé ?

Tu savais ? Pendant tout ce temps, je pensais que j'étais folle, et toi, tu savais qui c'était ?

Comment tout cela peut-il être vrai ? Comment tout ce qui s'est passé pendant les vingt-quatre dernières heures peut-il être vrai ?

— Qui c'est ? demandé-je, déterminée à prendre les choses dans l'ordre.

— Zach, répond Katy.

Zach.

Ce prénom provoque une brève secousse quelque part en moi. Comme une petite décharge d'électricité, un nerf que l'on pince.

Il s'appelle Zach.

Je visualise le garçon du bus. Ses vêtements jamais adaptés au temps qu'il fait, son grand sourire. Son prénom agit comme un baume sur une brûlure.

Et pourtant. Katy ne m'a pas donné grand-chose. Qui diable *est* Zach ?

— Que s'est-il passé ?

Elle hésite.

— Tu étais si triste. Je ne t'avais jamais vue comme ça avant. Ça m'a fait peur. Donc, quand tu es allée voir ce que faisait Overton et que tu as voulu effacer tes souvenirs de lui… J'ai trouvé ça extrême, effrayant, mais je voulais que tu sois heureuse. Tu es ma meilleure amie, Addie – je ne suis jamais restée amie avec quelqu'un aussi longtemps qu'avec toi. Je te soutenais quoi que tu veuilles faire.

Je garde le silence.

Quoi ?

Ce n'est pas ma vie.

Cela ne peut pas être ma vie.

Qui est Zach ?

— Comment ça marche ?

— La procédure ? Je ne sais pas trop. Je sais qu'ils utilisent des électrodes – des sortes de patchs noirs branchés à une machine. Ou est-ce que tu veux dire comment on a fait pour qu'ils te traitent sans que tes parents soient au courant ?

Elle s'interrompt, mais je ne réponds pas, alors elle répond à la deuxième question :

— On a utilisé nos fausses cartes d'identité ! Tu l'as fait au nom de Kathleen Kelly. Ils pensaient que tu avais dix-neuf ans.

Donc on a fini par s'en servir, de ces fausses cartes, comme elle le voulait.

— C'était qui, mon médecin ?

— Overton. Le vieux.

Le docteur Hunt a donc dû faire la toute première procédure, quand j'avais douze ans. Et Overton senior a retiré Zach. Overton junior, lui, ne m'avait vraiment jamais rencontrée.

— Mais comment ? demandé-je de nouveau. Personne d'autre ne le connaissait ? Mes parents ne l'ont jamais mentionné. Comment est-ce possible ?

— On n'a jamais dit à tes parents que tu avais subi la procédure. Tu étais vraiment bouleversée quand ça s'est terminé, et ça, ils le savaient. Donc quand tu as demandé à ta famille de ne plus jamais parler de lui, ils ont été ravis d'accepter. Aucun de nos amis à l'école ne le connaissait vraiment. Le plus gros problème, c'était ses crétins d'amis qui venaient te voir pour essayer de te parler – enfin, au début.

Ces gens dont je pensais qu'ils étaient des amis de Katy.

La fille au centre commercial – Ashley – qui disait qu'elle m'avait déjà vue.

Mon Dieu.

Oh, mon Dieu.

Toujours penchée sur le volant, je me prends la tête dans les mains et commence à pleurer. Des larmes silencieuses, lourdes, qui naissent au fond de ma poitrine pour remonter jusqu'à mes yeux.

Ce n'est pas ma vie.

Rien de tout ça ne peut être vrai.

Et pourtant. Les morceaux s'imbriquent les uns aux autres. Et donnent une cohérence à l'ensemble.

Toute ma vie est un mensonge.

— Je suis tellement désolée, répète Katy. Je voulais juste que tu sois moins triste. Je ne voulais pas que tu subisses la procédure, mais tu semblais si sûre de toi. Je ne t'avais jamais vue aussi bouleversée.

Je ne suis même pas capable de lui répondre. Je ne peux que continuer à sangloter en silence.

Mon Dieu.

Qu'est-ce que je fais, maintenant ?

— Je te dirai tout ce que tu veux savoir, me dit Katy en me serrant l'épaule. Tout ce que je me rappelle. Tout ce que tu m'as raconté. Je te dirai comment tu l'as rencontré et tout ce que tu m'as dit.

Tout ce dont elle *se souvient.*

Et moi, dans tout ça ?

D'une certaine façon, Katy a entre les mains un bloc significatif de ma vie, et ma famille – mes parents – a l'autre. Que me reste-t-il ?

Qu'est-ce que j'ai fait ?

— Non, dis-je en redressant la tête.

Je ne veux pas qu'elle me raconte ce qui s'est passé.

— O… OK. (Katy semble surprise.) Addie, encore une fois, je suis vraiment, vraiment désolée. Je te jure, je ne savais pas pour Rory. Et je sais que j'aurais dû te prévenir directement, quand tu as commencé à voir… Zach, mais j'étais… je ne savais pas comment gérer tout ça, je ne savais pas ce qu'il fallait faire.

Je hoche la tête, mais je ne dis rien.

Je me sens engourdie, comme une étrangère dans un monde complètement nouveau. Katy me prend tant bien que mal dans ses bras, puisque je reste catatonique, penchée sur le volant, les yeux rivés sur le pare-brise.

— Ça va aller ?

J'acquiesce. Elle ouvre la porte et sort de la voiture à contrecœur.

Je reste encore quelques minutes, quelques heures, à contempler la vitre. En essayant de donner du sens, pour la deuxième fois en vingt-quatre heures, à une version entièrement nouvelle de ma vie.

34

AVANT

Début août

Zach travaille aujourd'hui, et je viens d'arriver à vélo de ma leçon d'alto. Comme son père est chez le dentiste et que le magasin est complètement mort, je suis assise en tailleur sur le comptoir, faisant défiler avec envie les dernières photos que Katy a envoyées de son voyage.

— Est-ce que ton père a toujours voulu avoir un vidéoclub ? demandé-je à Zach qui est derrière l'ordinateur en train de commander de nouvelles *horrodies.*

— Absolument pas. Avant, on était spécialisés dans la musique, mais la seule chose qui se vend encore moins que les DVD, c'est les CD. Tout est numérique, maintenant. (Il me montre une image sur son ordinateur.) Regarde celui-là !

J'entraperçois l'image d'un homme en costume, le pantalon retroussé, une mallette à la main, debout dans ce qui semble être littéralement un bassin de ketchup. Évidemment.

— C'est un Anglais qui s'appelle Moyer. Il était classé n° 1 dans la liste des réalisateurs à suivre de *Cinema Tomorrow.* Son premier film était vraiment pas mal, mais bien sûr moins bon que ceux de Ciano à ses débuts. Tu sais ce qui est vraiment génial chez Ciano ?

— Non, quoi ?

— Il a failli mourir.

Je ne m'attendais pas à ça. Zach poursuit :

— Le film *Rotary Windlock* – tu sais, le troisième que je t'ai donné – en était inspiré. Quand il avait dix-neuf ans, à l'université, il était sorti tard un soir et s'était fait attaquer par quatre types qui l'ont battu à mort.

— Merde alors.

— Ouais. Il n'y avait personne dans les parages, et le temps que quelqu'un le trouve, il était inconscient. Il a dû réapprendre à marcher. D'ailleurs, il marche toujours avec une canne. Enfin, bref, ce que je voulais dire, c'est que quand il s'en est inspiré pour un film, il n'a pas voulu en faire une histoire réconfortante, ni déprimante, ou bien un témoignage édifiant sur la manière de surmonter les épreuves, rien de tout ça. Il n'a même pas essayé de rendre ça drôle, ce qui aurait été une autre voie facile à prendre. (Zach ouvre une autre fenêtre sur son écran, s'interrompt pour lire le synopsis d'un film, puis la referme.) Il a dit en interview que ses coproducteurs voulaient qu'il fasse un documentaire sur son retour à la vie, sur la manière dont il a recouvré l'usage de ses jambes, mais il a refusé.

— Ça aurait sans doute effectivement été intéressant.

— Oui, mais justement. (Zach est totalement tourné vers moi maintenant. Son regard est intense, son ton passionné, comme souvent quand il parle de films.) Là était sa force.

Lui seul avait la main. Il pouvait faire ce qu'il voulait de la pire chose qui lui soit arrivée : la rendre stupide, la revendiquer. Le truc, c'est que c'était *à lui*. Et c'est comme ça pour tout ce qui nous arrive dans la vie, et pas seulement les mauvaises expériences. On peut en faire ce qu'on veut. L'interview entière est une vraie révélation. Je peux te la trouver et te l'envoyer, si tu veux.

— Oui, je veux bien, dis-je en prenant mon téléphone dans ma poche parce qu'il vient de vibrer.

Je montre à Zach la photo que Katy vient de m'envoyer :

— Ils sont juste devant le Carnegie Hall !

Zach jette un coup d'œil à mon téléphone, puis se lève et s'étire. Son tee-shirt se soulève et dévoile son ventre et l'élastique de son boxer.

— Tu te fais du mal, me dit-il en jouant avec une mèche de mes cheveux.

Je décroise les jambes et les laisse pendre ; Zach se retrouve donc entre elles. Il poursuit :

— Si ça se trouve, Katy passe un horrible moment, mais, au moins, elle suit le conseil de Ciano : elle fait en sorte qu'il ait l'air formidable.

Je lève les yeux au ciel, mais je l'attrape par son tee-shirt pour le rapprocher de moi.

— Je ne suis pas si malheureuse, lui dis-je en lui soufflant sur les lèvres.

— *Maintenant*, dit-il en souriant.

Ses lèvres sont douces, sa langue chaude dans ma bouche. Son haleine sent un peu la cigarette, mais il a pris l'habitude de toujours mâcher des chewing-gums à la menthe pour atténuer le goût. Je passe mes jambes autour de lui et l'embrasse plus fort. Si c'est ça, être malheureuse, je veux bien être malheureuse toute ma vie, je veux bien *mourir* malheureuse.

On est complètement imbriqués l'un dans l'autre quand la porte du magasin s'ouvre d'un coup, laissant entrer une faible brise, premier indice que la fin de l'été se rapproche.

Je me retourne pour voir un Raj bouche bée, la mâchoire quelques centimètres plus bas que d'habitude.

— Salut, mec, dit Zach d'un air dégagé.

Je dégage mes jambes et les laisse de nouveau pendre le long du comptoir.

— Salut, Raj.

Il reste immobile pendant trente bonnes secondes, sans parler, avant de lâcher :

— J'ai heurté un poteau électrique en chemin.

— Oh, merde. Est-ce que la voiture de ta mère est abîmée ? demande Zach.

— J'étais à pied, répond Raj d'une voix lente et basse que je ne lui connais pas. Enfin, c'était peut-être plutôt quelqu'un, et pas un poteau.

Zach et moi échangeons des regards perplexes.

— Oui, reprend Raj. Je pense que mes lunettes ne sont vraiment plus à ma vue : mes yeux n'arrêtent pas de me jouer des tours. D'ailleurs, ça vient *tout juste* de m'arriver.

Oh – il parle de nous. Je suppose que Zach ne lui a pas encore dit qu'on était plus qu'amis.

Zach évite son regard, baisse les yeux vers l'ordinateur, et dit, la voix dénuée d'émotion :

— Vraiment.

— Vraiment, répète Raj en écho, en me regardant fixement, l'air toujours stupéfait.

Je sens mes oreilles rougir un peu. Et puis, il semble se sortir de sa confusion et s'avance vers le comptoir.

— Je jouais à *Dungeon World 2* hier soir, et je pense que j'ai une idée pour notre prochain film.

— Cool. C'est quoi ? demande Zach.

Raj se lance dans une histoire avec des dragons, un vigile de supermarché et un animal marin qui vomit du sang et qui peut vivre sur terre à condition de trouver un allié.

— C'est vraiment perturbant, dis-je tout en regardant d'un œil le texto rempli de points d'exclamation que je suis en train d'envoyer à Katy (*Trop cool !!!! Tu dois t'éclater !!!!!!!*)

— Oui, hein ? répond Raj en se méprenant sur le sens que je donnais au mot « perturbant ». C'est un coup de génie.

— C'est exactement la même intrigue que le film de Van Durgen *Truth or Troll*, rétorque Zach.

— C'était de la merde, ce film, objecte Raj.

Je n'en suis pas sûre à cent pour cent, mais je pense qu'il le dit bien comme une insulte.

— Et pourtant, c'est le film suédois qui a le mieux marché l'an dernier.

— Alors c'est non ? demande tristement Raj.

— C'est définitivement non. Si on doit s'inscrire dans la lignée de quelqu'un, on peut viser un peu plus haut que

Van Durgen. Surtout si on a une caméra CXX en septembre, dit Zach.

— Waouh, tu es descendu à deux cigarettes par jour, ça y est ?

— J'y travaille.

— C'est bien, approuve Raj. Mais, sérieusement, c'est catégoriquement *non* ?

— Catégoriquement, répond Zach. Désolé.

Le téléphone à l'arrière sonne alors, et Zach se précipite pour y répondre. J'ai toujours les yeux fixés sur l'écran de mon téléphone quand je sens le regard de Raj posé sur moi.

— Quoi de neuf ? lui demandé-je, parce que je ne sais pas trop quoi dire.

— Alors comme ça, toi et Zach… ?

— Ouais, dis-je en réprimant le début d'un sourire. Tu as l'air… choqué ?

— Oui et non, répond-il en haussant les épaules. Non, parce que ce petit gars n'est vraiment pas subtil. J'ai su que tu lui plaisais à la seconde même où il m'a dit qu'il pensait te proposer de jouer dans notre film. Et qu'il était *jaloux* de ton alto.

Je ris.

— Et oui – pourquoi ?

— Parce que je n'étais pas sûr de voir de mon vivant Lindsay disparaître de la circulation. Même quand Zach était à Fincher, leur couple a tenu bon.

Cette information n'est pas vraiment surprenante, mais je tique quand même un peu en entendant son nom. Pourquoi est-ce qu'il faut toujours qu'elle revienne sur le tapis ?

— Tu n'as pas l'air de beaucoup l'aimer.

— C'est elle qui ne m'aime pas. Mais bon, on est quand même cordiaux l'un avec l'autre, ça va. Mais elle n'aime ni Kevin, ni moi, ni aucun des amis de Zach. Elle n'aime même pas les *horrodies*.

— Mais elle a joué dans tous les films de Zach ! Et comment peut-elle ne pas aimer Kevin ? C'est le *frère* de Zach.

— Pour avoir une expérience de comédienne, et parce qu'elle respecte l'éthique de travail de Zach, dès qu'il s'agit de cinéma. Elle a vraiment dit ça comme ça. (Raj secoue la tête.) Elle déteste *Dungeon World 2*, l'odeur de la nourriture indienne et les chiots.

— Les chiots ? répété-je, ébahie.

— Bon, d'accord, pas la dernière partie.

Je fronce les sourcils et me penche sur le comptoir :

— Mais alors, qu'est-ce que Zach lui trouve ?

Je m'attends à ce qu'il me réponde que Dieu seul le sait, mais il soupire :

— Ce n'est pas comme si c'était une mauvaise personne. C'est juste qu'elle ne laisse jamais une chance aux choses. Elle se forge une opinion très rapidement et ne la change pas ensuite.

Je me rappelle soudain ce que Zach m'a dit chez *Schiavoni*. Qu'il aimait le fait que j'essayais des choses nouvelles, que je n'avais pas un avis arrêté sur tout. Contrairement à Lindsay ?

— Et puis, elle est aussi convaincue qu'elle est un peu mieux, un peu plus mûre que tout le monde. Elle pense que c'est nous qui avons une mauvaise influence sur Zach – pour info, c'est elle qui fumait tout le temps avec lui.

—Lindsay fume ?

Je ne sais pas pourquoi cela me choque.

Raj acquiesce.

—Quand il y a des cigarettes, Lindsay n'est jamais loin. Elle trouve ça sophistiqué, quelque chose comme ça. Et elle aime le fait que cela rende sa voix rauque.

—Waouh.

Avant que je ne puisse poser davantage de questions, Zach réapparaît.

—Ils viennent remettre à jour notre système la semaine prochaine. Papa a finalement rassemblé la somme suffisante pour franchir le pas.

Zach consulte encore pendant un moment les synopsis des films qu'il pense commander. Au bout d'un moment, Raj laisse échapper un soupir sonore et demande s'il peut ouvrir un sachet de barbe à papa.

Pendant qu'il va le chercher, Zach se penche vers moi et m'embrasse le lobe de l'oreille. Chaque centimètre de mon corps tressaille.

—Arrête, soupiré-je en gloussant.

—Est-ce que tu sais que tu tires sur tes oreilles quand tu es embarrassée ? me chuchote-t-il.

Je ne le savais pas, mais c'est parce qu'elles me brûlent tout le temps dès que quelque chose d'un peu excitant arrive. Katy pense que c'est pathologique.

Elles chauffent quand je suis anxieuse ou gênée. *Quand tu me regardes*, pensé-je. *Quand tu me touches.*

Je repense à ce qu'a dit Raj, et je me demande si je fais oublier Lindsay à Zach. Et si j'aime ou si je déteste ça.

Mais je dis seulement :

— Tu es la première personne à l'avoir remarqué.

35

AVANT

Août

On se voit presque tous les jours, avant que Zach parte travailler ou bien pendant ses jours de congé, quand j'ai fini de répéter. Pour ne pas complètement négliger mon alto, je me suis imposé une règle : je ne m'autorise à voir Zach que si j'ai répété au moins une heure. On s'est donné pour objectif de faire toutes les choses ordinaires que les gens qui ne sont ni cinéphiles obsessionnels ni joueurs d'alto font, puis racontent en en rajoutant des tonnes. Des activités estivales, des activités de plein air.

J'ai initié Zach aux milk-shakes fraise-kiwi de chez *Shake Attack* – le secret, c'est les petits morceaux d'Oreo dont ils les saupoudrent –, qu'ils font seulement pendant l'été, et Zach est rapidement devenu victime de mon addiction. On y va quasiment cinq fois par semaine. Il nous est même arrivé d'y aller deux fois la même journée.

On joue à « Bigger and Better » chez *At Home Movies* quand je viens voir Zach. D'une manière ou d'une autre, Ciano se retrouve toujours vainqueur, ce qui constitue la meilleure preuve que ce jeu est complètement truqué.

On pique-nique sur l'herbe au lac Bentley, même si c'est un peu traumatisant, avec tous ces oiseaux gris et blancs qui n'arrêtent pas de descendre en piqué autour de nous pour mendier des miettes. Ils ne s'approchent jamais vraiment de notre panier, mais cela ne nous empêche pas de rentrer la tête dans les épaules et de hurler chaque fois que l'un d'entre eux surgit du ciel comme une flèche pour atterrir à proximité, même relative, de notre couverture de pique-nique.

— OK, dit Zach. Ce sont juste des oiseaux. Tout va bien. Ils ne s'approchent même pas si près.

— Donc, c'est bon s'ils se posent là et nous regardent manger ?

— Est-ce que tu penses qu'il faut que je leur donne un morceau de mon sandwich ?

— Non ! Et s'ils plongeaient tous pour en avoir ? Ou que ça leur donne le courage de s'approcher plus près de nous ? Essayons simplement de les ignorer.

Ce qui est impossible, étant donné qu'ils font des arrivées plutôt théâtrales quand ils atterrissent un par un, puis qu'ils restent *tous* sur l'herbe en nous observant d'un air menaçant. Bientôt, il y en a sept agglutinés à notre gauche.

— Oh, mon Dieu, je vais craquer, Addie. Il va falloir que je donne un cracker au plus proche, juste pour qu'ils nous laissent tranquilles.

— Non !

— Je suis obligé. C'est comme quand les grands t'embêtent à l'école pour te piquer ton déjeuner.

— Exactement. Il faut les ignorer pour qu'ils partent.

— C'est un conseil absolument *terrible*, dit Zach en riant. Je dois écouter mon cœur. Désolé.

— *Oh, mon Dieu, ne fais pas ça!* lui ordonné-je, mais il se prépare à casser un cracker, donc je me penche vers lui pour l'arrêter.

Le fou rire commence quand j'essaie de lui prendre le biscuit des mains avant qu'il ne le lance, alors que lui fait tout pour le garder hors de ma portée, en l'écrasant au creux de sa main. Nous rions tous les deux trop fort pour agir de manière efficace, et nous basculons en arrière, pour finir tous les deux étendus sur l'herbe ; le soleil est chaud sur ma peau, et je dois plisser les yeux pour regarder le ciel. Qui se soucie de ces stupides oiseaux, de toute façon ?

Si quelqu'un passe, il se dira sans doute qu'on a une attaque d'asthme simultanée. J'ai aussi mal au ventre que si j'avais fait des abdos. Toujours secouée d'éclats de rire, je trouve la main de Zach, chaude, à quelques centimètres seulement de la mienne, et la sensation de sa peau contre la mienne m'envoie une décharge électrique dans tout le corps, comme chaque fois. J'entrelace les doigts de ma main droite avec ceux de sa main gauche, qui est malheureusement celle dans laquelle il a écrasé le cracker, mais cela m'est égal ; il enferme ma main dans la sienne, même si nos deux paumes sont moites et que des centaines de minuscules miettes sont écrasées entre elles.

On pourrait peut-être rester là encore quelques minutes, voire tout l'après-midi, jusqu'à ce que Zach parte travailler, à se faire rire avec des choses qui ne sont pas si drôles, à regarder nos poitrines se gonfler à chaque inspiration. Le soleil m'étourdit, et je pourrais m'endormir la tête sur le torse de Zach, et je l'aurais probablement fait, mais à ce moment-là un autre oiseau plonge en piqué à côté de nous, encore plus proche que tous les autres, et nous sautons sur nos pieds. Rapidement, sans même nous concerter, nous commençons à rassembler nos affaires.

Nous fourrons toute la nourriture dans le panier de la mère de Zach et le fermons, dans l'espoir que l'absence de nourriture à l'air libre décourage les oiseaux, au moins le temps de marcher jusqu'à la voiture de Zach. Une fois la couverture pliée, je la cale sous mon bras. Zach prend le panier et nous nous mettons à courir vers le parking.

— On y est presque, on y est presque, m'encourage Zach alors que nous courons, tête baissée, une main sur la tête pour nous protéger, comme pendant un orage.

Une fois à l'abri dans la voiture, on commence à discuter de la possibilité que les pique-niques ne soient pas vraiment notre truc.

— Tu sais ce qui nous aurait peut-être aidés ? dit Zach. Un parapluie super géant. Par exemple, un de chez *Two Dollars or Less*.

Même si c'est tentant, on ne renonce pas à toutes les activités estivales de plein air d'un coup. On se balade en ville à vélo en donnant des noms aux gens que nous croisons, en les rebaptisant Otis, Horatio ou Michèle pour s'amuser. On tente une balade à vélo jusqu'à Calamore, qui se révèle longue, difficile et pleine de sueur, mais quand même plutôt amusante. Une fois, on va faire du bateau avec la famille de Zach. Ils empruntent le bateau de leur voisin pour aller sur le lac, à deux heures de Lyndale, et Raj accepte même de venir avec nous, même s'il passe toute la journée assis sur le bateau, avec un grand chapeau de paille que la mère de Zach le force à porter parce qu'il n'a pas pensé à en prendre un. Il reste là, pas impressionné le moins du monde par la beauté de la nature, par l'eau scintillante, presque verte, par Kevin qui raconte des blagues salaces, ni par Zach et moi qui nous tenons la main. Il soupire juste profondément.

— Mec, dit Zach, en tirant sur le bonnet noir qu'il porte aujourd'hui pour maîtriser ses cheveux. Je le dis parce que personne ne le fera, mais là, tu me fais penser à une vieille grand-mère grincheuse.

— Une vieille grand-mère grincheuse à une rave, ajouté-je. Ou à une fête d'étudiants.

Zach éclate de rire, mais Raj lève les yeux au ciel :

— Je suis juste venu parce que mes cousins sont *encore* à la maison et que je dois préserver ma santé mentale.

Il plie le bord de son chapeau pour nous lancer un regard méprisant et ajoute :

— Mais je ne suis pas sûr d'avoir fait le bon choix.

On essaie des restaurants qui ne risquent pas de nous rappeler Lindsay et on lave la voiture de Zach (il serait incapable de la garder propre, même si c'était une question de vie ou de mort).

On se téléphone, on s'envoie des textos, on passe du temps avec son frère, que des choses ordinaires et normales, et, petit à petit, l'été cède la place à l'automne. Il y a une petite voix à l'arrière de ma tête qui se demande si les gens comme Katy, qui postent sur leur géniale vie ordinaire, n'ont pas en fait raison. Si, finalement, ils ne font pas qu'embellir le bonheur. Leur enthousiasme est peut-être justifié.

Et peut-être que le mien – nouvellement acquis et, pour l'instant, ininterrompu – l'est aussi.

36

APRÈS

Janvier

Longtemps après que Katy a quitté ma voiture, mes larmes cessent enfin de couler. Je sors du parking et commence à rouler sans but dans Lyndale. J'éteins mon téléphone pour que personne ne puisse me joindre et je mets la musique très fort, pour ne pas réfléchir. Les mêmes pensées tourbillonnent sans cesse dans mon esprit : *Tu l'as effacé. Le garçon du bus. Tu as choisi de le retirer. Comment as-tu pu faire ça ? Pourquoi as-tu fait ça ? Tu l'as effacé…*

Encore et encore et encore.

Je ne sais pas, je ne sais pas, je ne sais pas. Comment pourrais-je savoir ?

Je repense à ce que m'a dit Caleb, hier, à propos de Rory, sur le fait que j'aie choisi d'avancer.

J'ai effacé mon frère, aussi.

Je vais au lac Bentley et au parc. Je vais dans la partie est de la ville, je roule dans les rues jusqu'à trouver la maison dans laquelle nous habitions avant. Notre vieille maison, avec ses murs peints à l'intérieur, et ses briques rouge foncé à l'extérieur. Il y a un mini-van bleu métallisé garé devant, dans l'allée où Caleb et moi jouions au tennis avec les enfants des voisins. Sinon, rien n'a changé. J'ai envie de frapper et d'entrer. De me poster en haut de l'escalier, les orteils enfoncés dans la moquette, et de chanter à tue-tête des airs de comédie musicale comme si j'étais redevenue une enfant. Je veux avoir de nouveau onze ans, pour pouvoir rencontrer Rory, le tenir dans mes bras, sentir l'odeur de sa peau et savoir ce que ça fait d'être une grande sœur. J'imagine ma famille entière vivant encore ici – pas nous tels que nous sommes maintenant, mais tels que nous étions. J'imagine que nos rires, le rêve de voler de Caleb, l'amour qu'il y avait entre mes parents hantent encore la maison, parce que j'aime l'idée que toutes ces choses existent encore là où elles existaient autrefois, là où on les a laissées, même si la vie les a transformées. J'aime l'idée que les choses que l'on a faites, pensées ou ressenties sont des entités à part entière qui continuent d'exister en dehors de nous.

Mes parents l'ont effacé.

Pourquoi ont-ils fait cela ?

Pourquoi les ai-je laissés faire ?

Comment ai-je pu me l'infliger de nouveau ?

Quand je décide enfin de rentrer, le lycée est fini depuis plus de deux heures, et il fait presque nuit.

La voiture de papa est garée devant la maison, et celles de maman et de Caleb sont là aussi, ce qui signifie qu'ils sont tous les trois en train de m'attendre.

J'entre dans la maison aussi silencieusement que possible, espérant pouvoir me glisser dans ma chambre sans que personne me remarque.

J'y parviens presque. Papa me tourne le dos. Il est en train de parler à ma mère, calmement, et sa voix est fatiguée, rocailleuse, ce qui indique qu'il n'a pas dormi depuis qu'il a atterri ce matin. La tête entre les mains, maman est assise sur le canapé le plus éloigné de lui.

C'est bizarre de voir mes parents assis tous les deux dans notre salon, comme si on était cinq ans plus tôt. Ce qui est différent aujourd'hui, c'est que le secret qu'ils gardaient, ce poids qui a déchiré notre famille en silence, est maintenant exposé, en plein milieu de la pièce.

Ainsi mis en lumière, je me demande comment je l'ai raté. Tous ces regards étranges qui se posaient sur ma famille ces dernières années. Je pensais que c'était à cause de la relative célébrité de ma mère ou de la séparation de mes parents. Manifestement, c'était parce que les gens se rappelaient toujours la tragédie que nous avions vécue. La plupart d'entre eux étaient trop polis pour dire quoi que ce soit. Quoique, peut-être que certains ont mentionné Rory au début, et que le nom ne me disait rien. Ou bien ils ont dit d'autres choses, que j'ai mal interprétées.

« N'hésite pas si tu as besoin de quelque chose » et « Comment vont tes parents ? » peuvent vouloir tout et rien dire. Je me demandais sans doute, gênée : comment savent-ils que papa n'est plus à la maison depuis trois semaines ?

Maintenant, ma question est : comment n'ai-je jamais compris la vérité ?

La réponse, bien sûr, me claque à la figure comme elle l'a fait toute la journée.

Mes parents me l'ont cachée, presque littéralement, l'ont effacée de mon esprit.

Et puis, je me suis infligé le même traitement à moi-même.

— Addie, comment as-tu pu ! s'exclame ma mère avant que je n'aie eu une chance de monter sans être repérée, posant précisément la question qui me hante. Tu es allée à Overton toute seule ? Tu as *menti* pour que l'on efface ta mémoire ? Est-ce que tu sais à quel point c'est dangereux de procéder à une intervention sur ton *cerveau* sans avoir ton historique médical complet ? Tu te rends compte de tout ce qui aurait pu mal tourner, sans même que nous le *sachions* ? Pendant toute une année ?

Sa voix se brise. Ma mère a davantage pleuré en deux jours qu'elle ne l'a fait en plusieurs années.

J'ai envie de répliquer que la procédure lui paraissait parfaitement sûre – pratique, même – quand *eux* me l'ont fait subir, mais je ravale mes mots.

— Katy vous a raconté ?

Elle a dû appeler mes parents et tout leur avouer après être sortie de ma voiture garée devant le lycée.

— Katy m'a appelée, dit maman. Mais quand ton père a atterri, il avait déjà plusieurs appels en absence d'Overton. Apparemment, certains membres du personnel t'ont reconnue quand tu y es allée hier. Quand tu es partie, ils ont compris que tu étais venue deux fois, une fois sous le nom d'Addison, et une fois sous un autre nom. Ils ont compris que si tu n'avais que dix-sept ans aujourd'hui, tu étais forcément mineure pour la procédure de l'an dernier. Que les informations qu'ils avaient sur toi sous ton autre nom ne collaient pas. Ils n'avaient que le numéro de portable de ton père, et notre ancien numéro de fixe.

— Je suis venu dès que je suis arrivé en ville, dit papa.

Qui m'a reconnue? me demandé-je. *La réceptionniste? L'infirmière à la mèche violette?*

— Ils n'en revenaient pas, que tu aies subi deux procédures, dit Caleb. C'est extrêmement rare.

— Et maintenant, tu as des hallucinations? Pourquoi ne nous en as-tu pas parlé directement? Pourquoi as-tu fait ça? demande maman.

Papa regarde le mur derrière moi. Même maintenant, alors que tout est enfin dévoilé, il ne parvient toujours pas à me regarder dans les yeux. Cela me serre le cœur. Cela me rend furieuse.

— Et toi alors? Pourquoi?

Comme je ne sais pas comment répondre à sa question, je contre-attaque. *Je ne sais pas pourquoi j'ai fait ça.*

Peut-être que c'est vrai qu'ils ont réussi à me protéger – je ne me souviens pas de la mort de mon frère –, mais ils m'ont aussi enlevé la chose la plus précieuse que j'avais: ma capacité à me connaître.

Papa me surprend en prenant la parole, au lieu de laisser maman parler, comme d'habitude.

— Addie, c'est plus compliqué que ça. Mais nous pourrons y revenir plus tard. Le docteur Overton veut que tu ailles tout de suite à la clinique pour un scanner. Quand j'ai rappelé, il m'a expliqué que, quand tu l'avais vu, tu n'avais rien dit à propos du garçon que tu voyais.

Le garçon.

Zach.

Zach, Zach, Zach.

Soudain, j'aimerais être avec lui à ce moment précis – avec mon apparition. J'aimerais lui dire comment il s'appelle, pour qu'il en sache un peu plus sur lui-même.

Puis, quelque chose me frappe, d'un coup. Mes parents le connaissent, eux aussi – Katy me l'a dit.

Zach.

C'est mon souvenir, et pourtant je suis la seule qui ne se rappelle pas ce qui s'est passé. Qui il est.

— Il n'est pas question, dis-je en détachant les mots, que je retourne voir le docteur Overton.

— Addie, intervient Caleb. Tu dois y aller.

— Je ne dois rien du tout.

Je tourne les talons et commence à me diriger vers les escaliers.

— Ne sois pas si mélodramatique, Addison, lance maman en me suivant. On doit savoir pourquoi tu le vois. Cela pourrait être grave.

— Ou pas, s'empresse d'ajouter mon père.

Maman saute toujours aux conclusions en anticipant le pire.

— Le plus probable, c'est que ça ait à voir avec l'accident, dit mon frère.

— Je n'irai pas, répété-je avant de monter dans ma chambre.

Je claque la porte et m'écroule sur mon lit, le corps lourd d'épuisement. Le sentiment de sombrer, que j'ai parfois, l'impression que tout autour de moi disparaît, m'envahit pour ne pas me lâcher. Je cherche le sommeil, un sommeil paisible et ininterrompu comme je n'en ai pas eu depuis l'accident, mais il ne vient pas.

J'envisage un instant de chercher mon alto dans le noir, mais, pour une fois, je suis trop triste pour jouer.

37

APRÈS

Janvier

Mon père a passé la nuit à la maison, ou il est arrivé tôt ce matin, pour m'avoir à l'usure.

Il frappe plusieurs fois à la porte en me suppliant de le laisser entrer.

Je l'ignore jusqu'à au moins midi. On est samedi, après tout.

Finalement, je n'entends plus sa voix, mais je vois une ombre sous la porte, et je l'entends qui respire. Je tire la porte et passe la tête par l'entrebâillement.

Il somnole, assis sur le sol, les genoux repliés et la bouche entrouverte, mais il se réveille immédiatement.

— Je dois te dire quelque chose, annonce-t-il en se relevant.

J'ouvre la porte, même si je suis quasiment sûre que je ne veux rien entendre.

— Si c'est pour me mentir, ce n'est pas la peine.

— Je ne vais pas te mentir.

Et quand il me répond, il soutient mon regard.

Je fais un pas en arrière pour le laisser entrer.

Il traverse la pièce, s'assied au coin du lit et balaie ma chambre du regard comme si cela faisait des années qu'il ne l'avait pas vue. Ce qui est vrai, je pense. On dirait un géant assis sur un lit trop petit pour lui, qui pourrait céder d'une seconde à l'autre.

Je m'adosse au mur près de la porte. J'ai tellement de questions, mais j'ai peur de pleurer si je parle, alors je le laisse commencer.

— Tu me ressembles tellement, dit-il.

Je lui lance un regard intrigué. De quoi parle-t-il ? Je ne lui ressemble en rien.

— Ça a toujours été ma plus grande peur, continue-t-il, que tu aies à traverser les mêmes épreuves que moi.

Moi, je lui ressemble ? Ne voit-il pas à quel point Caleb lui ressemble ? À quel point il veut voler ?

— Papa…, dis-je impatiemment, mais il lève une main pour me faire taire.

— Attends, attends, j'y arrive. Toute ma vie, j'ai souffert d'une dépression plutôt sévère. Mes frères aussi. Tu sais, pour oncle Mark. (Je hoche la tête et détourne le regard. Il s'est suicidé en deuxième année d'université, avant ma naissance.) Moi aussi, j'ai eu des périodes noires. Ta grand-mère me regardait et me disait : « Ouvre les yeux, réveille-toi. » Et pendant longtemps, je n'ai pas su pourquoi elle disait ça. Je pensais qu'elle voulait dire que je semblais toujours sur le point de m'endormir.

Je me mords la lèvre inférieure.

— Après mon mariage avec ta mère, j'allais mieux. La plupart des compagnies aériennes exigent que tu aies été stable pendant au moins un an avant de voler, et c'était mon cas. J'ai commencé à prendre des médicaments – je suis toujours sous traitement–, mais, enfin, j'étais heureux. Et après votre naissance à tous les trois, vraiment heureux. Et puis Rory est mort…

Il s'interrompt et prend une grande inspiration, comme si on l'avait frappé.

— C'est pour ça que tu es parti. Tu m'en voulais.

Il me regarde, surpris. Puis il dit, comme s'il avait du mal à choisir ses mots :

— C'était un ensemble de choses.

Mais il ne nie pas – le fait que peut-être il a eu du mal à me pardonner. Et ce demi-aveu, même s'il est à la fois douloureux et triste, me paraît bien plus vrai que tout ce que j'ai entendu depuis que j'ai découvert pour Rory. Il poursuit :

— On a avancé dans le brouillard pendant des mois. On a essayé pendant un an de surmonter tout ça. Tous. Ta mère, Caleb, moi. Mais c'était toi qui allais le plus mal, Addie. Tu portais tellement de culpabilité… C'était comme si cela t'avait déformée. Tes yeux étaient vitreux. La petite fille qui pétillait de vie, qui jaillissait dans les pièces… Ton enthousiasme, ta passion pour la musique : tout ça avait disparu. Je ne supportais pas de te regarder sans te reconnaître. J'avais envie de te dire les mêmes mots que ceux que ma mère me disait : « Ouvre les yeux. Ça va aller. » Et je croyais que tu allais aller mieux. Vraiment. Je pensais que c'était possible de vivre malgré la dépression, parce que je le faisais moi-même. (Il secoue la tête.) Mais quand ta mère m'a prévenu pour mes pilules et m'a dit où elle les avait trouvées – elle était convaincue que s'il existait un moyen de t'épargner, il fallait y recourir. Je savais qu'elle ne me pardonnerait jamais s'il t'arrivait quelque chose. Et, honnêtement, je ne me le serais jamais pardonné non plus. Alors je l'ai laissée décider.

Il me regarde de nouveau dans les yeux :

— Caleb ne voulait pas de la procédure, et je le comprenais. Si cela me paraissait inconcevable pour moi, alors je ne pouvais pas l'y forcer.

Tu t'es battu pour Caleb, mais pas pour moi.

— Ça aurait été une trahison, ça aurait été contre nature : un parent n'oublie pas son enfant. J'avais – nous avions – une responsabilité à nous souvenir de lui.

— Et moi, ce n'était pas contre nature de me laisser l'oublier ?

Et ce n'est pas seulement Rory qu'ils avaient trahi en le faisant : ils m'avaient trahie, moi aussi.

— Je ne pense pas que c'était la meilleure chose à faire, Addie. Parfois, ça me ronge encore…, dit papa les yeux dans le vague. Dans un cas comme dans l'autre, ta mère et moi voulions juste que tu ailles mieux. On nous a offert l'opportunité de retirer ta douleur, et nous l'avons saisie. Parfois, je regrette que personne ne l'ait fait pour moi.

Sa voix se brise un peu, et je déglutis.

J'ai envie de lui jeter un million de choses au visage, de crier ce qu'une petite voix dans ma tête me souffle : *j'aurais pu y arriver.* J'aurais pu traverser ça, et m'en sortir. Mais ma gorge me brûle, et ce sont d'autres mots qui sortent.

— J'ai recommencé. J'ai choisi d'y retourner une deuxième fois. Je ne savais pas combien j'avais déjà perdu.

Les larmes commencent à rouler sur mes joues.

Il hésite. Pendant un instant, on dirait qu'il va traverser la chambre pour me prendre dans ses bras, comme il en avait l'habitude autrefois.

— Je sais. Nous t'y avons conditionnée. Quoi qu'il se soit passé avec ce garçon – tu ne m'as jamais donné tous les détails –, cela t'a déchirée. C'était évident.

J'essuie mes larmes.

— Rory a été ta première perte importante, et le garçon...

— Zach.

Je veux qu'il le dise, comme pour connecter à la réalité l'apparition que j'ai vue.

— Zach. Comme tu n'as jamais vraiment affronté la douleur d'avoir perdu Rory, ce nouveau déchirement t'a paru être la fin du monde. Je pense que la manière dont on apprend à gérer une chose difficile affecte la manière dont on gère la prochaine, et celles qui suivront. Tu ne te rappelais pas ce que c'était de perdre quelqu'un et de surmonter cette douleur.

Je pense à ce que dit toujours Mme Dubois au sujet des premières fois, et de la manière dont elles établissent un précédent.

— La façon dont tu apprends à affronter une épreuve et à la surmonter, c'est important.

Est-ce que ça veut dire que Zach est mort, lui aussi ? Mort – disparu, comme Rory ? Pourquoi n'ai-je pas laissé Katy me dire tout ce qu'elle savait ?

— Papa, est-ce que tu sais quelque chose sur Zach et moi ?

Il secoue la tête, comme si ce n'était pas le bon moment.

— Addie, ta mère avait raison : il peut y avoir de nombreuses raisons à cette apparition. Je pense qu'il vaut mieux que tu découvres toute seule pourquoi tu as décidé de subir de nouveau la procédure. D'abord, voyons ce qui ne va pas – pourquoi tu le vois.

38

AVANT

Début septembre

— Viens ici, espèce de petite enfoirée d'amoureuse transie ! dit Katy en m'attirant dans une étreinte à laquelle je ne peux pas échapper. Ne t'avise plus jamais de me laisser !

— C'est *toi* qui m'as laissée, lui réponds-je en lui rendant son étreinte et en riant dans son épaule.

— Pourquoi ? Pourquoi est-ce que j'ai fait ça ? siffle-t-elle. J'ai failli tomber dans un Épisode dépressif, tu m'as *tellement* manqué !

Ce qui n'est évidemment pas vrai, puisque, parmi ses centaines de messages, aucun n'évoque un Épisode dépressif, ou même le fait que je lui manque. Mais son étreinte me révèle ce que ses mots, pendant son absence, ne m'ont pas dit.

Je recule d'un pas et lance :

— Zach, voici ma meilleure amie, Katy.

Une main posée dans le bas de mon dos, Zach se penche pour saisir celle de Katy et lui sourit :

— Salut, dit-il en parlant fort pour être entendu malgré la musique de la pool-party où nous sommes. Addie m'a dit que tu étais comédienne.

J'ai envie de lui sauter au cou, parce que s'il y a bien un moyen parfait de se présenter à Katy, c'est celui-là. Pas actrice, parce que Katy trouve que c'est moins noble. Et en plus, ce commentaire prouve que j'ai parlé d'elle, ce qu'elle adore.

Katy arque un sourcil et lui serre la main, manifestement impressionnée.

— C'est vrai. (Elle sourit.) Ravie de te rencontrer enfin !

Zach et moi sortons officiellement ensemble depuis un peu plus d'un mois, mais comme elle est rentrée hier soir après trois semaines passées avec ses cousins à Long Island, c'est la première fois que nous sommes tous ensemble.

Katy se presse contre moi et me dit, bien plus fort qu'elle ne le croit :

— D'accord, tu avais raison pour le sourire. Mon Dieu. Mais où est son copain ?

Zach, qui entend distinctement ce qu'elle dit, rit.

— Raj a dit – je cite : « Je préférerais mourir d'une mort lente et cruelle aux mains de l'un des personnages de Van Durgen plutôt que de mettre un pantalon pour aller à une pool-party, quand je peux jouer à *Dungeon World 2* et que ma mère a fait un *aloo gobi*[1]. »

Zach et moi éclatons de rire, et Katy nous regarde, l'air fasciné, les yeux rivés sur le sourire de Zach. Elle me pince juste en dessous de la cage thoracique.

1. Curry de pommes de terre et de chou-fleur.

— J'ai dû comprendre trois mots de cette phrase, mais vous êtes révoltants, tous les deux ! nous dit-elle, nous donnant ainsi son approbation – plus que cruciale pour moi.

La fête se déroule sans événement majeur. Katy fait partie des sept personnes qui retirent leurs vêtements et vont vraiment dans la piscine – ou plutôt sautent dedans comme des boulets de canon. Tous les autres dansent, discutent assis au bord ou rassemblés en grappes sur la pelouse. Certains se sont même perchés sur le toit ou la clôture.

En temps normal, dans une fête comme celle-ci, je serais en train de suivre Katy partout ou bien de discuter sans enthousiasme avec l'un de ses copains du théâââtre – elle, pendant ce temps-là, bavarderait avec un garçon, se mettrait une mine ou essaierait de me convaincre de me détendre un peu. (« Si tu vas à *New Yawk*, il faut te préparer à faire la fête comme un New-Yawkais. ») Elle m'a diagnostiqué une forme légère d'agoraphobie, minimum, soit, grossièrement, la peur des espaces publics et des foules. Pour une fois, elle n'est peut-être pas loin de la vérité.

Ça, ajouté à l'entêtement de ma mère à toujours vouloir savoir où je suis, fait que je ne suis pas exactement une grande spécialiste des fêtes.

Mais aujourd'hui, Zach me présente à certains de ses amis, puis nous nous trouvons un coin sous un arbre dans le jardin et nous perdons trace de tous les autres.

On joue à « One-Up », un jeu que Kevin a appris à Zach. Ça ressemble pas mal à « Bigger and Better ». Il faut dire quelque chose qui nous fait peur, et puis l'autre personne surenchérit, jusqu'à ce qu'on ne puisse rien trouver de plus effrayant. On commence par nos angoisses.

— Me noyer, commencé-je.

— Le noir, contre Zach.

— Le *noir* ? répété-je, éberluée.

— Pas le noir du genre « j'ai peur d'éteindre la lumière », rit Zach. Je veux dire, l'obscurité absolue. Le genre de noir qui peut tout engloutir. Honnêtement, je ne peux rien trouver de pire.

— Heureusement que c'est mon tour. Mmmh… Comment faire mieux ? Quelque chose de vraiment effrayant… Oh, je sais ! dis-je en chassant d'une chiquenaude quelque chose sur le jean de Zach. Les peluches. C'est si terrifiant. Et, comment dire… moelleux.

— C'est ça. Moque-toi. Mais je te garantis que tu paniquerais si tu comprenais vraiment le genre de noir que j'ai à l'esprit.

— OK, ça devient flippant, Zach.

Il rit.

— Tu verras, je le mettrais un jour dans un film, et là, tu comprendras.

Soudain, Zach se raidit – ses épaules et son visage se figent.

— Merde, dit-il entre ses dents.

— Qu'est-ce qu'il y a ?

Je regarde autour de nous, puis suis son regard. Il est rivé sur Katy, qui, toujours dans la piscine, appuyée contre le bord, parle à une fille vêtue d'une robe noire d'été qui lui arrive à mi-cuisses. Katy parle avec animation, puis pousse un petit cri en levant les mains. La fille, dont les cheveux sont noirs comme la nuit avec une grosse fleur rouge dedans, se penche pour donner une accolade à Katy.

Je l'ai déjà vue, à l'un des événements de sa troupe de théâtre.

La fille rit en reculant d'un pas, le devant de sa robe mouillé à cause de l'étreinte de Katy.

— Tu veux partir ? me demande doucement Zach.

La fille s'avance à présent sur la pelouse, vers un groupe de filles étendues sur des serviettes posées sur un coin d'herbe. Et elles gloussent, crient et l'étreignent quand elle les rejoint. L'une d'elles touche la fleur dans ses cheveux.

— D'accord, dis-je d'un ton faussement détaché, pendant qu'on se lève et qu'on époussette nos vêtements. Je vais juste dire au revoir à Katy, OK ?

Zach hoche la tête, toujours distrait, mais il ne regarde plus la fille. Il a les yeux rivés sur ses tennis.

Quand on quitte la fête, quelques minutes plus tard, Zach me tient par la main et me guide pour que l'on ne se perde pas. On salue chacun quelques personnes que l'on connaît en passant.

Je jette un dernier regard par-dessus mon épaule en essayant de distinguer la fleur rouge dans la lumière faiblissante. Je la trouve exactement au même endroit, et je remarque qu'elle parle avec les mains. Celles-ci bougent de manière animée pendant qu'elle raconte une histoire à ses amies.

Le sentiment léger, le léger étourdissement de cette fin d'été, qui m'accompagnait quand je suis arrivée, s'est complètement dissipé.

En fait, Lindsay n'a pas du tout une tête de cheval.

39

AVANT

Début septembre

— Mais elle est très sympa, ta mère ! murmure Zach alors que celle-ci monte l'escalier.

Comme cela fait plusieurs semaines que je fréquente Zach, elle a insisté pour que l'invite enfin à la maison afin de le lui présenter. Je pense qu'elle a été plutôt coulante jusque-là parce que Caleb lui a fait un rapport positif sur lui et qu'elle connaît son père.

Quand il est arrivé, Zach lui a serré la main et s'est présenté. Elle lui a posé toutes les questions d'usage sur sa famille, et tout s'est bien passé jusqu'à ce que Zach évoque son neveu – son frère aîné et sa femme viennent juste d'avoir un enfant – et essaie de sortir son téléphone pour montrer à ma mère une photo du bébé, Russell. C'est comme si son visage s'était effondré à ce moment-là ; elle a marmonné qu'elle avait du travail et s'est précipitée à l'étage. En fait, finalement, Zach n'avait pas de photo de Russell, mais je ne sais absolument pas pourquoi ma mère a réagi comme ça. Elle a toujours tendance à se tenir à l'écart des nourrissons, au supermarché, dans la rue, partout, et quand je lui demande pourquoi, elle dit juste qu'il lui semble que cela fait une éternité que Caleb et moi étions petits. Ou alors elle explique que les enfants en bas âge sont épuisants, qu'ils ont trop d'énergie. Mais je sais que cela ne doit pas être la vérité, parce que, parfois, je la surprends à se tamponner les yeux devant des publicités pour les couches.

Malgré tout, si Zach a remarqué son comportement bizarre, il n'a rien dit.

Mais il a raison ; elle a effectivement été gentille avec lui. Je doute que papa rencontre bientôt Zach. J'ai vu mon père une fois seulement cet été, lors de notre dîner pour fêter mon anniversaire et le diplôme de Caleb, et je ne peux même pas imaginer organiser la « présentation officielle du petit ami ». Ce serait vraiment trop bizarre.

— Tu m'as toujours dit qu'elle était effrayante. Tu m'as fait flipper ! dit Zach.

Je ris :

— Elle est à la fois effrayante et sympa. Au final, elle est plutôt cool, mais elle peut devenir bizarre, parfois.

— Dans quel sens ? demande Zach en se laissant tomber dans le canapé du salon.

— Dans le sens complètement surprotectrice. Par exemple, j'ai fait du vélo tout l'été, tu sais ?

Zach acquiesce, la tête posée sur le canapé marron, en me regardant. J'insère un DVD dans le lecteur et retourne m'asseoir sur le canapé.

— Eh bien, il y a deux jours, elle a paniqué à l'idée que je puisse tomber et me blesser à la tête en faisant du vélo, et elle m'a demandé pourquoi je ne pouvais pas conduire, comme une personne normale. Je n'ai même pas de voiture !

— Et la voiture est plus dangereuse que le vélo, surtout, non ?

— Si, parfaitement. Et puis, de toute façon, je porte toujours un casque. La prochaine fois, elle aura aussi un problème avec le fait de conduire, mais c'est surtout qu'elle a décidé d'un coup que c'était trop dangereux et que je ne pouvais plus continuer, donc je lui ai rappelé que je l'avais fait tout l'été. Je sais qu'on croit tous que nos parents sont légèrement tarés. Mais je pense que les miens le sont vraiment peut-être un peu.

Zach rit :

— En tout cas, ta maison n'est pas aussi déprimante que ce que tu disais.

— À quoi tu t'attendais ? À des murs noirs et de la musique emo ?

— Plus ou moins.

C'est vrai que la maison est nettement moins déprimante qu'elle ne l'a été pendant les vacances. Caleb est même sorti avec des amis aujourd'hui. Je pose les pieds sur la table – j'espère que maman ne va pas redescendre tout de suite. Zach glisse la tête sur mes genoux.

— Eh, Zach, dis-je en jouant avec ses cheveux. (Ils sont si doux que j'aimerais être suffisamment petite pour m'y enfouir.) À propos d'hier soir…

— Désolé de nous avoir fait partir si précipitamment.

« Ce n'est pas grave », ai-je envie de répondre, mais ce serait un mensonge. Par une sorte d'accord tacite, nous ne parlons jamais de Lindsay. Je déteste imaginer Zach en train de l'embrasser ou de faire des choses ordinaires avec elle. Je déteste penser que la capacité de Zach à me faire ouvrir les yeux, à me faire me sentir unique, a pu aussi fonctionner sur elle.

J'ai envoyé un message à Katy ce matin pour lui raconter ce qui s'était passé hier, et la réaction de Zach quand il a vu Lindsay. Katy n'avait jamais rencontré Zach, mais elle avait déjà entendu parler de lui, étant donné que Lindsay est dans son groupe de théâtre depuis toujours. C'est seulement quand je lui ai envoyé le message qu'elle a compris que mon Zach était le même que celui de sa copine de théâtre.

Elle a l'air gentille, ai-je dit en essayant de trouver quelque chose de neutre, un moyen d'engager la conversation qui respecte le fait que Katy et Lindsay sont censées être amies.

Toujours aussi politiquement correcte, Sullivan. Je sais que ce que tu veux dire, c'est : putain, elle est canon, qu'est-ce que je fais maintenant ?

Je lui réponds :

Ce n'est pas ce que je voulais dire !... Tu trouves qu'elle est canon ?

Ce n'est pas mon genre ;)

Comment était Zach quand il était avec elle ?

Mmmh... Je ne les ai jamais vus ensemble, mais tous les élèves de Meridian disaient qu'ils étaient toujours fourrés l'un avec l'autre. Il venait tout le temps la chercher dans sa vieille voiture, et vu l'état dans lequel elle était après la rupture (même si c'est ELLE *qui l'a quitté), il doit valoir le coup. Tu as de la chance ! Et son copain, il est célibataire ?*

LAISSE RAJ TRANQUILLE.

Mais il est mignon ?

Addie ?

Bon, tu n'es pas marrante. Pas grave. Je suis toujours en conversation SMS avec, quoi, quatre garçons que j'ai rencontrés pendant le road trip ;). Même si je suis en train de me demander si l'un d'entre eux n'avait pas la teigne...

— Tu es toujours amoureux d'elle ?

Il faut que je sache.

— Bien sûr que non, répond Zach, presque trop rapidement, peut-être parce qu'il s'attendait à ce que je lui pose la question. C'est juste qu'on a un passé, tous les deux. Il existera toujours, mais c'est tout.

— D'accord.

Je commence à me sentir un peu mieux.

Et, parce que je suis masochiste, j'ajoute :

— Elle est comment ? Lindsay ?

Tout ce que Katy a pu me dire, c'est qu'elle était bonne en improvisation, même si elle n'était pas toujours dans le rythme, qu'elle était mauvaise en jeu corporel et qu'elle avait un goût d'enfer pour les chaussures. Il faut croire que passer quelques heures ensemble toutes les semaines en avait fait des amies, mais pas intimes.

Zach se redresse et me regarde :

— Pourquoi tu me poses cette question ?

Parce que je suis masochiste.

Parce que parfois j'ai l'impression que c'est un fantôme qui nous hante.

Je hausse les épaules.

— J'ai envie de savoir. Tu l'as connue toute ta vie, non ?

— Depuis le CE2. (Il s'interrompt un instant, comme s'il hésitait à m'en dire plus, puis il soupire.) Elle avait neuf ans, mais elle était super précoce. Ses parents sont avocats ; ils la laissaient veiller tard avec eux, à regarder des documentaires sur les génocides ou le réchauffement climatique, des vieux films hollywoodiens, et elle en parlait en classe pendant les temps de discussion. Cela m'épatait. Cela nous épatait tous. (Je sens tous mes poils se hérisser en l'écoutant parler d'elle. Il y a un mélange d'amertume et de respect dans sa voix.) C'était le genre d'enfant à qui les professeurs confiaient la charge de surveiller la classe quand ils sortaient pendant une minute. Mais ce n'était pas seulement que les adultes la traitaient comme une adulte. Elle aussi agissait comme telle. Elle voulait être prise au sérieux. Elle l'a toujours voulu.

— Est-ce que c'est vrai qu'elle n'aime pas tes amis ? Raj me l'a dit.

Zach a l'air surpris.

— Je ne pense pas qu'elle… Enfin, elle ne les déteste pas vraiment. Mais, oui, elle pense qu'ils peuvent être un peu immatures. Moi aussi, elle pense que je peux l'être, mais heureusement – ou malheureusement – elle était amoureuse de moi.

« Elle était amoureuse de moi. » Il n'y a aucun doute dans son esprit, aucune interrogation ; il sait qu'elle l'aimait.

— Pourquoi a-t-elle rompu, alors ?

Et pourquoi est-elle encore triste à cause de ça ?

Il se passe une main sur le visage.

— En quatrième, les gens se draguaient ou sortaient ensemble pendant quelques jours, rompaient, puis sortaient avec d'autres. Lindsay n'était pas intéressée par une « relation de collégiens », et, pour être honnête, moi non plus. Elle me plaisait vraiment. J'avais envie d'être avec elle. (Maintenant, c'est comme si on me grattait l'intérieur de la poitrine avec quelque chose de pointu. Je déteste la conviction dans sa voix quand il parle d'elle.) Alors ça a été instantanément sérieux entre nous. On se projetait. On parlait de nos vies, de nos familles… Bref, c'était sérieux. (Sa voix s'évanouit.) Mais l'an dernier, quand tout le monde a commencé à réellement penser à l'université, et que Lindsay s'est mise à regarder les cursus en art dramatique, c'est comme si ça l'avait fait paniquer. Elle a soudain pris conscience qu'elle avait – que nous avions – seize ans. D'un coup, elle a envisagé combien la vie allait changer au cours des prochaines années, et elle a pris conscience qu'elle avait jusque-là perdu son temps à essayer d'être une adulte, d'être plus âgée. Elle a compris à quel point sa vie entière, ses années au lycée avaient été sérieuses, à quel point notre relation, elle aussi, était sérieuse. Et je suppose que ça l'a étouffée.

L'expression de Zach est figée, mais au bout d'un moment, il finit par reprendre :

— Elle avait probablement raison. Je veux dire, qu'est-ce qu'on y connaît aux relations au collège, hein ? Mais assez parlé de Lindsay. (Il s'allonge de nouveau, la tête sur mes genoux.) Est-ce que j'ai déjà mentionné le fait, demande-t-il en ronronnant un peu alors que je recommence à lui passer la main dans les cheveux, que tu étais ma personne préférée au monde ? Surtout quand tu fais ce que tu es en train de faire.

Je me convaincs que ce compliment n'a rien à voir avec la conversation que l'on vient d'avoir sur son ex-petite amie.

— Ah bon ? Ça t'excite, les doigts dans les cheveux ? Qui l'eût cru ?

Nous éclatons tous les deux de rire.

— Et moi, au fait, j'en suis où, dans ton classement ? Près du sommet, au moins ? Ou bien toujours troisième ?

— Top deux, réponds-je.

Zach feint le désespoir :

— Mais qui est cette mystérieuse personne avec qui je suis en compétition ?

— William Primrose. Un altiste célèbre.

— Il est vieux ?

— Il est mort.

Ce n'est pas vrai que William Primrose fait partie de mes deux personnes préférées au monde ; je fais juste ma difficile. La vérité, c'est que je ne sais pas comment je classerais les personnes dans ma vie. Enfin, à part Zach, qui est placé bien plus haut que ce que je daigne reconnaître.

Je mets *play* et nous commençons à regarder ce que je considère comme mon « Expérience new-yorkaise ». En fait, c'est *New York Stories*, une anthologie de films de grands réalisateurs dont l'intrigue se passe à New York, et qui y ont été tournés ; entre autres, la version de 1954 de *Sabrina,* et tous les films de Nora Ephron.

— Ma mère aussi aime les films de Nora Ephron. Mais je pense qu'elle essaie de faire semblant d'avoir des goûts plus intellectuels, parce qu'elle choisit toujours des films étrangers tire-larmes, alors qu'elle ne peut même pas lire les sous-titres à cause de sa mauvaise vue.

Je regarde autour de moi pour vérifier qu'elle n'est pas dans les parages, et, quand Zach rit, je sens mes genoux trembler.

L'autre truc à propos des films que ma mère choisit, c'est qu'elle dit toujours qu'elle aimerait aller à tel ou tel endroit, ou qu'elle a entendu dire que la nourriture dans tel ou tel pays est excellente, ou encore que la Grèce a le meilleur climat du monde, mais quand je lui demande pourquoi elle n'y va pas, elle me dit que je ne me rends pas compte à quel point ce serait dangereux, ou alors elle demande ce qui arriverait à mon frère et moi si elle n'était pas là, comme si on avait respectivement quatre et six ans et non seize et presque dix-neuf.

On finit *Sabrina*, et on passe à *New York Stories* (« C'est pour me venger de tous les films de Ciano », dis-je à Zach), quand maman descend, ce qui fait se lever Zach d'un bond. Elle feint de chercher quelque chose, mais elle est manifestement en train de nous espionner. Elle doit être satisfaite de ce qu'elle voit, parce qu'elle remonte et ferme sa porte.

Je vais à la cuisine et reviens avec de quoi boire et grignoter.

Pendant que nous mangeons, Zach dit :

— J'ai lu une tribune que Ciano a écrite l'an dernier sur toute cette mode du retour à l'ancienne dans le cinéma, caméra au poing et super 8. Il pense que les réalisateurs font ça seulement pour être labélisés *vintage*.

— C'est la nostalgie, dis-je, même si je ne sais rien des films caméra au poing ou en super 8.

— C'est exactement ce que pense Ciano. Et, selon lui, la nostalgie est une forme de coquetterie.

— Peut-être qu'ils aiment juste ce style, dis-je en offrant un contre-argument, uniquement parce que j'adore entendre la voix de Zach.

J'adore le fait qu'il soit si passionné quand on parle de films. En particulier les *horrodies.* Il ne lui vient jamais à l'esprit de ne pas être absolument enthousiaste devant ce qu'il aime.

— Mais le problème, c'est que ça date *d'avant leur époque.* Tu ne peux pas être nostalgique de ce que tu n'as pas connu. Comment quelque chose dont tu ne te souviens pas peut te manquer ?

— Tu n'as pas besoin d'avoir été là pour aimer quelque chose, fais-je remarquer en buvant une gorgée de soda.

— Exactement ! s'exclame Zach avec un sourire radieux comme si j'avais abondé dans son sens. C'est précisément l'argument de Ciano. Si tu aimes quelque chose, rends-y hommage. Ne le reproduis pas en en faisant une version bon marché.

Même si ce n'était pas du tout ce que je voulais dire, je laisse la conversation mourir d'elle-même, parce qu'on vient d'arriver à mon moment préféré du film. J'avais déjà prévenu Zach que ce n'était pas pour les histoires que j'aimais ce film, mais parce que c'était un pur « shoot de New York », comme le dit Katy.

— Donc, tu es amoureuse de New York et de ton alto, déclare Zach en mangeant une poignée de mélange apéritif. Comment ça se fait ?

Je hausse les épaules :

— J'aime l'effet qu'ils me font.

Je n'en ai jamais vraiment parlé à personne, mais je prends une grande inspiration et, croisant le regard à la fois attentif et patient de Zach, je décide de lui expliquer que j'ai parfois l'impression que quelque chose me manque. Comme si je ne vivais pas la vie que j'étais supposée vivre.

— Donc, quand je trouve des choses qui combattent cette impression, je m'y accroche. Depuis le temps que je joue de l'alto, je sais que je suis censée être une *musicienne** sérieuse, dis-je avec un horrible accent français. Je suis censée être à fond dans tous ces obscurs compositeurs classiques méconnus.

— « Obscurs compositeurs classiques méconnus » ? s'esclaffe Zach. C'est un pléonasme, non ?

— Mais non, dis-je en riant aussi. Je suis censée être au-dessus des morceaux les plus connus, comme *Les Quatre Saisons* de Vivaldi, mais j'adore ce morceau. J'aime la manière dont on sent les saisons qui changent, dont les différents instruments, les différentes voix apparaissent puis disparaissent. Chaque saison a son propre style, mais elles sont toutes si vivantes, si vibrantes, si pleines. Si ma vie était un morceau, j'aimerais qu'elle ressemble à ça.

— Si ta vie était un morceau à New York, tu veux dire, dit Zach en me chatouillant la plante des pieds jusqu'à ce que je les retire en gloussant. Mais je maintiens mon affirmation : amoureuse de New York. Amoureuse de ton alto.

Et un jour de toi, peut-être. Je le pense, mais ne le dis pas.

Je sais que je suis sûrement en train de craquer pour Zach, qu'il me fait me sentir plus vivante, et que tout me plaît quand je passe du temps avec lui, mais je ne me suis pas encore autorisée à être vraiment amoureuse de lui. J'ai encore peur qu'il ne me soit retiré.

Je ne le connais que depuis quelques semaines.

Quelque chose se passe en moi, mais peut-être qu'il n'y a pas de mot pour le décrire.

Ou peut-être que je n'en ai pas besoin. Pas encore.

Malgré tout, comme je présume que maman ne va pas redescendre tout de suite, je m'allonge sur le canapé et l'embrasse tendrement. Puis je pose la tête sur son épaule, monte le volume de la télé et passe le reste de l'après-midi à l'éduquer sur tout ce que j'aime.

40

APRÈS

Janvier

Au fond, un scanner, c'est comme un gros donut, avec un lit qui glisse au milieu, depuis lequel je fixe sans le voir le plafond en plastique blanc. Cela ne prend qu'une quinzaine de minutes. Après, le docteur Overton junior me dit en souriant que je peux me rhabiller et qu'il me verra dans son bureau dans un instant, avec mes parents. Il n'y a pas autant de personnel et de patients que la dernière fois, parce qu'on est samedi et qu'ils ne sont ouverts que le matin. Je remplis un long questionnaire sur mon sommeil, ou plutôt sur mon manque de sommeil, parce que le médecin est persuadé qu'il y a un lien.

Ma mère tripote l'ourlet de sa jupe pendant qu'on attend.

—J'espère juste qu'il est vraiment *certain* que cette machine n'émet pas trop de radiations.

Papa soupire en se frottant les yeux :

—Je suis à peu près sûr qu'il a fait des études pour ça, justement.

—Quels que soient ses diplômes et ses références, ils ont quand même admis une fille mineure pour lui faire la procédure. Elle n'a même pas l'*air* d'avoir dix-neuf ans. Et pourquoi est-ce qu'ils ne lui ont pas fait un scanner il y a trois jours, pour que nous puissions être sûrs qu'il n'y a aucun dommage ?

— Il a dit qu'il avait besoin de notre consentement, dans la mesure où la machine émet des radiations, répond papa.

— Si c'est si important, on devrait être inquiets.

Avec leur ping-pong verbal, j'entends à peine la musique de la salle d'attente aujourd'hui.

Le docteur arrive alors, avec à la main non pas une radio, mais plusieurs documents. Il nous sourit puis s'assied derrière son bureau.

— Merci pour votre patience. Ton scanner semble parfait. Même avec les deux procédures, il ne semble y avoir aucune raison de s'inquiéter. Aucune lésion, aucune activité anormale. Pour l'instant, on va juste surveiller tes symptômes – les difficultés à dormir, l'apparition du garçon, les maux de tête, ce genre de choses. Mais de ce que l'on peut voir, ton cerveau a l'air sain.

— Dieu merci, soupire papa.

— Alors, quel est le problème ? demande maman, visiblement pas encore prête à être soulagée.

— Eh bien, répond le médecin, l'air pensif, c'est difficile à dire. Il est même difficile de dire s'il y a *véritablement* un problème.

— Mais d'après vous cela n'était jamais arrivé à un patient.

— C'est vrai. Je ne sais pas si vous connaissez bien notre histoire, mais Overton a été lancé pour traiter le syndrome du stress post-traumatique. L'un des symptômes de ce syndrome consiste à revivre les événements traumatisants, que ce soit par des flash-back ou des souvenirs conscients. Quand on y pense, revivre des événements, cela n'arrive pas seulement dans le cas de traumatismes graves ; nous le faisons tous, et, selon comment nous sommes construits, nous le faisons à différents niveaux, qui relèvent parfois de la pathologie. Donc, quand cela devient une source de souffrance ou de handicap, on le traite. On vise le souvenir lui-même.

Je ne peux pas m'empêcher de l'interrompre :

— D'accord, mais Rory n'était pas juste un souvenir, il a vécu pendant sept mois. Comme avez-vous fait pour tout effacer, alors que je me souviens d'autres choses de cette période ?

— Bonne question. La réponse est un peu technique, accroche-toi. En fait, chaque souvenir a un point focal. Tous les souvenirs où la personne que tu veux effacer est le point focal – quand ton attention était essentiellement concentrée sur cette personne –, la procédure les retire complètement. Les souvenirs où la personne que tu veux effacer fait juste partie de l'arrière-plan, comme un personnage secondaire, deviennent, eux, seulement un peu flous. Par exemple, tu peux te rappeler ce qui a été dit, mais pas la personne qui l'a dit. Ou alors, tu te rappelles les grandes lignes d'un événement, mais pas les détails.

Ça explique pourquoi mes souvenirs de la période autour de mes onze ans sont si flous, si vagues. Pourquoi je ne me rappelle pas ma mère enceinte. Pourquoi je ne me rappelle aucune dispute entre mes parents après la mort de Rory, que je ne les revois pas faire disparaître les photos de lui. Je me rappelle seulement que, soudain, les choses ont changé sans que je puisse comprendre *pourquoi*. Tous mes souvenirs de l'époque autour de la vie de Rory n'ont pas disparu, mais ils sont en partie troubles.

Le docteur Overton continue à parler :

— Mon père pense – et a toujours pensé – que la mémoire est comme un brin d'ADN. Des blocs de construction linéaires, tangibles, reliés les uns aux autres pour former une molécule entière. Ton cas va *beaucoup* l'intéresser.

Nous le dévisageons, bouche bée, pendant qu'il poursuit :

— Ma conviction – je n'ai pas de preuve empirique, navré – a toujours différé de celle de mon père. Moi, je ne suis pas sûr que les souvenirs soient vraiment distincts les uns des autres. Une théorie communément admise est que la mémoire n'est pas localisée dans le cerveau, mais répartie dans plusieurs circuits nerveux. Ce qui signifie que même si nous sommes capables d'isoler certains événements, certains souvenirs, les autres composantes qui les accompagnent, comme par exemple la reconnaissance spatiale, la mémoire émotionnelle ou même des souvenirs implicites, le cas échéant…

Ce n'est que maintenant qu'il a l'idée de nous regarder, pour se rendre compte qu'il nous a perdus en route.

— Réessayons, dit-il dans un petit rire. J'aime les barres de céréales plus que de raison, dit-il en désignant un emballage à côté de son ordinateur. Manifestement, je m'en souviens. J'ai des souvenirs stockés, comme une base de données sur les barres de céréales au chocolat.

Je jette à mes parents un coup d'œil sceptique. Est-ce qu'ils suivent ce raisonnement ?

Le docteur Overton junior poursuit :

— Si je veux oublier ces barres de céréales, je peux retirer toutes les fois où j'en ai mangé une. Toutes les fois où j'en ai goûté une, toutes les fois où j'en ai vu une. Tous les souvenirs où la barre de céréales est le point focal, et tous les souvenirs où elle est en arrière-plan – tout. Théoriquement, je ne saurai pas ce qu'est une barre de céréales.

Aucun de nous ne parle, mais il continue.

— Mais il est quand même possible que si je goûtais de nouveau une barre de céréales, même après la procédure de raccordement, cela me semblerait familier. Ce ne serait un échec ni de la technique, ni du matériel, ni de mon esprit. C'est simplement une manière dont on peut envisager que le cerveau fonctionne. Donc, je peux oublier les occasions – toutes les occasions – où j'ai mangé une barre de céréales, mais peut-être pas l'expérience elle-même. (Maintenant, il me regarde dans les yeux.) Je pense que c'est ce qui se passe dans ton cas, Addie. Tu as oublié tous les moments spécifiques que tu as partagés avec ce garçon, mais pas l'expérience. La question à un million de dollars, c'est pourquoi maintenant ? Ma première idée, ce serait que l'accident a un rôle dans tout ça…

— Je vous ai dit que ça avait commencé avant, objecté-je, et le docteur Overton acquiesce.

— Oui, c'est vrai. Eh bien, cela nous laisse avec une question : qu'est-ce qui a pu se produire pour réveiller ainsi ta mémoire ?

La pièce est silencieuse, et je peux entendre les cerveaux du docteur Overton et de mes parents mouliner pendant qu'ils envisagent toutes les possibilités.

Pour une fois, il est possible que j'aie la réponse.

Le soir où j'ai vu pour la première fois le garçon – avant l'accident –, l'un des morceaux du concert m'avait fait ressentir quelque chose que je ne suis pas parvenue à identifier, comme si cela me réveillait de ma torpeur.

Mais pour rien au monde je ne le leur dirai.

Je ne sais pas pourquoi, mais je pense que tout ça, c'est à cause d'un morceau.

41

AVANT

Mi-septembre

— Pourquoi est-ce que le violon doit toujours avoir l'air si triste ? demande Zach en parcourant du regard le gymnase de l'université locale de Lyndale, qui fait office d'auditorium pour le concert d'aujourd'hui.

Mme Dubois a envoyé un e-mail à tous ses élèves, comme chaque fois qu'un concert a lieu dans les environs. Après m'avoir repérée depuis l'autre côté de la salle quand je suis entrée avec Zach, elle m'a fait un grand sourire et m'a saluée si énergiquement que j'ai presque pu entendre ses bracelets cliqueter. Comme d'habitude, je suis la seule de ses élèves à être venue.

— Ce n'est pas toujours triste, c'est expressif, dis-je en slalomant à travers les chaises en plastique qui s'alignent sur toute la moitié du gymnase.

— Expressi*vemen*t triste, tu veux dire ? demande Zach, mais il me sourit, les yeux taquins.

Je lui souris en retour. Ma main gauche est enveloppée dans la sienne, nos doigts imbriqués d'une manière qui paraît naturelle, mais qui provoque toujours un séisme inexplicable le long de mon bras, puis à travers tout mon corps.

Même si c'est moi qui lui ai proposé de m'accompagner, je suis partagée entre le regret et le doute.

Zach n'est pas ce qu'on pourrait appeler un fan de musique classique. Et, même si je le regrette, ce n'est vraisemblablement pas un orchestre universitaire qui va le faire changer d'avis.

Mais comme je connais ce qui est le plus important pour lui – les films, les *horrodies* –, j'ai envie de lui faire découvrir ce qui est le plus important pour moi.

Le concert dure deux heures, et même si le quartet est un peu fruste, les musiciens sont plutôt bons. On voit que cela fait longtemps qu'ils jouent ensemble.

La bonne nouvelle, c'est que Zach ne s'endort pas. La mauvaise, c'est qu'il n'arrête pas de gigoter sur sa chaise, faisant de son mieux pour rester attentif, mais en vain. Je sens un petit pincement de déception. Je sais qu'il n'est pas obligé d'aimer les mêmes choses que moi, ni même de les comprendre – et, à sa décharge, il fait *vraiment* des efforts –, mais cela m'attriste quand même un peu. Surtout quand les musiciens commencent l'avant-dernière pièce du programme. C'est la *Suite en sol majeur* de Bach. J'ai déjà entendu le mouvement le plus connu – celui qui a ensuite été arrangé pour devenir l'*Air sur la corde de sol* –, mais l'entendre au cœur du morceau dans son entier, au sein de l'histoire telle qu'elle avait prévu d'être racontée par Bach, me coupe le souffle.

Alors je fais quelque chose que je pensais ne jamais faire de ma vie.

Je romps l'une des règles d'or de Mme Dubois sur les bonnes manières à respecter pendant un concert : je me penche pour murmurer à l'oreille de Zach, en le tirant légèrement par les cheveux pour l'attirer plus près de moi :

— Qu'est-ce que tu penses de ce morceau ?

— Euh, c'est… (Zach semble chercher ses mots.) C'est très bien. Très *violoneux*.

Je glousse, jette un rapide coup d'œil autour de moi pour m'assurer qu'on ne dérange personne avec nos chuchotements. Puis je lui dis :

— Moi, il me fait penser à un garçon qui aime les films de Ciano, et à une fille qui aime sa houppette.

Il sourit alors si largement que son sourire s'étend jusqu'à ses yeux. Si nous n'étions pas en public, je n'aurais pas d'autre choix que de lui sauter dessus.

Mais même Zach, tout près de moi, avec son incroyable sourire, ne peut éclipser la musique. La mélodie est si optimiste, si chaleureuse, à la fois volontaire et fragile. C'est vrai que cela me fait penser à Zach et moi. Non pas parce que quelque chose dans cette musique nous ressemble, mais parce que j'en décide ainsi. Je choisis ce moment précis. Je ferme les yeux, et je nous visualise en train de nous réfugier sous l'arche de la corde tremblante du violoncelle. Accroupis, sans bouger. Qui penserait à nous chercher là ?

Les longues notes de violon vibrent autant que mon souffle quand je suis avec lui, et la mélodie contient aussi ses cheveux en désordre et ses yeux joyeux et pétillants.

Quand mes parents se sont séparés, la musique est devenue mon « lieu sûr ». L'endroit où je rangeais des morceaux de moi – tout ce que je ne pouvais pas exprimer ou qui était trop difficile à supporter – pour les cacher. Tous les parents se séparaient. C'était aussi courant que de perdre ses dents de lait, d'être choisi en dernier quand les équipes de sport sont composées ou de faire une poussée de croissance à onze ans. Quand ce genre de chose nous arrive, on est censé se reprendre et continuer à avancer. Mais l'idée d'avoir désormais deux chambres, deux brosses à dents, deux cartes d'anniversaire, provoquait en moi une douleur qui ne me semblait pas si commune que ça. Elle me semblait distinctivement mienne. Quand j'y pensais un peu trop fort, c'étaient les poils de *mon* corps qui se hérissaient, *mes* yeux qui piquaient et *ma* gorge qui se serrait.

Je cherchais toujours quelque chose dans les morceaux que je jouais, comme le petit cri ravi que poussait maman quand papa la surprenait en rentrant plus tôt parce qu'il avait eu un temps incroyablement clément dans les Keys. Je cherchais cette sensation de confiance, ce sentiment que tout allait bien, que tout était à sa place et non pas brisé en mille morceaux, éparpillé. Je voulais comprendre pourquoi tout s'était effondré sans préavis, pourquoi il semblait y avoir dans ma vie des trous et des fissures que je ne pouvais pas expliquer.

Mais, surtout, la musique m'apportait ce qui me manquait : de l'espoir ; une distraction ; le bonheur. Une fois trouvés, je m'y accrochais tout le temps que durait le morceau, et puis je les dissimulais de nouveau au cœur d'une mélodie, là où elles seraient hors d'atteinte.

J'explique tout cela à Zach après le concert. S'il pense que je suis folle, il ne le montre pas.

On parle du second mouvement du morceau de Bach pendant tout le chemin du retour. Je ne vais pas jusqu'à l'appeler *notre* chanson, parce que Katy m'a dit un jour que partager une chanson avec quelqu'un, c'était comme avoir un animal domestique avec quelqu'un : il ne faut jamais en arriver là. À aucun prix.

Mais Zach dit :

— Ah oui, l'« Air sur le string » ! J'ai plutôt bien aimé.

Je ris si fort que ma tête vient cogner l'appuie-tête.

Mais je pense qu'il est d'accord pour dire que, quelque part dans le deuxième mouvement, au cœur du tremblement de la corde de violon, il y a un peu de nous.

42

APRÈS

Janvier

Après être rentrée d'Overton avec mes parents, je passe trois heures à mettre ma chambre à sac. À explorer chaque tiroir de mon armoire, chaque recoin de mon placard, sous mon matelas, sous le tapis. Je jette tous mes vêtements hors de mes placards et fouille les poches des pantalons que je n'ai pas portés depuis des années. Je cherche un mot, un tee-shirt dont je ne me souviendrais pas, une photo.

Un souvenir.

Le garçon du bus est déjà quelque chose en soi : son sourire à cent watts, le drôle de bien-être que je ressens en sa présence, mais, même quand je suis avec lui, cette sensation de manque ne me lâche pas.

Son prénom est un début, mais si j'avais davantage d'informations, je pourrais enfin en savoir *plus.* Je me dégoûte d'être allée volontairement à Overton. Pourquoi donc ai-je fait ça ? Qu'a-t-il bien pu se passer ?

Pourquoi aurais-je voulu consciemment me déposséder moi-même d'une vie constituée d'expériences tangibles, réelles ?

Si je l'ai effectivement fait, alors je me dois de comprendre tout ce qui s'est passé, de reconstituer le fil des événements.

Je pourrais demander à Katy de tout m'expliquer, de me dire ce qui s'est passé, comme *elle* se le rappelle, mais je ne veux pas de sa version de la vérité. Je ne sais même pas à quel point je peux m'y fier. Je veux trouver les traces que j'ai eues autour de moi tout ce temps – il y en a *forcément* quelque part – et les assembler pour reconstruire les fragments épars de ma vie.

Et j'ai besoin de le faire seule.

Je continue à fouiller dans mes affaires, à la recherche d'un indice.

Peut-être deux initiales tracées à l'arrière de mes tennis, ou un nom gravé sur le mur près de mon lit.

Je ne trouve rien.

Évidemment.

Est-ce que j'ai jeté tout ce qui pourrait me le rappeler – Zach ?

Il y a tant de lacunes dans ma vie – des pièces manquantes. Il y en a toujours eu.

Mais je ne l'avais finalement presque jamais remarqué. Comment est-ce possible ?

Il est 21 h 30, assez tard pour que je puisse raisonnablement aller me coucher, mais j'en ai assez de rester éveillée toute la nuit à me tourner et me retourner dans mon lit.

Je veux des réponses.

Ma mère est en haut, dans sa chambre, au téléphone avec Bruce, il ne m'est donc pas difficile de sortir en douce.

Il fait noir dehors, la nuit remplace peu à peu le crépuscule, et, même si les routes sont gelées, je conduis plus vite que nécessaire.

Sans avoir de destination particulière à l'esprit, je me retrouve dans ce parc où mes parents m'emmenaient jouer avec Caleb quand nous étions petits. Je me suspendais la tête en bas, comme une chauve-souris, et je regardais le ciel, qui était d'un bleu éclatant. Je restais comme ça jusqu'à sentir le sang me descendre dans la tête, puis je me remettais dans le bon sens, et même sans le sang qui pulsait entre mes oreilles, il ne faisait aucun doute que j'étais en vie.

Le parc est complètement désert. Je sors de la voiture et commence à marcher ; la neige crisse sous mes pas.

La balançoire désormais trop petite pour moi est mouillée, je l'essuie avec ma manche. Elle s'affaisse sous mon poids quand je m'assieds. Mais je ne me balance pas. Je ferme simplement les yeux et tourne sur moi-même en faisant s'enrouler les chaînes.

Les paupières closes, je continue jusqu'à ce que la tête me tourne et que mon estomac se soulève. L'air est si froid que j'en ai mal aux oreilles.

Je fredonne une chanson dont la mélodie évoque quelqu'un qui se perd, qui se voit proposer à chaque mesure un nouveau chemin, dont aucun ne le ramène chez lui. Puis je passe à l'*Air sur la corde de sol*, le morceau dont je pense qu'il m'a fait voir le garçon. À travers mes paupières fermées, j'imagine que je suis en train de le jouer. Je commence à sentir le poids de l'alto sous ma mâchoire, et l'archet dans ma main, léger, comme un prolongement de mon corps.

Zach.

Je n'ai pas besoin de le dire à voix haute.

Je m'arrête et plante les pieds dans le sol, mais tout autour de moi continue à tourner, et le parc tourbillonne comme un manège.

Au premier tour, je vois un garçon roux, les mains enfoncées dans les poches de son jean.

Au deuxième tour, il me sourit et, avec ce sourire, la nuit disparaît.

Au troisième tour, je prends une inspiration pour me réadapter au monde, qui est en train de se stabiliser.

— Est-ce que ça va ? me demande-t-il alors que j'essaie de concentrer mon attention sur lui.

Que fais-tu là ? Qui es-tu ? Pourquoi est-ce que je me sens comme ça près de toi ?

— Zach, dis-je à haute voix, lentement, en essayant de superposer ce nom avec son visage, son allure.

Il me sourit, les yeux grands ouverts.

— C'est ça. J'ai l'impression que c'est bien mon prénom.

Je sais qu'il ne peut pas vraiment avoir une opinion, que ce n'est que mon esprit qui me confirme que le visage du garçon que je vois va bien avec le prénom que l'on m'a indiqué. Comme un sursaut de ma mémoire.

Une vague de solitude m'envahit alors, parce qu'en réalité il n'y a pas de garçon du bus. Il n'y a que moi et mon esprit, et ce qu'il essaie de me dire depuis tout ce temps, sans trouver les mots : les détails ; les faits.

Mais son souffle réchauffe l'air, et la lumière de la lune se reflète dans ses yeux qui pétillent. Il me *paraît* toujours aussi réel.

Ce garçon invisible existe toujours bel et bien pour moi.

Même s'il n'est que le produit de mon imagination.

Même si ce n'est qu'un fantôme, qui a disparu, comme Rory.

Il me tend la main, lentement, et le froid fait se hérisser les poils de son avant-bras. Je sors ma main et le laisse m'aider à me lever de la balançoire.

Est-ce que tu es mort? ai-je envie de lui demander, mais il ne pourra pas me répondre. Je glisse mes doigts dans les siens et il les serre dans sa paume chaude.

Tu ne peux pas être mort.

On s'assied sur un banc imbibé d'humidité et je ne peux pas m'arrêter de le regarder. Zach. Le souvenir de Zach.

— Quoi ? demande-t-il doucement dans la nuit.

— Cela me rend folle, la manière dont tu es habillé, dis-je, même si c'est bien le cadet de mes soucis. J'ai bien compris que tu ne peux pas vraiment avoir froid, que tu ne vas pas mourir d'hypothermie – *surtout si tu es déjà mort*, pensé-je –, mais c'est quand même bizarre que tu ne portes que ce tee-shirt alors qu'il fait si froid.

J'ouvre la fermeture Éclair de mon gros manteau d'hiver. Puis je l'ouvre sur ma gauche.

— Viens.

Il arque un sourcil, amusé, mais il saisit mon manteau. Puis se rapproche. Encore plus.

La chaleur de son corps à côté du mien me monte à la tête.

Je serre la partie droite de mon manteau contre moi. Il s'enveloppe comme il peut dans le pan gauche, ce qui est ridicule puisqu'il est bien trop petit pour lui, et encore plus pour nous deux. Mais nous le partageons quand même, nos corps blottis l'un contre l'autre, nos souffles épais, chauds, ne formant plus qu'un.

— Ça va mieux ? demande-t-il, avec une trace de rire dans la voix, mais son visage est étonnamment grave.

Et ses yeux semblent rivés sur mes lèvres.

Cela me met mal à l'aise. Cela me fait penser un peu trop à ses lèvres à lui.

Je murmure :

— Oui, ça va mieux.

Son visage se rapproche encore.

Il sent un mélange de menthe et de cigarette.

— Zach ?

Zach. Il s'appelle Zach.

Dans la voiture hier, Katy n'en parlait pas comme s'il était mort. Mes parents non plus. Il ne peut pas être mort.

— Mmh ? dit-il, toujours trop près.

— Je veux te trouver. Le vrai toi.

43

AVANT

Début octobre

Après la rentrée, il nous est de plus en plus difficile de nous voir avec Zach. Surtout depuis qu'il a commencé à travailler au Cinéplex du centre commercial. Quand nous ne sommes pas au lycée, il est soit en train de travailler au cinéma, soit en train d'aider son père au vidéoclub, soit avec Raj, et moi, je suis à l'orchestre, ou en cours d'alto, ou avec Katy.

Alors, quand il me dit que ses parents ne seront pas là ce week-end, que Kevin travaille *et* que lui n'a pas à travailler au vidéoclub, cela semble être un signe du destin.

Je dis à ma mère que je dois aller réviser chez Katy, et j'attends devant la maison la voiture de merde de Zach. J'ai fini par apprécier ce bleu vif ringard et la manière dont elle geint chaque fois que Zach fait tourner le moteur.

— Salut, toi, dit Zach alors que je m'assieds sur le siège passager.

Je me penche pour l'embrasser.

— Salut, toi-même.

Une goutte d'eau me tombe sur le menton, et je ris, puis je passe la main dans les cheveux de Zach, en désordre *et* mouillés.

La voiture sent le parfum, et mes oreilles commencent à me chauffer quand je comprends qu'il s'est fait des idées sur ce que l'on pourrait faire aujourd'hui. On ne s'est rien dit *explicitement,* mais on y a tous les deux clairement pensé. J'ai pris un petit sac avec une brosse à dents, une brosse à cheveux, du maquillage et d'autres affaires tout aussi importantes.

— Où sont tes parents, déjà ?

— À Caldwell. Je crois qu'ils ne se rassasient jamais de Russell.

La dernière fois que je suis allée chez eux, la mère de Zach a insisté pour qu'il me montre quelques extraits des heures de vidéo qu'ils ont tournées de Russell la dernière fois qu'ils sont allés à Caldwell. Zach avait rougi et avait sorti son téléphone pour me montrer un bébé à la peau rose et aux cheveux bruns.

— Il est adorable, avais-je murmuré les yeux rivés sur la vidéo d'un nouveau-né babillant et se tortillant dans tous les sens.

J'avais senti un pincement dans la poitrine, une envie irrépressible de saisir les petits orteils de Russell à travers l'écran. J'aime les bébés, mais le baby-sitting m'a toujours terrifiée. *Et si je faisais quelque chose de mal ? Et s'il se passait quelque chose, et qu'il n'y avait personne pour m'aider ?* Peut-être que j'ai hérité de la légère aversion de maman pour les enfants en bas âge, ou bien peut-être que c'est parce que je n'ai pas beaucoup d'expérience avec eux, étant la plus jeune de ma fratrie.

Russell est *vraiment* adorable. De toute façon, ils ont un tas de beaux mecs dans la famille, donc il faudrait vraiment que quelque chose se soit mal passé pour qu'il en soit autrement.

On continue à rouler jusqu'à chez lui en parlant du lycée, du magasin de son père, du solo que Mme Dubois m'a donné une semaine plus tôt.

— Alors, dit Zach au moment où il ralentit devant son garage. Qu'est-ce que tu veux faire aujourd'hui ?

Un côté de sa bouche est retroussé en un demi-sourire et ses yeux gris pétillent. Je me penche et pose une main sur sa cuisse.

— *Oh,* dit-il, avec un grand sourire cette fois-ci. Je ne peux pas dire non à ça.

— Oh, mon Dieu, dis-je en riant, me penchant encore plus pour l'embrasser dans le cou.

— Quoi ? Je ne voulais pas dire ça comme *ça*, dit-il en riant lui aussi.

Il recule son siège et m'invite à m'installer sur ses genoux. L'idée de faire autre chose que *ça* me paraît alors impossible.

À ce moment-là, on frappe un violent coup à la vitre.

En parlant juste assez fort pour qu'on l'entende malgré la fenêtre fermée, Raj dit :

— Qu'est-ce qu'on fait, aujourd'hui ?

44

AVANT

Mi-octobre

La vie continue à être vraiment cruelle avec nous pendant quelque temps jusqu'à ce qu'un jour, environ deux semaines plus tard, je reçoive un appel de *At Home Movies*.

Affalée sur mon lit, je suis cernée par mes cours d'espagnol, mais je n'ai aucune envie de me mettre à mon devoir.

Alors je finis par sortir mon alto, m'assieds et commence à jouer une élégie de Stravinsky, un morceau lent mais trompeur, doux-amer, qui donne l'impression d'être devant une pierre tombale, dans l'obscurité, ou face à une grosse tempête qui progresse nuage après nuage.

— Allô ?

— Salut, *chérie*. J'ai été remercié de *Pizza Hut*. Ce qui, comme on me l'a expliqué, signifie que je suis viré.

Après un moment d'hésitation, je demande :

— Kevin ?

— Tu l'as dit, chérie.

En arrière-plan, j'entends Zach crier quelque chose.

— Tu t'es fait virer ? Qu'est-ce qui s'est passé ?

— J'ai dit à ma chef qu'elle était sexy. Je suppose que c'est interdit, conclut-il d'un ton arrogant.

— Oh, mon Dieu, dis-je, en réprimant un fou rire pour ne pas l'encourager. C'est terrible.

— Ouais, répond Kevin, et je l'imagine hausser les épaules.

Je m'apprête à demander pourquoi il appelle – à part pour m'annoncer qu'il s'est fait virer – quand il me dit :

— Zach te dit bonjour.

— Pareil.

— Elle te dit bonjour, dit Kevin à Zach. Zach dit aussi que ton autre amie, la blonde, serait une minette parfaite pour moi.

— Kevin…, entends-je protester Zach.

Et puis il y a un bruit de lutte. Ensuite, un coup suivi d'un rire étouffé de Kevin, qui continue à taper ce qui doit être le comptoir.

— Oh, mon Dieu, désolé, dit Zach, un peu hors d'haleine.

— Pas de problème. Je n'en reviens pas qu'il se soit fait virer.

— Vraiment ? ironise Zach, et je ris.

Il poursuit :

— Bon, écoute, mes parents vont passer la nuit à Caldwell, et j'étais censé surveiller Kevin jusqu'à ce qu'ils rentrent, mais comme il s'est fait *virer*, il va *avec eux*.

— OK, dis-je en imitant sa manière de parler. Ravie de l'*apprendre*.

— Non, non, dit Zach, et je peux entendre le sourire dans sa voix, et je le visualise en train de rapprocher le combiné de sa bouche : Ils partent jusqu'à samedi. Avec Kevin.

Oooh. Ça y est, je vois où il veut en venir.

— Et pour le magasin ?

— Peut-être qu'il va fermer plus tôt ce soir. Qui sait…

Je feins l'étonnement.

— Tu peux faire ça ? Ton père va flipper.

— On n'a pas eu un seul client en *six* heures. Je doute qu'en *deux*…

Encore un bruit étouffé, la voix de M. Laird, une pause, et puis :

— Alors, on en était où, chérie ?

— Kevin, arrête de flirter avec ma petite amie ! crie Zach.

Je ne peux pas m'empêcher de sourire. « Ma petite amie ». La *petite amie* de Zach.

— Zach est retourné faire semblant de remplir les rayons. Il me dit de te demander de l'informer de ta décision.

— Dis-lui oui.

— Elle dit oui.

— Zach me dit de te dire… (Il s'interrompt pour écouter Zach.) … qu'il a envoyé un message on ne peut plus clair à Raj.

Encore des marmonnements de Zach.

— Avec des menaces de démembrement et/ou… (Encore des marmonnements.) … de porter le costume de nonne pendant les dix prochains films… (Encore des marmonnements.) … s'il s'approche de chez nous à moins d'un kilomètre ce soir.

Je ris.

— Pourquoi est-ce que Raj ne peut pas s'approcher de chez nous ? demande Kevin à Zach.

— Dis à Zach que je n'approuve ni les démembrements ni les menaces d'aucune sorte, mais que tout cela me convient parfaitement.

Kevin transmet le message. Je suis déjà en train d'envoyer un texto à Katy pour lui demander de me couvrir en disant que je passe la nuit chez elle.

Espèce de traînée! répond-elle instantanément. *Mais ça marche.*

— Bon voyage à Caldwell! dis-je à Kevin.

— Ce serait mieux si tu venais avec moi, dit-il.

— Kevin, dit Zach en arrière-fond. Est-ce que tu ne viens pas de te faire *virer* exactement pour ça?

45

AVANT

Mi-octobre

Je n'ai jamais été aussi nerveuse de voir Zach. Quand il ouvre la porte, on reste là un instant à se sourire bêtement. Puis il me fait entrer.

On continue à se sourire bizarrement dans le hall, jusqu'à ce que Zach éclate de rire et me dise :

— Bon, je crois qu'il n'y a aucun moyen de faire ça délicatement. Tu veux monter ?

Je ris moi aussi. Il me prend par la main et me guide jusqu'à sa chambre.

Je lui raconte comment j'ai réussi à venir. Malgré tous les efforts que j'avais faits pour me fabriquer un alibi avec Katy, maman avait monté un campement dans le salon et elle a tapoté le canapé quand je me suis approchée pour demander si je pouvais lui emprunter sa voiture. Caleb était sur la chaise à côté d'elle, ses pieds poilus posés sur l'ottomane ; il a haussé les sourcils quand j'ai bafouillé qu'il fallait que je voie Katy pour répéter pour l'orchestre, et qu'on avait un projet en chimie, et qu'elle me donnait des cours d'anglais. Je ne suis définitivement pas une bonne menteuse.

— Je suis plutôt bon en anglais, dit Caleb. Tu veux que je t'aide ?

— Non, c'est bon, lui ai-je répondu du tac au tac en lui lançant un regard acéré.

Une partie de moi était inquiète ; Caleb pouvait décider de me démasquer juste pour le plaisir, pour me rappeler que nous n'étions pas alliés. Mais il s'est contenté de m'adresser un petit sourire. À ma grande surprise, maman a été plutôt facile à convaincre, mais elle m'a fait promettre de passer le week-end suivant chez papa, puisque Caleb y a été les deux derniers, et que je n'ai vu mon père qu'une seule fois cet été.

— Oui, bien sûr ! ai-je promis, un peu trop vite et avec trop d'enthousiasme pour être crédible.

Comment est-ce que j'ai fait pour tourner dans le film de Zach, déjà ?

Zach ne peut s'empêcher de rire quand je lui raconte tout ça.

Sa chambre est plus propre que jamais. Tous les DVD qui sont d'habitude étalés par terre sont rangés en piles nettes le long du mur. Certaines des affiches qui pendaient à moitié du mur sont correctement accrochées, et son lit est fait. Je me sens honorée qu'il ait rangé pour moi, puis nerveuse qu'il ait rangé pour moi, et puis, finalement, je ne sais pas exactement comment je me sens, mais mon cœur bat en un *staccato* irrégulier contre mes côtes.

Je pose mon sac sur la table de sa chambre, recouverte de livres et de matériel vidéo.

— Tu sais, me dit Zach quand je me retourne de nouveau vers lui. On n'est pas obligés de faire quoi que ce soit ce soir.

(Je peux presque sentir la chaleur qui émane de son visage ; ses joues sont toutes rouges.) On peut juste rester là et regarder des films. Ou alors…

Pendant qu'il essaie de trouver une autre suggestion, je presse mes lèvres contre les siennes. Il semble surpris, mais retrouve vite ses esprits et me rend mon baiser. On recule jusqu'à ce que l'arrière de ses genoux heurte le lit. Il s'allonge sur le matelas, et je m'allonge au-dessus de lui, sans que nos lèvres se quittent un instant.

Nous nous embrassons comme si le temps pressait. Quand il est hors d'haleine, je l'embrasse et remplis ses poumons ; puis je suis moi-même hors d'haleine et on s'échange sans fin la petite quantité d'air de sa chambre, et il semble que ce soit suffisant.

Quand on finit par s'arrêter parce qu'on doit quand même reprendre notre souffle, je m'assieds, une jambe de chaque côté de son corps, et il s'appuie sur ses coudes pendant que j'essaie de lui retirer son tee-shirt.

Il m'aide à le passer par-dessus sa tête puis le jette au loin. Ses lèvres parcourent mon cou pendant qu'il essaie de défaire la fermeture de ma robe.

— Saloperie, siffle-t-il entre ses dents après plusieurs essais infructueux.

Il arrête un instant de m'embrasser pour pouvoir s'y consacrer plus intensément, et je ris.

Il parvient à la défaire à moitié ; ses mains sont en feu contre mon dos nu.

Je me recule un peu ; il se lève et défait sa ceinture. On se regarde droit dans les yeux pendant que ma robe glisse sur mes hanches jusqu'à terre ; son jean lui tombe sur les hanches, puis il le retire complètement.

Son regard suffit à me donner chaud. Je sens ses yeux parcourir mon corps, de ma tête au bout de mes orteils, puis de mes oreilles à mon cou.

Lui aussi a le visage rouge, et je pense – j'espère – que je lui fais le même effet.

Zach fronce les sourcils et détourne soudain le regard. Je me glisse dans le lit, toujours en sous-vêtements, pendant qu'il fouille dans son portefeuille par terre et en sort une petite pochette argentée.

Il me rejoint sous les draps, et on se fait face, nos souffles sur nos lèvres, mais sans s'embrasser.

Sa voix est un peu rugueuse, comme s'il avait du mal à déglutir, quand il me dit :

— Tu es magnifique.

Et je le crois, parce qu'il me regarde comme si je l'étais.

On s'embrasse encore, et, un instant plus tard, il est au-dessus de moi, et nous ne portons plus aucun vêtement. Il n'y a plus rien entre sa peau et la mienne.

Il s'appuie sur ses coudes placés de chaque côté de moi.

Même si on en a déjà parlé, il me demande :

— Est-ce que, euh, tu l'as déjà fait ?

Il sait qu'il est mon premier véritable petit ami, pourtant. Je suppose qu'il veut juste en être certain.

— Des milliers de fois, plaisanté-je.

Nous rions tous les deux, même si nous sommes tremblants.

Nous semblons tous les deux bien plus petits, bien plus fragiles, sans nos vêtements. Zach est resté deux ans avec Lindsay, et je connais sa réponse à cette question.

— Il y a eu Stu. En maternelle. Il m'a tiré les cheveux, donc ça compte comme un.

Je continue à parler, alors que tout ce que je veux, c'est me taire pour que *ça* puisse arriver. *Tais-toi, tais-toi, tais-toi*, me crie une voix dans ma tête, mais je suis prisonnière de ma bouche, qui ne semble plus jamais vouloir s'arrêter de parler.

— Et puis il y a eu, Grant, en cinquième. Grant, la langue acrobate. Il avait une langue de serpent.

Zach s'écroule sur moi, hilare, mais il se retient quand même encore et nos corps restent séparés par un petit espace.

— Il y a aussi eu Eric Johns, qui est passé au stade tripotage, et, oh, mon Dieu, je ne sais pas pourquoi je continue à parler.

Je me couvre le visage des mains.

Zach rit, m'embrasse au milieu de la poitrine.

— Je ne suis pas sûr d'aimer cet Eric Johns. (Il lève de nouveau les yeux vers moi.) Et après ?

L'atmosphère a changé, elle est devenue plus solennelle, et si silencieuse que je peux presque entendre nos deux cœurs qui battent.

— Il n'y a plus que toi.

Zach hoche la tête et m'embrasse, tendrement. Il est doux, précautionneux, et n'arrête pas de me demander si je vais bien, si cela me va, si je vais toujours bien ; je me mords la lèvre inférieure et hoche la tête, alors que la vérité, c'est que nous frissonnons encore tous les deux.

46

APRÈS

Janvier

— Cela n'a absolument aucun sens, dis-je, que tu sois assis juste là et que l'on ne puisse rien découvrir sur toi.

Maintenant que je comprends pourquoi il est là, maintenant que j'ai en quelque sorte une direction à suivre, je pensais que je n'aurais qu'à poser les bonnes questions pour que tout devienne clair. C'est pour cela que je n'ai pas craqué en faisant ce qui paraissait évident – demander à Katy ; j'étais si certaine que je pourrais assembler les morceaux moi-même. C'est *ma* mémoire, après tout. Je l'ai connu – *Zach*. Ce nom est toujours aussi magique, après tous ces jours sans le connaître.

Mais au bout d'une heure à le passer au gril pour obtenir des informations, je n'ai appris qu'une seule chose sur lui. Et ce n'est même pas venu de lui ; c'est venu en balayant encore une fois les détails du soir où j'ai commencé à le voir. Quand je me suis rappelé ce qui sortait de son sac à dos au moment où il est monté dans le bus.

Un tripode replié.

Dans son sac à dos, il y avait du matériel photo ou vidéo.

Il est tard dans la nuit, et nous sommes assis à une table dans une alvéole chez *Jolley*, un *diner* à l'ancienne à la sortie de l'autoroute. Je prends au creux de mes mains mon café et souffle dessus tout en regardant Zach, assis en face de moi. Ce soir, j'ai oublié à plusieurs reprises que j'étais la seule à pouvoir le voir. Après plusieurs regards intrigués d'inconnus, j'ai commencé à faire semblant de lire le menu à haute voix ou de regarder quelque chose sur mon téléphone quand quelqu'un s'approchait.

— On dirait que je ne peux te dire que ce que tu sais déjà, dit-il.

Je lève les yeux au ciel.

Il a répété ça toute la soirée. C'est son explication au fait qu'il soit capable de me confirmer que le nom que j'ai découvert est le bon, mais qu'il ne puisse rien me dire de plus.

— Il faut que tu trouves ce qu'ils n'ont pas pu explicitement effacer : des sensations, des choses que tu associes à… l'autre moi.

J'ai déjà essayé d'écouter l'*Air sur la corde de sol* sur mon téléphone, et j'ai toujours cette sensation de familiarité, cette chaleur que j'ai ressentie le soir du concert, le soir où j'ai vu pour la première fois le Zach de ma mémoire, ce qui m'a confirmé que c'était la bonne piste à suivre. Mais même si ça a déclenché mon souvenir de Zach la nuit de l'accident, cela ne risque pas de me donner son nom de famille. Je commence à perdre patience, je commence à penser qu'il vaudrait mieux que j'aille mendier les réponses à mes parents ou à Katy.

Les yeux dans le vague, je sens son regard fixé sur moi.

— Quoi ? lui demandé-je.

Je suis incapable de déchiffrer l'expression sur son visage.

— Que penses-tu qu'il se passera quand tu l'auras retrouvé ? demande-t-il en jouant avec un morceau de la nappe de son côté de la table. Pour moi ?

Je hausse les épaules :

— Pourquoi est-ce qu'il se passerait quelque chose ?

Zach hoche la tête, l'air un peu rassuré, et se penche vers moi :

— Bon, revenons à ce tripode : est-ce que tu peux en faire quelque chose ?

— Peut-être que tu es photographe ?

— Peut-être.

Je soupire. Je suis sûre que cela doit ressembler à ça de parler à un amnésique. Quelqu'un qui ne sait absolument rien sur lui. J'écarte l'idée que, dans un sens, c'est exactement ce que je suis. Ce que j'ai été.

— OK, dis-je.

Et je tape « Zach Lyndale photos » dans le moteur de recherche de mon téléphone. Photos. Images. Photos.

— Il y a un nombre étonnamment élevé de Zach photographes à Lyndale. La plupart ont une cinquantaine d'années.

Zach rit, et je suis de nouveau surprise par la chaleur de sa voix, sa plénitude. Je lui jette un coup d'œil en me demandant si cela peut être un souvenir – si, d'une manière ou d'un autre, je me rappelle le vrai lui. Et je suis surprise de voir qu'il me regarde lui aussi, avec les yeux qui pétillent. Je détourne rapidement le regard.

Ce qui pourrait définitivement ne *pas* me rendre la vie plus facile, c'est de tomber amoureuse d'un souvenir. Du souvenir *invisible* d'un garçon que j'ai connu. Tout ce que je le vois faire n'existe que dans ma tête, mais il me *plaît*. Ce soir, quand nous étions sur le banc, nos corps si proches l'un de l'autre que le manteau était presque inutile, j'ai senti un poids s'abattre sur ma poitrine : c'était la prise de conscience que j'étais à deux doigts d'embrasser un étranger invisible, que j'aurais aimé que l'espace entre nous disparaisse. Mais surtout, c'était parce que, pour la première fois, je commençais à sentir, à comprendre, que j'avais peut-être été amoureuse du vrai Zach. Le genre d'amour qui coupe le souffle, qui fait battre le cœur plus vite, et dont on ne se remet pas. Le genre d'amour qu'on ne peut pas oublier.

Alors pourquoi est-ce que je l'aurais effacé ?

— Qu'y a-t-il d'autre comme équipement avec un tripode ? me demande le Zach de ma mémoire en me tirant à point nommé de mes pensées.

Il me faut un instant pour me rappeler ce dont nous parlons.

— Les caméras, dis-je en notant les noms des trois Zach que j'ai trouvés qui pourraient être celui que je cherche : Zach Easton, Zach Thomas et Zach Neil. Peut-être même que tu vends des caméras. Est-ce que tu vends des caméras, Zach ?

— Je crois que tu peux autant le savoir que moi.

— Mais qu'est-ce que tu ressens ? lui demandé-je d'un ton dur qui le fait grimacer.

Cela me tord le ventre, et je sens le sang affluer à mes oreilles.

Je regarde de nouveau l'écran de mon téléphone.

— OK, essayons…

Je tape « Zach » et « caméras », et n'obtiens que des résultats inutiles.

— Eh ! m'écrié-je d'un coup.

Quelqu'un me regarde depuis l'autre bout du *diner*, et je rentre la tête dans les épaules pour chuchoter.

— Et quand je t'ai vu « travailler » au Cinéplex ? Qu'est-ce que ça peut vouloir dire ?

Zach semble réfléchir.

— Caméra. Cinéma. Films ?

Je tape « Zach films Lyndale » et avale une gorgée de mon café en attendant les résultats.

Quand il me voit me figer, les yeux rivés sur l'écran de mon téléphone, Zach demande :

— Qu'y a-t-il ? Addie ?

— Je crois que j'ai trouvé.

L'article date d'il y a presque trois ans, et parle d'un garçon de Lyndale de quinze ans intéressé par la réalisation. La réalisation de films d'*horreur*.

« Zach Laird, lycéen à Meridian High, et son meilleur ami Raj Gupta fêtent leur troisième place à un concours national de courts-métrages », indique la légende.

Ce qui m'a coupé le souffle, c'est la photo. On y voit un garçon indien qui regarde l'objectif, l'air très solennel. C'est le garçon qui m'est rentré dedans et ne pouvait plus s'arrêter de me regarder au cinéma l'autre jour. À côté de lui – de *Raj* –, un garçon grand, aux cheveux roux, me regarde avec un sourire aussi lumineux que le soleil.

— Est-ce que tu es sûre ? demande le Zach Invisible, en se déplaçant de mon côté de la table pour voir.

Mais je suis seulement capable de le regarder, bouche bée, en essayant de respirer normalement, de calmer mes esprits, en gardant les yeux fixés sur le garçon qui lui ressemble si parfaitement, puisque c'est lui.

Zach Laird.

Le nom prend forme dans mon esprit, envahit mon cerveau d'une manière à la fois familière et nouvelle qui me perturbe.

Je regarde de nouveau la photo.

Je ne sais rien de lui, du *vrai* lui, mais le tic-tac persistant dans ma poitrine, celui d'une bombe dont l'explosion est inévitable, me confirme ce dont je n'étais pas encore sûre, que je ne faisais que soupçonner, craindre.

Et ce de manière absolument certaine.

J'ai aimé ce garçon.

47

AVANT

Fin octobre

Zach et moi nous voyons en coup de vent. À peine quelques minutes chaque fois, entre mes répétitions d'alto, le vidéoclub, le Cinéplex, l'appartement de mon père et ses allers-retours à Caldwell. Comme son emploi du temps est bien plus chargé que le mien, c'est en général moi qui vais le voir, sur l'un de ses deux lieux de travail ou chez lui.

Alors, quand je m'arrête au Cinéplex après le lycée ce jour-là, et que l'un de ses collègues me dit qu'il est en train de vider les poubelles, je me dirige vers l'arrière du cinéma et je me jette littéralement sur lui.

Il est dos à moi, et, quand je m'enroule autour de lui, il sursaute :

— Putain, tu m'as fait peur ! dit-il en se tournant vers moi.

La fumée de sa cigarette me vient directement au visage, ce qui me fait tousser et pleurer.

— Désolé, me dit-il avec un grand sourire. J'étais justement en train de comploter pour trouver un moyen de te kidnapper, ajoute-t-il en embrassant ma lèvre supérieure.

Je ne lui rends pas son baiser. Je reste immobile, incapable d'effacer ma moue.

— Qu'est-ce qu'il y a ?

— Tu sens le cendrier.

Zach tend à bout de bras sa cigarette, en un effet dramatique. De son autre main, il me couvre les yeux.

— Tu ne m'as pas vu fumer.

— Je t'ai *senti* fumer, lui dis-je en éloignant sa main de mon visage. Je pensais que tu arrêtais. Ton père t'a offert une caméra CXX.

Alors que sa famille peine à conserver *At Home Movies*.

Zach semble étonné.

— Je ne savais pas que ça t'ennuyait tant.

Il éteint sa cigarette.

— Je trouve juste ça dégoûtant.

Je préférerais qu'on passe ce peu de temps que l'on a ensemble depuis une semaine en s'embrassant, mais je n'en ai pas envie à cet instant. Et puis, bizarrement, je me souviens de ce que Raj m'a dit : « Quand il y a des cigarettes, Lindsay n'est jamais loin. »

Il hoche la tête, les yeux toujours rivés sur moi :

— Désolé. (Il se passe une main dans les cheveux.) J'étais vraiment passé à deux par jour, mais avec la reprise des cours, et Raj qui insiste pour qu'on prépare quelque chose pour participer au concours de courts-métrages *Valley Con*... Du coup, je dois l'éviter parce qu'il ne parle que de ça... Je me sens comme un con.

Je m'approche de lui et pose la main sur son tee-shirt.

— Pourquoi n'as-tu pas envie d'y participer ?

— *J'en ai envie*. C'est juste que… je n'ai aucune bonne idée. Et mon père qui a dépensé ces fichus huit cents dollars pour une caméra dont je ne me sers même pas.

— Peut-être… peut-être que tu te fermes trop de portes. Par exemple, il y a un moment, j'en avais marre de la manière dont je jouais, je n'étais plus motivée, alors j'ai emprunté quelques partitions à Katy, j'en ai transposé une partie, et j'ai appris un peu de ses morceaux à elle. Je les jouais plutôt mal, mais ça m'a fait du bien.

— Addie, tu ne comprends pas. (Le ton de Zach est impatient.) Je pense que j'ai besoin de temps, un truc comme ça. Je dois résoudre ça tout seul.

— J'ai l'impression que tu n'en manques pas.

— De quoi tu parles ?

— Du temps pour toi. Je t'ai vu quoi, deux fois en deux semaines ?

— J'ai été très pris par le lycée.

— Moi aussi, je vais au lycée. Et je répète mon alto, et plein d'autres choses.

Zach me regarde comme s'il était prêt à protester – il a *deux* boulots, plus le lycée – mais son visage s'adoucit.

— Tu as raison. Désolé. Que disais-tu, à propos d'essayer les morceaux de Katy ?

— Peut-être qu'il faudrait que tu essaies quelque chose de complètement différent. (Consciemment, je laisse la tension dans ma voix et dans mon corps retomber.) Les *horrodies*, c'est super, et Ciano est brillant, mais peut-être que tu pourrais essayer autre chose ?

Zach prend une mèche de mes cheveux entre ses doigts.

— Tu crois ?

— Oui.

Je passe mes bras autour de son cou et me mets sur la pointe des pieds pour embrasser son menton.

— Désolée pour mon haleine qui sent la cigarette, dit Zach en me regardant dans les yeux.

Je hausse les épaules comme si ce n'était pas important. Pour être honnête, j'ai commencé à toujours prendre du parfum dans mon sac quand je vois Zach, pour éviter que ma mère ne pose des questions. Évidemment, elle connaît son existence, mais ne pas savoir qu'il fume ne va pas la tuer.

— Peut-être que tu as raison, dit-il en regardant derrière ma tête. Je me sens juste… coincé.

J'enlace sa taille, et nos poitrines se soulèvent en même temps pendant un moment, jusqu'à ce que je mette ma main dans la poche arrière de son jean et dise :

— Je vais t'aider. Comment est-ce qu'on peut te décoincer, Zach ?

48

APRÈS

Janvier

Le lundi, j'ai du mal à me concentrer en cours.

Entre mes insomnies qui continuent et ma semaine riche en événements, mon cerveau n'est pas loin du court-circuit.

Je suis si fébrile, si impatiente d'avoir des réponses que je dois faire des efforts surhumains pour ne pas assaillir Katy de questions quand je la vois. Mais la seule chose dont je suis sûre, la seule chose que je *sais*, c'est que je veux mes propres réponses, donc je ne lui demande rien.

Mais elle me coince quand même avant l'orchestre, pendant le temps qu'elle passe d'habitude à « socialiser ».

— Tu m'en veux d'avoir appelé tes parents ? me demande-t-elle en tripotant le bout de sa tresse.

— Non.

Si. Je ne sais pas si cela m'embête que mes parents soient au courant. J'ai choisi de faire retirer Zach de mon esprit. Ça, ça m'embête. D'avoir fait ce choix. Ça me rend malade, ça me donne envie de me secouer chaque fois que je vois mon reflet dans le miroir.

— Est-ce qu'on peut parler ? demande Katy.

Puis elle ajoute, plus doucement :

— Ma meilleure amie me manque.

J'hésite, puis je hoche la tête.

Pour la première fois dans l'histoire, Katy et moi séchons l'orchestre pour nous blottir dans ma voiture, le chauffage allumé.

— Alors, qu'est-ce que tu vas faire ?

Je lui dis que Caleb m'a indiqué où Rory était enterré, et que j'aimerais trouver le courage d'y aller bientôt. Je lui expose aussi mes plans pour aujourd'hui : aller à Meridian après le lycée pour trouver le vrai Zach. Katy n'est pas enthousiaste à cette idée, mais je pense que le voir pourrait faire remonter tous mes souvenirs à la surface. Il le faut. Au moins, je pourrai comprendre ce qui s'est passé entre nous, et je me dis que savoir comment et pourquoi tout s'est terminé pourra peut-être combler ce trou béant que la vérité a creusé dans ma vie.

Dès le moment où je suis arrivée au lycée aujourd'hui, j'ai tout interprété : chaque regard bizarre, chaque conversation étrange que j'ai eue. Est-ce qu'il y a davantage dont je ne me souviens pas ? Est-ce qu'il y a quelque chose qu'ils savent et que je ne sais pas ?

Inversement, est-ce que je sais quelque chose qu'*eux* ne savent pas ? J'ai bien dû croiser dans ma vie des gens qui ont aussi subi la procédure Overton, non ?

Les gens de l'école savent-ils que je l'ai subie ? L'idée qu'ils puissent être au courant – qu'ils aient pu parler de moi, derrière mon dos, pendant toutes ces années – m'est insupportable.

— Tout est si…

— Complètement merdique ? finit pour moi Katy.

Quand j'acquiesce, nous éclatons toutes les deux de rire. Nous rions de ce moment, de sa totale absurdité. Puis le rire cède la place à la tristesse.

Il y a des gens dans cette ville, cette petite ville tranquille, fade, étouffante, qui savent que j'ai eu un petit frère. Qui savent depuis des années qu'il est mort. Et moi, je ne le sais que depuis quelques jours.

Il y a des gens dans cette ville qui savent tout du premier – du seul – garçon que j'aie jamais aimé, et je viens seulement de découvrir son nom.

— Tu dis que personne ne sait que j'ai subi la seconde… procédure ? demandé-je à Katy.

S'il te plaît, dis-moi que personne d'autre n'est au courant.

— Je te le jure. Je ne te ferais jamais ça.

Je la crois. Je sais que ce n'est pas sa faute – elle essayait de faire ce que *moi,* je voulais –, mais pourquoi m'a-t-elle laissée faire ? Pourquoi m'a-t-elle laissée effacer une part si importante de ma vie ?

Quand je lui pose la question, elle répond tristement :

— Je sais que tu aimerais une meilleure raison, mais tout ce que je peux te dire, c'est que c'est parce que tu le voulais. Et que je pensais que ça allait t'aider. Au début, ça avait l'air d'une aventure. On a dû tout planifier, tout organiser : les fausses cartes d'identité, ce qu'on allait dire aux gens. On a nettoyé ta chambre, on a enlevé tout ce qui pouvait être lié à Zach. Ça ressemblait au secret un peu fou que l'on partage avec sa meilleure amie, et ça avait l'air…

— L'air quoi ?

— Spécial. Cela voulait dire que tu me faisais confiance et me pensais capable de garder ton secret jusqu'à la fin de nos jours ; que, quand on serait à l'université – à New York, j'espère (en l'absence de bois, elle tape le tableau de bord) – on serait toujours liées par quelque chose.

— Je croyais que tu avais dit, l'autre jour, que tu gardais déjà un million de secrets pour tes autres amis ? Que tu en avais assez, des secrets ?

— J'essayais de me couvrir.

Elle éclate de rire, et je me force à l'imiter.

— Et puis, s'il te plaît, Sullivan, tu sors d'où ? Les meilleures amies, ça passe avant les amies du théââtre. Par définition, ça veut dire que je préfère tes secrets aux leurs, non ? Tes secrets sont mes secrets.

J'ai envie de presser Katy de questions pour avoir encore d'autres réponses, mais il n'y a qu'une personne dont je veux entendre la vérité : le vrai Zach.

— En parlant de secrets…

Je lui demande de tout me raconter sur Mitch Enns : comment son bracelet s'est retrouvé dans sa voiture, combien de fois exactement ils ont « traîné » ensemble…

De nombreuses fois, apparemment. Elle ne semble même pas près de l'appeler Rich ou Fitch.

— Aussitôt qu'il semblera se lasser de moi, son nouveau nom, ce sera Glitch, dit Katy, et je ris.

— Je ne pense pas qu'il se lassera un jour, Katy.

J'espère qu'elle restera assez longtemps avec lui pour le découvrir elle-même.

— Tout le monde finit par se lasser.

Je suppose qu'elle fait référence à son père, à Jason, et à tous les garçons qu'elle a quittés pour ne pas leur laisser le temps de le faire avant elle.

— Tu as le droit de désirer des choses, tu sais. En dehors de Juilliard.

— Tais-toi, répond-elle.

— Mais c'est vrai.

J'ai envie de lui dire : « Tu as le droit de vouloir qu'un garçon t'appelle, et de pleurer quand il ne le fait pas, ou alors de l'appeler toi-même. Tu as le droit de vouloir des solos, de vouloir l'amour de tes parents, et tu n'es pas obligée d'adopter un comportement passif-agressif ou de t'inventer des problèmes pour arriver à tes fins. »

— Quand tu es arrivée à Lyndale, je suis sûre que Mme Dubois t'aurait donné plus de solos, si tu avais demandé !

— Et je t'aurais volé la vedette, mademoiselle l'élue ? J'en doute, dit-elle d'un ton amer. Est-ce que je t'ai dit que Mitch a une sonnerie spéciale pour moi ?

Quand elle parle de lui, ses joues rosissent, et elle se remet à jouer avec sa tresse.

Je me demande si j'étais aussi mal à l'aise quand je lui ai parlé pour la première fois de Zach. Je me demande quand j'ai su que j'étais amoureuse de lui.

— Eh, Addie ? Il y en aura d'autres, des garçons, OK ? dit Katy avant que l'on sorte de la voiture pour retourner au lycée.

J'acquiesce en déglutissant, puis je ferme la portière et la suis.

Je sais qu'elle a sans doute raison, mais pour l'instant je ne peux penser qu'à un seul garçon. Enfin, deux, si on compte le Zach de ma mémoire.

Pendant toute la fin de la journée, je n'arrête pas de regarder l'horloge. J'aurais aussi bien pu ne pas aller en cours d'espagnol, vu le peu que j'écoute. Mais je décide de patienter. Puis, à trente minutes de la fin, je tends à M. Hilton le mot que ma « mère » m'a fait à propos de mon rendez-vous chez le dentiste et je pars. Je sens les yeux de Katy fixés sur moi quand je quitte la salle, son sourcil parfaitement épilé retroussé en sa fameuse courbe acrobatique. Elle s'est entraînée des années pour pouvoir le relever à sa guise et exprimer la surprise ou la curiosité, et c'est ce qu'elle fait en ce moment même (« Un rendez-vous chez le dentiste, vraiment, jeune demoiselle ? »), même si c'est elle qui a écrit le mot. En réprimant mon envie de rire, je fais le chemin en courant – ou plutôt en glissant, merci la neige – jusqu'à ma voiture, monte le chauffage et parcours les quinze minutes de trajet jusqu'à Meridian High. Des arbres massifs aux branches nues recouvertes de neige flanquent le bâtiment en briques rouges. Quelques voitures stationnent devant l'entrée, et des étudiants sont déjà en train de rejoindre leur véhicule ou de discuter entre eux, mais les cours ne sont pas encore terminés.

Mon cœur bat à tout rompre, chaque battement est comme un coup de pied dans ma poitrine ; je dois faire des efforts surhumains pour surmonter ma peur et sortir de ma voiture. Je me traîne vers le bâtiment, mais m'arrête sous un arbre. J'essaie de me fondre dans le décor, d'avoir l'air d'une élève qui est sortie plus tôt et qui attend une amie, un frère ou une sœur, ou encore qu'on vienne la chercher en voiture.

J'ai envisagé d'emmener le Zach de ma mémoire avec moi, mais j'ai rapidement senti que cela pouvait devenir très bizarre. Je ne sais pas si mon esprit peut supporter d'avoir le vrai Zach et la version invisible au même endroit et au même moment.

Je réfléchis à ce que je vais pouvoir dire et faire quand je vais voir Zach. Est-ce que je dois m'approcher de lui ? Ou bien dois-je le laisser, *lui*, venir vers moi ?

Je suis en train d'envisager au moins dix-sept scénarios différents quand une sonnerie aiguë emplit l'air. Instantanément, les lourdes portes du lycée s'ouvrent, et les élèves commencent à sortir ; ils rient, discutent, s'interpellent, le tout en criant pour être entendus dans le brouhaha.

Un couple se tient par la main. Un garçon très grand se jette sur les épaules d'un autre garçon à la coupe afro, et ils dévalent les escaliers en essayant de rester debout. Tout le monde rit et s'écarte sur leur passage.

Pendant que les élèves se déversent en flot continu par les portes principales, mon cœur bat, bat, si fort que je ne les entends même plus.

Et puis, je le vois.

Pas Zach, mais son meilleur ami, Raj. Celui de l'article, avec les lunettes et l'expression solennelle. Celui qui avait l'air de vouloir me dire tant de choses au cinéma l'autre jour. C'était *ça*, l'expression sur son visage, je le comprends maintenant.

Raj sort et descend les escaliers ; je retiens mon souffle en essayant de repérer Zach à côté de lui, mais je ne le vois pas.

Pas de cheveux roux. Pas de garçon grand et mince. Pas de sourire à cent watts. Raj s'est arrêté, il balaie du regard les alentours, sans doute à la recherche de la personne qui le ramène chez lui. Ses yeux s'attardent sur l'arbre sous lequel je me tiens, puis continuent, comme s'il ne trouvait pas la personne qu'il cherchait.

Zach ?

Raj ne semble pas me reconnaître. Peut-être qu'il ne peut pas distinguer mon visage à cette distance.

Il sort son téléphone, et ses doigts bougent à un kilomètre par minute, au moins. Puis il glisse son téléphone dans sa poche et se remet à attendre, sans plus regarder autour de lui.

Je suis sur le point de m'aventurer courageusement hors de ma cachette pour aller vers lui et lui demander s'il sait où est Zach Laird. Je ne sais pas comment il va réagir. Manifestement, il m'a reconnue la dernière fois, donc on se connaît. Mais est-ce qu'il pourrait être au courant pour Overton ? Est-ce qu'il a dit à Zach qu'il m'avait vue ? Est-ce qu'on s'est déjà croisés par hasard ? Et que pensent-ils qu'il m'est arrivé – pourquoi pensent-ils que je ne l'ai pas reconnu ?

Je prends une profonde inspiration et décide de m'approcher de Raj.

Mais, avant d'avoir pu faire le premier pas, je le vois.

Zach.

Il est en train de sortir du bâtiment en regardant son téléphone. Il marche jusqu'à Raj, discute un instant avec lui, puis ils repartent tous les deux.

Ils doivent pouvoir entendre mon cœur de là-bas.

Je les regarde traverser le parking, je les suis des yeux jusqu'à ce que Zach lance un trousseau de clés à Raj puis monte dans une voiture d'un bleu vif qui geint bruyamment quand le moteur démarre.

Je laisse échapper un petit cri en les regardant partir, parce que je sens ce poids dans ma poitrine, cette douleur que je ne peux pas expliquer. Je veux qu'ils m'entendent, qu'ils me voient ou qu'ils me *connaissent.*

Je veux les connaître.

Je les ai connus, autrefois.

Je continue à regarder l'endroit où était la voiture.

Je me demande quand Zach s'est coupé les cheveux.

49

AVANT

Début novembre

Le lendemain d'Halloween, je vais chez Zach, à la demande de sa mère, pour aider à finir les bonbons et sucreries qui restent de la veille avant qu'ils n'atterrissent sur ses hanches. Ce sont ses mots exacts, que Zach m'a transmis tels quels. Je suis chez mon père pour le week-end, mais, comme il a du sommeil en retard et que nous sommes aussi peu à l'aise que d'habitude tous les deux, je suis ravie d'accepter l'invitation.

— Tu as l'air en forme, roucoule Kevin après m'avoir ouvert la porte en grand.

— Salut, Kevin.

— Peut-être que tu pourrais te trouver ta propre copine ? lui suggère Zach en surgissant derrière lui et en lui ébouriffant les cheveux. Cassie Swinton n'arrête pas de te faire de l'œil.

— Beurk, grimace Kevin.

Je ris, étonnée de sa réaction.

— C'est parce qu'il pense que c'est un travesti, m'explique Zach.

Je me penche pour l'embrasser.

— Eh bien eh bien eh bien, s'écrie quelqu'un derrière nous.

On se sépare brusquement pour découvrir le frère aîné de Zach, Rob. Il porte un plateau qui croule sous des plats de toute nature, et nous observe.

— Qu'est-ce que c'est que ça ?

Il est beaucoup moins figé en chair et en os qu'à l'image.

En rougissant fortement, Zach dit :

— Addie, voici mon frère Rob. Rob, voici Addie.

— Ravi de te rencontrer, dit Rob. Je te serrerais bien la main, mais… (Il me montre ses mains tachées de nourriture.) … Mme Gupta nous a envoyé des tonnes de plats indiens, et je me suis un peu laissé emporter.

— Pas de problème, dis-je en lui souriant. Ravie de te rencontrer. J'ai vu ton, euh… travail dans les films de Zach.

Il éclate alors de rire. Définitivement moins figé qu'à l'image.

— Elle me plaît, cette fille, dit-il à Zach qui est toujours rouge comme une pivoine et n'esquisse pas le moindre sourire.

Je n'ai pas à me demander à quoi il pense pendant trop longtemps, parce que Rob dit :

— Tout ça est très intéressant. Toutes ces fois où tu sautais les séjours à Caldwell, sous prétexte que tu devais travailler, ou autre. Je pensais que tu restais ici à te morfondre. À te remettre de ton cœur brisé.

L'éclat dans ses yeux montre qu'il taquine Zach, mais cela ne semble pas amuser ce dernier.

— Je devais vraiment travailler, se défend Zach calmement. Et puis d'abord, si tu n'étais pas tout le temps sur répondeur, tu serais peut-être au courant de plus de choses.

Rob rit :

— Touché.

Il me regarde de nouveau, puis Zach, et ajoute :

— Mais quand même, tu aurais pu me dire que tu avais une *petite amie.*

Je regarde alors Zach, m'apprêtant à lui demander pourquoi il n'a pas parlé de moi à son frère, mais il est déjà en train de suivre Rob au sous-sol où Kevin, Raj et ses parents sont rassemblés. En plus de la nourriture, Raj a apporté *Dungeon World 2*, et on joue à tour de rôle pendant un moment.

Chaque fois que je vais chez Zach, je suis consciente de la nette différence qui existe entre sa famille et la mienne. Il y a cette impression d'aisance, une légèreté qui me rappelle ce qui existait dans notre famille avant que mon père parte. Ils rient souvent, et chacun semble se soucier sincèrement des autres.

Après un moment passé à grignoter et à crier sur la télé et les uns sur les autres, Zach et moi montons à l'étage.

— Ouh ! dit Kevin quand nous commençons à gravir les marches. Pour information, la maison n'est pas insonorisée, donc on vous entendra si vous criez ou si le lit grince !

— Va te faire foutre, Kevin, dit Zach, doucement, mais assez fort pour être entendu.

Je ne l'ai jamais vu vraiment fâché contre son frère, et je n'ai jamais non plus entendu son père user avec Zach du ton d'avertissement que tout le monde dans la famille réserve en général à Kevin :

— Zach…

Celui-ci ne s'excuse pas, il se contente de continuer à monter l'escalier, sans lâcher ma main. Je deviens rouge, parce que maintenant, tout le monde doit se demander ce que nous faisons dans la chambre de Zach, ce qui évidemment signifie que l'on ne peut (ni ne veut) rien faire.

Une fois que Zach a fermé la porte, et qu'il s'est assis sur son lit, je lui demande :

— Est-ce que ça va ?

Je ne l'avais jamais vu comme ça, aussi bizarre, aussi maussade.

— Oui, oui. Il faut juste que je te dise quelque chose.

Il ne me regarde pas dans les yeux, il ne me fait pas son sourire-qui-me-retourne-le-ventre pour m'assurer que tout va bien. Et pour la toute première fois, je ne suis moi-même pas complètement sûre que tout va bien entre nous. On se voit moins en ce moment, et parfois, Zach oublie de me répondre ou de me rappeler. Mais je pensais que c'était juste parce qu'il était occupé.

Je me laisse tomber sur sa chaise de bureau.

— Lindsay m'envoie des textos, dit Zach, l'air sombre.

L'air autour de nous se fige un instant. Puis je demande :

— Pourquoi ?

Il lève les yeux vers moi, rencontrant mon regard pour la première fois depuis que l'on est montés, et dit :

— Au début, c'était juste pour parler de notre travail en biologie, mais au bout d'un moment, elle…

Je cligne des yeux :

— Vous êtes ensemble en TD de biologie ?

C'est au tour de Zach de cligner des yeux :

— Oui. Enfin, on est tout un groupe.

— Et pourquoi est-elle dans ton groupe ? demandé-je en essayant d'avoir l'air désinvolte, mais sans y parvenir vraiment.

— Ce n'est pas *mon* groupe, dit Zach, l'exaspération commençant à poindre dans sa voix, comme si je ne saisissais pas le vrai sujet de cette conversation. Enfin, c'est parce qu'on est tous les deux des L. Elle, c'est Loach.

— Loach, répété-je.

Quel genre de lycée pourri utilise encore l'ordre alphabétique pour constituer les groupes ? pensé-je tout en essayant de calculer à quel point Loach devrait statistiquement être proche de Laird.

— Et depuis quand elle t'envoie des textos ?

Zach hausse les épaules :

— Depuis quelques semaines. Addie, le…

— Quelques *semaines* ? Et qu'est-ce qu'elle te dit ?

— Eh bien, je te l'ai dit, au début c'était des questions de biologie, ou sur des problèmes de maths (*Oh, les maths aussi, maintenant, pour l'amour de Dieu*, pensé-je, mais je ne l'interromps pas.) Et puis elle est devenue plus… enfin, je veux dire…

Il baisse les yeux.

— Plus quoi ?

Zach soupire et dit doucement :

— Tu te rends compte que tu ne fais que répéter tout ce que je dis ?

Et comme je ne peux pas répéter encore ce qu'il vient de dire, je demande :

— Est-ce qu'elle est au courant que tu as une copine ?

— Évidemment. Je le lui ai dit.

— Eh bien, c'est plutôt salaud de sa part de faire ça. D'envoyer des textos au petit ami de quelqu'un d'autre.

Zach soupire de nouveau et met un pied sur son lit, alors qu'il porte encore ses tennis.

— Je ne pense pas qu'elle essaie d'être salope. C'est juste qu'elle… *(… Est une salope.)* … a des problèmes de famille en ce moment.

— Zach, dis-je sur le ton de « Au nom de Dieu, dis-moi que tu ne vas pas tomber dans le panneau ! ». Katy m'a dit en septembre que tu *manquais* à Lindsay.

Il hausse les épaules, sans même croiser mon regard, puis poursuit :

— Je lui ai dit que ses problèmes de famille ne me concernaient plus. Je te le promets. Je voulais juste que tu sois au courant.

Il se penche et tire la chaise sur laquelle je suis assise jusqu'à ce que je sois juste en face de lui, nos visages séparés par quelques centimètres seulement. L'odeur de cigarette flotte entre nous.

— *S'il te plaît,* change de nom de famille. (Il rit, et ses yeux gris pétillent.) Ou alors, viens dans mon lycée.

Il m'embrasse à la base de la gorge.

— Et toi, viens habiter dans ma chambre.

Il continue à m'embrasser, mais je ne peux pas me concentrer, je ne peux rien faire d'autre que de penser à

Lindsay et à sa fleur de salope, son corps tout en courbes dans cette robe noire, en train de disséquer des grenouilles dans une blouse d'allumeuse.

— Arrête de flipper, me souffle Zach.

— Elle te fait des avances par texto !

— Et je te le *dis*, rétorque-t-il, sans nier la partie sur les avances.

— Mais elle cherche visiblement à te récupérer. Comment est-ce que je peux *ne pas* flipper ?

Il recule un peu son visage, fronce les sourcils :

— Parce que tu me fais confiance ?

— Bien sûr que je te fais confiance, dis-je en glissant ma main sur la sienne, qui est posée sur ses genoux. Mais les filles comme Lindsay…

— Tu ne l'as jamais rencontrée, me fait-il remarquer. Par contre, moi, tu m'as rencontré. Et tu me connais. Si ce n'est pas assez, alors…

Il s'arrête là. Alors.

Je monte sur ses genoux et je l'embrasse. Je fais effectivement confiance à Zach.

En tout cas, j'ai envie de lui faire confiance.

C'est juste que je sais qu'on ne sort pas avec une fille pendant deux ans si on n'est pas fou d'elle. En tout cas, *Zach* ne ferait pas ça, parce qu'il est qui il est.

Et parfois, sans que je sache pourquoi, par exemple quand on fait du vélo en ville, ou que l'on regarde un film, ou encore quand on va chercher quelque chose à manger, je sens son fantôme flotter entre nous. Zach va être un peu distant, un peu triste, ou il va rougir un peu, et je saurai que c'est parce que ce qu'on fait lui rappelle Lindsay. Et beaucoup de choses la lui rappellent.

Comme la première fois qu'on est allés chez *Schiavoni*, ou bien le soir où il a voulu me montrer un film dans son sous-sol et qu'il n'a pu dans un premier temps en trouver aucun dans lequel elle ne soit pas.

J'aimerais pouvoir la lui faire oublier en l'embrassant.

Je me demande, pendant que sa langue trouve un chemin dans ma bouche, s'il le souhaite aussi.

Et même si je suis trop blottie contre lui pour le dire, trop hors d'haleine pour l'articuler, je sais bien qu'il y a un mot pour décrire ce que je ressens pour Zach. Même sans mon autorisation, c'est bien là. Même si cela ne fait pas si longtemps qu'on est ensemble.

Mon corps fait de son mieux pour le lui signifier.

Mon cœur bat par triplettes, dans des rythmes syncopés, s'arrête puis repart, quand il m'embrasse.

J'aime tes cheveux, Zach.

Ton sourire m'aide à respirer.

Tout chez toi est magnifique.

Je t'aime, Zach. Je t'aime vraiment.

50

APRÈS

Janvier

Le vrai Zach était en face de moi hier, et je l'ai laissé filer.

— Tu vas le faire aujourd'hui, me dit l'autre Zach – celui de ma mémoire – depuis le siège passager. Il ne va aller nulle part.

— Je sais.

Mais je sens l'anxiété bouillonner en moi. À la fois à la perspective de rencontrer le vrai Zach et à celle d'aller là où je vais avant.

J'ai quitté le lycée une demi-heure plus tôt qu'hier, en ratant complètement la dernière heure de cours, et cette fois je roule vers le nord, et non vers le sud, en direction du cimetière de Lyndale Heights.

Quand je me gare sur le parking du cimetière, mon estomac fait la culbute. Je ne suis jamais venue ici de ma vie, je suis seulement passée devant en voiture, soit complètement indifférente, soit en pensant, fugacement, que j'espérais ne jamais avoir à y aller.

Mais d'un coup, une idée me frappe, et ma mémoire n'y est pour rien : je suis sûrement déjà venue, pour les funérailles.

Quand je coupe le contact, je me tourne vers le Zach de ma mémoire. Dans ses yeux, je vois de la gentillesse, de l'attention.

« Viens avec moi », ai-je envie de lui demander ; mais, non, je dois parler seule à mon frère.

Fais une blague sur les concerts pour les morts. J'ai envie de penser à la musique, à l'air le plus joyeux que je connaisse, et je veux que le petit frère que je ne connaîtrai jamais l'entende, je veux qu'il soit là, quelque part, qu'il reste quelque chose de lui qui ne soit pas mort.

— Je reviens, dis-je au Zach de ma mémoire.

Il me prend la main et la serre.

— D'accord, dit-il, plutôt que ce qu'il aimerait sans doute dire : « Ne m'oublie pas. »

Maintenant, c'est un fait établi que je ne vais pas l'oublier, donc je ne prends pas la peine de le lui dire. Je prends seulement une profonde respiration, détache doucement ma main de la sienne et sors de ma voiture.

Si un coin de mon esprit sait déjà où est la tombe de Rory, il ne semble pas pressé de partager l'information ; je tourne la tête de gauche à droite pour essayer de déterminer dans quelle direction aller.

J'atteins une borne d'information en marbre, avec un plan qui indique la configuration du cimetière. Je repère la section contenant les parcelles qui datent d'il y a cinq à dix ans sur le plan. C'est un peu plus au nord. Quand j'atteins le bon secteur,

2005-2010, je déambule parmi les tombes, à la recherche d'une pierre avec son nom de famille. *Mon* nom de famille.

Et je la trouve.

Je m'attendais à ce qu'elle soit nue, sans aucune fleur, comme beaucoup des stèles qui l'entourent, mais il y a un bouquet frais posé devant, des hortensias. Les fleurs semblent grelotter dans le froid.

Je m'agenouille par terre devant elles.

Mes doigts suivent les mots gravés sur la tombe.

Le R.

Je le revois tracé dans la chair de mon frère.

Rory Damien Sullivan. 18 octobre 2009-9 juin 2010. Au lieu d'un poème ou d'une citation, il est simplement écrit : *Nous aurions aimé te garder plus longtemps à nos côtés.*

Je continue à faire glisser mes doigts sur les lettres, les mains tremblantes, et mes yeux s'embuent.

— Salut, Rory.

Je n'ai aucune idée de ce que je peux lui dire, et je ne sais pas si je m'y prends bien. Comment est-ce que quelque chose – quelqu'un – que l'on n'a pas connu peut nous manquer ?

Est-ce que c'est parce que je ne l'aimais pas ? Comment est-ce possible que quelqu'un que l'on a aimé un jour ne nous manque pas ? Ou bien est-il possible qu'il *m'ait* manqué, mais sans que je le sache ? Est-il possible que quelqu'un nous manque de façon silencieuse, à la manière du plus chuchoté des murmures, et non d'un cri ? Le monde a-t-il pris une forme différente parce que j'ai autrefois aimé quelqu'un, puis que je l'ai perdu ?

Un peu du ressentiment que j'ai contre mes parents remonte à la surface, mais il est supplanté par une vague de tristesse que je ne parviens pas à repousser, et par la culpabilité de ne pas avoir compris.

— Je suis désolée, dis-je en m'étouffant dans mes larmes. Désolée de ne pas t'avoir mieux surveillé ce jour-là. Tu devrais encore être là. Avec nous.

Je m'assieds par terre et plante mes doigts dans la neige.

— Tu sais, je n'ai évidemment pas tous les détails, mais je suis sûre que j'aimais être une grande sœur. *Ta* grande sœur. Je parie que j'aimais te porter, jouer avec toi et te regarder trottiner autour de moi. Je parie que je te jouais tout le temps de l'alto. J'étais un peu obsessionnelle avec ça à l'époque. (Je ris un peu.) Donc, désolée si tu n'aimais pas ça.

Je prends conscience tout à coup que c'était une personne en chair et en os, et pas seulement un concept ou un événement dans nos vies. Il y avait des choses qu'il aimait et d'autres qu'il n'aimait pas ; il prenait de la place et avait une voix et une odeur spécifiques. Il allait grandir un jour et faire des choses que les gens se rappelleraient. Cela semble injuste qu'il n'en ait jamais eu le temps, que tout cela reste dissimulé ici, enfoui sous terre. Injuste qu'il n'ait pas eu la possibilité de développer son propre monde. De se faire des amis, d'aller à l'école, de rencontrer des gens qui ne l'oublieraient pas.

Faire disparaître quelqu'un en supprimant les gens qui le connaissaient, c'est ce qu'il y a de plus triste au monde.

Et, fondamentalement, c'est ce que l'on a fait à mon frère. En ne parlant jamais de lui, Caleb et mes parents l'ont fait disparaître deux fois ; c'est comme s'il n'avait jamais existé.

Les pleurs me reprennent par surprise, de gros sanglots qui me coupent le souffle et m'obligent à faire des efforts pour reprendre ma respiration. Je ne peux que penser : *Je suis désolée, je t'aime. Je ne sais pas comment je le sais, mais je t'aime.*

Tous ces moments où j'aurais aimé une version plus complète de ma famille, moins détruite, c'était en fait le frère que j'avais perdu qui me manquait. La séparation de mes parents, l'évolution dans ma relation avec Caleb. Son absence, si j'y regarde bien, a toujours été là.

— Je crois que tu m'as manqué toute ma vie. Et que tu me manqueras toujours.

Et consciemment, à partir d'aujourd'hui. Et, même si cela paraît stupide, et pas encore suffisant, je ressens un léger soulagement, une sorte de réconfort, à le savoir. Avoir une personne qui nous manque pendant toute sa vie, ce n'est pas donné à tout le monde. Mais c'est mon frère, et je comprends enfin que, en fait, il me manque depuis toujours.

— Je serais venue plus tôt. Et plus souvent, si j'avais su. Et je viendrai plus souvent, maintenant.

Je prends une profonde inspiration et touche de nouveau la dalle de granit.

— J'aurais aimé savoir, Rory.

Savoir comment changer ce qui était arrivé. Savoir quoi dire. Te connaître, toi. Savoir si tu ressemblais autant à Caleb que sur la photo.

J'aurais aimé savoir pendant tout ce temps que tu me manquais.

51

APRÈS

Janvier

Le Zach de ma mémoire est parti quand je regagne ma voiture, mais je décide d'attendre d'avoir vu le vrai avant de le faire réapparaître.

Après avoir quitté le cimetière, je vais sur Park Avenue et je refais exactement le même chemin qu'hier pour arriver à Meridian High pile dix minutes avant la fin des cours ; mais cette fois-ci, je reste dans la voiture et j'attends que les élèves commencent à sortir par flots et que les voitures se remplissent sur le parking.

Je garde les yeux rivés sur l'une d'entre elles – la voiture bleu vif dans laquelle Raj et Zach sont partis hier.

Cette fois, ils sortent en même temps du lycée, et se dirigent en discutant et en riant vers le parking.

Je me recroqueville sur mon siège en attendant qu'ils montent dans la voiture et démarrent. Zach sort de sa place, puis se dirige vers la sortie du parking et s'arrête à un cédez le passage. Je le vois baisser sa vitre et se pencher pour crier quelque chose à un garçon qui passe sur un skate-board. Celui-ci se retourne et lui fait un doigt d'honneur en riant.

Zach rit aussi et remonte sa vitre. Je n'arrive pas à déterminer si son sourire est le même que celui de mon Zach, celui dont je me souviens, ou que je fais apparaître, quel que soit le bon terme.

Puis ils s'engagent sur la route, et, sans réfléchir, je mets ma ceinture et fais démarrer ma voiture.

À un stop, un pâté de maisons plus loin, Zach met son clignotant à gauche. Je laisse une voiture se placer entre nous, et je les suis.

J'ai bien conscience que ce que je fais est complètement fou – voire illégal –, mais je ne peux pas m'en empêcher.

Je meurs d'envie de connaître ce Zach.

Je veux savoir ce qu'il sait sur moi.

Au début, c'est facile de les suivre, mais, d'un coup, je les perds.

Un rapide clignotant à droite et une impasse plus loin, je me botte les fesses intérieurement pour avoir essayé de jouer les détectives en laissant une voiture entre nous. Mais le scintillement d'une carrosserie bleue capte alors mon regard.

Zach ne conduit pas bien, j'aurai au moins appris ça sur lui.

Il accélère de manière inattendue, prend les virages sauvagement et ralentit brutalement. À un moment, j'ai presque eu l'impression que l'on tournait en rond, mais finalement Raj et lui arrivent en centre-ville, dans une rue où s'alignent une série de restaurants. Ils tournent pour s'engager dans ce qui semble être une allée, et je me tords le cou pour voir ce qu'ils font.

Je suis presque certaine qu'il n'y a pas de sortie de ce côté-là, donc je m'arrête le long du trottoir. Je suis en train de me demander quoi faire, quand quelqu'un frappe à ma vitre. Je sursaute si fort que je manque de me cogner la tête au plafond de ma voiture.

C'est Raj, le visage presque collé à la vitre. Il parle mais je ne comprends pas ce qu'il dit.

Il me fait signe de baisser ma vitre, et, même si je préférerais dire « non merci » et prendre mes jambes à mon cou, je m'exécute lentement.

— Salut, dit-il d'un ton sévère. Je peux te demander ce que tu fais là ? Tu n'es pas autorisée à te garer ici.

S'il se rappelle de moi, que ce soit parce qu'il m'a vue au cinéma ou parce que je suis sortie avec son meilleur ami, il n'en laisse rien paraître, mais je remarque qu'il se tord le cou pour scruter l'intérieur de ma voiture et me dévisage d'un air suspicieux.

Je le regarde, les yeux vides, puis je parcours la rue du regard, cherchant désespérément une excuse.

— Oh, dis-je.

J'ai envie de lui demander : « Pourquoi est-ce que tu fais comme si tu ne me connaissais pas ? » Mais au lieu de ça, je bafouille :

— Manger, euh, ce restaurant.

Je montre du doigt le restaurant le plus proche. Il arbore une banderole qui dit « Nouveau ! Venez nous essayer ! » sur la fenêtre.

— Il est nouveau. Je veux essayer.

Raj regarde dans la direction que je viens d'indiquer.

— C'est celui de ma mère. C'est là que tu vas ?

— Ouais.

Non, espèce d'idiote.

Je devrais dire non, mais j'acquiesce bêtement. Je poursuis :

— Oui. Donc où (... *est Zach ?*) est-ce que je peux me garer ? Légalement ?

Raj fronce les sourcils, l'air hésitant.

— Par là, m'indique-t-il finalement en me montrant une place vide de l'autre côté de la rue. En clignant des yeux, il me regarde faire ma manœuvre puis sortir de ma voiture.

Raj a déjà passé les portes du *Real New Delhi*, et je le suis, impatiente de voir où Zach a disparu. Ou, dans le pire des cas, de repartir avec l'estomac rempli de nourriture indienne.

Dès que je pénètre dans le restaurant, l'odeur de curry m'enveloppe, et mon estomac gronde, me rappelant à quel point j'ai peu mangé ces derniers jours. Je sens l'eau me monter à la bouche, et je commence à penser que c'est la meilleure décision que j'ai prise aujourd'hui. Jusqu'à ce que je voie Zach devant la porte de la cuisine. Il est en train de nouer un tablier sur ses hanches, par-dessus son jean, et il a un stylo jaune dans la bouche, concentré sur sa tâche. Quand je m'avance, il lève les yeux vers moi. On se regarde pendant un moment puis il se tourne, le visage dénué d'expression, et se dirige vers la cuisine.

— Ma, on a une cliente ! lance Raj en se matérialisant derrière le comptoir.

— Fais-la asseoir ! crie une femme, sans doute la mère de Raj.

Raj pousse un profond soupir et s'avance vers moi à contrecœur. *Tu n'as pas le droit d'être ici.* Apparemment, on ne veut pas de ma présence, et cela me serre la gorge.

— Installe-toi. Est-ce que tu veux quelque chose à boire, pour commencer ?

— Euh, une limonade ?

Pourquoi ne me reconnaissent-ils pas, et pourquoi semblent-ils me détester ?

— D'accord, dit Raj avant de disparaître dans la cuisine.

J'hésite à partir quand la mère de Raj, une petite femme mince au sourire chaleureux, apparaît. Elle me convainc d'essayer le plat du jour. Elle me demande s'il fait toujours froid dehors et si j'attends quelqu'un, et Raj pose un verre de limonade devant moi. Sa mère retourne dans la cuisine, mais Raj s'appuie contre le mur, les bras croisés, faisant semblant de ne pas me regarder.

Il m'est difficile d'avaler quoi que ce soit en percevant un tel sentiment d'hostilité tout autour de moi ; même si mon plat est la meilleure chose que j'ai mangée depuis des semaines, tout ce que je veux, c'est sortir d'ici.

Et puis Zach réapparaît. Ses cheveux sont tellement plus courts dans la vraie vie, cela rend son visage plus dur. Je n'arrive plus à respirer.

Zach chuchote quelque chose à Raj quand ils se croisent, avant d'ouvrir la caisse. Il compte en parlant tout seul, s'interrompt parfois pour noter quelque chose, mais ne me regarde pas.

Je ne peux pas finir mon assiette. Tout ce que je veux, c'est partir.

J'avais accepté l'idée que je ne connaissais pas Zach – pas vraiment –, mais je ne m'étais pas du tout préparée à ce qu'il me déteste.

Est-ce que c'est *moi* qui lui ai fait quelque chose ?

Peut-être que je ne veux pas savoir comment tout ça s'est terminé.

La mère de Raj appelle son fils, et il disparaît dans la cuisine.

Contrôlant la fontaine d'émotions qui me submergent, je dis à Zach :

— Est-ce que je peux avoir l'addition ?

Tant pis, je ne finirai pas ce plat.

Nos regards se croisent et il hoche la tête, mais je ne peux rien y lire, même si ses yeux me hantent depuis des jours. Je ne peux rien faire de plus.

Il m'apporte l'addition – m'adresse un sourire pincé, les lèvres fermées, celui qu'on réserve aux inconnus – avant de retourner derrière le comptoir faire je ne sais quoi sur l'ordinateur.

Je pose quelques billets, plus un pourboire, et j'essaie d'amorcer mon chemin vers la sortie. J'ai presque atteint la porte quand j'entends soudain sa voix.

— Est-ce que tu me suis, Addison ?

52

AVANT

Novembre

— C'est une conversation à avoir quand je porte un pantalon, me dit Zach d'un air somnolent en enfouissant son visage sous l'oreiller.

Je me tourne sur le côté et m'appuie sur un coude.

— Je suis sérieuse, Zach. Tu peux *parfaitement* entrer à NYU.

Zach ne me répond que par un grognement étouffé dans l'oreiller.

— Ils sont un super cursus en cinéma, et tout ce que tu as à faire, c'est de postuler. Bon, je sais que c'est compétitif, mais tu es doué, et je suis sûre que tu serais capable de préparer un dossier avant la date limite d'inscription.

Zach est sorti du lit et se tortille pour enfiler un jean abandonné par terre. Je m'enroule dans ses draps et pose la tête sur son oreiller. Il sent le shampoing au concombre qu'il vient de commencer à utiliser, et je ferme un instant les yeux.

— Je doute qu'ils soient impressionnés par un petit film parodique amateur.

— On ne sait jamais, dis-je en ouvrant les yeux.

Toujours torse nu, Zach porte un verre d'eau à ses lèvres, puis le repose.

— De toute façon, cela ne change rien, qu'ils aiment ou pas, si je ne suis pas sûr d'aller à l'université ! (Je me redresse complètement.) Pourquoi est-ce que j'irais à NYU, de toute façon ?

Parce que c'est là que je vais ?

Mes cheveux doivent être complètement en désordre, mais je n'essaie même pas d'y remédier.

— Tu ne veux pas du tout aller à l'université ? demandé-je, ma voix trahissant nettement mon étonnement. C'est parce que tu n'as pas les moyens ?

— Parce que je n'en ai pas envie, plutôt, dit-il en haussant les épaules, puis en se baissant pour attraper mon jean et le mettre au pied du lit.

— Zach.

— Addie.

— Tu pars perdant. Les comités de sélection des universités peuvent le sentir à des kilomètres, dis-je en plaisantant à moitié.

— Mon Dieu, Addie, dit brusquement Zach, tu veux bien laisser tomber ? C'est facile pour toi ; tu es un putain de prodige. Tu peux aller où tu veux.

Je le regarde en clignant des yeux, sentant la chaleur me monter progressivement au visage :

— Ce n'est pas vrai.

— *Si*, c'est vrai. Tu pourrais aller à Juilliard, mais tu ne vas même pas postuler parce que tu veux absolument faire ta rebelle. Donc tu ne veux pas y aller, parce que c'est ce qu'on attend de toi, ou parce que c'est ce que font tous les autres *putains* de petits prodiges comme toi !

— Non, ce n'est *pas* ça. Pas ça du tout, dis-je en élevant moi aussi la voix.

Je suis choquée par ce que Zach vient de dire. C'est la seule personne à qui j'aie expliqué pourquoi j'avais choisi NYU – parce que je ne voulais pas risquer d'être happée par la musique. Comment peut-il dire ça ?

— Ce n'est pas facile pour moi. Tu sais comme j'ai travaillé dur pour avoir une chance de rentrer à NYU, pour avoir de bonnes notes. Je lisais les livres au programme de l'an prochain cet *été*. Et, même si ce que tu dis est vrai, où veux-tu en venir ? Qu'est-ce que ça a à voir avec le fait que toi, tu ne veuilles pas aller à l'université ?

— Je n'ai pas dit que je ne voulais pas, se défend Zach, un peu adouci.

— Si ! m'exclamé-je, toujours en criant. C'est exactement ce que tu viens de dire !

— Je ne sais pas ce que je veux, soupire Zach.

Il s'interrompt un moment, comme s'il était en train d'y réfléchir à cet instant précis, et puis il continue à ramasser ce qui traîne par terre.

— En tout cas, je vais revendre la CXX.

— Tu es sérieux ?

Zach hoche la tête :

— Mes parents ne peuvent déjà presque plus se permettre de garder le magasin. Et il y a huit cents dollars qui pourrissent sur ma table, dont je ne suis même pas capable de me servir. Et puis j'ai recommencé à fumer un putain de paquet par jour.

Il s'assied sur le lit, le dos tourné. Et même si je suis furieuse contre lui de tout ce qu'il vient de me dire, je vois la tension dans ses épaules. J'y vois sa frustration, quand il se penche et pose les coudes sur ses genoux.

— On va trouver une solution.

— Je dois la vendre, dit-il, en se parlant à lui-même cette fois. Je n'aurais jamais dû l'accepter. Je le *savais*, mais je n'ai pas pu dire non.

— Zach, soupiré-je en posant mon menton sur son dos nu. Ça va aller. On va trouver une solution.

On reste comme ça quelques minutes encore, et puis Zach dit, en se tournant un peu vers moi pour que je puisse voir son visage :

— Désolé d'avoir été un connard. Tu es vraiment un prodige. (Un soupçon de son fameux sourire apparaît, mais il n'est pas encore complet.) Mais je n'aurais pas dû dire le reste. Je suis seulement jaloux que tu sois si douée.

Il se retourne alors complètement et m'embrasse.

Je dis :

— Et moi, je suis jalouse que tu sois si sexy.

Il me mordille la lèvre inférieure.

— Tu n'as vraiment pas à être jalouse de ça. Crois-moi.

53

AVANT

Novembre

Meridian High organise un spectacle pour Thanksgiving, que Zach s'est laissé convaincre de filmer pour le département de théâtre, donc je l'ai encore moins vu ces deux dernières semaines.

Katy m'a informée que Lindsay jouait dedans.

— S'il y a une justice, elle doit incarner la dinde, dis-je alors que nous nous préparons pour la première.

Katy a un petit rire méprisant :

— En tout cas, elle a le menton pour.

— Quoi ? Elle est toute mince ! m'exclamé-je en riant, même si je me sens coupable.

Mais je veux que Katy sache que j'apprécie sa loyauté. Dès que je lui ai dit que Lindsay envoyait des textos à Zach, Katy l'a tout de suite abandonnée, expliquant que les meilleures amies passaient avant les amies du théââââtre. Et puis elle était partie dans une diatribe sur le fait que tout ça (les relances éhontées de Lindsay à Zach), c'était un parfait exemple de l'un des problèmes majeurs dans le show-business : les actrices perdaient toute caractéristique humaine pour devenir de vraies chiennes. Comme elles ont encore de nombreux amis communs, Katy garde un œil sur Lindsay, et elle me tient régulièrement au courant de ses activités.

— Oh, ma chère, me dit-elle avec un faux accent anglais. En tant que victime moi-même de la malédiction du gros ventre sur les personnes minces, je peux affirmer que les personnes minces avec un double menton, ça existe.

— Mais elle n'a *pas* de double menton, dis-je, parce que c'est la vérité.

Katy se contente de rire.

Zach et moi n'avons pas trop parlé de Lindsay depuis le lendemain d'Halloween, je lui ai juste demandé si elle continuait à lui envoyer des textos et il m'a répondu que non, qu'il lui avait dit de respecter sa décision. Comme on s'est très peu vus ces derniers temps, tout semble plus compliqué que d'habitude entre nous, et en reparler ne ferait qu'aggraver la situation.

Je regarde plusieurs fois mon téléphone avant que les lumières s'éteignent. J'ai envoyé par texto à Zach nos numéros de sièges à Katy et moi, en lui proposant de nous rejoindre après le spectacle, mais il ne m'a pas encore répondu.

Malheureusement, il s'avère que Lindsay ne joue pas la dinde. On n'a même pas la satisfaction de la voir dans un costume de pèlerin mal ajusté. Son personnage est une réfugiée d'une principauté européenne, transférée dans une école américaine au moment de Thanksgiving ; elle doit se faire une place dans la hiérarchie sociale du lycée tout en découvrant nos traditions les plus ancrées et en apprenant l'histoire des pères fondateurs.

— Super, comme activité, pour un jeudi soir, me murmure Katy juste avant l'entracte, provoquant chez moi un fou rire incontrôlé.

Je passe toute la soirée à parcourir la salle du regard pour trouver Zach. Juste après l'entracte, je le repère enfin tout au fond de l'auditorium – dans la loge la plus haute –, derrière la caméra. Il porte un tee-shirt orange et de larges écouteurs autour du cou. On lui fait signe depuis nos sièges, mais il ne nous voit pas. Il est très concentré, son attention ne quitte jamais la scène.

Une fois que je l'ai trouvé, je n'arrête pas de me retourner pour le regarder, ne m'attendant pas à ce qu'il puisse me voir puisque, de là où il est, je suis juste un point dans l'auditorium bondé. Mais je regarde la manière précautionneuse dont il travaille, l'immobilité de son corps – il passe des minutes entières sans bouger.

Je regarde la scène et le monologue captivant de Lindsay, puis je lève de nouveau les yeux vers lui. Je vois ses épaules qui se soulèvent légèrement chaque fois qu'il inspire, puis retombent quand il expire.

Ce n'est que quand Katy me donne un petit coup de coude que je prends conscience de ce que je suis en train de faire : j'imite inconsciemment tous ses mouvements, me penchant à gauche quand il se penche à gauche, m'avançant un peu quand il s'avance un peu, puis me reculant quand il recule.

Mais au bout d'un moment, je recommence.

Je me penche, je regarde la scène, je le regarde qui la regarde.
Et pendant tout le dernier acte, je retiens mon souffle.
Parce que lui retient le sien.

54

APRÈS

Janvier

Je n'arrive plus à respirer.

« Tu me suis ? »

Les mots de Zach – du vrai Zach – flottent un moment dans l'air.

— Non. Enfin, oui. Enfin, peut-être.

Mes mots s'entrechoquent.

— J'étais presque sûr que c'était toi hier, dit Zach, les bras croisés sur la poitrine. *(Oh mince. Ils m'ont* bien *vue.)* Et je suis catégorique, c'est bien toi aujourd'hui.

— Je suis désolée. Il fallait juste que je te parle.

Il hoche la tête, mais me regarde toujours en fronçant les sourcils.

— Alors, tu te souviens de moi ?

Ses mots sont marqués par l'amertume, sa posture est rigide.

— Non. Enfin, c'est une longue histoire. Est-ce qu'on peut parler ?

Il ne répond pas tout de suite, mais reste un moment à soutenir mon regard, et puis son expression s'adoucit un peu :

— Je vais voir si je peux faire une pause. Attends, je demande à Mme Gupta.

Je le regarde disparaître dans la cuisine en retirant déjà son tablier. L'idée de m'enfuir me traverse l'esprit, de partir avant d'ouvrir cette nouvelle boîte de Pandore, une boîte que je ne serai pas capable de refermer. Une boîte avec laquelle je ne parvenais visiblement pas à vivre.

Zach revient de la cuisine et m'invite à le suivre hors du restaurant. Malgré l'air frais, il y a suffisamment de soleil pour nous faire plisser les yeux à tous les deux. Face à lui, je dois me concentrer sur ma respiration pour me calmer. Je meurs d'envie de tout savoir. De recommencer à zéro. J'ai l'impression qu'il faut d'abord que l'on se présente.

— Salut, finis-je par dire.

Tu es réel. Nous sommes en train d'avoir une conversation réelle.

Je lui souris. Il hésite, mais, finalement, il me sourit en retour. Et cette fois, c'est un vrai sourire, qui dévoile les dents. Et ce sourire est lumineux. Et magnifique. Mais toujours sur la réserve, un peu raide. Inconscient, pensé-je. Le Zach de ma mémoire me sourit de tout son visage. *Et il est moins nerveux que le garçon en face de moi.* J'aimerais presque raconter tout ça à mon Zach, lui expliquer comment ça s'est passé et quelle a été sa réaction, plutôt que de vivre ce moment. L'épisode où je finis par m'empiffrer de nourriture indienne plutôt que d'affronter Zach l'aurait fait rire.

— Où veux-tu aller ? me demande Zach. Ma voiture est toujours aussi merdique, mais il y fait probablement chaud.

Toujours aussi merdique. Il me regarde, pour voir si je saisis l'allusion, si je me rappelle y être un jour montée.

Le Zach de ma mémoire avait dit que sa voiture de merde ne voulait pas démarrer quand je l'ai rencontré pour la première fois.

Le froid me pique la pointe des oreilles.

— OK, très bien.

Zach ouvre la portière de sa voiture, et nous nous y glissons.

J'examine l'intérieur, les sièges en cuir, le koala qui pend du rétroviseur. Le sol et les sièges sont en désordre, complètement recouverts de magazines, de vieilles bouteilles et de DVD. J'aimerais tellement que quelque chose me paraisse familier. L'odeur, la chaleur, n'importe quoi.

— Qu'est-ce que tu fais ici ? me demande Zach.

Derrière le ton un peu agressif, je perçois une curiosité sincère, et il me semble que ses yeux sont un peu tristes.

— Katy m'a dit que tu avais subi la procédure.

— Katy te l'a dit ? Elle m'a assuré que personne d'autre n'était au courant.

Est-ce qu'elle pensait que je serais furieuse qu'elle l'ait raconté à Zach ?

— Je suppose qu'elle pensait qu'il fallait que je sache, pour éviter que je ne t'embête. Elle m'a expliqué que tu ne te souviendrais jamais de…

— Nous. (Je hoche la tête.) Effectivement, je ne m'en souviens pas. Mais j'ai appris pour… (Je déglutis.) … le raccordement.

— Je n'étais même pas au courant. Tu ne m'as rien dit quand… (Il secoue la tête, et la douleur dans sa voix est palpable.) Tu as fait ça sans rien dire. Comme si tout ce qu'on avait vécu ensemble ne comptait pas. (Il se passe une main dans les cheveux.) Je ne comprends toujours pas.

C'est pour ça qu'il a été si froid avec moi. Parce que je l'ai effacé de ma mémoire.

J'ai soudain un peu honte. Parce qu'il tient à moi. Ça saute aux yeux. Pourquoi donc est-ce que je l'ai effacé ?

— Je suis désolée, murmuré-je.

Il hausse les épaules.

— Katy m'a dit que tu ne voulais plus que je t'approche, que je devais faire comme si on ne se connaissait pas si jamais je te croisais. J'ai quand même essayé de t'appeler, et je suis même venu te voir à ton lycée, mais Katy m'a déclaré qu'elle me tuerait si je ne te laissais pas tranquille. Elle m'a expliqué que c'était ta façon de passer à autre chose, et que même si cela ne me plaisait pas, il fallait que je respecte ta décision. Alors Raj – c'est le seul qui sait – et moi, nous ne savions pas quoi faire quand tu as soudain commencé à nous suivre. (Le gros de sa colère semble maintenant avoir laissé place au chagrin.) C'est une chose de tomber sur toi par hasard, mais je ne comprenais pas à quel jeu tordu tu jouais – je me demandais si Katy était derrière tout ça. Je sais qu'elle n'est pas ma plus grande fan. Quand je t'ai vue à la sortie du lycée hier, puis tout à l'heure au restaurant, je me suis demandé pourquoi. Pour me montrer que je ne signifiais toujours rien pour toi ? Que ce serait comme ça pour toujours ?

J'ai l'impression qu'il me plante des aiguilles dans la poitrine.

— Ce n'est pas pour ça que je suis venue. Je ne ferais jamais ça.

— Eh bien…, dit Zach en se passant encore une main dans les cheveux, comme s'il s'attendait à ce qu'il y en ait davantage. Je t'ai croisée plusieurs fois depuis qu'on a… rompu. Et depuis la procédure. D'habitude, tu ne me regardes même pas.

— Du tout ? demandé-je, incrédule. (Parce que si jamais je ne connaissais pas Zach, je le remarquerais quand même, pour sûr. Ce sourire, ces yeux. Il a les cheveux plus courts, mais…) J'ai l'impression que je te remarquerais quand même.

Ses joues rosissent un peu et il rit :

— Merci, mais non. Ça a été… (Il cherche la bonne expression.) Ça m'a retourné la tête. Et maintenant, tu es… là.

— J'ai eu un accident il y a trois semaines. Dans un bus *Blue Earl.*

— Oh, mon Dieu. J'en ai entendu parler. Est-ce que ça va ?

Je vois ses mains qui frémissent comme s'il était tenté de les tendre vers moi, mais elles restent sur ses genoux. Et toute son inquiétude reste cantonnée à son visage.

— Oui, ça va.

Mais je lui raconte ce qui s'est passé après. Le garçon dans le bus, qui est davantage qu'un garçon dans le bus, maintenant – puisque c'est lui. Son teint prend alors une couleur cendre.

— Ça aussi, ça retourne la tête.

Je lui raconte aussi pour le frère que je n'ai jamais connu, je lui explique comment j'ai compris que mes apparitions étaient en réalité un souvenir, et comment cela m'a menée jusqu'ici.

— Désolée de t'avoir harcelé.

— Oh, oui, vraiment, dit Zach l'air faussement effrayé, et nous rions tous les deux, un peu bizarrement.

Il a l'air – il est – plus vieux que le Zach de ma mémoire, et j'ai un pincement au cœur en comprenant à quel point je ne les connais ni l'un ni l'autre. C'est drôle comme le Zach dont je me souviens est à la fois si différent et si parfaitement identique au vrai.

— Tout ce que tout le monde me dit, c'est que j'étais… (Je m'interromps un instant.) … disons, complètement déprimée après ce qui s'est passé entre nous.

Zach baisse les yeux.

— Oui, c'est ce qu'on m'a dit. Katy m'a envoyé des messages avec des menaces plutôt explicites.

Je lui fais un petit sourire.

— Tout était si… Enfin, j'ai compris pourquoi tu faisais ça, pourquoi tu me haïssais. Mais si les choses avaient été inversées, je n'aurais *jamais* voulu t'oublier.

Son ton est profondément triste, mais il s'emporte un peu, comme si cela faisait longtemps qu'il voulait me dire ça.

— Je ne peux toujours pas croire que tu l'aies fait. Ça me paraît si lâche. Et j'ai toujours pensé que tu étais courageuse.

J'ai le visage qui chauffe maintenant, de honte, de colère envers moi-même. Sans mémoire, sans contexte, je ne peux pas me défendre.

Je suis lâche.

J'étais lâche.

Ou bien le suis-je encore ?

— Que s'est-il passé ? demandé-je au bout d'un moment. Pourquoi est-ce que je l'ai fait ?

Zach me regarde d'un air circonspect.

— Je ne sais pas si... Enfin, je ne suis probablement pas censé te le dire. Et je ne suis pas sûr d'en avoir *envie*...

Son visage est passé au rouge écarlate.

— Zach, dis-je en sentant la colère monter en moi (j'en ai assez que les gens me cachent des choses, me mentent – moi comprise). Il s'est passé quelque chose ?

— Euh, oui ? me répond-il comme s'il n'était pas complètement sûr de ce que je lui demande.

— Est-ce que j'étais là ?

— Je... Évidemment que tu étais là.

— Donc tu ne peux pas m'en vouloir sans me raconter pourquoi, sans me donner les éléments pour que je comprenne. Raconte-moi tout. S'il te plaît.

55

AVANT

Fin novembre

— Alors, ça te plaît comme idée, ou pas ? demandé-je à Katy le lendemain du spectacle de Thanksgiving de Lindsay.

— Mais oui, j'adore. Je m'incline devant toi. La seule manière dont tu pourrais être une meilleure petite amie serait de cloner une autre version de toi-même et que vous couchiez *toutes les deux* avec Zach en même…

— OK, beurk, arrête ! Aide-moi plutôt à porter ce truc.

— Waouh, il a l'air de peser un âne mort, ce rétroprojecteur, dit Katy en soufflant sur ses ongles fraîchement manucurés – mais courts, quand même, pour ne pas gêner son jeu. Je vais plutôt m'occuper du pop-corn.

Je soupire et porte moi-même le rétroprojecteur jusqu'à la porte de chez Zach. Je le pose par terre et vais chercher les neuf DVD que j'ai pris au vidéoclub de son père cet après-midi, puis ferme la portière de la voiture de Katy. Je l'ai enrôlée pour m'aider à tout installer, j'ai demandé à Mme Dubois de me prêter pour un soir le rétroprojecteur qui est toujours dans un coin de la salle de musique mais que personne n'utilise jamais, et à la famille de Zach si je pouvais utiliser le sous-sol. Kevin a même posé des draps sur les meubles, comme au bon vieux temps. Tout ce qui me reste à faire, c'est installer le projecteur, et la soirée parfaite de Zach pourra commencer.

J'ai voulu lui faire cette surprise parce que, entre les répétitions de la pièce et les représentations, je l'ai à peine vu ces dix derniers jours. Et cela me paraît encore plus long, parce que cela fait un mois que nous sommes tous les deux accaparés par ce qui fait notre vie quotidienne, et qui n'est pas du temps passé ensemble. Je veux aussi respecter ma promesse de le « décoincer ».

— Beeuuuurk, croasse Katy quand je le lui dis ça.

— Arrête avec ton esprit mal placé ! Je parle de ma promesse de l'inspirer, le motiver, l'encourager.

— Qu'importe, dit Katy en aspirant le milk-shake que l'on a pris chez *Shake Attack* sur le chemin.

« C'est pour m'avoir fait conduire. Et même si tout prouve que j'ai une intolérance spectaculaire au lactose, a-t-elle dit, provoquant de ma part une moue moqueuse, j'ai besoin de prendre des forces en prévision de toutes les choses lourdes que je vais porter. »

Il s'avère que la seule à porter des choses lourdes, c'est moi.

J'ai retiré toutes les affiches de films de Ciano dans la chambre de Zach (douze en tout) et elles recouvrent pour ce soir les murs du sous-sol.

Katy attend avec moi que Zach arrive. La dernière représentation est censée finir autour de 20 heures, et la fête d'équipe durer jusqu'à 21 heures, mais Zach m'a dit dans son dernier texto qu'il était épuisé et qu'il ne comptait pas rester plus de quelques minutes, sinon il m'aurait proposé de venir.

— Alors, Katherine, dit Kevin en s'asseyant sur le canapé à côté de Katy. Si je devais choisir un instrument de musique, tu me conseillerais lequel ?

Katy me lance un regard sceptique.

— Euh, je ne sais pas. Quel genre de musique tu aimes ?

— Tous les genres, dit Kevin, en faisant frétiller ses sourcils. Et je pense que je serais fantastique à l'harmonica.

— Kevin…, dis-je sur le ton d'avertissement que j'ai entendu tout le monde utiliser si souvent avec lui, même si je ne suis pas sûre à cent pour cent de là où il veut en venir.

— Où devrais-je dire, poursuit-il, l'orgue de *bouche*.

Il fait des grands bruits de baiser, puis il rejette la tête en arrière et éclate d'un rire provocateur en frappant l'accoudoir du canapé.

— Mon Dieu, me murmure Katy. Quel âge a ce gamin ?

— J'ai quinze ans dans deux semaines exactement, lui répond Kevin. Assez vieux pour draguer.

— Seigneur, dit Katy l'air dégoûtée, et je ris.

J'ai envie de lui dire qu'elle a enfin trouvé son égal, mais Kevin risquerait de mal l'interpréter, et la dernière chose dont j'aie envie, c'est de l'encourager dans cette attitude de flirt compulsif.

— Et il est où, *ton* copain ? me demande Katy au bout d'un moment. Le monde est rempli de garçons post-pubères qui n'attendent que moi.

Je consulte encore une fois mon téléphone. Toujours aucunes nouvelles de Zach. Je lui ai envoyé plusieurs messages déjà, mais je ne veux pas le harceler, sinon il va se douter de quelque chose.

—Il est 20 h 30, dis-je. Il doit être en chemin.

—Hey, Raj a laissé son *Dungeon World 2*, vous voulez jouer ?

—Qu'est-ce que ça sous-entend, ça ? me demande Katy.

—Rien, je crois.

—D'accord, dit Katy en jaugeant Kevin du regard. Mais je ne sais pas jouer.

—Je serais plus que ravi de te montrer, chérie, dit Kevin.

Il commence à lui expliquer patiemment les règles. On joue à tour de rôle pendant une demi-heure environ, puis on se lasse.

—Mais il est où ? dis-je à voix haute en lui envoyant un texto pour lui poser la même question.

Cinq minutes et aucune réponse plus tard, Kevin sort un set de peinture neuf qu'il a eu lors de leur dernier voyage en famille à Caldwell et convainc Katy que ce serait hilarant si elle sautait sur Zach maquillée en zombie quand il arrivera.

Alors on s'assied pour mélanger les couleurs, et Kevin savoure l'opportunité de toucher la peau lisse de Katy, pendant encore une demi-heure.

Il finit par être 21 h 30. Katy commence à s'étirer et dit :

—Je t'adore, Sullivan, mais Gilbert doit y aller. Déjà, je ne sais pas qui m'a convaincue que ce serait *trop mignon* de vous regarder vous aspirer la bouche au moment où il verrait ta surprise. Parce que tu sais très bien que tout ça n'est qu'un prétexte.

Je me moque :

— Comme si j'avais besoin d'un prétexte pour aspirer la bouche de mon propre copain.

— Beurk, dit Kevin, l'air fatigué lui aussi.

— Merci de m'avoir aidée, dis-je en prenant Katy dans mes bras pour lui dire au revoir.

Je regarde encore une fois l'heure. L'idée était de choisir un film avec Zach pour le regarder ce soir (ou ne pas le regarder, selon le cas), puis de revenir demain pour continuer le marathon, mais moi aussi il faudra bientôt que je parte. Ma mère a un dîner ce soir et je pensais rentrer avant elle, mais je pensais aussi que Zach rentrerait plus tôt.

— Je te raccompagne, dit Kevin en se précipitant au-devant de Katy.

— Non, je t'assure, ça devrait aller, dit Katy. Et sérieusement, petit, drague des filles de ton âge.

Kevin se contente d'un petit rictus et disparaît dans le couloir.

Katy et moi continuons d'avancer vers la porte, puis dans l'allée. Katy est la première à se figer. Je la sens devenir complètement raide à côté de moi.

Je m'arrête moi aussi et suis son regard vers l'allée, où est garée une voiture que je n'ai jamais vue auparavant.

À l'intérieur, Zach.

Il n'est pas seul. Je vois ses mains à elle dans ses cheveux à lui, ses doigts qui les caressent, ses doigts partout sur lui.

Elle a le dos appuyé contre la vitre de la portière passager, et ils sont quasiment assis sur le même siège. Elle est en train de l'embrasser.

Il est en train de l'embrasser.

Il y a une frénésie dans ce baiser, comme un sentiment d'urgence. Ils ne font jamais qu'une seule chose à la fois : ils s'embrassent en se touchant les cheveux ; ils se touchent les cheveux en se murmurant, les lèvres tremblantes, des mots qu'eux seuls peuvent entendre.

Je pourrais les regarder pendant des jours.

Je prends un des canapés du sous-sol et m'y effondre pour regarder Lindsay embrasser Zach. Zach embrasser Lindsay.

Je vois Katy qui m'attrape par le coude, comme si elle devait m'empêcher de courir, comme si j'allais bouger. Comme si j'allais quitter ce canapé dans lequel je suis tombée et depuis lequel je les regarde. Ces deux personnes qui sont désormais hors de mon monde. Des étrangers.

Dont un que j'aime.

Que j'aime tellement, mon Dieu.

— Salauds, salauds, salauds, dit Katy dans sa barbe.

Ou peut-être qu'elle le crie, parce que Lindsay semble réagir à ces mots. Elle s'écarte brusquement de Zach, les yeux écarquillés, et puis il se rue hors de la voiture pour venir vers moi…

Oh, mon Dieu.

J'ai envie de fermer les yeux pour ne pas voir.

Voir ses yeux gris s'embuer, l'entendre me jurer qu'il est désolé, qu'elle l'a juste raccompagné parce que sa voiture ne démarrait pas. Voir mes poings s'abattre sur sa poitrine, une fois, deux fois, et ne plus s'arrêter.

— Tu es carrément incroyable, putain, Lindsay, crie Katy à son ancienne amie.

Lindsay a l'air terrifiée, parce que Katy est maquillée en zombie.

— Est-ce que tu as encore une once d'humanité en toi ? crie Katy.

Lindsay se recroqueville sur elle-même, en sécurité derrière son volant, et baisse les yeux.

Katy continue à crier.

Soudain, Lindsay klaxonne, nous faisant tous sursauter.

— Laisse-moi tranquille ! hurle-t-elle.

Ce qui ne fait qu'inciter Katy à continuer à crier, encore et encore. Ce qui fait crier Lindsay en retour.

Zach et moi nous tenons à côté de la voiture, étourdis, à regarder Lindsay et Katy se disputer à notre place.

Quand je finis par parler, ma voix est sans vie :

— Tu m'avais dit que tu ne l'aimais plus. Tu m'avais dit que c'était fini. Et, comme une idiote, je t'ai cru.

— Addie…, dit finalement Zach en faisant un pas vers moi.

Je recule.

— J'ai fait une erreur. Je n'ai pas réfléchi. Je suis désolé. Je suis si désolé.

Sa voix est sourde, étouffée. Ses cheveux – sa mèche – dansent au vent. Se moquent de moi.

Le plus terrible, c'est que j'ai encore envie de l'embrasser, autant que j'ai envie de le tuer. J'ai envie de lui hurler dessus, mais j'ai envie de le faire en étant collée contre lui. J'ai envie de lui dire que je l'aime.

Mais tout ce que je dis, c'est :

— Je te hais, Zach.

Il secoue la tête, blessé ; il est blessé, il aimerait que je retire ce que j'ai dit.

Mais je ne le ferai pas. Je ne veux pas.

Le monde devient flou et je commence à marcher vers la voiture de Katy. Je l'entends qui s'emballe dans sa dispute avec Lindsay : elles sont toujours en train de se jeter des chapelets d'insanités l'une à l'autre, mais sans se référer à des événements précis. Je peux juste entendre « salope », « traînée », « pouffiasse », « tête de cul »...

Zach me suit jusqu'à la voiture de Katy, me suppliant toujours.

Peut-être que dans une version parallèle de tout ça, je suis capable de rester avec Zach, je veux bien écouter ses remords, je lui pardonne. Dans cette version, cela ne compte pas que tous ses films soient avec elle ou sur elle, ni que j'aie joué une version légèrement déguisée de Lindsay dans l'un d'eux, et peut-être même tout au long de notre relation. Peut-être que j'ai si désespérément besoin d'aimer quelqu'un, d'aimer *Zach* en particulier, et d'avoir quelqu'un qui m'aime en retour – si désespérément besoin que les sentiments que j'éprouve pour lui me réveillent de ma torpeur – que je pourrais lui pardonner.

Mais *non*.

Ce n'est pas possible.

Je me retourne brusquement pour lui faire face, sans me préoccuper des larmes qui coulent sur mon visage.

— Ne t'avise plus jamais de m'approcher, dis-je en ouvrant la portière de la voiture de Katy pour y monter.

56

APRÈS

Janvier

Je n'ai pas l'impression que tout ça m'appartient. Il m'a raconté le début, le milieu et la fin tels qu'il se les rappelle, mais cela pourrait aussi bien être l'histoire de deux étrangers, de deux personnes que je ne connais pas et que je ne connaîtrai jamais.

Même quand Zach me dit : « Je suis désolé, Addie, tellement désolé », j'ai l'impression que ça appartient à quelqu'un d'autre. Je hoche vaguement la tête, comme absente. « Je sais que tu ne voulais déjà pas l'entendre avant, mais je le suis vraiment. »

Je hoche de nouveau la tête.

Il évoque en passant une nuit que j'ai passée chez lui quand ses parents n'étaient pas là. Même si aucun de nous ne le dit, je sais ce que cela signifie.

On a couché ensemble.

Zach et moi.

En vérité, c'est plutôt Zach et elle. Une autre Addison. Je ne me sens pas différente, je n'ai rien remarqué de différent, alors que cela aurait été le cas si ça avait bien été Zach et moi.

Je m'en serais rendu compte.

— J'ai tout fait foirer, me dit-il d'une voix douce, une voix qui m'oblige à le regarder.

Son visage est rouge. Ses yeux louchent un peu, comme s'il était toujours furieux contre lui.

— Mais je t'ai *vraiment* aimée. J'espère que tu sais ça.

Il dit ça ses yeux gris plantés dans les miens, et je sens l'air qui quitte mes poumons, ce qui confirme, je suppose, que ses mots me sont bien destinés. Ou qu'en tout cas je veux qu'ils me soient destinés.

Je veux que Zach m'ait aimée. Je veux savoir ça.

— Alors c'est tout ? dis-je une fois que j'ai la force de parler de nouveau.

Je veux dire, ce n'est pas difficile de voir combien j'étais folle amoureuse de lui, tout ce qu'il devait signifier pour moi. Je comprends très bien que j'aie été bouleversée après la rupture, mais, selon ma famille et selon Katy, j'étais dévastée.

Est-ce que c'est parce qu'on a couché ensemble ? Est-ce que j'étais encore plus amoureuse de lui que ce que j'ai compris ? Ou bien étais-je juste trop faible pour avancer ?

— Oui, c'est tout, dit Zach.

Il avait raison. Je suis lâche.

Effacer ma mémoire après une rupture ?

Je fronce les sourcils, les yeux rivés sur le tableau de bord, essayant de trouver un moyen de m'approprier les choses que Zach m'a dites, un moyen de sentir que tous les sentiments que j'ai éprouvés – l'amour, la trahison, la tristesse – m'appartiennent bien.

— Je suis vraiment désolé. Je ne peux pas imaginer ce que ça fait d'être à ta place, me dit Zach.

Je regarde mes mains sur mes genoux, soudain embarrassée de penser que ce garçon m'a vue nue. C'est le seul. Et, autrefois, je suis sûre que j'étais capable de tracer les contours de son corps les yeux fermés.

Comment est-il possible d'oublier tout ça ?

Je préfère changer de sujet pour chasser toute la lourdeur, la détresse que je sens monter en moi.

Même si ça s'est terminé de manière horrible, j'aimerais juste que toute cette histoire me soit familière. Que *lui* me soit familier.

— Alors, quand as-tu commencé à travailler au *Real New Delhi* ?

Zach me sourit, et là, mon estomac fait un bond. Même si je ne connais ce sourire que par le biais du Zach invisible, le Zach de ma mémoire, il n'a pas changé. Et – *oh, mon Dieu.*

— Ça fait bien cinq jours maintenant ! dit-il en riant. Ça se voit ?

— Pas vraiment. J'ai juste vu que le restaurant était nouveau.

Je suis captivée par son sourire, par la manière dont ses lèvres se retroussent, et la chaleur me monte au visage quand je pense que je les ai embrassées – et même bien plus.

— Ouais. Mes parents ont fermé le vidéoclub il y a plusieurs mois, et, comme tu le sais, j'ai travaillé un moment au Cinéplex, mais j'ai démissionné peu de temps après notre rupture. Le propriétaire est vraiment dur, donc à peu près tous ceux avec qui j'y travaillais ont démissionné. Et puis la mère de Raj m'a proposé de travailler pour elle. Nourriture gratuite. Pas moyen de laisser passer ça.

Je ris, et il sourit cette fois, mais ne rit pas.

Quand ses yeux prennent cet air lointain, je me demande s'il pense à une version de moi dont je n'ai aucun souvenir. Je joue avec le cendrier de sa voiture, qui est à moitié ouvert, parce que j'ai besoin de bouger (j'aurais besoin d'avoir mon alto entre les mains), mais aussi parce que je suis toujours en train d'essayer de trouver quelque chose que je connais dans cette voiture.

— Oh, je n'ai pas regardé là-dedans depuis une éternité, dit Zach, les yeux baissés vers le cendrier. Pas depuis que j'ai arrêté de fumer.

— Tu as arrêté ?

Quand je me tourne vers lui et que je le vois acquiescer, rayonnant, la voiture devient d'un coup bien plus lumineuse.

— C'est super !

Il rit :

— Je savais que tu serais impressionnée. (Il sent que je le regarde toujours, alors il ajoute :) Tu n'étais pas vraiment fan de la cigarette.

— Eh bien, voilà quelque chose qui me ressemble. Enfin.

Zach me sourit tristement.

Son téléphone vibre alors dans sa poche et, en le sortant, il dit :

— Mince. Ma pause est finie depuis dix minutes !

— Oh, dis-je, déçue.

La voiture n'est plus chaude, mais cela ne me dérangerait pas d'y rester pendant des heures avec Zach.

On sort quand même, et Zach me dit :

— Si jamais tu as besoin de moi, tu sais où me trouver.

J'acquiesce, mais je sens un poids de la taille d'une maison grandir dans ma gorge. Je cligne rapidement des yeux pour les garder secs.

— Hey, dit Zach en me prenant doucement dans ses bras.

Et ça, *ça*, c'est familier. Les pointes de mes oreilles brûlent, et ce n'est pas à cause du froid.

Je pose la tête sur sa poitrine, j'écoute son cœur battre régulièrement sous son tee-shirt, et je redoute le moment où il va devoir partir.

Qui arrive trop tôt.

Et je prends conscience en reculant d'un pas que rien ne m'est revenu. Secrètement, j'avais espéré que ce serait le cas. Qu'être en présence du vrai Zach, le toucher, ramènerait tous mes souvenirs de notre histoire à la surface.

— J'avais espéré que le fait de te voir me rafraîchirait la mémoire mais… (Ma voix s'éteint.) Je suppose qu'il va falloir que je te fasse confiance sur comment ça s'est passé, dis-je en riant un peu, même si ce n'est pas drôle.

Même si une larme vient de couler sur ma joue.

Zach fronce les sourcils. Il y a de nouveau une trentaine de centimètres entre nous. Il a l'air triste pour moi.

— Ça va aller, je te promets, dis-je en m'essuyant la joue du revers de la main.

Il me regarde en hochant la tête, puis tourne les yeux vers le restaurant. Finalement, il commence à marcher dans sa direction.

Et alors je ressens quelque chose, comme une révélation, comme un coup de pied violent dans la poitrine : j'ai aimé ce garçon. Le Zach de ma mémoire n'est pas réel ; si je pose ma tête sur sa poitrine, c'est mon propre cœur que j'entends battre. Quand il parle, c'est ma voix, mon propre esprit, que j'entends.

Mais là, c'est le vrai Zach. Et il me donne toujours des papillons dans le ventre. Et si je le laisse partir…

— Zach !

Il s'arrête et se tourne vers moi.

Je fais quelques pas vers lui.

— Est-ce que tu veux… (Je déglutis.) Quand tu auras fini, ou à un autre moment… on pourrait sortir ?

Je vois le sang se retirer de son visage. Il baisse rapidement les yeux, puis les relève vers moi. Je sens un énorme poids me tomber au fond du cœur.

— Ou pas, ajouté-je en essayant de prendre un ton léger, pour sauver les apparences.

— Non, c'est juste que… Lindsay et moi sommes toujours ensemble, me répond Zach d'un air gêné.

Et tout l'air de mon corps me quitte.

Oh.

— Oh, mon Dieu.

Cette fois, c'est mon visage en entier qui me brûle.

— Je suis désolée. Mon Dieu, je te jure, je ne savais pas.

— Je suis désolé, Addie.

Je ne compte plus les fois où il l'a dit aujourd'hui.

Je hoche la tête et me précipite vers ma voiture de l'autre côté de la rue, même si je ne sais pas de quoi il s'excuse. De m'avoir brisé le cœur la première fois ? Parce que je ne m'en souviens pas ? D'être toujours amoureux de Lindsay, après tout ce temps ?

57

AVANT

Fin novembre

On est le lendemain de Thanksgiving. Cela fait huit jours que j'ai surpris Zach et Lindsay dans la voiture de cette dernière, et j'ai toujours un coup au cœur en y pensant. En pensant à combien j'ai été stupide et aveugle.

Mais il me manque.

Son rire plein, joyeux, me manque. Ses cheveux entre mes doigts me manquent. Son souffle, même parfumé à la cigarette, contre ma joue, contre ma bouche. Être dans ses bras me manque, la sensation de son corps contre le mien me manque.

Pendant les premiers jours, j'ai coupé mon téléphone. Je n'écoutais pas ses messages, ne lisais pas ses textos, et j'avais demandé à ma mère et à mon frère de le chasser quand il venait.

Mais m'autoriser à écouter un seul de ses messages, juste un seul, avait agi comme un vortex : j'avais été aspirée.

Bientôt, je me retrouvai à tous les écouter.

Certains trois ou quatre fois.

Il n'arrêtait pas de répéter la même chose.

Je suis désolé, Addie.

J'ai tout fait foirer.

J'aimerais juste que tu me laisses t'expliquer.

Ce n'était pas censé arriver. Je te jure que c'était la seule fois.

Parfois, je les fais écouter à Katy, et on cherche les pires noms possibles pour lui. Elle l'appelle Zach-ou-Mac-ou-Jack pour essayer de me faire rire. Ce que je fais, mais mon rire semble creux, faux.

Le dernier message date de mardi, il y a trois jours – le temps le plus long qu'il a passé sans essayer de me joindre –, et je me demande s'il a abandonné. A-t-il accepté que ce soit terminé entre nous ?

Et moi ?

Est-ce que je *veux* que ce soit terminé ?

Bêtement, cette nuit, alors que je n'arrive pas à dormir, je l'appelle. Il répond au bout de quatre sonneries, l'air hors d'haleine, comme s'il avait couru pour attraper son téléphone.

— Allô ?

Je respire dans le téléphone, sans répondre. Mon cœur palpite dans ma poitrine.

— Addie, dit-il au bout d'un instant.

Je sais que mon nom s'est affiché, mais j'ai envie de croire qu'il a reconnu le son de mon silence, le léger bruit que je fais en inspirant tout en essayant de me retenir de pleurer.

— Addie, salut.

— Je te déteste, murmuré-je.

— Je suis désolé. Je n'ai jamais voulu te blesser.

Il semble au bord des larmes.

— Ça ne s'est passé qu'une seule fois ? Et c'était une erreur ? lui demandé-je en reprenant les termes qu'il a utilisés dans les messages qu'il m'a laissés.

— Une seule fois, promet Zach.

Mais il ne confirme pas la deuxième partie.

— Je pense que tu ne l'as jamais vraiment oubliée. Ose le nier.

Nos voix sont ténues, comme si nous échangions des secrets dans la nuit.

— Ce que je pense, c'est que comme on est restés si longtemps ensemble… C'est juste que ce n'est pas si facile de la faire disparaître de ma vie. Je pensais que ça le serait, mais ça n'a pas été le cas.

Au fur et à mesure qu'il parle, je sens mon sang bouillonner.

— Alors qu'est-ce que tu veux, Zach ?

Je lui pose la question la voix sifflante. *Qui* tu veux ?

Je n'ai pas envie que ce soit lui qui choisisse, je déteste cette idée, mais mon cœur me trahit : il s'installe fermement dans la poche où il garde ses chewing-gums à la menthe, celle où j'ai glissé mes mains en lui promettant de le décoincer.

— Je veux que tu ne me détestes pas, dit-il. Je veux simplement que l'on puisse se voir face à face et discuter et…

Je le coupe :

— Qu'est-ce que tu *veux,* vraiment ?

On reste tous les deux silencieux un moment, puis je lui dis rageusement :

— Trouve la réponse à cette question.

Et je raccroche.

Deux jours de plus passent.

Dimanche.

J'essaie de ne pas penser à lui ni à notre conversation téléphonique, ni encore au fait qu'il n'ait pas été capable de répondre quand je lui ai demandé ce qu'il voulait, *qui* il voulait.

Il n'a pas rappelé depuis que j'ai raccroché.

Aujourd'hui, en rentrant de chez mon père – il n'était pas là le jour de Thanksgiving, donc Caleb et moi y sommes allés ce matin –, une douleur m'écrase la poitrine, implacable, aiguë, comme si je m'étais cassé une côte. C'est le cas depuis une dizaine de jours, mais je prends conscience en conduisant que même si je suis très en colère contre Zach, je ne suis pas près de l'oublier. Peut-être que le voir en face, comme il le voulait, m'aiderait. Peut-être, seulement peut-être, qu'il existe encore un petit espoir pour nous deux.

Il ne sait pas que je viens, parce que je ne l'avais moi-même pas prévu. Dès que je me gare sur le parking du vidéoclub, les idées indésirables m'envahissent déjà l'esprit. Sera-t-il derrière le comptoir ? À quoi ressembleront ses cheveux aujourd'hui ? Est-ce qu'il me sourira quand il me verra, de ce sourire brillant, désarmant ? Ou bien sera-t-il désolé et nerveux ?

Puis, en m'approchant et sortant de ma voiture : et s'il n'était même pas là ? On est dimanche : s'il travaillait au Cinéplex ?

Mais en m'avançant sur le béton, avant même d'atteindre les baies vitrées du magasin, j'ai la réponse à mes questions. Il travaille bien aujourd'hui. Et il n'est pas derrière le comptoir.

Il est sur un escabeau, tout à droite du magasin, en train de mettre des guirlandes sur l'étagère, en train de le décorer pour Noël.

Elle est debout à côté de l'escalier, son jean rentré dans des bottes en cuir marron ; elle tient l'escabeau d'une main et fait de grands gestes de l'autre.

Je ne peux plus bouger.

Je ne peux rien faire à part les observer à travers la vitre.

Il descend de l'escabeau et lui tend un tas de guirlandes. Elle lui en jette une à la figure. Lui en enroule une autre sur la tête.

Il rit et lui dit quelque chose. Puis il lui touche le dos, la taille – pendant une seconde seulement, avant de décaler l'escabeau et de remonter dessus pour ajouter d'autres guirlandes.

Cela ne veut rien dire. Ni qu'ils sont ensemble, ni qu'ils vont bientôt l'être.

Cela n'a aucune importance, et de toute façon je n'ai plus mon mot à dire.

Je lui ai dit de décider ce qu'il voulait.

Et il l'a fait.

Il l'a fait.

En restant là à les observer, cette douleur dans ma poitrine grandit, s'étend, jusqu'à devenir une marée de tristesse, de colère.

Cela me fait mal de respirer, de rester debout, de retourner à ma voiture. Tout ce que je peux penser, c'est : *Ça a toujours été elle.*

Pourquoi me suis-je autorisée à l'aimer, à être avec lui ?

Tout ce que j'ai ressenti avec lui, tout ce que j'ai ressenti pour lui, tout ce que je lui ai dit et que je n'avais jamais dit à personne… Malgré ça, je n'étais pas, et je ne serai jamais assez pour lui. Il m'a ouvert les yeux, il m'a rendue vivante, mais c'est Lindsay qui lui fait cet effet, à lui.

Est-ce qu'il y a quelque chose dans ce qu'on a vécu qui ait un sens pour lui ? Ou bien notre relation entière n'a-t-elle été qu'un mensonge ?

Je m'écroule dans ma voiture et le silence du monde rugit trop fort. Tout s'arrête là où ça a commencé. Au vidéoclub du père de Zach.

Parce qu'il l'aime encore.

Ça a toujours été elle.

Je ne me souviens pas que quelque chose m'ait déjà fait aussi mal.

58

APRÈS

Janvier

Je feins d'être absorbée par quelque chose dans ma voiture jusqu'à ce que Zach disparaisse de nouveau à l'intérieur du restaurant de la mère de Raj. Puis j'abaisse mon siège et je ferme les yeux.

— Zach, murmuré-je.

J'attends le son de sa voix.

— Zach, répété-je, plus fort.

J'ouvre les yeux, et il n'est toujours pas là. Je pense à l'*Air sur la corde de sol.* Notre morceau.

Je le fredonne, mais toujours rien.

— Zach ! crié-je. *Mon* Zach, insisté-je. Le Zach de ma mémoire ?

Rien.

Il n'apparaît pas comme par magie sur mon siège passager. Il ne se matérialise pas non plus dans la rue, marchant à ma rencontre.

Pas de mèche folle qui claque au vent, pas de sourire follement rayonnant, pas même sa cigarette. Rien.

Et soudain, je me rappelle ce qu'il m'a demandé dans le *diner* samedi soir.

« Que penses-tu qu'il se passera quand tu l'auras retrouvé ? »

Et ce qu'il m'a dit quand nous sommes arrivés ensemble au lycée.

« Ne m'oublie pas. »

Il était si nerveux à l'idée que je trouve le vrai Zach, à l'idée qu'il n'existerait plus si je le trouvais.

Mais je ne l'ai pas oublié. Non. Ce n'est pas parce que j'ai parlé au vrai Zach que…

Je n'ai jamais voulu qu'il s'en aille.

On ne s'est même pas dit au revoir.

Il ne savait même pas que c'était la dernière fois qu'il existait.

Zach, Zach, Zach.

— Où es-tu ? dis-je à haute voix en sentant un sentiment de panique commencer à m'envahir. Reviens.

Le chauffage de ma voiture me renvoie un silence chaud et bourdonnant.

— Reviens, murmuré-je.

Mais personne ne m'entend.

C'est à moi-même que je parle.

59

APRÈS

Janvier

Quand elles arrivent, les larmes me frappent avec force. J'entoure mon torse de mes bras, me laisse aller contre l'appuie-tête de ma voiture, et tout ce dont je suis capable, c'est d'avoir des haut-le-cœur et de sangloter en pensant à tout ce que j'ai perdu sans le savoir.

Je suis toujours garée devant le restaurant, mais je ne peux pas arrêter de penser à ce à quoi ça a pu ressembler d'avoir un petit frère. Un bébé aux orteils roses, qui a peut-être roucoulé en me voyant, dansé sur sa chaise haute, senti le savon pour bébé, le talc et la vie nouvelle.

Je ne peux pas m'empêcher de penser au jour où on l'a mis dans cette petite tombe, de me dire que cela fait des années qu'il y est, et que je n'y suis jamais retournée. J'aurais dû.

Je ne peux pas m'empêcher d'essayer d'imaginer ma rencontre avec Zach, de me demander s'il m'a plu dès que j'ai posé les yeux sur lui. Pourquoi est-ce que je ne me souviens pas de ce que j'ai ressenti quand je l'ai embrassé pour la première fois ? Quand j'ai mis ma main dans la sienne ?

J'ai perdu ma virginité avec lui, et cela devrait faire de moi quelqu'un de différent, mais pendant tout ce temps, je ne le savais pas. Et aujourd'hui encore, je le sais, mais sans en avoir véritablement conscience.

Qu'est-ce que ça me faisait, de passer les mains dans ses cheveux ? Quelles sont toutes les vérités que je lui ai révélées sur moi, que je lui ai *données*, et que je ne récupérerai jamais ?

Quelle personne étais-je quand j'étais amoureuse de lui ? Est-ce que l'amour rendait l'air léger, plus frais, le faisait vibrer ? Est-ce que j'avais davantage de bons jours pour mes cheveux, de jours où je jouais mieux, et est-ce que je savais mieux qui j'étais ? Est-ce que mes yeux étaient plus grands ouverts, est-ce que mes lèvres étaient plus brillantes d'avoir été embrassées ? Est-ce que j'étais cette fille qui ne pouvait plus s'arrêter de sourire, ne pouvait pas s'empêcher de parler aux étrangers de ce garçon qui lui plaisait, ou bien est-ce que je restais silencieuse, discrète, comme j'ai toujours espéré que je le ferais ?

Je ne me souviens de rien, ni d'avoir été avec lui, ni de ne pas avoir été avec lui. Est-ce que cela m'a vraiment rendue différente, et quel sens a eu notre relation, s'il est toujours avec elle, aujourd'hui ?

J'accepterais la douleur aiguë de mon cœur brisé, la piqûre de la trahison, si je pouvais récupérer tous mes souvenirs, recouvrer la sensation de tous ces jours passés. Pour qu'ils aient de nouveau un poids, net et certain, dans mon esprit. Je donnerais tout pour les récupérer. J'accepterais même la copie de Zach, ce garçon qui n'était pas vraiment Zach mais qui m'a conduite à lui. Et à une version de moi dont je n'aurais peut-être jamais su qu'elle existait.

L'idée de ce que j'ai perdu pour toujours vient de nouveau me frapper avec violence, encore et encore, jusqu'à ce que je ne puisse plus respirer.

60

APRÈS

Janvier

— J'ai besoin de votre aide s'il vous plaît j'ai besoin de votre aide.

Je répète cette phrase en boucle à voix basse tout en m'avançant vers le comptoir derrière lequel se tient la réceptionniste. C'est de nouveau Heidi, mais le garçon qui était en formation ne semble pas là. Je suis venue ici juste après m'être effondrée dans ma voiture, et je m'attendais à devoir supplier ou me mettre à genoux pour entrer dans le bâtiment, puisque je n'avais pas de rendez-vous, mais apparemment le docteur Overton m'a accordé un accès d'urgence temporaire compte tenu de mes « symptômes », des effets secondaires inattendus dont je souffre.

— S'il vous plaît, répété-je.

Je dois le dire à haute voix cette fois-ci : Heidi essaie de me calmer, les autres patients me dévisagent et l'infirmière à la mèche violette se précipite hors de la pièce. Elle revient tout de suite après avec le docteur Overton, qui écarquille les yeux en me voyant, une barre de céréales entamée à la main.

— Addison ! Que fais-tu là ?

— J'ai besoin de votre aide.

Il échange un regard avec l'infirmière. J'en conclus avec certitude que oui, elle me connaît ; puis je suis le docteur Overton dans son bureau et m'assieds en face de lui, pour la troisième fois en une semaine.

— Que se passe-t-il ? me demande-t-il, l'air sincèrement préoccupé

— Vous savez, le garçon que je voyais ? Mon souvenir ? (Il acquiesce.) Il est parti. Je n'arrive pas à le faire revenir.

Je vois la tension quitter ses épaules.

— Eh bien, c'est une bonne chose ! Non ?

Il me regarde attentivement.

Je secoue la tête.

— Non, ce n'est pas une bonne chose. C'est tout ce que j'ai.

Tout ce qu'il me reste de la première fois que je suis tombée amoureuse. Des deux personnes qui ont été effacées de ma mémoire.

Un pli profond barre le front du docteur Overton, et il semble hésiter pendant un moment sur la réponse à me donner. Finalement, il dit :

— Ce n'est pas tout ce que tu as, Addie. Tu as deux parents qui feraient n'importe quoi pour toi et…

Je lui coupe la parole :

— Vous ne comprenez pas. C'est comme s'il y avait un trou géant. Et je ne sais pas comment le combler. Comment faire pour être de nouveau normale et heureuse. Comment regarder ma famille en face.

En sachant qu'ils ne sont pas ceux que je croyais. Que je ne suis pas celle que je croyais.

Le pli sur le front du docteur Overton se maintient.

— Je veux que vous combliez ce vide, dis-je lentement. Je veux que vous me rendiez mes souvenirs.

Il reste silencieux pendant un long moment avant de souffler par les narines, lentement. Il me sourit ensuite tristement, comme s'il comprenait vraiment ma situation, comme s'il compatissait sincèrement.

— Addie, j'aimerais pouvoir le faire, mais je crains de ne pas en être capable.

— Ce n'est pas suffisant, dis-je en élevant la voix. On n'arrête pas de répéter partout à quel point Overton, c'est facile, à quel point c'est simple de retirer des souvenirs, d'effacer le passé. Donc je suppose qu'il doit être aussi facile de les faire réapparaître. Me dire que vous n'en êtes *pas capable*, ça ne suffit pas.

Je sais que j'ai dépassé les limites, que j'ai franchi la ligne rouge de l'irrespect, mais au lieu de me regarder l'air énervé, il a l'air ébranlé par ce que je viens de dire. Quand je regarde dans ses yeux, je vois de l'empathie, et des sentiments qui s'opposent les uns aux autres.

— Addison, je sais que tu traverses des moments difficiles. Je sais que tu es bouleversée – et tu as toutes les raisons de l'être. Si j'étais à ta place, eh bien… Mais tu sais ce que j'aime dans ce boulot ? Ce que j'aime à propos de l'esprit humain ?

Heureusement, il n'attend aucune réponse de ma part.

— J'aime l'idée que nous portons tous en nous des fragments de lieux, de personnes, de choses que l'on a connues ou traversées. C'est si improbable, presque miraculeux, quand on y pense. Toutes ces choses importantes que l'on garde en nous. Elles prennent de l'espace à l'intérieur de nous. Parfois même *en dehors* de nous, il faut croire.

Il me sourit en disant ça, et je comprends qu'il parle de la version invisible de Zach. L'apparition que je voyais.

Il se passe une main sur les yeux, et je comprends que c'est un sujet auquel il a beaucoup réfléchi.

— De temps en temps, même *souvent* en fait, je me rappelle que je ne suis pas en train de jouer pas avec des neurones ou des électrodes, ni même avec des souvenirs. Je suis en train de jouer avec des fragments de vie, avec des fragments de cœur. Et je ne prends pas ça à la légère, vraiment pas.

Un long silence s'installe entre nous, que je romps pour dire :

— Alors vous pouvez m'aider ? S'il vous plaît ?

— J'aimerais le pouvoir. J'aimerais vraiment, sincèrement. Mais nous n'avons jamais fait de procédure de récupération. Mon père travaille sur le sujet, mais cela prendra encore des années.

Je m'enfouis le visage dans les mains.

Le Zach de ma mémoire a donc vraiment disparu. Tout comme mon frère.

À quoi tout cela aura-t-il servi ? À quoi auront servi ces dernières semaines, si c'était juste pour me rendre encore plus consciente de ce qui me manquait, de ce que je n'aurai jamais ?

Comment pourrai-je maintenant dépasser ce sentiment que tout est incomplet, creux, comme l'ombre de la réalité ?

Comment est-ce que je peux continuer à rêver de New York, à faire des plans pour l'université et pour le reste de ma vie, quand des pans entiers de celle-ci – et donc de qui je suis – ont disparu pour toujours ?

Comment faire pour continuer d'avancer ?

Tout ce que j'ai à la place de mon passé, ce sont des débris. Un sentiment de tristesse persistant, un brouillard à travers lequel je ne vois rien. Le fait de savoir que ma famille m'a menti pendant des années, que je me suis menti à moi-même. Que c'est à cause de moi que ma famille est tombée en ruine. Que si j'avais fait les choses différemment, mon petit frère serait peut-être encore en vie.

Je ne peux pas le supporter.

C'est trop.

Comment faire pour continuer d'avancer ? C'est ça que je veux. Je veux passer à autre chose – en un sens, c'est ce que j'ai toujours voulu. Après la mort de Rory. Après que Zach a brisé mon cœur.

C'est pour cela que ça me démange depuis toujours de quitter Lyndale : je veux ce qui vient après.

— Addie, je suis si désolé, dit le docteur Overton d'un ton visiblement sincère.

Mes mains tremblent tant que je ne peux que lui faire un signe de tête. Mais soudain une idée jaillit.

Je retire les doigts de devant mon visage et je le regarde.

S'il n'y a aucun moyen de me ramener mes souvenirs, de combler cet horrible nouveau vide dans ma vie, peut-être qu'il y a une autre solution.

— Si vous ne pouvez pas les récupérer, murmuré-je, est-ce que vous pouvez les retirer ? Pour de bon ?

Maintenant, il n'y a pas que mes mains qui tremblent, ma voix aussi.

— Qu'est-ce que tu entends par « les » ?

Le pli sur son front s'est encore creusé.

— Tout ce que j'ai découvert. Tout, à partir du moment où le garçon est monté dans le bus – non, même *avant*. Je ne veux pas de la *Suite* de Bach – ni du concert.

Le docteur Overton a l'air déconcerté, mais il me laisse poursuivre.

— Je ne veux rien savoir de Rory ou de Zach. Je ne veux pas savoir que je l'ai effacé, ni me rappeler l'avoir vu aujourd'hui. Je veux que ces trois dernières semaines disparaissent complètement.

Il secoue la tête :

— Cela ferait trois procédures en tout. Tu es encore sous surveillance pour les conséquences possibles de l'accident. Je ne pense pas que l'on puisse faire ça.

— Ce n'est pas dangereux. Tous vos prospectus l'affirment. Et vous avez dit que mon scanner était bon. C'est ce que je veux. S'il vous plaît !

Je suis presque hystérique.

— Mais, Addison. Est-ce que tu te rends compte que tu ne les récupéreras plus jamais ? Que ces souvenirs auront disparu pour de bon, si on fait ce que tu demandes ?

Ce que je veux avant tout, c'est avancer. Et Overton m'y a déjà aidée, non ? Peut-être pas jusqu'au bout, mais en grande partie. C'est pour ça que j'y suis retournée une deuxième fois. Pour ça que je le fais de nouveau.

Toujours tremblante, je réponds :

— Oui, je sais.

— D'accord, dit le docteur Overton, d'accord.

J'entends maintenant la musique de la salle d'attente qui se glisse sous la porte, et je m'enfonce les ongles dans les paumes de main. Je ne veux plus penser à rien.

— Mais il y a un problème, dit le docteur Overton. Tu as toujours seulement dix-sept ans. Il est absolument hors de question que nous te fassions subir la procédure sans le consentement de tes parents. Ils vont devoir donner leur accord, et étant donné les circonstances de la dernière opération… eh bien… l'un des deux devra être présent pendant la procédure.

61

APRÈS

Janvier

Bruce, le petit ami de maman, est la première personne à me voir entrer dans les bureaux de Channel Se7en.

— Salut, la miss ! s'exclame-t-il quand je me précipite dans les bureaux organisés en une multitude de petites cabines.

Il est debout en train de parcourir un document, et porte un pull sans manches à carreaux, un pantalon gris et des mocassins noirs. Sans chaussettes, comme d'habitude.

— Tout va bien ? Où cours-tu comme ça ?

— Je dois parler à maman. Tu sais où elle est ?

Il me regarde en fronçant les sourcils, l'air inquiet, et jette un coup d'œil à sa montre.

— Elle doit être en réunion. C'est en salle de conférences, mais je peux aller passer la tête et nous lui dirons que tu la cherches, OK ?

— Merci.

Bruce adore le « nous » royal. Si, Dieu nous en garde, il mettait enceinte ma mère, ce serait le genre d'homme à annoncer à tout le monde : « Nous sommes enceintes. »

Mais il a toujours été gentil avec Caleb et moi.

Je fais les cent pas en attendant qu'il revienne. Il est 16 h 30. Il ne reste qu'une heure avant la fermeture d'Overton. Et si le docteur Overton changeait d'avis ?

J'entends les talons hauts de maman qui cliquettent sur le sol avant de la voir apparaître.

— Que se passe-t-il ? Qu'est-ce que qui ne va pas ? me demande-t-elle en se précipitant vers moi.

— Je veux tout oublier. Les dernières semaines. Le fait d'avoir tout découvert sur Rory. (Elle regarde autour d'elle puis m'emmène dans son bureau et ferme la porte derrière nous.) Le docteur Overton est d'accord pour faire la procédure à condition que tu signes un accord, et que tu sois là.

— Addison, dit ma mère, l'air sonnée. Tu étais si convaincue que c'était une erreur, que nous n'aurions jamais dû le faire effacer… ton frère.

Même maintenant, il lui est difficile de prononcer son nom devant moi.

Rory, Rory, Rory.

Je le fais pour elle, tant que je le peux encore.

Je le fais pour lui, aussi, avant de le trahir une deuxième fois. Une troisième fois, même.

Il est mort à cause de moi.

Je n'ai pas été assez forte pour me souvenir de lui.

L'autre jour, au cimetière, je lui ai promis qu'à partir de maintenant je me souviendrais de lui, mais Zach avait vu juste.

Je suis lâche.

— Eh bien, je pense que tu avais raison, en fait, la première fois. Je ne suis pas assez forte pour la vérité.

J'éclate en sanglots et elle me prend dans ses bras. Écarte doucement les cheveux de mon visage.

— Oh, ma chérie. Oh, Addie.

Elle me masse le dos en silence pendant un instant, et puis elle dit :

— Tu sais, tu étais différente après la première procédure.

Je me rappelle cette sensation de voir les choses s'évanouir, le sentiment de vouloir davantage que ce que j'avais. Est-ce que ma mère se sent coupable de ce qu'elle m'a retiré, ou bien se sent-elle coupable d'avoir pu dormir pour la première fois depuis des mois en sachant que, moi aussi, je dormais ?

— Je me rappelle.

— Tu sais que ton père ne te soutiendra pas. Tu sais ce qu'il pense d'Overton.

— Oui, mais il n'est pas là, si ?

— Et qu'en est-il des effets secondaires ? Ceux de quand tu as effacé le garçon ? Ce n'est jamais arrivé à un patient. Et si ce n'était pas sûr ? Si tes effets secondaires étaient encore pires, cette fois-ci ?

— Maman, s'il te plaît.

Ma mère a toujours essayé de me protéger parce que sa plus grande peur était justement de ne pas en être capable, j'en prends conscience maintenant. Donc j'en appelle à la part d'elle qui espère que, si elle n'est pas en mesure de m'aider, quelque chose d'extérieur peut le faire.

— Le pire qui puisse arriver, c'est *ça*, justement. Avoir des bribes, mais pas tout. Savoir le pire mais pas le meilleur. Je n'en veux plus. Rien de tout ça. Je veux juste… Je veux être capable d'avancer. Je veux oublier.

62

AVANT

Décembre

— Est-ce que ce n'est pas un peu extrême ? dit Katy en tremblant un peu. Ils vont manipuler ton *cerveau*, quand même.

— Peut-être que mon cerveau a justement besoin d'être manipulé, marmonné-je en craignant que ce ne soit vrai.

Je suis étendue sur le lit, sur le côté, les yeux tout gonflés à force d'avoir pleuré. Katy est allongée sur le sol, parallèlement au lit, le visage vers moi.

— J'ai envie de lui péter ses foutues dents, mais je ne peux pas m'empêcher de penser à lui, lui dis-je en sentant les larmes me monter de nouveau aux yeux.

Et puis je veux me péter les dents à moi aussi : pourquoi est-ce que je pleure encore ? Cela fait des jours que j'ai vu Zach et Lindsay au magasin de son père. Plus de deux semaines depuis la première fois que je les ai vus ensemble. Des jours pendant lesquels ma mère s'est inquiétée, rôdant autour de moi le visage livide, comme si elle avait vu un fantôme. Même Caleb est désolé pour moi.

Je sens cette panique m'envahir, cette impression que je suis en train de tomber dans un trou dont je ne peux pas sortir. Dont je ne *sais pas* comment sortir.

— J'ai dû me tromper tout du long. J'ai dû me faire des films pendant tout ce temps.

Katy secoue la tête.

— Non, tu ne t'es pas fait des films. C'est plutôt lui qui t'a menée en bateau. Peut-être qu'il s'est lui-même mené en bateau.

Peut-être que cela me fait encore plus mal parce qu'être avec lui me faisait me sentir comme je l'avais toujours voulu, me faisait vibrer d'électricité, de légèreté, de vie. Et peut-être que tout ça n'était pas vraiment lié à Zach spécifiquement, mais plutôt à la façon dont l'amour nous ouvre les yeux, nous secoue.

— Tout me le rappelle. Tout ce que je mange a un goût atroce. Je ne comprends pas, dis-je en reniflant. Qu'est-ce que ça peut avoir à faire avec lui ? Ce n'était pas *à cause de lui* que je mangeais. Il n'y a rien que je faisais ou que j'étais juste à cause de lui.

— Sauf une fan de Ciano, me fait remarquer Katy en souriant, mais gentiment, comme elle le fait depuis ma rupture avec Zach.

— Oui, peut-être.

Je me mets sur le dos, les yeux tournés vers le plafond.

— Mon Dieu, pourquoi est-ce que je suis sortie avec lui alors qu'il m'a dit qu'il était encore amoureux d'elle ? Avant que quoi que ce soit ne se passe, il me l'avait dit.

— Petite erreur de ta part, mais c'est quand même sa faute. Garde ta foutue langue dans ta bouche. Ce n'est pas compliqué.

Je garde les yeux rivés sur une petite irrégularité au plafond.

— Ma mère a peur que quelque chose n'aille pas sur plan *clinique*. Ou que cela n'arrive bientôt. Baisse d'appétit, crises de larmes incontrôlables, envie de vivre éternellement en jogging.

Moi aussi j'ai peur qu'il n'y ait quelque chose qui n'aille pas. Je ne me suis jamais sentie comme ça.

Je me tourne vers Katy :

— C'est quoi, ton diagnostic ?

Elle fait mine d'avoir une longue et profonde réflexion sur le sujet.

— Clairement, un Épisode dépressif. Un CBFINAS – un cœur brisé de façon inattendue non autrement spécifié. Modéré à sévère, mais définitivement curable.

— Je crois que c'est la première fois que je t'entends émettre un diagnostic positif, dis-je en essayant de prendre un ton jovial.

Mais je doute de la pertinence de son pronostic. Chaque cellule de mon corps qui frétillait de bonheur et d'excitation palpite maintenant d'une douleur aiguë, horrible.

Je veux juste que ça s'arrête.

— Oui, eh bien, tu sais, à circonstances extraordinaires… Tu es ma dure à cuire de meilleure amie. Et tu mérites tellement mieux. Tu *vas* avoir tellement mieux. Je ne sais même pas pourquoi tu entretiens cette idée de… comment ça s'appelle déjà ? J'ai oublié le nom. Le raccrochettement de mémoire ?

— *Raccordement* de mémoire, dis-je en me remémorant les pages et les pages d'informations que j'ai lues sur le sujet.

Je me rappelle avoir trouvé un jour la publicité sous les essuie-glaces de Zach. Comme c'est ironique. Le raccordement, ça veut dire que j'oublierai tout sur Zach. Ses yeux, son visage, son odeur. J'oublierai comment on a tourné son film, j'oublierai comme je m'endormais dans ses bras, j'oublierai le jour où on a ri si fort dans le parc pendant qu'on se faisait pourchasser par les oiseaux.

En plus, ça a l'air sûr et rapide. Et sérieux.

— Addie, je connais des structures qui font des amputations *sérieuses*, mais ce n'est pas pour ça que je m'en fais faire une. Et tes parents, alors ? Ils ne seront jamais d'accord.

— Ils ne sont pas obligés de savoir.

Katy s'étrangle.

— Et comment on va faire ça ?

— *Nous,* on ne va rien faire. Mais peut-être que Beatrice Lane et Kathleen Kelly vont y arriver, elles.

— Addie…

— C'est censé être super sécurisé. Et ce n'est pas si cher – je peux me le payer avec mes économies.

— Tu veux dire tout l'argent que tu as mis de côté pour quitter cette ville ! Non, tu ne peux pas faire ça !

Katy s'assied et me regarde droit dans les yeux.

— Je sais que ça fait mal aujourd'hui, Addie, mais tu es sûre que ça en vaut la peine ? Tu es sûre que c'est ce que tu veux ?

— Si je ne le fais pas…

Mais les mots me manquent.

Je serai coincée ici, piégée, obligée de revivre la douleur, le déchirement et la colère, encore et encore. C'est comme si quelque chose ne fonctionnait pas dans mon cerveau.

Et je ne peux pas imaginer tomber sur Zach et Lindsay, les voir de nouveau ensemble.

— Ça va aller, je sais que ça va aller, dit Katy.

Mais moi pas. Je ne peux pas me rappeler un moment où je me suis sentie aussi détruite.

— Si je pouvais seulement arrêter de repenser comme mon cœur battait vite la première fois qu'il m'a embrassée, ou comme mon estomac a fait des pirouettes pendant une semaine après. C'était le premier garçon avec qui j'étais, dis-je en m'essuyant les yeux du revers de la manche. Je pense que je me sentirai mieux si le moindre des sentiments que j'ai ressentis pour lui ou avec lui ne se manifestait pas dans tout mon corps chaque seconde de chaque jour. J'aimerais ne jamais l'avoir rencontré.

C'est comme si mon cœur était râpé, à vif, ratatiné.

Peut-être que je ne suis pas assez forte. Peut-être que je ne suis pas capable de gérer toute la gamme du bon et du mauvais de la vie, les surfaces abîmées et les angles aigus de l'amour.

Peut-être que ma mère a raison d'être toujours si surprotectrice.

Peut-être que le seul moyen de me sentir mieux, maintenant, c'est d'oublier.

63

APRÈS

Janvier

Maman quitte aussitôt le travail et nous roulons vite – je laisse ma voiture sur le parking de Channel Se7en – pour arriver avant la fermeture d'Overton. Je suis contente que l'on n'ait pas le temps d'en discuter. Pas le temps non plus d'y *réfléchir.* Si cela avait été le cas, cela m'aurait fait douter. J'aurais entendu les mots de Zach quand il m'a dit que l'effacer de mon cerveau la première fois – et maintenant la seconde – était lâche. Je me serais sans doute demandé si, avec le temps, peut-être, j'aurais été reconnaissante d'avoir retrouvé ces pans de ma vie – reconnaissante du Zach de ma mémoire, de Rory, du fait de comprendre finalement pourquoi ma famille est comme elle est. Pourquoi *moi,* je suis comme je suis.

Mais il n'y a pas assez de temps pour ça.

Quand nous arrivons, le docteur Overton est en train de terminer sa dernière consultation, il va finir plus tard pour moi.

Je remplis un questionnaire sur mes antécédents médicaux pendant que ma mère remplit le formulaire de consentement.

Est-ce qu'ils m'ont fait remplir ce genre de documents la dernière fois ? Est-ce que j'ai indiqué Katy comme personne à contacter en cas d'urgence, et est-ce que le fait de renoncer à des morceaux de ma vie m'avait déjà paru aussi effrayant, aussi étrange ?

Que va-t-elle dire quand elle va découvrir que j'ai recommencé ?

Sera-t-elle déçue ? En colère ? Soulagée ?

Et Caleb ? Et papa ?

Et Zach ?

Je les chasse tous de mon esprit.

Un radiologue vient me chercher après que j'ai passé une blouse de coton vert.

— D'abord, on va faire ce que l'on appelle un scan de référence, dit-il.

Il m'explique ensuite comment marche la machine, et comment j'y serai placée.

— Cela nous indique à quoi ton cerveau ressemble à l'état « neutre », et cela nous permet aussi de vérifier encore une fois qu'il n'y a aucun risque à faire de nouveau la procédure. Je veux que tu te concentres sur les images qui apparaissent sur le moniteur pendant que l'on fait les clichés. Des questions ?

Je secoue la tête, puis me glisse dans la même machine en forme de donut que la dernière fois, à la seule différence que, cette fois-ci, le technicien abat un petit écran sur lequel défilent des images de différentes formes géométriques – des triangles, une chaîne de cercles et de polygones – pendant que la machine ronronne doucement. Ensuite, je suis conduite dans une autre pièce, où une infirmière que je n'ai encore jamais vue aide le docteur Overton à démarrer l'ordinateur, puis le surveille pendant qu'il place des électrodes sur ma tête. Maman s'installe dans la toute petite pièce attenante, d'où elle me regarde à travers une vitre. Elle est aussi nerveuse que si nous étions de nouveau la nuit de l'accident.

Est-ce qu'elle était là aussi, la première fois ? Quand ils ont effacé Rory ?

— Le sommeil est notre principal outil pour le processus de consolidation, donc on va te donner un sédatif. Tu peux t'attendre à te sentir complètement sonnée après l'opération.

Le docteur Overton me détaille ensuite ce qui va se passer pendant la procédure, avant de me lister les possibles effets secondaires : les pires sont les maux de tête, mais il peut aussi y avoir une réaction allergique aux électrodes, des nausées, une somnolence. Comme c'est une clinique de jour, je rentrerai à la maison après, mais étant donné que j'ai déjà eu des complications, il donne à maman son numéro de téléphone et nous dit qu'il sera joignable pendant les prochaines quarante-huit heures au cas où il y aurait un problème.

— Ce n'est pas une procédure invasive, donc, honnêtement, il ne devrait y avoir aucun problème, me dit le docteur Overton pour me rassurer.

Finalement, je me retrouve allongée sur un lit d'hôpital, branchée à tout un tas d'électrodes ; l'infirmière debout derrière le médecin scrute l'écran d'ordinateur sur lequel l'image de mon cerveau est projetée en direct. Mes doigts s'agitent nerveusement, anxieusement.

Je me dis que je suis prête à oublier. Que je suis prête à recommencer.

— Je veux que tu penses à la première chose dont tu te souviens de ce samedi, celui du bus.

J'essaie de saisir le moment où je me suis réveillée ce samedi-là, le jour où j'ai rencontré le garçon.

— Détends-toi. Tu te débrouilles très bien, me dit le docteur Overton d'une voix douce mais distraite.

— J'isole le cortex cingulaire, murmure l'infirmière.

— Postérieur ? Bien. Est-ce que l'on peut lire l'hippocampe ?

Ils continuent à commenter ce qu'ils voient à l'écran.

— Tu t'en sors bien, Addie, me répète le docteur Overton.

Du coin de l'œil, je le vois faire un signe de tête à l'infirmière. Je suis en train de penser au moment où j'ai glissé mon alto dans son étui, puis à celui où ma mère m'a déposée à l'arrêt de bus le jour où tout a commencé.

Ensuite, l'infirmière me passe une compresse froide sur le bras ; je sens la piqûre d'une aiguille, et, progressivement, tout devient flou.

Le docteur Overton dit :

— Moi aussi, j'avais un Zach.

Je parviens à le regarder, surprise.

— Elle s'appelait Nina. C'est la première fille que j'ai aimée.

Et je me détends de nouveau, comprenant qu'il ne fait qu'entretenir la conversation. Cela dit, je préférerais qu'il ne parle pas de Zach. Je préférerais qu'il parle de quelque chose qui ne me touche pas autant.

— Un peu plus à droite, Leslie, dit-il en scrutant l'écran.

Puis il continue, sans que je sache s'il s'adresse à Leslie, à moi ou à lui-même :

— Je ne l'ai pas vue depuis la terminale, *au moins.*

Sa voix semble lourde, teintée de tristesse, mais comme je commence à être un peu dans le brouillard, je ne pourrais pas l'affirmer.

— Encore maintenant, de temps en temps, je crois la voir au marché ou au club de gym. C'est vraiment bizarre.

Il glousse, et Leslie rit avec lui.

— Parfois, je pense à elle, je me demande à quoi elle ressemble aujourd'hui. Je me demande ce qu'elle a fait après l'université, si ça lui arrive de penser à moi, de se demander ce que je suis devenu. (Sa voix est de plus en plus faible.) Je me demande où elle est maintenant. (Il s'arrête un instant.) Et ce qu'elle a fait du morceau de mon cœur qu'elle doit toujours avoir avec elle.

64

AVANT

Décembre

Dans la voiture, devant la clinique Overton, je suis tremblante, terrifiée et plus que reconnaissante envers Katy d'avoir bien voulu conduire. Plus que reconnaissante envers elle d'être là, de faire ça avec moi.

— Tiens, dit-elle en lâchant une enveloppe sur mes genoux après avoir coupé le moteur. Pour aujourd'hui.

Je l'ouvre et découvre un gros tas de billets. Après un moment de confusion, je comprends ce qu'elle est en train de faire, et je secoue vigoureusement la tête.

— Je ne peux pas accepter, Katy. Hors de question.

— Eh bien, tu ne peux pas non plus dépenser toutes tes économies et te retrouver coincée à Lyndale. Je devrais aller toute seule à New York. Et ça, je ne veux pas que ça arrive.

— Ça n'arrivera pas. Je vais trouver un moyen, mais il est hors de question que j'accepte ton argent. Où as-tu trouvé tout ça, d'abord ?

— J'ai braqué un garçon – je veux dire une banque.

Je fais une moue sceptique.

— OK, j'ai mis en gage un cadeau que mon père m'avait envoyé. Une stupide parure en perles qui m'irait si j'étais la Première Dame, ou quelque chose comme ça.

— Katy ! Pourquoi est-ce que tu as fait ça ? Un cadeau de ton père ! Il faut que tu le récupères !

— Mais je ne *veux* pas le récupérer. Je veux que tu sois heureuse. Je veux que tu viennes à New York. Et je ne veux pas d'une merde qui me rappelle à quel point mon père me connaît mal. Je veux dire, qu'il ne se rappelle pas ma date exacte d'anniversaire passe encore, mais là, il a carrément trois décennies d'avance.

— Mais tu aimes bien le bracelet en argent, quand même. Tu ne le retires jamais.

— Parce qu'il est mignon… (Elle hausse les épaules.) Ce qui signifie que c'est sans doute sa nouvelle femme qui l'a choisi. Je peux toujours prétendre qu'il me connaît suffisamment bien pour savoir que ça me plairait. Mais une *parure de perles* ? Et puis, comme ça, il me restera peut-être même assez d'argent pour m'acheter un nouveau Stentor. Ça fait au moins quatre ans que j'ai mon violon. (Elle se tourne vers moi.) Prends-le, c'est tout, OK ? Si tu dois faire ça, si c'est une *absolue* nécessité pour toi, alors je veux t'aider.

Je la dévisage pendant plusieurs secondes, cligne des yeux pour retenir mes larmes et passe mes bras autour d'elle.

— Je te rembourserai.

— Non.

— Si.

— Oublie ça, OK ? Tu as compris ?

Elle rit à sa propre blague, mais notre rire est un peu forcé, et, pendant que l'on sort de la voiture pour avancer vers la clinique, je me demande si son cœur bat aussi vite que le mien, si elle a aussi l'estomac retourné, si son esprit tourne aussi à cent à l'heure.

Quelques minutes plus tard, je laisse Katy dans la salle d'attente quand l'infirmière vient me chercher. Elle garde mon téléphone parce que je ne suis pas autorisée à l'avoir sur moi dans la salle où se déroule la procédure. Avant que je quitte la pièce, ma meilleure amie me lance un regard où je lis la peur, la complicité, mais aussi quelque chose que je ne peux pas définir : des regrets, peut-être ?

« Pourquoi sommes-nous là ? Tirons-nous d'ici et rentrons à la maison. »

Mais l'infirmière m'attend. Elle est petite et a l'air jeune, et a une mèche de cheveux teinte en rose vif. Je la suis dans le couloir en prenant le stylo et le formulaire que j'ai commencé à remplir dans la salle d'attente. Elle me tend une blouse d'hôpital et me guide vers un vestiaire.

Tout en me changeant, je me répète la même chose, encore et encore : *Ne réfléchis pas, ne réfléchis pas, ne réfléchis pas.*

Si je le faisais, je m'enfuirais peut-être d'ici. J'irais peut-être retrouver Katy dans la salle d'attente, et je l'appellerais Katy et non Beatrice, et elle m'appellerait Addie au lieu de Kathleen, et on irait chez elle ou chez moi pour parler de musique, de Juilliard ou de NYU. J'essaierais d'oublier Zach en remplissant mon esprit d'autres choses, d'autres gens, et non pas en l'effaçant de ma mémoire.

Mais si ce n'était pas suffisant ? Si je ne parvenais pas à surmonter ma douleur ?

Je sens ma poitrine se serrer rien qu'en pensant à lui.

Et pourtant, je ne peux pas m'empêcher de me demander si je ne suis pas en train de faire une bêtise. Si c'est une idée stupide.

Si je vais le regretter.

Mon cœur bat à toute allure, mes mains sont collantes de sueur, et je sens la panique qui monte, qui m'envahit petit à petit… *Ne réfléchis pas, ne réfléchis pas.*

— Tu as bientôt fini, Kathleen ?

— Un instant.

Quand j'entends les pas de l'infirmière s'éloigner, je vois le stylo et le support en carton avec le formulaire, que j'aurais dû lui donner sur le chemin, posés sur les vêtements que je viens d'enlever.

Et malgré le mantra qui résonne encore dans ma tête, je pense : *Et si je me détestais d'avoir fait ça, après ?*

J'entends l'infirmière qui revient déjà, mais je prends mon jean sur la pile en laissant le reste tomber. Je ne l'enfile pas, parce que je ne pense pas être assez forte pour vivre avec cette douleur, parce qu'oublier me paraît toujours être le meilleur moyen d'avancer.

Mais je retourne mon jean et commence à écrire, aussi vite que possible.

J'écris tout ce que j'ai le temps d'écrire. Tout ce que je peux penser à dire à la fille que j'aimerais être, une fille qui est – ou sera – un peu plus courageuse que moi aujourd'hui.

— Le médecin est prêt, c'est quand tu veux, me dit l'infirmière de l'autre côté de la porte.

Je récupère mes affaires et ouvre la porte. Je tends mon formulaire à l'infirmière.

— Ça va aller, me dit-elle en faisant un sourire que j'aimerais ne pas oublier.

Une autre femme fait un scanner de mon cerveau, un « scanner de référence », m'explique-t-elle. Et puis mon infirmière à la mèche rose revient pour me conduire dans une pièce où un médecin d'une soixantaine d'années me serre la main en m'expliquant comment ça va se passer. Les sédatifs, les effets secondaires.

— Comment ça marche, déjà ? demandé-je, dans un moment de panique, en essayant de gagner du temps.

Je m'attends à ce que cela ennuie le docteur Overton, mais manifestement il ne se lasse jamais d'expliquer le travail de toute sa vie.

— Eh bien, pour se rappeler quelque chose, il ne suffit pas de le sortir d'une boîte et de l'y remettre. En fait, on reforme le souvenir chaque fois. C'est comme quand tu ouvres un document sur Word, puis que tu le réenregistres – le même souvenir. On écrit par-dessus. Cela s'appelle la reconsolidation. Et je pense que c'est pour ça qu'on a parfois l'impression de revivre des événements dont on se souvient. (Je hoche la tête en pensant au Zach de ma mémoire, à la manière dont il me paraît si réel, presque trop vivant.) Donc, ce que l'on fait, c'est que l'on te demande de commencer à penser à ce que tu veux oublier. Tu y accèdes pour que l'on puisse repérer les connexions neuronales concernées, et puis on interrompt le processus de reconsolidation ; on interrompt le téléchargement pour qu'il ne soit *pas* sauvegardé. Est-ce que c'est clair ?

Je hoche de nouveau la tête, puis je m'allonge sur le lit et en attrape les bords pour ne pas m'enfuir. Je pense à Katy dans la salle d'attente, à ma mère au travail, à mon père quelque part au loin.

Et à Zach.

Zach, avant de l'oublier.

Ses cheveux, son sourire, son odeur, son rire, ses films.

— Commençons par le jour où tu l'as rencontré. Est-ce que tu t'en souviens ?

Je pense à la chaleur qu'il faisait le jour où je suis allée chez *At Home Movies*, au moment où j'ai ouvert la porte et qu'un garçon aux yeux pétillants a surgi de derrière le comptoir.

Zach, le garçon que j'aime.

Le médecin et l'infirmière discutent de ce qu'ils voient à l'écran, balançant des mots qui me sont complètement étrangers.

— On l'a, dit finalement l'infirmière en m'injectant quelque chose dans le bras. Détends-toi, maintenant, Kathleen, on s'occupe de tout, d'accord ?

Ne réfléchis pas, ne réfléchis pas, ne réfléchis pas.

Au fur et à mesure que le sédatif commence à faire son effet, il devient de plus en plus facile d'obéir à cette injonction.

65

AVANT

Décembre

— Tu vas sans doute te sentir un peu dans le brouillard, un peu somnolente, ce qui est complètement normal, me dit le médecin. Essaie de te détendre.

— Elle est si nerveuse, dit une voix de femme.

L'infirmière, je suppose. C'est difficile à dire dans le brouillard dans lequel je suis.

— Là, dit-elle en me prenant la main et en la serrant dans la sienne.

Ça m'aide. Mais un tremblement me parcourt toujours, vibrant comme une corde que l'on pince.

Je sens toujours sa main qui tient la mienne, sa chaleur, pendant que je sombre dans un état second. Mais, quand je commence à sentir les choses disparaître, que je les *vois* s'effacer dans mon esprit, je panique. Ça commence par les voitures. Des véhicules avec des phares ronds comme des yeux globuleux, dans une rue que je reconnais vaguement. C'est ensuite au tour de l'herbe. Et puis les tables, les gens.

Enfin, des étrangers au hasard, à différents endroits de différentes scènes.

C'est quand le bruit disparaît que je commence vraiment à paniquer.

Que suis-je en train de faire ?

J'essaie de serrer la main de l'infirmière pour lui dire d'arrêter. Je ne veux pas oublier.

Je ne veux pas oublier.

Pas même ce que j'ai ressenti.

Pas même combien cela fait mal.

Pas encore.

Parce que c'est important pour moi, et que cela m'a changée, et que peut-être que je me suis trompée. Peut-être que je suis capable de le gérer.

Je peux le gérer.

Mais mes mains ne semblent pas bouger, ne semblent pas transmettre un quelconque message à l'infirmière, et tout continue à disparaître : les gens, les choses, les souvenirs.

Alors je cherche quelque chose à quoi je peux me raccrocher. Un pilier robuste, fermement planté au milieu d'une tornade.

Un morceau de musique. Bach.

J'ai toujours caché des choses dans ma musique. Je ne sais pas si ce sera suffisant.

Mais, malgré tout, je m'y accroche. Je ne le lâche pas.

66

APRÈS

Janvier

Je me sens perdre conscience et je commence à paniquer. Avec cette sensation que tout disparaît, que les bords s'estompent et que des trous se forment, des espaces laissés vacants par des choses que je ne peux pas retenir.

— Détends-toi, me dit une voix sourde, et j'essaie de m'y forcer.

Tout va bien.

Tu vas oublier.

Tu vas pouvoir tout recommencer à zéro.

Mais je ne peux toujours pas contenir la tempête qui naît dans ma poitrine, la sensation que mon corps me signifie que quelque chose ne va pas.

J'essaie d'articuler quelques mots, mais je ne peux pas. J'aimerais demander une minute, ou cinq.

Tout à l'heure, j'étais contente que l'on n'ait pas assez de temps, mais maintenant j'en ai besoin.

Les images commencent à se brouiller dans mon esprit, elles tourbillonnent.

L'accident.

Tourbillon.

Le Gothique.

Le lit d'hôpital.

Tourbillon.

Le cinéma.

Zach sur le banc à côté de moi, qui partage mon manteau.

La pierre tombale de Rory.

Tourbillon.

Voilà ce qui m'est arrivé.

Voilà certaines des choses que j'ai faites.

Je pense à l'*Air sur la corde de sol.* C'est le morceau qui a réveillé ma mémoire.

Je ne veux pas le perdre.

Je ne veux rien perdre de tout ça.

Mais si je n'étais pas assez forte ? Pour supporter la douleur de n'avoir que des fragments, de savoir que je n'aurai jamais vraiment en ma possession tous les morceaux de ma vie ? Et si je n'étais pas assez forte pour dire quelques mots maintenant, depuis le brouillard dans lequel je suis ? De dire au docteur Overton que je ne veux pas oublier.

J'essaie encore une fois d'articuler des mots, mais je n'ai même pas l'impression que mes lèvres bougent.

— S… sss… s…

Stop.

Tourbillon.

Stop.

S'il vous plaît, arrêtez.

Tourbillon.

Ce que je sais de ma vie aujourd'hui, ce ne sont que des tessons de verre brisé, des conséquences, des éléments que l'on m'a donnés et que j'ai rassemblés. Ce ne sont que des ombres, des répliques de ce qui s'est passé.

Mais je mérite de les connaître.

Je mérite de les conserver.

Stop, stop, stop.

Je ne suis pas assez forte.

Je n'ai jamais été assez forte.

Quand les choses deviennent trop difficiles, je cède. Je préfère vivre par procuration – la vie des autres – parce que je ne suis pas assez courageuse pour vivre ma propre vie.

Voilà qui je suis.

— S… Sst… o…

Tourbillon.

— Addie ? dit une voix.

Je n'arrive toujours pas à savoir qui c'est.

M'ont-ils entendue ?

Ou est-ce que ce n'est que dans mon imagination ?

Suis-je finalement assez forte ?

— Stop, parviens-je à dire.

Stop.

Et enfin – enfin – ils arrêtent.

67

APRÈS

Janvier

— Ouvre les yeux. Réveille-toi, me murmure mon père au moment où je commence à remuer.

Quand je le fais, je vois mes parents de chaque côté de moi, et ma mère me prend dans ses bras.

— Est-ce qu'ils l'ont fait ? demandé-je, la voix étouffée dans son tee-shirt. Est-ce que j'ai tout perdu ?

— Non, dit-elle. Ils ont arrêté juste au moment où ils visaient le premier souvenir, mais le sédatif avait déjà fait effet, donc ils t'ont laissée dormir.

En face, papa cligne des yeux en me regardant :

— Ta mère m'a appelé juste après qu'ils ont commencé. Elle m'a demandé de venir.

— Oh, dis-je en louchant vers lui.

Puis je détourne le regard parce que nous n'avons jamais rien à nous dire. Parce qu'il a probablement été blessé que je ne lui dise pas que je le faisais. Parce que je ne veux pas affronter sa déception maintenant.

Mais quelques minutes plus tard, quand le docteur Overton nous donne l'autorisation de rentrer à la maison, papa demande s'il peut me raccompagner, même si c'est dans la voiture de maman que je suis venue.

Maman hausse les épaules quand je l'interroge du regard.

— Je pense que je vais aller chercher ta voiture devant mon bureau avec Caleb.

Une fois dans la voiture, je regarde par la vitre, sans dire un mot. La neige a commencé à tomber pendant que nous étions à la clinique, et elle continue à virevolter en flocons lourds et épais. Les trottoirs sont déjà complètement recouverts. C'est hypnotisant de la regarder restructurer le monde en en dissimulant les coins, les pierres, les escaliers et les toits.

— Je suis content que tu ne l'aies pas fait.

Je ne fais pas un bruit, je ne me tourne pas pour regarder mon père.

— Je sais que tu as eu beaucoup de choses à gérer ces deniers jours, Addie. Et je suis désolé de ce qui s'est passé.

Je pensais que je ne lui dirais rien, que je n'avais pas grand-chose à lui dire, tout comme il n'avait pas grand-chose à me dire depuis des années, mais je craque d'un coup :

— Comment as-tu pu me laisser subir la procédure la première fois ? Tu t'es battu pour que Caleb ait le choix, mais pas pour moi. Pourquoi ? Pourquoi as-tu baissé les bras, pour moi ? Même si j'étais d'accord, tu devais forcément savoir que ce n'était pas vraiment ce que je voulais. Tu n'as même pas *essayé*.

— J'ai lutté longtemps avec ta mère sur le sujet.

— Manifestement, pas assez longtemps. Manifestement, tu as cédé.

— Je… je savais que je ne serais pas capable de me regarder en face si elle avait raison – si tu sombrais si profondément que tu ne pouvais pas t'en remettre. *(Alors il était d'accord avec elle sur le fait que je n'étais pas assez forte, que je ne pourrai pas supporter la perte de Rory.)* Je me suis aussi convaincu moi-même qu'en m'éloignant, en partant, je ne participais pas à ça. Que je n'étais pas complice du mensonge.

Les larmes me montent aux yeux.

— Mais tu l'étais, pourtant ! Tu m'as menti pendant des années.

Je suis une grande sœur. Je l'étais ou je le suis. *Comment parle-t-on de ce que l'on a été, que l'on n'est plus, mais qui sera vrai pour toujours ?*

— Je sais, dit papa, qui semble lui-même au bord des larmes. J'en prends conscience aujourd'hui. Et pas seulement pour Rory, Addie, mais pour t'avoir laissée penser que tu n'étais pas assez forte. Par cette décision… Quand j'ai accepté que tu subisses la procédure, c'était comme si ta mère et moi étions les premiers à t'envoyer ce message. Et au final, tu t'en es convaincue ; tu y as cru. Mais ce n'était pas – ce *n'est* pas – vrai. (Il soupire.) J'ai vécu avec la dépression toute ma vie, Addie, et je n'ai pas les mots pour décrire combien cela peut être difficile. Ce n'est pas *seulement* de la tristesse. Pour moi, en tout cas. Certains jours, c'est une combinaison des pires choses que j'ai ressenties dans ma vie : peur, tristesse, apathie, solitude, douleur, angoisse, désespoir. Et certains jours, c'est le vide absolu – comme si j'étais complètement éteint, comme si mon cerveau ne marchait plus. Je ne sais pas si tu vas vivre ou si tu aurais vécu la même vie, mais cela me tuait de te voir quand tu avais à onze ans, de te voir aujourd'hui, et de me demander si je t'avais transmis ça – mon incapacité à gérer la douleur.

Je le regarde et je détourne de nouveau le regard, luttant toujours pour retenir les larmes.

— Mais tu la surmontes, dis-je au bout d'un moment. Tu as perdu Rory, et tu as perdu maman, et tu n'as pas baissé les bras. Pourquoi ne t'es-tu pas dit que tu avais pu me transmettre ça, aussi ?

Il réfléchit un moment, puis hoche la tête. Penché sur son volant, il conduit plus lentement parce que la route commence à être un peu glissante.

— Pendant que tu étais endormie, je discutais avec le docteur Overton, et il m'expliquait comment toutes nos expériences reconfigurent le cerveau. Que ce soit la dépression, la joie ou l'amour, on peut physiquement observer comment cela reconfigure l'esprit de quelqu'un. En retirant la première tragédie que tu as traversée, on a aussi effacé la façon dont ton esprit apprenait à y faire face. Bien sûr, peut-être que tu apprenais trop lentement pour nous, peut-être que tu avais besoin de davantage d'aide et de conseil, peut-être même d'un traitement médical, mais ton cerveau était en train de se « recâbler » pour gérer cette douleur, et on l'en a empêché. Donc, quand ce truc s'est passé avec Zach, ton premier instinct, même sans le savoir, a été de retirer la source de douleur, au lieu d'essayer de te débrouiller avec. Addie, te laisser croire que tu n'étais pas assez forte était une chose – et c'était une erreur –, mais le plus grand mensonge était de te faire croire qu'il y a des choses auxquelles on ne peut pas survivre. Qu'il y a des choses auxquelles cela ne *vaut pas la peine* de survivre. Je n'ai jamais, jamais voulu te faire croire ça. Que tu ne pouvais pas avancer ou que tu ne pouvais pas surmonter les épreuves auxquelles tu fais face. Je suis désolé d'avoir participé à t'enseigner ça.

Mes yeux sont complètement embués, maintenant, mais je hausse les épaules :

— J'ai eu le choix une deuxième fois, tu te rappelles ? Et j'ai fait le même.

— Eh bien aujourd'hui, tu as eu le choix une troisième fois, et tu as choisi d'avancer. J'espère que tu continueras à faire ça.

Je cligne des yeux. *Avancer.* À peine quelques heures plus tôt, je pensais que cela signifiait effacer tous les moments depuis l'accident de bus, mais maintenant je m'aperçois que cela veut dire les laisser derrière moi. *Choisir* de les laisser derrière moi, d'avancer, plutôt que de vivre comme si ça n'avait jamais existé.

Il y a une différence.

Et cela signifie qu'il y a quelque chose que je dois faire.

68

APRÈS

Janvier

Le perron de la maison de Zach est complètement recouvert de neige et on peut à peine la distinguer des autres pavillons de sa rue. C'est pour ça que je suis heureuse de la présence de Katy sur mon siège passager, qui me guide. Il y a aussi une voiture bleu clair devant la maison, qui n'est pas encore complètement recouverte par la neige.

J'ai dû batailler pour convaincre ma mère de me laisser conduire.

— C'était la scène du crime, me murmure Katy pendant que l'on s'avance dans l'allée. Là où on les a surpris.

— Oh, dis-je en regardant autour de moi, mais sans que rien vienne réveiller ma mémoire.

Le sentiment de déception ne dure qu'une milliseconde avant d'être éclipsé par la tâche à venir, la raison pour laquelle nous sommes là.

Je sonne à la porte, et, après quelques secondes, on entend des bruits de pas, et la porte s'ouvre. L'espace d'un instant, je crois que c'est Zach. Peut-être même le Zach de ma mémoire, parce que ce garçon est plus jeune, plus petit et plus maigre que le Zach auquel j'ai parlé hier. Mais ses yeux s'élargissent et il sourit, d'un sourire différent de tous ceux de la collection de Zach.

— Eh bien, *bonjour, mesdemoiselles*.

— Tu es répugnant, Kevin, crache Katy avant que je n'aie pu comprendre qui c'est et ce qu'il fait là.

— Est-ce que Zach est là ? demandé-je, et les yeux de Kevin se posent de nouveau sur moi.

Il me connaît. Et une version de moi le connaît.

— Zach ! Addie est là ! crie-t-il, les yeux toujours fixés sur moi. Je croyais que tu le détestais ?

Il me fait un petit sourire en coin, et je prends conscience qu'il ne sait pas pour le raccordement, pour l'effacement. Pour le petit frère de Zach, nous avons eu une rupture parfaitement classique.

Quand Zach arrive, ses yeux sont écarquillés de surprise.

— Euh, salut, dit-il d'un ton incertain, en regardant à la fois Katy et moi. Quelque chose ne va pas ?

— Oui, ta boussole morale. Comment oses-tu la traiter de lâche, alors que c'est toi qui l'as trompée ? siffle Katy.

Je lui prends le coude pour la calmer, alors que Zach comme Kevin semblent sous le choc. Katy devait rêver d'une confrontation avec Zach depuis longtemps, parce que quand je lui ai demandé de venir avec moi chez lui, elle avait l'air trop contente de fourbir ses armes. Je lui lance un regard – « Détends-toi, Katy » – et je prends le contrôle. Elle se laisse faire, se rappelant notre discussion pendant le trajet pour venir ici sur le fait que ce serait moi qui parlerais.

— Est-ce que je peux te parler en privé ? demandé-je à un Zach rougissant.

Le fait de le voir provoque toujours les mêmes effets en moi : mon estomac se retourne, je suis attirée par ses yeux gris, et j'ai envie de toucher ses cheveux.

— Euh, oui, d'accord, dit-il en se grattant la nuque.

Je dois me rappeler à moi-même que ce n'est pas le Zach de ma mémoire ; c'est le garçon qui m'a brisé le cœur. Ils ont beau se ressembler en tout point, l'un a disparu, alors que l'autre est un garçon que j'ai *autrefois* aimé.

Je commence à suivre Zach, mais j'ai le temps d'entendre la voix de Kevin derrière nous, qui dit à Katy :

— Je vais te tenir compagnie, chérie.

Je ne distingue pas ce que Katy lui répond, mais le ton acide de sa voix est impossible à rater. Je réprime un sourire.

Alors que je suis Zach dans le couloir – en passant devant des photos de famille et le poster d'un joueur de football avec une signature –, je presse mon cerveau pour essayer de trouver quelque chose de familier. La maison semble chaleureuse, et je peux m'imaginer m'être déjà sentie bien ici, mais je ne me le rappelle pas. Pas de la façon spécifique, détaillée, dont on se souvient des endroits où on est allé.

Zach s'appuie sur l'îlot de cuisine et me propose un tabouret, mais je décline.

— Alors ? dit-il sur un ton interrogatif.

De l'autre côté de la pièce, un poisson rouge plus gros que mon poing nage dans l'aquarium, et il remue la queue comme pour me saluer.

Je veux penser à toutes les choses que l'Addie du passé voudrait que Zach sache. Toutes les choses qu'elle a peut-être ressenties ou voulu dire, sans se l'autoriser. Mais je n'en sais pas assez sur elle ou sur ce qu'elle savait, donc je prends une inspiration et lui dis ce que je ressens, moi, maintenant.

— Tu as dit que j'étais lâche, dis-je en attaquant directement le vif du sujet – je ne vois pas par où commencer autrement. Il me manque des éléments de contexte pour tant de choses dans ma vie, mais je ne peux pas toujours attendre de les trouver… Je veux pouvoir continuer ma vie.

Zach hésite :

— Je voulais te dire…

— J'étais lâche, dis-je en lui coupant la parole. Mais ce n'était pas à toi de me le dire. C'était un choix stupide, mais c'était *ma* mauvaise décision. La manière dont tu t'es comporté l'autre jour dans ta voiture était parfaitement injuste. C'est *toi* qui m'as brisé le cœur. C'est *toi* qui m'as menti. Tu n'as pas à te comporter comme si c'était moi qui étais en tort, ou comme si c'était moi qui te devais des excuses. Je ne suis pas obligée de me souvenir de toi.

Mes mots le touchent, mais il reste silencieux.

— Mais j'ai envie de me souvenir de toi, reconnais-je, la voix un peu tremblante. Seulement parce que c'est important pour moi. Parce que ça a tout changé. Tu es le premier garçon que j'ai aimé.

— Je suis désolé, Addie…

— C'est ma faute si je ne me souviens pas. Et je vivrai avec ça toute ma vie. Mais c'est *toi* qui as été lâche de ne pas me dire que tu étais toujours amoureux de Lindsay. Lâche de me traiter comme si je ne comptais pas.

— Mais je te l'ai dit ! Au tout début. J'ai dit que ce serait mieux si nous étions amis.

Je… ne m'en souviens pas.

— Alors pourquoi as-tu changé d'avis ? Pourquoi as-tu laissé les choses aller de plus en plus loin ?

— Parce que…

Zach soupire, se passe une main dans les cheveux comme le faisait le Zach de ma mémoire, mais il y en a beaucoup moins.

— Ce que j'aimais chez toi, c'était à quel point tu étais ouverte d'esprit, combien tu étais prête à essayer des choses nouvelles. Et je voulais être un peu comme toi. Je ne voulais pas continuer à me morfondre à cause de Lindsay. Je voulais être ouvert à quelque chose de nouveau, pour l'oublier.

Donc je ne suis pas la seule à avoir essayé d'oublier quelqu'un.

Il me regarde dans les yeux :

— Je sais que ce n'était pas bien, que je n'étais pas honnête avec toi, ni avec moi. Mais même si je n'avais pas complètement oublié Lindsay, tu me plaisais vraiment, et je me disais que c'était comme ça qu'on avançait.

Avancer.

Encore cette idée.

— Est-ce qu'au moins tu peux comprendre combien j'ai souffert, et pourquoi j'ai voulu t'effacer ? Tu n'étais pas obligé de me tromper. Si tu étais toujours amoureux de Lindsay, si c'était avec *elle* que tu voulais être, alors tu aurais dû être honnête avec moi. Tu aurais juste pu me le *dire*.

Il semble honteux, mais il soutient mon regard :

— Je sais, Addie. Je suis désolé. J'ai merdé. Parfois, je me déteste pour ce que j'ai fait.

Je reste silencieuse un moment puis je lui dis :

— Tu n'aurais pas dû m'utiliser comme une béquille, mais je veux avancer, maintenant. Il faut faire avec son passé, il faut tourner la page. C'est pour ça que je suis là.

Je ne l'excuse pas.

Je tourne la page.

69

APRÈS

Janvier

Quand on se gare dans son allée, Katy en parle encore. Elle continue pendant qu'on salue sa mère, qui regarde une série policière à la télévision, puis qu'on monte dans sa chambre.

— Je veux dire, qui aurait pensé que ce petit obsédé me répondrait : « Je suis en couple. » (Par « petit obsédé », elle veut dire Kevin.) Il a fait machine arrière.

— Tu es sûre que ça n'a rien à voir avec ta diatribe sur *Défense des droits de la femme*[1], que tu n'as même pas lu ? demandé-je alors que l'on entre dans sa chambre, qui sent la lavande, son odeur.

Quand j'ai eu fini de parler avec Zach, je suis revenue pour trouver Katy en train de dire ses quatre vérités à un Kevin au visage violet. « Est-ce que tu sais ce que font vraiment les filles pendant les soirées pyjama ? Elles parlent des pervers qui les

1. Essai écrit en 1792 par Mary Wollstonecraft, considérée comme la première féministe britannique.

sifflent et se passent la langue sur les lèvres en les regardant, que personne n'aime. Est-ce que tu veux que ce soit toi, Kevin ? VRAIMENT ? »

Je suppose qu'elle avait besoin de faire exploser toute la rage qu'elle ne pouvait diriger contre Zach.

Katy tire une chaise jusqu'à son placard pour récupérer une boîte en carton.

— Nan. Je pense que ce morveux sait juste que Mitch a les cuisses les plus dures de Lyndale. Et pas que les cuisses.

— Oh, mon Dieu, Katy. Beurk.

Elle rit à sa propre plaisanterie.

Elle hausse les épaules, redescend de la chaise et me tend la boîte. Elle est remplie de tous les objets qu'on a retirés de ma chambre avant la procédure, et qui sont reliés, d'une façon ou d'une autre, à Zach. Des photos, des DVD d'*horrodies*, des notes, des petits objets. Les vêtements que je portais le jour de la procédure.

Je prends un DVD avec une personne recouverte de ce qui semble être une grosse quantité de ketchup. Le nom de Zach est écrit sur la tranche.

— Peut-être que je devrais lui renvoyer par courrier ?

— Qu'est-ce qui te dit qu'il ne te l'a pas donné ? Tu sais, la moitié de mes affaires appartiennent à des ex. Tu te rappelles de « Marvin la bouche » ? (Je hoche la tête, elle désigne la lampe sur son bureau.) Et « Josh c'est quoi cette tête » ?

— MacPherson ?

— Qu'importe. C'est son short de gym. Et, mon Dieu, je n'aurais aucun tee-shirt si je rendais les affaires. Écoute, petite sauterelle. Tu n'as pas voulu écouter mes conseils de sagesse quand tu avais le cœur brisé à cause de Zach-ou-Jack-ou-Mac, mais maintenant je vais t'enseigner mes méthodes. Tu empruntes des choses aux gens – livres, vêtements, DVD, manières, blagues – et, au bout d'un moment, tu romps, et tu ne te souviens plus de qui ça vient. Tout se mélange, et ça ne compte plus, parce que maintenant, c'est à toi. C'est le cycle de la vie.

— Je crois que ça s'appelle du vol, dis-je, le sourcil haussé pour exprimer mon scepticisme, en une imitation de sa fameuse mimique.

— Ça s'appelle de l'appropriation.

— Et aussi du vol.

— OK. Peut-être que j'ai un problème, concède-t-elle avec un haussement d'épaules. Mais je pense que la règle, c'est : tu gardes un objet pour chaque fois que sa langue a été dans ta gorge.

— Beurk.

— Oh, et il y a ça ! dit-elle en fouillant au fond de son placard et en me donnant le plus grand parapluie que j'aie vu de ma vie. Il faisait partie de la pile « Zach ».

— Il vient d'où ?

— De *Two Dollars or Less*. Et du jour où tu as eu le meilleur nettoyage de voiture de ta vie.

Je ne comprends pas ce que ça veut dire.

Zach m'a raconté les points clés de notre relation, mais il a manifestement laissé de côté certains aspects. Et peut-être que ce qu'il pensait être important ne correspond pas à ce que je pense être important.

— Je te dirai tout ce que je sais, m'assure Katy en me serrant le bras. Quand tu veux.

— D'accord.

Je lutte contre une soudaine vague d'émotion qui me noue la gorge. Je la prends dans mes bras.

— Merci.

On reste dans les bras l'une de l'autre pendant un moment, puis Katy fait semblant de me repousser :

— Je t'aime bien, Sullivan, mais *je suis en couple*, tu avais oublié ? Qui aurait dit que cette phrase était si puissante ? Mon Dieu, pas étonnant que les gens normaux soient en couple depuis des siècles !

— Tu veux dire que les autres ne sont pas en couple pour les cuisses *dures comme la pierre* ? demandé-je en feignant la surprise et en sortant à reculons de sa chambre.

L'oreiller de Katy rate ma tête d'un cheveu, mais elle rougit. Elle a l'air heureuse.

Je fais le chemin de retour jusque chez moi en conduisant aussi vite que possible dans la neige, impatiente de regarder tout ce qu'il y a dans la boîte. Je la tiens serrée contre ma poitrine en montant l'escalier, puis en m'asseyant dans ma chambre pour commencer à examiner les objets un à un. Il y a deux tickets pour un concert à l'université locale pendant le mois de septembre où j'étais avec Zach. Est-ce là que j'ai entendu pour la première fois l'*Air sur la corde de sol* ? Est-ce que le vrai Zach sait que c'était notre morceau ? Je n'en aurai jamais la certitude.

Je tiens les souches contre ma poitrine en regrettant le Zach de ma mémoire, puis les repose. Il y a un tas de DVD, un costume de nonne.

Il y a des photos de Zach et moi. Sur l'une d'entre elles, nous sommes dans une chambre que je ne reconnais pas – la sienne ? –, et il sourit à l'appareil photo pendant que je l'embrasse sur la joue.

Je sens un pincement dans ma poitrine.

Il y a une photo de Zach, Raj et moi, et ils me manquent ; cette amitié dont je ne sais rien me manque.

Il y a tant que je ne sais pas.

Je regarde rapidement les derniers objets : les vêtements que je portais le jour où je suis allée faire effacer Zach. Un jean bleu clair, des escarpins noirs, une chemise blanche et une veste bleue. Est-ce que l'on avait pensé que tout ça me donnerait l'air d'avoir dix-neuf ans, m'aiderait à me faire passer pour Kathleen Kelly ? Je peux à peine marcher en talons.

Trop vite, il n'y a plus rien à découvrir. Rien qui puisse m'en dire plus sur qui j'étais à ce moment-là, ou sur ce qui s'est passé. Tous ces objets sont importants, mais je veux plus.

Je veux des éléments tangibles. Des preuves que j'ai vécu une autre vie, un moyen de me rappeler.

Et pour Rory ? Qu'est-ce qui me reste de lui ? Pourquoi les murs ne sont-ils pas recouverts de photos de lui ? Pourquoi n'ai-je pas une boîte pleine d'objets qui puissent me le rappeler ?

Je laisse le temps à tout ça de me pénétrer – tout ce que je viens de voir, qui me donne des indices sur ma relation avec Zach, tout ce que je ne saurai jamais sur ce que c'était d'être avec lui ou d'avoir un petit frère – et c'est si puissant que je dois m'asseoir sur mon lit.

Je continue d'inspirer, même si j'ai l'impression que mes poumons sont déjà pleins. Plusieurs minutes passent ainsi, et puis je tends la main pour atteindre mon alto. Je le prends par le manche, et mes doigts parcourent à tâtons ses cordes, ses courbes, comme s'ils suivaient les arêtes de mots écrits en braille. Je l'amène à mon menton et je me mets à jouer. Quelques mesures seulement, quelques secondes du morceau de Prokofiev que je travaille depuis un mois. On voit qu'il est écrit pour le violon, et la partition que j'ai est en fait celle de Katy, transposée dans une clé plus grave, mais sa tonalité générale – cette sonorité mélancolique, désespérée, pesante – est faite pour mon alto. Cela contribue à me calmer, à apaiser le *staccato* endiablé auquel défilent tous ces visages, toutes ces émotions entassées dans mon cerveau trop étroit. Et puis j'improvise, j'invente ma propre mélodie, qui évoque quelqu'un qui se perdrait avant de retrouver son chemin, qui évoque le plus épais des brouillards et la façon dont on peut le repousser, le combattre pour s'y frayer un chemin. Qui évoque la sensation d'ouvrir enfin les yeux.

Le morceau n'est pas encore vraiment bon, mais il me semble familier. Et je peux y travailler – je peux commencer à écrire ma propre histoire. Une histoire qui ne se résume pas à la musique, à un garçon ou à ma famille détruite. De toute façon, Mme Dubois dit toujours que ce qui importe, c'est de jouer joyeusement.

Un peu plus tard, je vais frapper à la porte de Caleb.

— Salut, dit-il quand j'entre.

Je reste un moment sur le seuil, indécise. Il hésite, lui aussi. Je m'assieds sur le bord de son lit. Je sais que je fais une drôle de moue en parcourant sa chambre des yeux, mais je ne peux pas m'en empêcher.

— C'était quand, la dernière fois que tu as rangé cette chambre ?

— Tu peux l'avoir, si tu veux.

— Quoi ?

Je fronce les sourcils.

— Quand tu as regardé dans mon ordinateur, j'étais en train de candidater pour des écoles d'aviation. Enfin, plutôt, je commençais à remplir des formulaires, puis j'ai eu la trouille, puis j'ai recommencé. Encore et encore. Mais il y a quelques jours, je me suis assis et je me suis forcé à le faire. À aller jusqu'au bout. (Il hausse les épaules.) Mais peut-être que je ne serai pris dans aucune. Auquel cas, je garde ma putain de chambre.

Nous rions tous les deux.

— Mais tu as candidaté ?

Je suis sous le choc, ravie. Il acquiesce. Il a l'air content.

— Pourquoi tu ne l'as pas fait plus tôt ? Je veux dire, je sais que tu avais l'impression qu'il fallait que tu restes et que tu compenses pour le fait que je ne me souvienne de rien, mais…

Je m'interromps, parce que ça semble stupide. Pourquoi Caleb *est-il resté* ?

— Tout le monde parle du jour où Rory est mort. (« Personne ne parle du jour où Rory est mort », ai-je envie de répliquer, mais je le laisse poursuivre.) Papa était au travail. Maman dormait. Mais moi, j'étais où ? Personne ne parle jamais de là où j'étais.

— Maman dit que tu n'étais pas à la maison. Où étais-tu ?

— J'assistais au spectacle aérien de Lyndale. Victor, le voisin, et moi, nous y étions allés à vélo ce matin-là, alors que maman me l'avait interdit. (Il fait une petite pause, puis reprend.) La veille, avant de partir, papa m'avait dit de *veiller à ce qui se passait au sol*, comme il le faisait toujours. Parce que j'étais l'aîné.

— Caleb, lui dis-je, voyant où il veut en venir. Tu avais *treize* ans. Pourquoi ne serais-tu *pas* sorti avec tes amis ? Et qu'aurais-tu fait si tu avais été à la maison, de toute façon ?

— Peut-être que c'est moi qui serais allé chercher Rory dans son berceau quand il a commencé à pleurer. Peut-être que j'aurais vu que la porte du sous-sol était ouverte avant qu'il ne soit trop tard. Je ne sais pas. J'ai toujours senti que j'aurais dû rester. Que j'expiais quelque chose en restant toujours près de la maison, en ne quittant pas Lyndale. Et je voulais aussi veiller sur toi, mais quand *toi*, tu as commencé à faire des plans pour partir à New York…

— Ça t'a mis en colère.

— Tu allais me laisser ici, et tout ça n'aurait servi à rien. Rory était toujours effacé, et toi, tu allais avoir une vie, alors que moi non. (Il hausse les épaules.) Après tout ça, j'ai juste envie de partir d'ici.

— Pour avancer ?

— Exactement.

Ça me rend un peu triste de me dire que je vais être toute seule dans cette maison avec maman. Papa parti. Mes deux frères partis.

Quand je le lui explique, Caleb dit, dans un grognement :

— Peut-être que le Trou du cul peut emménager, si tu as besoin d'une figure masculine forte.

Je fais semblant d'être choquée.

— De toute façon, toi aussi tu seras bientôt partie. Tu vas aller à New York et devenir si célèbre avec ta musique que Bruce le Trou du cul devra citer ton nom pour avoir des tables dans tous les restaurants – même si, mon Dieu, j'espère que maman ne sortira plus avec lui d'ici là.

— Sympa, Caleb.

Nous rions tous les deux, et j'aime ça. Ça m'avait manqué. Notre complicité, notre capacité à nous comprendre à demi-mot.

— Caleb, dis-je. Parle-moi de Rory. De quelque chose dont tu te souviens.

Caleb doit réfléchir un moment, et puis il se penche, et dit :

— Eh bien, on ne le dit pas assez, mais Rory était un peu klepto.

Je pouffe :

— Quoi ?

— C'est la vérité. Une fois – Rory avait environ six mois – on était en voiture avec maman, et on s'est arrêtés à la station-service. Pendant qu'elle faisait le plein, on est allés à l'intérieur chercher quelque chose à grignoter. Je poussais sa poussette, et on avançait en se disputant pour savoir quel type de bœuf séché prendre. Et puis on a payé, et on s'apprêtait à partir quand le vieil homme derrière le comptoir a commencé à nous crier de revenir. Rory avait un paquet de chewing-gums dans sa poussette.

— Tu penses qu'il l'avait pris ?

— Tu as juré que ce n'était pas toi, j'ai juré que ce n'était pas moi. Peut-être qu'il est tombé par accident dans la poussette.

— Ou alors Rory était klepto, dis-je en riant.

— Exactement, sourit Caleb.

J'ai un pincement au cœur. Moi aussi, j'aimerais m'en souvenir. Mais je suis contente d'avoir ça. D'avoir cette image dans mon esprit.

— Le type ne nous a pas crus et il nous a gardés en nous criant dessus, jusqu'à ce que maman revienne, paie et explique que ce n'était qu'un malentendu.

Je ne sais pas si mes yeux sont embués parce que je pleure ou parce que je ris.

— Un autre truc : Rory détestait un peu moins ta musique que nous tous, dit Caleb, doucement cette fois, comme s'il savait que cela signifierait beaucoup pour moi. Il dansait en sautant et en se tortillant. (Je glousse en voyant Caleb qui gigote sur son siège pour essayer de me montrer à quoi cela pouvait ressembler.) On pouvait mettre tout type de musique, cela le faisait remuer des orteils. De la country, du rap, de l'électro – il n'était pas snob. Il bougeait la tête en rythme, frappait des mains.

Caleb sourit.

Je me demande s'il n'attendait que ça, le moment où on pourrait parler de notre petit frère tous les deux. Nous le rappeler, évoquer sa mémoire.

R pour se rappeler.
— Mais quand tu jouais, il se calmait. Il adorait. Il t'adorait.
Maintenant, c'est sûr : je pleure et je ris en même temps.
La différence n'est pas claire.
Ça n'a aucune importance.

70

APRÈS

Janvier

Quand je retourne dans ma chambre après avoir parlé à Caleb, je me sens à la fois plus légère et plus lourde. Je me sens triste, mais je suis certaine d'avoir fait le bon choix à la clinique.

Comment ai-je pu croire un jour qu'oublier était le moyen d'avancer ?

Comment ai-je pu faire ça sans hésitation ?

Je suis en train de remettre toutes les affaires de Zach dans une boîte – tous les souvenirs que j'ai, aujourd'hui et pour toujours, de lui. Je suis en train de plier les vêtements que je portais le jour où je l'ai effacé – le jean, où je vois une fleur à quatre pétales dessinée au stylo bleu. Je fronce les sourcils, parce que je ne dessine jamais sur mes jeans.

Pourquoi ai-je fait ça ?

Alors, pour une raison que je ne peux pas expliquer – sans doute juste pour vérifier qu'il s'agit bien de mon jean –, je regarde l'intérieur de la taille pour examiner l'étiquette. Oui, c'est bien mon jean.

Et puis, une ligne de stylo bleu capte de nouveau mon regard. Et je vois qu'il y a quelque chose d'écrit à l'intérieur de la cuisse de mon pantalon.

Fronçant toujours les sourcils, je le retourne complètement, et, en retenant mon souffle, je lis ce qu'il y est écrit, de mon écriture :

Tu t'appelles Addison Sullivan.

Ma respiration s'accélère, mais je reste calme et je continue à lire.

C'est moi qui ai écrit ça. Avant d'effacer Zach de mon esprit.

La tête me tourne tellement que je ne peux presque pas respirer.

Tu t'appelles Addison Sullivan et tu as seize ans, mais ça, tu vas t'en souvenir. Ce dont tu ne te souviendras pas, c'est Zach, le garçon qui t'a brisé le cœur.

Mais si, je me rappelle, ai-je envie de dire à mon ancien moi. En quelque sorte, je me rappelle. Je me force à penser au Zach de ma mémoire. Son sourire, ses cheveux, le soir où je l'ai rencontré dans le bus, mais je n'arrive pas à le faire apparaître.

Il est parti.

Je ressens une pointe de tristesse, mais je pense qu'il vaut mieux avoir un fragment de la vérité plutôt que l'illusion de la vérité.

Je repense à ce que Katy m'a dit il y a quelques jours. « Il y aura d'autres garçons, OK ? » D'autres Zach. Et je sais qu'elle a raison.

Quand je reprends ma lecture, je prononce les mots à haute voix, je les clame pour moi-même. D'autres gens m'ont dit beaucoup de choses, donné beaucoup d'autres informations, pendant ces derniers jours, mais cette fois, c'est moi qui me raconte ma propre histoire.

Je ne sais pas où j'ai entendu ou qui m'a dit que quand quelque chose t'arrive, que ce soit le pire ou le meilleur, tu peux le raconter de la façon que tu veux.

Ce qui compte, c'est qu'elle est à toi.

Tu t'appelles Addison Sullivan.

Et tu as seize ans, mais ça, tu vas t'en souvenir. Ce dont tu ne te souviendras pas, c'est Zach, le garçon qui t'a brisé le cœur. Tu ne veux pas t'en souvenir aujourd'hui, mais peut-être qu'un jour tu le voudras.

Alors trouve-le, et fais en sorte qu'il te raconte.

C'est important. Qu'il te raconte qui tu étais, qui il était, qui tu étais avec lui, et qui tu étais après.

Ou alors ne le trouve pas – c'est ton choix.

Trouve seulement tout ce qui est arrivé après.

Tant de choses arriveront après.

Mais ouvre les yeux.

Remerciements

Ce livre n'existerait pas sans mon agente, Suzie Townsend, qui s'est battue sans relâche pour défendre mon travail. *La Fille sans passé* était un gribouillis mal conçu, et tu as su exactement quoi en faire. À mon éditrice, Julia Maguire : travailler avec toi a été un plaisir, merci de ton intérêt pour l'histoire d'Addie et Zach. À mes sœurs et à mes parents : mon éternelle reconnaissance pour votre amour et votre soutien inconditionnel. Merci également à Ray Shappell, Heather Kelly, Artie Bennett, Dawn Ryan et à tout le monde chez Random House et Knopf. Mille mercis à toute l'équipe de New Leaf, et plus particulièrement à Kathleen Ortiz et à Sara Stricker, la reine des GIF. Une myriade de bises à mes amis écrivains, notamment Mariah Irvin, qui ne s'est pas enfuie en hurlant à la lecture du brouillon de ce livre. Enfin et surtout, merci à mes collègues, à mes amis et à ma famille, qui m'ont vraiment entourée ces dernières années. Vous avez fait toute la différence.

Aubin
IMPRIMEUR

IMPRIM'VERT
Votre imprimeur agit pour l'environnement

Achevé d'imprimer en février 2018
N° d'impression 1712.0158
Dépôt légal, mars 2018
Imprimé en France
36231301-1

ALEXANDRE
DUMAS

Robin des Bois
Le Prince des voleurs

ROMAN

J'AI LU

PRÉFACE

La vie aventureuse de l'*outlaw* (hors-la-loi, proscrit) Robin Hood, transmise de génération en génération, est devenue en Angleterre un sujet populaire. Néanmoins l'historien manque souvent de documents pour retracer l'existence étrange de ce célèbre bandit. Un grand nombre de traditions qui ont trait à Robin Hood portent un cachet de vérité et jettent un vif éclat sur les mœurs et les habitudes de son époque.

Les biographes de Robin Hood n'ont pas été d'accord sur l'origine de notre héros. Les uns lui ont donné une naissance illustre, les autres lui ont contesté son titre de comte de Huntingdon. Quoi qu'il en soit, Robin Hood fut le dernier Saxon qui tenta de s'opposer à la domination normande.

Les événements qui composent l'histoire que nous avons entrepris de raconter, quelque vraisemblables et admissibles qu'ils puissent paraître, ne sont peut-être, après tout, qu'un effet de l'imagination, car la preuve matérielle de leur authenticité manque complètement. L'universelle popularité de Robin Hood est arrivée jusqu'à nous dans toute la fraîcheur et dans tout l'éclat des premiers jours de sa naissance. Il n'est pas un auteur anglais qui ne lui consacre quelques bonnes paroles. Cordun, écrivain ecclésiastique du quatorzième siècle, l'appelle *ille famosissimus sicarius* (le très célèbre bandit), Major lui donne la qualification de « très humain prince des voleurs ». L'auteur d'un poème latin très curieux, daté de 1304, le compare à William Wallace, le héros de l'Ecosse. Le célèbre Gamden dit, en parlant de lui : « Robin Hood est le plus galant des brigands. » Enfin le grand Shakespeare, dans *Comme il vous plaira*, voulant peindre la manière de vivre du duc et faire allusion à son bonheur, s'exprime ainsi :

« Il est déjà dans la forêt de l'Arden (des Ardennes), avec « une bande d'hommes joyeux, et ils y vivent à la manière « du vieux Robin Hood d'Angleterre, laissant couler le « temps, libre de tout souci, comme à l'époque heureuse « de l'âge d'or. »

Si nous voulions énumérer ici les noms de tous les auteurs qui ont fait l'éloge de Robin Hood, nous lasserions la patience du lecteur ; il nous suffira de dire que dans toutes les légendes, chansons, ballades, chroniques, qui parlent de lui, on le représente comme un homme d'un esprit distingué, d'un courage et d'une audace sans égale. Généreux, patient et bon, Robin Hood était adoré, non seulement de ses compagnons (il ne fut jamais trahi ni abandonné par aucun d'eux), mais encore de tous les habitants du comté de Nottingham.

Robin Hood offre le seul exemple d'un homme qui, sans avoir été canonisé, ait un jour de fête. Jusqu'à la fin du seizième siècle, le peuple, les rois, les princes, les magistrats, en Ecosse et en Angleterre, célébrèrent la fête de notre héros par des jeux institués en son honneur.

La *Biographie universelle* nous apprend encore que le beau roman d'*Ivanhoe*, de sir Walter Scott, a fait connaître Robin Hood en France. Mais, pour apprécier l'histoire de cette troupe de bandits, il faut se rappeler que, depuis la conquête de l'Angleterre par Guillaume, les lois normandes sur la chasse punissaient les braconniers par la perte des yeux et la castration. Ce double supplice, pire que la mort, forçait les malheureux qui l'avaient encouru à se réfugier dans les bois. Toute leur ressource pour vivre devenait alors le métier même qui les avait mis hors la loi. La plupart de ces braconniers appartenaient à la race saxonne, dépossédée par la conquête. Piller un riche seigneur normand, c'était presque reprendre le bien de leurs pères. Cette circonstance, parfaitement expliquée dans le roman épique d'*Ivanhoe* et dans ce récit des aventures de Robin Hood, empêche de confondre les *outlaws* avec les voleurs ordinaires.

1

C'était sous le règne de Henri II et en l'an de grâce 1162 : deux voyageurs, aux vêtements souillés par une longue route et aux traits exténués par une longue fatigue, traversaient un soir les sentiers étroits de la forêt de Sherwood, dans le comté de Nottingham.

L'air était froid ; les arbres, sur lesquels commençait à poindre la faible verdure de mars, frissonnaient au souffle des dernières bises de l'hiver, et un sombre brouillard s'épanchait sur la contrée à mesure que les rayonnements du soleil couchant s'éteignaient dans les nuages empourprés de l'horizon. Bientôt le ciel devint obscur, et des rafales passant sur la forêt présagèrent une nuit orageuse.

– Ritson, dit le plus âgé des voyageurs en s'enveloppant dans son manteau, le vent redouble de violence ; ne craignez-vous pas que l'orage nous surprenne avant notre arrivée, et sommes-nous bien sur la bonne route ?

– Nous allons droit au but, milord, répondit Ritson, et, si ma mémoire n'est pas en défaut, nous frapperons avant une heure à la porte du garde forestier.

Les deux inconnus marchèrent en silence pendant trois quarts d'heure, et le voyageur que son compagnon gratifiait de milord s'écria impatienté :

– Arriverons-nous bientôt ?

– Dans dix minutes, milord.

– Bien, mais ce garde forestier, cet homme que tu appelles Head, est-il digne de ma confiance ?

– Parfaitement digne, milord : Head, mon beau-frère, est un homme rude, franc et honnête ; il écoutera avec respect l'admirable histoire inventée par Votre Seigneurie, et il y croira ; il ne sait pas ce que c'est que le mensonge, il ne connaît même pas la méfiance. Tenez, milord, s'écria joyeusement Ritson, interrompant l'éloge du garde, regardez là-bas cette lumière dont les reflets colorent les arbres, eh bien ! elle s'échappe de la maison de Gilbert Head. Que de fois dans ma jeunesse l'ai-je saluée avec bonheur, cette étoile du foyer, quand le soir nous revenions fatigués de la chasse !

Et Ritson demeura immobile, rêveur et les yeux fixés avec attendrissement sur la lumière vacillante qui lui rappelait les souvenirs du passé.

– L'enfant dort-il ? demanda le gentilhomme, fort peu touché de l'émotion de son serviteur.

– Oui, milord, répondit Ritson, dont la figure reprit aussitôt une expression de complète indifférence, il dort profondément ; et, sur mon âme ! je ne comprends pas que Votre Seigneurie se donne tant de peine pour conserver la vie d'un petit être si nuisible à vos intérêts. Pourquoi, si vous voulez vous débarrasser à jamais de cet enfant, ne pas lui enfoncer deux pouces d'acier dans le cœur ? Je suis à vos ordres, parlez. Promettez-moi pour récompense d'écrire mon nom sur votre testament, et notre jeune dormeur ne se réveillera plus.

– Tais-toi, reprit brusquement le gentilhomme, je ne désire pas la mort de cette innocente créature. Je puis craindre d'être découvert dans l'avenir, mais je préfère les angoisses de la crainte aux remords d'un crime. Du reste, j'ai lieu d'espérer et même de croire que le mystère qui enveloppe la naissance de cet enfant ne sera jamais dévoilé. Si le contraire arrivait, ce ne pourrait être que ton ouvrage, Ritson, et je te jure que tous les instants de ma vie seront employés à une rigoureuse surveillance de tes faits et gestes. Elevé comme un paysan, cet enfant ne souffrira pas de la médiocrité de sa condition ; il s'y créera un bonheur en rapport avec ses goûts et ses habitudes, et ne regrettera jamais le nom et la fortune qu'il perd aujourd'hui sans les connaître.

– Que votre volonté soit faite, milord ! répliqua froidement Ritson ; mais en vérité la vie d'un si petit enfant ne vaut pas les fatigues d'un voyage de Huntingdonshire à Nottinghamshire.

Enfin les voyageurs mirent pied à terre devant une jolie maisonnette cachée comme un nid d'oiseau dans un massif de la forêt.

– Holà ! voisin Head, cria Ritson d'une voix joyeuse et

retentissante, holà ! ouvrez vite ; la pluie tombe dru, et d'ici je vois flamboyer votre âtre. Ouvrez, bonhomme, c'est un parent qui vous demande l'hospitalité.

Les chiens grondèrent dans l'intérieur du logis, et le prudent garde répondit d'abord :

– Qui frappe ?

– Un ami.

– Quel ami ?

– Roland Ritson, ton frère. Ouvre donc, bon Gilbert.

– Toi, Roland Ritson, de Mansfeld ?

– Oui, oui, moi-même, le frère de Marguerite. Allons, ouvriras-tu ? ajouta Ritson impatienté ; nous causerons à table.

La porte s'ouvrit enfin, et les voyageurs entrèrent.

Gilbert Head serra cordialement la main de son beau-frère, et dit au gentilhomme en le saluant avec politesse :

– Soyez le bienvenu, messire chevalier, et ne m'accusez pas d'avoir enfreint les lois de l'hospitalité si, pendant quelques instants, j'ai tenu ma porte fermée entre vous et mon foyer. L'isolement de cette demeure et le vagabondage des outlaws dans la forêt me commandent la prudence, car il ne suffit pas d'être vaillant et fort pour échapper au danger. Agréez donc mes excuses, noble étranger, et regardez ma maison comme la vôtre. Asseyez-vous au feu et séchez vos vêtements, on va s'occuper de vos montures. Holà ! Lincoln ! s'écria Gilbert entr'ouvrant la porte d'une chambre voisine, conduis les chevaux de ces voyageurs sous le hangar, puisque notre écurie est trop petite pour les recevoir, et qu'il ne leur manque rien : du foin plein le râtelier, et de la paille jusqu'au ventre.

Un robuste paysan vêtu en forestier parut aussitôt, traversa la salle, et sortit sans même jeter un curieux regard sur les nouveaux venus ; puis une jolie femme, de trente ans à peine, vint offrir ses deux mains et son front aux baisers de Ritson.

– Chère Marguerite ! chère sœur ! s'écriait celui-ci, redoublant ses caresses et la contemplant avec une naïve admiration mêlée de surprise ; mais tu n'es pas changée, mais ton front est aussi pur, tes yeux aussi brillants, tes lèvres et tes joues aussi roses et aussi fraîches que lorsque notre bon Gilbert te faisait la cour.

– C'est que je suis heureuse, répondit Marguerite lançant à son mari un tendre regard.

– Vous pouvez dire : nous sommes heureux, Maggie, ajouta l'honnête forestier. Grâce à votre heureux caractère, il n'y a encore eu ni bouderie ni querelle dans notre ménage. Mais assez causé sur ce chapitre, et pensons à nos hôtes... Ça ! l'ami beau-frère, ôtez votre manteau, et vous, messire chevalier, débarrassez-vous de cette pluie qui ruisselle sur vos habits comme une rosée du matin sur les feuilles. Nous souperons ensuite. Vite, Maggie, un fagot, deux fagots dans l'âtre, sur la table les meilleurs plats et dans les lits les draps les plus blancs ; vite.

Tandis que l'alerte jeune femme obéissait à son mari, Ritson rejetait son manteau en arrière et découvrait un bel enfant enveloppé dans une mante de cachemire bleu. Ronde, fraîche et vermeille, la figure de cet enfant, âgé de quinze mois à peine, annonçait une santé parfaite et une robuste constitution.

Quand Ritson eut arrangé soigneusement les plis froissés du bonnet de ce baby, il plaça sa jolie petite tête sous un rayon de lumière qui en faisait ressortir toute la beauté, et appela doucement sa sœur.

Marguerite accourut.

– Maggie, lui dit-il, j'ai un cadeau à te faire, et tu ne m'accuseras pas de revenir vers toi les mains vides après huit ans d'absence... Tiens, regarde ce que je t'apporte.

– Sainte Marie ! s'écria la jeune femme les mains jointes, sainte Marie, un enfant ! Mais, Roland, est-il à toi ce beau petit ange ? Gilbert, Gilbert, viens donc voir un amour d'enfant !

– Un enfant ! un enfant entre les mains de Ritson ! Et, loin de s'enthousiasmer comme sa femme, Gilbert lança un coup d'œil sévère sur son parent. Frère, dit le garde forestier d'un ton grave, êtes-vous donc devenu nourrisseur de marmots depuis qu'on vous a réformé comme soldat ? Elle est assez bizarre, mon garçon, la fantaisie qui vous prend de courir la campagne avec un enfant sous votre manteau ! Que signifie tout cela ? pourquoi venez-vous ici ? quelle est l'histoire de ce poupon ? Voyons, parlez, soyez franc, je veux tout savoir.

– Cet enfant ne m'appartient pas, brave Gilbert ; c'est un orphelin, et le gentilhomme que voici est son protecteur. Sa Seigneurie connaît la famille de cet ange et vous dira pourquoi nous venons ici. En attendant, bonne Maggie, charge-toi de ce précieux fardeau qui pèse sur mon bras depuis deux jours... c'est-à-dire deux heures. Je suis déjà las de mon rôle de nourrice.

Marguerite s'empara vivement du petit dormeur, le transporta dans sa chambre, le déposa sur son lit, lui couvrit les mains et le cou de baisers, l'enveloppa chaudement dans son beau mantelet de fête, et rejoignit ses hôtes.

Le souper se passa joyeusement, et, à la fin du repas, le gentilhomme dit au garde :

– L'intérêt que votre charmante femme témoigne à cet enfant me décide à vous faire une proposition relative à son bien-être futur. Mais d'abord permettez-moi de vous instruire de certaines particularités qui se rattachent à la famille, à la naissance et à la situation actuelle de ce pauvre orphelin dont je suis l'unique protecteur. Son père, ancien compagnon d'armes de ma jeunesse, passée au milieu des camps, fut mon meilleur et mon plus intime ami. Au commencement du règne de notre glorieux souverain Henri II, nous séjournâmes ensemble en France, tantôt en Normandie, tantôt en Aquitaine, tantôt en Poitou, et, après une séparation de quelques années, nous nous retrouvâmes dans le pays de Galles. Mon ami, avant de quitter la France, était devenu éperdument amoureux d'une jeune fille, l'avait épousée et conduite en Angleterre auprès de sa famille à lui. Malheureusement cette famille, fière et orgueilleuse branche d'une maison princière et imbue de sots préjugés, refusa d'admettre dans son sein la jeune femme, qui était pauvre et n'avait d'autre noblesse que celle des sentiments. Cette injure la frappa au cœur, et elle mourut huit jours après avoir mis au monde l'enfant que nous voulons confier à vos bons soins, et qui n'a plus de père, car mon pauvre ami tombait blessé à mort dans un combat en Normandie, voilà bientôt dix mois. Les dernières pensées de mon ami mourant furent pour son fils ; il me manda près de lui, me donna à la hâte le nom et l'adresse de la nourrice de l'enfant, et me fit jurer au nom de notre vieille amitié de devenir l'appui, le protecteur de cet orphelin. Je jurai et je tiendrai mon serment, mais ma mission est bien difficile à remplir, maître Gilbert ; je suis encore soldat, je passe ma vie dans les garnisons ou sur les champs de bataille, et je ne puis veiller moi-même sur cette frêle créature. D'un autre côté, je n'ai ni parents ni amis aux mains desquels je puisse sans crainte remettre ce précieux dépôt. Je ne savais donc plus à quel saint me vouer quand l'idée me vint de consulter votre beau-frère Roland Ritson : il pensa de suite à vous ; il me dit que, marié depuis huit ans à une adorable et vertueuse femme, vous n'aviez pas encore le bonheur d'être père, et que sans doute il vous serait agréable, moyennant salaire, bien entendu, d'accueillir sous votre toit un pauvre orphelin, le fils d'un brave soldat. Si Dieu accorde vie et santé à cet enfant, il sera le compagnon de ma vieillesse ; je lui raconterai l'histoire triste et glorieuse de l'auteur de ses jours, et je lui enseignerai à marcher d'un pas ferme dans les mêmes sentiers où nous marchâmes, son vaillant père et moi. En attendant, vous élèverez l'enfant comme s'il était le vôtre, et vous ne l'élèverez pas gratuitement, je vous le jure. Répondez, maître Gilbert : acceptez-vous ma proposition ?

Le gentilhomme attendit avec anxiété la réponse du forestier, qui avant de s'engager interrogeait sa femme du regard ; mais la jolie Margaret détournait la tête, et, le col penché vers la porte de la chambre voisine, elle essayait en souriant d'écouter l'imperceptible murmure de la respiration de l'enfant.

Ritson, qui analysait furtivement du coin de l'œil l'expression de la physionomie des deux époux, comprit que sa sœur était disposée à garder l'enfant, malgré les hésitations de Gilbert, et dit d'une voix persuasive :

– Les rires de cet ange feront la joie de ton foyer, ma douce Maggie, et, par saint Pierre ! je te le jure, tu entendras un autre bruit non moins joyeux, le bruit des guinées que Sa Seigneurie versera chaque année dans ta main. Ah ! je te vois déjà riche et toujours heureuse, conduisant par la main aux fêtes du pays le joli baby qui t'appellera maman : il sera vêtu comme un prince, brillant comme le soleil, et toi tu rayonneras de plaisir et d'orgueil.

Marguerite ne répondit rien, mais elle regarda en souriant Gilbert, Gilbert dont le silence fut mal interprété par le gentilhomme.

– Vous hésitez, maître Gilbert ? dit ce dernier en fronçant les sourcils. Est-ce que ma proposition vous déplaît ?

– Pardon, messire, votre proposition m'est fort agréable, et nous garderons cet enfant, si ma chère Maggie n'y voit pas d'obstacle. Allons, femme, dis ce que tu penses ; ta volonté sera la mienne.

– Ce brave soldat a raison, répondit la jeune femme ; il lui est impossible d'élever cet enfant.

– Eh bien ?

– Eh bien ? je deviendrai sa mère. Puis s'adressant au gentilhomme, elle ajouta : Et si un jour il vous plaisait de reprendre votre fils d'adoption, nous vous le rendrons le cœur serré, mais nous nous consolerons de sa perte en pensant qu'il sera désormais plus heureux près de vous que sous l'humble toit d'un pauvre garde forestier.

– Les paroles de ma femme sont un engagement, reprit Gilbert, et, pour ma part, je jure de veiller sur cet enfant et de lui servir de père. Messire chevalier, voici le gage de ma foi.

Et arrachant de sa ceinture un de ses gantelets, il le jeta sur la table.

– Foi pour foi et gantelet pour gantelet, répliqua le gentilhomme, jetant aussi un gantelet sur la table. Il s'agit maintenant de s'entendre sur le prix de la pension du baby. Tenez, brave homme, prenez cela ; chaque année vous en recevrez autant.

Et, tirant de dessous son pourpoint un petit sac de cuir, rempli de pièces d'or, il essaya de le placer entre les mains du forestier.

Mais celui-ci refusa.

– Gardez votre or, messire ; les caresses et le pain de Marguerite ne se vendent pas.

Longtemps le petit sac de cuir fut renvoyé des mains de Gilbert dans celles du gentilhomme. On transigea enfin et on convint, d'après la proposition de Marguerite, que l'argent reçu chaque année en payement de la pension de l'enfant serait placé en lieu sûr, pour être remis à l'orphelin à l'époque de sa majorité.

Cette affaire réglée à la satisfaction de tous, on se sépara pour dormir. Le lendemain Gilbert était sur pied au point du jour, et regardait d'un œil d'envie les chevaux de ses hôtes, Lincoln s'occupait déjà de leur pansage.

– Quelles magnifiques bêtes ! disait-il à son domestique ; on ne croirait pas qu'elles viennent de trotter pendant deux jours, tant elles montrent de vigueur. Par la sainte messe ! il n'y a que les princes qui puissent monter de pareils coursiers, et ils doivent valoir de l'argent gros comme mes bidets ; mais je les oubliais, ces pauvres compagnons ! leur râtelier doit être vide. Et Gilbert entra dans son écurie. L'écurie était déserte. Tiens, ils ne sont plus là. Ohé ! Lincoln, as-tu déjà conduit les bidets au pâturage ?

– Non, maître.

– Voilà qui est singulier, murmura Gilbert ; et saisi d'un secret pressentiment, il s'élança vers la chambre de Ritson. Ritson n'y était pas. Mais peut-être a-t-il été réveiller le gentilhomme, se dit Gilbert en passant dans la chambre donnée au chevalier. Cette chambre était vide. Marguerite parut, tenant dans ses bras le petit orphelin. Femme, s'écria Gilbert, nos bêtes ont disparu !

– Est-ce possible !

– Ils ont enfourché nos chevaux et nous ont laissé les leurs.

– Mais pourquoi nous ont-ils quittés ainsi ?

– Devine, Maggie, moi je n'en sais rien.

– Ils voulaient peut-être nous cacher la direction de leur route.

– Ils auraient donc alors quelque mauvaise action à se reprocher ?

– Ils n'ont pas voulu nous prévenir qu'ils remplaçaient leurs bêtes harassées de fatigue par les nôtres.

– Ce n'est pas cela, car on dirait que leurs chevaux n'ont pas voyagé depuis huit jours, tant ils montrent ce matin de vivacité et de vigueur.

– Bah ! n'y pensons plus ! Tiens, regarde l'enfant comme il est beau, comme il sourit. Embrasse-le.

– Peut-être bien que ce seigneur inconnu a voulu nous récompenser de notre obligeance en échangeant ses deux chevaux de prix contre nos deux roquentins.

– Peut-être ; et craignant notre refus, il sera parti pendant que nous dormions.

– Eh bien ! s'il en est ainsi, je le remercie de grand cœur ; mais je ne suis point content du beau-frère Ritson qui nous devait un bonjour.

– Eh ! ne sais-tu pas que, depuis la mort de ta pauvre sœur Annette, sa fiancée, Ritson évite la contrée ? L'aspect de notre bonheur en ménage aura réveillé ses chagrins.

– Tu as raison, femme, répondit Gilbert en poussant un gros soupir. Pauvre Annette !

– Le plus fâcheux de l'affaire, reprit Marguerite, c'est que nous n'avons ni le nom ni l'adresse du protecteur de cet enfant. Qui avertirons-nous s'il tombe malade ? Lui-même comment l'appellerons-nous ?

– Choisis son nom, Marguerite.

– Choisis-le toi-même, Gilbert ; c'est un garçon, et cela te regarde.

– Eh bien ! nous lui donnerons, si tu veux, le nom du frère que j'ai tant aimé ; je ne puis penser à Annette sans me souvenir de l'infortuné Robin.

– Soit, il est baptisé, et voilà notre gentil Robin ! s'écria Marguerite en couvrant de baisers la figure de l'enfant qui lui souriait déjà comme si la douce Marguerite eût été sa mère.

L'orphelin fut donc nommé Robin Head. Plus tard, et sans cause connue, le mot Head se changea en *Hood,* et le petit étranger devint célèbre sous le nom de *Robin Hood*.

2

Quinze ans se sont écoulés depuis cet événement ; le calme et le bonheur n'ont pas cessé de régner sous le toit du garde forestier, et l'orphelin croit toujours être le fils bien-aimé de Marguerite et de Gilbert Head.

Par une belle matinée de juin, un homme au retour de l'âge, vêtu comme un paysan aisé et monté sur un poney vigoureux, suivait la route qui conduit par la forêt de Sherwood au joli village de Mansfeldwoohaus.

Le ciel était pur ; le soleil levant illuminait ces grandes solitudes ; la bise passant à travers les taillis entraînait dans l'atmosphère les senteurs âcres et pénétrantes du feuillage des chênes et les mille parfums des fleurs sauvages ; sur les mousses, sur les herbes, les gouttes de rosée brillaient comme des semis de diamants ; aux coins des futaies chantaient et voltigeaient les oiseaux ; les daims bramaient dans les fourrés ; partout enfin la nature s'éveillait, et les derniers brouillards de la nuit fuyaient au loin.

La physionomie de notre voyageur s'épanouissait sous l'influence d'un si beau jour ; sa poitrine se dilatait, il respirait à pleins poumons, et d'une voix forte et sonore il jetait aux échos les refrains d'un vieil hymne saxon, d'un hymne à la mort des tyrans.

Soudain une flèche passa en sifflant à son oreille et alla se planter dans la branche d'un chêne au bord de la route.

Le paysan, plus surpris qu'effrayé, sauta en bas de son cheval, se cacha derrière un arbre, banda son arc et se tint sur la défensive. Mais il eut beau surveiller le sentier dans toute sa longueur, scruter du regard les taillis environnants et prêter l'oreille aux moindres bruits de la forêt, il ne vit rien, n'entendit rien et ne sut que penser de cette attaque imprévue.

Peut-être l'inoffensif voyageur a-t-il failli tomber sous le trait d'un chasseur maladroit ; mais alors il entendrait le bruit des pas du chasseur, les aboiements des chiens, mais alors il verrait le daim en fuite traversant le sentier ?

Peut-être est-ce un outlaw, un proscrit comme il y en a tant dans le comté, gens ne vivant que de meurtres et de rapines, et passant leurs journées à l'affût des voyageurs ? Mais tous ces vagabonds le connaissent ; ils savent qu'il n'est pas riche, et que jamais il ne leur refuse un morceau de pain et un verre d'ale quand ils frappent à sa porte.

A-t-il outragé quelqu'un qui cherche à se venger ? Non, il ne se connaît pas d'ennemis à vingt milles à la ronde.

Quelle main invisible a donc voulu le blesser à mort ?

A mort ! car la flèche a rasé si près l'une de ses tempes qu'elle a fait voltiger ses cheveux.

Tout en réfléchissant sur sa position, notre homme se disait :

– Le danger n'est pas imminent, puisque l'instinct de mon cheval ne le pressent pas. Au contraire, il demeure là tranquille comme dans son écurie, et allonge le col vers la feuillée comme vers son râtelier. Mais s'il reste ici, il indiquera à celui qui me poursuit l'endroit où je me cache. Holà ! poney, au trot !

Ce commandement fut donné par un coup de sifflet en sourdine, et le docile animal, habitué depuis longtemps à cette manœuvre de chasseur qui veut s'isoler en embuscade, dressa ses oreilles, roula de grands yeux flamboyants vers l'arbre qui protégeait son maître, lui répondit par un petit hennissement et s'éloigna au trot. Vainement, pendant un grand quart d'heure, le paysan attendit, l'œil au guet, une nouvelle attaque.

– Voyons, dit-il, puisque la patience n'aboutit à rien, essayons de la ruse.

Et, calculant, d'après la direction du pennage de la flèche, l'endroit où son ennemi pouvait stationner, il décocha un trait de ce côté avec l'espoir d'effrayer le malfaiteur ou de le provoquer à force de mouvement. Le trait fendit l'espace, alla s'implanter dans l'écorce d'un arbre, et personne ne répondit à cette provocation. Un second trait réussira peut-être ? Ce second trait partit, mais il fut arrêté dans son vol. Une flèche, lancée par un arc invisible, le rencontra presque à angle droit au-dessus du sentier, et le fit tomber en pirouettant sur le sol. Ce coup avait été si rapide, si inattendu, il annonçait tant d'adresse et une si grande habileté de la main et de l'œil, que le paysan émerveillé, oublieux de tout danger, bondit de sa cachette.

– Quel coup ! quel merveilleux coup ! s'écria-t-il en gambadant sur la lisière des fourrés pour y découvrir le mystérieux archer.

Un rire joyeux répondit à ces acclamations, et non loin de là une voix argentine et suave comme la voix d'une femme chanta :

« Il y a des daims dans la forêt, il y a des fleurs sur la [lisière des grands bois ;
« Mais laisse le daim à sa vie sauvage, laisse la fleur sur [sa tige flexible,
« Et viens avec moi, mon amour, mon cher Robin [Hood ;
« Je sais que tu aimes le daim dans les clairières, les [fleurs pour couronner mon front ;
« Mais abandonne aujourd'hui chasse et fraîche récolte,
« Et viens avec moi, mon amour, mon cher Robin [Hood. »

– Oh ! c'est Robin, l'effronté Robin Hood qui chante. Viens ici, garçon. Quoi ? tu oses tirer à l'arc sur ton père ? Par saint Dunstan, j'ai cru que les outlaws en voulaient à ma peau ! Oh ! le méchant enfant qui prend pour but ma tête grisonnante ! Ah ! le voici, ajouta le bon vieillard, le voici, l'espiègle ! il chante la chanson que je composais pour les amours de mon frère Robin... alors que je faisais des chansons et que le pauvre ami courtisait la jolie May, sa fiancée.

– Eh quoi ! bon père, eh quoi ! ma flèche vous a blessé en chatouillant votre oreille, répondit de l'autre côté d'un fourré un jeune garçon qui recommença à chanter.

« Il n'y a ni nuage sur l'or pâle de la lune, ni bruit dans [la vallée,
« Il n'y a d'autre voix dans l'air que la douce cloche du [couvent.
« Viens avec moi, mon amour, viens avec moi, mon cher [Robin Hood,
« Viens avec moi dans la joyeuse forêt de Sherwood,
« Viens avec moi sous l'arbre témoin de notre premier [serment,
« Viens avec moi, mon amour, mon cher Robin Hood. »

Les échos de la forêt répétaient encore ce tendre refrain quand un jeune homme, paraissant avoir vingt ans, quoique en réalité il n'en eût que seize, s'arrêta devant le vieux paysan, que vous reconnaissez sans doute pour être le brave Gilbert Head du premier chapitre de notre histoire.

Ce jeune homme souriait au vieillard et tenait respectueusement à la main son bonnet vert, orné d'une plume de héron. Une masse de cheveux noirs légèrement bouclés couronnait un front plus blanc que l'ivoire et largement développé. Les paupières, repliées sur elles-mêmes, laissaient jaillir au-dehors les fulgurances de deux prunelles d'un bleu sombre, dont l'éclat se veloutait sous la frange des longs cils qui projetaient leur ombre jusque sur les pommettes rosées des joues. Son regard nageait dans un fluide transparent comme un émail liquide ; les pensées, les croyances, les sentiments d'une adolescence candide s'y reflétaient comme dans un miroir ; l'expression des traits du visage de Robin annonçait le courage et l'énergie ; son exquise beauté n'avait rien d'efféminé, et son sourire était presque le sourire d'un homme maître de lui-même, lorsque ses lèvres, margées de corail et réunies par une courbe gracieuse à son nez droit et fin, aux narines mobiles et transparentes, s'entr'ouvraient sur une dentition éburnéenne.

Le hâle avait bruni cette noble physionomie, mais la blancheur satinée de la carnation reparaissait à la naissance du col et au-dessus des poignets.

Un bonnet avec plume de héron pour aigrette, un pourpoint de drap vert de Lincoln serré à la taille, des hauts-de-chausses en peau de daim, une paire de *unhege sceo* (brodequins saxons) attachés au-dessus des chevilles par de fortes courroies, un baudrier clouté d'acier brillant et supportant un carquois garni de flèches, le petit cor et le couteau de chasse à la ceinture, et l'arc en main, telles étaient les pièces de l'habillement et de l'équipement de Robin Hood, et leur ensemble plein d'originalité était loin de nuire à la beauté de l'adolescent.

– Et si tu m'avais transpercé le crâne au lieu de me chatouiller l'oreille ? dit le bon vieillard en répétant les dernières paroles de son fils d'un ton de sévérité affectée. Méfiez-vous de ce chatouillement-là, sir Robin, il tuerait plus souvent qu'il ne ferait rire.

– Pardonnez-moi, bon père. Je n'avais nullement l'intention de vous blesser.

– Je le crois parbleu bien ! cher enfant, mais cela pouvait arriver ; un changement dans l'allure de mon cheval, un pas à gauche ou à droite de la ligne que je suivais, un mouvement de ma tête, un tremblement de ta main, une erreur de ton coup d'œil, un rien enfin, et le jeu que tu jouais était mortel.

– Mais ma main n'a pas tremblé, et mon coup d'œil est toujours sûr. Ne me faites donc pas de reproches, bon père, et pardonnez-moi mon espièglerie.

– Je te la pardonne de grand cœur ; mais, ainsi que le dit Esope, dont le chapelain t'apprit les fables, est-ce un divertissement pour un homme que le jeu qui peut tuer un autre homme ?

– C'est vrai, répondit Robin d'un ton plein de repentir. Je vous en conjure, oubliez mon étourderie, ma faute, veux-je dire, c'est l'orgueil qui me l'a fait commettre.

– L'orgueil ?

– Oui, l'orgueil ; ne m'avez-vous pas dit hier soir, à la veillée, que je n'étais pas encore assez bon archer pour effleurer le poil de l'oreille d'un chevreuil afin de l'effrayer sans le blesser ? et... j'ai voulu vous prouver le contraire.

– Jolie manière d'exercer son talent ! Mais brisons là, mon garçon ; je te pardonne, c'est entendu, et je ne te garde pas rancune, seulement je t'engage à ne jamais me traiter comme un cerf.

– Ne crains rien, père, s'écria l'enfant avec tendresse, ne crains rien ; aussi espiègle, aussi étourdi, aussi grand joueur de tours que je puisse être, je n'oublierai jamais le respect et l'affection que tu mérites, et, pour la possession de la forêt de Sherwood tout entière, je ne voudrais pas faire tomber un cheveu de ta tête.

Le vieillard saisit affectueusement la main que lui tendait le jeune homme, et la pressa en disant :

– Dieu bénisse ton excellent cœur et te donne la sagesse ! Puis il ajouta avec un naïf sentiment d'orgueil qu'il avait sans doute réprimé jusqu'alors afin de morigéner l'imprudent archer : Et dire que c'est mon élève ! Oui, c'est moi, Gilbert Head, qui le premier lui ai appris à bander un arc et à décocher une flèche ! L'élève est digne du maître, et, s'il continue, il n'y aura pas de plus adroit tireur dans tout le comté, dans toute l'Angleterre même.

– Que mon bras droit perde sa force, et que pas une de mes flèches n'atteigne le but si jamais j'oublie votre amour, mon père !

– Enfant, tu sais déjà que je ne suis ton père que par le cœur.

– Oh ! ne me parlez pas des droits qui vous manquent sur moi, car si la nature vous les a refusés, vous les avez acquis par une sollicitude, par un dévouement de quinze années.

– Parlons-en, au contraire, dit Gilbert, reprenant sa route à pied et traînant par la bride le poney qu'un vigoureux coup de sifflet avait rappelé à l'ordre, un secret pressentiment m'avertit que des malheurs prochains nous menacent.

– Quelle folle idée, mon père !

– Tu es déjà grand, tu es fort, tu es rempli d'énergie, grâce à Dieu ; mais l'avenir qui s'ouvre devant toi n'est plus celui que j'entrevoyais lorsque petit et faible enfant, tantôt boudeur, tantôt joyeux, tu grandissais sur les genoux de Marguerite.

– Qu'importe ! je ne fais qu'un vœu, c'est que l'avenir ressemble au passé et au présent.

– Nous vieillirions désormais sans regret si le mystère qui couvre ta naissance se dévoilait.

– Vous n'avez donc jamais revu le brave soldat qui m'a confié à vos soins ?

– Je ne l'ai jamais revu, et je n'ai reçu qu'une fois de ses nouvelles.

– Peut-être est-il mort à la guerre ?

– Peut-être. Un an après ton arrivée chez moi, je reçus par un messager inconnu un sac d'argent et un parchemin scellé de cire, mais dont le cachet n'avait pas d'armes. Je donnai ce parchemin à mon confesseur, qui l'ouvrit et m'en révéla le contenu que voici, mot pour mot : « Gilbert « Head, j'ai placé depuis douze mois un enfant sous ta « protection, et j'ai pris vis-à-vis de toi l'engagement de te « payer pour ta peine une rente annuelle ; je te l'envoie ; « je quitte l'Angleterre et j'ignore l'époque de mon retour. « En conséquence, j'ai pris des arrangements pour que tu « touches tous les ans la somme due. Tu n'auras donc à « l'époque des échéances qu'à te présenter dans le cabinet « du shérif de Nottingham, et tu seras payé. Elève le garçon « comme s'il était ton propre fils, à mon retour je viendrai « te le réclamer. » Pas de signature, pas de date ; et d'où venait ce message ? je l'ignore. Le messager partit sans vouloir satisfaire ma curiosité. Je t'ai souvent répété ce que le gentilhomme inconnu nous avait raconté à propos de ta naissance et de la mort de tes parents. Je ne sais donc rien de plus sur ton origine, et le shérif qui me paye ta pension répond invariablement, lorsque je l'interroge, qu'il ne connaît ni le nom ni la demeure de celui qui lui a donné mandat de me compter tant de guinées par an. Si maintenant ton protecteur te rappelait à lui, ma douce Marguerite et moi nous nous consolerions de ton départ en pensant que tu retrouves des richesses et des honneurs qui t'appartiennent par droit de naissance ; mais si nous devons mourir avant que le gentilhomme inconnu reparaisse, un grand chagrin empoisonnera notre dernière heure.

– Quel grand chagrin, père ?

– Le chagrin de te savoir seul et abandonné à toi-même, et livré à tes passions au moment de devenir homme.

– Ma mère et vous avez encore de longs jours à vivre.

– Dieu le sait !

– Dieu le permettra.

– Que Sa volonté soit faite ! En tout cas, si une mort prochaine nous sépare, sache, mon enfant, que tu es notre seul héritier ; la chaumière où tu as grandi est tienne, les défrichements qui l'entourent sont ta propriété, et, avec l'argent de ta pension, accumulé depuis quinze années, tu n'auras pas à redouter la misère et tu pourras être heureux si tu es sage. Le malheur t'a frappé dès ta naissance, et tes parents adoptifs se sont efforcés de réparer ce malheur ; tu penseras souvent à eux, ils n'ambitionnent pas d'autre récompense.

L'adolescent s'attendrissait ; de grosses larmes commençaient à sourdre entre ses paupières : mais il contint son émotion pour ne pas augmenter celle du vieillard, détourna la tête, essuya ses yeux d'un revers de main, et s'écria d'un ton de voix presque joyeux :

– Ne touchez plus jamais à un aussi triste sujet, mon père ; la pensée d'une séparation, quelque éloignée qu'elle soit, me rend faible comme une femme, et la faiblesse ne convient pas à un homme (il se croyait déjà homme). Sans nul doute je saurai un jour qui je suis, mais ne le saurais-je pas que cette ignorance ne m'empêcherait jamais de dormir tranquille ni de me réveiller gaiement. Parbleu ! si j'ignore mon véritable nom, noble ou roturier, je n'ignore pas ce que je veux être... le plus habile archer qui ait jamais tiré une flèche sur les daims de la forêt de Sherwood.

– Et vous l'êtes déjà, sir Robin, répliqua Gilbert avec fierté ; ne suis-je pas votre instituteur ? En route, *Gip*, mon gentil poney, ajouta le vieillard en remontant en selle, il faut que je me hâte d'aller à Mansfeldwoohaus et de revenir, sans quoi Maggie ferait une mine plus longue que la plus longue de mes flèches. En attendant, cher enfant, exerce ton adresse, et elle ne tardera pas à égaler celle de Gilbert Head dans ses plus beaux jours... Au revoir.

Robin s'amusa pendant quelques instants à déchiqueter à coups de flèches les feuilles qu'il choisissait de l'œil à la cime des plus grands arbres ; puis, las de ce jeu, il s'étendit sur l'herbe à l'ombre d'une clairière, et récapitula une à une dans sa pensée les paroles qu'il venait d'échanger avec son père adoptif. Avec son ignorance du monde, Robin ne désirait rien en dehors de la félicité dont il jouissait sous le toit du garde forestier, et le suprême bonheur pour lui consistait à pouvoir chasser en liberté dans les solitudes giboyeuses de la forêt de Sherwood ; que lui importait donc alors un avenir de noble ou de vilain ?

Un froissement prolongé du feuillage et les craquements précipités des broussailles voisines troublèrent bientôt les rêveries de notre jeune archer ; il leva la tête et aperçut un daim effrayé qui trouait le fourré, s'élançait à travers la clairière et disparaissait aussitôt dans les profondeurs de la forêt.

Bander son arc et poursuivre l'animal, tel fut le projet instantané de Robin ; mais ayant par hasard ou par instinct de chasseur examiné l'endroit du débouché avant d'entrer en campagne, il aperçut à quelques toises de distance un homme accroupi derrière un tertre dominant la route ; ainsi caché, cet homme pouvait voir sans être vu tout ce qui passerait sur la route, et, l'œil au guet, la flèche en corde, il attendait.

Certes il ressemblait par ses vêtements à un honnête forestier, connaissant de longue main les allures du gibier et se donnant le loisir d'une paisible chasse à l'affût. Mais s'il eût été réellement chasseur, et chasseur de daims surtout, il n'eût pas hésité à suivre en toute hâte la piste de l'animal. Pourquoi cette embuscade alors ? Peut-être était-ce un meurtrier à l'affût des voyageurs ?

Robin pressentit un crime, et, espérant y mettre obstacle, il se cacha derrière un bouquet de hêtres et surveilla attentivement les mouvements de l'inconnu. Celui-ci, toujours accroupi derrière le tertre, tournait le dos à Robin, et par conséquent se trouvait placé entre lui et le sentier. Tout à coup le brigand ou le chasseur décocha une flèche dans la direction du sentier, et se releva à moitié comme pour bondir vers le but visé ; mais il s'arrêta, proféra un jurement énergique, et se remit à l'affût avec une flèche à son arc.

Cette nouvelle flèche fut suivie comme la première d'un odieux blasphème.

– A qui donc en veut-il ? se demandait Robin. Essaye-t-il de donner à un de ses amis un coup de peigne comme celui que j'ai donné ce matin au vieux Gilbert ? Le jeu n'est pas des plus faciles. Mais je ne vois rien là-bas du côté où il vise ; il voit cependant quelque chose, lui, puisqu'il prépare une troisième flèche.

Robin allait quitter sa cachette pour faire connaissance avec le tireur inconnu et maladroit, lorsqu'en écartant sans dessein quelques branches d'un hêtre il aperçut, arrêtés au bout du sentier et à l'endroit où le chemin de Mansfeldwoohaus forme un coude, un gentleman et une jeune dame qui semblaient éprouver beaucoup d'inquiétude et se demander s'il fallait tourner bride ou braver le danger. Les chevaux s'ébrouaient, et le gentleman promenait ses regards de tous côtés pour découvrir l'ennemi et lui tenir tête, puis il s'efforçait en même temps de calmer les terreurs de sa compagne.

Soudain la jeune femme poussa un cri d'angoisse et tomba presque évanouie : une flèche venait de s'implanter dans le pommeau de sa selle.

Plus de doute, l'homme en embuscade était un lâche assassin.

Saisi d'une généreuse indignation, Robin choisit dans son carquois une flèche des plus aiguës, banda son arc et visa. La main gauche de l'assassin demeura clouée sur le bois de l'arc qui menaçait de nouveau le cavalier et sa compagne.

Rugissant de colère et de douleur, le bandit détourna la tête et chercha à découvrir d'où venait cette attaque imprévue ; mais la taille svelte de notre jeune archer le cachait derrière le tronc du hêtre, et les nuances de son pourpoint se confondaient avec celles du feuillage.

Robin aurait pu tuer le bandit, il se contenta de l'effrayer après l'avoir puni, et lui décocha une nouvelle flèche qui emporta son bonnet à vingt pas.

Saisi de vertige et d'épouvante, le blessé se redressa, et, soutenant de sa main solide sa main ensanglantée, hurla, trépigna, tournoya pendant quelques instants sur lui-même, promena des yeux hagards sur les taillis environnants, et s'enfuit en criant :

– C'est le démon ! le démon ! le démon !

Robin salua le départ du bandit par un rire joyeux, et sacrifia une dernière flèche qui, après l'avoir éperonné pendant sa course, devait l'empêcher de longtemps de s'asseoir en repos.

Le danger passé, Robin sortit de sa cachette et vint s'adosser nonchalamment au tronc d'un chêne sur le bord du sentier ; il se préparait ainsi à souhaiter la bienvenue aux voyageurs ; mais à peine ceux-ci, qui s'avançaient au trot, l'eurent-ils aperçu que la jeune femme poussa un grand cri et que le cavalier s'élança vers lui l'épée à la main.

– Holà ! messire chevalier, s'écria Robin, retiens ton bras et modère ta fureur. Les flèches lancées vers vous ne sortaient pas de mon carquois.

– Te voilà donc, misérable ! te voilà donc ! répéta le cavalier en proie à la plus violente colère.

– Je ne suis pas un assassin, bien au contraire, c'est moi qui vous ai sauvé la vie.

– L'assassin, où est-il alors ? Parle, ou je te fends la tête.

– Ecoutez et vous le saurez, répondit froidement Robin. Quant à me fendre la tête, n'y songez pas, et permettez-moi de vous faire observer, messire, que cette flèche, dont la pointe est dirigée sur vous, traversera votre cœur avant que votre épée n'effleure ma peau. Tenez-vous donc pour averti, et écoutez en paix : je dirai la vérité.

– J'écoute, reprit le cavalier presque fasciné par le sang-froid de Robin.

– J'étais là tranquillement couché sur l'herbe derrière ces hêtres ; un daim passa, je voulus le poursuivre, mais, au moment de prendre sa piste, j'ai vu un homme qui lançait des flèches vers un but d'abord invisible pour moi. J'oubliai alors le daim ; je me plaçai en observation afin de veiller sur cet homme qui m'était suspect, et je ne tardai pas à découvrir qu'il prenait cette gracieuse dame pour point de mire. On dit que je suis le plus habile archer de la forêt de Sherwood ; j'ai voulu profiter de l'occasion pour me prouver à moi-même qu'on dit vrai. Du premier coup, la main et l'arc du bandit ont été chevillés ensemble par une de mes flèches, du second je lui ai enlevé son bonnet, qu'il nous est facile de retrouver, enfin du troisième, j'ai mis le bandit en fuite, et il court encore... Voilà.

Le cavalier tenait toujours l'épée haute ; il doutait encore.

– Allons, messire, reprit Robin, regardez-moi en face, et vous avouerez que je n'ai pas l'air d'un brigand.

– Oui, oui, mon enfant, je l'avoue, tu n'as pas l'air d'un brigand, dit enfin l'étranger après avoir attentivement considéré Robin. Le front radieux, la physionomie pleine de franchise, les yeux où pétillait le feu du courage, les lèvres qu'entr'ouvrait le sourire d'un légitime orgueil, tout en ce noble adolescent inspirait, commandait la confiance.

– Dis-moi qui tu es, et conduis-nous, je te prie, dans un lieu où nos montures puissent se repaître et se reposer, ajouta le cavalier.

– Avec plaisir ; suivez-moi.

– Mais d'abord accepte ma bourse, en attendant que Dieu te récompense.

– Gardez votre or, messire chevalier ; l'or m'est inutile, je n'ai pas besoin d'or. Je me nomme Robin Hood, et je demeure avec mon père et ma mère à deux milles d'ici, sur la lisière de la forêt ; venez, vous trouverez dans notre maisonnette une cordiale hospitalité.

La jeune femme, qui s'était jusqu'alors tenue à l'écart, se rapprocha de son cavalier, et Robin vit resplendir l'éclat de deux grands yeux noirs sous le capuchon de soie qui préservait sa tête de la fraîcheur du matin ; il remarqua aussi sa divine beauté, et la dévora du regard en s'inclinant poliment devant elle.

– Devons-nous croire à la parole de ce jeune homme ? demanda la dame à son cavalier.

Robin releva fièrement la tête, et, sans donner au chevalier le temps de répondre, il s'écria :

– Il n'y aurait plus alors de bonne foi sur la terre.

Les deux étrangers sourirent ; ils ne doutaient plus.

3

La petite caravane marcha d'abord silencieusement ; le cavalier et la jeune fille pensaient encore au danger qu'ils avaient couru, et tout un monde d'idées nouvelles surgissait dans la tête de notre jeune archer : il admirait pour la première fois la beauté d'une femme.

Fier par instinct de race autant que par caractère, il ne voulait pas paraître inférieur à ceux qui lui devaient la vie, et affectait en les guidant des manières orgueilleuses et pleines de rudesse : il devinait que ces personnages modestement vêtus et voyageant sans équipage appartenaient à la noblesse, mais il se croyait leur égal dans la forêt de Sherwood, et même leur supérieur devant les embûches des assassins.

La plus grande ambition de Robin était de paraître habile archer et forestier audacieux ; il méritait le premier titre, mais on lui refusait le second, que démentaient d'ailleurs ses formes juvéniles.

A tous ses avantages naturels, Robin joignait encore le charme d'une voix mélodieuse : il le savait et chantait partout où il lui plaisait de chanter, il lui plut donc de donner aux voyageurs une idée de son talent, et il entonna allégrement une joyeuse ballade ; mais dès les premiers mots une émotion extraordinaire paralysa sa voix, et ses lèvres se fermèrent en tremblant ; il essaya de nouveau, et redevint muet en poussant un gros soupir ; il essaya encore, même soupir, même émotion.

Le naïf enfant éprouvait déjà les timidités de l'amour ; il adorait sans le savoir l'image de la belle inconnue qui chevauchait derrière lui, et il oubliait ses chansons en rêvant à ses yeux noirs.

Il finit cependant par comprendre les causes de son trouble, et s'écria en retrouvant son sang-froid :

– Patience, je la verrai bientôt sans son capuchon.

Le cavalier interrogea Robin sur ses goûts, ses habitudes et ses occupations avec bienveillance ; mais Robin lui répondit froidement, et ne changea de ton qu'au moment où son amour-propre fut mis en jeu.

– Tu n'as donc pas craint, dit l'étranger, que ce misérable outlaw cherchât à se venger sur toi de son insuccès ? tu n'as donc pas craint de manquer d'adresse ?

– Parbleu ! non, messire, car il m'était impossible d'avoir cette dernière crainte.

– Impossible !

– Oui, l'habitude m'a fait un jeu des coups les plus difficiles.

Il y avait trop de bonne foi et de noble orgueil dans les réponses de Robin pour que l'étranger s'en moquât, et il reprit :

– Serais-tu assez bon tireur pour atteindre à cinquante pas ce que tu touches à quinze ?

– Certainement ; mais, ajouta l'enfant d'un ton railleur, j'espère, messire, que vous ne regardez pas comme un trait d'adresse la leçon que j'ai donnée à ce bandit ?

– Pourquoi ?

– C'est qu'une pareille bagatelle ne prouve rien.

– Et quelle meilleure preuve pourras-tu me donner ?

– Qu'une occasion se présente, et vous verrez.

Le silence se rétablit pendant quelques minutes, et la caravane arriva au bord d'une grande clairière que le chemin coupait en diagonale. Au même instant un gros oiseau de proie s'élevait dans l'atmosphère, et un jeune faon, alarmé par le bruit du passage des chevaux, sortait d'un fourré voisin et traversait l'espace boisé pour se remiser de l'autre côté.

– Attention ! s'écria Robin en tenant une flèche entre ses dents et en plaçant une seconde à son arc ; que préférez-vous, le gibier à plumes ou le gibier à poil ? Choisissez.

Mais avant que le chevalier eût eu le loisir de répondre, le faon tombait blessé à mort, et l'oiseau de proie descendait en tournoyant sur la clairière.

– Puisque vous n'avez pas choisi quand ils vivaient, vous choisirez ce soir quand ils seront rôtis.

– Admirable ! s'écria le chevalier.

– Merveilleux ! murmura la jeune fille.

– Vos Seigneuries n'ont qu'à suivre le droit chemin, et après cette futaie elles apercevront la maison de mon père. Salut ! je prends les devants pour vous annoncer à ma mère et envoyer notre vieux domestique ramasser le gibier.

Cela dit, Robin disparut en courant.

– C'est un noble enfant, n'est-ce pas, Marianne ? dit le chevalier à sa compagne ; un charmant garçon, et le plus joli forestier anglais que j'aie jamais vu.

– Il est bien jeune encore, répondit l'étrangère.

– Et peut-être plus jeune encore que ne l'annoncent sa taille élancée et la vigueur de ses membres. Vous ne sauriez croire, Marianne, combien la vie en plein air favorise le développement de nos forces et entretient la santé ; il n'en est pas ainsi dans l'atmosphère étouffante des villes, ajouta le cavalier en soupirant.

– Je crois, messire Allan Clare, répliqua la jeune dame avec un fin sourire, que vos soupirs s'adressent beaucoup moins aux arbres verts de la forêt de Sherwood qu'à leur charmante feudataire, la noble fille du baron de Nottingham.

– Vous avez raison, Marianne, ma sœur chérie, et, je l'avoue, je préférerais, si le choix dépendait de ma volonté, passer mes jours à rôder dans ces forêts, ayant pour demeure la chaumière d'un *yeoman* et Christabel pour femme, plutôt que de m'asseoir sur un trône.

– Frère, l'idée est belle, mais un peu romanesque. Etes-vous certain d'ailleurs que Christabel consente à échanger sa vie princière contre la mesquine existence dont vous parlez ? Ah ! cher Allan, ne vous bercez pas de folles espérances ; je doute fort que le baron vous accorde jamais la main de sa fille.

Le front du jeune homme se rembrunit ; mais il chassa aussitôt ce nuage de tristesse, et dit à sa sœur d'un ton calme :

– Je croyais vous avoir entendue parler avec enthousiasme des agréments de la vie champêtre.

– C'est vrai, Allan, je le confesse, j'ai parfois des goûts

étranges ; mais je ne pense pas que Christabel en ait de semblables.

– Si Christabel m'aime véritablement, elle se plaira dans ma demeure, quelle qu'elle soit. Ah ! vous pressentez le refus du baron ? Mais si je voulais, je n'aurais qu'à dire un mot, un seul, et le fier, l'irascible Fitz-Alwine agréerait ma demande sous peine d'être proscrit et de voir son château de Nottingham réduit en poussière.

– Chut ! voici la chaumière, dit Marianne interrompant son frère. La mère du jeune homme nous attend à la porte. Vraiment, l'extérieur de cette femme est des plus agréables.

– Son enfant possède le même avantage, répondit le jeune homme en souriant.

– Oh ! ce n'est plus un enfant, murmura Marianne, et une subite rougeur envahit sa figure.

Mais quand la jeune fille eut mis pied à terre à l'aide de son frère, quand son capuchon, rejeté en arrière, eut découvert ses traits, la rougeur avait fait place à une légère teinte rosée. Robin, qui se tenait près de sa mère, admirait avec une radieuse surprise la première femme qui eût fait battre son cœur, et l'émotion du jeune archer était si vive, si franche, si vraie, qu'il s'écria sans avoir la conscience de ses paroles :

– Ah ! j'étais bien sûr que de si beaux yeux ne pouvaient éclairer qu'une belle figure !

Marguerite, étonnée de la hardiesse de son fils, se tourna vers lui et l'interpella d'une voix presque grondeuse. Allan se prit à rire, et la belle Marianne devint aussi rouge que l'effronté Robin, qui, pour cacher son embarras et sa honte, se jeta au cou de sa mère ; mais le naïf espiègle eut soin d'épier d'un regard de côté la physionomie de Marianne, et il n'y vit point de colère ; au contraire, un bienveillant sourire, que la jeune fille croyait dérober au coupable, illuminait ses traits, et le coupable, assuré d'obtenir sa grâce, se hasarda à lever timidement les yeux sur son idole.

Une heure après, Gilbert Head revint au logis portant en croupe sur son cheval un homme blessé qu'il avait rencontré en route ; il descendit l'étranger avec des précautions infinies de son siège incommode, et le porta dans la salle en appelant Marguerite, occupée à installer les voyageurs dans les chambres du premier étage.

A la voix de Gilbert, Maggie accourut.

– Tiens, femme, voici un pauvre homme qui a grand besoin de tes soins. Un mauvais plaisant lui a joué le tour atroce de lui clouer avec une flèche la main sur son arc, au moment où il visait un daguet. Allons, bonne Maggie, hâtons-nous ; cet homme est très affaibli par la perte de son sang. Comment te trouves-tu, camarade ? ajouta le vieillard en s'adressant au blessé. Courage, tu guériras. Allons donc ; relève un peu la tête, et ne te laisse pas abattre ainsi ; prends courage, morbleu ! on ne meurt pas pour une pointe de clou dans la main.

Le blessé, affaissé sur lui-même et la tête entre les épaules, courbait le front et semblait vouloir dérober à ses hôtes la vue de son visage.

En ce moment, Robin rentra dans la maison et courut vers son père pour l'aider à soutenir le blessé, mais à peine eut-il jeté les yeux sur lui qu'il s'éloigna et fit signe au vieux Gilbert de venir lui parler.

– Père, dit tout bas le jeune homme, ayez bien soin de cacher aux voyageurs de là-haut la présence de ce blessé dans notre maison. Plus tard vous saurez pourquoi. Soyez prudent.

– Eh ! quel autre sentiment que celui de la compassion pourrait éveiller chez nos hôtes la présence de ce pauvre forestier baigné dans son sang ?

– Vous le saurez ce soir, père ; en attendant, suivez mon conseil.

– Je le saurai, je le saurai ce soir, reprit Gilbert mécontent. Eh bien ! je veux le savoir de suite, car je trouve fort étrange qu'un enfant tel que toi se permette de me donner des leçons de prudence. Parle, quel rapport y a-t-il entre le forestier et Leurs Seigneuries ?

– Attendez, je vous en conjure, je vous le dirai ce soir quand nous serons seuls.

Le vieillard quitta Robin et vint vers le blessé. Un instant après ce dernier poussa un long cri de douleur.

– Ah ! maître Robin, voilà encore un de tes chefs-d'œuvre, dit Gilbert courant après son fils et le retenant au moment où il allait franchir le seuil de la porte. Je t'avais défendu ce matin d'exercer ton adresse aux dépens de tes semblables, et tu m'as parfaitement obéi, témoin ce malheureux forestier !

– Quoi donc ? répliqua le jeune homme plein d'une respectueuse indignation ; vous croyez que...

– Oui, je crois que c'est toi qui as cloué la main de cet homme sur son arc, il n'y a que toi dans la forêt capable d'une pareille adresse. Regarde, le fer de cette flèche te trahit ; il est poinçonné à notre chiffre... Ah ! tu ne nieras plus ta faute, j'espère.

Et Gilbert lui montrait le fer de la flèche qu'il avait arraché de la blessure.

– Eh bien ! oui, mon père, c'est moi qui ai blessé cet homme, répondit froidement Robin.

Le front du vieux Gilbert devint sévère.

– C'est chose horrible et criminelle, maître ; n'es-tu donc pas honteux d'avoir dangereusement blessé par forfanterie un homme qui ne te faisait aucun mal ?

– Je n'éprouve ni honte ni regret de ma conduite, répondit Robin d'un ton ferme. La honte et le regret reviennent à celui qui attaquait dans l'ombre des voyageurs inoffensifs et sans défense.

– Qui donc s'est rendu coupable de cette félonie ?

– L'homme que vous avez si généreusement ramassé dans la forêt.

Et Robin raconta à son père tous les détails de l'événement.

– Ce misérable t'a-t-il vu ? demanda Gilbert avec inquiétude.

– Non, car il s'est enfui presque atteint de folie et croyant à l'intervention du diable.

– Pardonne-moi mon injustice, dit le vieillard en pressant affectueusement entre les siennes les mains de l'enfant. J'admire ton adresse. Il faudra désormais surveiller attentivement les approches du logis. La blessure de ce coquin ne tardera pas à être guérie ; et, pour me remercier de mes soins et de mon hospitalité, il serait capable de revenir en compagnie de ses pareils mettre ici tout à feu et à sang. Il me semble, ajouta Gilbert après avoir réfléchi un moment, que la physionomie de cet homme ne m'est pas inconnue ; mais j'ai beau fouiller dans mes souvenirs, je ne retrouve pas son nom ; il doit avoir changé d'expression de figure. Quand je l'ai connu, il ne portait pas sur ses joues l'expression avilissante de la débauche et du crime.

Cet entretien fut interrompu par l'arrivée d'Allan et de

Marianne, auxquels le maître du logis souhaita cordialement la bienvenue.

Le soir de ce même jour, la maison du garde forestier était pleine d'animation : Gilbert, Marguerite, Lincoln et Robin, Robin surtout, se ressentaient vivement du changement et du trouble provoqués dans leur paisible existence par l'arrivée de ces nouveaux hôtes. Le maître du logis surveillait attentivement le blessé, la ménagère préparait le repas ; Lincoln, tout en s'occupant de ses chevaux, faisait bonne garde et ouvrait l'œil sur les environs ; Robin seul était oisif, mais son cœur travaillait. La vue de la belle Marianne éveillait en lui des sensations jusqu'alors inconnues, et il demeurait immobile, plongé dans une muette admiration ; il rougissait, il pâlissait, il frissonnait, quand la jeune fille marchait, parlait ou laissait errer ses regards autour d'elle.

Jamais aux fêtes de Mansfeldwoohaus il n'avait vu beauté pareille ; il dansait, il riait, il causait avec les filles de Mansfeldwoohaus, et déjà même il avait murmuré aux oreilles de quelques-unes de banales paroles d'amour, mais dès le lendemain il les oubliait en chassant dans la forêt ; aujourd'hui il serait mort de peur plutôt que d'oser dire un mot à la noble amazone qui lui devait la vie, et il sentait qu'il ne l'oublierait jamais.

Il cessait d'être enfant.

Pendant que Robin, assis dans un coin de la salle, adorait Marianne en silence, Allan complimentait Gilbert sur le courage et l'adresse du jeune archer, et félicitait le vieillard d'être le père d'un tel fils ; mais Gilbert, qui espérait toujours recevoir au moment où il s'y attendait le moins des renseignements sur l'origine de Robin, ne manquait jamais d'avouer que le jeune garçon n'était pas son fils, et racontait comment et à quelle époque un inconnu lui avait apporté cet enfant.

Allan apprit donc avec étonnement que Robin n'était point fils de Gilbert, et ce dernier ayant ajouté que le protecteur inconnu de l'orphelin était venu probablement de Huntingdon, puisque le shérif de cet endroit payait chaque année la pension de l'enfant, le jeune homme répondit :

– Huntingdon est notre lieu de naissance, et nous l'avons quitté il y a quelques jours à peine. L'histoire de Robin, brave forestier, pourrait être vraie, mais j'en doute. Aucun gentilhomme de Huntingdon n'est mort en Normandie à l'époque de la naissance de cet enfant, et je n'ai pas ouï dire qu'un membre des nobles familles du comté se soit jamais mésallié avec une Française roturière et pauvre. Ensuite, pour quel motif aurait-on transporté cet enfant aussi loin de Huntingdon ? Dans l'intérêt de son bien-être, dites-vous, de l'avis de Ritson, votre parent, qui avait pensé à vous et s'était rendu garant de votre humanité. Ne serait-ce pas plutôt parce que l'on avait intérêt à cacher la naissance de ce petit être et qu'on voulait l'abandonner, n'osant pas le faire périr ? Ce qui confirmerait mes soupçons, c'est que depuis lors vous n'avez plus revu votre beau-frère. A mon retour à Huntingdon, je prendrai de minutieuses informations, et je m'efforcerai de découvrir la famille de Robin ; ma sœur et moi nous lui devons la vie, fasse le ciel que nous puissions réussir et lui payer ainsi la dette sacrée d'une éternelle reconnaissance !

Peu à peu les caresses d'Allan et les douces et familières paroles de Marianne rendirent à Robin sa gaieté et son sang-froid habituels, et bientôt la joie la plus vraie, la plus franche, la plus cordiale régna dans la maison du garde.

– Nous nous sommes égarés en traversant la forêt de Sherwood pour aller à Nottingham, dit Allan Clare, et je compte me remettre en route demain matin. Voudriez-vous me servir de guide, cher Robin ? Ma sœur restera ici confiée aux bons soins de votre mère, et nous rentrerons dans la soirée. Y a-t-il loin d'ici à Nottingham ?

– Douze milles environ, répondit Gilbert ; un bon cheval ne met pas deux heures à faire le voyage ; je dois une visite au shérif, que je n'ai pas vu depuis un an, et je vous accompagnerai, messire Allan.

– Tant mieux, nous serons trois ! s'écria Robin.

– Non, non ! s'écria Marguerite ; et se penchant à l'oreille de son mari, elle ajouta à voix basse :

– Y pensez-vous ? laisser deux femmes seules dans la maison avec ce bandit !

– Seules, dit Gilbert en riant. Ne comptez-vous pour rien, chère Maggie, notre vieux Lincoln et mon fidèle chien, le brave Lance, qui arracherait le cœur à quiconque oserait lever la main sur vous ?

Marguerite jeta un regard suppliant sur la jeune étrangère, et Marianne déclara résolument qu'elle suivrait son frère si Gilbert ne renonçait pas aux plaisirs du voyage projeté.

Gilbert céda, et il fut convenu qu'aux premiers rayons du soleil Allan et Robin se mettraient en route.

La nuit venue et les portes closes, nos personnes s'attablèrent et firent honneur aux talents culinaires de la bonne Marguerite. Le principal mets se composait d'un quartier de faon rôti ; sire Robin rayonnait de joie, il avait tué ce faon, et elle daignait en trouver la chair délicieuse au goût !

Assises l'une auprès de l'autre, ces deux charmantes créatures causaient comme on cause entre vieilles connaissances ; Allan, de son côté, prenait plaisir à entendre raconter les chroniques de la forêt, et Maggie veillait à ce qu'il ne manquât rien sur la table. L'aspect qu'offrait alors la demeure du forestier eût servi de modèle pour peindre un de ces tableaux d'intérieur de l'école hollandaise, où l'artiste poétise le réalisme du ménage.

Tout à coup un sifflement prolongé, parti de la chambre occupée par le malade, attira les regards des convives vers l'escalier conduisant à l'étage supérieur, et à peine ce sifflement se fut-il évanoui dans l'air qu'une réponse sur le même ton retentit à quelque distance dans la forêt. Nos cinq convives tressaillirent, un des chiens de garde au-dehors poussa quelques hurlements d'inquiétude, et le silence le plus absolu régna de nouveau dans les environs et devant le foyer du garde.

– Il se passe par ici quelque chose d'inusité, dit Gilbert, et je serais fort surpris s'il n'y avait pas dans la forêt certains personnages qui n'éprouvent aucun scrupule à fouiller dans d'autres poches que les leurs.

– Avez-vous donc réellement à craindre la visite des voleurs ? demanda Allan.

– Quelquefois.

– Je pensais qu'ils laissaient en repos la demeure d'un honnête forestier, qui d'ordinaire n'est pas riche, et qu'ils avaient assez de bon sens pour ne s'attaquer qu'aux gens riches.

– Les gens riches sont rares, et il faut bien que messieurs les vagabonds se contentent de pain quand ils ne trouvent pas de viande, et je vous prie de croire que les outlaws ne sont nullement honteux d'arracher un morceau de pain de la main d'un pauvre homme. Ils devraient cependant respecter mon domicile ainsi que ma personne et les miens, car plus d'une fois je les ai laissés se réchauffer à mon foyer et manger à cette table en temps d'hiver et de disette.

– Les bandits ne savent pas ce que c'est que la reconnaissance.

– Ils le savent si peu que maintes fois ils ont voulu entrer ici par la force.

Marianne, à ces mots, frissonna de terreur et se rapprocha involontairement de Robin. Robin voulut la rassurer, mais l'émotion lui coupa de nouveau la parole, et Gilbert s'étant aperçu des craintes de la jeune fille, reprit en souriant :

– Tranquillisez-vous, noble demoiselle, nous avons à votre service de braves cœurs et de bons arcs, et si les outlaws osent paraître, ils en seront quittes pour s'enfuir comme ils se sont enfuis tant de fois, n'emportant pour tout butin qu'une flèche au bas de leur jaquette.

– Merci, dit Marianne ; puis jetant vers son frère un regard significatif, la jeune fille ajouta :

– La vie de forestier n'est donc pas sans inconvénients et sans dangers ?

Robin se trompa sur le sens de cette phrase ; il se l'attribua et ne comprit pas que la jeune fille faisait allusion au prétendu goût de son frère pour la vie champêtre, aussi s'écria-t-il avec enthousiasme :

– Moi je n'y trouve que plaisir et bonheur. Je passe souvent des journées entières dans les villages voisins, et je rentre dans ma belle forêt avec une joie inexprimable, me disant à moi-même que je préférerais la mort au supplice d'être enfermé dans les murs d'une ville.

Robin allait continuer sur le même ton quand retentit un coup violent à la porte extérieure de la salle ; l'édifice en trembla, les chiens couchés devant le foyer bondirent en aboyant, et Gilbert, Allan, Robin s'élancèrent vers la porte tandis que Marianne se réfugiait entre les bras de Marguerite.

– Holà ! cria le garde, quel malotru visiteur ose ainsi défoncer ma porte ?

Un second coup plus violent encore que le premier servit de réponse : Gilbert réitéra sa demande, mais les aboiements furieux des chiens rendirent d'abord tout dialogue impossible, et ce ne fut qu'avec peine qu'on entendit enfin au-dehors une voix sonore dominant le tumulte et prononçant cette formule sacramentelle :

– Ouvrez, pour l'amour de Dieu !
– Qui êtes-vous ?
– Deux moines de l'ordre de Saint-Benoist.
– D'où venez-vous et où allez-vous ?
– Nous venons de notre abbaye, l'abbaye de Laiton, et nous allons à Mansfeldwoohaus.
– Que voulez-vous ?
– Un abri pour la nuit et quelque chose à manger ; nous nous sommes égarés dans la forêt et nous mourons de faim.
– Ta voix n'est cependant pas la voix d'un homme mourant ; comment veux-tu que je m'assure si tu dis vrai ?
– Parbleu ! en ouvrant la porte et en nous regardant, répondit la même voix d'un ton que l'impatience rendait déjà moins humble. Allons, entêté forestier, ouvriras-tu ? nos jambes fléchissent et nos estomacs crient.

Gilbert se consultait avec ses hôtes et hésitait lorsqu'une autre voix, une voix de vieillard timide et suppliante, intervint :

– Pour l'amour de Dieu ! ouvrez, bon forestier ; je vous jure par les reliques de notre saint patron que mon frère a dit la vérité !
– Après tout, dit Gilbert de manière à être entendu audehors, nous sommes ici quatre hommes, et avec l'aide de nos chiens nous aurons bien raison de ces gens-là, quels qu'ils soient. Je vais ouvrir. Robin, Lincoln, retenez un moment les chiens, et vous les lâcherez si des malfaiteurs nous attaquent.

4

La porte tournait à peine sur ses gonds qu'un homme calé en quelque sorte sur elle pour l'empêcher de se refermer apparaissait et franchissait le seuil instantanément. Cet homme, jeune, robuste, et d'une taille colossale, portait une longue robe noire à capuchon et à larges manches ; une corde lui servait de ceinture ; un immense chapelet pendait à son côté, et sa main s'appuyait sur un gros et noueux bâton de cornouiller.

Un vieillard vêtu de la même manière suivait humblement ce beau moine.

Après les salutations d'usage, on se réunit à table avec les nouveaux venus, et la joie ainsi que la confiance reparurent. Cependant les maîtres du cottage n'avaient pas oublié le coup de sifflet de l'étage supérieur et celui de la forêt, mais ils dissimulaient leurs appréhensions pour ne pas effrayer leurs hôtes.

– Bon et brave forestier, reçois mes congratulations ; la table est admirablement bien servie ! s'écria le grand moine en dévorant une tranche de venaison. Si je n'ai pas attendu ton invitation pour venir souper avec toi, c'est que mon appétit, aussi aigu que la lame d'un poignard, s'y opposait.

Vraiment les paroles et les manières de ce personnage sans gêne étaient plutôt celles d'un soudard que d'un homme d'Eglise. Mais en ce temps-là les moines avaient les coudées franches ; ils étaient nombreux, et la piété sincère ainsi que les vertus du plus grand nombre attiraient les respects du peuple sur l'espèce entière.

– Bon forestier, que la bénédiction de la très-sainte Vierge répande sur ta maison le bonheur et la paix ! dit le vieux moine en rompant un premier morceau de pain, tandis que son confrère dévorait à belles dents et absorbait verre d'ale sur verre d'ale.

– Vous me pardonnerez, mes bons pères, reprit Gilbert, si j'ai tant tardé à vous ouvrir ma porte ; mais la prudence...

– C'est entendu... la prudence est de saison, dit le jeune moine, reprenant haleine entre deux coups de dents. Une bande de farouches coquins rôde dans les environs, et, voici une heure à peine, nous avons été assaillis par deux de ces misérables qui, en dépit de nos protestations, mettaient de l'entêtement à croire que nous possédions dans nos besaces quelques échantillons de ce vil métal que l'on nomme argent. Par saint Benoist ! ils s'adressaient à bonne enseigne, et j'allais exécuter sur leur dos un cantique à coups de bâton, quand un long sifflement auquel ils ont répondu leur a donné le signal de la retraite.

Les convives se regardèrent avec anxiété, le moine seul paraissait ne s'inquiéter de rien et continuait philosophiquement ses exercices gastronomiques.

– Que la Providence est grande ! reprit-il après un instant de silence ; sans les aboiements d'un de vos chiens qu'alarmèrent ces coups de sifflet, nous ne pouvions découvrir votre demeure, et, vu la pluie qui commençait à tomber, nous n'avions pour tout rafraîchissement que de l'eau pure, selon les règles de notre ordre.

Cela dit, le moine remplit et vida son verre.

– Brave chien, ajouta le religieux en se penchant pour caresser de la main le vieux Lance, qui se trouvait par hasard couché à ses pieds ; noble animal !

Mais Lance, refusant de répondre aux caresses du moine, se dressa sur ses pattes, allongea le col et flaira l'espace et gronda sourdement.

– Là ! Là ! qui vous inquiète, mon bon Lance ? demanda Gilbert en flattant l'animal.

Le chien, comme pour répondre, s'élança d'un bond vers la porte, et là, sans aboyer, il flaira de nouveau, écouta, tourna la tête vers son maître, et sembla demander avec des yeux enflammés de colère que la porte lui fût ouverte.

– Robin, donne-moi mon bâton et prends le tien, dit Gilbert à voix basse.

– Et moi, dit de même le jeune moine, j'ai un bras de fer, une poigne d'acier et un bâton de cornouiller au bout : tout cela est à votre service en cas d'attaque.

– Merci, répondit le garde forestier ; je croyais que la règle de ton ordre te défendait d'employer tes forces à un tel usage ?

– Mais avant tout la règle de mon ordre me commande de prêter secours et assistance à mes semblables.

– Patience, mes enfants, dit le vieux moine ; n'attaquez pas les premiers.

– On suivra votre conseil, mon père ; nous allons d'abord...

Mais Gilbert fut soudain interrompu dans l'explication de son plan de défense par un cri de terreur poussé par Marguerite. La pauvre femme venait d'entrevoir au haut de l'escalier le blessé, qu'on croyait mourant dans son lit, et, muette d'épouvante, elle tendait les bras vers cette sinistre apparition. Les regards des convives se dirigèrent aussitôt du même côté, mais déjà l'escalier était vide.

– Allons, chère Maggie, dit Gilbert avant de continuer son plan de défense, ne tremble pas ainsi ; le pauvre homme de là-haut n'a pas quitté son lit, il est trop faible, et je le crois plus à plaindre qu'à redouter, car si on l'attaquait, il ne pourrait se défendre, tu es la dupe d'une illusion, Maggie.

En parlant ainsi, le brave forestier dissimulait ses craintes, car lui seul avec Robin connaissait le véritable caractère du blessé. Sans nul doute ce bandit était de connivence avec ceux du dehors ; mais il fallait, tout en veillant sur lui, ne pas montrer qu'on redoutait sa présence dans la maison, sinon les femmes auraient perdu la tête ; il jeta donc un coup d'œil significatif à Robin, et celui-ci, sans que personne s'en aperçût et sans faire plus de bruit qu'un chat dans ses rondes nocturnes, grimpa sur la dernière marche de l'escalier.

La porte de la chambre était entrebâillée, les reflets des lumières de la salle pénétraient dans l'appartement, et du premier coup d'œil Robin put voir le blessé, qui, au lieu de garder le lit, se tenait penché à moitié corps sur l'appui de la fenêtre ouverte, et causait à voix basse avec un personnage du dehors.

Notre héros, rampant sur le plancher, se glissa jusqu'aux pieds du bandit et prêta l'oreille à ce dialogue.

– La jeune dame et le cavalier sont ici, disait le blessé, je viens de les voir.

– Est-ce bien possible ? s'écria l'interlocuteur.

– Oui, j'allais régler leur compte ce matin, quand le diable a pris leur défense ; une flèche partie de je ne sais où a mutilé ma main, et ils m'ont échappé.

– Enfer et damnation !

– Le hasard a voulu qu'égarés de leur route ils se réfugiassent pour la nuit chez le même brave homme qui m'a ramassé baigné dans mon sang.

– Tant mieux, ils ne nous échapperont plus maintenant.

– Combien êtes-vous, mes garçons ?

– Sept.

– Ils ne sont que quatre.

– Mais le plus difficile est d'entrer, car la porte me paraît solidement verrouillée, et j'entends gronder une meute de chiens.

– Ne nous occupons pas de la porte ; mieux vaut qu'elle reste fermée pendant la bagarre, sans quoi la belle et son frère pourraient nous échapper encore.

– Que comptez-vous faire alors ?

– Eh ! parbleu ! vous aider à entrer par la fenêtre. J'ai toujours une main à mon service, la droite, et je vais attacher à cette barre d'appui mes draps de lit et mes couvertures. Allons, préparez-vous à monter à l'échelle.

– Vraiment ! s'écria tout à coup Robin ; et, saisissant le bandit par les jambes, il essaya de le culbuter au-dehors.

L'indignation, la colère, le désir ardent de conjurer les dangers qui menaçaient la vie de ses parents et la liberté de la belle Marianne, centuplèrent les forces de cet enfant. Le bandit se raidit en vain contre une impulsion si brusquement donnée ; il dut y obéir, et, perdant l'équilibre, disparut dans l'espace pour tomber, non pas sur la terre nue, mais dans le réservoir plein d'eau qui se trouvait sous la fenêtre.

Les hommes du dehors, surpris par la chute inopinée de leur compère, s'enfuirent dans la forêt, et Robin descendit raconter l'aventure. On en rit d'abord, mais la réflexion vint après le rire ; Gilbert affirma que les malfaiteurs, revenus de leur stupéfaction, attaqueraient de nouveau la maison ; on se prépara donc de nouveau à les repousser, et le vieux moine, le père Eldred, proposa d'invoquer par une prière générale la protection du Très-Haut.

Le jeune moine, dont l'appétit s'était enfin émoussé, n'y mit pas d'obstacle ; au contraire, il entonna d'une voix de stentor le psaume *Exaudi nos*. Mais Gilbert lui imposa silence, et, les convives s'étant agenouillés, le père Eldred prononça à voix basse une fervente oraison.

La prière durait encore quand des gémissements entremêlés de coups de sifflet saccadés s'élevèrent du côté du réservoir ; la victime de Robin appelait les fuyards à son secours ; les fuyards, honteux d'avoir lâché pied, se rapprochèrent sans bruit, aidèrent le blessé à sortir du bain, le déposèrent presque mourant sous le hangar, et délibérèrent sur un nouveau plan d'attaque.

– Morts ou vifs, il faut nous emparer d'Allan Clare et de sa sœur, disait le chef de cette escouade de soudards, c'est l'ordre du baron Fitz-Alwine, et j'aimerais mieux braver le diable ou me laisser mordre par un loup enragé plutôt que de retourner près du baron les mains vides. Sans la maladresse de cet imbécile Taillefer, nous serions déjà rentrés au château.

Nos lecteurs devineront que le sacripant si bien traité par Robin se nommait Taillefer. Quant au baron Fitz-Alwine, ils feront prochainement connaissance avec lui ;

qu'il leur suffise maintenant de savoir que ce vindicatif personnage a juré la mort d'Allan, premièrement parce qu'Allan aime et est aimé de lady Christabel Fitz-Alwine sa fille ; et que lady Christabel est destinée à un riche seigneur de Londres ; secondement, parce que ce même Allan est possesseur de certains secrets politiques dont la révélation entraînerait la ruine et la mort du baron. Or, en ces temps de féodalité, le baron Fitz-Alwine, seigneur de Nottingham, avait droit de haute et basse justice sur tout le comté, et il lui était facile d'employer sa maréchaussée à l'exécution de ses vengeances personnelles. Et quelle maréchaussée, grand Dieu ! Taillefer en faisant le plus bel ornement.

– Allons, enfants, suivez-moi, la dague au poing, et n'épargnez personne si on résiste... Nous allons d'abord employer la douceur. Et, après avoir ainsi parlé aux sept coquins enrôlés au service de lord Fitz-Alwine, il frappa vigoureusement du pommeau de son épée à la porte de la maison et s'écria : Au nom du baron de Nottingham, notre haut et puissant seigneur, je t'ordonne d'ouvrir et de nous livrer... Mais les aboiements furieux des chiens couvrirent sa voix, et on n'entendit qu'avec peine la phrase. Je t'ordonne de nous livrer le cavalier et la jeune femme qui se cachent chez toi.

Gilbert se tourna aussitôt vers Allan et sembla lui demander du regard s'il était coupable.

– Coupable, moi ! répondit Allan. Oh ! non, je vous le jure, brave forestier, je ne suis coupable d'aucun crime, d'aucune action déshonorante et punissable, et mes seuls torts, vous les connaissez...

– Fort bien. Vous êtes toujours mon hôte, alors, et nous vous devons aide et protection selon l'étendue de nos moyens.

– Ouvriras-tu, satané rebelle ! criait le chef des assaillants.

– Je n'ouvrirai pas.

– C'est ce que nous allons voir.

Et à coups de masse d'armes, le chef ébranla la porte, qui aurait cédé sans une barre de fer passée transversalement à l'intérieur.

Le but de Gilbert était de gagner du temps, afin d'achever ses préparatifs de défense ; il n'avait confiance en la solidité de sa porte que pour quelques instants, et il voulait que lorsqu'il l'ouvrirait lui-même les brigands trouvassent à qui parler.

Aussi ressemblait-il au commandant d'une citadelle sur le point d'être prise d'assaut ; il distribuait les rôles, désignait un poste à chacun, inspectait les armes, et recommandait surtout la prudence et le sang-froid. Mais du courage, il n'en parlait pas, car ceux qui l'entouraient avaient déjà fait leurs preuves.

– Ça ! bonne Maggie, dit Gilbert à sa femme, retirez-vous avec cette noble demoiselle dans une chambre là-haut ; les femmes sont inutiles ici. Marguerite et Marianne n'obéirent qu'à regret. Toi, Robin, va dire au vieux Lincoln que nous avons de l'ouvrage à lui donner, puis tu iras te poster à une fenêtre du premier, afin de surveiller les brigands.

– Et je ne me contenterai pas de les surveiller, répliqua le jeune homme, qui disparut en brandissant son arc. En dépit de l'obscurité, je saurai atteindre mon but.

– Vous avez votre épée, messire Allan ; vous, mon père, votre bâton, et puisque la règle de votre ordre ne s'y oppose pas, vous en ferez un usage convenable.

– Je m'offre pour ôter les verrous de la porte, dit le jeune moine. Mon bâton inspirera peut-être du respect au premier arrivant.

– Soit. Séparons-nous, répondit Gilbert ; moi, dans cet angle, d'où je ferai pleuvoir des flèches sur les intrus ; vous, ici, Allan, prêt à vous porter de votre personne partout où il faudra du secours ; toi, Lincoln...

En ce moment un vieillard d'une taille colossale et armé d'un bâton proportionné à sa taille entra dans la salle.

– Toi, Lincoln, de l'autre côté de la porte, vis-à-vis le bon frère, vos bâtons agiront de concert ; mais d'abord, place de côté la table et les sièges, pour que le champ de bataille soit libre. Eteignons aussi les lumières, le foyer flamboyant donne assez de clarté. Quant à vous, mes braves chiens, ajouta le garde en caressant ses bouledogues, et toi, Lance, mon chéri, vous savez où il faut mordre, attention. Le père Eldred, qui prie maintenant pour nous, priera bientôt pour des éclopés et des trépassés.

En effet, le père Eldred se tenait agenouillé dans un angle de l'appartement avec ferveur, le dos tourné aux acteurs de ce drame.

Pendant cette mise en scène de la défense, les assaillants, fatigués de marteler inutilement la porte, avaient changé de tactique, et le cottage du forestier courait un grand danger. Heureusement que du haut de son observatoire Robin veillait.

– Père, vint-il dire en sourdine au haut de l'escalier, père, les brigands entassent du bois devant la porte et vont y mettre le feu ; ils sont sept en tout, sans compter le blessé, à moitié mort sans doute.

– Par la messe ! s'écria Gilbert, ne leur laissons pas le temps d'allumer un fagot ; mon bois est sec, et en un clin d'œil la maison flamberait comme un feu de joie de la Saint-Jean. Ouvrez vite, ouvre, père bénédictin, et attention, vous tous !

Le moine, se tenant de côté, allongea le bras, enleva la barre de fer, fit grincer les verrous, et un tas de broussailles s'écroula dans la salle par la porte entr'ouverte.

– Hourrah ! s'écria le chef des brigands, qui se précipita la tête la première dans la salle. Hourrah !

Mais il ne poussa que ce seul cri et ne fit qu'un pas, un seul ; Lance lui sauta à la gorge, le bâton de Lincoln et celui du père tombèrent simultanément sur sa nuque, et il roula immobile sur le sol.

L'homme qui le suivait eut le même sort.

Le troisième pareillement, mais les quatre autres bandits ayant pu entrer en lice, sans être arrêtés comme leurs précurseurs par les chiens qui ne lâchaient pas encore leur proie, un combat en règle s'engagea, combat que Gilbert et Robin, postés comme ils l'étaient, auraient pu faire cesser bien vite à leur avantage, en vidant les flèches de leurs carquois sur les ennemis qui attaquaient avec des lances ; mais Gilbert, plutôt que de verser du sang, préférait laisser au bénédictin et à Lincoln la gloire d'assommer en détail les sbires du baron Fitz-Alwine, et il se contentait, ainsi qu'Allan Clare, de tenir à la parade contre les coups de lance.

Le sang n'avait donc encore coulé que par les morsures des chiens ; Robin, honteux de son inaction, voulut montrer son savoir-faire, et digne élève de Lincoln en la science du bâton comme il l'était de Gilbert en celle de l'arc, il s'empara d'un manche de hallebarde et réunit ses moulinets aux moulinets terribles de ses partenaires.

A l'approche de Robin, un des bandits, un colosse, un Hercule, poussa des ricanements moqueurs et féroces, rompit d'une semelle devant Lincoln et le moine, et fit un retour offensif sur l'adolescent. Mais Robin, sans s'émouvoir, esquiva le coup de lance, qui eût pu l'embrocher, et, répondant par un coup droit et horizontal en pleine poitrine, envoya choir le bandit au long de la muraille.

– Bravo, Robin ! cria Lincoln.

– Enfer et mort ! murmura le bandit qui vomissait des caillots de sang et semblait près d'expirer. Mais soudain, se redressant sur ses jarrets, il feignit un instant de chanceler, et, ivre de fureur, il se précipita sur Robin, le fer de sa lance en avant.

C'en était fait de Robin ! Le malheureux, dans son triomphe, avait oublié de se mettre en garde, et la lance allait le transpercer rapide comme un éclair, quand le vieux Lincoln, qui ouvrait l'œil sur tout, renversa le meurtrier d'un coup de bâton perpendiculairement asséné sur le sommet du crâne.

– Et de quatre ! s'écria-t-il alors en riant.

En effet, quatre bandits gisaient sur le sol, et il n'en restait plus que trois en bataille, lesquels semblaient plutôt disposés à prendre la fuite qu'à maintenir l'offensive.

C'est que l'énorme branche de cornouiller manœuvrée par le père bénédictin ne cessait de leur caresser les membres.

Qu'il était beau, le père, avec sa tête nue et enflammée d'une sainte colère, avec ses manches retroussées jusqu'au coude, avec sa longue robe relevée au-dessus des genoux !

L'ange Gabriel combattant le démon n'avait pas une prestance plus terrifiante.

Pendant que ce moine héroïque, devant lequel Lincoln se tenait en admiration, l'arme au bras, continuait la lutte, Gilbert, aidé de Robin et d'Allan, s'occupait à garrotter solidement les membres des vaincus qui respiraient encore. Deux d'entre eux demandaient merci, un troisième était mort ; le chef, celui que Lance cravatait toujours avec ses mâchoires, râlait horriblement et reprenait par moments assez de forces pour crier à ses compagnons :

– Tue ! tue ! tue le chien !

Mais les compagnons ne l'entendaient pas, et, l'eussent-ils entendu, que leur défense personnelle les eût empêchés de lui porter secours.

Cependant un homme, sur la présence duquel on ne comptait guère, osa venir à son secours ; Taillefer, qui avait été presque asphyxié dans le réservoir, et que ses confrères avaient déposé mourant sur la terre du hangar, Taillefer, ranimé par le bruit du combat, s'était glissé en rampant au milieu du champ de bataille et allait poignarder le brave Lance, lorsque Robin, l'apercevant tout à coup, le saisit par les épaules, le renversa sur le dos, lui arracha son poignard des mains et demeura agenouillé sur sa poitrine jusqu'à ce que Gilbert et Allan lui eussent garrotté bras et jambes.

Cette tentative de Taillefer devait accélérer la mort du chef ; Lance éprouva l'accès de fureur que tous les chiens éprouvent quand on veut leur arracher un os de la gueule ; il enfonça de plus en plus profondément ses dents aiguës dans la gorge de sa victime ; l'artère carotide et les veines jugulaires furent déchirées, et la vie du malfaiteur s'en alla avec son sang.

Instruits de la mort de leur chef, les bandits n'en continuèrent pas moins la lutte ; mais elle ne pouvait durer longtemps encore, la fuite même leur était devenue impossible depuis que Lincoln avait fermé et barré la porte, et ils étaient pris comme dans une souricière.

– Grâce ! cria l'un d'eux, étourdi, meurtri, moulu par les coups de bâton du moine.

– Pas de grâce ! répliqua le moine. Ah ! vous avez voulu des caresses, eh bien ! en voilà !

– Grâce ! pour l'amour de Dieu !

– Pas de grâce pour un seul !

Et la branche de cornouiller tombait sans cesse, et ne se relevait que pour retomber encore.

– Grâce ! grâce ! s'écrièrent-ils enfin tous à la fois.

– A bas les lances d'abord !

Ils jetèrent leurs lances par terre.

– A genoux maintenant !

Les bandits s'agenouillèrent.

– Très bien ! je n'ai plus alors qu'à essuyer mon bâton.

Le joyeux frère appelait essuyer son bâton envoyer une dernière et vigoureuse grêle de coups sur le dos des vaincus. Cela fait, il se croisa les bras, et, s'accoudant du coude droit sur l'extrémité de son arme vigoureuse, dans une position d'Hercule triomphant, il dit :

– Maintenant, c'est au patron du logis à décider de votre sort.

Gilbert Head était maître de la vie de ces sacripants ; il

aurait pu les mettre à mort selon les us et coutumes de l'époque, où chacun se rendait justice, mais il avait horreur du sang versé hors le cas de légitime défense ; il prit donc un autre parti.

On releva les six blessés, on ranima les forces des plus maltraités, on leur lia les mains derrière le dos, on les attacha à la suite les uns des autres comme des galériens, et Lincoln, assisté du jeune moine, les conduisit à quelques milles de la maison, dans un des plus épais fourrés de la forêt, où il les abandonna à leurs réflexions.

Taillefer ne faisait pas partie du convoi.

– Gilbert Head, avait-il dit au moment où Lincoln voulait le rattacher à la chaîne, Gilbert Head, fais-moi placer sur un lit ; il faut que je te parle avant de mourir.

– Non, chien d'ingrat ; je devrais plutôt te pendre à un arbre voisin.

– De grâce ! écoute.

– Non, tu vas marcher avec les autres.

– Ecoute, ce que j'ai à te dire est de la dernière importance.

Gilbert allait refuser encore, mais il crut entendre sortir de la bouche de Taillefer un nom qui réveillait en lui tout un monde de douloureux souvenirs.

– Annette ! il a prononcé le nom d'Annette ! murmura Gilbert en se penchant aussitôt vers le blessé.

– Oui, j'ai prononcé le nom d'Annette, répondit faiblement le moribond.

– Eh bien ! parle, dis-moi tout ce que tu sais d'Annette.

– Pas ici ; là-haut, quand nous serons seuls.

– Nous sommes seuls.

Gilbert le croyait, car Robin et Allan s'occupaient alors à creuser à quelque distance de la maison un trou pour y ensevelir le mort, et Marguerite et Marianne n'avaient pas encore quitté leur retraite.

– Non, nous ne sommes pas seuls, dit Taillefer en montrant le vieux moine qui priait sur le cadavre du bandit.

Puis, saisissant le bras de Gilbert, le blessé essaya de se soulever de terre ; mais le vieillard le repoussa vivement.

– Ne me touche pas, mécréant !

Le malheureux retomba sur le dos, et Gilbert attendri malgré lui, le releva doucement ; le souvenir d'Annette mitigeait sa colère.

– Gilbert, reprit Taillefer d'une voix de plus en plus

faible, je vous ai fait beaucoup de mal ; mais je vais essayer de le réparer.

– Je ne demande pas de réparation ; j'écoute seulement ce que tu as à dire.

– Ah ! Gilbert, de grâce ! empêche-moi de mourir... J'étouffe... rends-moi la vie pour un instant, je te dirai tout, là-haut ! Là-haut !

Gilbert allait sortir pour appeler Robin et Allan afin qu'ils l'aidassent à transporter le moribond dans un lit, quand celui-ci, croyant que le garde forestier l'abandonnait, fit un nouvel effort pour se dresser sur son séant, et s'écria :

– Tu ne me reconnais donc pas, Gilbert ?

– Je te reconnais pour ce que tu es, un assassin, un maudit, un traître ! cria Gilbert le pied déjà sur le seuil de la porte.

– Je suis pire que tout cela, Gilbert ; je suis Ritson, Roland Ritson, le frère de ta femme.

– Ritson ! Ritson ! Ô sainte Vierge, mère de Dieu ? est-ce possible ?

Et Gilbert vint tomber à genoux près du mourant qui se débattait dans les dernières angoisses de l'agonie.

5

A cette orageuse soirée succéda une nuit de calme et de silence. Le jeune moine et Lincoln étaient revenus de leur expédition dans la forêt pour enterrer le cadavre du bandit ; Marianne et Marguerite n'entendaient plus qu'en rêve le bruit de la bataille ; Allan, Robin, Lincoln et les deux moines réparaient leurs forces dans un profond sommeil ; seul Gilbert Head veillait encore.

Penché sur le lit de Ritson, toujours évanoui, il attendait plein d'anxiété que l'agonisant ouvrît les yeux et il doutait... il doutait que cet homme à la face livide et décomposée, aux traits stigmatisés par le vice et vieillis par la débauche plutôt que par l'âge, fût le joyeux et beau Ritson d'autrefois, le frère bien-aimé de Marguerite, le fiancé de la malheureuse Annette.

Et, joignant les mains, Gilbert s'écriait :

– Permets, mon Dieu, qu'il ne meure pas encore !

Dieu le permit, et quand le soleil levant inonda l'appartement de lumière, Ritson, comme s'il se réveillait du sommeil de la mort, tressaillit, poussa un long cri de repentir, et, saisissant la main de Gilbert, la porta à ses lèvres et balbutia ces mots :

– Me pardonnes-tu ?

– Parle d'abord, répondit Gilbert qui avait hâte de recevoir des éclaircissements sur la mort de sa sœur Annette et sur la naissance de Robin ; je pardonnerai ensuite.

– Je mourrai donc moins malheureux.

Ritson allait commencer ses révélations, quand un bruit de voix joyeuses retentit dans la salle du rez-de-chaussée.

– Père, dormez-vous ? demanda Robin au bas de l'escalier.

– Il est temps de partir pour Nottingham si nous voulons revenir ce soir, ajouta Allan Clare.

– Et s'il vous plaisait, messeigneurs, s'écriait le moine herculéen, je serais votre compagnon de voyage, car une bonne œuvre m'appelle au château de Nottingham.

– Allons, père, descendez qu'on vous dise adieu.

Gilbert descendit, mais à regret ; il craignait que le moribond n'expirât d'un instant à l'autre, et il s'arrangea de manière à remonter promptement auprès de lui et à ne plus être dérangé pendant cet entretien solennel d'où sortiraient sans doute des révélations importantes.

Il congédia donc immédiatement Robin, Allan et le moine ; Marianne et Marguerite devaient les accompagner à quelque distance de la maison, afin de s'égayer par une promenade matinale ; Lincoln fut envoyé sous un prétexte quelconque à Mansfeldwoohaus, et le père Eldred profita de l'occasion pour aller visiter le village : on devait se trouver réunis à la fin de la journée.

– Nous sommes seuls maintenant, parle, je t'écoute, dit Gilbert en s'asseyant au chevet de Ritson.

– Je ne vous raconterai pas, frère, tous les crimes, toutes les actions monstrueuses dont je me suis rendu coupable. Ce récit serait trop long. A quoi bon d'ailleurs raconter tout cela ? Vous ne voulez savoir que deux choses : ce qui concerne Annette et ce qui concerne Robin, n'est-ce pas ?

– Oui ; mais parle-moi d'abord de Robin, répondit Gilbert, car il craignit que le moribond n'eût pas le temps de faire tous ses aveux.

– Vous savez que je quittai Mansfeldwoohaus il y a vingt-trois ans pour entrer au service de Philippe Fitzooth, baron de Beasant. Ce titre avait été donné à mon maître par le roi Henri en récompense de services rendus pendant la guerre de France. Philippe Fitzooth était le fils cadet du vieux comte de Huntingdon, qui mourut longtemps avant mon entrée dans cette maison, et laissa ses biens et son titre à son fils aîné Fitzooth.

« Quelque temps après cet héritage, Robert perdit sa femme par suite de couches, et concentra toutes ses affections sur l'héritier qu'elle lui laissa ; faible et souffreteux enfant dont la vie ne fut entretenue qu'à l'aide de soins constants et minutieux. Le comte Robert, déjà inconsolable de la mort de sa femme, et désespérant de l'avenir de son fils, se laissa dominer par le chagrin, et mourut en confiant à son frère Philippe la mission de veiller sur l'unique rejeton de sa race.

« Désormais le baron de Beasant, Philippe de Fitzooth, avait un devoir impérieux à remplir. Mais l'ambition, le désir d'acquérir de nouveaux titres nobiliaires et d'hériter d'une fortune colossale lui firent oublier les recommandations de son frère, et, après quelques jours d'hésitation, il résolut de se débarrasser de l'enfant ; mais il dut bientôt renoncer à ce projet, le jeune Robert vivait au milieu d'un nombreux domestique, les laquais, les gardes, les habitants du comté lui étaient dévoués et n'eussent pas manqué de protester et même de se révolter si Philippe Fitzooth eût osé le dépouiller ouvertement de ses droits.

« Il temporisa donc en exploitant la faible constitution de l'héritier qui, selon les avis des médecins, ne tarderait pas à succomber si on lui donnait le goût de la débauche et des exercices violents.

« C'est dans ce but que Philippe Fitzooth me prit à son service. Déjà le comte Robert avait atteint sa seizième année, et, d'après les infâmes calculs de son oncle, je devais le pousser à sa perte par tous les moyens possibles, les chutes, les accidents, les maladies ; je devais tout tenter enfin pour qu'il mourût promptement, tout, sauf l'assassinat.

« Je l'avoue à ma honte, brave Gilbert, je fus un digne et zélé mandataire du baron de Beasant, qui ne pouvait surveiller mon travail de corrupteur et de meurtrier, puisque le roi Henri l'avait envoyé commander un corps d'armée en France. Dieu me pardonne ! j'aurais dû profiter de son absence pour déjouer cette trame odieuse ; au contraire, je m'efforçai de gagner la récompense promise pour le jour où je lui annoncerais la mort de Robert.

« Mais Robert en grandissant était devenu fort. La fatigue n'avait plus de prise sur lui ; nous avions beau courir de jour et de nuit, et par tous les temps, les plaines, les forêts, les tavernes et les mauvais lieux, c'était moi souvent qui criais le premier merci ! Mon amour-propre en souffrait, et si le baron m'eût alors écrit un mot, un seul mot à double entente à propos de cette santé merveilleuse et invincible, je n'eusse pas hésité à faire intervenir quelque poison lent pour accomplir mon œuvre.

« Ma tâche devenait donc plus rude de jour en jour, j'épuisais toutes les ressources de mon esprit sans trouver un moyen naturel d'ébranler l'étrange vigueur de mon élève ; je m'épuisais moi-même et j'étais sur le point de résilier mon marché avec le baron de Beasant, quand je crus voir enfin quelques changements dans la physionomie et dans les allures du jeune comte ; ces changements presque imperceptibles d'abord devinrent peu à peu visibles, réels, importants ; il perdait sa vivacité et sa gaieté ; il demeurait triste et rêveur pendant de longues heures ; il s'arrêtait immobile au début d'un lancer, ou se promenait solitairement tandis que les chiens forçaient la bête ; il ne mangeait plus, ne buvait plus, ne dormait plus, fuyait les femmes, et me parlait à peine une ou deux fois le jour.

« Ne m'attendant à aucune confidence de sa part, je voulus l'espionner pour découvrir la cause d'un si grand changement ; mais l'espionnage était difficile, car il trouvait toujours des prétextes pour m'éloigner de lui.

« Un jour que nous étions en chasse, nous arrivâmes, à la poursuite d'un cerf, sur les lisières de la forêt de Huntingdon ; là le comte fit halte, et après un moment de repos il me dit d'un ton bref :

« – Roland, attendez-moi près de ce chêne ; je reviendrai dans quelques heures.

« – Oui, seigneur, répondis-je.

« Et le comte s'enfonça dans un fourré. Aussitôt j'attachai mes chiens à un arbre et m'élançai à sa piste, en suivant dans les broussailles les traces de son passage ; mais quelque diligence que je fisse il m'échappa, et j'errai longtemps, si longtemps que je finis par m'égarer.

« Tandis que, fort désappointé d'avoir manqué cette occasion de découvrir le mystère dont s'enveloppait Robert, je cherchais à retrouver l'arbre au pied duquel il m'avait ordonné de l'attendre, j'entendis à quelques pas de moi, derrière un bouquet d'arbustes, une douce voix, une voix de jeune fille... Je m'arrêtai, j'écartai sans bruit quelques branches, et je vis, assis l'un près de l'autre, causant et souriant, les mains entrelacées, mon maître et une belle enfant de seize ou dix-sept ans.

« – Ah ! ah ! pensai-je, voilà du nouveau auquel ne s'attend pas monseigneur le baron de Beasant ! Robert est amoureux ; cela explique ses insomnies, sa tristesse, son manque d'appétit et surtout ses promenades solitaires.

« Je prêtai une oreille attentive aux paroles des deux amants, espérant surprendre quelque secret ; mais je n'entendis rien autre chose que le langage usité en pareille circonstance.

« Le jour baissait ; Robert se leva, et, prenant le bras de la jeune fille, la conduisit sur la lisière de la forêt, où l'attendait un domestique avec deux chevaux ; je les suivis de loin, là ils se séparèrent, et mon maître revint à grands pas où il m'avait laissé.

« J'eus le temps d'y arriver avant lui, et, quand il parut, les chiens étaient détachés et je donnais du cor à pleins poumons.

« – Pourquoi une telle sonnerie ? demanda-t-il.

« – Le soleil est couché, seigneur comte, répondis-je, et je craignais que vous ne vous fussiez égaré dans la forêt.

« – Je n'étais point égaré, répliqua-t-il froidement. Rentrons au château.

« Les entrevues de Robert et de sa bien-aimée se renouvelèrent longtemps. Pour les faciliter, Robert m'en confia le secret, et je ne racontai l'affaire au baron de Beasant qu'après m'être bien renseigné sur la position de la jeune fille. Miss Laura appartenait à une famille moins élevée dans la hiérarchie nobiliaire que celle de Robert, mais dont l'alliance était cependant honorable.

« Le baron me dit d'empêcher à tout prix le mariage de Robert avec cette miss Laura, il alla même jusqu'à m'ordonner de sacrifier la jeune fille.

« Cet ordre me parut fort cruel, fort dangereux, et surtout fort difficile à exécuter ; j'aurais voulu refuser d'y obéir, mais le pouvais-je, vendu que j'étais corps et âme au baron de Beasant ?

« Je ne savais plus quel parti prendre ni à quel démon demander conseil, lorsque, confiant et indiscret comme l'est tout homme heureux, Robert m'apprit que, ayant voulu être aimé pour lui-même, il avait caché son rang à miss Laura.

« Miss Laura le croyait fils d'un forestier, et consentait, malgré cette basse extraction, à lui donner sa main.

« Robert avait loué une maisonnette dans la petite ville de Loockeys, en Nottinghamshire ; il devait s'y réfugier avec sa jeune femme, et, pour qu'on ne se doutât de rien, il annoncerait, en quittant le château de Huntingdon, qu'il allait passer quelques mois en Normandie près de son oncle le baron de Beasant.

« Ce plan réussit à merveille ; un prêtre unit clandestinement les deux amoureux ; je fus l'unique témoin du mariage, et nous allâmes vivre dans la maisonnette de Loockeys.

« Là s'écoulèrent de longs jours de bonheur, en dépit des ordres pressants du baron, que je tenais au courant de tout ce qui se passait, et qui me menaçait de sa colère pour n'avoir point mis obstacle à cette union... Dieu soit loué maintenant ! je n'en eus pas le pouvoir.

« Après une année de félicité sans nuages, Laura mit un fils au monde, mais la naissance de ce fils lui coûta la vie.

– Et ce fils, demanda anxieusement Gilbert, ce fils, serait-ce ?...

– Oui, c'est l'enfant que nous t'avons confié voilà quinze ans.

– Robin alors doit porter le nom de comte de Huntingdon ?

– Oui, Robin est comte, Robin...

Et Ritson, qui, soutenu par la fièvre du remords, avait pu parler si longuement, sembla près de rendre le dernier soupir, maintenant que Gilbert interrompait sa narration.

– Ah ! mon fils adoptif est comte, répéta orgueilleusement le vieux Gilbert Head, comte de Huntingdon ! Achève, frère, achève l'histoire de mon Robin.

Ritson réunit tout ce qui lui restait de force et continua ainsi :

– Robert, fou de douleur, repoussa les consolations, perdit courage et tomba sérieusement malade.

« Le baron de Beasant, mécontent de ma surveillance, m'avait annoncé son prochain retour ; je crus agir selon ses désirs en faisant enterrer la comtesse Laura dans un couvent du voisinage, sans révéler sa qualité de femme du comte Robert, et je plaçai l'enfant en nourrice chez une fermière de mes connaissances. Sur ces entrefaites, le baron de Beasant revint en Angleterre, et, trouvant favorable à ses projets de ne pas démentir la prétendue excursion de Robert en France, il le fit transporter au château en annonçant qu'il était tombé malade pendant le voyage.

« Le sort favorisait le baron de Beasant, il touchait au but de ses désirs, il se voyait déjà héritier des titres et de la fortune du comte de Huntingdon : Robert allait mourir... Quelques instants avant de rendre le dernier soupir, cet infortuné jeune homme manda le baron à son chevet, lui raconta son mariage avec Laura, et lui fit jurer sur l'Evangile d'élever l'orphelin. L'oncle jura... mais le cadavre du malheureux Robert n'était pas encore refroidi que le baron m'appelait dans la chambre mortuaire, et à son tour me faisait jurer sur l'Evangile de ne jamais révéler, sa vie durant, ni le mariage de Robert, ni la naissance de son fils, ni les circonstances de sa mort.

« J'avais l'âme navrée ; je pleurais au souvenir de mon maître, ou plutôt de mon élève, de mon compagnon, si doux, si bon, si magnifique pour moi et pour tous ; mais il fallait obéir au baron de Beasant.

« Je jurai donc, et nous vous apportâmes l'enfant déshérité.

– Et le baron de Beasant, devenu comte de Huntingdon par usurpation, où est-il ? demanda Gilbert.

– Il est mort dans un naufrage sur les côtes de France, et c'est moi qui l'accompagnais alors comme je l'accompagnai quand nous vînmes ici ; c'est moi qui ai apporté en Angleterre la nouvelle de sa mort.

– Et qui donc lui a succédé ?

– Le riche abbé de Ramsay, William Fitzooth.

– Quoi ! c'est un abbé qui dépouille à son profit mon fils Robin ?

– Oui, cet abbé me prit à son service, et voilà quelques jours il me chassa injustement, à la suite d'une dispute que j'eus avec un de ses valets. Je sortis de chez lui le cœur plein de rage et jurant de me venger... Et quoique la mort me rende impuissant, je me venge, car je ne connais guère

Gilbert Head s'il permet que Robin soit longtemps encore privé de son héritage.

– Non, il n'en sera pas longtemps privé, répliqua Gilbert, ou je mourrai à la peine. Quels sont ses parents du côté de sa mère ? Il est de leur intérêt que Robin soit reconnu comte d'Angleterre.

– Sir Guy de Gamwell-Hall est le père de la comtesse Laura.

– Comment ! le vieux sir Guy de Gamwell-Hall, le même qui habite de l'autre côté de la forêt avec ses six robustes fils, les hercules chasseurs de Sherwood ?

– Oui, frère.

– Eh bien ! avec son aide, je me fais fort de jeter hors du château de Huntingdon monsieur l'abbé, quoiqu'on l'appelle le riche, le puissant abbé de Ramsay, baron de Broughton.

– Frère, mourrai-je vengé ? demanda Ritson ouvrant à peine la bouche.

– Sur ma parole et sur mon bras, je jure, si Dieu me prête vie, que Robin sera comte de Huntingdon en dépit de tous les abbés de l'Angleterre !... et cependant il y en a un joli nombre.

– Merci ! j'aurai du moins réparé quelques-uns de mes torts.

L'agonie de Ritson se prolongeait, et de temps en temps il reprenait quelques forces pour faire de nouveaux aveux. Il n'avait pas tout dit encore ; était-ce honte, ou bien les approches de la mort obscurcissaient-elles sa mémoire ?

– Ah ! reprit-il après un long râle, j'oubliais une chose importante... bien importante...

– Parle, dit Gilbert en lui soutenant la tête, parle.

– Ce cavalier et cette jeune dame auxquels tu as donné l'hospitalité...

– Eh bien ?

– Je voulais les tuer. Hier... le baron Fitz-Alwine m'avait payé pour cela, et de peur que je manquasse de les rencontrer, il avait envoyé à leur poursuite ces gens, mes complices, que vous avez battus ce soir. Je ne sais pourquoi le baron en veut à la vie de ces deux personnes... mais avertis-les de ma part qu'elles se gardent bien d'approcher du château de Nottingham.

Gilbert frémit en pensant qu'Allan et Robin étaient partis pour Nottingham, mais il était trop tard pour les avertir du danger.

– Ritson, dit-il, je connais un père bénédictin qui n'est pas loin d'ici ; veux-tu que j'aille le chercher, il te réconciliera avec Dieu ?

– Non, je suis damné, damné, damné, et d'ailleurs il n'arriverait pas à temps... je meurs.

– Courage, frère.

– Je meurs, et si tu me pardonnes, Gilbert, promets-moi de m'enterrer entre le chêne et le hêtre qui sont là-bas à l'angle du carrefour de Mansfeldwoohaus ; tu creuseras ma tombe entre eux. Le promets-tu ?

– Je le promets.

– Merci, bon Gilbert...

Puis Ritson ajouta en tordant ses membres de désespoir :

– Ah ! tu ne connais pas tous mes crimes ! Il faut que j'avoue tout !... mais si j'avoue tout, promettras-tu encore de m'enterrer là-bas ?

– Je le promets encore.

– Gilbert Head, tu avais une sœur ! t'en souvient-il ?

– Oh ! s'écria Gilbert qui devint pâle et dont les mains se joignirent convulsivement, si je m'en souviens ! Qu'as-tu à me dire de ma pauvre sœur, perdue dans la forêt, enlevée par un outlaw, ou dévorée par les loups ; Annette, ma douce et belle Annette !

Ritson frissonna du frisson de la mort, et d'une voix presque éteinte il dit :

– Tu aimais ma sœur Marguerite, Gilbert, moi j'aimais la tienne ; je l'aimais à la folie, je l'aimais jusqu'au délire, et vous ignoriez tous que je l'aimais ainsi. Un jour je la rencontrai dans la forêt, et j'oubliai qu'un homme d'honneur doit respecter la jeune fille dont il veut faire sa femme. Annette me repoussa avec mépris et jura qu'elle ne me pardonnerait jamais ma faute... J'implorai ma grâce, je tombai à ses genoux, je parlais de mourir... Elle s'attendrit, et là-bas, sous les arbres où je veux être enterré, nous échangeâmes nos serments d'amour... Quelques jours après, je la trompai d'une manière indigne, affreuse... un de mes amis, déguisé en prêtre nous maria secrètement.

– Enfer et mort ! rugit Gilbert ivre de colère et se cramponnant au bois du lit pour résister à la tentation d'étrangler le misérable.

– Oui, je mérite la mort, et la mort va venir... Gilbert, ne me tue pas, je ne t'ai pas tout dit encore... Annette croyait donc être ma femme ; elle était trop pure, trop innocente pour soupçonner ma perfidie, et elle ajoutait foi aux raisons que j'inventais pour me dispenser de dévoiler notre union à sa famille ; je reculais toujours le moment de cette révélation, lorsqu'elle devint mère. Il lui était désormais impossible d'habiter sous le toit de son père. Vous épousâtes alors ma sœur ; le moment de tout avouer était donc venu, et elle me conjura de le faire ; mais je ne l'aimais plus, et je rêvais aux moyens de quitter le pays sans l'avertir de mon départ. Un soir Annette m'attendait sous le chêne où j'avais juré de l'aimer éternellement : j'allai au rendez-vous, la tête remplie de pensées sinistres, et j'écoutai froidement ses prières, ses reproches entremêlés de larmes et de sanglots. Ah ! que ne restai-je sourd et indifférent lorsque, éperdue à mes pieds et serrant mes genoux sur sa poitrine, elle me supplia de la frapper de mon poignard plutôt que de l'abandonner. A peine ces mots : « Tue-moi ! » furent-ils tombés de ses lèvres que le démon, oui, le démon, me poussa à m'armer de mon poignard, et... je frappai une fois, deux fois, trois fois... Nous étions seuls, la nuit était obscure ; je restai là debout, immobile, je n'avais pas conscience de mon crime, je ne me souvenais plus d'avoir frappé, et je ne pensais à rien, je crois ; quand soudain j'éprouvai aux jambes une sensation de chaleur : c'était le sang d'Annette qui ruisselait sur moi !... Réveillé de ma léthargie, averti de mon crime, je voulus fuir alors ; mais ses mains enserrèrent mes pieds, et j'entendis sa douce voix qui disait : « Mon Roland, merci ! » Oh ! Dieu voulut alors me punir pour toute ma vie, car en ce moment où je comprenais l'étendue de mon forfait, il me refusa la force de me poignarder sur le cadavre de la pauvre Annette.

– Misérable ! misérable ! qui as tué ma sœur ! répétait Gilbert chaque fois que Ritson s'arrêtait pour reprendre haleine. Qu'as-tu fait de son corps, assassin, infâme assassin ?

– Pendant qu'elle me disait merci, les rayons de la lune, traversant le feuillage, éclairèrent sa pâle figure, et je lus mon pardon dans ses yeux... Puis elle me tendit la main et poussa son dernier soupir, après avoir murmuré ces mots : « Merci, Roland, merci, car je préfère la mort à la vie sans ton amour ! Je désire qu'on ignore toujours ce que je suis devenue... enfouis mon corps au pied de cet arbre. » Je ne sais combien de temps je demeurai foudroyé, évanoui près du cadavre de la malheureuse Annette ; je ne revins à moi que sous l'impression d'une vive douleur, il me semblait que les chairs de mon bras étaient déchiquetées par des dents aiguës ; je ne me trompais pas : c'était un loup, qui, attiré par l'odeur du sang, arrivait à la curée... La lutte que je soutins avec cet animal me rendit tout mon sang-froid ; je compris que si je n'enfouissais pas au plus tôt le corps de ma victime, mon crime serait découvert ; je creusai donc une tombe entre le chêne et le hêtre dont je vous ai parlé, et quand j'y eus déposé la pauvre Annette, je m'enfuis, et, bourrelé de remords, je vagabondai dans la forêt jusqu'au jour... C'est alors que vous me rencontrâtes étendu sur le sol, couvert de morsures et baigné dans mon sang... les loups me poursuivaient, ils allaient me dévorer, et sans vous je recevais déjà le châtiment de mon crime !... Le lendemain, quand on s'alarma de la disparition d'Annette, je n'eus garde d'avouer mon forfait, je vous aidai même dans vos recherches pour la découvrir, et je laissai croire qu'un outlaw l'avait enlevée, ou qu'elle avait servi de pâture aux bêtes féroces...

Gilbert n'écoutait plus Ritson ; il sanglotait, appuyé sur le rebord de la fenêtre. En vain le misérable lui criait-il : « Je meurs ! je meurs ! n'oublie pas le chêne ! » il demeura longtemps à cette même place, immobile et abîmé dans sa douleur, et quand il revint près du lit, Ritson avait rendu le dernier soupir.

Pendant cette longue agonie de Roland Ritson, nos trois voyageurs pour Nottingham, Allan, Robin et le moine, le moine au robuste appétit, au cœur vaillant et aux membres vigoureux, cheminaient rapidement à travers l'immense forêt de Sherwood. Ils causaient, riaient et chantaient ; tantôt le gros moine racontait quelque aventure égrillarde, tantôt la voix argentine de Robin entamait une ballade, tantôt Allan, par ses réflexions spirituelles, captivait l'attention de ses compagnons de voyage.

– Maître Allan, dit tout à coup Robin, le soleil marque déjà midi, et mon estomac ne se souvient plus du déjeuner de ce matin. Si vous voulez m'en croire, nous gagnerons les bords d'un ruisseau qui coule à quelques pas d'ici ; j'ai des vivres dans mon sac, et nous mangerons en nous reposant.

– Ce que tu proposes est plein de sens, mon fils, répliqua le moine, et j'y adhère de tout mon cœur, je voulais dire de toutes mes dents.

– Je n'y mets pas d'obstacle, cher Robin, dit Allan ; mais permets-moi de te faire observer que je veux absolument arriver au château de Nottingham avant le coucher du soleil, et si ce que tu proposes nous en empêche, je préfère continuer ma route sans m'arrêter.

– A vos souhaits, messire, répondit Robin ; où vous irez nous irons.

– Au ruisseau ! au ruisseau ! cria le moine ; nous ne sommes plus qu'à trois milles de Nottingham, et nous avons dix fois le temps d'y arriver avant la nuit ; ce n'est pas une heure de repos et un bon repas qui pourront nous en empêcher.

Rassuré par les paroles du moine, Allan consentit à faire halte, et ils allèrent s'asseoir sous l'ombre d'un grand chêne, au fond d'une délicieuse vallée où serpentait un petit ruisseau aux eaux limpides et transparentes, au lit pavé de cailloux blancs et roses, aux rives bordées d'herbes fleuries.

– Quel ravissant paysage ! s'écria Allan dont les regards inventoriaient les beautés de ce petit recoin du monde ; mais il me semble, cher Robin, que ce paradis terrestre est trop éloigné de ta demeure pour que tu viennes t'y reposer souvent ?

– En effet, messire, nous n'y venons que rarement, une fois par année, et non pas quand tout verdit, quand tout fleurit, quand tout est beau comme aujourd'hui, mais quand l'hiver a tout dévasté et que le vent secoue lugubrement les branches des arbres dépouillées de leurs feuilles et chargées de givre ; notre cœur alors est rempli de tristesse, de même que le ciel est rempli de nuages, et le deuil de la nature sympathise avec le nôtre.

– Pourquoi ce deuil, Robin ?

– Voyez-vous ce hêtre qui s'élève là-bas au centre d'un massif d'églantiers ? Il y a une tombe sous ce hêtre, la tombe du frère de mon père, Robin Hood, dont je porte le nom. C'était quelque temps avant ma naissance : les deux forestiers revenaient de la chasse, quand ils furent assaillis par une bande d'outlaws ; ils se défendirent vaillamment, mais, hélas ! mon oncle Robin reçut une flèche en pleine poitrine et tomba pour ne plus se relever ; Gilbert vengea sa mort et lui éleva cet humble mausolée, devant lequel nous venons prier et pleurer chaque année, le jour anniversaire du malheur.

– Il n'y a pas d'endroit en l'univers, quelque beau qu'il soit, que l'homme n'ait profané, dit sentencieusement le moine.

Puis, changeant de ton, il ajouta avec une joyeuse impatience :

– Holà ! Robin, laisse dormir ton mort, et pense aux vivants qui t'accompagnent ; un mort n'a pas faim, et la faim nous taquine. Voyons, ça ! ouvre ta besace ; elle contient, m'as-tu dit, des trésors de provisions.

Assis sur l'herbe au bord du ruisseau, les trois compagnons banquetèrent largement, grâce à la prévoyance de la bonne Marguerite, et une volumineuse gourde, remplie d'un vieux vin de France, passa et repassa si souvent des mains aux lèvres et des lèvres aux mains, que la gaieté de chacun devint très expansive, et que le temps consacré à cette halte se prolongea indéfiniment sans qu'ils s'en aperçussent. Robin chantait, chantait sans relâche. Allan, transporté au septième ciel, décrivait pompeusement les charmes et les qualités de lady Christabel. Le moine bavardait à tort et à travers, et déclarait aux échos qu'il se nommait Gilles Sherbowne, qu'il appartenait à une bonne famille de campagnards, qu'il préférait à la vie de couvent la vie active et indépendante du forestier, et qu'il avait acheté et payé fort cher au supérieur de son ordre le droit d'agir à sa guise et de manier le bâton.

– On m'a surnommé le *frère Tuck*, ajoutait-il, à cause de mon talent bâtonniste et de l'habitude que j'ai de relever ma robe jusqu'aux genoux. Je suis bon avec les bons et méchant avec les méchants, je donne un coup de main à mes amis et un coup de bâton à mes ennemis, je chante la ballade pour rire et la chanson à boire à qui aime à rire, à qui aime à boire, je prie avec les dévots, j'entonne des *Oremus* avec les bigots, et j'ai de joyeux contes à raconter à ceux qui détestent les homélies. Voilà, voilà le frère Tuck ! Et vous, messire Allan, dites-nous donc qui vous êtes ?

– Volontiers, si vous me laissez parler, répondit Allan.

En ce moment Robin tenait à la main sa gourde, qui n'était pas tout à fait vide, et frère Tuck allongeait le bras pour s'en saisir.

– Hop ! minute ! s'écria le jeune homme ; je te donnerai la gourde, frère Tuck, si tu n'interromps pas messire Allan Clare.

– Donne, je n'interromprai pas.

– C'est ce que nous verrons quand le chevalier aura fini.

– Méchant Robin ! la soif m'étrangle !

– Eh bien ! jette ta soif à l'eau.

Le moine fit une longue grimace de dépit, et s'étendit sur l'herbe comme pour dormir au lieu d'écouter l'histoire d'Allan Clare.

– Je suis d'origine saxonne, dit ce dernier ; mon père était l'intime ami du Premier ministre d'Henri II, Thomas Becket, et cette amitié causa tous ses malheurs, car il fut exilé à la mort de ce ministre.

Robin allait imiter le moine, car il ne s'intéressait guère aux éloges pompeux que le chevalier faisait de ses ancêtres et de sa famille ; mais il cessa d'être indifférent dès que le nom de Marianne fut prononcé et, le cœur dans les oreilles, il écouta... il écouta si attentivement qu'il ne s'aperçut pas que Tuck se redressait sur son séant et lui enlevait des mains sa gourde. Chaque fois qu'Allan cessait de parler de la belle Marianne, Robin trouvait le moyen de ramener la conversation sur elle ; il dut cependant permettre au chevalier de parler de ses amours et de s'extasier longuement sur les charmes de la noble Christabel, la fille du baron de Nottingham. Le chevalier, devenu très communicatif sous l'influence du vin de France, parla ensuite de sa haine pour le baron.

– Quand les faveurs de la cour pleuvaient sur ma famille, dit-il, le baron de Nottingham souriait à nos amours et m'appelait son fils ; mais dès que la fortune nous fut contraire, il me ferma sa porte et jura que Christabel ne serait jamais ma femme ; je jurai à mon tour de faire fléchir sa volonté et de devenir l'époux de sa fille, et depuis lors j'ai lutté sans cesse pour atteindre mon but, et je crois avoir réussi... Ce soir, oui, ce soir, il m'accordera la main de Christabel, ou il sera puni de sa forfanterie. Grâce au hasard, j'ai découvert un secret dont la révélation entraînerait sa ruine et sa mort, et je vais lui dire en face : Baron de Nottingham, je te propose un échange : mon silence contre ta fille.

Allan aurait continué sur ce ton longtemps encore, et Robin, qui établissait dans son esprit des comparaisons entre Marianne et Christabel, n'avait garde de l'interrompre, lorsqu'il s'aperçut que le soleil baissait à l'horizon.

– En route, dit Allan.

– En route, frère Tuck, ajouta Robin.

Mais frère Tuck dormait couché sur le côté, et tenait la gourde vide aplatie sur son cœur.

Robin laissa au chevalier le soin de réveiller le moine et courut s'agenouiller sur la tombe du frère de Gilbert ; il se serait cru coupable d'un sacrilège s'il avait quitté ces lieux sans remplir ce pieux devoir.

Il se signait après une courte prière quand il entendit un grand bruit de cris, de jurements et de rires ; le chevalier et le moine se battaient, ou plutôt le moine faisait tournoyer son terrible bâton sur la tête d'Allan, et Allan cherchait à parer les coups avec sa lance, et riait, riait à gorge déployée, tandis que le bénédictin vociférait des malédictions.

– Holà ! messeigneurs, quelle mouche vous pique ? s'écria Robin.

– Si ta lance pique fort, mon bâton tape dur, beau chevalier, disait le moine enflammé de colère.

Allan riait en se sauvegardant des atteintes du moine ; cependant, à la vue de quelques gouttes de sang qui tombaient de dessous la robe du frère et rougissaient le gazon, il comprit que la colère de son adversaire était légitime, aussi demanda-t-il immédiatement merci. Le moine interrompit donc ses moulinets en grognant sourdement et en manifestant tous les symptômes d'une vive douleur ; et portant sa main derrière lui presque au bas de sa robe, il répondit au jeune archer qui s'enquérait des causes de la dispute :

– Les causes, les causes sont là, et c'est une honte, un crime que de troubler les dévotions d'un saint homme comme moi en lui enfonçant un fer de lance dans un endroit où la pointe ne rencontre point d'os.

Allan s'était avisé de réveiller le moine en lui lardant le bas des reins avec la pointe de sa lance ; certes il avait voulu rire et non blesser jusqu'au sang le pauvre Tuck, aussi lui fit-il des excuses en règle et, la paix conclue, la petite caravane reprit la route de Nottingham. En moins d'une heure elle atteignit la ville et gravit la colline au sommet de laquelle s'élevait le château féodal.

– On m'ouvrira la porte du castel quand je demanderai à parler au baron, dit Allan ; mais vous, mes amis, quel motif donnerez-vous pour me suivre ?

– Ne vous inquiétez pas de cela, messire, répondit le moine. Il y a au château une jeune fille dont je suis le confesseur, le père spirituel ; cette jeune fille commande quand il lui plaît les manœuvres du pont-levis, et, grâce à son autorité, j'ai mes entrées au château de nuit aussi bien que de jour ; faites attention à vous, beau chevalier, vous gâteriez vos affaires en agissant avec le baron aussi rudement qu'avec moi ; c'est un vrai lion que vous allez relancer jusque dans sa caverne, prenez-le par la douceur, sinon malheur à vous, mon fils.

– J'aurai à la fois de la douceur et de la fermeté.

– Dieu vous inspire ! mais nous voici arrivés, attention ! et, d'une voix de stentor, le moine s'écria : Que la bénédiction de mon vénéré patron, le grand saint Benoît, répande ses bienfaits sur toi et sur les tiens, maître Herbert Lindsay, gardien des portes du château de Nottingham ! Laisse-nous entrer ; j'accompagne deux amis : l'un désire entretenir ton maître de choses très importantes ; l'autre a besoin de se rafraîchir, de se reposer, et moi, si tu le permets encore, je donnerai à ta fille les conseils spirituels que réclame l'état de son âme.

– Comment, c'est vous, joyeux et honnête Tuck, la perle des moines de l'abbaye de Linton ? répondit-on de l'intérieur avec cordialité. Soyez les bienvenus, vous et vos amis, mon très cher gentleman.

Aussitôt le pont-levis s'abaissa et les voyageurs pénétrèrent dans le château.

– Le baron s'est déjà retiré dans sa chambre, répondit maître Herbert Lindsay, le porte-clefs, à Allan, qui voulait être conduit sans retard près du baron, et si les paroles que vous avez à dire à milord ne sont pas des paroles de paix, je vous conseillerais de remettre cette entrevue à demain, car ce soir le baron est en proie à une violente colère.

– Est-il malade ? demanda le moine.

– Il a sa goutte dans une épaule, et souffre comme un damné ; si on le laisse seul, il grince des dents et appelle au secours ; si on l'approche, il écume de rage et menace de mort quiconque ose lui dire un mot de consolation. Ah ! mes amis, ajouta maître Herbert avec tristesse, depuis que monseigneur a reçu des coups de cimeterre sur la tête au pays de Jérusalem, il a perdu la patience et le bon sens.

– Ses fureurs ne m'inquiètent pas, dit Allan, je veux lui parler sur-le-champ.

– A vos souhaits, monsieur. Ohé ! Tristan, cria le gardien en interpellant un domestique qui traversait la cour, donne-moi des nouvelles de l'humeur de Sa Seigneurie.

– Toujours la même ; il tempête et rugit comme un tigre, parce que son médecin a fait un faux pli à l'un de ses bandages. Figurez-vous, messieurs, que le baron a chassé le pauvre médecin à grands coups de pied, et qu'ensuite, armé de son poignard, il m'a contraint de remplacer le docteur, en me disant d'une voix terrible qu'à la moindre maladresse il me couperait le nez.

– Je vous en conjure, messire chevalier, reprit tristement Herbert, ne paraissez pas ce soir devant monseigneur, attendez.

– Je n'attendrai pas une minute, pas une seconde ; conduisez-moi dans sa chambre.

– Vous l'exigez ?

– Je l'exige.

– Que Dieu vous garde alors ! dit le vieux Lindsay en faisant un grand signe de croix. Tristan, conduisez ce gentleman.

Tristan devint livide de peur et trembla de tous ses membres ; il se félicitait d'être sorti sain et sauf d'entre les griffes de cette bête féroce, et n'était pas d'avis de s'y exposer de nouveau ; il calculait avec raison que la colère du baron tomberait sur l'introducteur aussi bien que sur le visiteur.

– Monseigneur attend sans doute la visite de ce gentilhomme ? demanda-t-il d'un air embarrassé.

– Non, mon ami.

– Voulez-vous me permettre alors de prévenir monseigneur ?

– Non, je veux vous suivre ; conduisez-moi.

– Ah ! s'écria douloureusement le pauvre diable, je suis perdu !

Et il s'éloigna suivi d'Allan, pendant que le vieux porte-clefs disait en riant :

– Ce pauvre Tristan, il monte l'escalier de la chambre du baron aussi gaiement que celui d'un échafaud. Par la sainte messe ! son cœur doit battre la chamade. Mais je perds ici mon temps, mes braves, au lieu de passer la revue des sentinelles placées sur les murailles. Frère Tuck, tu trouveras ma fille dans l'office, va l'y rejoindre, et, s'il plaît à Dieu, je me rendrai auprès de vous avant une heure.

– Grand merci, dit le moine.

Et, suivi de Robin, il s'engagea dans un dédale de couloirs, de galeries et d'escaliers où Robin se serait égaré mille fois. Frère Tuck, au contraire, possédait la connaissance exacte des lieux ; l'abbaye de Linton ne lui était pas plus familière que le château de Nottingham, et ce fut avec l'aisance et l'aplomb d'un homme content de lui-même et fier de certains droits acquis depuis longtemps qu'il frappa à la porte de l'office.

– Entrez, dit une voix juvénile et fraîche.

Ils entrèrent, et, à la vue du grand moine, une jolie fille de seize à dix-sept ans à peine, au lieu de s'alarmer, s'élança vivement au-devant d'eux et les accueillit avec un coquet et bienveillant sourire.

– Ah ! ah ! pensa Robin, voici donc la naïve pénitente du saint moine. Par ma foi ! cette belle enfant aux yeux pétillants de gaieté, aux lèvres rouges et souriantes, est la plus jolie chrétienne que j'aie jamais vue.

Robin ne put dissimuler l'impression que produisait sur lui la beauté de l'aimable fille, car lorsque la belle Maude tendit vers lui ses deux petites mains pour lui souhaiter la bienvenue, Tuck, en bon frère qu'il était alors, s'écria :

– Ne te contente pas de ces mains, mon garçon, vise aux lèvres, aux jolies lèvres vermeilles, et embrasse-les ; à bas la timidité ! la timidité, c'est une vertu des sots.

– Fi donc ! répliqua la jeune fille en secouant la tête d'un air moqueur, fi donc ! comment osez-vous dire de pareilles choses, mon père ?

– Mon père ! mon père ! répéta le moine avec fatuité.

Robin suivit le conseil du moine en dépit de la faible résistance opposée par la jeune fille, et Tuck donna ensuite le baiser de grâce, puis le baiser de paix... enfin, soyons franc, et avouons que Maude traitait le frère Tuck beaucoup plus en amoureux qu'en conseiller spirituel ; avouons aussi que les allures du frère étaient fort peu canoniques.

Robin le remarqua, et pendant qu'ils faisaient honneur

aux rafraîchissements et aux vivres dont Maude avait chargé une table, il insinua d'un air candide que le moine ne ressemblait guère à un confesseur redoutable et respecté.

– Un peu d'affection et d'intimité entre parents n'a rien de répréhensible, dit le moine.

– Ah ! vous êtes parents ? Je l'ignorais.

– A un très proche degré, mon jeune ami, très proche et très peu prohibé, c'est-à-dire que mon grand-père était fils d'un des neveux du cousin de la grand-tante de Maude.

– Ah ! ah ! voici un cousinage parfaitement établi.

Maude rougissait pendant ce dialogue et semblait implorer la pitié de Robin. Les bouteilles se vidèrent, l'office retentit du choc des verres, du bruit des rires et du murmure de quelques baisers dérobés à Maude.

Au moment le plus joyeusement animé de la soirée, la porte de l'office s'ouvrit brusquement, et un sergent, accompagné de six soldats, apparut sur le seuil.

Le sergent salua courtoisement la jeune fille, et, jetant un regard sévère sur les convives, il dit :

– Êtes-vous les compagnons de l'étranger qui est venu rendre visite à notre seigneur, lord Fitz-Alwine, baron de Nottingham ?

– Oui, répondit Robin d'un ton dégagé.

– Et après ? demanda audacieusement frère Tuck.

– Suivez-moi tous deux dans la chambre de monseigneur.

– Pour quoi faire ? demanda encore Tuck.

– Je l'ignore ; j'ai des ordres, obéissez.

– Mais avant de partir buvez un coup, dit la belle Maude en présentant au soldat un verre rempli d'ale ; cela ne peut pas vous faire de mal.

– Volontiers.

Et après avoir vidé son verre, le sergent renouvela aux convives de Maude l'ordre de le suivre.

Robin et Tuck obéirent, laissant à regret la jolie Maude seule et triste dans l'office.

Après avoir traversé d'immenses galeries et une salle d'armes, le soldat arriva devant une grande porte en chêne solidement fermée, et frappa trois coups violents sur cette porte.

– Entrez, cria-t-on brusquement.

– Suivez-moi de près, dit le sergent à Robin et à Tuck.

– Entrez, mais entrez donc, sacripants, bandits, gibiers de potence ; entrez, répétait d'une voix tonnante le vieux baron. Entrez, Simon.

Le sergent ouvrit enfin la porte.

– Ah ! vous voilà, coquins ! Où as-tu perdu ton temps depuis que je t'ai envoyé à leur recherche ? dit le baron en jetant sur le chef de la petite troupe des regards foudroyants.

– S'il plaît à Votre Seigneurie, j'ai...

– Tu mens, chien ! Comment oses-tu t'excuser après m'avoir fait attendre pendant trois heures ?

– Trois heures ? milord se trompe, il y a à peine cinq minutes qu'il m'a donné l'ordre de conduire ici ces gens.

– L'insolent esclave ! il ose me donner un démenti, et à ma barbe encore ! Coquins, ajouta-t-il en s'adressant aux soldats ébahis, n'obéissez pas à ce traître ; enlevez-lui ses armes, saisissez-vous de lui, emportez-le dans un cachot, et s'il ose vous résister en route, jetez-le sans pitié dans les oubliettes ! Alerte, obéissez !

Les soldats s'encouragèrent mutuellement du regard et s'approchèrent de leur chef pour le désarmer ; le sergent, plus mort que vif, gardait le silence.

– Coquins, reprit le baron, osez-vous bien toucher à cet homme avant qu'il ait répondu aux questions que je vais lui faire ?

Les soldats reculèrent.

– Maintenant, scélérat, maintenant que je t'ai donné des preuves de ma bonté en empêchant ces brutes de te désarmer, hésiteras-tu encore à répondre et à me dire si ces deux chiens que voilà sont les compagnons de ce hardi mécréant qui a osé venir m'insulter en face ?

– Oui, milord.

– Et comment le sais-tu, imbécile ? comment l'as-tu appris ? comment t'en es-tu assuré ?

– Ils me l'ont avoué, milord.

– Tu as donc osé les interroger sans ma permission ?

– Milord, ils me l'ont dit quand je leur ai commandé de me suivre devant vous.

– Ils me l'ont dit, ils me l'ont dit, répéta le baron en contrefaisant la voix tremblante du pauvre soldat ; belle raison ! tu crois donc ce que te dit le premier venu ?

– Milord, je pensais...

– Silence, fripon ! en voilà assez ; sortez d'ici.

Le sergent fit faire volte-face à ses hommes.

– Attendez !

Le sergent commanda halte.

– Non, partez, partez !

Le sergent fit de nouveau un signe de départ.

– Et où allez-vous ainsi, misérables ?

Le sergent pour la seconde fois commanda halte.

– Mais sortez donc, vous dis-je, chiens de plomb, escargots de milice, sortez !

Cette fois-ci l'escouade ne manqua pas la sortie, et elle rentrait au poste quand le vieux baron grondait encore.

Robin avait attentivement suivi les phases diverses de cette intéressante conversation entre Fitz-Alwine et le sergent ; il en était ahuri et regardait avec des yeux plus étonnés qu'effrayés le fougueux et bizarre seigneur du château de Nottingham.

Cinquante ans environ, taille moyenne, yeux petits et vifs, nez aquilin, longues moustaches et sourcils épais, les traits énergiques, la face colorée et presque injectée de sang, et une étrange expression de sauvagerie dans toutes les manières, voilà son portrait ; il portait une armure écaillée, et un large pardessus en étoffe blanche sur lequel se détachait en rouge la croix des paladins de terre sainte. Dans cette nature éminemment inflammable, vitriolique pour ainsi dire, la moindre contrariété provoquait des explosions terribles ; un regard, une parole, un geste qui lui déplaisaient le transformaient en ennemi implacable, et il ne rêvait plus alors que vengeance, vengeance à mort.

La tournure de l'interrogatoire qu'allaient subir nos deux amis annonçait de nouvelles tempêtes pour la soirée, et ce fut d'un ton sardonique et avec l'ironie de la cruauté que le baron s'écria :

– Avance à l'ordre, jeune loup de Sherwood, et toi aussi, moine vagabond, vermine de couvent, avance ! Vous me direz, j'espère, sans fard et sans cautèle, pourquoi vous avez osé pénétrer dans mon château, et quel plan de brigandage vous a fait quitter, l'un ses broussailles et l'autre son bouge ? Parlez et parlez franc, sinon je connais un procédé merveilleux pour arracher les paroles du gosier des muets, et, par saint Jean d'Acre ! ce procédé, je l'emploierai sur votre peau de mécréants.

Robin jeta sur le baron un regard de mépris et ne daigna pas lui répondre ; le moine garda le même silence et pressa convulsivement entre ses mains ce vaillant bâton, cette noble branche de cornouiller que vous connaissez déjà et sur laquelle il s'appuyait toujours, soit en marchant, soit au repos, afin de se donner un certain air de vénérabilité.

– Ah ! vous ne répondez pas ; vous boudez, mes gentilshommes, s'écria le baron ; et je ne puis savoir à quel motif je dois l'honneur de votre visite ? Savez-vous, messeigneurs, que vous êtes parfaitement bien couplés : un bâtard d'outlaw et un mendiant crasseux !

– Tu mens, baron, répondit Robin ; je ne suis pas le bâtard d'un proscrit, et le moine n'est pas un mendiant crasseux ; tu mens !

– Vils esclaves !

– Tu mens encore ; je ne suis ni ton esclave ni celui de personne, et si ce moine allongeait le bras vers toi, ce ne serait pas pour mendier.

Tuck caressa son bâton.

– Ah ! ah ! le chien des bois, il ose me braver, m'insulter ! s'écria le baron étouffant de colère. Holà ! puisqu'il a les oreilles assez longues, qu'on le cloue par les oreilles sur la grande porte du château, et qu'on lui donne cent coups de verges.

Robin, pâle d'indignation, mais toujours plein de sang-froid, restait muet et regardait fixement le terrible Fitz-Alwine, tout en prenant une flèche dans son carquois. Le baron tressaillit, mais n'eut pas l'air de comprendre l'intention du jeune homme. Après une seconde de silence, il reprit d'un ton moins violent :

– La jeunesse excite ma commisération, et, en dépit de ton impertinence, je veux bien ne pas te faire jeter immédiatement dans un cachot ; mais il faut que tu répondes à mes questions, et en y répondant tu dois te souvenir que si je te laisse vivre, c'est par bonté d'âme.

– Je ne suis point en votre pouvoir aussi complètement que vous le pensez, noble seigneur, répondit Robin avec un dédaigneux sang-froid, et la preuve c'est qu'à toutes vos questions je m'abstiendrai de répondre.

Habitué à une obéissance passive et absolue de la part de ses serviteurs et des êtres plus faibles que lui, le baron stupéfait demeura bouche béante ; puis les pensées tumultueuses qui se heurtaient dans son cerveau se formulèrent en paroles incohérentes et en invectives.

– Ah ! ah ! reprit-il alors avec un rire strident, ah ! tu

n'es pas en mon pouvoir, jeune ourson mal léché ? ah ! tu veux garder le silence, métis de singe, enfant de sorcière ? Mais d'un geste, d'un regard, d'un signe, je puis t'envoyer en enfer. Attends, attends, je vais t'étrangler avec ma ceinture.

Robin, toujours impassible, avait bandé son arc et tenait une flèche prête pour le baron, quand Tuck intervint en disant d'une voix presque pateline :

– J'espère que Sa Seigneurie n'exécutera pas ses menaces ?

Les paroles du moine opérèrent une diversion ; Fitz-Alwine se retourna vers lui comme un loup enragé vers une nouvelle proie.

– Enchaîne ta langue de vipère, moine du diable ! s'écria le baron en toisant Tuck de la tête aux pieds ; puis il ajouta, afin de rendre plus expressif son dédaigneux regard : Voilà bien le type de ces gloutons rapaces qu'on appelle frères mendiants.

– Je ne suis pas tout à fait de votre avis, monseigneur, répliqua placidement maître Tuck, et vous me permettrez de vous dire, avec tout le respect qui est dû à un grand personnage, que votre manière de voir, complètement fausse, dénote un manque total de bon sens. Vous avez peut-être perdu l'esprit dans un violent accès de goutte, milord ; peut-être encore l'avez-vous laissé au fond d'une bouteille de gin.

Robin partit d'un grand éclat de rire.

Le baron exaspéré saisit un missel et le lança à la tête du moine avec une telle force que le pauvre Tuck, violemment atteint, chancela étourdi ; mais il se remit aussitôt, et, comme il n'était pas homme à recevoir un tel cadeau sans en témoigner immédiatement sa reconnaissance, il brandit son terrible bâton et en asséna un coup violent sur l'épaule goutteuse de Fitz-Alwine.

Le noble lord bondit, rugit, mugit comme le taureau d'un cirque à sa première blessure, et allongea le bras pour décrocher du mur sa grande épée des croisades ; mais Tuck ne lui en donna pas le temps, et conservant l'offensive, il administra une vigoureuse bastonnade au très haut, très noble et très puissant seigneur de Nottingham, qui, malgré sa pesante armure et ses infirmités de goutteux, courait à toutes jambes autour de l'appartement afin d'échapper autant que possible aux atteintes du terrible bâton.

Le baron appelait au secours depuis plusieurs minutes lorsque le sergent qui avait arrêté Tuck et Robin ouvrit la porte à demi, et, la tête passée entre les deux vantaux, demanda flegmatiquement si on avait besoin de lui.

Devenu ingambe comme à vingt ans, le baron ne fit qu'un saut du coin de la chambre où l'acculait la bastonnade de Tuck au seuil de la porte que le sergent n'osait franchir sans son ordre, même pour venir à son secours.

Pauvre sergent, il méritait d'être accueilli comme un sauveur, comme un ange gardien, et la colère du maître, impuissante contre le moine, se déchargea sur lui sous forme de coups de pied et de coups de poing.

Enfin, las de battre cet être inoffensif qui n'osait regimber, car à cette époque tout personnage noble était pour un vassal saintement inviolable, le baron reprit haleine et intima l'ordre au sergent d'appréhender au corps Robin et le moine et de les jeter dans un cachot.

Le sergent, hors des griffes de son seigneur, partit comme un trait en criant : Aux armes ! aux armes ! et revint aussitôt accompagné d'une douzaine de soldats.

A la vue de ce renfort, le moine saisit sur la table un crucifix d'ivoire, se plaça devant Robin qui voulait décocher quelques flèches, et s'écria :

– Au nom de la très-sainte Vierge, au nom de son Fils, mort pour vous, je vous ordonne de me laisser passer. Malheur et excommunication à qui osera y mettre obstacle.

Ces paroles, prononcées d'une voix tonnante, pétrifièrent les soudards, et le moine sortit sans obstacle de l'appartement. Robin allait suivre son ami quand, sur un signe du baron, les soldats s'élancèrent sur le jeune homme, lui enlevèrent son arc et ses flèches, et le repoussèrent dans l'intérieur de la chambre.

Brisé de lassitude et meurtri de coups, le baron s'était jeté dans un fauteuil.

– A nous deux maintenant, dit-il, quand, après beaucoup d'efforts, il put parler, à nous deux.

Ces événements se passaient à une époque où il n'était pas prudent de s'attaquer aux fils de l'Eglise ainsi que pour son malheur l'avait éprouvé Henri II lors de sa querelle avec Thomas Becket. Le baron avait donc été obligé de laisser échapper le moine mais il comptait prendre sa revanche sur Robin.

– Vous avez accompagné Allan Clare ici ? demanda-t-il d'un ton ironiquement calme. Pourriez-vous me dire pour quelle raison il s'est présenté chez moi ?

Tout autre que Robin se serait cru perdu, perdu sans rémission, en se voyant à la merci d'un personnage aussi cruel que le vieux Fitz-Alwine ; mais le jeune et vaillant archer de Sherwood était de ceux qui ne tremblent jamais, même devant une mort imminente et certaine, et il répondit avec un admirable sang-froid :

– Je sais que j'ai accompagné messire Allan Clare ici, mais j'ignore pour quelle raison il y est venu.

– Vous mentez !

Robin sourit dédaigneusement, et le calme affecté du lord fit place à une violente explosion de colère ; mais plus cette colère se déchaînait, plus Robin souriait.

– Depuis combien de temps connaissez-vous Allan Clare ? reprit le baron.

– Depuis vingt-quatre heures.

– Tu mens, tu mens ! rugit le baron.

Irrité de toutes ces injures, Robin riposta froidement :

– Je mens, moi, je mens ? mais c'est toi-même qui nies la vérité, intraitable vieillard ! Eh bien ! soit, je mens ; mais je ne mentirai plus, car désormais je garderai le silence.

– Enfant écervelé, tu veux donc être précipité du haut des remparts dans les fossés du château, ainsi que le sera dans une heure, après sa confession, ton complice Allan Clare ? Voyons, encore une question ; mais, si tu n'y réponds pas, c'en est fait de toi. N'avez-vous pas été attaqués en venant ici ?

Robin ne répondit pas. Fitz-Alwine exaspéré, mais concentrant sa fureur, quitta son fauteuil et s'arma de sa grande épée. Robin regardait fixement le baron ; il attendait. Cependant un meurtre allait être commis quand la porte s'ouvrit tout à coup et livra passage à deux hommes. Ces deux hommes avaient la tête enveloppée de linges ensanglantés, et ne marchaient qu'avec peine. Leurs vêtements étaient déchirés et souillés de boue, et ils semblaient sortir d'une lutte où ils n'avaient pas remporté la victoire. A l'aspect de Robin, ils poussèrent à l'unisson un cri de surprise, et Robin, non moins étonné, les reconnut comme étant les survivants de cette troupe de bandits qui la dernière nuit avait attaqué la demeure de Gilbert Head. La colère du baron remonta à son paroxysme quand ils eurent raconté les malheurs de cette nuit et signalé Robin comme ayant été un de leurs plus terribles adversaires ; aussi n'attendit-il pas la fin du récit pour s'écrier avec rage :

– Enlevez ce misérable et jetez-le dans un cachot ! vous l'y laisserez jusqu'à ce qu'il raconte ce qu'il sait de relatif à Allan Clare, et qu'il nous demande pardon à deux genoux de ses insolences... et d'ici là, ni pain ni eau, qu'il meure de faim.

– Adieu, baron Fitz-Alwine, répliqua Robin, adieu. Si je ne dois sortir de mon cachot qu'après avoir rempli ces deux conditions, nous ne nous reverrons jamais. Adieu donc pour toujours.

Les soldats rudoyaient déjà Robin pour hâter sa sortie de l'appartement quand, résistant à leurs efforts, le jeune homme, tourné vers le baron, ajouta encore :

– Serais-tu assez bon, noble seigneur, pour vouloir faire prévenir Gilbert Head, l'honnête et courageux garde de la forêt de Sherwood, que tu as l'intention de me loger sans me nourrir pendant quelque temps ?... Tu me ferais plaisir, et je t'adresse cette prière, milord, parce que tu es père et que tu dois comprendre les angoisses d'un père quand il ignore ce qu'est devenu son fils ou sa fille.

– Mille démons ! Enlèverez-vous ce bavard ?

– Oh ! ne suppose pas que je veuille te tenir compagnie plus longtemps, illustre baron de Nottingham. Nous avons une mutuelle envie de nous séparer.

Dès que Robin fut sorti de la chambre du baron, il se mit à chanter à pleine voix et sa voix fraîche et argentine résonnait encore sous les sombres galeries du château quand la porte de la prison se referma sur lui.

6

Le prisonnier écouta longtemps les mille bruits confus du dehors, et lorsque le pas des hommes d'armes ne troubla plus le silence des galeries, il se mit à réfléchir sur la gravité de sa position.

La colère, les menaces du tout-puissant châtelain ne

l'épouvantaient guère, et il ne pensait, le noble enfant, qu'aux inquiétudes et à la douleur de Gilbert et de Marguerite qui l'attendraient en vain, ce soir, demain et plus longtemps peut-être.

Ces tristes pensées éveillèrent en Robin un violent désir de liberté, et, de même qu'un lionceau captif tournoie sans cesse autour de sa cage pour découvrir une issue, de même Robin tournoya autour de son cachot, frappant le sol du pied, mesurant la hauteur de la lucarne, étudiant les murailles, et supputant ce qu'il lui faudrait de force, de ruse ou d'adresse pour briser ou se faire ouvrir une porte bardée de fer, dont la clef devait être entre les mains du brutal cerbère.

Le cachot était petit et percé de trois ouvertures : la porte, avec une petite lucarne au-dessus, et vis-à-vis une autre lucarne plus grande ; cette dernière, élevée de dix pieds au-dessus du sol, était garnie d'épais barreaux ; l'ameublement se composait d'une table, d'un banc et d'une botte de paille.

– Evidemment, se disait Robin, le baron ne se montre pas aussi cruel qu'il est injuste, puisqu'il me laisse pieds et mains libres ; profitons-en et voyons un peu ce qui se passe là-haut.

Et, plaçant le banc sur la table, Robin grimpa jusqu'à la lucarne à l'aide de ce banc dressé debout le long de la muraille.

Ô bonheur ! sa main vient de saisir un des barreaux, et il reconnaît que ces barreaux, au lieu d'être en fer, ne sont qu'en chêne, et en chêne vermoulu. Il les ébranle facilement, facilement aussi il pourra les briser ; et quand même ils résisteraient à son poignet, ne sont-ils pas assez espacés pour que sa tête passe entre eux, et ne sait-il pas que là où la tête passe le corps peut suivre ?

Enchanté de cette découverte, notre héros jugea utile de reconnaître la position de l'autre côté, afin de ne pas compromettre ses chances d'évasion ; un gardien veillait peut-être sournoisement dans le corridor et approcherait au premier bruit suspect.

Le banc fut donc dressé le long de la porte, et la tête intelligente du prisonnier s'encadra dans la lucarne. Mais elle n'y demeura pas une minute, pas une seconde, pas même moins qu'une demi-seconde, car un soldat se glissait le long du mur de la galerie et s'approchait de la porte, afin sans doute d'épier par le trou de la serrure les occupations du prisonnier.

Robin chanta tout à coup une de ses plus joyeuses ballades, et entre deux couplets il entendit les pas du soldat qui s'éloignait, puis il revenait avec précaution pour s'éloigner de nouveau et revenir encore. Ce manège, ces allées et venues durèrent un bon quart d'heure.

– Si le gaillard, – pensait Robin, – continue sa promenade pendant toute la nuit, je cours grand risque d'être encore là au point du jour. Je ne pourrai jamais prendre mon vol par là-haut sans qu'il m'entende.

Déjà depuis quelques instants un profond silence régnait dans la galerie, et le promeneur semblait avoir renoncé à son espionnage ; mais Robin, qui en sa qualité de rusé chasseur connaissait toutes les feintes, jugea que dans cette circonstance il était plus prudent de s'en rapporter au témoignage des yeux qu'à celui des oreilles, et se hasarda à utiliser une seconde fois le judas de son cachot.

Et bien lui en prit, car au lieu d'un espion le jeune homme en vit deux, deux aux écoutes et collés nez à nez sur la porte.

Au même instant la jolie Maude, un flambeau d'une main et quelques objets de l'autre, apparaissait à une extrémité de la galerie et poussait un cri de surprise en voyant poindre la tête de Robin au-dessus de cette paire de geôliers.

Aussi léger que la feuille qui tombe, Robin se laissa tomber sur le sol, et écouta plein d'anxiété ce qui allait se passer ; la voix de Maude avait heureusement masqué le bruit de sa chute, et il entendit la jeune fille gourmander les soldats et babiller avec une volubilité toute féminine afin de donner des prétextes à son cri de surprise ou d'épouvante.

Robin se hâta alors de remettre le banc et la table à leurs places respectives, ce qu'il fit en chantant à tue-tête, et en se demandant pourquoi Maude errait ainsi dans le château au milieu de la nuit. Maude, la jolie Maude, ne tarda pas à lui donner le mot de cette énigme, car, après quelques pourparlers conciliateurs avec les geôliers, elle entra radieuse dans le cachot, déposa des vivres et des rafraîchissements sur la table, et exigea qu'on la laissât seule avec le prisonnier afin d'échanger avec lui quelques paroles.

– Eh bien ! jeune forestier, dit la belle enfant dès que la porte fut fermée, vous voilà dans une belle position ; vous ressemblez à un rossignol en cage, et j'ai grand'peur que cette cage ne s'ouvre pas de sitôt, car le baron est dans une colère épouvantable ; il jure, il tempête, et il parle de vous traiter comme il a traité les Maures mécréants de la terre sainte.

– Soyez ma compagne de captivité, charmante Maude, répliqua Robin en embrassant la jeune fille, et je ne regretterai pas ma liberté.

– Pas tant de hardiesse, messire, s'écria la jeune fille en se dégageant de l'étreinte de Robin ; vous n'agissez pas en galant chevalier.

– Pardon, vous êtes si belle que... Mais causons sérieusement ; asseyez-vous là et mettez vos deux mains dans les miennes ; bien, merci. Dites-moi maintenant si vous savez ce qu'est devenu Allan Clare, mon compagnon de route, celui qui est entré dans le château avec moi et votre oncle Tuck.

– Hélas ! il est dans un cachot plus sombre et plus affreux que celui-ci ; il a osé dire à Sa Seigneurie : « Infâme coquin, j'épouserai malgré toi lady Christabel. » Au moment où votre imprudent ami prononçait ces paroles, j'entrai dans la chambre du baron avec ma jeune maîtresse. A la vue de milady, sir Allan Clare s'est oublié au point de s'élancer vers elle, de la prendre dans ses bras, de l'embrasser en s'écriant : « Christabel, ma chère et bien-aimée Christabel ! » Milady a perdu l'usage de ses sens, et je l'ai entraînée hors de la présence de monseigneur. Par l'ordre de ma jeune maîtresse, je me suis informée de messire Allan ; comme je vous l'ai dit, il est prisonnier. Gilles, le joyeux moine, m'a appris votre sort, et je suis venue pour...

– Pour m'aider à fuir, n'est-ce pas, chère Maude ? Merci, merci, oui, je serai bientôt libre ; avant une heure, si Dieu me protège.

– Vous, libre ! mais comment sortirez-vous d'ici ? il y a deux factionnaires à cette porte.

– Je voudrais qu'il y en eût mille.

– Etes-vous donc sorcier, beau forestier ?

– Non, mais j'ai appris à grimper sur les arbres comme un écureuil et à sauter les fossés comme un lièvre.

Le jeune homme montra du regard la lucarne grillée, et, se penchant à l'oreille de la jeune fille, se penchant si bien qu'au contact des lèvres de Robin, Maude rougit, il dit :

– Les barreaux ne sont pas en fer.

Maude comprit, et un sourire de joie éclaira son visage.

– Maintenant, il faut que je sache, ajouta Robin, où je puis retrouver frère Tuck.

– Dans... l'office, répondit Maude un peu honteuse ; si milady a besoin de son secours pour délivrer messire Allan, il est convenu qu'elle l'enverra chercher à l'office.

– Quel chemin suivrai-je pour m'y rendre ?

– Une fois sorti d'ici, vous prendrez les remparts à gauche, et vous les suivrez jusqu'à ce que vous trouviez une porte ouverte. Cette porte vous conduira à un escalier, l'escalier à une galerie et la galerie à un corridor au bout duquel est l'office. La porte sera fermée ; si vous n'entendez aucun bruit au-dedans, entrez ; si Tuck n'y est pas, c'est que milady l'aura mandé, cachez-vous alors dans une armoire et attendez mon arrivée ; nous nous occuperons de votre sortie du château.

– Mille grâces vous soient rendues, ma jolie Maude, je n'oublierai jamais vos bontés ! s'écria Robin joyeusement.

Et le feu qui jaillissait de ses yeux heurta celui qui jaillissait des yeux de la jeune fille ; ces deux étincelles se mêlèrent, et entre ces deux êtres si jeunes, si beaux, il se fit un échange de pensées et de désirs, échange que couronna un double et brûlant baiser.

– Bravo ! bravissimo, mes amoureux ! Voilà donc en quoi consiste cet échange de paroles ! s'écria l'un des geôliers en ouvrant brusquement la porte du cachot. Corbleu ! belle demoiselle, vous apportez d'étranges rafraîchissements au prisonnier ! Je vous en félicite, et vous vous entendez si bien à donner des consolations que je ne serais pas fâché d'être mis en cage à mon tour.

A cette subite interpellation, la figure de Maude s'empourpra, et la pauvre fille demeura un instant muette et tremblante ; mais le soldat s'étant approché d'elle pour lui intimer l'ordre de sortir du cachot, elle retrouva son aplomb, et, levant sa petite main blanche à la hauteur des joues tannées du soldat, elle y appliqua d'un air crâne un soufflet bilatéral, et s'enfuit en riant comme une folle de son espièglerie.

– Hum ! hum ! grommela le geôlier se frottant les joues et jetant sur Robin un regard des moins affectueux, le jouvenceau et moi ne sommes pas payés de la même monnaie.

Et le geôlier sortit, puis affecta de verrouiller la porte avec fracas et de multiplier les tours de clef dans la serrure.

Quant au prisonnier, il buvait, riait et mangeait à cœur joie.

Bientôt une sentinelle armée de pied en cap vint remplacer le guichetier, et Robin, pour ne pas paraître soucieux ni préoccupé, recommença à chanter aussi fort que le lui permettaient ses poumons.

La sentinelle, déjà irritée de monter la garde, lui intima durement l'ordre de garder le silence. Robin obéit, c'était son plan, et d'un ton moqueur il souhaita au factionnaire une bonne nuit et des rêves heureux.

Une heure après, la lune à son zénith annonçait à Robin qu'il était temps de fuir, et Robin, maîtrisant les pulsations précipitées de son cœur, improvisa une échelle avec son banc et atteignit sans peine les barreaux de la lucarne ; un d'eux tout vermoulu céda promptement à quelques secousses et lui livra passage ; il s'accroupit alors sur le rebord de la lucarne, et mesura d'un œil inquiet la distance qui le séparait du sol ; cette distance lui ayant paru trop grande de plusieurs pieds, il pensa à utiliser son ceinturon en l'attachant par une de ses extrémités au barreau le plus solide.

Ces préparatifs, qui ne demandaient qu'une minute, étaient achevés et il allait opérer sa descente, quand il aperçut à quelques pas de lui sur la terrasse un soldat lui tournant le dos et contemplant, accoudé sur sa pique, les lointaines profondeurs de la vallée.

– Holà ! se dit-il, j'allais tomber dans la gueule du loup. Attention !

Par bonheur, un nuage passa entre la lune et le château, la terrasse rentra dans l'obscurité tandis que la vallée resplendissait de lumière. Le soldat, un enfant de cette vallée peut-être, la contemplait toujours immobile.

– Allons, à la garde de Dieu ! murmura Robin, qui,

après un fervent signe de croix, se laissa glisser le long de la muraille en se tenant au ceinturon.

Malheureusement le ceinturon était trop court, et, arrivé à son extrémité, il sentit que ses pieds étaient encore éloignés du sol, et Robin craignit d'éveiller l'attention du factionnaire en tombant trop lourdement. Que faire ? remonter dans la prison ? mais les barreaux qui servaient de point d'appui pouvaient ne pas résister aux efforts d'une ascension ; mieux valait donc pousser l'aventure jusqu'au bout ; aussi, confiant en la Providence, et se faisant aussi léger que possible, le jeune homme s'abandonna à son propre poids.

Un fracas épouvantable, quelque chose comme le retentissement d'une trappe retombant sur un soupirail de cave, tel fut le bruit qui troubla les rêveries de la sentinelle au moment où notre héros touchait terre.

La sentinelle poussa le cri d'alarme et marcha la pique en avant vers l'endroit signalé par le bruit insolite ; mais elle ne vit rien, n'entendit rien, et sans plus s'inquiéter des causes d'un tel fracas, elle regagna son poste et contempla de nouveau sa chère vallée.

Robin, ne se sentant pas blessé, avait profité de l'ébahissement du factionnaire pour gagner du terrain, sans s'inquiéter lui aussi des causes de ce fracas ; il venait cependant de courir un grand danger. Les souterrains du château prenaient jour directement au-dessous de la fenêtre de son cachot, et la trappe de ce soupirail n'était pas fermée ; le hasard voulut qu'il la repoussât du pied en tombant, sans quoi il disparaissait à jamais dans les profondeurs du souterrain. Autre hasard heureux, il ne pouvait échapper au factionnaire si la trappe eût été fermée, car il eût été trahi par sa sonorité en sautant sur elle.

La chance tournait donc en sa faveur, et, d'un pas rapide, mais silencieux, il suivait la route indiquée par Maude.

Ainsi que l'avait annoncé la jeune fille, il trouva une porte ouverte à sa gauche, et après l'avoir franchie, il prit un escalier, puis une galerie, puis un immense corridor.

Arrivé à la bifurcation de deux galeries, notre héros, plongé dans une profonde obscurité, tâtait le sol du pied et palpait la muraille afin de ne pas faire fausse route, lorsqu'il entendit quelqu'un demander à voix basse :

– Qui est là ? que faites-vous là ?

Robin se blottit le long du mur et retint sa respiration. Egalement arrêté, l'inconnu fouillait légèrement les dalles avec la pointe de son épée, et cherchait à se rendre compte du bruit causé par l'approche de Robin.

– C'est sans doute un grincement de porte, se dit le promeneur nocturne ; puis il continua son chemin.

Pensant avec raison que, précédé d'un guide, il lui serait plus facile de sortir du dédale où il errait depuis un quart d'heure, Robin suivit l'étranger à une distance respectueuse.

Bientôt ce dernier ouvrit une porte et disparut.

Cette porte conduisait dans la chapelle.

Robin hâta le pas, s'élança légèrement derrière l'inconnu, et se glissa sans bruit derrière un des piliers du saint lieu.

Les rayons de la lune inondaient la chapelle de leurs blanches clartés, et une femme voilée priait à genoux devant un tombeau ; l'étranger, revêtu de la robe des moines, promenait ses regards inquiets sur tout l'édifice ; soudain, à la vue de cette femme voilée, il tressaillit, retint une exclamation, un cri de bonheur prêt à lui échapper, traversa la nef, et s'approcha d'elle les mains jointes. Au bruit des pas de l'inconnu, la femme releva la tête et le regarda, agitée d'une crainte ou frissonnante d'un espoir.

– Christabel ! murmura doucement le moine.

La jeune fille se redressa, une rougeur profonde envahit ses joues, et, s'élançant dans les bras tendus du jeune homme, elle s'écria d'un ton de joie inexprimable :

– Allan ! Allan ! mon cher Allan !

7

Gilbert raconta à Marguerite l'histoire de Roland Ritson, mais il garda le silence sur ses plus grands crimes, et ne parla que très peu des amours et de la fin malheureuse de sa sœur Annette.

– Implorons pour cet insensé la miséricorde de Dieu, dit Marguerite.

Et elle cacha ses larmes pour ne pas augmenter la douleur de son mari.

Le vieux moine s'agenouilla à demeure près du cadavre et récita les prières des morts ; Gilbert et Marguerite se réunirent à lui par intervalles ; Lincoln fut chargé de creuser une fosse entre le chêne et le hêtre désignés par le misérable Ritson, et l'on attendit le retour des voyageurs de Nottingham pour procéder aux funérailles.

Fatiguée d'errer devant le cottage, Marianne, abandonnée à elle-même, eut envie d'aller au-devant de son frère. Lance dormait étendu sur le seuil de la porte ; elle l'appela, le caressa de sa blanche main, et partit avec lui sans avertir Gilbert.

Longtemps la jeune fille marcha pensive et rêvant à l'avenir de son frère ; puis elle s'assit au pied d'un arbre, et, la tête dans ses mains, elle se prit à pleurer. Pourquoi ? le savait-elle ? non. De noirs pressentiments la faisaient tressaillir, et à travers mille images confuses elle apercevait dans un sombre lointain l'image chérie d'Allan et celle du jeune forestier, du véritable comte de Huntingdon.

Lance, le fidèle animal, s'était couché à ses pieds, et, le museau en l'air, braquait sur elle ses deux grands yeux ronds où flamboyait l'intelligence ; on aurait dit qu'il était triste de la tristesse de cette jeune fille, et qu'il éprouvait comme elle de noirs pressentiments, car il ne dormait pas, il veillait.

Le soleil n'éclairait plus que la cime des grands arbres, et déjà le crépuscule assombrissait le taillis, lorsque Lance se redressa sur ses pattes et poussa de petits cris plaintifs en agitant la queue.

Marianne, arrachée à ses rêveries par cet avertissement, se repentit d'être restée si longtemps dans la forêt ; mais les joyeuses gambades de l'animal qui saluait son lever la rassurèrent, et elle reprit aussitôt le chemin du cottage en ne désespérant pas encore du prompt retour d'Allan.

Lance ne marchait plus derrière Marianne comme le matin ; il furetait au contraire en avant, afin d'éclairer le sentier, et d'instant en instant il tournait la tête pour voir si la jeune fille le suivait toujours.

Quoique certaine de ne pas s'égarer en s'abandonnant à l'instinct de son guide, Marianne hâtait le pas, car l'obscurité augmentait rapidement, et les premières étoiles scintillaient dans le bleu du ciel.

Lance s'arrêta soudain, se roidit sur ses jarrets, allongea le râble et le cou, dressa les oreilles, contracta le museau, flaira l'espace, éventa la voie et se prit à aboyer avec fureur, avec rage.

Marianne tremblante demeura clouée à sa place, et chercha à reconnaître la cause des aboiements du chien.

– Il signale peut-être l'approche d'Allan, se dit la jeune fille en écoutant attentivement.

Tout était silencieux autour d'elle. Le chien lui-même cessa ses plaintes, et déjà Marianne ne tremblait plus. Mais au moment où, riant de sa frayeur, la jeune fille allait reprendre sa marche, un bruit de pas précipités retentit dans un fourré voisin, et les aboiements de Lance recommencèrent avec plus de furie et de rage que jamais.

La crainte de tomber entre les mains d'un outlaw donna des ailes à la jeune fille, et elle s'élança en courant dans le sentier ; mais bientôt, à bout de ses forces, elle dut s'arrêter, et faillit s'évanouir en entendant un homme crier d'une voix rude et impérieuse :

– Rappelez votre chien !

Lance, qui s'était tenu à l'arrière-garde pour protéger la fuite de Marianne, venait de sauter à la gorge de l'individu qui la poursuivait.

– Rappelez votre chien ! cria de nouveau l'étranger ; je n'ai pas l'intention de vous faire du mal.

– Comment puis-je savoir que vous dites vrai ? répondit Marianne d'un ton presque ferme.

– Il y a longtemps que je vous aurais envoyé une flèche dans le cœur, si j'étais un malfaiteur ; encore une fois, vous dis-je, rappelez votre chien !

Déjà les crocs de Lance avaient déchiqueté les vêtements et entamaient la peau.

Au premier mot de Marianne, le chien lâcha prise et vint se poster devant elle, sans perdre de vue cet inconnu qu'il continuait à menacer des dents.

Cet inconnu, c'était bien un outlaw, un de ces proscrits sans feu ni lieu qui volent et pillent les forestiers moins courageux que Gilbert, et assassinent les voyageurs sans défense. Ce misérable, dont la face suait le crime, était vêtu d'un pourpoint et d'un haut-de-chausses en peau de chèvre ; un large feutre, souillé, malaxé, recouvrait à peine sa longue chevelure tombant en désordre sur ses épaules. L'écume échappée de la gueule du chien blanchissait sa barbe épaisse ; à son côté pendait une dague, d'une main il tenait son arc, et de l'autre des flèches.

Malgré son épouvante, Marianne simulait un grand sang-froid.

– Ne m'approchez pas, dit la jeune fille avec un impérieux regard.

L'outlaw s'arrêta, car le chien prenait son élan pour sauter sur lui.

– Que voulez-vous ? parlez, je vous écoute, ajouta Marianne.

– Je parlerai, mais d'abord il faut que vous veniez avec moi.

– Où ?

– Peu vous importe l'endroit de la forêt ; suivez-moi.

– Je ne vous suivrai pas.

– Ah ! ah ! vous refusez, belle demoiselle, s'écria le coquin avec un éclat de rire féroce ; vous faites la dédaigneuse, la difficile !

– Je ne vous suivrai pas, répéta fermement Marianne.

– Je serai donc obligé alors d'employer les grands moyens, et les grands moyens ne seront pas de votre goût, je vous en préviens.

– Et moi je vous préviens que, si vous avez l'audace d'user de violence envers moi, vous serez cruellement puni.

Marianne ne tremblait plus ; le courage lui était revenu en face du danger, et elle avait prononcé ces dernières paroles d'une voix assurée, et le bras tendu vers le proscrit comme pour lui dire : Retirez-vous.

Le proscrit se remit à rire de son rire féroce ; et Lance fit en grondant craquer ses mâchoires.

– Vraiment, la belle fille, reprit le bandit après un instant de silence, vraiment j'admire votre courage et la hardiesse de vos paroles, mais cette admiration ne me fera pas modifier mes projets ; je sais qui vous êtes, je sais que vous êtes arrivée hier chez Gilbert Head le forestier, en compagnie de votre frère Allan, et que ce matin votre frère Allan est parti pour Nottingham, je sais tout cela aussi bien que vous ; mais ce que je sais encore et ce que vous ne savez pas, c'est que les portes du château de Fitz-Alwine, qui se sont ouvertes pour laisser entrer messire Allan, ne se rouvriront jamais pour le laisser sortir.

– Que dites-vous ? s'écria Marianne en proie à une nouvelle terreur.

– Je dis que messire Allan Clare est prisonnier du baron de Nottingham.

– Mon Dieu ! mon Dieu ! murmura douloureusement la jeune fille.

– Et je ne le plains pas, votre estimable frère. Pourquoi va-t-il se fourrer dans la gueule du lion ? C'est que c'est un vrai lion que le vieux Fitz-Alwine. Nous avons fait la guerre en Palestine, et je connais ses goûts ; il veut avoir la sœur comme il a déjà le frère. Hier vous avez échappé à ses limiers, et aujourd'hui...

Marianne poussa un cri de désespoir.

– Oh ! rassurez-vous, je veux dire qu'aujourd'hui vous lui échapperez encore.

Marianne osa lever les yeux sur le bandit, il y avait déjà presque de la reconnaissance dans son regard.

– Oui, vous lui échapperez encore... mais vous ne m'échapperez pas à moi ; à lui le frère, à moi la sœur, et vive mon lot ! Allons, pas de larmes, la belle fille ! vous qui seriez esclave chez le baron, vous serez libre avec moi, libre et reine dans ces vieux bois, et j'en connais plus d'une, brune ou blonde, qui enviera votre sort. En route donc, ma belle épousée ; là-bas, dans ma caverne, nous trouverons un bon souper de venaison et notre lit de feuilles sèches.

– Oh ! je vous en conjure, parlez-moi de mon frère, de mon cher Allan, s'écria Marianne, qui ne tenait aucun compte des absurdes propos de ce misérable.

– Parbleu ! reprit-il sans remarquer l'inattention de Marianne, si votre frère s'échappe des griffes de la bête, il viendra vivre avec nous ; mais je ne crois pas que nous puissions jamais chasser le daim de compagnie, car le vieux Fitz-Alwine ne laisse pas moisir ses prisonniers dans les cachots, il les expédie promptement pour l'éternité.

– Mais comment avez-vous appris que mon frère était prisonnier du baron ?

– Au diable les questions, la belle ! il s'agit maintenant des offres que je te fais d'être ma reine, et non de la corde qui doit étrangler monsieur ton frère. Par saint Dunstan, de gré ou de force tu vas me suivre.

Et il fit un pas vers Marianne, qui se rejeta vivement en arrière en s'écriant :

– A lui, Lance ! à lui !

Le courageux animal n'attendait que cet ordre et sauta

à la gorge du proscrit ; mais celui-ci, habitué sans doute à de pareilles luttes, saisit les deux pattes de devant du chien, et avec une force irrésistible le lança à vingt pas ; le chien sans s'effrayer revint à la charge, et, par une feinte habile, attaqua de côté au lieu d'attaquer en face, mordit dans la masse de cheveux qui s'échappait de dessous le feutre du bandit, et implanta si profondément ses crocs que l'oreille tout entière se détacha et lui resta dans la gueule.

Un flot de sang inonda le blessé, qui s'adossa à un arbre en poussant des rugissements affreux et en blasphémant Dieu, et Lance, désappointé de n'avoir pas mis la dent sur un morceau de résistance, bondit de nouveau comme à la curée.

Mais cette troisième attaque devait lui être fatale : son adversaire, quoique épuisé par la perte de son sang, lui asséna du plat de sa dague un coup tellement violent sur le crâne, qu'il roula comme une masse inerte aux pieds de Marianne.

– A nous deux maintenant ! s'écria le bandit après avoir suivi d'un œil satisfait la chute de Lance. A nous deux, la belle !... Enfer et damnation ! ajouta-t-il, rugissant et promenant ses regards aux alentours ; partie ! sauvée ! Ah ! de par tous les diables, elle ne m'échappera pas !

Et il s'élança à la poursuite de Marianne. La pauvre jeune fille courut longtemps sans savoir si le sentier qu'elle avait pris la conduirait au cottage de Gilbert Head. Une seule chance lui restait après la mise hors de combat de son défenseur, la chance d'échapper à l'outlaw à la faveur de l'obscurité ; aussi fit-elle des efforts surhumains pour gagner promptement le plus de terrain possible : la Providence veillerait ensuite sur elle. Hors d'haleine, Marianne s'arrêta enfin dans une clairière où aboutissaient diverses routes, et respira plus librement en n'entendant aucun bruit de pas derrière elle ; mais là, nouvelle angoisse ; quelle route fallait-il prendre ? Son hésitation ne pouvait durer : elle devait choisir, et choisir bien vite, sinon le limier lancé sur ses traces allait paraître. L'infortunée invoqua le secours de la sainte Vierge, ferma les yeux, fit deux ou trois tours sur elle-même, et indiqua en étendant le bras au hasard le sentier qu'elle allait suivre. A peine avait-elle quitté la clairière que l'outlaw y arrivait et hésitait aussi sur le choix du chemin pour rattraper la fugitive. Malheureusement la lune, cette lune qui à la même heure éclairait l'évasion de Robin, éclaira la fuite de Marianne ; sa robe blanche la trahit.

– Enfin, s'écria le bandit, je la tiens !

Marianne entendit ces horribles paroles : Je la tiens ! et, plus agile qu'un daim, plus rapide qu'une flèche, elle vola, vola, vola ; mais bientôt, épuisée, défaillante et n'ayant plus que la force de crier pour la dernière fois :

– Allan ! Allan ! Robin ! au secours ! au secours !

Elle tomba et s'évanouit.

Guidé par cette robe blanche, l'outlaw avait redoublé de vitesse, et déjà il se courbait et allongeait les bras pour enserrer sa proie, quand un homme, un garde qui se trouvait par là en embuscade pour veiller à la conservation du gibier royal, intervint en s'écriant :

– Holà ! misérable coquin ! ne touche pas à cette femme, ou tu es mort !

Le bandit n'eut pas l'air d'entendre et glissa ses mains sous les épaules de la jeune fille pour la soulever de terre.

– Ah ! tu fais la sourde oreille, reprit le forestier d'une voix tonnante ; soit !

Et il bâtonna rudement le proscrit avec le manche de sa pique.

– Mais cette femme m'appartient, dit l'outlaw en se levant.

– Tu mens ! tu la poursuivais comme un ours poursuit un faon ! Misérable coquin ! arrière, ou je t'embroche !

Le bandit recula, car le fer de la pique du forestier entamait déjà son haut-de-chausses.

– A bas les flèches ! à bas l'arc ! à bas la dague ! ajouta le forestier, la pique toujours en arrêt.

Le bandit jeta ses armes à terre.

– Fort bien. Maintenant, volte-face, et file, file rondement, lestement, sinon je t'éperonne à coups de flèches.

Il fallait obéir ; plus d'armes, plus de résistance possible. Le bandit s'éloigna donc en vomissant des torrents de blasphèmes et de malédictions, et jurant de se venger tôt ou tard. Le forestier s'occupa aussitôt de rappeler à la vie la pauvre Marianne, qui gisait immobile sur l'herbe comme une blanche statue de marbre renversée de son piédestal ; la lune éclairant son pâle visage aidait encore à l'illusion.

Non loin de là serpentait un ruisseau, la jeune fille fut transportée au bord ; quelques gouttes d'eau subitement projetées sur ses tempes et sur son front la ranimèrent, et ouvrant les yeux comme si elle sortait d'un long sommeil, elle s'écria :

– Où suis-je ?

– Dans la forêt de Sherwood, répondit naïvement le garde forestier.

Au son de cette voix qui lui était étrangère, Marianne voulut se relever et fuir encore ; mais les forces lui manquèrent, et elle s'écria d'une voix plaintive et les mains jointes :

– Ne me faites pas de mal, ayez pitié de moi !

– Rassurez-vous, mademoiselle ; le misérable qui a osé vous attaquer est loin de nous, et voudrait-il recommencer qu'il aurait affaire à moi avant de toucher un pli de votre robe.

Marianne, toujours tremblante, jetait des regards effarés autour d'elle, et cependant la voix qu'elle entendait résonner à son oreille lui paraissait être une voix amie.

– Voulez-vous, mademoiselle, que je vous conduise à notre *hall* ? Vous y recevrez bon accueil, je vous le jure. Au *hall*, vous trouverez des jeunes filles pour vous servir et pour vous consoler, des garçons forts et vigoureux pour vous défendre, et un vieillard pour vous servir de père. Venez au *hall*, venez.

Il y avait tant de cordialité et de franchise dans ces offres que Marianne se leva instinctivement et suivit sans mot dire l'honnête forestier. Le grand air et le mouvement lui rendirent bientôt l'intelligence et le sang-froid ; elle considéra attentivement aux clartés de la lune la tournure de son guide, et, comme si un secret pressentiment l'avertissait que cet inconnu était un ami de Gilbert Head, elle dit :

– Où allons-nous, messire ? Ce chemin conduit-il à la maison de Gilbert Head ?

– Quoi ! vous connaissez Gilbert Head ? Seriez-vous sa fille, par hasard ? Vraiment, je gronderai le vieux sournois pour le silence qu'il a gardé sur la possession d'un aussi joli trésor. Pardon, miss, sans vous offenser, c'est que, voyez-vous, il y a longtemps que je connais le bonhomme Head et son fils Robin Hood, et je ne les croyais pas si discrets.

– Vous êtes dans l'erreur, messire ; je ne suis point la fille de Gilbert, mais son amie, son hôte depuis hier.

Et racontant tout ce qui lui était arrivé depuis son départ de la maison du forestier, Marianne termina son récit par un compliment plein d'effusion à l'adresse de son sauveur.

Ce compliment n'était pas achevé que le forestier l'interrompit en rougissant :

– Il ne faut pas penser à rentrer ce soir chez Gilbert ; sa demeure est trop éloignée d'ici ; mais le hall de mon oncle est à deux pas ; vous y serez en sûreté, miss, et de peur que vos hôtes ne s'inquiètent, j'irai leur porter de vos nouvelles.

– Merci mille fois, messire ; j'accepte vos offres, car je tombe de fatigue.

– Pas de remerciements, miss, je ne fais que mon devoir.

Marianne en effet tombait de fatigue, et chancelait à chaque pas ; le forestier s'en aperçut et lui offrit son bras ; mais comme la jeune fille était plongée dans ses réflexions, elle ne l'entendit pas et continua de marcher isolée.

– Miss, est-ce que vous manqueriez de confiance en moi ? demanda le jeune homme avec tristesse et en réitérant son offre ; craindriez-vous donc de vous appuyer sur ce bras qui...

– J'ai pleine confiance en vous, messire, répondit Marianne en prenant aussitôt le bras de son compagnon ; vous êtes incapable, n'est-ce pas, de tromper une femme ?

– C'est comme vous le dites, miss, j'en suis incapable... oui, Petit-Jean en est incapable... Allons, appuyez-vous ferme sur le bras de Petit-Jean, qui vous porterait tout entière s'il le fallait, miss, et sans plus fatiguer que ne fatigue la branche d'arbre qui porte une tourterelle.

– Petit-Jean, Petit-Jean, murmura la jeune fille étonnée et levant la tête pour mesurer du regard la taille colossale de son cavalier. Petit-Jean !

– Oui, Petit-Jean, ainsi nommé parce qu'il a six pieds six pouces de haut, parce que ses épaules sont larges en proportion, parce que d'un coup prompt il assomme un bœuf, parce que ses jambes fournissent une traite de quarante milles anglais sans s'arrêter, parce qu'il n'y a ni valseur, ni coureur, ni lutteur, ni chasseur qui puisse lui faire crier merci, parce que enfin ses six cousins, ses compagnons, les fils de sir Guy de Gamwell, sont tous plus petits que lui ; voici pourquoi, miss, celui qui a l'honneur de vous prêter l'appui de son bras est appelé Petit-Jean par tous ceux qui le connaissent ; et le bandit qui vous a attaquée me connaît bien, lui, car il s'est gardé de faire le méchant quand la sainte Vierge qui vous protège a permis que je vous rencontrasse. Permettez-moi, miss, d'ajouter que je suis aussi bon que robuste, que mon nom de famille est John Baylot, neveu de sir Guy Gamwell, que je suis forestier de naissance, archer par goût, garde-chasse par état, et que j'ai vingt-quatre ans depuis un mois.

Ainsi causant et riant, Marianne et son compagnon s'acheminaient vers le hall de Gamwell ; ils atteignirent bientôt la lisière de la forêt, et là un spectacle magnifique se déroula devant eux ; la jeune fille, malgré sa lassitude et son épuisement, ne pouvait se lasser d'admirer ce merveilleux paysage. Sur une étendue de terrain de plusieurs milles qu'encadraient des bordures de forêts d'un vert sombre, miroitaient les sites les plus enchanteurs, les plus accidentés, les plus capricieusement dissemblables : çà et là sur les lisières des bois, sur les collines, dans le creux des vallons, de blanches maisonnettes jouaient au fantôme, les unes mystérieusement isolées, les autres fraternellement groupées autour de l'église d'où le vent emportait les derniers tintements du couvre-feu.

– Là-bas, à droite du village et de l'église, voyez-vous, dit Petit-Jean à sa compagne, ce vaste bâtiment dont les fenêtres à moitié closes laissent s'échapper de vives clartés ? le voyez-vous, miss ? Eh bien ! c'est le hall de Gamwell, la demeure de mon oncle. Dans tout le comté on ne trouverait pas de logis plus confortable, ni dans toute l'Angleterre un coin de pays plus enchanteur. Qu'en dites-vous, miss ?

Marianne approuva par un sourire l'enthousiasme du neveu de sir Guy de Gamwell.

– Hâtons le pas, miss, reprit celui-ci, la rosée de la nuit est abondante, et je ne voudrais pas vous voir trembler de froid quand vous avez cessé de trembler de peur.

Bientôt une meute de chiens de garde en liberté accueillirent bruyamment Petit-Jean et sa compagne. Le jeune homme modéra leurs transports avec de rudes paroles d'amitié et quelques légers coups de bâton à l'adresse des plus turbulents, et, après avoir traversé des groupes de serviteurs étonnés qui le saluèrent respectueusement, il pénétra dans la grande salle du hall, au moment où toute la famille allait s'asseoir à table pour le repas du soir.

– Mon bon oncle, s'écria le jeune homme en conduisant Marianne par la main devant un fauteuil où trônait le vénérable sir Guy de Gamwell, je vous demande l'hospitalité pour cette belle et noble demoiselle. Grâce à la Providence, dont je n'ai été que l'indigne instrument, elle vient d'échapper aux fureurs d'un infâme outlaw.

Marianne, fuyant dans la forêt, avait perdu le bandeau de velours qui d'ordinaire retenait ses longs cheveux, et, afin de se garantir du froid, elle avait accepté le plaid de Petit-Jean, qui couvrait encore sa tête et s'entrecroisait sur sa poitrine, en ne laissant voir son doux visage que par un ovale très étroit. Gênée par la draperie de cette coiffure, ou honteuse peut-être de se servir devant tous d'un objet faisant partie de la toilette d'un homme, Marianne se débarrassa vivement du plaid, et apparut aux regards de la famille de Gamwell dans toute la splendeur de sa beauté.

Les six cousins de Petit-Jean admiraient Marianne bouche béante, tandis que les deux filles de sir Guy s'élançaient avec un empressement plein de grâce au-devant de la voyageuse.

– Bravo ! disait le patriarche du hall, bravo ! Petit-Jean ; tu nous raconteras comment tu t'y es pris pour ne pas effaroucher cette jeune fille en l'accostant en pleine nuit au milieu de la forêt, et comment tu lui as inspiré assez de confiance pour qu'elle se décidât à te suivre sans te connaître et à nous faire l'honneur de venir se reposer sous notre toit. Noble et belle demoiselle, vous me paraissez souffrante et fatiguée. Çà ! prenez place ici entre ma femme et moi ; un doigt de vin généreux ranimera vos forces, et mes filles vous conduiront ensuite dans un bon lit.

On attendit que Marianne se fût retirée dans sa chambre pour demander à Petit-Jean un récit détaillé des aventures de sa soirée, et Petit-Jean termina sa narration en annonçant qu'il allait se mettre en route pour le cottage de Gilbert Head.

– Eh bien ! s'écria William, le plus jeune des six Gamwell, puisque cette demoiselle est une amie du brave Gilbert et de Robin mon camarade, je veux vous accompagner, cousin Petit-Jean.

– Pas ce soir, Will, dit le vieux baronnet ; il est trop tard, et Robin sera couché avant que vous n'ayez traversé la forêt ; vous irez lui rendre visite demain, mon garçon.

– Mais, mon bon père, reprit William, Gilbert doit être

très inquiet sur le sort de cette demoiselle, et je gagerais qu'à cette heure Robin est à sa recherche.

– Tu as raison, mon fils ; agis comme tu l'entendras, je te laisse libre.

Petit-Jean et Will quittèrent aussitôt la table et prirent le chemin de la forêt.

8

Nous avons laissé Robin dans la chapelle ; il se tenait caché derrière un pilier et se demandait par quel heureux concours de circonstances Allan avait pu recouvrer sa liberté.

– Sans nul doute, pensait Robin, c'est Maude, la gentille Maude, qui joue de pareils tours au baron, et ma foi ! si elle continue à nous ouvrir ainsi toutes les portes du château, je lui promets un million de baisers.

– Une fois encore, chère Christabel, disait Allan en portant à ses lèvres les mains de la jeune fille, j'ai donc le bonheur, après deux ans de séparation, d'oublier près de vous tout ce que j'ai souffert.

– Vous avez souffert, cher Allan ? demanda Christabel d'un ton légèrement incrédule.

– Pourriez-vous en douter ? Oh ! oui, j'ai souffert, et depuis le jour où je fus chassé du château de votre père, la vie pour moi n'a jamais été qu'un enfer. Ce jour-là je quittai Nottingham, marchant à reculons tant que mes yeux purent reconnaître à travers l'espace les plis flottants de l'écharpe que vous agitiez sur les remparts en signe d'adieu. Je crus alors que cet adieu serait éternel, car je me sentais mourir de douleur. Mais Dieu prit compassion de moi : il me permit de pleurer comme un enfant qui a perdu sa mère ; je pleurai et je vécus.

– Allan, le ciel m'est témoin que s'il était en mon pouvoir de faire votre bonheur, vous seriez heureux.

– Je serai donc heureux un jour ! s'écria Allan avec transport. Dieu voudra ce que vous voulez.

– M'avez-vous été bien fidèle ? demanda Christabel en interrompant le jeune homme avec une coquette naïveté, et le serez-vous toujours ?

– En pensées, en paroles, en actions, je l'ai toujours été, je le suis et je le serai toujours.

– Merci, Allan ! la foi que j'ai en vous me soutient dans mon isolement ; je dois obéissance aux volontés de mon père, mais il est une de ses volontés à laquelle je ne me soumettrai jamais : il peut nous séparer encore ainsi qu'il l'a déjà fait, il ne pourra jamais me contraindre à aimer un autre que vous seul.

Robin, pour la première fois de sa vie, entendait parler le langage de l'amour ; il le comprenait par intuition, il tressaillait de bonheur à ses résonances, et se disait en soupirant :

– Oh ! si la belle Marianne voulait me parler ainsi !

– Chère Christabel, reprit Allan, comment avez-vous pu découvrir le cachot où j'étais renfermé ? qui m'a ouvert cette porte ? qui m'a procuré ce costume de moine ? Je n'ai pu reconnaître mon sauveur dans l'obscurité. On m'a seulement dit à voix basse : « Allez à la chapelle. »

– Il n'y a qu'une seule personne dans le château à laquelle je puisse me confier : c'est à une jeune fille aussi bonne qu'ingénieuse, c'est à Maude, ma femme de chambre, que nous sommes redevables de votre évasion.

– J'en étais sûr, murmura Robin.

– Quand mon père, après nous avoir si violemment séparés, vous eut jeté dans un cachot, Maude, touchée de mon désespoir, me dit : « Consolez-vous, milady, vous reverrez bientôt messire Allan. » Et elle a tenu parole, la bonne petite Maude, car elle m'a avertie, il y a quelques instants, que je pouvais vous attendre ici. Il paraîtrait que le geôlier chargé de votre garde n'a pas été insensible aux agaceries de Maude : Maude lui a porté à boire, lui a chanté des ballades, et l'a si bien enivré de vin et de regards que le pauvre homme s'est endormi comme un loir ; alors la rusée lui a enlevé ses clefs. Par un hasard providentiel, le confesseur de Maude se trouvait au château, et le saint homme n'a pas craint de se dépouiller de sa robe en votre faveur. Je ne connais pas encore ce vénérable serviteur de Dieu, mais je veux le connaître afin de le remercier du paternel appui qu'il a prêté à Maude.

– L'appui est en effet très paternel, se dit Robin toujours caché derrière son pilier.

– Ce moine ne porte-t-il pas le nom de frère Tuck ? demanda Allan.

– Oui, mon ami. Le connaissez-vous ?

– Un peu, répondit le jeune homme en souriant.

– C'est un bon vieillard, j'en suis sûre, ajouta Christabel ; mais pourquoi riez-vous donc ainsi, Allan ? Est-ce que ce bon père ne mérite pas notre vénération ?

– Je ne prétends pas le contraire, chère Christabel.

– Mais pourquoi riez-vous, mon ami ? je veux le savoir.

– Pour une bagatelle, chère. C'est que ce bon vieillard de moine n'est pas tout à fait aussi vieux que vous le pensez.

– Je m'étonne que mon erreur vous fasse tant sourire. N'importe, vieux ou jeune, j'aime ce moine, et Maude me paraît l'aimer beaucoup.

– Oh ! à cela pas d'objection ; mais je serais désolé que vous puissiez l'aimer autant que Maude l'aime.

– Que voulez-vous dire ? demanda Christabel d'un ton fâché.

– Pardonnez-moi, mon amour, tout cela n'est qu'une plaisanterie que vous comprendrez plus tard, quand nous remercierons le moine de son obligeance.

– Soit. Mais vous ne me parlez pas de mon amie, de Marianne, votre sœur ; ah ! celle-là du moins, vous me permettrez de l'aimer, n'est-ce pas ?

– Marianne nous attend chez un honnête forestier de Sherwood ; elle a quitté Huntingdon pour vivre avec nous, car j'espérais que votre père m'accorderait votre main ; mais puisque, non content de me repousser, il attente à ma liberté, pour attenter plus tard à ma vie sans doute, une seule chance de bonheur nous reste, la fuite...

– Oh ! non, Allan, non, jamais je n'abandonnerai mon père !

– Mais sa colère tombera sur vous comme elle vient de tomber sur moi. Marianne, vous et moi nous serions si heureux isolés du monde ; partout où tu voudras vivre, dans les bois, à la ville, partout, Christabel. Oh ! viens, viens, je ne veux pas sortir de cet enfer sans toi !

Christabel, éperdue, sanglotait, la tête cachée entre ses mains, et ne prononçait que ce seul mot : « Non ! non ! » chaque fois qu'Allan parlait de fuir.

Ah ! si en ce moment Allan Clare se fût trouvé en public, comme il eût dévoilé les crimes du baron Fitz-Alwine, et réduit à néant cet orgueilleux et cruel personnage !

Pendant que le jeune gentleman et Christabel, serrés

l'un contre l'autre, se confiaient leurs douleurs et leurs espérances, Robin, devant qui se jouait pour la première fois une scène de véritable amour, se sentait transporté dans un monde nouveau.

La porte par laquelle les prisonniers évadés étaient entrés dans la chapelle se rouvrit doucement, et Maude, portant une torche en main, apparut, suivie de frère Tuck dépouillé de sa robe.

– Ah ! ah ! ah ! chère maîtresse ! s'écria Maude avec des sanglots, tout est perdu ! nous allons mourir, c'est un massacre général ! Ah ! ah ! ah !

– Que dites-vous, Maude ? s'écria Christabel épouvantée.

– Je dis que nous allons mourir : le baron met tout à feu et à sang ; il n'épargnera personne, ni vous, ni moi ! Ah ! ah ! mourir si jeune, c'est affreux ! Non, non, mille fois non, milady, je ne veux pas mourir !

Elle tremblait, elle pleurait véritablement, la gentille Maude, mais elle ne devait pas tarder à sourire.

– Que signifient ces verbiages et ces sanglots ? dit Allan d'un ton sévère, êtes-vous folle ? et vous, maître Tuck, ne pouvez-vous pas me dire ce qui se passe ?

– Impossible, messire chevalier, répondit le moine d'un air presque goguenard, car tout ce que je sais se résume en ceci : J'étais assis... non, à genoux...

– Assis, interrompit Maude.

– A genoux, riposta le moine.

– Assis, répéta Maude.

– A genoux, vous dis-je ! j'étais à genoux... je faisais mes prières.

– Vous buviez de l'ale, interrompit de nouveau très dédaigneusement Maude, vous en buviez même beaucoup.

– Douceur et civilité sont qualités remarquables, ma jolie Maude, et il me semble qu'aujourd'hui vous êtes portée à l'oublier.

– Pas de morale, et surtout pas de discussion, reprit Allan d'une voix impérieuse ; faites-moi connaître simplement la cause de votre arrivée soudaine et quel danger nous menace.

– Interrogez le révérend père, dit Maude en secouant sa jolie tête d'un air mutin ; tout à l'heure vous vous êtes adressé à lui, messire chevalier, il est juste qu'il vous réponde.

– Vous vous jouez cruellement de mon effroi, Maude, ajouta Christabel ; dites-moi ce que nous avons à craindre, je vous en supplie, je vous l'ordonne.

La jeune camériste, intimidée, rougit et dit enfin en s'approchant de sa maîtresse :

– Voilà ce que c'est, milady. Vous savez que j'ai fait prendre à Egbert le geôlier plus de vin que sa tête n'est capable d'en supporter ; il s'est donc endormi. Au milieu de son sommeil, sommeil lourd d'ivresse, Egbert a été appelé par milord ; milord voulait rendre visite à votre... à messire Allan ; le pauvre geôlier, encore sous l'influence du vin que je lui avais versé, oubliant le respect qu'il doit à Sa Seigneurie, s'est présenté devant elle les poings sur les hanches et lui a demandé d'un ton fort irrévérencieux pourquoi on osait le troubler, lui, brave et honnête garçon, au milieu de son sommeil. Monsieur le baron a été tellement surpris en entendant cette étrange question qu'il est demeuré quelques instants à contempler Egbert sans daigner lui répondre. Enhardi par ce silence, le geôlier s'est approché de monseigneur, et, s'accoudant sur l'épaule de monsieur le baron, il s'est écrié d'un ton jovial : « Dis donc, mon vieux débris de Palestine, et cette chère santé, comment va-t-elle ? J'espère que la goutte te laissera dormir tranquille cette nuit... » Vous savez, milady, que Sa Seigneurie n'était pas déjà de très bonne humeur, jugez alors de sa colère après les paroles et les gestes d'Egbert... Ah ! si vous aviez vu monseigneur, milady, vous trembleriez comme je tremble, vous redouteriez une sanglante catastrophe ; monsieur écumait de rage, il rugissait plus fort qu'un lion blessé, il ébranlait la salle en trépignant et cherchant quelque chose à écraser dans ses mains ; tout à coup il s'est emparé du trousseau de clefs suspendu à la ceinture d'Egbert, et a cherché parmi toutes ces clefs celle du cachot de votre... de messire chevalier. Cette clef n'y était plus. « Qu'en as-tu fait ? » s'est écrié monseigneur d'une voix de tonnerre. A cette question, Egbert, soudainement dégrisé, est devenu livide d'épouvante. Monseigneur n'avait plus la force de crier ; mais le frémissement convulsif qui agitait tout son corps annonçait qu'il allait se venger. Il a demandé une escouade de soldats et s'est fait conduire au cachot de messire en annonçant que si le prisonnier ne s'y trouvait plus, Egbert serait pendu... Messire, ajouta Maude, en se tournant vers Allan, il faut fuir au plus vite, fuir avant que mon père, informé de tout ce qui se passe, ne ferme les portes du château et n'abaisse le pont-levis.

– Partez, partez, cher Allan ! s'écria Christabel ; nous serions à jamais séparés si mon père nous trouvait ensemble.

– Mais vous, Christabel, vous ! dit Allan au désespoir.

– Moi, je reste... je calmerai la fureur de mon père.

– Moi aussi, je reste.

– Non, non, fuyez, au nom du ciel ! si vous m'aimez, fuyez... nous nous reverrons.

– Nous nous reverrons : vous le jurez, Christabel ?

– Je le jure.

– Eh bien ! Christabel, je vous obéis.

– Adieu ! à bientôt.

– Et vous allez me suivre, messire chevalier, ainsi que ce vénérable moine.

– Mais êtes-vous certaine, Maude, que votre père nous laissera sortir du château ? demanda frère Tuck.

– Oui, surtout si on ne l'a pas encore instruit des événements de la soirée. Allons, venez, il n'y a pas de temps à perdre.

– Mais nous sommes entrés trois au château, dit le moine.

– C'est vrai, ajouta Allan. Qu'est devenu Robin ?

– Présent ! s'écria le jeune forestier en sortant de sa cachette.

Christabel poussa un léger cri d'effroi, et Maude salua Robin avec un si gracieux empressement que le moine fronça les sourcils.

– L'habile garçon ! dit Maude avec un sourire et effleurant de sa main le bras de Robin ; il s'est sauvé d'un cachot que surveillaient deux sentinelles !

– Vous étiez donc emprisonné aussi ? s'écria Allan.

– Je raconterai mon aventure quand nous serons loin d'ici, répondit le jeune forestier. Partons bien vite... Mais venez donc, messire ; il me semble que vous devez tenir à la vie... et bien plus que je n'y tiens, moi, ajouta tristement le jeune garçon, car votre sœur et d'autres personnes pleureraient votre mort, tandis que moi... Mais vite, vite, profitons du secours de Maude ; partons, les murailles du château de Nottingham me pèsent sur la poitrine. Partons !

Maude, à ces dernières paroles, jeta sur le jeune homme un singulier regard.

Tout à coup un bruit de pas se fit entendre dans le passage conduisant à la chapelle.

– Que Dieu ait pitié de nous ! s'écria Maude. Voici le baron ; au nom du ciel ! partez.

Se dépouillant avec promptitude de sa robe de moine, Allan la rendit à Tuck et s'élança vers Christabel afin de lui dire un dernier adieu.

– Par ici, chevalier ! s'écria impérieusement Maude, qui ouvrait une des portes de sortie.

Allan déposa sur les lèvres de Christabel le plus ardent des baisers, et répondit à l'appel de Maude.

– Que saint Benoît me protège, ma douce amie ! dit le moine qui voulut aussi embrasser Maude.

– Impertinent ! s'écria la jeune fille ; mais passez donc, passez donc !

Robin, déjà expert en galanterie, s'inclina devant Christabel et lui baisa respectueusement la main en lui disant :

– Que la Vierge soit votre appui, votre consolation et votre guide !

– Merci, répondit Christabel étonnée de voir tant de noblesse dans les manières d'un simple forestier.

– Pendant que nous fuyons, milady, dit Maude, mettez-vous en prière et faites l'ignorante, si bien que le baron ne puisse se douter que vous connaissez la cause de sa colère.

La porte se refermait à peine sur les fugitifs que le baron, à la tête de ses hommes d'armes, faisait irruption dans la chapelle.

Nous l'y rejoindrons plus tard ; accompagnons d'abord nos trois amis, dont la gentille Maude est l'ange gardien.

La petite bande parcourait une longue et étroite galerie et marchait ainsi : Maude en tête et portant une torche, Robin à sa suite, et frère Tuck presque à côté de Robin ; Allan venait le dernier.

Maude hâtait le pas, autant pour mettre une certaine distance entre Robin et elle que pour arriver plus tôt à la porte du château ; elle ne riait pas, gardait un profond silence, et de sa main restée libre repoussait la main de Robin, qui tentait vainement de saisir au vol quelques plis de sa robe.

– Vous êtes donc fâchée contre moi ? demanda le jeune homme d'un ton suppliant.

– Oui, répondit laconiquement Maude.

– Qu'ai-je fait pour vous déplaire ?

– Vous n'avez rien fait.

– Qu'ai-je dit alors ?

– Ne me le demandez pas, messire, cela ne peut ni ne doit vous intéresser.

– Mais cela m'afflige.

– Qu'importe, vous vous consolerez promptement. Ne serez-vous pas bientôt éloigné de ce château de Nottingham dont les murailles pèsent tant sur votre poitrine ?

– Ah ! ah ! je comprends, se dit Robin ; et il ajouta :

– Si je suis fatigué du baron, des murailles de son château et des verrous de ses prisons, je ne le suis pas de votre charmante figure, ni de vos sourires, ni de vos gracieuses paroles, ma chère Maude.

– Vrai ? s'écria Maude tournant à demi la tête.

– Bien vrai, chère Maude.

– La paix, alors...

Et Maude se laissa embrasser par le jeune forestier.

Cette petite manœuvre causa un temps d'arrêt dans la marche des fugitifs ; aussi le moine, dont l'oreille avait été désagréablement affectée par le bruit de ce baiser, s'écria-t-il d'un ton bourru :

– Holà ! marchez donc plus vite... Quel chemin faut-il prendre ?

Ils étaient arrivés à un embranchement de couloirs.

– A droite, répondit Maude ; et vingt pas plus loin, ils atteignirent le poste du concierge.

La jeune fille appela son père.

– Comment ! s'écria le vieux Lindsay, qui par bonheur ignorait encore les événements de la soirée, comment, vous nous quittez déjà, et de nuit encore ! Vraiment, frère Tuck, je comptais trinquer avec vous avant de m'endormir ; mais est-ce bien nécessaire que vous partiez ce soir ?

– Oui, mon fils, répondit Tuck.

– Adieu donc, joyeux Gilles ; et vous aussi, braves gentlemen, au revoir !

Le pont-levis s'abaissa ; Allan s'élança le premier hors du château, le moine le suivit après avoir parlementé avec la jeune fille, qui ne lui permit pas cette fois de lui donner ce qu'il appelait sa bénédiction, un baiser, car elle profita d'un instant d'inattention du moine pour imprimer ses lèvres brûlantes sur la main de Robin.

En faisant tressaillir le jeune homme dans tout son être, ce baiser l'affligea profondément.

– Nous nous reverrons bientôt, n'est-ce pas ? dit Maude à voix basse.

– Je l'espère, répondit Robin, et, en attendant mon retour, ayez l'obligeance, chère enfant, de reprendre mon arc dans la chambre du baron ainsi que mes flèches, vous les remettrez à qui viendra les demander de ma part.

– Venez vous-même.

– Eh bien ! je viendrai moi-même, Maude. Adieu, Maude.

– Adieu, Robin, adieu !

Les sanglots qui étouffaient la voix de la pauvre fille ne permirent pas de reconnaître si elle disait aussi : « Adieu, Allan ; adieu, Tuck. »

Les fugitifs descendirent rapidement la colline, traversèrent la ville sans s'arrêter, et ne ralentirent leur marche que sous l'ombrage protecteur de la forêt de Sherwood.

9

Vers dix heures du soir, Gilbert, qui attendait avec impatience le retour des voyageurs, laissa le père Eldred dans la chambre de Ritson, et descendit près de Marguerite, qui s'occupait des soins du ménage ; il voulait s'informer si miss Marianne ne s'inquiétait pas trop de la longue absence de son frère.

– Miss Marianne ? s'écria Marguerite, qui, préoccupée de sa douleur, n'avait pas remarqué l'absence de la jeune fille, miss Marianne ? mais elle est sans doute dans sa chambre.

Gilbert y courut : l'appartement était vide.

– Il est dix heures, Maggie, dix heures, et cette jeune fille n'est pas dans la maison.

– Elle se promenait tantôt avec Lance dans l'avenue vis-à-vis.

– Elle aura perdu le cottage de vue et se sera égarée. Ah ! Maggie, je tremble qu'il lui soit arrivé malheur. Dix heures passées ! mais à cette heure, il n'y a que les loups et les outlaws d'éveillés dans la forêt.

Gilbert prit son arc, ses flèches, une dague bien affilée, et s'élança dans la forêt à la recherche de Marianne ; il connaissait tous les fourrés, tous les taillis, tous les buissons, toutes les clairières, et il voulait fouiller un à un tous les endroits si connus de lui et dangereux pour une femme. Il faut que je retrouve cette jeune fille, se disait Gilbert ; par saint Pierre ! il faut que je la retrouve.

Guidé par l'instinct ou plutôt par cette prescience particulière que les forestiers arrivent à acquérir en pratiquant les bois, Gilbert suivit exactement la route que Marianne avait suivie jusqu'à l'endroit où elle était assise. Arrivé là, le forestier crut entendre un sourd gémissement sur le bord d'une allée voisine que l'épaisseur du feuillage dérobait aux rayons de la lune ; il prêta l'oreille et reconnut que ces gémissements étaient entremêlés de cris faibles, aigus et plaintifs comme ceux d'un animal qui souffre. L'obscurité était profonde, et Gilbert se dirigea à tâtons vers l'endroit d'où partaient ces cris ; à mesure qu'il s'approchait, ces cris devenaient plus distincts, et bientôt les pieds du garde se heurtèrent contre une masse inerte étendue sur le sol ; il se baissa, allongea le bras, et sa main toucha la robe poilue mais gluante de sueur froide d'un animal. L'animal, comme ranimé par le toucher de cette main, fit un mouvement, et ses plaintes se changèrent en un faible aboiement de reconnaissance.

– Lance, mon pauvre Lance ! s'écria Gilbert.

Lance essaya de se redresser sur ses pattes ; mais fatigué de l'effort, il retomba en gémissant.

– Un effroyable malheur est arrivé à cette pauvre jeune fille, se dit mentalement Gilbert, et Lance, en voulant la défendre, a succombé dans la lutte. Là ! là ! murmurait le forestier en caressant tendrement la fidèle bête, là ! mon pauvre vieux, où es-tu blessé ? au ventre ? non. Au râble ? aux pattes ? Non, non. Ah ! sur la tête ! le coquin a voulu te fendre le crâne... Ah ! tout beau ! nous n'en mourrons pas. Tu as perdu bien du sang, mais il t'en reste encore... Le cœur bat, oui, je le sens battre, et il ne bat pas la retraite.

Gilbert, ainsi que tous les campagnards, connaissait les vertus médicales de certaines plantes ; il se hâta donc d'aller en cueillir quelques-unes dans les clairières voisines, où l'obscurité était combattue par les premiers rayons de la lune, et, après les avoir broyées entre deux pierres, il les plaça sur la blessure de Lance et les y maintint à l'aide d'une compresse improvisée avec un lambeau de son surtout en peau de chèvre.

– Il faut que je te quitte, pauvre vieux ; mais sois tranquille, je reviendrai te chercher ; en attendant, tu vas te reposer là sur cette litière de feuilles sèches, et je recouvrirai ton corps avec d'autres feuilles afin que tu n'aies pas froid, mon bon Lance !

Tout en parlant ainsi à son chien comme il aurait parlé à un homme, le vieux forestier, prenant l'animal entre ses bras, le transporta dans un fourré. Cela fait, il donna une dernière caresse au fidèle animal, et reprit sa course à la recherche de Marianne.

– Par saint Pierre ! murmurait Gilbert en explorant d'un œil de lynx les taillis et les clairières, par saint Pierre ! si le bon Dieu jette sur mon chemin le fils du diable qui a endommagé le cuir de mon pauvre Lance, je lui ferai danser une ronde à coups de plat de dague comme jamais il n'en dansera. Ah ! le coquin ! ah ! le bandit !

Gilbert suivait précisément le sentier par où s'était enfuie Marianne après la chute de Lance, et arriva dans la clairière non loin de laquelle Petit-Jean avait délivré la fugitive. Gilbert allait explorer les alentours assez déboisés de cette clairière, lorsqu'une ombre rendue gigantesque par les rayons obliques de la lune lui apparut s'agitant sur le sol ; il crut d'abord qu'elle provenait d'un grand arbre et n'y prêta pas d'attention ; mais l'instinct souffla à Gilbert que cette ombre avait quelque chose d'étrange : il la considéra donc attentivement et reconnut bientôt qu'elle ne pouvait appartenir qu'à un être vivant, à un homme.

À vingt pas du lieu où il se trouvait, Gilbert vit un homme debout appuyé contre un arbre, le dos tourné et agitant ses bras autour de sa tête comme s'il voulait se coiffer d'un turban.

Le forestier n'hésita pas à planter sa vigoureuse main sur celui qu'il croyait être un outlaw, et peut-être aussi le meurtrier de miss Marianne.

– Qui es-tu ? lui demanda-t-il en même temps d'une voix de tonnerre.

L'homme, moitié saisissement, moitié faiblesse, chancela et se laissa glisser le long de l'arbre jusqu'aux pieds de Gilbert.

– Qui es-tu ? répéta Gilbert en redressant brusquement l'étranger.

– Que vous importe ? grommela le personnage sitôt que, remis sur ses jambes, il se fut aperçu que Gilbert était seul ; que vous...

– Il m'importe beaucoup. Je suis garde forestier, et comme tel chargé de la police de Sherwood ; or tu ressembles à un bandit autant que la pleine lune de ce mois-ci ressemble à celle du mois dernier, et je te soupçonne de ne chasser qu'un seul genre de gibier. Néanmoins je te laisserai partir en liberté si tu veux répondre clairement et sincèrement à certaines questions que je vais t'adresser ; mais si tu refuses, par saint Dunstan ! je t'abandonne à la sollicitude du shérif.

– Questionnez-moi, je verrai si je dois répondre.

– As-tu rencontré ce soir dans la forêt une jeune fille vêtue d'une robe blanche ?

Un affreux sourire passa sur les lèvres du bandit.

– Je comprends, tu l'as rencontrée. Mais que vois-je ? Tu es blessé à la tête ? oui, et cette blessure a été faite par les dents d'un chien. Ah ! misérable ! je vais m'en assurer.

Et Gilbert arracha vivement le bandeau ensanglanté qui recouvrait la blessure ; l'homme ainsi démasqué laissa voir un lambeau de chair retombant sur son cou, et, fou de douleur, s'écria sans songer qu'il s'accusait lui-même :

– Comment peux-tu savoir que c'est un chien ? nous étions seuls !

– Et la jeune fille, où est-elle ? Parle, misérable, parle ou je te tue.

Pendant que Gilbert, la main sur la poignée de sa dague, attendait une réponse, l'outlaw relevait sournoisement son arbalète et lui en assénait un coup violent au sommet de la tête. Le vieillard, étourdi un instant, reprit bien vite son aplomb, s'affermit sur ses jambes et dégaina. Le proscrit reçut alors du plat de sa dague une si furieuse grêle de coups serrés et continus, sur le dos, sur les épaules, sur les bras et sur les flancs, qu'il tomba et demeura gisant à terre immobile et presque mort.

– Je ne sais pas pourquoi je ne te tue pas, misérable ! criait le forestier ; mais puisque tu ne veux pas dire où elle est, je t'abandonne au hasard. Meurs là, comme une bête fauve.

Et Gilbert s'éloigna pour recommencer ses recherches.

– Je ne suis pas encore mort, vil esclave du fouet ! murmura le proscrit, en se soulevant sur son coude dès que Gilbert fut parti ; je ne suis pas mort, et je te le prouverai ! Ah ! tu voudrais savoir où elle se trouve maintenant, cette jeune fille ? Je serais bien niais de faire cesser tes angoisses en te disant qu'un des Gamwell l'a conduite vers le hall. Oh ! là, là ! que je souffre ! mes os sont fracassés, mes membres disloqués, et je ne suis pas mort, non, non, Gilbert Head, je ne suis pas mort !

Et, se traînant sur les genoux et sur les mains, il alla chercher du repos et un abri dans l'épaisseur d'un fourré.

Le vieillard, de plus en plus inquiet, ne cessait de parcourir la forêt, et commençait à perdre tout espoir de rencontrer la jeune fille, du moins vivante, lorsque non loin de là il entendit chanter une de ces joyeuses ballades qu'il avait jadis composées en l'honneur de son frère Robin.

Le chanteur invisible arrivait au-devant de lui dans le même sentier ; Gilbert écouta, et son amour-propre de poète lui fit oublier les inquiétudes du moment.

– Que la rouge figure de ce sot Will, si bien nommé l'Ecarlate, se balance pendue à la branche d'un chêne, murmura Gilbert d'un ton de mauvaise humeur ; il chante l'air de ma ballade d'une façon bien peu en rapport avec les paroles. Ohé ! maître Gamwell ; ohé ! William Gamwell, n'estropiez donc pas ainsi la musique et la poésie ! Eh ! que diable faites-vous à cette heure dans la forêt ?

– Holà ! répondit le jeune gentleman, qui donc ose interrompre les chants de William de Gamwell avant que William de Gamwell ne lui ait souhaité la bienvenue ?

– Quiconque a entendu une fois, une seule fois, la voix de Will l'Ecarlate ne l'oublie jamais, et n'a besoin pour reconnaître l'approche de Will ni des clartés du soleil ni de celles de la lune, pas même de celles des étoiles.

– Bravo ! bien riposté ! dit joyeusement un autre personnage.

– Avance, spirituel étranger, répliqua Will d'un ton provocateur, et nous verrons à te donner une leçon de politesse.

Et Will faisait déjà tournoyer son bâton quand Petit-Jean intervint.

– Mais tu es fou, mon cousin ; ne reconnais-tu donc pas le vieux Gilbert, chez lequel nous allons ?

– Gilbert, vraiment !

– Eh ! oui, Gilbert.

– Ah ! c'est différent, dit le jeune homme ; et il s'élança au-devant du forestier en s'écriant :

– Bonnes nouvelles, mon vieux, bonnes nouvelles ! La jeune dame est en sûreté au hall, et miss Barbara ainsi que miss Winifred ont grand soin d'elle ; Petit-Jean l'a rencontrée dans la forêt au moment où un outlaw allait lui faire un mauvais parti. Mais vous êtes donc seul, Gilbert ? et Robin, mon cher Robin Hood, où est-il ?

– Paix, paix donc, Will ! ménagez vos poumons et nos oreilles. Robin est parti ce matin pour Nottingham ; et n'était pas encore de retour quand j'ai quitté la maison.

– Ah ! c'est mal à Robin Hood d'aller sans moi à Nottingham ; nous nous étions promis de passer huit jours à la ville. On s'y amuse tant !

– Mais comme vous êtes pâle, Gilbert, dit Petit-Jean ; qu'avez-vous ? êtes-vous malade ?

– Non, j'ai des chagrins : mon beau-frère est mort aujourd'hui, et j'ai appris que... mais qu'importe, n'en parlons plus. Dieu soit loué ! miss Marianne est hors de danger. C'est elle que je cherchais dans la forêt ; jugez de mon inquiétude, surtout après avoir rencontré tout à l'heure le meilleur de mes chiens, le pauvre Lance, presque mort.

– Lance presque mort, ce chien si bon, si...

– Oui, Lance, une bête comme il ne s'en fait plus, la race en est perdue.

– Qui a fait cela, qui a commis ce crime ? dites-moi où il est, ce coquin, que je lui brise les côtes ! Où est-il ? où est-il ? demandait vivement le jeune homme aux cheveux rouges.

– Soyez tranquille, mon fils, j'ai vengé le vieux Lance.

– C'est égal, je veux le venger aussi, moi ; dites, où est-il, le misérable assez lâche pour tuer un chien ? il faut que je prenne son signalement avec mon bâton. C'est un outlaw, sans doute ?

– Oui, et je l'ai laissé là-bas... de ce côté... presque mort, après l'avoir roué de coups avec le plat de ma dague.

– Si cet homme est le même que celui qui a osé violenter miss Marianne, il est de mon devoir de le conduire à Nottingham, devant le shérif, dit Petit-Jean. Montrez-moi où vous l'avez laissé, Gilbert.

– Par ici, par ici, mes enfants !

Le vieux forestier retrouva facilement l'endroit où le proscrit était tombé sous ses coups ; mais le proscrit n'y était déjà plus.

– C'est fâcheux ! s'écria Will. Tiens, voilà justement où nous nous donnons rendez-vous, en partant du hall, pour la chasse, là-bas, dans ce carrefour, entre ce chêne et ce hêtre.

– Entre ce chêne et ce hêtre ! répéta Gilbert dont tout le corps frissonna subitement.

– Oui, entre ces deux arbres. Mais qu'avez-vous, mon vieux ? s'écria Will ; vous tremblez comme une feuille.

– C'est que... Ah ! rien, rien, répliqua Gilbert en comprimant son émotion ; un souvenir, rien.

– Bah ! vous craignez les revenants, vous, mon brave ? dit Petit-Jean qui ignorait la cause du trouble de Gilbert ; je vous croyais blasé là-dessus, en votre qualité de doyen des forestiers. Il est vrai néanmoins que cet endroit ne jouit pas d'une très bonne réputation ; on dit que l'âme en peine d'une jeune fille, tuée par des proscrits, erre chaque nuit sous ces grands arbres ; je ne l'ai jamais vue, moi, quoique je fréquente la forêt aussi bien de nuit que de jour ; mais beaucoup de gens de Mansfeld, de Nottingham, du hall et des villages voisins affirment sous serment l'avoir rencontrée dans le carrefour.

A mesure que Petit-Jean parlait ainsi, l'émotion de Gilbert croissait ; une sueur froide mouillait son visage, ses dents claquaient, et, les yeux hagards, le bras tendu vers le hêtre, il montrait du doigt à ses compagnons un objet invisible.

Tout à coup, la brise, légère jusqu'alors, se tourna en rafale et balaya de dessous ces arbres les feuilles sèches qui s'y étaient entassées, et du milieu du tourbillon surgit une forme humaine.

– Annette, Annette, ma sœur, s'écria Gilbert tombant à genoux et levant ses mains jointes, Annette, que désires-tu ? qu'ordonnes-tu ?

Will et Petit-Jean, tout intrépides qu'ils étaient, frémirent et se signèrent dévotement, car Gilbert n'était point la dupe d'une hallucination, et comme lui ils voyaient un grand fantôme blanc debout entre les deux arbres ; le fantôme eut l'air de vouloir s'avancer vers eux, mais la rafale redoublant de violence, il s'éloigna à reculons comme s'il obéissait à la force du vent, et disparut à l'extrémité du carrefour dans une zone obscure où les rayons obliques de la lune, interceptés par l'épaisseur du feuillage, ne pénétraient pas encore.

– C'est elle ! elle ! sans sépulture !

En prononçant ces derniers mots, Gilbert s'évanouit, et ses compagnons demeurèrent longtemps immobiles et muets comme des statues ; ils ne voyaient plus le fantôme, mais il leur semblait que la brise apportait jusqu'à eux des bruits confus, des gémissements.

Revenus peu à peu de leur frayeur, nos deux jeunes gens se concertèrent pour porter secours à Gilbert toujours évanoui ; en vain frappèrent-ils des mains dans les siennes et cherchèrent-ils à lui faire avaler quelques gouttes de ce whisky dont chaque forestier en course possède une petite provision ; en vain murmurèrent-ils à son oreille tout un vocabulaire de mots de consolation, le vieillard ne sortait pas de son anéantissement, et, sans les battements du cœur toujours appréciables, on l'aurait cru mort.

– Que faire, cousin ? demanda Will.

– Le transporter chez lui, et au plus vite, répondit Petit-Jean.

– Certes tu es de force à le placer sur ton dos ; mais il n'y sera pas à son aise, pas plus que si je le prenais par les pieds et toi par la tête.

– Tiens, voici ma hachette, Will ; va-t'en choisir dans le fourré ce qu'il faut pour improviser un brancard ; mais je reste là, j'espère encore pouvoir le réveiller.

William ne chantait plus les joyeuses ballades de Gilbert, et s'affligeait sincèrement de l'état du vieux poète de Sherwood ; tout en cherchant son bois, il arriva à cette extrémité sombre du carrefour par où s'était évaporé le fantôme ; et, disons-le à sa louange, il n'éprouva pas plus de frayeur que s'il se fût promené seul à minuit dans le verger du hall de Gamwell.

Tout à coup William trébucha contre un objet volumineux couché sur la terre, et roula dessus ; le jeune homme allait lancer le plus énergique juron contre le malencontreux obstacle qui l'arrêtait en son chemin, lorsqu'il sentit que ce qu'il prenait pour un morceau de bois était doué de mouvement et débitait à son oreille une kyrielle de blasphèmes.

– Holà ! là ! s'écria le courageux Will en empoignant la gorge de l'individu sur lequel il venait de rouler ; cousin, cousin, à moi ! je le tiens !

– Coupe-le ras le pied, répondit Petit-Jean sans quitter Gilbert.

– Eh ! ce n'est pas un jeune arbre que je tiens, c'est le bandit, le meurtrier de Lance ; à moi, cousin !

– Me lâcheras-tu ? j'étouffe ! disait l'homme en râlant. Ah ! vous voilà tous deux après moi, ajouta-t-il en voyant accourir Petit-Jean ; ce n'est pas la peine... je meurs !... De l'air, par pitié, de l'air !...

William se releva.

– Eh ! parbleu ! c'est le fantôme de tout à l'heure, avec son surtout en peau de chèvre blanche ! s'écria Petit-Jean. N'étais-tu pas couché là-bas, entre deux arbres, sur un tas de feuilles ?

– Oui.

– C'est toi qui as poursuivi une jeune fille ? demanda Petit-Jean.

– C'est toi qui viens d'assommer le plus brave des chiens ? ajouta Will.

– Non, non, messeigneurs ; par pitié, secourez-moi, je meurs !

– Et, reprit Will, tu viens de tuer un homme qui a cru voir en toi un fantôme, le fantôme d'une Annette...

– Annette ? Annette ? Ah ! oui, je me souviens d'Annette... C'est Ritson qui l'a tuée ; moi j'étais déguisé en prêtre et je les ai mariés.

– Il a le délire ! pensèrent les deux cousins, qui ne comprenaient pas le sens de ces dernières paroles.

– Par pitié, messeigneurs, emportez-moi d'ici ! la terre est si dure !

– Dis-nous d'abord qui t'a mis en cet état.

– Les loups, répondit le misérable, qui, malgré les souffrances de l'agonie, ne perdait pas l'esprit ; les loups, messeigneurs ; ils ont dévoré tout un côté de ma tête, ils m'ont déchiré les membres à coups de dents ; j'étais égaré dans la forêt, et comme je n'avais pas mangé depuis deux jours, je n'ai pas eu la force de me défendre. Pitié, pitié, mes deux seigneurs.

– C'est un outlaw, dit Petit-Jean, à l'oreille de Will, c'est lui qui a poursuivi miss Marianne et fendu la tête à Lance ; c'est lui que Gilbert a roué de coups. Il m'est avis qu'il n'ira pas loin, et que nous le retrouverons ici au point du jour ; alors, s'il n'est pas mort, je le conduirai devant le shérif.

Et sans plus s'inquiéter des gémissements du bandit, les deux cousins retournèrent près de Gilbert.

Peu à peu Gilbert avait repris ses sens ; il déclara qu'il se sentait capable de regagner à pied son domicile, et il se mit en route, soutenu de chaque côté par les deux jeunes gens.

A quelques pas de sa maison il s'arrêta pour écouter un bruit lugubre qui s'élevait dans les airs, et il tressaillit en disant :

– C'est Lance ; c'est son dernier cri de douleur peut-être.

– Courage, bon Gilbert ! nous arrivons ; voici dame Marguerite qui vous attend sur la porte, une lumière entre les mains ; courage !

Pour la seconde fois les hurlements du chien traversèrent l'espace, et Gilbert allait perdre connaissance quand Marguerite, se précipitant au-devant de lui, le soutint et l'entraîna dans l'intérieur de la maison.

Une heure plus tard, Gilbert, presque calmé, disait doucement à ses jeunes amis :

– Enfants, plus tard peut-être aurai-je la force de vous raconter l'histoire de cette âme en peine que nous avons vue errer là-bas.

– Une âme en peine ! s'écria Will avec un gros rire. Ah ! nous la connaissons, cette âme...

– Silence, cousin ! dit Petit-Jean d'un air sévère.

– Non, vous ne la connaissez pas, vous êtes trop jeunes, reprit Gilbert.

– Je veux dire que nous avons rencontré l'outlaw que vous avez si bien accompagné à coups de dague.

– Vous l'avez rencontré ?

– Oui, et presque mort.

– Dieu lui pardonne !

– Et le diable l'emporte ! ajouta Will.

– Silence, cousin !

– Avant de retourner au hall, vous pouvez me rendre un grand service, mes enfants, reprit Gilbert.

– Parlez, maître.

– Il y a un mort dans ma maison, aidez-nous à le porter en terre.

– Nous sommes à vos ordres, bon Gilbert, répliqua William ; nous avons de bons bras, et ne craignons ni morts, ni vivants, ni fantômes.

– Silence donc, cousin !

– Soit, on se taira, murmura Will de très mauvaise humeur. Il ne comprenait pas comme Petit-Jean que les allusions au fantôme réveillaient les angoisses et les douleurs du vieux forestier.

En tête, le père Eldred récitant des prières, à sa suite Petit-Jean et Lincoln portant le cadavre sur une civière, après la litière Marguerite et Gilbert, Gilbert retenant ses sanglots pour ne pas provoquer ceux de Marguerite, et Marguerite pleurant silencieusement sous son capuchon de bure, et après eux Will l'Ecarlate, tel était l'ordre du convoi qui s'avançait à l'heure de minuit vers les deux arbres au pied desquels l'amant et le meurtrier d'Annette avait demandé la grâce d'être enseveli.

Gilbert et sa femme demeurèrent agenouillés tout le temps que les bras vigoureux de Lincoln et de Petit-Jean employèrent à creuser la fosse.

Elle n'était pas à moitié creusée que Will, qui montait la garde aux environs, l'arc bandé d'une main et la dague de l'autre, vint dire à l'oreille de son cousin :

– Nous ne ferions peut-être pas mal d'agrandir ce trou et d'y jeter quelqu'un en compagnie de cet homme.

– Que signifie cela, cousin ?

– Cela signifie que celui qui prétendait avoir été attaqué par les loups et que nous avons laissé en fort mauvais état à quelques pas d'ici est mort, bien mort. Allez lui donner un coup de pied, et vous verrez s'il se plaint.

Les dernières pelletées de terre retombaient sur les cadavres des deux bandits, quand, pour la troisième fois, les hurlements du chien planèrent dans la forêt.

– Lance, mon pauvre Lance, à toi, à toi maintenant ! s'écria le forestier. Je ne rentrerai pas sans t'avoir porté secours.

10

Ainsi que l'avait raconté Maude, le fougueux baron, suivi de six hommes d'armes, s'était rendu au cachot d'Allan Clare.

Plus de prisonnier !

– Ah ! ah ! dit-il en riant comme un tigre, si toutefois les tigres peuvent rire, ah ! ah ! l'on obéit à mes ordres d'une admirable façon ; vraiment j'en suis enchanté ! Mais à quoi servent donc mes geôliers et mon donjon ? Par sainte Griselda ! j'exercerai désormais sans eux mes droits de haute et basse justice, et je renfermerai mes prisonniers dans la volière de ma fille... Egbert Lanner, le porte-clefs, où est-il ?

– Le voilà, monseigneur, répondit un soldat ; je le tiens serré de près, sans quoi il se serait enfui.

– Et s'il s'était enfui je t'aurais pendu à sa place... Approche ici, Egbert. Tu vois la porte de ce cachot, elle est fermée ; tu vois ce guichet, il est étroit ; eh bien ! me diras-tu comment le prisonnier, qui n'est ni assez mince de corps pour passer par cette ouverture, ni aussi subtil que l'air pour s'évaporer par le trou de la serrure, me diras-tu comment il a fait pour s'échapper ?

Egbert, plus mort que vif, gardait le silence.

– Me diras-tu pour quel vil intérêt tu as prêté la main à l'évasion de ce criminel ? Je te demande cela sans colère, réponds-moi sans crainte. Je suis bon et juste, et peut-être, si tu avoues ta faute, je pardonnerai...

Le baron faisait de la mansuétude en pure perte ; Egbert avait trop d'expérience pour croire à sa sincérité, et, toujours plus mort que vif, il ne répondit pas.

– Ah ! stupides esclaves que vous êtes ! s'écria tout à coup Fitz-Alwine, je gagerais que pas un de vous n'a eu l'esprit d'avertir le concierge du château de ce qui se passait ? Vite, vite, qu'un de vous aille ordonner de ma part à Hubert Lindsay d'abaisser le pont-levis et de fermer toutes les portes.

Un soldat partit aussitôt en courant, mais il s'égara à travers les couloirs obscurs de la prison, et tomba la tête la première dans l'escalier d'une cave. La chute fut mortelle, personne ne s'en aperçut, et les fugitifs sortirent du château, grâce à cette catastrophe ignorée.

– Milord, dit un des hommes d'armes, quand nous venions ici, il m'a semblé voir les reflets d'une torche à l'extrémité de la galerie qui conduit à la chapelle.

– Et tu attends jusqu'à présent pour me le dire ! s'écria le baron. Ah ! ils ont juré de me faire mourir à petit feu, les coquins ! mais ils mourront avant moi, oui, ajouta-t-il suffoqué par la colère ; oui, vous mourrez avant moi, et j'inventerai pour vous un supplice terrible, si je ne rattrape pas ce mécréant qu'Egbert va d'abord remplacer au gibet.

En achevant ces mots, Fitz-Alwine arracha une torche des mains d'un soldat et se précipita dans la chapelle. Christabel, debout devant le tombeau de sa mère, paraissait plongée dans une profonde méditation.

– Fouillez par tous les coins et recoins, ramenez-le mort ou vif ! dit le baron.

Les soldats obéirent.

– Et vous, ma fille, que faites-vous ici ?

– Je prie, mon père.

– Vous priez sans doute pour un mécréant qui mérite la corde ?

– Je prie pour vous devant le tombeau de ma mère ; ne le voyez-vous pas ?

– Où est votre complice ?

– Quel complice ?

– Ce traître, cet Allan.

– Je l'ignore.

– Vous me trompez ; il est ici.

– Je ne vous ai jamais trompé, mon père.

Le baron scruta du regard le pâle visage de la jeune fille.

– Nous ne trouvons ni l'un ni l'autre, vint dire un des soldats.

– Ni l'un ni l'autre ? répéta Fitz-Alwine, qui commençait à se douter de la fuite de Robin.

– Mais oui, seigneur, ni l'un ni l'autre. Est-ce qu'on ne parle pas des deux prisonniers évadés ?

Exaspéré de voir Robin lui échapper, l'insolent Robin qui l'avait bravé en face et duquel il espérait obtenir plus tard par la torture certains renseignements sur Allan, le baron appliqua sa large main sur l'épaule de l'indiscret soldat, et lui dit :

– Ni l'un ni l'autre ? Explique-moi la valeur de ces quatre mots.

Le soldat frissonnait sous la pression violente de cette main et ne savait que répondre.

– Mais d'abord, qui es-tu ?

– S'il plaît à Votre Seigneurie, je me nomme Gaspard Steinkorf ; j'étais en faction sur le rempart, et c'est...

– Misérable ! c'est donc toi qui étais de garde derrière la porte du cachot de ce jeune loup de Sherwood ? Ne me dis pas que tu l'as laissé fuir, sinon je te poignarde.

Nous nous abstiendrons désormais d'indiquer les innombrables nuances de la colère du baron ; qu'il suffise à nos lecteurs de savoir que la colère était passée chez lui à l'état d'habitude, de nécessité, et qu'il aurait cessé de respirer s'il avait cessé d'être en colère.

– Ainsi, tu avoues qu'il s'est échappé pendant que tu étais de faction sur le rempart de l'est ? reprit le baron après un instant de silence ; allons, réponds-moi !

– Milord, vous m'avez menacé de votre poignard si j'avouais, répondit le pauvre diable.

– Et certes j'exécuterai ma menace.

– Alors je me tais.

Le baron levait le poignard sur le malheureux quand lady Christabel retint son bras en s'écriant :

– Oh ! je vous en conjure, mon père, n'ensanglantez pas ce tombeau !

Cette prière fut écoutée ; le baron repoussa brusquement Gaspard, rengaina son poignard, et dit à la jeune fille d'un ton sévère :

– Rentrez dans votre appartement, milady ; et vous autres, montez à cheval et courez sur la route de Mansfeldwoohaus ; les prisonniers ont dû suivre cette direction, vous pourrez les rattraper facilement ; je les veux, il me les faut à tout prix, entendez-vous ? il me les faut !

Les hommes d'armes obéirent, et Christabel s'éloignait quand Maude rentra dans la chapelle, courut à sa maîtresse, et, se mettant un doigt sur les lèvres, dit à mi-voix :

– Sauvés ! sauvés !

La jeune lady joignit pieusement les mains pour remercier Dieu, et partit suivie de Maude.

– Arrêtez ! cria le baron qui avait entendu le chuchotement de la camériste. Demoiselle Hubert Lindsay, je désirerais m'entretenir un instant avec vous. Eh bien ! approchez donc ; avez-vous peur qu'on vous dévore ?

– Je ne sais, répondit Maude épouvantée ; mais vous me

paraissez si en colère, si furieux, monseigneur, que je n'ose.

– Demoiselle Hubert Lindsay, on connaît votre astuce et on sait que vous ne vous épouvantez pas d'un froncement de sourcils. Cependant, si on le voulait, on vous ferait trembler réellement, et prenez garde qu'on ne le veuille... Or çà, dites-moi qui est sauvé ? J'ai entendu vos paroles, ma belle effrontée !

– Je n'ai point dit que quelqu'un était sauvé, monseigneur, répondit Maude en jouant d'un air candide avec les longues manches de sa robe.

– Ah ! vous n'avez pas dit que quelqu'un était sauvé, charmante comédienne ! vous avez dit peut-être qu'ils étaient sauvés ; pas un, mais plusieurs.

La caméristе secoua la tête en signe de négation.

– Oh ! la menteuse, la menteuse prise en flagrant délit !

Maude regarda fixement le baron en affectant un grand air de stupidité, comme si elle ne comprenait pas ce que signifiaient ces mots flagrant délit.

– Je ne suis point dupe de ta feinte imbécillité, reprit le baron. Je sais que tu as favorisé la fuite de mes prisonniers ; mais ne chante pas victoire, ils ne sont pas encore tellement éloignés du château que mes gens ne puissent les rattraper, et nous verrons dans une heure si tu les empêches d'être attachés l'un à l'autre dos à dos, et jetés du haut des remparts dans les fossés.

– Pour les attacher dos à dos, monseigneur, il faut d'abord les ramener ici, répliqua Maude, toujours avec une naïveté stupide que démentaient des yeux pétillants de malice.

– Et avant de leur faire faire le plongeon dans les fossés, on les confessera ; et s'il est prouvé que vous avez été leur complice, nous essayerons un peu de vous faire trembler, demoiselle Hubert Lindsay.

– A vos souhaits, monseigneur.

– Mais ce ne sera guère aux vôtres... vous verrez.

– Par saint Valentin ! monseigneur, je serais bien contente d'être instruite à l'avance de vos projets sur moi ; j'aurais au moins le temps de me préparer, ajouta-t-elle avec une révérence.

– Insolente !

– Milady, reprit la caméristе d'un ton parfaitement calme, et se rapprochant de sa maîtresse, qui dans son immobilité ressemblait à une statue de la Douleur ; milady, si vous voulez m'en croire, Votre Honneur regagnera son appartement ; la nuit devient froide... Votre Honneur n'a pas la goutte... mais...

L'irascible baron, démonté par tant de sang-froid railleur, interrompit la caméristе et lui demanda une dernière fois de qui elle avait voulu parler en disant : Sauvés ! sauvés !

Cette demande fut faite presque sans colère, et Maude comprit qu'il était temps d'y répondre d'une façon ou d'une autre ; aussi s'écria-t-elle, comme vaincue par la persistance du baron :

– Je vais vous le dire, monseigneur, puisque vous l'exigez. Oui, j'ai prononcé ces mots : Il est sauvé ! et je les ai prononcés à voix basse, pour ne pas montrer mon émotion devant vos hommes d'armes. Mais bien fin qui pourrait vous cacher quelque chose, monseigneur. Je disais donc à milady : Il est sauvé ! et je parlais de ce pauvre Egbert que vous aviez l'intention de pendre, monseigneur, et que vous n'avez pas pendu, Dieu soit loué ! ajouta Maude en fondant en larmes.

– Voilà qui est fort ! s'écria le baron. Mais vous me prenez donc pour un idiot, Maude ? Ah ! ah ! c'est absurde, et vous abusez de ma patience ! Eh bien ! Egbert sera pendu, et, puisque vous l'aimez, vous serez pendue avec lui.

– Grand merci, monseigneur, riposta la caméristе en éclatant de rire ; et, pirouettant après une révérence, elle courut rejoindre Christabel qui venait de sortir de la chapelle.

Lord Fitz-Alwine suivit Maude en improvisant un long monologue rempli d'objurgations contre l'astuce des femmes. La rieuse insolence de Maude avait surexcité les instincts féroces du baron ; il ne savait ni sur qui ni comment décharger sa colère ; il aurait abandonné la moitié de sa fortune pour qu'on lui livrât sur-le-champ Allan et Robin ; et, pour tuer le temps qui devait s'écouler jusqu'au retour des soldats lancés à la poursuite des fugitifs, le baron résolut d'aller épancher sa mauvaise humeur dans la compagnie de lady Christabel.

Maude, qui sentait le baron venir sur ses traces, redouta quelque violence et s'enfuit au plus vite avec la torche, de sorte qu'il se trouva tout à coup plongé dans une profonde obscurité, et débita une nouvelle série de malédictions contre Maude, et contre l'univers entier.

– Tempête, tempête, baron ! se disait Maude en s'éloignant ; mais la jeune fille, plus espiègle que méchante, fut prise d'un remords en pensant à ce vieillard infirme qu'elle abandonnait dans ces noires galeries ; elle s'arrêta, et elle crut entendre des cris de détresse.

– Au secours ! au secours ! criait une voix sourde et étouffée.

– Il me semble reconnaître la voix du baron, s'écria Maude, en retournant bravement en arrière. Où êtes-vous donc, monseigneur ? demanda la jeune fille.

– Ici, coquine, ici ! répondit Fitz-Alwine ; et sa voix semblait sortir de dessous terre.

– Dieu du ciel ! comment êtes-vous descendu là ? s'écria Maude en s'arrêtant au haut de l'escalier, et à l'aide de sa torche la jeune fille entrevit le baron étendu sur les marches et arrêté dans sa descente par un objet qui lui barrait le passage.

Le furibond personnage avait fait fausse route, comme le malheureux soldat qui s'était tué en allant ordonner la fermeture des portes du château ; mais, grâce à la cuirasse qu'il portait toujours sous son pourpoint, le baron avait glissé sur les marches de l'escalier sans se blesser, et ses pieds avaient trouvé un point d'appui contre le cadavre du soldat.

Cette chute produisit sur la colère du châtelain l'effet que produit la pluie sur un grand vent.

– Maude, dit-il en se relevant avec peine et soutenu par la main de la jeune fille, Maude, Dieu vous punira de m'avoir manqué de respect au point de m'abandonner sans lumière dans l'obscurité.

– Pardon, monseigneur ; je suivais milady, et je croyais qu'un de vos soldats vous accompagnait avec une torche. Dieu soit loué ! vous êtes sain et sauf, et la Providence n'a pas permis que notre bon maître nous fût enlevé... Appuyez-vous sur mon bras, monseigneur.

– Maude, dit le baron qui n'avait garde de reprendre ses allures de fou furieux tant que le secours de la caméariste lui était nécessaire, Maude, tu rappelleras à ma mémoire que l'ivrogne endormi sur l'escalier de ma cave doit être réveillé par cinquante coups de fouet.

– Soyez tranquille, monseigneur, je ne l'oublierai pas.

Ils étaient loin de penser que cet ivrogne n'était plus qu'un cadavre ; les lueurs vacillantes de la torche ne l'éclairaient que faiblement, et le baron était trop préoccupé de l'accident arrivé à sa précieuse personne pour remarquer que les marches de l'escalier n'étaient pas tachées de vin, mais de sang.

– Où allons-nous, monseigneur ? demanda Maude.

– Chez ma fille.

– Ah ! pauvre milady ! pensa la caméristе, il va recommencer à la torturer dès qu'il se sentira à l'aise dans un bon fauteuil.

Assise devant une petite table éclairée par une lampe de bronze, Christabel contemplait attentivement un petit objet placé dans le creux de sa main ; cet objet, elle le cacha au bruit de l'entrée du baron.

– Quelle est cette bagatelle que vous venez de soustraire si prestement à mes regards ? demanda le baron en s'asseyant dans le fauteuil le plus moelleux de l'appartement.

– Bon, voilà déjà qu'il commence, murmura Maude.

– Que dites-vous, Maude ?

– Je dis, monseigneur, que vous me paraissez éprouver de grandes souffrances.

Le soupçonneux baron lança à la jeune fille un regard plein de colère.

– Répondez, ma fille : quelle est cette bagatelle ?

– Ce n'est pas une bagatelle, mon père.

– Ce ne peut être autre chose.

– Nos opinions alors ne sont pas les mêmes, répliqua Christabel en s'efforçant de sourire.

– Une bonne fille n'a pas d'autres opinions que celles de son père. Quelle est cette bagatelle ?

– Mais je vous jure que ce n'en est pas une.

– Ma fille, reprit le baron d'une voix calme par extraordinaire, mais très sévère, ma fille, si l'objet que vous venez de soustraire à mes regards ne se rattache à aucune faute commise, ou ne vous rappelle aucun souvenir blâmable, montrez-le-moi ; je suis votre père, et comme tel je dois veiller sur votre conduite ; si au contraire c'est une espèce de talisman, et si vous avez à rougir de sa possession, montrez-le-moi encore ; après mes droits j'ai des devoirs à remplir : vous empêcher de tomber dans l'abîme si vous marchez au bord, vous en retirer si vous y êtes déjà tombée. Encore une fois, ma fille, je vous demande quel est l'objet que vous cachez dans votre corsage.

– C'est un portrait, milord, répondit la jeune fille tremblante et rouge d'émotion.

– Et ce portrait est celui ?...

Christabel baissa les yeux sans répondre.

– N'abusez pas de ma patience... j'en ai beaucoup aujourd'hui, c'est vrai, mais n'en abusez pas ; répondez, c'est le portrait de...

– Je ne puis vous le dire, mon père.

Les larmes étouffèrent la voix de Christabel ; mais bientôt elle reprit d'un ton plus ferme :

– Oui, mon père, vous avez le droit de me questionner, mais, moi, j'oserai me donner celui de ne pas vous répondre ; car ma conscience ne me reproche rien de contraire ni à ma dignité ni à la vôtre.

– Bah ! votre conscience ne vous reproche rien parce qu'elle est d'accord avec vos sentiments ; c'est très joli, très moral ce que vous dites, ma fille.

– Veuillez me croire, mon père ; je ne déshonorerai jamais votre nom, je me souviens trop de ma pauvre et sainte mère.

– Ce qui veut dire que je suis un vieux coquin... Ah ! c'est convenu depuis longtemps, hurla le baron ; mais je ne veux pas qu'on me le dise en face.

– Mais, mon père, je n'ai pas dit cela.

– Vous le pensez, alors. Bref, je me soucie fort peu de la précieuse relique que vous me cachez avec tant de persistance ; c'est le portrait du mécréant que vous aimez malgré ma volonté, et je n'ai déjà que trop vu sa diabolique physionomie. Maintenant, écoutez-moi bien, lady Christabel : vous n'épouserez jamais Allan Clare ; je vous tuerais tous deux de ma propre main plutôt que d'y consentir, et vous épouserez sir Tristram de Goldsborough... Il n'est pas très jeune, c'est vrai, mais il a quelques années de moins que moi, et je ne suis pas vieux... il n'est pas très beau, c'est encore vrai ; mais depuis quand la beauté donne-t-elle le bonheur en ménage ? Je n'étais pas beau, moi, et cependant milady Fitz-Alwine ne m'eût pas troqué contre le plus brillant chevalier de la cour de Henri II, et d'ailleurs la laideur de Tristram de Goldsborough est une solide garantie pour votre future tranquillité... il ne vous sera pas infidèle ; sachez aussi qu'il est immensément riche et très influent en cour ; en un mot, c'est l'homme qui me... qui vous convient le mieux sous tous les rapports ; demain je lui enverrai votre consentement ; dans quatre jours il viendra lui-même vous remercier, et, avant la fin de la semaine vous serez une grande dame, milady.

– Je n'épouserai jamais cet homme, milord, s'écria la jeune fille, jamais ! jamais !

Le baron éclata de rire.

– On ne vous demande pas votre consentement, milady, mais on se charge de vous faire obéir.

Christabel, jusqu'alors pâle comme une morte, rougit, et pressant convulsivement ses mains l'une contre l'autre, parut prendre une détermination irrévocable.

– Je vous laisse à vos réflexions, ma fille, reprit le baron, si toutefois vous croyez qu'il soit utile de réfléchir. Mais rappelez-vous bien ceci : je veux, j'exige de votre part une obéissance entière, passive, absolue.

– Mon Dieu ! mon Dieu ! prenez pitié de moi ! s'écria douloureusement Christabel.

Le baron s'éloigna en haussant les épaules.

Pendant une heure entière, Fitz-Alwine arpenta sa chambre en pensant aux événements de la soirée.

Les menaces d'Allan Clare effrayaient le baron, et la volonté de sa fille lui paraissait indomptable.

– Je ferais peut-être mieux, se disait-il, de traiter cette question de mariage avec douceur. Après tout, j'aime cette enfant ; c'est ma fille, c'est mon sang ; je ne veux pas qu'elle se regarde comme une victime de mes exigences ; je veux qu'elle soit heureuse, mais je veux aussi qu'elle épouse mon vieil ami Tristram, mon ancien compagnon d'armes. Voyons, je vais essayer de réussir en la prenant par la douceur.

Arrivé à la porte de Christabel, le baron s'arrêta, et un sanglot déchirant parvint jusqu'à lui.

– Pauvre petite, pensa le baron en ouvrant doucement la porte de la chambre.

La jeune fille écrivait.

– Ah ! ah ! se dit le baron qui ne comprenait guère pourquoi sa fille avait acquis le talent d'écrire, réservé à cette époque au clergé seul. C'est encore ce sot d'Allan Clare qui lui a mis en tête d'apprendre à barbouiller du papier.

Et Fitz-Alwine s'avança sans bruit vers la table.

– A qui donc écrivez-vous, mademoiselle ? demanda-t-il d'un ton furieux.

Christabel poussa un cri et voulut cacher le papier là où elle avait déjà caché le précieux portrait ; mais plus prompt qu'elle, le baron s'en empara. Eperdue, et oubliant que son noble père n'avait jamais pris la peine d'ouvrir un livre ni de tenir une plume, et que par conséquent il ne savait pas lire, la jeune fille voulut s'échapper de l'appartement ; mais le baron la saisit par le bras, et, l'enlevant comme une plume, la retint près de lui. Christabel s'évanouit. Les yeux brillants de fureur, le baron chercha à déchiffrer les caractères tracés par la main de sa fille ; mais, ne pouvant y parvenir, il abaissa son regard sur le visage décoloré de la pauvre enfant, qui s'appuyait inanimée contre sa poitrine.

– Oh ! les femmes ! les femmes ! vociféra le baron en portant Christabel sur un lit.

Cela fait, Fitz-Alwine ouvrit la porte en appelant d'une voix retentissante :

– Maude ! Maude !

La jeune fille accourut.

– Déshabillez votre maîtresse ; et le baron s'éloigna en grondant.

– Je suis seule avec vous, milady, dit Maude en ranimant sa maîtresse ! ne craignez rien.

Christabel ouvrit les yeux et promena autour d'elle des regards éperdus ; mais, ne voyant plus auprès de son lit que sa fidèle servante, elle lui jeta les bras autour du cou en s'écriant :

– Oh, Maude ! je suis perdue, Maude !

– Chère lady, confiez-moi votre malheur.

– Mon père s'est emparé d'une lettre que j'écrivais à Allan.

– Mais il ne sait pas lire, votre noble père, milady.

– Il se fera lire ma lettre par son confesseur.

– Oui, si nous lui en laissons le temps ; donnez-moi vite un autre papier, un papier dont la forme soit semblable à celui qui vous a été enlevé.

– Tiens, cette feuille volante a quelques rapports...

– Soyez tranquille, milady, séchez vos beaux yeux ; les pleurs en ternissent l'éclat.

L'audacieuse Maude fit irruption dans l'appartement du

baron au moment où celui-ci prêtait l'oreille à son vénérable confesseur, qui déjà tenait entre ses mains, pour la lire, la lettre de Christabel à Allan.

– Monseigneur, s'écria vivement Maude, milady m'envoie vous demander le papier que Votre Seigneurie a pris sur sa table.

Et en disant cela la jeune fille glissait vers le confesseur avec des allures de chatte.

– Ma fille est folle, par saint Dunstan ! Quoi, elle ose te charger d'un pareil message ?

– Oui, monseigneur, et ce message, le voilà rempli ! s'écria Maude en s'emparant lestement du papier que le moine tenait déjà placé au bout de son nez pour mieux déchiffrer l'écriture.

– Insolente ! vociféra le baron en s'élançant à la poursuite de Maude.

La jeune fille bondit comme un faon jusqu'à la porte, mais sur le seuil elle se laissa atteindre.

– Rends-moi ce papier, ou je t'étrangle !

Maude baissa la tête, parut trembler de peur, et le baron arracha d'une des poches de son tablier, où elle tenait ses deux mains plongées, un papier en tout semblable à celui que le confesseur devait déchiffrer.

– Tu mériterais une paire de soufflets, maudite pécore ! reprit le baron, levant une main sur Maude et de l'autre rendant le papier au moine.

– Je n'ai fait qu'obéir aux ordres de milady.

– Eh bien ! dis à ma fille qu'elle supportera la peine de tes insolences.

– Je salue humblement monseigneur, répliqua Maude en ajoutant à ses paroles une révérence des plus ironiques.

Enchantée de la réussite de son stratagème, la jeune fille rentra joyeusement dans la chambre de sa maîtresse.

– Voyons, mon père, nous sommes tranquilles maintenant ; lisez-moi ce que mon indigne fille écrit à ce païen d'Allan Clare.

Le moine commença d'une voix nasillarde :

– « Quand l'hiver moins rigoureux permet aux violettes [de s'ouvrir,
« Quand les fleurs sont écloses et que les perce-neige [annoncent le printemps,

« Quand ton cœur appelle les doux regards et les douces [paroles,
« Quand tu souris de joie, penses-tu à moi, mon [amour ? »

– Qu'est-ce que vous me lisez là, mon père ? s'écria le baron : des sottises, Dieu me damne !

– Je déchiffre mot à mot ce qui est sur ce papier, mon fils ; vous plaît-il que je continue ?

– Certainement, mon père ; mais il me semble que ma fille était trop agitée pour n'avoir point écrit autre chose qu'une chanson stupide.

Le moine reprit sa lecture.

– « Quand le printemps couvre la terre de roses [parfumées,
« Quand le soleil sourit dans le ciel,
« Quand les jasmins fleurissent sous les fenêtres,
« Envoies-tu vers celui qui t'aime une pensée [d'amour ? »

– Au diable ! s'écria le baron ; on appelle cela des vers ; y en a-t-il encore beaucoup, mon père ?

– Quelques lignes, et rien autre chose.

– Cherchez, voyez à la dernière page.

– « Quand l'automne... »

– Assez ! assez ! hurla Fitz-Alwine ; la romance passe en revue les quatre saisons ; assez.

Néanmoins le vieillard continua :

– « Quand les feuilles détachées couvrent le gazon,
« Quand le ciel est couvert de nuages,
« Quand le givre et la neige tombent,
« Penses-tu à celui qui t'aime, mon amour ? »

– Mon amour, mon amour ! répéta le baron ; mais ce n'est pas possible, Christabel n'écrivait pas cette chanson quand je l'ai surprise. Je suis dupé, bien dupé ; mais par saint Pierre ! ce ne sera pas pour longtemps. Mon père, je désirerais être seul ; bonsoir, bonne nuit.

– Que la paix soit avec vous, mon fils, dit le moine en se retirant.

Laissons le baron ruminer ses plans de vengeance, et retournons auprès de Christabel et de l'espiègle Maude.

La jeune fille écrivait à Allan qu'elle était prête à quitter la maison de son père, et que les projets du baron relativement à son mariage avec Tristram Goldsborough rendaient nécessaire cette cruelle détermination.

– Je me charge de faire parvenir cette lettre à messire Allan, dit Maude en prenant la missive ; et dans ce but, la jeune fille alla réveiller un jeune garçon de seize à dix-sept ans, son frère de lait.

– Halbert, lui dit-elle, veux-tu me rendre un grand service, c'est-à-dire à lady Christabel ?

– Avec plaisir, répondit l'enfant.

– Je te préviens d'abord qu'il y a quelques dangers à courir.

– Tant mieux, Maude.

– Je puis donc avoir confiance en toi, ajouta Maude passant un de ses bras autour du cou de l'enfant et le regardant fixement de ses beaux yeux noirs.

– Confiance comme en Dieu, répliqua l'enfant naïvement présomptueux, comme en Dieu, ma chère Maude.

– Oh ! je savais bien que je pouvais compter sur toi, cher frère ; merci.

– De quoi s'agit-il ?

– Il s'agit de te lever, de t'habiller et de monter à cheval.

– Rien de plus facile.

– Mais il faut que tu prennes le meilleur coureur de l'écurie.

– Rien de plus facile encore. Ma jument, qui porte votre joli nom, Maude, est la première trotteuse du comte.

– Je sais cela, cher enfant. Dépêche-toi, et, dès que tu seras prêt, viens me trouver dans la cour qui précède le pont-levis ; je t'y attendrai.

Dix minutes après, Halbert, tenant sa monture par la bride, écoutait attentivement les instructions de l'adroite camériste.

– Ainsi, disait-elle, tu traverseras la ville et une partie de la forêt, et de là tu gagneras une maison située quelques milles en avant du bourg de Mansfeldwoohaus. Dans cette maison habite un garde forestier nommé Gilbert Head ; tu lui donneras ce billet en le priant de le remettre à messire Allan Clare ; et tu rendras au fils du forestier Robin Hood cet arc et ces flèches qui lui appartiennent. Voilà mes instructions ; les as-tu bien comprises ?

– Parfaitement, ma jolie Maude, répondit le jeune garçon ; vous n'avez pas d'autres ordres à me donner ?

– Non. Ah ! si, j'oubliais... Tu diras à ce Robin Hood, le propriétaire de cet arc et de ces flèches, tu lui diras... que l'on s'empressera de lui faire savoir à quel moment il pourra venir au château sans courir de danger, car il y a ici une personne qui attend impatiemment son retour... Comprends-tu, Hal ?

– Certes, oui, je comprends.

– Fais bien en sorte d'éviter la rencontre des soldats du baron.

– Pourquoi les éviterais-je, Maude ?

– Je te dirai pourquoi à ton retour, et, si la fatalité te jette sur leur route, invente un prétexte pour justifier ta promenade nocturne, et garde-toi bien de leur parler du but de ton voyage. Va, mon brave cœur !

Halbert avait déjà le pied dans l'étrier quand Maude ajouta :

– Mais si tu rencontrais trois personnes dont l'une est un moine...

– Frère Tuck, n'est-ce pas ?

– Oui, tu n'irais pas plus loin ; ses deux compagnons sont Allan Clare et Robin Hood, et tu t'acquitterais aussitôt de tes commissions et reviendrais en toute hâte. Allons, en route ! ne manque pas de répondre à mon père, quand il te demandera le motif de ta sortie du château, que tu vas à la ville chercher un médecin pour lady Christabel qui est malade. Adieu, Hal, adieu ! je dirai à Grâce May que tu es le plus aimable et le plus courageux de tous les garçons de Christendon.

– Vraiment, Maude, répliqua Halbert en se mettant en selle, tu auras la bonté de dire tout cela à Grâce ?

– Mais oui, et de plus, je la prierai de te payer elle-même tous les baisers que je te dois pour le service que tu me rends.

– Hourra ! hourra ! cria l'enfant en éperonnant sa bête ; hourra pour Maude ! hourra pour Grâce !

Le pont-levis s'abaissa : Hal descendit au galop la colline, et, plus légère que l'hirondelle, Maude s'envola vers l'appartement de lady Christabel et annonça joyeusement le départ du messager.

11

La nuit était calme et sereine, les clartés de la lune inondaient la forêt, et nos trois fugitifs traversaient rapidement les zones tour à tour obscures et lumineuses des clairières et des taillis.

L'insouciant Robin envoyait aux échos des refrains de ballades d'amour ; Allan Clare, triste et silencieux, déplorait les résultats de sa visite au château de Nottingham, et le moine faisait des réflexions très peu comiques sur l'indifférence de Maude à son égard et sur la gracieuseté de ses attentions pour le jeune forestier.

– Par le saint *Miserere* ! murmurait sourdement le moine, il me semble pourtant que je suis un bel homme, bien campé sur ses hanches et pas mal de figure, on me l'a dit maintes et maintes fois ; pourquoi donc Maude a-t-elle changé d'avis ? Ah ! sur mon âme ! si la petite coquette m'oublie pour ce pâle et mièvre garçon, cela prouve son mauvais goût, et je ne veux pas perdre mon temps à lutter contre un si mince rival ; qu'elle l'aime donc tout à son aise, si elle l'aime, je m'en moque !

Et le pauvre moine soupirait.

– Bah ! reprit-il tout à coup, la face éclairée par un sourire d'orgueil, ce n'est pas possible ! Maude ne peut aimer cet avorton qui ne sait que roucouler des ballades ; elle a voulu exciter ma jalousie, éprouver ma confiance en elle et me rendre plus amoureux que je ne le suis. Ah ! les femmes ! les femmes ! elles ont plus de malice dans un seul de leurs cheveux que nous autres hommes dans tous les poils de notre barbe.

Nos lecteurs nous blâmeront peut-être de prêter un tel langage à ce monastique personnage, et de lui faire jouer le rôle d'un homme à bonnes fortunes et d'un ami des joies mondaines. Mais qu'ils se reportent par la pensée aux temps où se passe notre histoire, et ils comprendront que nous n'avons nullement l'intention de calomnier les ordres religieux.

– Eh bien ! mon jovial Gilles, comme dit Maude la jolie, s'écria Robin, à quoi pensez-vous donc ? Vous paraissez aussi mélancolique qu'une oraison funèbre.

– Les favoris de... de la fortune ont le droit d'être gais,

maître Robin, répondit le moine ; mais ceux qui sont victimes de ses caprices ont aussi le droit d'être tristes.

– Si vous appelez faveurs de la fortune les bons regards, les brillants sourires, les douces paroles et les tendres baisers d'une jolie fille, répondit Robin, je puis me vanter d'être très riche ; mais vous, frère Tuck, qui avez fait vœu de pauvreté, à quel propos, dites-moi, vous prétendez-vous malmené par la capricieuse déesse ?

– Tu feins de l'ignorer, mon garçon ?

– Je l'ignore de bonne foi. Mais j'y pense, est-ce que Maude entrerait pour quelque chose dans votre tristesse ? Oh ! non, c'est impossible ! vous êtes son père spirituel, son confesseur, et rien de plus... n'est-ce pas ?

– Montre-nous le chemin de ta maison, répliqua le moine d'un ton bourru, et cesse de me parler sans rime ni raison, comme un véritable étourneau que tu es.

– Ne nous fâchons pas, mon bon Tuck, dit Robin d'un air peiné. Si je vous ai offensé, c'est sans le vouloir, et si Maude en est la cause, c'est encore contre ma volonté, car, je vous le jure sur l'honneur ! je n'aime pas Maude, et avant de voir Maude aujourd'hui pour la première fois, j'avais déjà donné mon cœur à une jeune fille...

Le moine se retourna vers le jeune forestier, lui pressa affectueusement la main, et dit en souriant :

– Tu ne m'as pas offensé, cher Robin, je deviens triste comme cela tout à coup et sans raison. Maude n'a d'influence ni sur mon caractère ni sur mon cœur ; c'est une rieuse et charmante enfant que Maude ; épouse-la quand tu seras en âge de te marier, et tu seras heureux... Mais es-tu bien sûr que ton cœur ne t'appartienne plus ?

– Sûr, très sûr... je l'ai donné pour toujours.

Le moine sourit de nouveau.

– Si je ne vous conduis pas chez mon père par le chemin le plus court, reprit Robin après un instant de mutuel silence, c'est afin d'éviter les soldats que le baron n'aura pas manqué de lancer à notre poursuite dès qu'il se sera aperçu de notre évasion.

– Tu penses comme un sage et tu agis comme un renard, maître Robin, dit le moine ; ou je ne connais plus ce vieux fanfaron de Palestine, ou avant une heure il sera sur nos talons avec une troupe de stupides arbalétriers.

Nos trois compagnons, déjà harassés de fatigue, allaient traverser un vaste carrefour, quand, aux rayons de la lune, ils aperçurent un cavalier descendant à fond de train la pente rapide d'un sentier.

– Cachez-vous derrière ces arbres, mes amis, dit vivement Robin ; je vais faire connaissance avec ce voyageur.

Armé du bâton de Tuck, Robin se posta de manière à attirer les regards de l'étranger ; mais celui-ci ne l'aperçut pas et continua sa route sans ralentir le galop de son cheval.

– Arrêtez ! arrêtez ! vociféra Robin, quand il vit que le cavalier n'était qu'un enfant.

– Arrêtez ! répéta le moine d'une voix de stentor.

Le cavalier fit volte-face et s'écria :

– Oh ! ah ! si mes yeux ne sont pas des noisettes, voici le père Tuck. Bonsoir, père Tuck.

– Tu parles d'or, mon enfant, répondit le moine. Bonsoir, et dis-nous qui tu es.

– Comment, mon père, Votre Révérence ne se souvient plus d'Halbert, le frère de lait de Maude, la fille d'Hubert Lindsay, le concierge du château de Nottingham !

– Ah ! c'est vous, maître Hal ; je vous reconnais maintenant. Et pour quel motif, s'il vous plaît, galopez-vous ainsi dans la forêt passé minuit ?

– Je puis vous le dire, car vous m'aiderez à remplir mon message : c'est pour remettre à messire Allan Clare un billet écrit par la main mignonne de lady Christabel Fitz-Alwine.

– Et pour me donner cet arc et ces flèches que j'aperçois sur votre dos, mon garçon, ajouta Robin.

– Le billet, où est-il ? demanda vivement Allan.

– Ah ! ah ! reprit le jeune garçon en riant, je n'ai plus besoin de demander son nom à chacun de ces gentlemen. Maude, afin d'établir une distinction entre eux, m'avait dit : « Sir Allan est le plus grand, et sir Robin le plus jeune ; sir Allan est beau ; mais sir Robin l'est encore plus. Je vois que Maude ne se trompait pas ; je le vois, quoique je sois mauvais juge de la beauté des hommes ; ah ! de celle des femmes, je ne dis pas non, je m'y connais, et Grâce May le sait.

– La lettre, bavard, donne-moi la lettre ! s'écria Allan.

Halbert jeta sur le jeune homme un long regard étonné et dit tranquillement :

– Tenez, sire Robin, voici votre arc, voici vos flèches ; ma sœur vous prie...

– Morbleu ! garçon, s'écria de nouveau Allan, donne-moi la lettre, sinon je te l'arrache de force !
– Comme il vous plaira, messire, répondit paisiblement Halbert.
– Je m'emporte malgré moi, mon enfant, reprit Allan avec douceur ; mais cette lettre est si importante...
– Je n'en doute pas, messire, car Maude m'a vivement recommandé de ne la remettre qu'à vous-même en personne, si je vous rencontrais avant de gagner la maison de Gilbert Head.
Tout en parlant, Halbert fouillait dans ses poches et les retournait sens dessus dessous ; puis, après cinq minutes de recherches simulées, le malicieux drôle s'écria d'un ton piteux et chagrin :
– J'ai perdu la lettre, mon Dieu ! je l'ai perdue !
Allan, désespéré, furieux, se précipita vers Hal, le désarçonna et le jeta par terre. Heureusement l'enfant se releva sans blessure.
– Cherche dans ta ceinture, lui cria Robin.
– Ah ! oui, j'oubliais ma ceinture, reprit le jeune garçon moitié riant, moitié reprochant du regard au chevalier son inutile brutalité.
– Hourra ! hourra ! pour ma bien-aimée Grâce May ! voici le billet de lady Christabel.
Hal tenait le papier au bout de ses doigts et levait le bras en l'air en criant Hourra ! de sorte que messire Allan fut obligé de faire un pas vers lui pour se saisir de cette précieuse missive.
– Et le message qui m'est destiné, l'avez-vous perdu, maître ? demanda Robin.
– Je l'ai là sur ma langue.
– Débarrassez-en votre langue, j'écoute.
– Le voici mot pour mot : « Mon cher Hal », c'est Maude qui parle, « tu diras à messire Robin Hood que l'on « s'empressera de lui faire savoir à quel moment il pourra « venir au château sans courir de danger, car il y a ici une « personne qui attend impatiemment son retour. » Voilà.
– Et qu'a-t-elle dit pour moi ? demanda le moine.
– Rien, mon révérend père.
– Pas un mot ?
– Pas un.
– Merci.
Et frère Tuck lança sur Robin un regard furieux.

Allan, sans perdre une minute, avait brisé le cachet de la lettre et lisait ceci aux clartés de la lune :

« Très cher Allan,

« Quand tu m'as suppliée si tendrement, si éloquem-
« ment de quitter la maison paternelle, j'ai fermé l'oreille,
« j'ai repoussé tes sollicitations ; car alors je croyais ma
« présence nécessaire au bonheur de mon père, et il me
« semblait qu'il ne pourrait vivre sans moi.

« Mais je m'étais cruellement trompée.

« Je me suis sentie comme foudroyée quand, après ton
« départ, il m'a annoncé qu'à la fin de la semaine je serais
« la femme d'un autre que mon cher Allan.

« Mes larmes, mes prières ont été inutiles. Sir Tristram
« de Goldsborough va venir dans quatre jours.

« Eh bien ! puisque mon père veut se séparer de moi,
« puisque ma présence lui est à charge, je l'abandonne.

« Cher Allan, je t'ai donné mon cœur, je t'offre ma main.
« Maude, qui va tout préparer pour ma fuite, te dira com-
« ment tu dois agir.

« Je suis à toi.

« Christabel »

« P.-S. Le jeune garçon chargé de ce billet doit te ména-
« ger une rencontre avec Maude. »

– Robin, dit aussitôt Allan, je retourne à Nottingham.

– Y pensez-vous ?

– Christabel m'attend.

– C'est différent.

– Le baron Fitz-Alwine veut la marier à un vieux coquin de ses amis ; elle ne peut éviter ce mariage qu'en fuyant, et elle m'attend pour fuir... Seriez-vous disposé à m'aider dans cette entreprise ?

– De grand cœur, messire.

– Eh bien, venez me rejoindre demain matin. Vous trouverez Maude ou l'un de ses envoyés, ce jeune garçon peut-être, à l'entrée de la ville.

– Je pense, messire, qu'il sera plus sage de vous rendre d'abord auprès de votre sœur, que votre longue absence doit inquiéter beaucoup, et nous repartirons ensemble au point du jour, en compagnie de quelques vigoureux gaillards dont je vous garantis le courage et le dévouement ; mais, chut ! j'entends le bruit d'une cavalcade.

Et Robin colla son oreille sur terre.

– Cette cavalcade vient du côté du château... ce sont les soldats du baron qui nous cherchent. Messire, et vous, frère Tuck, cachez-vous dans les broussailles ; et toi, Hal, tu vas nous prouver que tu es le digne frère de Maude.

– Et le digne amoureux de Grâce May, ajouta l'enfant.

– Oui, mon garçon ; saute sur ton cheval, oublie que tu viens de nous rencontrer, et tâche de faire comprendre aux cavaliers que le baron leur ordonne de retourner sur-le-champ au château ; comprends-tu ?

– Je comprends, soyez tranquille, et que Grâce May me prive à jamais de ses caressants regards si je n'exécute pas adroitement vos ordres !

Halbert donna un coup d'éperon à son cheval ; mais il n'alla pas loin, la cavalcade lui barrait déjà le passage.

– Qui vive ? demanda le chef d'une escouade d'hommes d'armes.

– Halbert, novice écuyer au château de Nottingham.

– Que cherchez-vous dans la forêt à une heure où quiconque n'est pas de service doit dormir en paix ?

– C'est vous que je cherche ; monseigneur le baron m'a expédié vers vous pour vous dire de rentrer en toute hâte ; il s'impatiente, il vous attend depuis une heure.

– Monseigneur était-il de mauvaise humeur quand vous l'avez quitté ?

– Certainement, la mission que vous aviez à remplir n'exigeait pas une si longue absence.

– Nous avons poussé jusqu'au village de Mansfeldwoohaus sans rencontrer de fuyards ; mais en revenant nous avons eu la chance de mettre le grappin sur l'un d'eux.

– Vraiment ? Et lequel avez-vous pris ?

– Un certain Robin Hood ; il est là, bien garrotté, sur un cheval au milieu de mes hommes.

Robin, caché derrière un arbre à quelques pas de là, avança doucement la tête pour essayer d'apercevoir l'individu qui usurpait son nom, mais il ne put y parvenir.

– Permettez-moi de voir ce prisonnier, dit Halbert en s'approchant du groupe des soldats ; je connais Robin Hood de vue.

– Amenez le prisonnier, commanda le chef.

Le vrai Robin entrevit alors un jeune homme vêtu comme lui du costume des forestiers ; il avait les pieds attachés par-dessous le ventre du cheval et les mains liées derrière le dos ; un rayon de lune éclaira son visage, et Robin reconnut le plus jeune des fils de sir Guy de Gamwell, le joyeux William, ou plutôt Will l'Ecarlate.

– Mais ce n'est pas Robin Hood ! s'écria Halbert en riant aux éclats.

– Qui est-ce donc alors ? demanda le chef désappointé.

– Comment savez-vous que je ne suis pas Robin Hood ? Vos yeux vous trompent, mon jeune ami, dit l'Ecarlate ; je suis Robin Hood, entendez-vous ?

– Soit ; il y a alors deux archers du même nom dans la forêt de Sherwood, répliqua Halbert. Où l'avez-vous rencontré, sergent ?

– A quelques pas d'une maison habitée par un nommé Gilbert Head.

– Etait-il seul ?

– Seul.

– Il devait être accompagné de deux personnes, car le Robin qui s'est échappé du château a pris la fuite avec deux autres prisonniers ; d'ailleurs, il n'avait ni armes ni monture, il fuyait à pied, et il lui aurait été impossible d'aller à une telle distance en si peu de temps, à moins d'être monté sur un bon trotteur comme les nôtres.

– Ayez l'obligeance, jeune aspirant écuyer, dit le sergent, de m'expliquer comment vous savez que les fugitifs étaient au nombre de trois ? Et derechef je te somme de me dire pourquoi tu vagabondes au milieu de la nuit en pleine forêt ? Tu me diras aussi depuis quand tu connais Robin Hood.

– Sergent, vous me paraissez vouloir troquer votre jaquette de soldat contre une robe de confesseur.

– Pas de plaisanterie, petit drôle ; réponds catégoriquement à mes questions.

– Je ne plaisante pas, sergent, et, pour preuve, je répondrai à vos questions caté... quoi ?... oui ! catégoriquement. Je commence par votre dernière question ; cela vous convient-il, sergent ?

– Au fait ! cria le sergent impatienté, sinon les menottes.

– Au fait, soit. Je connais Robin Hood, parce qu'aujourd'hui même je l'ai vu entrer au château.

– Après ?

– Je parcours la forêt, primo, d'après un ordre du baron Fitz-Alwine, notre seigneur à tous ; vous le connaissez déjà, cet ordre ; secundo, d'après un ordre aussi de sa fille adorée, lady Christabel. Etes-vous satisfait, sergent ?

– Après ?

– Je sais qu'il y a trois prisonniers évadés parce que maître Hubert Lindsay, garde porte-clefs du château et père de ma sœur de lait la jolie Maude, m'en a prévenu ; êtes-vous satisfait, sergent ?

Le sergent enrageait du sang-froid moqueur de ces réponses, et, ne sachant plus que dire, il s'écria :

– Quel ordre as-tu reçu de lady Christabel ?

– Ah ! ah ! ah ! répliqua l'enfant avec un gros rire, le sergent qui s'avise de pénétrer les secrets de milady... ah ! ah ! ah ! vraiment c'est à n'y pas croire. Mais ne vous gênez pas, sergent ; ordonnez-moi de retourner au château à franc étrier, je ferai part de votre désir à milady, et bien certainement milady me renverra au-devant de vous, toujours à franc étrier, pour soumettre à votre appréciation les ordres qu'elle m'a donnés. Holà ! beau capitaine, tu patauges, tu t'embourbes, et je te félicite sur la capture de Robin Hood ; le baron Fitz-Alwine te gratifiera largement, je n'en doute pas, quand il verra cet exemplaire de Robin Hood que tu lui apportes comme étant l'original.

– Mais, bavard, cria le sergent en fureur, je t'étranglerais si j'en avais le temps !... En route, mes fils !

– En route ! cria aussi le prisonnier, et hourra pour Nottingham !

La cavalcade tournait bride quand Robin s'élança à la tête du cheval du sergent et dit d'une voix forte :

– Halte ! c'est moi qui suis Robin Hood.

Avant de prendre ce parti, le courageux garçon avait murmuré ces mots à l'oreille d'Allan :

– Si vous tenez à la vie et à Christabel, messire, ne bougez pas plus que ces troncs d'arbres, et donnez-moi liberté de manœuvre ; et Allan avait laissé parler Robin sans comprendre son intention.

– Tu me trahis, Robin ! s'écria inconsidérément Will l'Ecarlate.

A ces mots le chef de l'escouade allongea le bras et saisit Robin au collet de son pourpoint en demandant à Hal :

– Est-ce là le vrai Robin ?

Halbert, trop rusé pour répondre catégoriquement, comme disait le sergent, éluda la question, et dit :

– Depuis quand me trouvez-vous assez pénétrant, maître, pour recourir à mes lumières ? Suis-je donc chien de chasse pour dépister le gibier à votre profit ? lynx pour voir ce que vous ne voyez pas ? sorcier pour deviner ce que vous ignorez ? Vous n'avez pourtant pas l'habitude de me demander à chaque instant : Hal, qu'est-ce que ceci ? Hal, qu'est-ce que cela ?

– Ne fais pas l'imbécile, et dis-moi lequel de ces deux vauriens est Robin Hood, sinon, je te le réitère, les menottes !

– Ce nouveau venu peut bien vous répondre lui-même ; interrogez-le.

– Je vous ai déjà dit que j'étais Robin Hood, le vrai Robin Hood ! s'écria le pupille de Gilbert. Le jeune homme que vous tenez garrotté à cheval est un de mes bons amis, mais ce n'est qu'un Robin Hood de contrebande.

– Alors les rôles vont changer, reprit le sergent, et pour commencer tu vas prendre la place de ce gentleman au poil rouge.

Will, dégagé de ses liens, s'élança vers Robin : les deux amis s'embrassèrent avec effusion ; puis Will disparut après avoir énergiquement serré la main de Robin en lui disant à voix basse :

– Compte sur moi.

Ces mots étaient sans nul doute une réponse aux paroles que Robin venait de lui glisser dans l'oreille pendant leurs embrassades.

Les soldats attachèrent Robin sur le cheval, et la cavalcade se dirigea vers le château.

Voici les causes de l'arrestation de William. En sortant de chez Gilbert Head, l'Ecarlate avait laissé son cousin Petit-Jean retourner seul au hall de Gamwell, et s'était dirigé du côté de Nottingham dans l'espoir de rencontrer Robin. Après une marche d'une heure, il avait entendu des piétinements de chevaux, et, dans l'intime conviction que c'étaient Robin et ses compagnons qui s'approchaient, Will avait entonné de toute la force de ses poumons et de sa voix la plus abominablement fausse cette ballade de Gilbert qui se termine ainsi :

« Viens avec moi, mon amour, mon cher Robin Hood. »

et les soldats du baron, trompés par cette invocation à Robin Hood, l'avaient entouré et garrotté en criant : Victoire !

Will, comprenant alors qu'un danger menaçait son ami, ne s'était pas fait connaître. On sait le reste.

La cavalcade partie avec Robin, Allan et le moine sortirent de leur cachette, et Will, surgissant du milieu d'un buisson, leur apparut comme un fantôme.

– Que vous a dit Robin ? lui demanda Allan.

– Le voici mot pour mot, répondit Will. « Mes deux com-« pagnons, un chevalier et un moine, sont cachés ici près. « Dis-leur de venir me trouver demain matin au lever du « soleil dans la vallée de Robin Hood, qu'ils connaissent « déjà ; toi et tes frères vous les accompagnerez, car j'aurai « besoin de bras vigoureux et de cœurs vaillants pour aider « au succès de mon entreprise ; nous aurons des femmes « à protéger. » Voilà tout. En conséquence, messire cavalier, ajouta Will, je vous conseillerais de venir de suite au hall de Gamwell ; il y a moins loin d'ici le hall que d'ici la maison de Gilbert Head.

– Je désire embrasser ma sœur ce soir, et elle est chez Gilbert.

– Pardon, messire ; la dame arrivée hier chez Gilbert en compagnie d'un gentilhomme est maintenant au hall de Gamwell.

– Au hall de Gamwell ! mais c'est impossible !

– Pardonnez-moi, messire ; miss Marianne est chez mon père, et je vous raconterai en marchant comment elle y est venue.

– Robin ne t'a-t-il pas dit que demain nous aurions des femmes à protéger ? demanda le moine.

– Oui, mon père.

– L'heureux coquin ! grommela le moine : il enlève Maude. Oh ! les femmes ! les femmes ! oui, elles ont plus de malice dans un seul de leurs cheveux que les hommes dans tous les poils de leur barbe.

12

Le baron écoutait négligemment la lecture des comptes d'un homme d'affaires, quand Robin, flanqué de deux soldats et précédé du sergent Lambic, dont nous avions oublié le nom, fut introduit dans sa chambre.

Aussitôt l'impétueux baron imposa silence à son lecteur et s'avança vers la petite troupe en lançant des regards qui ne présageaient rien de bon.

Le sergent leva les yeux sur son seigneur, dont les lèvres frémissantes s'entr'ouvraient, et il crut faire acte de politesse en lui laissant la parole ; mais le vieux Fitz-Alwine n'était pas homme à attendre patiemment qu'il plût au sergent de lui adresser son rapport, aussi lui appliqua-t-il un vigoureux soufflet comme pour lui dire : J'écoute.

– J'attendais... balbutia le pauvre Lambic.

– Moi aussi, j'attendais. Et lequel de nous deux doit attendre, s'il vous plaît ? Ne voyez-vous pas, imbécile que vous êtes, que j'ouvre l'oreille depuis une heure ?... Mais d'abord sachez, mon cher monsieur, que l'on a déjà raconté vos exploits, et que cependant je veux vous faire la grâce d'en entendre une seconde fois le récit de votre propre bouche.

– Est-ce qu'Halbert vous a dit, monsieur ?...

– Vous m'interrogez, je crois ? parbleu ! voilà du nouveau ! monsieur m'interroge ! Ah ! ah !

Lambic raconta en tremblant l'arrestation du vrai Robin.

– Vous oubliez une petite circonstance, monsieur ; vous ne me dites pas que vous avez relâché, après l'avoir capturé, le coquin à l'arrestation duquel je tenais essentiellement. Cela était fort spirituel de votre part, monsieur.

– Vous êtes dans l'erreur, milord.

– Je ne commets jamais d'erreurs, monsieur. Oui, vous avez capturé un jeune homme qui s'est dit Robin Hood, et vous l'avez laissé libre quand ce jeune homme de Sherwood a paru.

– C'est la vérité, milord, répondit Lambic qui avait omis par prudence cet épisode de son expédition dans la forêt.

– Oh ! c'est le plus sage, le plus ardent, le plus pénétrant, le plus rusé des troupiers que maître Lambic, sergent d'une compagnie de mes hommes d'armes, s'écria le baron avec dédain ; puis il ajouta :

– Tu ne t'es donc pas souvenu des traits de ceux que tu avais mis au cachot quelques heures auparavant ? roi des idiots, chauve-souris, escargot invalide !

– Je n'avais vu ni l'un ni l'autre des prisonniers, milord.

– Vraiment ! Tu avais alors un emplâtre sur les yeux ?

Avance ici, Robin ! cria le baron d'une voix de tonnerre et en se laissant tomber sur le fauteuil.

Les soldats poussèrent Robin devant le baron.

– Très bien, jeune bouledogue ! Abois-tu toujours aussi fort ? Je vais te dire ce que j'ai déjà dit tantôt ; tu répondras franchement à mes questions, sinon j'ordonnerai à mes gens de t'assommer, entends-tu ?

– Interrogez-moi, répliqua froidement Robin.

– Ah ! tu t'amendes, tu ne refuses plus de parler ; bravo !

– Interrogez-moi, vous dis-je, milord.

L'œil du baron, qui s'était adouci, flamboya de nouveau et s'attacha sur Robin ; mais Robin sourit.

– Comment t'es-tu sauvé, jeune loup ?

– En sortant de mon cachot.

– J'aurais pu deviner cela sans beaucoup de peine ; qui t'a aidé à fuir ?

– Moi-même.

– Et qui encore ?

– Personne.

– Mensonge ! Je sais le contraire ; je sais que tu n'as pu passer par le trou de la serrure et que l'on t'a ouvert la porte.

– On ne m'a pas ouvert la porte, et, si je n'ai pas été assez fluet pour passer par le trou de la serrure, du moins l'embonpoint ne m'a-t-il pas empêché de me glisser entre les barreaux de la lucarne du cachot ; de là j'ai sauté sur le rempart, où j'ai trouvé une porte ouverte, et, cette porte franchie, j'ai parcouru des escaliers, des galeries, des préaux, puis je suis arrivé au pont-levis... et j'étais libre, milord.

– Et ton compagnon, comment s'est-il sauvé ?

– Je l'ignore.

– Il faut cependant que tu me le dises.

– Impossible. Nous n'étions pas ensemble ; nous nous sommes rencontrés.

– Dans quel endroit du château vous êtes-vous rencontrés si à propos ?

– Je ne connais pas l'intérieur du château et ne puis désigner cet endroit.

– Et ce coquin, où était-il quand le sergent Lambic t'a arrêté ?

– Je l'ignore. Nous nous étions séparés depuis quelques instants ; je retournais seul chez mon père.

– Est-ce lui qu'on avait arrêté avant toi ?

– Non.

– Mais où est-il ? qu'est-il devenu ?

– De qui parlez-vous, milord ?

– Tu le sais bien, jeune fourbe ; je parle d'Allan Clare, ton complice, ton ami.

– J'ai vu Allan Clare avant-hier pour la première fois.

– Quelle corruption, grand Dieu ! Ils osent nous mentir en face, les vilains d'aujourd'hui ! plus de bonne foi, plus de respect depuis que les enfants apprennent à déchiffrer des grimoires et à barbouiller du papier ! Ma fille elle-même subit l'influence du vice ; elle correspond par ces infernales lettres avec le misérable Allan Clare. Eh bien ! puisque tu ignores où il se cache, ce misérable, aide-moi à deviner où je pourrai le trouver, je te promets la liberté pour récompense.

– Milord, je n'ai pas l'habitude de passer mon temps à deviner des énigmes.

– Eh bien ! je vais t'obliger à consacrer plusieurs heures par jour à cet utile exercice. Holà ! Lambic, remets ce bouledogue à la chaîne, et s'il s'évade encore, que Dieu te préserve de la potence !

– Oh ! il ne m'échappera pas, répondit le sergent en hasardant un maigre sourire.

– Allons, file, et gare la corde !

Le sergent conduisit Robin de passages en passages, d'escaliers en escaliers, jusqu'à une petite porte ouvrant sur un corridor étroit ; là il prit des mains d'un domestique, venu en éclaireur, une torche allumée, et fit entrer Robin dans un réduit dont tout le mobilier consistait en une botte de paille.

Notre jeune forestier jeta les yeux autour de lui ; rien de plus hideux que ce cachot ; pas d'issue autre que la porte, faite d'épais madriers bardés de fer ; comment sortir de là ? Il cherchait dans sa pensée un moyen, un expédient pour rendre inutiles les minutieuses précautions de son geôlier et n'en trouvait aucun, lorsque tout à coup il vit briller dans l'obscurité du couloir, derrière les soldats, le regard clair et limpide d'Halbert. Cette vision lui rendit l'espérance, et il ne douta plus de sa délivrance prochaine en pensant que des cœurs dévoués compatissaient à sa misère.

– Voilà votre chambre à coucher, dit Lambic ; entrez,

messire, et nargue le chagrin ! Nous devons tous mourir un jour, vous ne l'ignorez pas ; que ce soit aujourd'hui, demain ou plus tard, qu'importe ! Qu'importe aussi le genre de mort : mourir d'une façon ou d'une autre, c'est toujours mourir.

– Vous avez raison, sergent, répondit Robin avec calme, et je comprends qu'il vous serait indifférent de mourir comme vous avez vécu... c'est-à-dire comme un chien.

En disant cela, Robin examinait du coin de l'œil la porte encore ouverte, et relevait la position des soldats au-dehors. Le domestique qui avait cédé sa torche à Lambic était parti, le jeune Hal également ; brisés de fatigue, les soldats, au nombre de quatre, se tenaient nonchalamment appuyés contre les murailles, et ne prêtaient guère d'attention à la causerie de leur chef avec le prisonnier.

Habile à concevoir et prompt à exécuter, le jeune loup de Sherwood profita de l'inattention des hommes d'armes et de la faiblesse relative de Lambic, dont les mouvements étaient gênés par la torche qu'il tenait de la main droite, et, bondissant comme un chat sauvage, il poussa la torche sur le visage de Lambic, l'y éteignit du coup, et s'élança hors du cachot.

Malgré l'obscurité, malgré les atroces douleurs que lui causaient les brûlures de son visage, Lambic, suivi de ses hommes, appuya une vigoureuse chasse au fugitif ; mais jamais lièvre au déboulé n'était parti si prestement, jamais aussi renard ayant meute sur ses pistes ne fit plus de crochets, et vainement les limiers du baron hurlèrent en fouillant dans les coins et recoins des immenses galeries. Robin leur échappa.

Déjà depuis quelques instants le jeune homme ne marchait plus qu'à petits pas, sans savoir où il se trouvait, et les bras tendus en avant pour se garer des obstacles, quand il se heurta contre un être humain qui ne put retenir un cri de frayeur.

– Qui êtes-vous ? demanda-t-on d'une voix presque tremblante.

– C'est la voix d'Halbert, pensa Robin.

– C'est moi, mon cher Hal, répondit le jeune forestier.

– Qui, vous ?

– Moi, Robin Hood ; je viens de m'échapper, ils me poursuivent, cachez-moi quelque part.

– Suivez-moi, messire, dit le brave enfant ; donnez-moi la main, marchez tout près de moi, et surtout pas un mot.

Après mille tours et détours dans l'obscurité, et remorquant le fugitif par la main, Halbert s'arrêta et frappa légèrement à une porte dont les ais mal joints laissaient filtrer quelques rayons de lumière ; une voix douce s'enquit du nom du visiteur nocturne.

– Votre frère Hal.

La porte s'ouvrit aussitôt.

– Quelles nouvelles avez-vous, cher frère ? demanda Maude en pressant les mains du jeune garçon.

– J'ai mieux que des nouvelles, chère Maude ; tournez la tête et regardez.

– Juste ciel ! c'est lui ! s'écria Maude en sautant au cou de Robin.

Surpris et peiné d'un accueil qui révélait une passion qu'il était loin de partager, Robin voulut raconter les faits de son retour au château, de sa nouvelle évasion, mais Maude ne le laissa pas parler.

– Sauvé ! sauvé ! sauvé ! balbutiait-elle follement avec des larmes, des rires, des sanglots et des baisers, sauvé ! sauvé !

– Quelle étrange fille vous êtes, Maude, disait l'innocent novice écuyer ; je croyais vous faire plaisir en vous amenant ici messire Robin Hood, et voilà que vous pleurez comme une Madeleine.

– Hal a raison, ajouta Robin, vous gâtez vos beaux yeux, chère Maude ; redevenez donc joyeuse autant que vous l'étiez ce matin.

– C'est impossible, répondit la jeune fille avec un profond soupir.

– Je ne veux pas le croire, répliqua Robin penché sur la tête de Maude et posant ses lèvres sur les bandeaux de ses cheveux noirs qui encadraient son front.

Maude se ressentit sans doute de la froideur que le jeune forestier mettait dans ces simples mots : « Je ne veux pas le croire » ; car elle pâlit et sanglota amèrement.

– Chère Maude, ne pleurez plus, me voilà ! répétait sans cesse Robin ; dites-moi la cause de votre chagrin.

– Ne me demandez pas cela aujourd'hui ; plus tard vous saurez tout... Lady Christabel et moi nous pensions à vous rendre libre... Oh ! quelle joie quand elle saura que vous l'êtes déjà ! Messire Allan Clare a reçu sa lettre ; quelle réponse lui apportez-vous ?

– Messire Allan n'a pas eu la possibilité ni d'écrire ni de conférer avec moi ; mais je connais ses intentions, et je veux, avec l'aide de Dieu et votre concours, chère Maude, enlever du château lady Christabel et la conduire près de son fiancé.

– Je cours prévenir milady, dit vivement Maude ; mon absence ne sera pas de longue durée. Attendez ici mon retour ; viens avec moi, Hal.

Robin, demeuré seul, s'assit au bord du lit de la jeune fille, et rêva. Nous avons déjà dit que, malgré sa jeunesse, Robin parlait et agissait comme un homme. Cette précoce raison, il la devait aux soins de Gilbert pour son éducation. Gilbert lui avait appris à penser seul, à agir seul, et à bien agir ; mais il ne lui avait pas révélé que des sympathies autres que celles de l'amitié peuvent naître fortuitement et se développer irrésistibles entre deux êtres d'un sexe différent. La conduite de Maude, depuis le furtif baiser qu'il avait déposé sur sa main en sortant de la chapelle, l'étonnait donc beaucoup. Mais à force d'y rêver, et comme par intuition, il crut deviner ce que c'était que l'amour ; il comprit aussi que c'était de l'amour que Maude ressentait pour lui, et il s'en affligea, car il ne ressentait rien pour elle, sinon qu'il la trouvait jolie, gracieuse, aimable et pleine de dévouement.

Cependant, tout en s'affligeant de son indifférence involontaire pour Maude, il en vint à se reprocher cette même indifférence et à se demander s'il ne devait pas, sous peine de manquer de probité, s'efforcer de rendre à Maude amour pour amour. Le naïf adolescent allait donc donner son cœur qu'il croyait encore libre, quand soudain l'image chérie de Marianne passa devant ses yeux.

– Ô Marianne ! Marianne ! s'écria-t-il avec enthousiasme.

La cause de Maude était à jamais perdue.

Bientôt succédèrent à cet enthousiasme le doute et la tristesse. Marianne, de même que Christabel, appartenait à une noble famille, et Marianne ferait fi de l'amour d'un obscur forestier. Marianne aimait déjà peut-être quelque beau cavalier de la Cour. Certes Marianne lui avait déjà donné de bien tendres regards, mais qui prouvait au jeune homme que ces regards si tendres n'étaient pas uniquement inspirés par la reconnaissance ?

A mesure que Robin s'adressait ces questions, et beaucoup d'autres encore auxquelles il répondait à son désavantage, la cause de Maude s'améliorait.

Maude, jolie, aussi jolie que Marianne et Christabel, n'était pas noble, Maude n'avait pas pour adorateurs des gentilshommes, et un humble forestier pourrait lutter contre ses adorateurs ; Maude donnait de tendres regards à Robin, et ces regards n'étaient point provoqués par la reconnaissance ; au contraire, c'était Robin qui devait de la reconnaissance à Maude.

Robin éprouvait d'étranges sensations pendant ces rêveries et s'y abandonnait avec des alternatives de bonheur et d'angoisse, quand un bruit de pas lourds et très différents de ceux de la légère Maude retentit dans le couloir ; ce bruit s'approchait de la chambre, et Robin éteignit la lumière au premier coup vigoureusement frappé sur la porte.

– Holà ! Maude, dit le visiteur au-dehors, pourquoi éteignez-vous la lumière ?

Robin n'eut garde de répondre et se blottit entre le lit et la muraille.

– Maude, ouvre-moi !

Impatienté de ne pas recevoir de réponse, le visiteur ouvrit la porte et entra. Sans l'obscurité, Robin aurait pu voir un homme d'une haute stature, et d'une corpulence proportionnée.

– Maude, Maude, parleras-tu ? Je suis certain que tu es ici, j'ai vu briller ta lampe par les fentes de la porte.

Et l'homme à grosse voix bourrue cherchait en tâtonnant par toute la chambre.

Robin, pour plus de sûreté, se glissa sous le lit.

– Les stupides meubles ! dit l'homme qui se heurta le front contre une armoire et s'embarrassa les jambes dans une chaise. Ma foi ! pour plus de sûreté je m'assieds par terre.

Un long silence se fit ; Robin ne respirait qu'à rares intervalles et le plus doucement possible.

– Mais où peut-elle être ? reprit l'étranger en allongeant le bras et en promenant sa main sur le lit. Elle n'est pas couchée ; sur mon âme, je commence à croire que Gaspard Steinkoff m'a dit la vérité, une vérité qui lui a valu un bon coup de poing, à Gaspard ! il m'a dit : « Ta fille, maître Hubert Lindsay, embrasse les personnes aussi librement que je bois un verre d'ale. » Ô le coquin de Gaspard ! oser me dire à moi qu'un enfant qui m'appartient à moi, et dont je suis le père, moi, embrasse des prisonniers !... Ô le coquin !... Cependant je trouve très bizarre qu'à une heure aussi avancée Maude ne soit pas dans sa chambre. Elle ne peut être auprès de lady Christabel ; où est-elle alors ? Mon Dieu ! j'ai l'enfer dans la tête. Où est-elle, ma petite Maude, où est-elle ? Par la sainte mère de Dieu ! si Maude commet une faute, je... Bah ! je suis un aussi misérable coquin que Gaspard Steinkoff... j'insulte mon sang, ma vie, mon cœur, mon enfant, ma Maude chérie. Ah ! vieille tête folle que je suis ! j'oubliais qu'Halbert est sorti du château pour aller chercher un médecin, car milady est malade, et Maude est auprès de milady. Oh ! que je suis donc content, bien content de m'être souvenu de cela. Je mériterais d'être roué pour avoir eu de mauvaises pensées sur ma chère fille.

Robin, immobile sous le lit, avait eu lui aussi de mauvaises pensées, et de plus un certain tressaillement de jalousie avant de reconnaître dans le visiteur nocturne le gardien porte-clefs du château, l'honnête père de Maude, Hubert Lindsay.

Des pas légers et précipités, le frôlement d'une robe, le rayonnement d'une lampe, interrompirent le monologue d'Hubert, qui se remit sur ses pieds.

Maude à sa vue ne put retenir un cri d'effroi, et lui dit avec anxiété :

– Pourquoi êtes-vous ici, mon père ?

– Pour causer avec toi, Maude.

– Nous causerons demain, père ; il est fort tard, je suis fatiguée et j'ai besoin de dormir.

– Je n'ai que quelques mots à dire.

– Je ne veux rien entendre, cher père ; je vous embrasse et je deviens sourde, bonsoir.

– Je n'ai qu'une question à te faire, tu y répondras, et je partirai.

– Je suis sourde, vous dis-je, et je vais devenir muette. Bonsoir, bonsoir, bonsoir, ajouta Maude, en approchant son front des lèvres du vieillard.

– Pas de bonsoir encore, fille, dit Hubert d'un air grave ;

je veux savoir d'où vous venez et pour quelles raisons vous n'êtes pas encore couchée.

– Je viens de l'appartement de milady qui est très souffrante.

– Fort bien. Autre question : pourquoi êtes-vous si prodigue de vos baisers en faveur de certains prisonniers ? pourquoi embrassez-vous un étranger comme s'il était votre frère ? C'est mal agir, Maude.

– J'ai embrassé des étrangers, moi ! moi ! et qui donc a inventé cette calomnie ?

– Gaspard Steinkoff.

– Gaspard Steinkoff en a menti, mon père ; mais il n'aurait pas menti en vous faisant connaître quelle fut ma colère et mon indignation quand il eut l'audace de chercher à me séduire.

– Il a osé !... s'écria Hubert rugissant de colère.

– Il a osé, répéta énergiquement la jeune fille.

Puis fondant en larmes, elle ajouta :

– Je lui résistai, je lui échappai, et il me menaça de sa vengeance.

Hubert tint sa fille pressée sur sa poitrine, et, après quelques instants de silence, il dit avec calme, un de ces calmes au fond desquels on devine le sang-froid d'une implacable colère, il dit :

– Que Dieu, s'il pardonne à Gaspard Steinkoff, lui accorde la paix en l'autre monde ! pour moi je n'aurai plus de paix en celui-ci avant que je n'aie puni cet infâme... Embrasse-moi, mon enfant, embrasse ton vieux père qui t'aime, qui te respecte, qui prie le ciel de veiller sur ton honneur.

Et maître Hubert Lindsay regagna son poste.

– Robin, demanda aussitôt la jeune fille, où êtes-vous ?

– Me voilà, Maude, répondit Robin déjà sorti de sa cachette.

– J'étais perdue si mon père s'était aperçu de votre présence.

– Non, chère Maude, répliqua le jeune homme avec une admirable candeur ; j'aurais, au contraire, témoigné de votre innocence. Mais dites-moi, quel est donc ce Gaspard Steinkoff ? L'ai-je déjà vu ?

– Oui ; il surveillait le cachot quand vous avez été emprisonné pour la première fois.

– C'est donc lui qui nous a surpris quand nous... causions ?

– Lui-même, reprit Maude qui ne put s'empêcher de rougir.

– Vous serez vengée alors ; je me souviens de sa figure, et, quand je le rencontrerai...

– Ne vous occupez pas de cet homme, il n'en vaut guère la peine ; méprisez-le comme je le méprise... Lady Christabel désire vous voir ; mais, avant de vous conduire près d'elle, j'ai quelque chose à vous dire, Robin... Je suis très malheureuse... et...

Maude s'arrêta, les sanglots l'étouffaient.

– Encore des larmes ! s'écria affectueusement Robin. Ah ! ne pleurez pas ainsi. Puis-je vous être utile ? puis-je contribuer à votre bonheur ? Dites-le-moi, et je me mets corps et âme à votre service ; n'hésitez pas à me confier vos peines ; un frère doit se dévouer pour sa sœur, et je suis votre frère.

– Je pleure, Robin, parce que je suis forcée de vivre dans cet horrible château où il n'y a pas d'autres femmes que lady Christabel et moi, excepté les filles de cuisine et de basse-cour ; j'ai été élevée avec milady, et malgré la différence de nos rangs, nous nous aimions comme des sœurs. Je suis la confidente de ses chagrins, je partage aussi ses joies ; mais, en dépit des efforts de cette bonne maîtresse, je comprends, je sens que je ne suis que sa servante, et je n'ose lui demander des conseils et des consolations. Mon père, si bon, si honnête et si brave, ne me protège que de loin, et j'aurais besoin, je l'avoue, d'être protégée de près... Chaque jour les soldats du baron me courtisent... et m'insultent en se méprenant sur la légèreté naturelle de mon caractère, sur ma gaieté, sur mes rires, sur mes chansons... Non, je ne me sens plus la force de supporter cette abominable existence ! il faut qu'elle change ou que je meure ! Voilà, Robin, ce que j'avais à vous dire, et si lady Christabel quitte le château, je vous prie de m'emmener avec elle.

Le jeune forestier ne put répondre que par une exclamation de surprise.

– Ne me repoussez pas, emmenez-moi, je vous en conjure ! reprit Maude d'un ton passionné. Je mourrai, je me tuerai, je veux me tuer si vous franchissez le pont-levis sans moi.

– Vous oubliez, chère Maude, que je ne suis encore qu'un enfant et que je n'ai pas le droit de vous conduire dans la maison de mon père. Mon père vous repousserait peut-être.

– Un enfant ! répliqua la jeune fille avec dépit, un enfant qui ce matin buvait à ses amours !

– Vous oubliez aussi votre vieux père qui mourrait de chagrin... Tout à l'heure je l'ai entendu ; il vous a bénie, il a juré de punir un calomniateur.

– Il me pardonnera en pensant que j'ai suivi ma maîtresse.

– Mais votre maîtresse peut fuir, elle ! messire Allan Clare est son fiancé.

– Vous avez raison, Robin ; moi je ne suis qu'une pauvre abandonnée.

– Il me semble cependant que frère Tuck pourrait vous...

– Oh ! c'est mal, très mal ce que vous dites ! s'écria Maude avec indignation. J'ai ri, j'ai chanté, j'ai follement causé avec le moine ; mais je suis innocente entendez-vous, je suis innocente ! Mon Dieu ! mon Dieu ! ils m'accusent tous, je suis pour tous une fille perdue. Ah ! je sens que je deviens folle !

Et, la figure voilée de ses deux mains, Maude s'agenouilla en gémissant.

Robin était profondément ému.

– Relève-toi, dit-il avec douceur. Eh bien ! tu fuiras avec milady, tu viendras chez mon père Gilbert, tu seras sa fille, tu seras ma sœur.

– Dieu te bénisse, noble cœur ! répliqua la jeune fille la tête appuyée sur l'épaule de Robin ; je serai ta servante, ton esclave.

– Tu seras ma sœur. Allons, Maude, un sourire maintenant, un joli sourire à la place de ces vilaines larmes.

Maude sourit.

– Le temps presse ; conduis-moi chez lady Christabel.

Maude sourit encore, mais ne bougea pas.

– Eh bien ! chère, qu'attends-tu ?

– Rien, rien ; partons !

Et ce mot : Partons ! fut dit entre deux baisers sur les joues empourprées de notre héros.

Lady Christabel attendait avec impatience le messager d'Allan.

– Puis-je compter sur vous, messire ? demanda-t-elle dès que Robin parut dans sa chambre.

– Oui, madame.

– Dieu vous récompensera, messire ; je suis prête.

– Et moi aussi, chère maîtresse ! s'écria Maude. En route ! nous n'avons pas un instant à perdre.

– Nous ! répliqua Christabel étonnée.

– Oui, nous, milady, nous, nous ! riposta la camériste en riant. Croyez-vous donc, madame, que Maude puisse vivre éloignée de sa chère maîtresse ?

– Quoi ! tu consens à m'accompagner ?

– Non seulement j'y consens, mais encore je mourrais de douleur si vous n'y consentiez pas, madame.

– Et je suis du voyage aussi ! s'écria Halbert, qui jusqu'alors s'était tenu à l'écart ; milady me prend à son service. Messire Robin, voici votre arc et vos flèches, dont je m'emparai quand on vous arrêta dans la forêt.

– Merci, Hal, dit Robin. A partir d'aujourd'hui nous sommes amis.

– A la vie, à la mort ! messire, ajouta le jeune gars avec un naïf orgueil.

– En route donc ! s'écria Maude. Hal, passe devant nous, et vous, milady, donnez-moi la main. Maintenant, silence général et complet ; le moindre chuchotement, le plus petit bruit pourrait nous trahir.

Le château de Nottingham communiquait avec le dehors par d'immenses souterrains dont l'entrée s'ouvrait dans la chapelle et la sortie dans la forêt de Sherwood. Hal les connaissait assez pour pouvoir y servir de guide ; le passage de ces souterrains n'était donc pas difficile, mais il fallait d'abord gagner la chapelle ; or la porte de la chapelle n'était plus libre comme au commencement de la nuit, le baron Fitz-Alwine venait d'y faire placer une sentinelle ; par bonheur pour les fugitifs cette sentinelle avait jugé à propos de monter sa garde en dedans de la chapelle, et, vaincue par la fatigue, elle s'était endormie sur un banc, à l'instar d'un chanoine dans une stalle.

Les quatre jeunes gens pénétrèrent donc dans le saint lieu sans réveiller le soldat et sans même se douter de sa présence, tant l'obscurité était grande ; et ils allaient atteindre l'entrée des souterrains lorsque Halbert, qui marchait en avant, se heurta contre un mausolée et tomba lourdement.

– Qui vive ! demanda soudain le factionnaire qui se crut pris en flagrant délit de sommeil.

L'écho répéta seul le bruyant Qui vive ! et ses retentissements prolongés de piliers en piliers et de voûtes en voûtes masquèrent le bruit des voix et des mouvements des fugitifs. Hal se blottit derrière le tombeau, Robin et Christabel sous l'escalier de la chaire ; Maude seule n'eut pas le temps de se cacher ; la lumière d'une torche éclaira la chapelle, et le factionnaire s'écria :

– Parbleu ! c'est Maude, Maude, la pénitente à frère Tuck ! Sais-tu, ma charmante, que tu as fait trembler la moustache de Gaspard Steinkoff en le réveillant ainsi brusquement pendant qu'il rêvait de tes grâces ? Corps de Dieu ! j'ai cru que le vieux sanglier de Jérusalem, notre aimable seigneur, passait la revue des sentinelles. Mais, vive la joie ! il ronfle, le bonhomme, et la beauté me réveille !

Et, cela disant, le soldat planta sa torche dans un candélabre du lutrin, et s'avança vers Maude les bras ouverts pour lui saisir la taille.

Maude répondit froidement :

– Oui, je viens prier Dieu pour lady Christabel qui est très souffrante ; laissez-moi donc prier, Gaspard Steinkoff.

– Holà ! là ! pensa Robin en mettant silencieusement une flèche à son arc, c'est le calomniateur...

– A plus tard les oraisons, la belle, reprit le soldat dont les mains effleuraient déjà le corsage de la jeune fille ; ne soyons pas farouche et donnons à Gaspard un baiser, deux baisers, trois baisers, beaucoup de baisers.

– Arrière, lâche, insolent ! s'écria Maude en reculant elle-même.

Le soldat fit un nouveau pas en avant.

– Arrière, calomniateur, tu as tenté de me faire maudire par mon père pour te venger du mépris avec lequel j'ai repoussé tes odieuses galanteries ! arrière, monstre qui ne respectes même pas la sainteté de ces lieux ! arrière !

– Triple damnation ! s'écria Gaspard écumant de rage et saisissant la jeune fille à bras-le-corps ; triple damnation ! tes insolences seront punies.

Maude résistait énergiquement et ne doutait pas qu'Halbert et Robin ne vinssent à son secours ; mais en même temps elle craignait que le bruit d'une lutte n'attirât l'attention des soldats du poste le plus voisin ; elle s'abstenait donc de pousser des cris et répliquait au soldat :

– C'est toi qui seras... puni, quand une flèche, lancée par une main qui ne manquait jamais son but, traversa le crâne du bandit et le renversa mort sur les dalles du temple. Moins prompt que la flèche, Hal accourait pour défendre sa sœur, mais elle s'était déjà évanouie en murmurant :

– Merci, Robin, merci !...

Les lueurs tremblotantes de la torche éclairèrent d'abord deux corps inanimés et gisant côte à côte sur le sol ; l'un restait isolé dans la mort, et près de l'autre des cœurs dévoués attendaient, des yeux amis épiaient les symptômes d'un retour à la vie. Robin puisait l'eau des bénitiers à deux mains et en mouillait doucement les tempes de la jeune fille ; Hal frappait de ses mains dans la paume des siennes, et Christabel lui prodiguait les plus doux noms de l'amitié en invoquant le secours de la Vierge ; tous trois enfin s'efforçaient de ranimer les sens de la pauvre Maude, et ils eussent renoncé à fuir plutôt que de l'abandonner dans cet état. Quelques minutes s'écoulèrent avant que Maude rouvrît les yeux, et ces minutes parurent des siècles ; mais quand ses paupières se dessillèrent, un long regard, le premier, un céleste regard rempli de gratitude et d'amour, s'arrêta sur Robin : un sourire s'échappa de ses lèvres blêmies, des nuances rosées remplacèrent la froide pâleur des joues, sa poitrine se dilata, ses bras se réunirent aux bras tendus pour la soulever de terre, et secouant sa léthargie, elle s'écria la première :

– Partons !

La marche dans le souterrain dura plus d'une grande heure.

– Enfin nous arrivons, dit Hal ; courbez le dos, la porte est basse, et prenez garde aux épines d'une haie qui masque l'issue de ce passage au-dehors ; tournez à gauche ; bien ; suivez le sentier le long de la haie... et maintenant, adieu la torche et vive le clair de lune ! nous sommes libres !

– Et à mon tour de servir de pilote, dit Robin en s'orientant ; je suis chez moi. La forêt est à moi. Ne craignez rien, mesdames, et au point du jour nous rejoindrons messire Allan Clare.

La petite caravane s'avança lestement à travers les taillis et les futaies, malgré la fatigue des deux jeunes filles.

La prudence défendait de suivre les sentiers et de traverser les clairières, où le baron avait sans doute déjà lancé ses limiers ; et, au risque de déchirer les robes et de se meurtrir pieds et jambes, il fallait voyager comme les daims, de fort en fort, de trouées en trouées. Robin paraissait réfléchir profondément depuis quelques minutes, et Maude lui en demanda timidement la cause.

– Chère sœur, dit-il, il faut que nous nous séparions avant le jour ; Halbert va vous accompagner jusque chez mon père, et vous expliquerez au bon vieillard pourquoi je ne suis pas encore de retour de Nottingham ; il est utile et prudent de l'avertir que je conduis sans retard milady auprès de messire Allan Clare.

Les fugitifs se séparèrent donc après de tendres adieux, et Maude dévora ses larmes et étouffa ses sanglots en s'engageant à la suite d'Halbert dans le sentier que lui indiqua Robin.

Lady Christabel et son chevalier, car désormais Robin est un vrai chevalier, atteignirent promptement la grande route de Nottingham à Mansfeldwoohaus, et Robin, avant de s'y engager, grimpa sur un arbre, et explora du regard les alentours de l'horizon.

Rien de suspect n'apparut d'abord, et aussi loin que sa vue pouvait porter, la route lui sembla libre ; mais pendant que le jeune homme descendait de son observatoire en se croyant favorisé du sort, il vit poindre au sommet d'une des côtes de la route un cavalier qui s'avançait à franc étrier.

– Blottissez-vous là, milady, là, dans ce fossé, derrière ce buisson à mes pieds, et pour l'amour de Dieu, ne faites pas un mouvement, ne poussez pas le plus petit cri d'effroi.

– Y a-t-il du danger ? craignez-vous quelque chose, messire ? demanda Christabel en voyant Robin mettre une flèche à son arc et se poster en embuscade derrière un tronc d'arbre.

– Vite, milady, cachez-vous, un cavalier s'avance vers nous, et j'ignore si c'est un ami ou un ennemi... Après tout, si c'est un ennemi, ce n'est jamais qu'un homme, et une flèche bien lancée arrêtera toujours un homme.

Robin n'osait ajouter, de peur d'effrayer encore plus sa compagne, qu'il reconnaissait aux premières lueurs du matin les couleurs du baron Fitz-Alwine sur le pennon du cavalier. Christabel de son côté devinait les intentions hostiles de Robin et aurait voulu pouvoir crier : Plus de sang ! plus de mort ! cette liberté nous coûte déjà trop cher ! mais Robin d'une main tenait son arc et de l'autre lui imposait silence par un geste d'autorité, tandis que le cavalier s'approchait ventre à terre.

– Au nom du Dieu vivant, cachez-vous, milady ! murmura Robin les dents serrées et comme mangeant sa voix : cachez-vous.

Christabel obéit, et, la tête enveloppée dans son manteau, adressa une prière mentale à la Vierge. Cependant le cavalier s'approchait, s'approchait, et Robin, campé derrière l'arbre, l'arc tendu et la flèche à l'œil, le guettait au passage. Le cavalier passa... il passa rapide comme l'éclair... mais, plus rapide encore, une flèche le gagna de vitesse, frôla la hanche du cheval, se glissa obliquement entre son flanc et le coussin de la selle, et lui pénétra dans le ventre jusqu'à l'empennage, et bête et cavalier roulèrent dans la poussière.

– Fuyons, milady ! s'écria Robin, fuyons !

Christabel, plus morte que vive, tremblait de tous ses membres et balbutiait ces mots :

– Il l'a tué ! il l'a tué ! il l'a tué !

– Fuyons, milady, répéta Robin, fuyons, le temps presse !

– Il l'a tué ! balbutiait follement Christabel.

– Mais non, je ne l'ai pas tué, milady.

– Il a poussé un cri horrible, un cri d'agonie !

– Il n'a poussé qu'un cri de surprise.

– Vous dites ?

– Je dis que ce cavalier était lancé à notre recherche, et que nous étions perdus si je n'avais mis son cheval dans l'impossibilité de le porter plus longtemps. Marchons, milady ; vous me comprendrez mieux quand vous ne tremblerez plus.

Christabel, rassurée, suivit Robin aussi vite que possible.

– Le cavalier n'est donc pas blessé ? demanda-t-elle à une centaine de pas plus loin.

– Il n'a pas même une égratignure, milady ; mais son pauvre cheval vient de battre son dernier temps de galop. Ce cavalier avait trop d'avantages sur nous ; il pouvait aller de Mansfeldwoohaus à Nottingham et en revenir avant que nous ayons quitté cette route ; il était donc urgent d'arrêter sa fougue. Maintenant les chances sont égales entre nous : que dis-je ? les nôtres sont supérieures ; il est à pied, et nous sommes à pied, c'est vrai, mais nos pieds sont agiles et sans entraves, tandis que les siens ne le sont pas. Courage, milady, nous serons loin d'ici quand ce messire cavalier aura pu se dégager de dessous son courtaud et se mettre en route avec ses grosses bottes, qui ne sont plus bottes de sept lieues. Courage, milady, Allan Clare n'est pas loin, courage !

13

Le front, les paupières ou plutôt la figure entièrement endommagée par les flammes de la torche auxquelles elle venait de servir d'éteignoir, le sergent Lambic eut encore la chance de prendre, en pourchassant Robin, une direction tout à fait opposée à celle du fuyard.

Au temps où se passe cette histoire, le château de Nottingham possédait une quantité prodigieuse de passages souterrains creusés dans les rochers de la colline au sommet de laquelle s'élevaient ses tours et ses murailles crénelées ; peu d'individus, même parmi les plus anciens habitants de la citadelle féodale, connaissaient exactement la topographie de ce sombre et mystérieux labyrinthe. Lambic et ses hommes y vagabondèrent donc au hasard, et le hasard les servit mal, tellement mal qu'ils s'égarèrent et se séparèrent les uns des autres sans s'en apercevoir.

Lambic, presque aveuglé, nous l'avons dit, tourna le dos à Robin, laissa ses hommes s'éloigner à gauche, et arriva devant le grand escalier du château, en haut duquel il crut entendre le pas de ses hommes.

– Bon ! se dit-il, ils ont rattrapé le jeune drôle et le conduisent devant le baron ; il faut que j'arrive en même temps qu'eux, sinon ils se feraient un mérite de leur vigilance aux yeux de monseigneur, les stupides brutes !

Tout en grognant ainsi, le brave sergent arriva à la porte de l'antichambre du baron, et, prudent par expérience, il voulut, avant de se montrer, savoir comment le vieux Fitz-Alwine accueillait le retour de ses hommes en compagnie du prisonnier ; il colla donc son oreille au trou de la serrure, et écouta le dialogue suivant :

– Cette lettre m'annonce, dites-vous, que sir Tristram de Goldsborough ne peut venir à Nottingham ?

– Oui, monseigneur ; il est obligé d'aller à la Cour.

– Fâcheux contretemps !

– Et il vous prévient qu'il vous attendra à Londres.

– Tant pis ! Indique-t-il le jour de notre rendez-vous ?

– Non, monseigneur ; il vous prie seulement de vous mettre en route aussitôt que possible.

– Eh bien ! je partirai ce matin ; donnez des ordres pour qu'on prépare mes chevaux ; je veux être accompagné par six hommes d'armes.

– Vous serez obéi, monseigneur.

Lambic, fort étonné de ce que Robin n'était pas là, s'imagina que les soldats l'avaient reconduit en prison et courut s'en assurer ; mais la porte du cachot était toute grande ouverte, le cachot vide, et la torche fumante encore gisait par terre.

– Holà ! je suis perdu ! se dit le sergent. Que faire ?

Et il revint machinalement à la porte du baron en osant espérer encore que les soldats y ramèneraient le damné forestier. Pauvre Lambic ! il sentait déjà autour de son cou l'étreinte d'une corde neuve. Cependant l'espérance, qui n'abandonne jamais complètement les malheureux, l'espérance lui sourit lorsque, ayant de nouveau collé son oreille au trou de la serrure, il reconnut que tout était calme et silencieux dans l'appartement. Le soldat fit le raisonnement suivant :

– Le baron dort, donc il n'est pas en colère ; il n'est pas en colère, donc il ignore que le forestier m'a glissé entre les mains comme une anguille ; il ignore la fuite du forestier, donc il ne me suppose pas répréhensible, punissable, pendable ; donc je puis me présenter devant lui sans crainte aucune, et lui rendre compte de ma mission comme si je l'avais remplie à sa plus grande satisfaction ; je gagnerai ainsi du temps, et pourrai savoir ce qu'est devenu ce satané Robin, afin de le réintégrer dans son cachot, ou de l'y maintenir si mes deux stupides bêtes de soldats ont eu la chance de bien faire leur devoir. Je puis donc me présenter sans crainte... oui, sans crainte, devant mon terrible et tout-puissant seigneur... Entrons. Mais il dort, il dort ! Oh ! alors autant vaudrait accoster un tigre affamé et se permettre de lui caresser le dos ! pas si fou ne suis-je d'éveiller monseigneur. Oh ! oh ! cependant, continuait à se dire le pauvre Lambic, tremblant et rassuré tour à tour, tour à tour timide et fanfaron, cependant si le baron ne dormait pas ? Tant mieux, ce serait alors le vrai moment d'entrer, cela prouverait derechef qu'il ignore ma mésaventure. Vraiment, s'il ne dort pas, ce calme et ce silence tiennent du prodige ! Mais j'y pense, essayons un peu de gratter le bois de la porte, et si ce bruit est trop mal accueilli, j'aurai le temps de me sauver.

Lambic gratta légèrement de l'ongle sur le milieu de la porte à l'endroit où il y a le plus de sonorité. Cette espèce de provocation demeura sans résultat, et le silence de l'intérieur ne fut pas troublé.

– Décidément il dort, pensa de nouveau Lambic. Eh ! non, imbécile que je suis ! il est sorti ; il est auprès de sa fille, sinon je l'entendrais encore, car il dort en grondant.

Poussé par une diabolique curiosité, le sergent manœuvra doucement la clef de la porte, qui tourna sans grincer sur ses gonds, et lui permit d'allonger le cou pour embrasser d'un premier coup d'œil l'appartement en son entier.

– Miséricorde !

Ce cri de terreur expira sur les lèvres de Lambic, le froid et l'immobilité de la mort le saisirent, et il demeura enchâssé dans l'entrebâillement de la porte, tandis que le baron, muet d'étonnement lui-même et stupéfait de tant d'audace, le foudroyait de ses regards.

Ce malheureux Lambic, la chance lui était toujours contraire, un mauvais génie s'acharnait sur sa personne, et la fatalité voulut qu'il troublât le baron juste au moment où le vieux pécheur, agenouillé devant son confesseur, demandait une absolution avant de partir pour Londres.

– Misérable ! gueux ! infâme sacrilège ! espion du confessionnal ! envoyé de Satan ! traître vendu au diable ! que viens-tu faire ici ? s'écria le baron qui pouvait enfin respirer et lâcher les écluses de sa fureur. Qui donc en ce château est le maître ou le valet ? est-ce toi le maître ? est-ce moi le valet ? La corde au cou, pâture à corbeau ! et je ne monterai pas à cheval avant que tu n'aies monté l'échelle de ma potence.

– Calmez-vous, mon fils, dit le vieux moine confesseur, Dieu est miséricordieux.

– Dieu n'est pas servi par de pareils sacripants, reprit le baron en se relevant ivre de fureur. Ici, coquin ! ajouta-t-il après avoir tournoyé dans la chambre comme une hyène dans sa cage ; ici à genoux, prends ma place, et confesse-toi avant de mourir.

Lambic ne quittait pas le seuil de la porte, et quoiqu'il eût perdu tout esprit d'à-propos, il cherchait néanmoins à profiter d'un temps d'arrêt dans la colère de son maître pour risquer une justification. Le baron, dont les pensées et les paroles se succédaient incohérentes, lui offrit sans le vouloir l'occasion de se disculper.

– Que me voulais-tu ? demanda-t-il tout à coup, parle.

– Milord, j'ai frappé plusieurs fois à la porte, répondit humblement le sergent, j'ai cru qu'il n'y avait personne, et j'ai pensé...

– Oui, tu as pensé à profiter de mon absence pour me voler.

– Oh ! milord...

– Pour me voler !

– Je suis soldat, milord, répondit Lambic avec fierté.

Cette accusation de vol ranimait son courage naturel, et il ne redoutait plus la prison, les coups de bâton et la corde.

– Tudieu ! quelle noble indignation ! dit le baron en riant ironiquement.

– Oui, milord, je suis soldat, soldat au service de Votre Seigneurie, et Votre Seigneurie n'a jamais eu de voleurs pour soldats.

– Ma Seigneurie peut et veut, s'il lui plaît, appeler voleurs ses soldats ; Ma Seigneurie n'a pas à s'enquérir de leurs vertus privées ; Ma Seigneurie enfin a trop de bon sens pour supposer que votre visite, messire Lambic, visite dont vous m'honorez juste au moment où vous me croyez absent, n'ait pas eu un but autre que celui de m'apprendre que vous êtes un honnête homme. Bref, voleur ou honnête homme, pourquoi es-tu venu ici ? Tu me rendras compte ensuite de l'incarcération de notre jeune loup.

Lambic trembla de nouveau, la demande du baron lui prouvait que la fuite de Robin n'était pas encore connue, et il redoutait une crise des plus violentes dès qu'il expliquerait au baron la cause des brûlures de son visage ; il restait donc immobile devant son terrible maître, les yeux stupidement écarquillés, la bouche béante, les bras pendants.

– Eh ! d'où viens-tu ? s'écria tout à coup le baron examinant la figure de Lambic. Parbleu ! j'avais bien raison tout à l'heure de t'appeler évadé de l'enfer ; car tu n'as pu roussir ainsi ton museau qu'en rendant visite au diable.

– C'est une torche qui m'a brûlé, milord.

– Une torche !

– Pardon, milord ; mais Votre Seigneurie ne sait pas que cette torche...

– Que me chantes-tu là ? Abrège ; de quelle torche parles-tu ?

– De la torche de Robin.

– Encore Robin ! s'écria le baron d'une voix de tonnerre en allant décrocher son épée.

– Bon ! me voilà décidément emballé et expédié pour l'autre monde, pensa Lambic, qui se replia instinctivement sur le seuil de la porte et se tint prêt à fuir à la première botte que lui enverrait le baron.

– Encore Robin ! Où est-il, Robin ? criait le baron battant l'air de sa flamberge ; où est-il que je vous embroche de compagnie ?

Lambic avait déjà la moitié du corps hors de l'appartement, et se cramponnait des mains au bord de la porte, afin de la tirer sur lui si la pointe de la flamberge le menaçait de trop près.

– Mon fils, dit le vieux moine, les Philistins allaient être frappés ; mais ils prièrent Dieu, et l'épée rentra au fourreau.

Fitz-Alwine jeta son épée sur la table, et s'élança vers Lambic, qui ne faisait plus mine de vouloir se sauver.

– Je demande encore, dit-il en le saisissant par le collet de son pourpoint et en l'entraînant jusqu'au milieu de la chambre, je demande ce que tu viens faire ici ? Je désire savoir en même temps quels rapports existent entre Robin, une torche et ton hideux visage ? Réponds vivement et clairement, sinon voilà qui n'est pas une épée et que la clémence ne fera pas rentrer au fourreau.

En disant cela, Fitz-Alwine montrait du doigt, dans un angle de l'appartement, la longue et grosse canne à pomme d'or, le jonc presque phénoménal sur lequel il s'appuyait lors de ses promenades sur les remparts.

– Milord, repartit vivement le sergent qui venait d'inventer un biais afin d'éluder une réponse catégorique, je venais, milord, vous demander ce que Votre Seigneurie compte faire de ce Robin Hood.

– Eh ! morbleu ! je veux qu'il reste dans le cachot où il est enfermé.

– Veuillez me dire, milord, où est ce cachot ; j'y veillerai.

– Ne le sais-tu pas ? tu l'y as conduit voici à peine une heure.

– Mais il n'y est plus, milord. J'avais donné ordre à mes soldats de le ramener devant vous, et je pensais que vous aviez fait choix d'une autre prison... C'est dans ce cachot, milord, qu'il m'a brûlé la figure.

– Ah ! c'est trop fort ! hurla Fitz-Alwine qui fit un pas vers le jonc à pomme d'or, tandis que Lambic tournait à demi la tête et calculait d'un œil inquiet s'il aurait le temps de fuir avant que l'orage n'éclatât.

Les coups allaient donc tomber comme grêle, car, malgré sa goutte, le baron n'était pas manchot, lorsque Lambic, poussé à bout, oublia l'inviolabilité de son seigneur, bondit au-devant de lui, lui arracha le jonc des mains, lui saisit les deux bras au-dessus de chaque poignet, et, avec autant de respect que le permettait la circonstance, le fit vivement reculer, le laissa choir dans son grand fauteuil de goutteux, et se sauva à toutes jambes.

À toutes jambes aussi le vieux Fitz-Alwine, auquel l'excitation du moment rendait un peu d'agilité, voulut poursuivre cet audacieux vassal ; mais les deux soldats qui revenaient de leur expédition à la recherche de Robin lui épargnèrent cette fatigue, car, aux cris poussés par lui : « Arrêtez ! arrêtez ! » ils barrèrent le passage au sergent, qui n'était pas encore sorti de l'antichambre.

– Arrière ! fit le sergent en repoussant ses deux subordonnés, arrière !

Mais Fitz-Alwine courut fermer la porte de sortie ; toute résistance était donc inutile désormais, et le malheureux Lambic attendait, plongé dans une morne stupeur, qu'il plût à son haut et puissant seigneur de se prononcer sur son sort.

Par un de ces phénomènes bizarres, inexplicables, et qui peut-être sont dans l'ordre moral ce que sont leurs analogues dans l'ordre physique de la nature, la colère du baron sembla calmée après cet épisode de rébellion, de même que le grand vent s'abat après une pluie légère.

– Demande-moi pardon, dit tranquillement Fitz-Alwine, qui, tout essoufflé, se laissa tomber, volontairement cette fois-ci, dans son grand fauteuil ; allons, maître Lambic, demande-moi pardon ?

Le baron ne manifestait peut-être cette tranquillité, cette mansuétude que parce qu'il n'avait plus la force de maintenir ses fureurs à leur diapason habituel ; mais cela ne pouvait durer longtemps ainsi, et, à mesure que les hésitations craintives de Lambic se prolongeaient, à mesure aussi que la respiration du baron se régularisait, les bouillonnements de sa colère augmentaient d'intensité, et l'explosion de cette colère devenait imminente.

– Ah ! tu refuses de me demander pardon ! eh bien ! ajouta Fitz-Alwine d'un ton cruellement sardonique, fais un acte de contrition : c'est fort utile avant la mort.

– Milord, voilà ce qui s'est passé, et ces deux hommes pourront témoigner de la vérité.

– Deux coquins comme toi !

– Je ne suis pas si coupable que vous le pensez, milord ; j'allais fermer la porte du cachot, quand Robin Hood...

Nous ne suivrons pas le sergent dans son verbeux récit, entrecoupé de réticences à son avantage, nos lecteurs n'apprendraient rien de nouveau ; le baron l'écouta, non sans hurler de fureur, en trépignant et en se démenant dans son fauteuil autant que le diable, dit-on, quand un bénitier lui sert de baignoire, et il résuma ses menaces de châtiment par cette phrase d'un effrayant laconisme :

– Si Robin s'est échappé du château, vous ne m'échapperez pas, vous autres ! A lui la liberté, à vous la mort.

Soudain retentit un coup violemment frappé à la porte de la chambre.

– Entrez ! cria le comte.

Un soldat entra et dit :

– Que le très-honorable lord me pardonne si j'ose me présenter devant Sa très-honorable personne sans être mandé par Sa très-honorable Seigneurie ; mais l'événement qui vient de se passer est si extraordinaire, si terrible, que j'ai cru obéir au devoir en venant l'annoncer immédiatement au très-honorable maître de ce château.

– Parle ; mais pas d'histoire sans fin.

– Votre très-honorable Seigneurie sera satisfaite ; l'histoire que j'ai à raconter a une fin, et elle sera aussi courte qu'elle est effrayante ; je sais qu'un bon soldat doit fatiguer son arc et ménager sa langue, et comme je suis un bon...

– A l'histoire, à l'histoire, imbécile ! cria le baron.

Le soldat s'inclina courtoisement et reprit :

– Et comme je suis un bon soldat, je n'oublie jamais ce principe.

– Bavard infernal ! tais-toi si tu n'as qu'à nous parler de ton mérite, ou raconte ton histoire.

Le soldat s'inclina de nouveau et reprit imperturbablement :

– Mon devoir m'ordonnait...

– Encore ! vociféra Fitz-Alwine.

– Mon devoir m'ordonnait de relever le factionnaire de la chapelle...

– Ah ! nous y sommes, pensa le baron, et il écouta attentivement.

– Je m'y transportai voilà cinq ou dix minutes, comme il plaira à Votre très-honorable Seigneurie ; arrivé à la porte du saint lieu, je n'y trouvai point de sentinelle ; il devait y en avoir cependant, puisque je venais pour la relever. « Elle y est », pensai-je, « et il suffit de la découvrir ; cherchons. » Je cherchai, j'appelai : rien ne répondit, rien ne parut. « Est-elle donc endormie ou ivre ? ce serait encore possible », pensai-je. « Allons au poste, allons requérir main-forte afin d'appréhender le délinquant, pour qu'il lui soit infligé une punition exemplaire, nonobstant la punition infligée de mon chef. » J'arrivai au poste en criant : « Sergent, hors la garde ! » personne ne sortit du poste ; j'y entrai ; personne au-dedans. « Oh ! oh ! » pensai-je...

– Au diable tes pensées ! bavard ! Arrive au fait ! cria le baron impatienté.

Le soldat exécuta de nouveau son salut militaire, et reprit :

– « Oh ! oh ! pensai-je », les devoirs du soldat sont méconnus dans la garnison du château de Nottingham. La discipline s'est relâchée, et les conséquences de ce relâchement...

– Mille dieux ! tu divagueras donc toujours, crétin bavard ! chien prolixe ! s'exclama le baron.

– Chien prolixe ! murmura à part lui le soldat qui s'interrompit à cette épithète, chien prolixe ! moi qui suis grand chasseur, je ne connais pas encore cette race de chiens. C'est égal, continuons. Les conséquences de ce relâchement peuvent être funestes ; je n'eus pas de peine à retrouver les hommes du poste attablés dans la cantine, et nous entreprîmes immédiatement une visite minutieuse et intelligente des abords du saint lieu et de son intérieur. Aux abords, rien de particulier, sauf l'absence continue de la sentinelle ; mais à l'intérieur, cette même sentinelle était présente, et dans quel état, grand Dieu ! présente comme les morts sur le champ de bataille, c'est-à-dire couchée par terre, sans vie, baignée dans son sang et le crâne traversé par une flèche...

– Grand Dieu ! s'écria le baron. Qui a pu commettre ce crime ?

– Je l'ignore, je n'étais pas présent ; mais...

– Qui est mort ainsi ?

– Gaspard Steinkoff... un rude soldat.

– Et tu ne connais pas l'assassin ?

– J'ai déjà eu l'honneur de dire à Votre honorable Seigneurie que je n'étais pas présent lors de la consommation du crime ; mais, afin de favoriser les recherches de Monseigneur, j'ai eu l'esprit de m'emparer de la flèche homicide... la voilà.

– Cette flèche ne sort pas de mon arsenal, dit le baron après l'avoir examinée attentivement.

– Mais, avec tout le respect que je dois à Son honorable Seigneurie, reprit le soldat, je lui ferai observer que cette flèche, ne sortant pas de son arsenal, doit sortir d'ailleurs, et que je crois en avoir remarqué de semblables dans un carquois que portait ce soir un des novices écuyers.

– Quel novice ?

– Halbert. Le carquois et l'arc que nous avons vus entre les mains de ce jeune garçon appartiennent à l'un des prisonniers de Sa Seigneurie, au nommé Robin Hood.

– Vite, allez chercher Halbert, et amenez-le devant moi, ordonna le baron.

– J'ai vu, ajouta le même soldat, Hal se rendre il y a une heure, en compagnie de la demoiselle Maude, vers la demeure de lady Christabel.

– Allumez une torche et suivez-moi ! cria le baron.

Suivi de Lambic et de l'escorte, le baron, qui ne se ressentait plus de sa goutte, marcha rapidement vers l'appartement de sa fille. Arrivé à la porte, il frappa ; mais ne recevant pas de réponse, il ouvrit et se précipita à l'intérieur. Obscurité profonde, silence complet. En vain le baron parcourut-il le cabinet et les autres chambres dépendant de l'appartement : partout même silence et même obscurité.

– Partie ! elle est partie, s'écria le baron avec angoisse ; et, d'une voix déchirante, il appela : Christabel ! Christabel !

Mais Christabel ne répondit pas.

– Partie ! partie ! répétait le baron en se tordant les mains et en se laissant tomber sur le même siège où il l'avait surprise écrivant à Allan Clare. Partie avec lui ! Ô ma fille, ma Christabel !

Cependant l'espoir de rejoindre la jeune fille dans sa fuite rendit au pauvre père un peu de sang-froid.

– Alerte ! vous autres, cria-t-il d'une voix de tonnerre ; alerte ! partagez-vous en deux bandes : l'une fouillera le château du haut en bas, de long en large, partout enfin elle fouillera, partout... l'autre à cheval, et que pas un taillis, pas un fourré, pas un buisson de la forêt de Sherwood n'échappe à vos investigations... Allez...

Les soldats s'ébranlaient pour sortir quand le baron reprit :

– Qu'on dise à Hubert Lindsay, le porte-clefs, de venir ici ; c'est Maude Jézabel, sa damnée fille, qui a comploté la fuite et il va payer pour elle. Dites aussi à vingt de mes cavaliers de seller leurs courtauds et de se tenir prêts à partir au premier ordre. Allez, mais allez donc, misérables !

Les soldats partirent en toute hâte, et Lambic profita de l'événement pour s'éloigner hors de portée des griffes de son irascible maître.

Resté seul, le baron divagua tour à tour, emporté par les frénésies de la colère et par les désolations de son cœur. Il aimait sincèrement sa fille, et la honte qu'il ressentait de sa fuite avec un homme était moins grande encore que sa douleur en pensant que désormais il ne la verrait plus, ne l'embrasserait plus, et même ne la tyranniserait plus.

Ce fut durant ces alternatives de fureur et de désespoir que le vieil Hubert Lindsay parut. Malheureusement pour lui il arrivait avant la fin d'un accès de colère.

– Puisqu'ils ne savent pas faire leur métier de soldat, je les exterminerai tous ! vociférait le baron, et je ne laisserai pas sur terre l'ombre d'un fantôme, d'un seul de ces mécréants, car cette ombre pourrait dire : « J'ai aidé Christabel à tromper son père ! » Oui, oui, je le jure par tous les saints apôtres et par les barbes de mes aïeux, je n'en épargnerai pas un seul ! Ah ! te voilà, maître Hubert Lindsay, gardien porte-clefs du château de Nottingham ! te voilà !

– Votre Seigneurie m'a fait demander, dit le vieillard d'une voix calme.

Le baron ne répondit pas, mais il lui sauta à la gorge comme sauterait une bête féroce, le traîna au milieu de la chambre, et lui dit en le secouant rudement :

– Scélérat ! ma fille, où est-elle ? réponds, ou je t'étrangle !

– Votre fille, milord ? mais je n'en sais rien, répondit Hubert plus surpris qu'épouvanté de la colère de son maître.

– Imposteur !

Hubert se dégagea de l'étreinte du baron, et répondit froidement :

– Milord, faites-moi l'honneur de m'expliquer le motif de votre étrange question, et j'y répondrai... Mais sachez bien, milord, que je ne suis qu'un pauvre homme, honnête, franc et loyal, qui de sa vie n'a eu à rougir d'aucune faute. Vous me tueriez sur-le-champ qu'il me serait égal de mourir sans confession, car je n'ai rien à me reprocher ; vous êtes mon seigneur et maître, interrogez-moi, je répondrai à toutes vos questions, non par crainte, mais par devoir, par respect...

– Qui est sorti du château depuis deux heures ?

– Je l'ignore, milord ; depuis deux heures j'ai remis les clefs à mon second, Michaël Walden.

– Est-ce bien vrai ?

– Aussi vrai que vous êtes mon seigneur et maître.

– Qui est sorti pendant que tu étais encore de garde ?

– Halbert, le jeune écuyer ; il m'a dit : « Milady est malade, et j'ai ordre d'aller chercher un médecin. »

– Ah ! voilà le complot ! s'écria le baron. Il t'a menti : Christabel n'était pas malade, Hal sortait pour préparer sa fuite.

– Quoi ! milady vous a quitté, monseigneur ?

– Oui, l'ingrate a abandonné son vieux père, et ta fille est partie avec elle.

– Maude ? Oh ! non, monseigneur, c'est impossible ; je vais la chercher, elle est dans sa chambre.

Le sergent Lambic, qui était bien aise de montrer son zèle, entra précipitamment.

– Milord, s'écria-t-il, vos cavaliers sont prêts. J'ai vainement cherché Halbert par tout le château ; il y était rentré avec moi et Robin, et n'en est pas ressorti par la grande porte, Michaël Walden l'affirme sous serment : personne n'a franchi le pont-levis depuis deux heures.

– Qu'importe tout cela ! reprit le baron. La mort de Gaspard n'est pas un crime inutile. Lambic ! ajouta Fitz-Alwine après un instant de silence.

– Milord.

– Tu es allé cette nuit jusqu'à la maison d'un garde nommé Gilbert Head, non loin de Mansfeldwoohaus ?

– Oui, milord.

– Eh bien c'est là que demeure l'infernal Robin Hood, et c'est là sans doute que mon ingrate fille doit retrouver un mécréant qui... Ne parlons plus de cela... Lambic, monte à cheval avec tes hommes, cours à cette maison, empare-toi des fugitifs, et ne reviens ici qu'après avoir brûlé ce repaire de brigands.

– Oui, milord.

Et Lambic disparut.

Hubert Lindsay, rentré depuis quelques minutes, demeurait debout à l'écart, morne, silencieux, les bras croisés et la tête penchée.

– Mon vieux serviteur, lui dit Fitz-Alwine, je ne veux pas que la colère me fasse oublier que depuis longues années nous vivons près l'un de l'autre ; tu m'as toujours été fidèle ; tu m'as sauvé deux fois la vie ; eh bien ! mon vieux frère d'armes, oublie mes colères, mes brutalités, mes injustices peut-être, et, si tu aimes ta fille comme j'aime la mienne, prête-moi encore le secours de ton courage et de ton expérience pour ramener au bercail les brebis égarées... car Maude est sans doute partie avec Christabel.

– Hélas ! monseigneur, sa chambre est vide, dit le vieillard en sanglotant.

Cette sincère affliction aurait dû prouver au baron que Hubert n'était pas complice de la fuite des jeunes filles, mais ce singulier gentilhomme, aussi soupçonneux qu'irascible, avait la conviction qu'un inférieur doit toujours tromper un supérieur, un vilain un noble, un prêtre un prélat, un soldat un officier, et ainsi de suite. Il crut donc tendre un piège à Hubert en lui disant :

– N'existe-t-il pas dans les passages souterrains du château une issue qui donne dans la forêt de Sherwood ?

Le baron connaissait parfaitement l'existence de cette sortie, mais il ignorait sa position exacte ; Hubert et sans doute aussi sa fille étaient mieux renseignés que lui.

– Ah ! pensait-il en faisant cette question, si mademoiselle Maude a piloté ma fille par-dessous terre, je lui payerai au grand jour ses frais de conduite.

Hubert, franc et loyal, nous l'avons dit, crut devoir aider son maître à retrouver la jeune lady : il était d'ailleurs intéressé autant que le baron à rattraper les fugitives, aussi s'empressa-t-il de répondre :

– Oui, milord, les souterrains ont une sortie sur la forêt, et je connais tous les détours qui y conduisent.

– Maude est-elle aussi savante que toi ?

– Non, milord, du moins je ne le pense pas.

– Personne autre que toi ne possède donc ce secret ?

– Il y en a trois autres, milord : Michaël Walden, Gaspard Steinkoff et Halbert.

– Halbert ! s'écria le baron pris d'un nouvel accès de rage, Halbert ! mais c'est lui qui leur a servi de guide ! Holà ! une torche, des torches, fouillons le souterrain !

Hubert était récompensé de sa franchise ; le baron, ne se méfiant plus de lui, lui prodiguait des noms d'amitié et des serments de reconnaissance.

– Courage, maître, disait le vieillard pendant qu'on préparait les torches et que les hommes accouraient pour servir d'escorte ; courage, Dieu nous les rendra !

Le désespoir de ces deux vieillards était navrant. Séparés par leur naissance, par l'orgueil de la race, par leur genre de vie, ils se réunissaient pour conjurer un malheur commun, ils étaient égaux dans la douleur.

Le baron et Hubert, suivis de six hommes d'armes, traversèrent la chapelle sans s'arrêter au cadavre de Gaspard, et s'enfoncèrent dans le souterrain. A peine y avaient-ils fait quelques pas qu'un bruit lointain de voix parvint aux oreilles de Fitz-Alwine.

– Ah ! s'écria-t-il, nous les tenons ! Avance, Hubert, avance !

Hubert marchait en tête.

Le bruit entendu par le baron recommença.

– Monseigneur, dit le vieillard, ce que vous entendez ne provient pas du passage conduisant à la forêt.

– N'importe, ce sont eux, avance, avance donc !

Le passage se bifurquait en cet endroit, et ils se dirigèrent du côté du bruit. Le bruit augmenta ; des cris retentirent.

– Bien, bien, ils crient au secours ! Nous voilà, mes enfants, nous voilà !

– Alors ils se sont trompés de chemin, dit Hubert.

– Tant mieux, répliqua le baron, dont la tendresse paternelle faisait déjà place à une soif de vengeance des plus ardentes ; tant mieux !

Hubert, qui marchait quelques pas en avant, s'arrêta pour écouter.

– Milord, dit-il, je vous jure que ces clameurs ne sont pas poussées par les fugitifs ; nous quittons le bon chemin en allant de ce côté et nous perdons du temps.

– Viens avec moi ! s'écria le baron, lançant un regard furieux au porte-clefs, qu'il recommençait à soupçonner d'intelligence avec les fugitifs. Viens, et vous, attendez-nous ici !

– A vos ordres, milord, répondit Hubert.

Les deux vieillards s'avancèrent du côté du bruit ; de minute en minute les cris devenaient plus distincts.

– Sur mon âme, murmurait Hubert, mon maître devient fou ! croit-il donc qu'en fuyant on fasse tant de bruit ? Les gens qui font ce bruit parlent à tue-tête, et, ma foi ! je crois qu'ils viennent au-devant de nous.

A peine achevait-il ces mots que deux soldats apparurent aux yeux étonnés du baron.

– Et d'où venez-vous, mécréants ?

– De poursuivre le prisonnier Robin Hood, répondirent ces malheureux, épuisés de fatigue et saisis de terreur. Nous nous sommes égarés, milord, ajoutèrent-ils ; nous nous croyions perdus à jamais quand la Providence a envoyé Votre honorable Seigneurie à notre secours ; nous vous avons entendus venir de loin, et nous sommes accourus au-devant de vous pour vous épargner du chemin.

Fitz-Alwine ne savait plus à quel diable se vouer dans son désappointement, quand un des soldats entreprit de lui raconter la fuite de Robin Hood.

– Assez, assez, imbéciles ! s'écria-t-il. Depuis que vous vous êtes perdus dans ce souterrain, où vous devriez être condamnés à mourir de faim, depuis lors, dites-moi si vous avez entendu quelque bruit suspect dans ces galeries.

– Rien absolument, milord.

– Courons, Hubert, courons, il faut rattraper le temps perdu !

Ce temps perdu avait sauvé les fugitifs. Un quart d'heure après la petite troupe débouchait dans la forêt, et il n'était plus permis de douter que les fugitifs n'eussent suivi cette voie. La porte du souterrain, fermée d'ordinaire, était toute grande ouverte.

– Mes pressentiments ne m'avaient pas trompé ! s'écria le baron. Allez, soldats, partez, battez la forêt en tous sens ; je promets cent pièces d'or à qui ramènera au château lady Christabel et les infâmes qui l'ont entraînée.

Le baron, accompagné d'Hubert seul, revint sur ses pas et rentra dans son appartement ; puis, au lieu de prendre un repos dont il avait grand besoin, il revêtit une cotte de mailles, ceignit sa flamberge, et, brandissant sa lance au pennon bigarré des couleurs de sa maison, monta prestement à cheval, et s'élança en tête de vingt hommes sur la route de Mansfeldwoohaus.

14

Les *dramatis personæ* qui ont déjà figuré dans cette histoire parcourent à l'heure présente la vieille forêt de Sherwood.

Robin et Christabel gagnent l'endroit où sir Allan Clare doit les attendre, et par conséquent marchent en sens contraire du sergent Lambic, qui a reçu l'ordre d'incendier la demeure du père adoptif de Robin.

Suivi de vingt bonnes lances, le baron, rajeuni par une colère persistante, vient de s'élancer à la recherche de sa fille ; nous le laisserons galoper bride abattue dans les verdoyants sentiers de la forêt, et nous nous réunirons à sir Allan Clare, qui, soutenu par Petit-Jean, par frère Tuck, par Will l'Ecarlate et par les six autres fils du noble sir Guy de Gamwell, se rend en toute hâte à la vallée de Robin Hood, tandis que Maude et Halbert s'acheminent vers le cottage du vieux forestier.

Maude n'est plus alerte, infatigable, courageuse et gaie. Maude repasse tristement dans sa mémoire les indications que lui a données Robin pour se reconnaître parmi les mille sentiers qui se croisent et s'entrecroisent ; Maude enfin, quoique sous la sauvegarde d'un intrépide garçon, ressemble à une pauvre abandonnée, et soupire, soupire après la fin de cette longue course.

– Sommes-nous encore éloignés de la maison de Gilbert ? demanda-t-elle.

– Non, Maude, répondit joyeusement Hal, encore six milles, je crois.

– Six milles !

– Courage, Maude, courage, dit Halbert, nous travaillons pour lady Christabel... Mais regarde donc là-bas, ne vois-tu pas un cavalier, oui, un cavalier suivi d'un moine et de quelques forestiers ? C'est messire Allan, c'est le frère Tuck. Salut, messieurs, jamais rencontre n'a eu lieu plus à propos.

– Et lady Christabel, et Robin, où sont-ils ? demanda vivement sir Allan en reconnaissant Maude.

– Ils doivent aller vous attendre dans la vallée, répondit Maude.

– Dieu nous protège ! s'écria Allan quand il eut minutieusement fait raconter à Maude toutes les péripéties de leur fuite du château. Brave Robin, je lui dois tout, ma bien-aimée et ma sœur !

– Nous allions prévenir son père des motifs de l'absence de Robin, dit Hal.

– Et ne pourriez-vous pas aller seuls maintenant, frère Hal ? dit Maude qui brûlait du désir de se rapprocher de Robin. Ma maîtresse doit avoir grand besoin de mes services.

Allan ne vit aucun inconvénient à accepter l'offre de Maude et se remit en marche.

Frère Tuck, silencieux et isolé d'abord, ne tarda pas à se rapprocher de la jeune fille ; et il tenta de faire l'aimable, il sourit, parla moins brusquement que d'habitude, il eut presque de l'esprit ; mais les avances du pauvre moine ne furent accueillies qu'avec une réserve extrême.

Ce changement dans les manières de Maude, en affligeant Tuck, lui enleva toute sa verve ; il se retira donc à l'écart et marcha en regardant pensivement la jeune fille, toujours aussi pensive que lui.

Cependant à quelques pas en arrière de Tuck s'avançait un personnage qui paraissait vivement désirer un regard de Maude ; ce personnage réparait les désordres de sa toilette, brossait de l'avant-bras les manches et les basques de sa jaquette, redressait la plume de héron qui ornait sa toque, lissait son épaisse chevelure, bref, se livrait en pleine forêt à ce petit travail de coquetterie que tout amoureux débutant exécute par instinct.

Ce personnage n'était autre que notre ami Will l'Ecarlate.

Maude réalisait pour lui l'idéal de la beauté ; il la voyait pour la première fois, et c'était elle que dans ses rêves il avait choisie pour régner sur son cœur. Un front blanc légèrement bombé et souligné par des sourcils délicats et bruns, des yeux noirs dont l'éclat était tempéré par l'écran de cils longs et soyeux, des joues rosées et veloutées, un nez comme en modelaient les statuaires de l'antiquité, une bouche entr'ouverte pour laisser parler ou respirer l'amour, des lèvres aux commissures desquelles nichaient de fins et doux sourires, un menton dont la fossette promettait le plaisir comme le hile de la graine promet la fleur, un cou et des épaules réunis par une vraie ligne serpentine, une taille svelte, des mouvements souples et des pieds mignons pour lesquels les sentiers de la forêt auraient dû se couvrir de fleurs : telle était Maude, la jolie fille d'Hubert Lindsay.

William n'était pas assez timide pour se contenter d'admirer en silence ; le désir, le besoin de sentir les yeux de la jeune fille se lever sur lui l'amenèrent rapidement près d'elle.

– Vous connaissez Robin Hood, mademoiselle ? demanda Will.

– Oui, monsieur, répondit gracieusement Maude.

Sans le savoir, Will touchait la corde sensible et gagnait l'attention de Maude.

– Et vous plaît-il beaucoup ?

Maude ne répondit pas, mais ses joues devinrent pourpres. Il fallait que Will fût un vrai débutant pour interroger ainsi à brûle-pourpoint le cœur d'une femme ; il agissait comme l'aveugle qui marcherait sans trembler le long d'un précipice ; que de gens ainsi dont la bravoure n'est qu'un effet de leur ignorance !

– J'aime tant Robin Hood, reprit-il, que je vous garderais rancune, mademoiselle, s'il ne vous plaisait pas.

– Rassurez-vous, messire ; je déclare que c'est un charmant garçon. Vous le connaissez depuis longtemps sans doute ?

– Nous sommes amis d'enfance, et je préférerais perdre ma main droite plutôt que son amitié : voilà pour le cœur. Quant à l'estime, j'estime que dans tout le comté il n'y a pas d'archer qui le vaille ; son caractère est aussi droit que ses flèches ; il est brave, il est doux, et sa modestie égale sa douceur et sa bravoure ; avec lui je ne craindrais pas l'univers entier.

– Quelle ardeur dans l'expression de vos pensées, messire ! vos louanges s'en ressentent.

– Aussi vrai que je me nomme William de Gamwell, et que je suis un honnête garçon, je dis la vérité, mademoiselle, rien que la vérité.

– Maude, demanda Allan, craignez-vous que le baron se soit déjà aperçu de la fuite de lady Christabel ?

– Oui, messire chevalier ; car Sa Seigneurie devait partir ce matin même pour Londres avec milady.

– Silence ! silence ! vint dire Petit-Jean qui marchait en éclaireur ; cachez-vous dans l'endroit le plus épais de ce fourré ; j'entends le bruit d'une cavalcade ; si les nouveaux venus nous découvrent, nous sauterons sur eux à l'improviste, et notre cri de ralliement sera le nom de Robin Hood... vite, cachez-vous, ajouta Petit-Pierre en se jetant lui-même derrière un tronc d'arbre.

Aussitôt apparut un cavalier emporté par un cheval qui franchissait tous les obstacles, fossés, arbres renversés, buissons et haies, avec une vitesse fantastique ; ce cavalier, que suivaient à grand'peine quatre hommes également à cheval, était accroupi plutôt qu'assis sur la fougueuse bête : il avait perdu son chapeau, et ses longs cheveux épars, secoués par le vent, donnaient à sa figure où respirait l'effroi, un aspect étrange et diabolique ; il rasa de près le fourré où s'était blottie la petite troupe, et Petit-Jean aperçut une flèche plantée comme le jalon d'un arpenteur sur la croupe du cheval.

Le cavalier disparut bientôt dans les profondeurs de la forêt, toujours suivi de ses quatre hommes.

– Que le ciel nous protège ! s'écria Maude. C'est le baron !

– C'est le baron ! répétèrent Allan et Halbert.

– Et si je ne me trompe, ajouta Will, la flèche qui sert

de gouvernail à sa bête sort du carquois de Robin ; qu'en dites-vous, cousin Petit-Jean ?

– Je suis de vos avis, Will, et j'en tire la conséquence que Robin et la jeune dame sont en danger. Robin est trop prudent pour prodiguer des flèches sans y être contraint ; hâtons le pas.

Un mot pour expliquer la désagréable situation du noble Fitz-Alwine, très bon cavalier du reste, ne sera pas inutile.

Le baron, en s'engageant dans la forêt, avait donné l'ordre à son meilleur coureur d'inventorier la grande route de Nottingham à Mansfeldwoohaus, et de revenir lui faire son rapport à tel carrefour désigné ; on sait ce qu'il advint du coureur : Robin le démonta ; le hasard voulut que Robin et lady Christabel entrassent par un côté dans le même carrefour désigné pour le rendez-vous, tandis que le baron y entrait par un autre. Les deux fugitifs eurent la chance de se jeter dans un taillis sans être vus, et le baron avec ses quatre écuyers se porta au milieu du carrefour, sur une éminence, en attendant le retour de son éclaireur.

– Fouillez un peu les alentours, commanda le baron ; deux ici et deux là.

– Nous sommes perdus, pensa Robin. Que faire ? comment fuir ? Si nous prenons en dehors du bois, les chevaux nous rattraperont en deux temps ; si nous essayons une trouée à l'intérieur, le bruit attirera l'attention des limiers, que faire ?

Tout en réfléchissant ainsi, Robin bandait son arc et choisissait dans son carquois la flèche au fer le plus pointu. Christabel, quoique anéantie par la frayeur, s'aperçut de ces préparatifs et, la piété filiale l'emportant sur son désir de rejoindre Allan, elle supplia le jeune homme d'épargner son père.

Robin sourit et fit de la tête un signe affirmatif.

Le signe voulait dire : Je l'épargnerai ; le sourire : Souvenez-vous du cavalier démonté.

Les soldats battaient avec soin la lisière du carrefour, mais la prime de cent écus d'or qui stimulait leur zèle n'avait pas la vertu de leur donner du nez. Néanmoins la position de Robin et de Christabel devenait de plus en plus critique, car ces chiens quêteurs, partis deux par deux d'un point opposé pour faire le tour de la clairière, ne pouvaient se réunir sans les rencontrer.

Pendant ce temps-là le vieux Fitz-Alwine, posté comme

une vedette sur les hauteurs qui dominent un camp ennemi, se livrait à une répétition générale du terrible sermon qu'il comptait adresser à sa fille dès qu'elle serait rentrée dans le domicile paternel. Il combinait aussi les raffinements divers des châtiments à infliger à Robin, à Maude et à Hal, et calculait à quelques pouces près la hauteur de la potence d'Allan : il rêvait, l'excellent seigneur, aux convulsions de celui qui avait osé enlever Christabel ; il laissait pourrir son cadavre au gibet pendant le mois de la lune de miel, et souriait déjà à l'idée d'être grand-papa l'an prochain par le fait de sir Tristram de Goldsborough.

Mais tout à coup, au milieu de ces rêves enchanteurs, le cheval du baron se cabre, se déhanche, tord le râble, pousse des ruades et secoue frénétiquement le vieux guerrier, qui tient bon et cherche à le maîtriser sur place, comme il maîtrisait jadis les indomptables coursiers arabes. Vaines tentatives ! l'homme et la bête ne s'entendent pas ; Fitz-Alwine demeure en selle aussi ferme que sur la croupe du cheval demeure la flèche qui vient de s'y implanter, et le cheval et les illusions du baron prennent le mors aux dents et commencent de par la forêt cette course désordonnée, folle, fantastique, qui les conduit près d'Allan Clare et les entraîne on ne sait où. Les quatre écuyers s'élancèrent au secours de leur maître, et l'habile archer, saisissant la main de sa compagne, traversa le carrefour.

Que devint le baron ? Vraiment nous n'oserions raconter l'événement qui mit fin à cette course au clocher, tant il est extraordinaire et merveilleux ; mais les chroniques de l'époque en garantissent l'authenticité. Voilà :

Les écuyers perdirent bientôt le baron de vue, et peut-être eût-il été emporté à travers l'Angleterre jusqu'au nord de l'Océan, si la bête, en passant sous un chêne au pied duquel gisait le fragment d'un tronc d'arbre, n'eût trébuché.

Notre baron, qui n'avait pas perdu l'esprit, voulut éviter une chute dont la violence pouvait être mortelle, et, laissant la bride, se saisit à deux mains d'une des branches du chêne fort heureusement à sa portée ; il espérait pouvoir en même temps retenir son cheval en l'enserrant entre ses genoux ; mais la courbette forcée de la bête fut si profonde que Fitz-Alwine dut abandonner la selle et demeura suspendu par les mains à la branche du chêne, tandis que le cheval se redressait allégé et entreprenait une nouvelle campagne.

Peu habitué à la gymnastique, le baron mesurait prudemment la distance qui le séparait du sol avant de se laisser choir, lorsque tout à coup il vit flamboyer dans la demi-obscurité du matin, et droit sur ses pieds, quelque chose d'incandescent comme deux morceaux de charbons ardents. Ces deux points ignés appartenaient à une masse noire qui s'agitait, tournoyait et se rapprochait par instants et par bonds des jambes du malheureux lord.

– Holà c'est un loup, pensa le baron qui ne put retenir un cri d'effroi et s'efforça de monter à califourchon sur la branche ; mais il ne put y parvenir, et une sueur glacée, la sueur de l'épouvante, l'inonda quand il sentit glisser sur le cuir de sa botte et craquer sur le métal de ses éperons les dents du loup qui bondissait, allongeant le col, tirait la langue, et aspirait sa proie à mesure que lui se roidissait les bras, s'accrochait du menton à la branche et repliait les jambes jusque sur sa poitrine.

La lutte n'était pas égale : le fil qui retenait en l'air cette friandise de bête féroce allait se casser, le vieux lord n'avait plus de force ; aussi, donnant un dernier souvenir à Christabel et recommandant son âme à Dieu, dut-il fermer les yeux et ouvrir les mains... et il tomba.

Mais, ô miracle de la Providence, il tomba comme un pavé sur la tête du loup, qui ne s'attendait pas à un si lourd morceau, et, en tombant, le poids de son corps, qui se présentait par l'endroit où il a le plus d'ampleur, luxa les vertèbres cervicales du loup et lui rompit la moelle épinière.

De sorte que si les quatre écuyers étaient arrivés sur le lieu du sinistre, ils eussent trouvé leur maître évanoui, couché côte à côte avec un loup trépassé ; mais d'autres personnages que les écuyers devaient réveiller le noble seigneur de Nottingham.

....

Au pied de ce vieux chêne dont les branches s'inclinaient vers le ruisseau qui traverse la vallée de Robin Hood, était assise lady Christabel ; debout, à quelques pas, Robin s'accoudait sur son arc, et tous deux attendaient non sans impatience l'arrivée de sir Allan Clare et de ses compagnons.

Après avoir épuisé les sujets de causerie sur leur situation présente, ils parlèrent de Marianne, et les tendres éloges que prodigua Christabel au doux et charmant caractère de la sœur d'Allan furent écoutés par Robin avec l'ardente attention de l'amour.

Le jeune homme aurait bien voulu adresser une question à Christabel, lui demander si, comme Allan Clare, Marianne n'avait pas déjà donné son cœur à quelque beau cavalier de la noblesse, mais il n'osait. « Si cela est », pensait-il, « je suis perdu ; quelle chance aurais-je en luttant contre un tel rival, moi pauvre enfant de la forêt ? »

– Milady, dit-il soudain en rougissant, et d'une voix émue, tremblante, je plains sincèrement miss Marianne si elle a quitté quelque tendre ami pour accompagner son frère dans un voyage rempli, sinon de dangers réels, du moins de difficultés et de fatigues.

– Marianne, répondit Christabel, a le malheur ou peut-être le bonheur de n'avoir d'autre tendre ami que son frère.

– J'ai peine à le croire, milady ; une personne aussi belle, aussi séduisante que miss Marianne doit posséder ce que vous possédez, quelqu'un qui lui soit dévoué, comme à vous messire Allan.

– Quelque étrange que cela puisse vous paraître, messire, dit la jeune fille en rougissant, j'affirme que Marianne ne sait pas s'il existe un amour autre que l'amour fraternel.

Cette réponse, faite d'un ton assez froid, obligea Robin à changer de conversation.

Le soleil dorait déjà la cime des grands arbres, et Allan ne paraissait pas. Robin dissimulait son inquiétude pour ne pas alarmer la jeune fille, mais il se livrait à de sombres hypothèses sur les causes de ce retard.

Tout à coup une voix sonore retentit dans le lointain, Robin et Christabel tressaillirent.

– Est-ce un appel de nos amis ? demanda la jeune fille.

– Hélas ! non. Will, mon ami d'enfance, et Petit-Jean son cousin, qui accompagnent messire Allan, connaissent parfaitement l'endroit où nous les attendons, et ce que nous avons entrepris exige tant de prudence pour réussir qu'ils ne s'amuseraient pas à jouer avec les échos de la forêt.

La voix se rapprocha, et un cavalier aux couleurs de Fitz-Alwine traversa rapidement la vallée.

– Eloignons-nous, milady, nous sommes ici trop près du château. Je plante cette flèche à terre au pied de ce chêne, et si mes amis arrivent pendant notre absence, ils comprendront en la voyant que nous nous sommes cachés dans les environs.

– Faites, messire ; je m'abandonne entièrement à votre bonne garde.

Les deux jeunes gens venaient de franchir quelques halliers et cherchaient une place convenable pour s'y reposer, quand ils aperçurent le corps d'un homme étendu immobile et comme mort près d'un tronc d'arbre.

– Miséricorde ! s'écria Christabel, mon père, mon pauvre père mort !

Robin frissonna en se croyant coupable de la mort du baron. La blessure du cheval n'en était-elle pas la cause première ?

– Sainte Vierge ! murmura Robin, accordez-nous la grâce qu'il ne soit qu'évanoui !

Et en disant ces mots, le jeune archer se précipita à genoux près du vieillard, tandis que Christabel, toute à sa douleur et au repentir, poussait des gémissements. Une légère blessure au front du baron laissait filtrer quelques gouttes de sang.

– Tiens, est-ce qu'il se serait battu avec un loup ? Ah ! il a étranglé le loup ! s'écria joyeusement Robin, et il n'est qu'évanoui. Milady ! milady, croyez-moi, monsieur le baron n'a qu'une égratignure ; milady, relevez-vous. Malheur ! malheur ! reprit Robin, elle aussi est évanouie ! Ah ! mon Dieu ! mon Dieu ! que devenir ? Je ne puis la laisser là... et le vieux lion qui se réveille, qui agite les bras, qui grogne déjà ! ah ! c'est à en devenir fou ! Milady, répondez-moi donc ? Non, elle est aussi insensible que ce tronc d'arbre. Ah ! que n'ai-je dans les bras et dans les reins la force que je me sens dans le cœur ? je l'emporterais d'ici comme une nourrice emporte son enfant.

Et Robin essaya d'emporter Christabel.

Cependant, en revenant à lui, la pensée du baron ne fut pas pour sa fille, mais pour le loup, ce seul et dernier être vivant qu'il eût aperçu avant de fermer les yeux ; il allongea donc le bras pour saisir l'animal, qu'il se figurait occupé à lui dévorer une jambe ou une cuisse, quoiqu'il ne ressentît aucune douleur des morsures, et il se cramponna à la robe de sa fille en jurant de défendre sa vie jusqu'au dernier soupir.

– Vil monstre ! disait le baron au loup étendu à quelques pas de lui, monstre affamé de ma chair, altéré de mon sang, il y a encore de la vigueur dans mes vieux membres, tu vas voir... Ah ! il tire la langue, je l'étrangle... ici tous les loups de Sherwood, ici venez !... ah ! ah ! un autre, un autre encore ! Mais je suis perdu ! Mon Dieu ! prenez pitié de moi ! *Pater noster qui es in...*

– Mais il est fou, complètement fou ! se disait Robin, anxieusement placé entre un devoir à remplir et sa sûreté personnelle à garantir ; s'il fuyait, il abandonnait celle qu'il avait juré de conduire près d'Allan ; s'il restait, les hurlements du fou pouvaient attirer les hommes qui battaient le bois.

Fort heureusement l'accès du baron se calma, et, les yeux toujours fermés, il comprit que nulle dent de bête féroce ne déchiquetait ses membres, et il voulut se relever : mais Robin, agenouillé derrière sa tête, pesa fortement sur ses épaules, et remplit pour ainsi dire le rôle d'une lassitude extrême en le maintenant solidement étendu par terre.

– Par saint Benoît ! murmurait le lord, je sens sur mes épaules un poids de cent mille livres... Ô mon Dieu et mon saint patron ! je jure de faire bâtir une chapelle à l'orient du rempart si vous me conservez la vie et me donnez la force de rentrer au château ! *Libera nos, quæsumus, Domine !*

En achevant cette prière, il tenta un nouvel effort ; mais Robin, qui espérait voir Christabel reprendre ses sens, pesait toujours ferme.

– *Domine exaudi orationem meam*, continua Fitz-Alwine en se frappant la poitrine ; puis il se mit à pousser des cris perçants.

Mais ces cris ne convenaient pas à Robin, ils étaient trop dangereux pour la sûreté des fugitifs, et le jeune homme, ne sachant comment les interrompre, dit brutalement :

– Taisez-vous !

Au son de cette voix humaine, le baron ouvrit les yeux, et quelle ne fut pas sa surprise en reconnaissant, penchée sur sa figure, la figure de Robin Hood, et, à côté de lui, étendue sur le sol, sa fille évanouie !

Cette apparition balaya la folie, la fièvre et l'anéantissement de l'irascible lord, et, comme s'il eût été maître de la situation dans son château et entouré de ses soldats, il s'écria presque triomphant :

– Enfin je te tiens donc, jeune bouledogue !

– Taisez-vous ! répliqua énergiquement et impérieusement Robin, taisez-vous ! plus de menaces, plus de criailleries, elles sont hors de propos, et c'est moi qui vous tiens !

Et Robin continua à peser de toutes ses forces sur les épaules du baron.

– En vérité, dit Fitz-Alwine qui n'eut pas de peine à se dégager des étreintes de l'adolescent, et se redressa de toute sa hauteur ; en vérité, tu montres les dents, jeune chien !

Christabel était toujours évanouie, et en ce moment elle ressemblait à un cadavre tombé entre ces deux hommes, car Robin s'était rejeté promptement de quelques pas en arrière et posait une flèche sur son arc.

– Un pas de plus, milord, et vous êtes mort ! dit le jeune homme en visant le baron à la tête.

– Ah ! ah ! s'écria Fitz-Alwine devenu livide et reculant lentement pour se placer derrière un arbre, seriez-vous assez lâche pour assassiner un homme sans défense ?

Robin sourit.

– Milord, dit-il en visant toujours à la tête, continuez votre mouvement de retraite ; bien, vous voilà abrité par cet arbre. Maintenant, attention à ce que je vais vous commander, non, vous prier de faire ; attention ! ne montrez ni votre nez, ni même un seul cheveu de votre tête en dehors de cet arbre, soit à gauche, soit à droite, sinon... la mort !

Sans tenir tout à fait compte de ces menaces, le baron, bien caché par l'arbre, avança en dehors le doigt indicateur et menaça le jeune archer ; mais il s'en repentit cruellement, car ce doigt fut aussitôt emporté par une flèche.

– Assassin ! misérable coquin ! vampire ! vassal ! hurla le blessé.

– Silence, baron, ou je vise à la tête, entendez-vous ?

Fitz-Alwine, collé contre l'arbre, vomissait à mi-voix des torrents de malédictions, mais se cachait avec sollicitude, car il s'imaginait Robin au gîte, à quelques pas de là, l'arc tendu et la flèche à l'œil, épiant le moindre de ses gestes hasardé en dehors de la perpendiculaire du tronc d'arbre.

Mais Robin remettait son arc en bandoulière, chargeait doucement Christabel sur ses épaules, et disparaissait à travers les halliers.

Au même instant, le bruit d'une cavalcade se fit entendre, et quatre cavaliers apparurent en face de l'arbre qui servait d'écran au malheureux baron.

– A moi, coquins ! s'écria celui-ci, car ces quatre hommes n'étaient autres que ceux de son escouade distancés depuis longtemps par le courtaud galopant flèche en croupe. A moi ! tombez sur le mécréant qui veut m'assassiner et emporter ma fille.

Les soldats ne comprirent rien à un tel ordre, car ils ne voyaient aux alentours ni bandit ni femme enlevée.

– Là-bas, là-bas, le voyez-vous qui fuit ? reprit le baron en se réfugiant entre les jambes des chevaux ; tenez, il tourne au bout du massif.

En effet, Robin n'avait pas encore assez de vigueur pour transporter rapidement au loin un fardeau tel que le corps d'une femme, et quelques centaines de pas à peine le séparaient de ses ennemis.

Les cavaliers s'élancèrent donc vers lui ; mais les cris du baron frappèrent en même temps l'oreille de Robin, et il comprit aussitôt que son salut n'était plus dans la fuite.

Faisant alors volte-face, il mit un genou en terre, coucha Christabel en travers sur son autre jambe, et s'écria, les deux mains à l'arc et visant de nouveau Fitz-Alwine :

– Arrêtez ! De par le ciel, si vous faites un pas de plus vers moi, votre seigneur est mort !

Robin n'avait pas achevé ces paroles que déjà le baron était caché derrière l'arbre qui lui servait d'écran, mais continuant à crier :

– Saisissez-le ! tuez-le ! il m'a blessé !... Vous hésitez ? oh ! les lâches ! les mercenaires !...

La fière contenance de l'intrépide archer intimidait les soldats.

L'un d'eux cependant osa rire de cet effroi.

– Il chante bien, le jeune coq, dit-il, mais, c'est égal, vous allez voir comme il est doux et soumis !

Et le soldat descendit de cheval et s'avança vers Robin.

Robin, outre la flèche placée sur son arc, en tenait une

seconde entre ses dents, et, d'une voix étouffée mais impérieuse, il dit :

– Je vous ai déjà prié de ne pas m'approcher, maintenant je vous l'ordonne... Malheur à vous si vous ne me laissez continuer en paix mon chemin.

Le soldat se prit à rire d'un air moqueur, et avança encore.

– Une fois, deux fois, trois fois, arrêtez-vous !

Le soldat riait toujours et ne s'arrêtait pas.

– Meurs donc ! cria Robin.

Et l'homme tomba, la poitrine transpercée d'une flèche.

Le baron seul portait une cotte de mailles ; ses hommes d'armes s'étaient équipés comme pour une chasse.

– Chiens, tombez sur lui ! vociférait toujours Fitz-Alwine. Ô les lâches ! les lâches ! une égratignure leur fait peur.

– Sa Seigneurie appelle cela une égratignure, murmura l'un des trois cavaliers, peu soucieux d'exécuter la même manœuvre que son défunt camarade.

– Mais, s'écria un autre soldat en s'élevant sur ses étriers pour mieux voir de loin, voilà du secours qui nous arrive. Parbleu ! c'est Lambic, monseigneur.

En effet, Lambic et son escorte arrivaient à fond de train.

Le sergent était si joyeux et en même temps si pressé d'apprendre au baron le succès de son expédition, qu'il n'aperçut pas Robin et cria d'une voix retentissante :

– Nous n'avons pas rencontré les fugitifs, monseigneur, mais en revanche la maison est brûlée.

– Bien, bien, répondit impatiemment Fitz-Alwine ; mais regarde cet ourson, que ces lâches n'osent museler.

– Oh ! oh ! reprit Lambic reconnaissant le démon à la torche et riant avec mépris ; oh ! oh ! jeune poulain sauvage, je vais donc enfin te passer une bride ! Sais-tu, mon bel indomptable, que j'arrive de ton écurie ? Je croyais t'y trouver, et franchement, ça m'a contrarié : tu aurais pu voir un magnifique feu de joie et danser, en compagnie de bonne maman, une gigue au milieu des flammes. Mais console-toi ; comme tu n'étais pas là, j'ai voulu épargner à la pauvre vieille des souffrances inutiles, et je lui ai préalablement envoyé une flèche dans...

Lambic n'acheva pas : un cri rauque s'exhala de ses lèvres, et lâchant la bride du cheval, il tomba... une flèche venait de lui traverser la gorge.

Une indicible terreur cloua sur place les témoins de cette vengeance. Robin en profita, malgré le saisissement que lui causaient les dernières paroles de Lambic, et, chargeant Christabel sur son épaule, il disparut dans le hallier.

– Courez, courez, répétait le baron au paroxysme de la rage ; courez, coquins ; si vous ne le saisissez pas, vous serez tous pendus, oui, pendus !

Les soldats se jetèrent à bas de leurs chevaux et s'élancèrent sur les traces du jeune homme. Robin, pliant sous le faix, perdait à chaque minute de son avance sur eux ; plus il faisait d'efforts pour s'éloigner, plus il sentait que ces efforts devenaient inutiles, et pour comble de malheur, la jeune fille, qui commençait à reprendre ses sens, s'agitait convulsivement et poussait des cris aigus. Ces mouvements désordonnés entravaient la vitesse de la course de Robin, et, s'il parvenait à se cacher derrière quelque épais buisson, les cris de Christabel ne manqueraient pas d'attirer les limiers.

– Allons ! pensa-t-il, s'il faut mourir, mourons en nous défendant.

Et de l'œil Robin chercha un endroit propice pour y déposer Christabel, quitte à revenir seul ensuite faire tête aux gens du baron.

Un orme entouré de buissons et de jeunes pousses d'arbres lui parut convenable pour servir de retraite à la fiancée d'Allan, et, sans révéler à Christabel quels dangers les menaçaient, il la déposa au pied de cet arbre, s'étendit auprès d'elle, la conjura de rester immobile et silencieuse, et attendit, contemplant par la pensée un spectacle horrible : l'incendie du cottage où il avait vécu, puis Gilbert et Marguerite expirant au milieu des flammes.

15

Cependant les soldats s'approchaient toujours, mais avec prudence, et à chaque pas ils s'arrêtaient, abrités par des massifs de feuillage, pour écouter les conseils du baron qui ne voulait pas qu'ils se servissent de l'arc de peur de blesser sa fille.

Cet ordre ne plaisait guère aux soldats, car ils comprenaient que Robin ne les laisserait pas s'approcher de lui assez près pour qu'ils pussent employer la lance sans en tuer quelques-uns.

– S'ils ont l'esprit de m'entourer, pensa Robin, je suis perdu.

Une éclaircie dans le feuillage lui permit bientôt d'apercevoir Fitz-Alwine, et le désir de la vengeance le mordit au cœur.

– Robin, murmura alors la jeune fille, je me sens forte. Qu'est devenu mon père ? Vous ne lui avez fait aucun mal, n'est-ce pas ?

– Aucun mal, milady, répondit Robin en tressaillant, mais...

Et du doigt il fit vibrer la corde de l'arc.

– Mais quoi ? s'écria Christabel épouvantée par ce geste sinistre.

– C'est qu'il m'a fait du mal, lui ! Ah ! milady, si vous saviez...

– Où est mon père, messire ?

– A quelques pas d'ici, répondit froidement Robin, et Sa Seigneurie n'ignore pas que nous ne sommes qu'à quelques pas d'elle ; mais ses soldats n'osent m'attaquer, ils redoutent mes flèches. Ecoutez-moi bien, milady, reprit Robin après une minute de réflexion, nous tomberons inévitablement entre leurs mains si nous restons ici : nous n'avons qu'une seule chance de salut, la fuite, la fuite sans être vus, et, pour y réussir, il nous faut beaucoup de courage, beaucoup de sang-froid, et surtout beaucoup de confiance en la protection divine. Ecoutez-moi bien : si vous tremblez ainsi, vous ne comprendrez pas toutes mes paroles ; c'est à vous d'agir maintenant ; enveloppez-vous dans votre manteau, dont la couleur sombre n'attire pas le regard, et glissez-vous sous la feuillée, presque terre à terre, en rampant s'il le faut.

– Mais les forces encore plus que le courage me manquent, dit en pleurant la pauvre Christabel ; ils m'auront tuée avant que je n'aie fait vingt pas. Sauvez-vous, messire, et ne vous préoccupez plus de moi ; vous avez fait tout ce qu'il était possible de faire pour me réunir à mon bien-aimé, Dieu ne l'a pas permis, que sa sainte volonté soit faite, et que sa sainte bénédiction vous accompagne ! Adieu, messire... partez ; vous direz à mon très-cher Allan que mon père n'exercera pas longtemps son pouvoir sur moi... mon corps est brisé comme mon cœur ; je mourrai bientôt. Adieu.

– Non, milady, répliqua le courageux enfant, non, je ne fuirai pas. J'ai fait une promesse à messire Allan, et pour remplir cette promesse j'irai toujours en avant, à moins que la mort ne m'arrête... Reprenez courage. Allan est peut-être déjà rendu dans la vallée ; peut-être aussi, en voyant ma flèche, se mettra-t-il à notre recherche... Dieu ne nous a pas encore abandonnés.

– Allan, Allan, cher Allan ! pourquoi ne venez-vous pas ? s'écria Christabel éperdue.

Soudain, comme pour répondre à cet appel du désespoir, retentit à travers l'espace le hurlement prolongé d'un loup.

Christabel, agenouillée, tendit les bras au ciel d'où vient tout secours ; mais Robin, les joues colorées d'une vive rougeur, voûta ses deux mains autour de sa bouche, et répéta le même hurlement.

– On vient à notre aide, dit-il ensuite joyeusement, on vient, milady ; ce hurlement, c'est un signal convenu entre forestiers ; j'y ai répondu, et nos amis vont paraître. Vous voyez bien que Dieu ne nous abandonne pas. Je vais leur dire de se hâter.

Et, avec une seule main placée en entonnoir devant ses lèvres, Robin imita le cri d'un héron poursuivi par un vautour.

– Cela signifie, milady, que nous sommes en détresse.

Un cri semblable de héron effaré se fit entendre à une faible distance.

– C'est Will, c'est l'ami Will ! s'écria Robin. Courage, milady ! glissez-vous sous la feuillée, vous y serez à l'abri ; une flèche égarée est à craindre.

Le cœur de la jeune fille battait à se rompre ; mais, soutenue par l'espérance de voir bientôt Allan, elle obéit et disparut, souple comme une couleuvre dans l'épaisseur du fourré.

Pour faire diversion, Robin poussa un grand cri, sortit de sa cachette, et alla d'un seul bond se placer derrière un autre arbre.

Une flèche vint aussitôt s'implanter dans l'écorce de cet arbre ; notre héros, prompt à la riposte, salua son arrivée par un éclat de rire moqueur, et, échangeant flèche contre flèche, jeta bas le malheureux soldat.

– En avant, imbéciles ! lâches ! en avant ! vociférait Fitz-Alwine, sinon il vous tuera tous ainsi les uns après les autres.

Le baron poussait ses gens au combat, tout en se faisant un gabion de chaque arbre, lorsqu'une grêle de flèches annonça l'entrée en lice de Petit-Jean, des sept frères Gamwell, d'Allan Clare et de frère Tuck.

A l'aspect de cette vaillante troupe, les gens de Nottingham jetèrent bas les armes et demandèrent quartier. Le baron seul ne capitula pas, et se jeta dans les broussailles en rugissant.

Robin, en apercevant ses amis, s'était élancé sur les traces de Christabel ; mais Christabel, au lieu de s'arrêter à une petite distance, avait continué sa course, soit par terreur, soit par oubli des conseils de Robin, soit par fatalité.

Robin retrouvait facilement les traces de la jeune fille, mais il l'appelait vainement, l'écho seul répondait à sa voix. Le jeune archer s'accusait déjà d'imprévoyance, quand tout à coup un cri de douleur frappa son oreille. Il bondit dans la direction d'où partait ce cri, et aperçut un cavalier du baron qui saisissait Christabel par la taille et l'enlevait sur son cheval.

Encore, encore une de ses flèches vengeresses partit ; le cheval, blessé en plein poitrail, se cabra, et le soldat et Christabel roulèrent dans le sentier.

Le soldat abandonna Christabel et chercha, rapière en main, sur qui venger la mort de sa bête ; mais il n'eut point le loisir de reconnaître son adversaire, car il tomba lui-même sans mouvement près de la victime, et Robin arracha Christabel d'auprès de ce nouveau cadavre, de peur que le sang qui s'écoulait d'une blessure à la tête ne souillât la jeune fille.

Lorsque Christabel ouvrit les yeux et qu'elle entrevit la noble physionomie du jeune archer penché vers elle, elle rougit et lui tendit la main en lui disant ce seul mot :

– Merci !

Mais ce seul mot fut dit avec un tel sentiment de gratitude, avec une si profonde émotion, que Robin, rougissant à son tour, baisa cette main qu'on lui offrait.

– Pourquoi vous êtes-vous si rapidement éloignée, milady, et comment avez-vous été surprise par ce mercenaire ? les autres ont mis bas les armes et demandent quartier à messire Allan.

– Allan !... Cet homme m'a reconnue, s'est saisi de moi en s'écriant : « Cent écus d'or ! hourra ! cent écus d'or ! » Mais vous dites qu'Allan...

– Je dis que messire Allan Clare vous attend.

La jeune fille eut des ailes à ses pieds, déjà si fatigués, mais elle s'arrêta stupéfaite, interdite devant le cortège qui entourait le chevalier.

Robin prit la main de Christabel et lui fit faire quelques pas vers le groupe ; mais à peine Allan l'eut-il aperçue que sans tenir compte des hommes présents, mais aussi sans pouvoir articuler une seule parole, il s'élança vers elle, l'étreignit sur sa poitrine, et couvrit son front des plus tendres baisers. Christabel, palpitante, ivre de joie, morte de bonheur à force d'être heureuse, n'était plus entre les bras d'Allan qu'une forme humaine ; toute la force vitale était dans le regard, dans les lèvres frémissantes, dans les folles palpitations du cœur.

Enfin les larmes, les sanglots, sanglots de bonheur, larmes d'allégresse, se firent jour ; ils reprirent conscience de leur être, et ils purent se le dire par de longs regards où le fluide d'amour remplaçait le fluide lumineux.

L'émotion des spectateurs de cette réunion ou plutôt de cette fusion de deux âmes était grande. Maude, comme si elle en ressentait l'envie, s'approcha de Robin, lui prit les deux mains et voulut lui sourire ; mais ce sourire égrenait une à une de grosses larmes sur ses joues veloutées et ces larmes roulaient sans se briser comme roulent les gouttes d'eau sur les feuilles.

– Et ma mère, et Gilbert ? demanda le jeune homme en pressant les mains de Maude dans les siennes.

Maude apprit en tremblant à Robin qu'elle ne s'était pas rendue au cottage et qu'Halbert y était allé seul.

– Petit-Jean, dit Robin, vous avez vu mon père ce matin ; ne lui était-il rien arrivé de malheureux ?

– Rien de malheureux, cher ami, mais des choses étranges qu'on te racontera ; j'ai laissé ton père tranquille et bien portant ce matin, c'est-à-dire à deux heures après minuit.

– Pourquoi t'inquiéter ainsi, Robin ? demanda Will qui se rapprochait du jeune archer pour être dans le voisinage de Maude.

– J'ai des motifs sérieux de m'inquiéter : un sergent du baron Fitz-Alwine m'a dit avoir incendié ce matin la maison de mon père et jeté ma mère dans les flammes.

– Et que lui as-tu répondu ? s'écria Petit-Jean.

– Je ne lui ai pas répondu, je l'ai tué... A-t-il dit la vérité, a-t-il menti ? Je veux y aller voir, je veux voir mon père et ma mère, ajouta Robin la voix pleine de larmes ; sœur Maude, partons...

– Miss Maude est ta sœur ? s'écria Will. Vraiment je ne te savais pas si heureux il y a huit jours.

– Il y a huit jours je n'avais pas encore de sœur, cher Will... aujourd'hui j'ai le bonheur d'être frère, répliqua Robin en essayant de sourire.

– Je n'aurais qu'un souhait à faire pour mes sœurs, ajouta galamment Will, ce serait qu'elles ressemblassent en tout à mademoiselle.

Robin regarda Maude d'un œil curieux.

La jeune fille pleurait.

– Où est ton frère Halbert ? demanda Robin.

– Je vous l'ai déjà dit, Robin, Hal se dirige vers le cottage de Gilbert.

– Sur mon âme, je crois l'apercevoir ! s'écria vivement le moine Tuck, regardez...

En effet, Hal arrivait à franc étrier, monté sur le plus beau cheval des écuries du baron.

– Voyez, mes amis, s'écria orgueilleusement le jeune garçon, quoique séparé de vous, je me suis bien battu ; j'ai gagné la meilleure bête de tout le comté. Ah ! vous croyez cela que je me suis battu ! Eh bien ! non, j'ai trouvé le cheval sans cavalier et broutant l'herbe de la forêt.

Robin sourit en reconnaissant la monture du baron, cette monture qui lui avait servi de cible.

On tint conseil.

A cette époque où les grands possesseurs de fiefs agissaient en souverains sur leurs vassaux, guerroyaient avec leurs voisins et se livraient au pillage, au brigandage, au meurtre, sous prétexte d'exercer les droits de haute et de basse justice, souvent des luttes terribles s'engageaient de château à château, de village à village, et, la bataille finie, vainqueurs et vaincus se retiraient, chacun de son côté, prêts à recommencer à la première occasion favorable.

Le baron de Nottingham, battu pendant cette nuit fertile en événements, pouvait donc tenter de reprendre le jour même sa revanche. Ses hommes reçus à quartier ralliaient déjà le château, il possédait encore bon nombre de lances qu'il n'avait pas mises en campagne, et les gens du hall de Gamwell, seuls partisans d'Allan Clare et de Robin, n'étaient pas de force à lutter longtemps contre un aussi puissant seigneur ; il fallait donc, pour conserver l'avantage, suppléer au manque de bras par la prudence, par la ruse et par l'activité aussi bien que par le courage.

Voilà pourquoi nos amis tinrent conseil pendant que le baron, accompagné de deux ou trois serviteurs, regagnait piteusement son manoir. La présence de Christabel empêchait qu'on l'inquiétât dans sa retraite.

Il fut décidé que messire Allan et Christabel se réfugieraient immédiatement au hall par la route la plus courte. Will l'Ecarlate, ses six frères et le cousin Petit-Jean les accompagneraient.

Robin, Maude, Tuck et Halbert devaient se rendre à la demeure de Gilbert Head. Dans la soirée on échangerait des messages, et on se tiendrait prêt s'il fallait se réunir sur tel point ou sur tel autre.

William n'approuvait pas ces dispositions et employait toute son éloquence pour convaincre Maude de la nécessité où elle se trouvait d'accompagner sa maîtresse au hall.

Maude, prenant sérieusement à cœur son nouveau titre de sœur de Robin, n'y voulait rien entendre ; mais Will fit si bien que Christabel s'associa à ses désirs sans en comprendre le but, et contraignit Maude à la suivre.

– Robin Hood, dit Allan Clare en prenant les mains du jeune archer dans les siennes, Robin Hood, c'est en risquant deux fois votre vie que vous avez sauvé la mienne et celle de lady Christabel, vous êtes donc plus qu'un ami pour moi, vous êtes un frère. Or entre frères tout est commun : à vous donc mon cœur, mon sang, ma fortune, à vous tout ce que je possède ; quand je cesserai d'être reconnaissant, c'est que j'aurai cessé de vivre. Adieu !

– Adieu, messire.

Les deux jeunes gens s'embrassèrent et Robin porta respectueusement à ses lèvres les doigts blancs de la belle fiancée du chevalier.

– Adieu, vous tous ! cria Robin en envoyant un dernier salut aux Gamwell.

– Adieu ! répondirent-ils en agitant en l'air leurs bonnets.

– Adieu ! murmura une douce voix, adieu !

– Au revoir, chère Maude, dit Robin, au revoir ! N'oubliez pas votre frère !

Allan et Christabel, montés sur le cheval du baron, partirent les premiers.

– La sainte Vierge les protège, eux, dit tristement Maude.

– Le fait est que le cheval va bien, répondit Halbert.

– Enfant ! murmura Maude ; et un soupir profond s'échappa de ses lèvres.

Le noble animal qui emportait lady Christabel et Allan Clare vers le hall de Gamwell marchait rapidement, mais avec une souplesse, une douceur infinie de mouvement, comme s'il eût compris la nature de son précieux fardeau ; la bride flottait sur son cou gracieusement cambré, mais il ne quittait pas le sol des yeux de crainte d'interrompre par un faux pas le dialogue des amoureux.

De temps en temps le jeune homme tournait la tête, et ses paroles se touchaient avec les paroles de Christabel, qui, pour se soutenir en selle, serrait la taille du cavalier entre ses bras.

Que pouvaient-ils se dire après une si terrible nuit ? Tout ce que le délire du bonheur inspire, beaucoup quelquefois, parfois aussi rien ; les uns ont le bonheur éloquent, les autres sont silencieux.

Christabel s'adressait des reproches sur sa conduite envers son père ; elle se voyait blâmée, repoussée par le monde pour avoir fui avec un homme : elle se demandait si plus tard Allan lui-même ne la mépriserait pas. Mais ces reproches, ces scrupules, ces craintes, elle ne les exprimait que pour avoir le plaisir de les entendre réduire à néant par l'éloquence persuasive du chevalier.

– Que deviendrions-nous si mon père avait le pouvoir de nous séparer, cher Allan ?

– Il ne l'aura bientôt plus, adorée Christabel ; bientôt vous serez ma femme, non seulement devant Dieu comme aujourd'hui, mais encore devant les hommes. Moi aussi j'aurai des soldats, ajouta fièrement le jeune chevalier, et mes soldats vaudront ceux de Nottingham. Plus de soucis, chère Christabel, abandonnons-nous à la jouissance de notre bonheur et à la protection divine.

– Fasse Dieu que mon père nous pardonne !

– Si vous redoutez le voisinage de Nottingham, ma

bien-aimée, nous irons vivre dans les îles du Sud, où il y a toujours un beau ciel, de chauds rayons de soleil, des fleurs et des fruits. Exprimez un désir, je trouverai pour vous un paradis terrestre.

– Vous avez raison, cher Allan, nous serions plus heureux là-bas que dans cette froide Angleterre.

– Vous quitteriez donc sans regret l'Angleterre !

– Sans regret !... pour vivre avec vous je quitterais le ciel, ajouta tendrement Christabel.

– Eh bien ! sitôt mariés nous partirons pour le continent ; Marianne nous suivra.

– Chut ! s'écria la jeune fille, écoutez... Allan, on nous poursuit.

Le chevalier arrêta son cheval. Christabel ne s'était pas trompée, le retentissement d'un galop de chevaux arrivait jusqu'à eux, et, de minute en minute, de seconde en seconde, ce bruit, d'abord lointain, augmentait d'intensité et se rapprochait.

– Fatalité ! pourquoi avons-nous devancé nos amis de Gamwell ! murmurait Allan qui éperonna son cheval pour faire volte-face et s'enfoncer dans les taillis, car ils se trouvaient alors sur le bord d'une route.

En ce moment un hibou, réveillé par le bruit, sortit d'un tronc d'arbre voisin, poussa un cri lugubre et rasa de son vol les narines du cheval, qui allait obéir à l'éperon. Le cheval épouvanté s'affola et, au lieu de fuir dans la direction choisie par Allan, se lança à fond de train sur la route.

– Courage, Christabel ! cria le jeune homme qui luttait inutilement contre la folie de la bête, courage ! tenez-vous ferme ! un baiser, Christabel, et Dieu nous sauve !

Une bande de cavaliers aux couleurs du baron se présentait en ligne et tenait toute la largeur de la route.

La fuite était impossible en tournant le dos aux cavaliers, et l'on ne pouvait miraculeusement échapper qu'en forçant leur ligne.

Allan vit le danger et ne pensa plus qu'à le braver.

Clouant alors les molettes de ses éperons dans les flancs du cheval, il donna tête baissée au milieu des hommes d'armes et passa... passa comme l'éclair qui traverse la nue.

– Change de main ! volte-face ! commanda le chef de la troupe qu'exaspéra ce trait d'audace. Visez à la bête, hurla le chef, et malheur à qui blessera milady !

Une grêle de flèches tomba autour d'Allan ; mais le noble cheval ne ralentit pas sa course, mais Allan ne perdit pas courage.

– Enfer ! ils nous échappent ! hurla le chef. Aux jarrets, tirez aux jarrets !

Quelques instants après les cavaliers entouraient les deux amants, jetés sur le gazon par la chute mortelle du pauvre cheval.

– Rendez-vous, chevalier, dit le chef avec une ironie courtoise.

– Jamais, répondit Allan, qui déjà debout avait dégainé sa rapière, jamais ; vous avez tué lady Fitz-Alwine, ajouta le jeune homme en montrant Christabel évanouie à ses pieds. Eh bien ! je mourrai en la vengeant.

L'inégale lutte ne fut pas de longue durée : Allan tomba criblé de blessures, et les soldats reprirent le chemin de Nottingham, emportant Christabel comme un enfant endormi.

William eut un remords de conscience et rejoignit son cher Robin, il croyait pouvoir lui être utile, et se promettait de revenir ensuite promptement au hall se livrer à l'admiration des beaux yeux de miss Hubert Lindsay.

Mais Petit-Jean, très formaliste, le rappela.

– Il convient, dit-il, que tu sois l'introducteur au hall de ces nouveaux arrivants. J'accompagnerai Robin, moi.

William y consentit ; il n'aurait eu garde de refuser les devoirs que lui imposait l'amitié.

C'est pendant ce court entretien qu'Allan et Christabel avaient devancé les Gamwell, et Robin lui-même, croyant abréger sa route, marcha quelque temps encore en leur compagnie jusqu'à ce qu'il trouvât un certain sentier à lui bien connu.

Hal et Maude avaient aussi pris les devants ; mais frère Tuck s'était arrêté pour attendre le gros de la troupe.

Tout en causant, les jeunes gens arrivèrent au petit carrefour où Robin devait se séparer d'eux et non loin duquel frère Tuck attendait mollement assis sur le gazon ; il rêvait de la cruelle Maude, le pauvre frère !

Les derniers souhaits du départ se répétaient pour la millième fois quand les yeux de quelques-uns des Gamwell découvrirent à une faible distance le corps sanglant d'un homme étendu sur le sol.

– Un soldat du baron ! dirent les uns.

– Une victime de Robin ! ajoutèrent les autres.
– Ciel ! un affreux malheur est arrivé ! s'écria Robin qui reconnut aussitôt Allan Clare. Ah ! mes amis, voyez... l'herbe est foulée par des piétinements de chevaux. On s'est battu ici... mon Dieu ! mon Dieu ! il est mort peut-être... et lady Christabel, qu'est-elle devenue ?
Tous les amis firent cercle autour du corps qui paraissait sans vie.
– Il n'est pas mort, rassurez-vous ! s'écria Tuck.
– Béni soit Dieu ! répéta le groupe.
– Le sang coule par cette grande blessure au sommet de la tête, le cœur bat... Allan, messire chevalier, vos amis vous entourent, ouvrez les yeux.
– Fouillez les environs, dit Robin, cherchez lady Christabel.
Ce doux nom prononcé par Robin ranima chez Allan la vie bien près de s'éteindre.
– Christabel ! murmura-t-il.
– En sûreté, messire, cria le moine qui s'occupait à cueillir quelques plantes utiles en pareilles circonstances.
– Vous répondez de lui ? demanda Robin au moine.
– J'en réponds ; sitôt la blessure pansée, on le transportera au hall à l'aide d'une litière en branches d'arbres.
– Alors, adieu, messire Allan, dit Robin, penché tristement sur le blessé ; nous nous reverrons.
Allan ne put répondre que par un faible sourire.
Tandis que les robustes bras des Gamwell transportaient lentement au hall le pauvre Allan Clare, Robin, dévoré d'inquiétude, s'avançait rapidement vers la demeure de son père adoptif. L'infortune d'Allan et ses craintes personnelles lui oppressaient le cœur ; il maudissait l'étendue, l'espace ; il aurait voulu voler plus rapidement que ne volent les hirondelles ; il aurait voulu percer l'épaisseur de la forêt, embrasser Marguerite et Gilbert pour être certain qu'ils vivaient encore.
– Vous avez des jambes de cerf, dit Petit-Jean.
– On les a toujours ainsi quand on veut, répondit Robin.
En entrant dans la vallée d'aulnes qui conduisait à la maison de Gilbert, les deux jeunes gens reconnurent avec terreur l'affreuse véracité des paroles de Lambic. Un épais nuage de fumée tourbillonnait encore au-dessus des arbres, et les âcres senteurs de l'incendie imprégnaient l'atmosphère.

Robin jeta un cri de désespoir, et, suivi de Petit-Jean, non moins peiné, il s'élança en courant dans l'avenue.

A quelques pas des noirs décombres, là où la veille souriait encore par ses fenêtres éclairées la joyeuse maison, était agenouillé le pauvre Robin, et ses mains pressaient convulsivement les mains froides de Marguerite étendue devant lui.

– Père ! père ! cria Robin.

Une sourde exclamation s'échappa des lèvres de Gilbert ; puis il fit quelques pas vers Robin et tomba en sanglotant dans les bras tendus du jeune homme.

Cependant l'énergie naturelle du vieux forestier fit taire un instant les plaintes, les larmes et les sanglots.

– Robin, dit-il d'une voix ferme, tu es le légitime héritier du comte de Huntingdon ; ne tressaille pas : c'est vrai... tu seras donc puissant un jour, et tant qu'il y aura un souffle de vie dans mon vieux corps, il t'appartiendra... tu auras donc pour toi la fortune d'un côté, mon dévouement de l'autre : eh bien ! regarde, regarde-la, morte, assassinée par un misérable, celle qui t'aimait tendrement, sincèrement, comme elle eût aimé le fils de ses entrailles.

– Oh ! oui, elle m'aimait ! murmura Robin agenouillé auprès du corps de Marguerite.

– Voici ce qu'ils ont fait de ta mère, un cadavre ; voici ce qu'ils ont fait de ta maison, une ruine ! Comte de Huntingdon, vengeras-tu ta mère ?

– Je la vengerai !

Et, se levant fièrement, le jeune homme ajouta :

– Le comte de Huntingdon écrasera le baron de Nottingham, et la seigneuriale demeure du noble lord sera, comme la maison de l'humble forestier, dévorée par les flammes !

– Je jure à mon tour, dit Petit-Jean, de ne laisser ni repos ni trêve au Fitz-Alwine, à ses gens et tenanciers.

Le lendemain, le corps de Marguerite, transporté au hall par Lincoln et Petit-Jean, fut pieusement enterré dans le cimetière du village de Gamwell.

Les mémorables événements de cette étrange nuit avaient réuni comme une seule famille, pour se venger du baron Fitz-Alwine, les divers personnages de notre histoire.

16

Quelques jours après l'enterrement de la pauvre Marguerite, Allan Clare apprit à ses amis par quel concours de circonstances inattendues lady Christabel avait été une fois encore enlevée à son amour.

Halbert, envoyé au château par le pauvre amoureux si fatalement déçu dans ses espérances, vint annoncer que Fitz-Alwine était parti pour Londres avec sa fille, et que de Londres le baron devait se rendre en Normandie, où quelques affaires d'intérêt nécessitaient sa présence.

La foudroyante nouvelle de ce départ si subit et si imprévu causa au jeune homme une douleur profonde, et cette douleur devint si violente que Marianne, Robin et les fils de sir Guy épuisèrent pour la calmer toutes les consolations qu'inspirent la tendresse et le dévouement. Un conseil du jeune Hood, conseil fortement appuyé par l'approbation de tous les membres de la famille Gamwell, apporta une lueur d'espérance dans le cœur d'Allan.

Robin disait :

– Allan doit suivre Fitz-Alwine à Londres, de Londres en Normandie, et ne s'arrêter enfin que là où s'arrêtera lui-même le furieux baron.

Cette idée se transforma bientôt en projet, et de projet en exécution. Allan se prépara au départ, et, à la prière du jeune homme, la douce et résignée Marianne consentit à attendre son retour dans la charmante solitude du hall de Gamwell.

Nous laisserons messire Allan poursuivre de Londres en Normandie les traces de lady Christabel, et nous nous occuperons de Robin Hood, ou, pour mieux dire, du jeune comte de Huntingdon.

Avant de commencer les poursuites légales d'une demande aussi difficile que celle qu'il avait à faire dans l'intérêt de son fils d'adoption, Gilbert crut devoir soumettre la question à sir Guy de Gamwell et dut lui faire connaître dans ses moindres détails l'étrange histoire racontée par Ritson mourant. Lorsque le vieillard eut achevé le récit de l'odieuse usurpation des droits de Robin, sir Guy apprit à son tour à Gilbert que la mère de Robin était la fille de son frère Guy de Coventry. Par conséquent Robin se trouvait être le neveu du baronnet, et non son petit-fils, ainsi que l'avaient pu faire croire à Gilbert les paroles de Ritson. Malheureusement sir Guy de Coventry n'existait plus ; et son fils, seul rejeton de cette branche cadette de la famille des Gamwell, était aux croisades. « Mais », avait ajouté l'excellent baronnet, « l'absence de ces deux parents ne doit mettre aucune entrave à la démarche que vous méditez, brave Gilbert, mon cœur, mon bras, ma fortune et mes enfants appartiennent à Robin. Je désire vivement lui être utile, je désire le voir devenir possesseur aux yeux de tous d'une fortune qui lui appartient aux yeux de Dieu. »

La juste réclamation de Robin fut présentée devant les tribunaux ; il y eut procès. L'abbé de Ramsay, adversaire du jeune homme, membre très riche de la toute-puissante Eglise, repoussa vigoureusement la demande, et traita de fable, de mensonge et d'imposture le récit de Gilbert. Le shérif auquel monsieur de Beasant avait confié l'argent nécessaire à l'entretien de son neveu fut appelé devant les juges ; mais cet homme, vendu corps et âme à l'audacieux détenteur des biens du comte de Huntingdon, nia le dépôt et refusa de reconnaître Gilbert.

L'unique témoin du jeune homme, son unique protecteur traité de fou et de visionnaire était donc son père adoptif, faible appui, on en conviendra, pour lutter avec avantage contre un adversaire aussi bien placé dans le monde que l'était l'abbé de Ramsay. Il est vrai que sir Guy de Gamwell assura par serment que la fille de son frère avait disparu de Huntingdon à l'époque précisée par Ritson ; mais là se bornait, sur la connaissance des faits, la déposition du vieillard. Si Robin était parvenu à intéresser ses juges, s'il était encore parvenu à leur ôter sur la légalité de ses droits tout doute moral, en revanche il lui était bien difficile, pour ne pas dire impossible, de vaincre les obstacles matériels qui s'opposaient au triomphe de sa cause.

La distance qui sépare Huntingdon de Gamwell, le manque de renfort militaire empêchaient Robin de conquérir ses droits par la force des armes, action permise à cette époque ou du moins tolérée ; il fut donc contraint de supporter avec patience les insolentes bravades de son ennemi, il fut obligé de se mettre à la recherche d'un moyen pacifique et légal, aucun jugement n'ayant encore été rendu, pour entrer sans combat en jouissance de ses biens. Ce moyen fut trouvé par sir Guy, et, d'après le conseil du vieillard, Robin s'adressa directement à la justice de Henri II. Son message envoyé, il attendit, avant de prendre une nouvelle détermination, la réponse bienveillante ou défavorable de Sa Royale Majesté.

Six années s'écoulèrent, six années qui furent absorbées par les angoisses d'un procès laissé et repris suivant le caprice des juges ou des avocats. Dévorées par les inquiétudes de l'attente, ces six années n'eurent pour les habitants du hall de Gamwell que la durée d'un jour.

Robin et Gilbert n'avaient point quitté l'hospitalière maison de sir Guy ; mais, en dépit de l'affection et des tendres soins de son fils, Gilbert, le joyeux Gilbert, n'était plus que l'ombre de lui-même. Marguerite avait emporté l'âme et la gaieté du vieillard.

Marianne faisait également partie des hôtes de Gamwell. L'aimable jeune fille, le front couronné des roses épanouies de son vingtième printemps, était encore plus charmante que le jour où l'amoureux Robin s'extasiait si hautement et si naïvement sur les charmes de son joli visage. Aimée des hommes avec respect, chérie des femmes avec un sentiment d'abnégative tendresse, il ne manquait au bonheur de Marianne que la présence de son frère. Allan habitait la France, et dans ses rares lettres il ne parlait jamais ni de bonheur présent ni de retour prochain.

Mieux que personne au hall, et surtout plus que personne, Robin admirait, appréciait et chérissait les perfections physiques et morales de Marianne ; mais cette admiration, voisine de l'idolâtrie, ne s'exprimait ni par les regards, ni par les paroles, ni par les gestes. L'isolement de la jeune fille la rendait à Robin aussi digne de respect que la présence d'une mère ; de plus, l'incertitude de son avenir interdisait à la délicatesse du jeune homme l'aveu d'un amour que sa position présente ne lui permettait pas de sanctionner par les liens sérieux du mariage.

La noble sœur d'Allan Clare pouvait-elle descendre jusqu'à Robin Hood ?

Il eût été impossible, même à l'observateur le plus attentif, de se rendre compte des pensées intérieures de la jeune fille ; il lui eût été impossible de découvrir dans les actions de Marianne, dans ses paroles ou dans ses regards, non seulement la part qu'elle faisait de son cœur à Robin, mais encore si elle avait compris l'ardent amour dont l'entourait le silencieux et dévoué jeune homme.

La douce voix de Marianne avait pour tous indistinctement les mêmes modulations musicales. L'absence de Robin ne mettait ni pâleur à son front ni rêverie dans ses regards ; son retour imprévu ne la faisait point rougir ; elle n'avait avec lui ni entretien particulier ni rencontre fortuite. Mélancolique sans tristesse, Marianne paraissait vivre avec le souvenir de son frère, avec l'espoir d'apprendre que, aimé de Christabel, Allan pouvait ouvertement laisser lire sur son front l'orgueil et la joie que lui donnait cet amour.

Les habitants du hall de Gamwell formaient autour de Marianne plutôt une cour qu'une société : car, sans être pour personne ni froide, ni fière, ni hautaine, la jeune fille s'était involontairement placée au-dessus de son entourage. La sœur d'Allan Clare semblait être la reine du hall. Déjà reine par la beauté, on eût dit encore qu'un titre plus sérieux lui en donnait les droits, et ce titre était une supériorité incontestable, reconnue et respectée. Les manières aristocratiques de la jeune fille, sa conversation spirituelle et sérieuse, l'élevaient trop visiblement au-dessus de ses hôtes pour que dans leur loyale et rustique franchise ils n'eussent pas été les premiers à reconnaître son mérite.

Maude Lindsay, dont le père était mort depuis près de cinq ans, n'avait pu ni rentrer au château ni suivre sa maîtresse en France. Elle habitait donc le hall de Gamwell, et s'y rendait utile dans la mesure de ses forces.

Le frère de lait de Maude, le gentil petit Hal, remplissait toujours au château les fonctions de garde. Plus d'une fois, hâtons-nous de le dire, le désir de jeter aux orties la livrée du baron avait assiégé l'esprit du jeune homme : mais une raison plus puissante que son désir, une raison fortement appuyée par le cœur, retenait Hal dans les chaînes du vieux baron : cette raison se nommait Grâce May, et l'éloquence des beaux yeux qui brillaient à quelques pas de Nottingham réduisait toujours à néant les virils projets d'une émancipation. L'amoureux Hal supportait donc la servitude avec un mélange de joie et de tristesse, et pour s'en consoler il faisait de temps à autre une longue visite à Gamwell. Les joyeux fils de sir Guy avaient remarqué que les premières paroles du jeune garçon à son entrée au hall étaient invariablement celles-ci :

– Chère sœur Maude, j'ai pour vous un baiser de ma jolie Grâce.

Maude acceptait le baiser. La journée s'écoulait en jeux, en rires, en repas, en causeries ; puis, au moment du départ, Hal redisait, du même ton qu'à son arrivée :

– Chère sœur Maude, donnez-moi pour Grâce May un baiser de vos lèvres.

Maude accordait le baiser d'adieu comme elle avait reçu celui de l'arrivée, et Hal partait joyeux.

Il aimait tant sa bonne fiancée, l'honnête et bon garçon !

Notre ami Gilles Sherbowne, le joyeux moine Tuck, comprit enfin l'indifférence de cœur exprimée par les manières froidement polies de la jolie Maude. Les premiers jours qui suivirent cette désolante découverte furent employés par Tuck à gémir sur l'inconstance des femmes en général et sur celle de Maude en particulier. Lorsque les plaintes, les lamentations et les regrets eurent calmé l'effervescence de sa douleur, Tuck jura de renoncer à l'amour ; il jura de ne plus aimer autre chose que les boissons, les jouissances de la table et les bons coups de bâton, ajoutant *in petto* qu'il aimerait éternellement à les donner et non à les recevoir. Le serment de Tuck fut appuyé par le renfort d'un bon déjeuner, par l'absorption d'une prodigieuse quantité d'ale, à laquelle se joignaient encore une demi-douzaine de verres de vieux vin. Ce copieux repas glorieusement achevé, Tuck sortit de la salle hospitalière, dédaigna de lever les yeux sur Maude pensivement accoudée à une fenêtre, oublia de serrer la main bienfaisante de ses hôtes, et, drapé dans sa résolution comme dans un manteau, s'éloigna majestueusement du hall de Gamwell.

Maude avait aimé, Maude aimait encore Robin Hood. Mais lorsque la pauvre fille eut fait la connaissance de Marianne, lorsque le temps et un contact journalier lui eurent fait connaître les rares qualités de la sœur d'Allan Clare, elle comprit la fidélité de Robin et lui pardonna les dédains de son indifférence. Non seulement elle pardonna, la bonne et dévouée jeune fille, non seulement elle comprit son infériorité, mais encore elle l'accepta, se résignant à jouer sans arrière-pensée, sans espoir dans l'avenir, sinon sans regret, son rôle de sœur. Avec la perspicace finesse d'une femme réellement éprise, Maude devina le secret de Marianne. Ce secret, caché aux yeux mêmes de celui qu'il intéressait ne resta pas longtemps un mystère pour Maude ; elle lut dans les yeux calmes et en apparence si indifférents de Marianne cette pensée, qui eût fait, en deux mots, le bonheur du jeune homme :

« J'aime Robin. »

Maude essaya d'étouffer son rêve sous le poids écrasant de cette réalité ; elle tenta de chasser de son cœur l'image chérie et si tendrement caressée qu'on appelait le bonheur, et qui se nommait Robin Hood ; elle essaya de se montrer aux yeux de tous insouciante et joyeuse : elle voulut oublier, et ne put que pleurer et se souvenir. Cette lutte intérieure, lutte sans trêve, qui mettait constamment en présence l'un de l'autre le cœur et la raison, fatigua les traits charmants de Maude. La fraîche et rieuse fille du vieux Lindsay ne montra bientôt plus d'elle-même qu'un portrait demi-effacé et dont on cherchait avec une surprise émue la belle et souriante figure. En réagissant à l'extérieur, cette souffrance morale jetait sur les joues de Maude une touchante pâleur, et cette apparence maladive fut attribuée au chagrin que lui causait la mort de son père.

Au nombre des personnes qui cherchaient à distraire Maude de sa douleur, au nombre de celles qui se montraient à son égard bienveillantes et bonnes, on pouvait remarquer un aimable garçon, au caractère vif et joyeux, aux manières caressantes et empressées, qui à lui seul prenait plus de soins et de peines dans l'intention d'amuser Maude que ne s'en donnerait bien certainement un maître de maison obligé de distraire soixante convives. Tout le long du jour on voyait trotter de la maison aux jardins, des jardins aux champs, des champs à la forêt, l'ami dévoué de Maude. Ce va-et-vient perpétuel, ces allées et venues infatigables n'avaient d'autre but que la recherche d'un objet précieux ou nouveau pour le donner à Maude, d'autre but que la découverte d'un plaisir à lui offrir, d'une surprise à lui faire. Cet ami si tendre, si joyeusement empressé, était notre ancienne connaissance, le bon Will l'Ecarlate.

Une fois par semaine, et cela avec une régularité et une constance dignes d'un meilleur sort, William faisait à Maude une déclaration d'amour. Avec une régularité et une constance égales à celles du jeune homme, Maude repoussait cette déclaration.

Fort peu intimidé et surtout fort peu découragé par les patients refus de la jeune fille, Will l'aimait silencieusement du lundi au dimanche ; mais ce jour-là son amour, muet pendant l'entière durée d'une semaine, ne pouvant plus se contenir, arrivait au transport. Les tranquilles refus de Maude jetaient un peu d'eau froide sur ce feu incendiaire ; Will se taisait jusqu'au dimanche suivant, jour de repos qui lui permettait de se livrer sans contrainte à ses épanchements de cœur.

Le jeune Gamwell ne comprenait point l'exquise délicatesse de sentiment qui interdisait à Robin l'aveu de son amour pour Marianne. William traitait de niaiserie cette délicatesse, et, bien loin d'en imiter la réserve, il guettait toutes les occasions favorables à un aveu, déjà fait cent fois, à la confidence d'un mot qui avait mission d'apprendre à Maude qu'elle était aimée, bien tendrement aimée par Will de Gamwell.

Maude était pour William l'aimant de la vie, la seule femme qu'il lui fût possible d'aimer. Maude était le souffle de William, sa joie, son bonheur, ses plaisirs, son rêve, son espérance. Will appelait du nom de Maude son chien de chasse favori ; les armes préférées du jeune homme portaient également ce nom ; son arc s'appelait Maude ; sa lance, la blanche Maude ; ses flèches, les fines Maude. Insatiable dans son amour pour le nom de sa bien-aimée, William ambitionna la possession du cheval de l'amoureux de Grâce May, et cela uniquement parce que ce cheval portait le nom de son idole. Hal refusa nettement les offres fabuleuses que lui fit William pour acquérir ce cheval, et notre ami courut aussitôt à Mansfeld, acheta une magnifique jument, et lui donna le nom d'Incomparable Maude. Le petit nom de miss Lindsay fut bientôt connu dans le voisinage de Gamwell ; ce nom était sans cesse sur les lèvres de Will ; il le prononçait vingt fois par heure, et toujours avec une expression de tendresse croissante. Non content de donner aux objets de son entourage et dont il se servait journellement le nom de son amie, William en baptisait encore toutes les choses qui plaisaient à ses regards.

Maude était tellement idéalisée dans le cœur de ce naïf garçon qu'elle ne lui paraissait plus sous la forme d'une femme, mais bien sous les traits d'un ange, d'une déesse, d'un être supérieur à tous les êtres, moins près de la terre qu'elle ne l'était du ciel ; en un mot, miss Lindsay était la religion de Will.

Si nous sommes obligé de reconnaître que le sauvage fils du baronnet de Gamwell aimait Maude d'une manière aussi rude que franche, nous sommes également obligé de dire que cet amour, si bizarre dans son expression, n'était point sans influence sur le cœur de miss Lindsay.

Les femmes détestent rarement l'homme qui les aime, et lorsqu'elles rencontrent un cœur vraiment dévoué, elles rendent une partie de l'amour qu'elles inspirent. Chaque jour fit éclore une prévenance, une gentillesse, une amabilité de la part de Will, toutes ayant pour but et récompense la joie de Maude. Il arriva enfin que cette bruyante tendresse, mélangée de passion, de respect et de platonisme, jeta dans le cœur de la jeune fille une vive gratitude. Si les témoignages de l'amour de William n'étaient pas entourés de la délicatesse de forme que les esprits sensitifs croient essentiellement nécessaire à leur manifestation, c'était uniquement parce que la brusquerie naturelle à son caractère et à ses allures ne pouvait ni concevoir ni admettre cette délicatesse.

Maude connaissait le naturel fougueux et emporté de Will. Du reste, quelle est la femme qui ne comprend pas immédiatement la force et la grandeur d'une bonté qui a sa source dans le cœur ?

Par reconnaissance, peut-être aussi par un sentiment de générosité, Maude chercha à mériter la gratitude de Will. Pour obtenir cette gratitude, Maude n'employa point une coquetterie brodée d'espérance. Non, cette conduite trompeuse était indigne de la jeune fille ; elle eut pour William des soins de jeune mère, des attentions d'ami, des prévenances de sœur. Malheureusement les gracieusetés de Maude furent mal comprises de Will, qui, au moindre mot affectueux, devant le plus léger regard de cordiale amitié, tomba dans les extases de l'adoration, dans les transports d'un amour insensé.

Après avoir juré une tendresse éternelle, après avoir offert son nom, son cœur, sa fortune, Will terminait invariablement ses déclarations passionnées par cette patiente et naïve demande :

– Maude, m'aimerez-vous bientôt ? m'aimerez-vous un jour ?

Ne voulant ni donner des espérances au jeune homme ni lui faire douter d'un changement à venir, Maude éludait la question.

La conduite de miss Lindsay n'était point guidée, nous l'avons dit, par un sentiment de coquetterie, et moins encore par le désir, toujours flatteur pour la vanité d'une femme, de conserver un adorateur. Maude, qui se savait passionnément aimée, qui connaissait l'emportement irréfléchi du caractère de Will, redoutait avec raison les dangereux résultats d'un refus sérieux et irrévocable. Dans un premier moment de douleur, Will pouvait cruellement souffrir de sa défaite amoureuse. Du reste, il faut avouer en toute franchise que les craintes de recevoir un refus sans appel n'avaient jamais troublé ni le cœur ni l'esprit du jeune homme. Le pauvre garçon croyait fermement que si Maude refusait aujourd'hui son amour, elle l'accepterait le lendemain. Il avait déjà demandé trois cents fois à la jeune fille si elle l'aimerait bientôt, il lui avait déjà dit six cents fois qu'il l'adorait, trois cents fois Will avait été doucement repoussé. N'importe, le jeune homme se promettait de renouveler ses offres trois cents fois encore.

Le cœur de Maude cependant n'était pas de nature à exiger un siège aussi prolongé ; car ce cœur était bon, tendre et dévoué. William savait cela et il espérait qu'un beau matin, à sa millième déclaration d'amour, Maude lui tendrait sa petite main blanche, son front si pur, et dirait enfin : « William, je vous aime. »

Nous avons oublié de suivre les regards de Maude lorsque la jeune fille les portait, avec une affectueuse reconnaissance, sur son passionné serviteur. Notre ami avait au physique aussi bien qu'au moral des imperfections qui d'ordinaire ne sont point l'apanage des héros de nos romans modernes, néanmoins ces imperfections n'avaient ni le droit ni le pouvoir d'éloigner l'amour. Will était grand, bien proportionné ; sa figure ovale aux traits fins n'était point enlaidie par la teinte vermeille d'une fraîcheur juvénile mise en relief par l'encadrement d'une chevelure d'un rouge un peu vif. Cette bizarre nuance, qui avait acquis au jeune homme la qualification d'*Ecarlate,* était donc un défaut, un grand défaut, nous sommes contraint de le reconnaître. Mais nous devons ajouter que les cheveux de William se bouclaient naturellement et tombaient sur son cou avec une grâce digne d'admiration. La mère de Will s'était flattée, en caressant la tête de son enfant, que le temps donnerait à l'étrange couleur de ses cheveux une teinte plus foncée ; mais, loin de réaliser l'espoir de la bonne dame, le temps avait pris plaisir à les revêtir d'une couche de carmin plus vif, et William devint une seconde édition de Guillaume le Roux.

De charmantes beautés physiques, de précieuses qualités morales rachetaient amplement ce bizarre caprice de la nature ; car Will avait des yeux bleus fendus en amande, à l'expression tantôt remplie de tendresse, tantôt pétillante de malice. Au doux regard de ces beaux yeux venait se joindre un air de bonne humeur si franc, si affectueux et si aimable qu'il diminuait considérablement l'ensemble un peu coloré de notre ami.

Aimée de la famille Gamwell, adorée de Will, désireuse de plaire à tous, Maude en arriva enfin à s'attacher au jeune homme ; mais elle avait si souvent repoussé l'offre de son amour que, tout en se sentant le désir d'y répondre, elle ne savait plus comment elle devait s'y prendre.

Voilà donc dans quelle situation se trouvaient nos personnages en l'an 1182, six ans après le meurtre de la pauvre Marguerite.

Pendant une belle soirée des premiers jours du mois de juin, une expédition nocturne fut préparée par Gilbert Head. Cette expédition, qui avait pour but d'arrêter une bande d'hommes appartenant au baron Fitz-Alwine, devait, par son succès, réaliser les souhaits du vieillard, car l'époux de Marguerite n'avait point renoncé à ses projets de vengeance. Les renseignements qui avaient instruit Gilbert du passage de ces hommes dans la forêt de Sherwood laissaient supposer qu'ils accompagnaient leur maître au château de Nottingham, et l'intention de Gilbert était de faire revêtir à sa troupe la livrée des soldats du baron et de s'introduire au château sous ce déguisement. Là seulement auraient lieu les représailles, représailles sans pitié, qui rendraient meurtre pour meurtre, incendie pour incendie.

Plus bavard qu'il n'était prudent, Hal avait répondu aux questions de Gilbert. Le naïf enfant ne s'était point aperçu que ses réponses indiscrètes faisaient courir des nuées d'orage dans les yeux du sombre et attentif vieillard.

Robin et Petit-Jean avaient juré à Gilbert de l'aider à punir le baron. Fidèles à leur serment, ils s'étaient mis l'un et l'autre à sa disposition. Sur la demande de Gilbert, Petit-Jean arma une troupe d'hommes hardis et courageux, plaça dans leurs rangs les fils de sir Guy, et cette petite troupe, formée de combattants résolus à vaincre, se mit aux ordres du vieux forestier.

Gilbert voulait tuer de ses propres mains le baron Fitz-Alwine ; car, dans l'extrême exagération de sa douleur, il regardait ce meurtre comme un tribut à payer aux restes chéris de son infortunée compagne.

Robin n'avait point à cet égard les mêmes pensées que son père adoptif, et, sans se croire parjure au serment qu'il avait fait sur le cadavre de Marguerite, il songeait à défendre le baron de la fureur du vieillard.

Une pensée d'amour devait donc se mettre comme un bouclier entre l'arme de Gilbert et la poitrine du baron Fitz-Alwine.

« Mon Dieu ! » se disait mentalement Robin, « accordez-« moi la grâce de préserver cet homme des coups de mon « père ; la douce créature qui habite auprès de vous ne « demande pas de vengeance. Accordez-moi la grâce de « toucher le cœur de Fitz-Alwine, d'apprendre par lui le « sort d'Allan Clare, afin de donner un peu de bonheur à « celle que j'aime. »

Quelques minutes avant l'heure fixée pour le départ, Robin se rendit dans une chambre qui avoisinait l'appartement de Marianne afin de prendre congé de la jeune fille.

En entr'ouvrant sans bruit la porte de cette pièce, Robin aperçut Marianne accoudée sur une fenêtre et causant avec elle-même, ainsi que cela arrive quelquefois aux personnes qui vivent dans un isolement rempli de leurs songes.

Interdit et troublé, Robin resta silencieusement, le chapeau à la main, sur le seuil de la porte.

– Sainte mère du Sauveur, murmurait la jeune fille d'une voix entrecoupée, aide-moi, protège-moi, donne-moi la force de supporter l'écrasante monotonie de mon existence ! Allan, mon frère, mon seul protecteur, mon seul ami, pourquoi m'avez-vous quittée ? Vos espérances de bonheur étaient ma seule joie, Christabel et vous étiez toute ma vie ! Tu es parti depuis six ans, mon frère, et, comme une fleur oubliée dans le jardin d'une maison déserte, j'ai grandi loin de toi. Les personnes à qui ta tendresse a confié le soin de ma vie sont bonnes, trop bonnes peut-être, car leur bienveillance m'accable, elle me fait sentir mon isolement, mon abandon. Je suis malheureuse, Allan, bien malheureuse, et, pour mettre le comble à mon infortune, une passion dévorante est venue remplir tout mon être : mon cœur ne m'appartient plus.

En achevant ces douloureuses paroles, Marianne ensevelit sa tête dans ses blanches mains et pleura amèrement.

– « Mon cœur ne m'appartient plus », répéta Robin qui tressaillit d'angoisse, tandis qu'une profonde rougeur lui faisait comprendre qu'il était indiscrètement témoin des pleurs de la jeune fille... Marianne, dit vivement Robin en s'avançant au milieu de la chambre, voulez-vous me permettre de causer quelques instants avec vous ?

Marianne surprise jeta un léger cri.

– Volontiers, messire, répondit-elle avec douceur.

– Mademoiselle, reprit Robin les yeux baissés et la voix tremblante, je viens de commettre involontairement une impardonnable faute. Je demande à votre extrême indulgence d'en écouter l'aveu sans colère. Je suis là au seuil de cette porte depuis quelques minutes, vos paroles si profondément tristes ont eu un auditeur.

Marianne rougit.

– J'ai entendu sans écouter, mademoiselle, se hâta d'ajouter Robin, timidement rapproché de la jeune fille.

Un doux sourire entr'ouvrit les lèvres de la charmante lady.

– Mademoiselle, reprit Robin, enhardi par ce divin sourire, permettez-moi de répondre à quelques-unes de vos paroles. Vous êtes sans parents, Marianne, éloignée de votre frère et presque seule au monde. Ma vie n'a-t-elle pas les mêmes douleurs ? ne suis-je pas orphelin ? Comme vous, milady, je puis me plaindre du sort, comme vous je puis pleurer, non les absents, mais sur ceux qui ne sont plus. Je ne pleure pas cependant, parce que l'avenir et Dieu sont mon espérance. Courage, Marianne, confiance et espoir : Allan reviendra, et avec lui la noble et belle Christabel. En attendant l'époque sans nul doute prochaine de cet heureux retour, accordez-moi la grâce de vous servir de frère ; ne me refusez pas, Marianne, et vous comprendrez bientôt que votre confiance se sera reposée sur un homme qui donnerait sa vie pour vous rendre heureuse.

– Vous êtes bon, Robin, répondit la jeune fille d'une voix profondément émue.

– Ayez donc confiance en moi, chère lady. Ne supposez pas surtout que l'offre de mon cœur, de ma vie, de mes soins vous soit faite sans réflexion... Tenez, Marianne, ajouta le jeune homme d'une voix plus expressive et moins tremblante, je vais vous dire la vérité tout entière : je vous aime depuis le premier jour de notre rencontre.

Une exclamation mêlée de joie et de surprise s'échappa des lèvres de Marianne.

– Si je vous fais aujourd'hui cet aveu, reprit Robin d'une voix émue, si je vous ouvre mon cœur fermé sur votre image depuis six ans, ce n'est point avec l'espoir d'obtenir votre affection, mais dans celui de vous faire comprendre combien je suis dévoué à votre chère personne. Vos paroles si involontairement entendues m'ont brisé le cœur. Je ne vous demande pas le nom de celui que vous aimez... lorsque vous me jugerez digne de remplacer votre frère, vous daignerez me le nommer. Croyez-le bien, Marianne, je respecterai ce choix, choix si digne d'envie... Vous me connaissez depuis six ans, il vous a été facile, n'est-ce pas ? de me juger par mes actions. Je mérite le titre sacré de votre protecteur. Ne pleurez pas, Marianne ; donnez-moi votre main et dites-moi que je serai un jour votre ami, votre confident.

Marianne tendit au jeune homme incliné vers elle ses deux mains tremblantes.

– J'écoute vos paroles, Robin, dit la jeune fille, avec un sentiment d'admiration si vif qu'il me rend impuissante à vous exprimer mon bonheur. Je vous connais depuis plusieurs années, et chaque jour m'a appris à vous apprécier davantage. Pendant l'absence d'Allan, vous avez rempli auprès de moi les devoirs du meilleur des frères, et cela dans l'ombre, en silence, presque sans remerciements. Je suis profondément touchée, ami cher, du généreux sacrifice que vous voulez faire de vos sentiments en faveur de la personne inconnue à qui appartient mon cœur. Eh bien ! il me serait pénible d'être surpassée en grandeur d'âme, même par vous, Robin. Je veux me montrer aussi franche que vous êtes dévoué.

Une vive rougeur colora les joues de Marianne, qui resta silencieuse pendant quelques minutes.

– N'ayez point mauvaise opinion de ma délicatesse de femme, reprit la jeune fille d'une voix émue, si en récompense de toutes vos bontés pour moi je vous appartiens !

Du reste, je ne crois point devoir rougir de cet aveu, puisqu'il est un témoignage de ma gratitude et de ma loyauté.

Nous ne répéterons pas les paroles ardentes qui s'échappèrent comme un torrent du cœur des jeunes gens ; six années d'un amour silencieux y avaient amassé des trésors de tendresse.

Les mains unies, les yeux en pleurs, le sourire sur les lèvres, ils se jurèrent l'un à l'autre un amour constant, éternel : amour qui ne devait s'envoler au ciel qu'avec le dernier soupir de leur vie.

17

– Maude, Maude, miss Maude ! criait une voix joyeuse en poursuivant la jeune fille qui se promenait seule et pensive dans les jardins de Gamwell... Maude, charmante Maude, répéta la voix d'un ton de tendresse impatiente, où donc êtes-vous ?

– Me voici, William, me voici, dit miss Lindsay en s'avançant d'un air de bienveillance empressée au-devant du jeune homme.

– Je suis fort heureux de vous rencontrer, Maude, s'écria joyeusement Will.

– Je suis également satisfaite de cette rencontre, puisqu'elle vous donne tant de plaisir, répondit gracieusement la jeune fille.

– Certainement elle me donne un très-grand plaisir, Maude. Quelle belle soirée, n'est-ce pas ?

– Très belle, William ; mais n'avez-vous point autre chose à me dire ?

– Je vous demande pardon, Maude, j'ai autre chose à vous dire, répondit Will en riant ; mais le calme délicieux de ce demi-jour me fait songer qu'il est propice à une promenade dans les bois.

– Votre intention est-elle d'aller préparer les voies d'une chasse pour demain ?

– Non, Maude, nous n'allons pas dans la forêt avec cette pacifique intention ; nous allons... Ah ! je m'oublie... je ne dois parler de cela à personne. Cependant je vais faire une chose dont le résultat peut être pour moi une jambe cas... Je dis des folies, Maude, ne m'écoutez pas. Je suis venu vous souhaiter une bonne, une heureuse nuit, et vous dire adieu...

– Adieu, Will ! que signifie cet aveu ? Allez-vous donc entreprendre une dangereuse expédition ?

– Eh bien ! s'il en était ainsi, avec un arc et un bâton solidement noué à une main ferme, on emporte facilement la victoire. Mais, chut !... toutes mes paroles sont oiseuses, elles ne disent absolument rien.

– Vous me trompez, William, vous voulez me faire un mystère de votre sortie nocturne.

– La prudence l'exige, très-chère Maude ; une parole inconsidérée pourrait devenir fort dangereuse. Les soldats... Ah ! je suis fou... fou d'amour pour votre charmante personne, Maude. Voici tout simplement la vérité : Petit-Jean, Robin et moi nous allons courir la forêt. Avant de sortir j'ai voulu vous dire adieu, Maude, bien tendrement adieu, car peut-être n'aurai-je plus jamais le bonheur de vous le... Je dis des enfantillages, Maude, oui, des enfantillages. Je suis venu vous dire adieu uniquement parce qu'il m'est impossible de m'éloigner du hall sans vous serrer les mains ; ceci est très-vrai, Maude, bien vrai, je vous assure.

– Oui, Will, c'est vrai.

– Et pour quelle raison vous dis-je toujours adieu ou au revoir, Maude ?

– Ce n'est pas à moi de vous l'apprendre, Will.

– Ah ! vraiment, Maude, s'écria le jeune homme d'un ton joyeux, ce n'est pas vous qui devez me l'apprendre ! Vous l'ignorez peut-être, chère Maude ; vous ignorez peut-être que je vous aime plus que je n'aime mon père, mes frères, mes sœurs et mes bons amis. Je puis quitter le hall avec l'intention d'en rester éloigné des semaines entières sans dire adieu à personne, à l'exception de ma mère toutefois, et il est impossible que je m'éloigne de vous, même pour quelques heures, sans presser dans les miennes vos petites mains blanches, sans emporter comme une bénédiction ces douces paroles : « Bon voyage et prompt retour, Will. » Cependant, Maude, vous ne m'aimez pas, ajouta presque tristement le pauvre garçon. Mais ce nuage n'assombrit pas les beaux yeux de William ; car il reprit bien vite d'un ton plus gai : J'espère que vous m'aimerez un jour, Maude ; je l'espère, j'ai de la patience, je puis attendre votre bon plaisir ; ne vous pressez pas, ne vous tourmentez pas, n'imposez pas à votre cœur un sentiment qu'il ne veut pas accepter. Cela viendra, chère Maude, et si bien qu'un jour vous vous direz à vous-même : « Eh bien ! j'aime William, je l'aime un peu... un tout petit peu. » Puis, au bout de quelques jours, de quelques semaines, de quelques mois, vous m'aimerez davantage. Votre amour grandira ainsi progressivement jusqu'à ce qu'il arrive à égaler en force et en passion l'immensité du mien. Mais vous aurez beau faire, Maude, il n'y parviendra pas. Je vous aime tant que ce serait trop demander au ciel que de le prier de vous mettre dans le cœur un pareil amour. Vous m'aimerez à votre aise, à votre fantaisie, suivant votre caprice, et vous me direz un jour : « Will, je vous aime ! » Moi je vous répondrai... Ah ! ah ! ah ! je ne sais pas ce que je vous répondrai, Maude ; mais je sauterai de joie, mais j'embrasserai ma mère, mais je deviendrai fou de bonheur. Oh ! Maude, essayez de m'aimer, commencez par un léger sentiment de préférence, demain vous m'aimerez un peu, après-demain davantage, et à la fin de la semaine vous me direz : « Will, je vous aime ! »

– Vous m'aimez donc vraiment, Will ?

– Que faut-il faire pour vous en donner la preuve ? répondit le jeune homme d'un ton grave, que faut-il faire ? dites-le-moi... Je désire vous apprendre que je vous aime de tout mon cœur, de toute mon âme, de toutes mes forces, je désire vous l'apprendre puisque vous ne le savez pas encore.

– Vos paroles et vos actions sont des preuves qui ne demandent pas à être appuyées par de nouveaux témoignages, cher William, et ma demande n'a d'autre but que d'amener entre nous une sérieuse explication, non de vos sentiments, ils me sont connus, mais de ceux qui remplissent mon cœur. Vous m'aimez, Will, vous m'aimez sincèrement ; mais si j'ai attiré votre attention, il ne faut pas oublier que c'est sans le vouloir ; je n'ai jamais cherché à vous inspirer de l'amour.

– C'est vrai, Maude, c'est vrai, vous êtes aussi modeste que belle ; je vous aime parce que je vous aime, voilà tout.

– Will, reprit la jeune fille avec un peu d'anxiété dans le regard, Will, n'avez-vous donc jamais songé que j'avais pu donner mon cœur avant de vous connaître ?

Cette affreuse pensée, qui n'était jamais venue troubler les rêves de William ni porter atteinte à la douce quiétude de son patient amour, le frappa au cœur d'un coup si douloureux qu'il pâlit, et, près de défaillir, s'appuya contre un arbre.

– Vous n'avez point donné votre cœur, n'est-ce pas, Maude ? murmura-t-il d'une voix suppliante.

– Calmez-vous, cher Will, reprit doucement la jeune fille, calmez-vous et écoutez-moi. Je crois en votre amour comme je crois en Dieu, et je voudrais de tout mon cœur pouvoir vous rendre, cher et bon Will, affection pour affection.

– Ne me dites pas qu'il vous est impossible de m'aimer, Maude ! s'écria violemment le jeune homme, ne me le dites pas, car je sens aux palpitations de mon cœur, à la chaleur de mon sang qui court dans mes veines comme une lave ardente, je sens qu'il me serait impossible d'entendre, d'écouter vos paroles.

– Vous devez cependant les entendre, Will, et je vous demande en grâce d'y prêter quelques minutes d'attention. Je connais les douleurs de l'amour sans espoir, mon ami, j'en ai subi une à une toutes les tortures ; il n'existe point sur la terre de douleur comparable à celle que jette dans le cœur un amour dédaigné. Je désire ardemment vous en épargner les cruelles angoisses, Will ; écoutez-moi, je vous prie, sans amertume et surtout sans colère. Avant de vous connaître, avant d'avoir quitté le château de Nottingham, j'avais donné mon cœur à une personne qui ne m'aime pas, qui ne m'a jamais aimée, qui ne m'aimera jamais.

William tressaillit.

– Maude, dit-il d'une voix palpitante, Maude, si vous le voulez cet homme vous aimera, il vous aimera, Maude, répéta le pauvre garçon les yeux pleins de larmes. Par la messe ! il faut que cet homme devienne votre esclave, il le faut ou je le battrai tous les jours. Oui, Maude, je le battrai jusqu'à ce qu'il vous aime.

– Vous ne battrez personne, Will, répondit Maude en souriant malgré elle de l'étrange expédient que voulait mettre en œuvre le jeune garçon, non seulement l'amour ne s'impose pas, et surtout d'une aussi rude manière, mais encore celui dont je vous parle ne mérite en aucune façon d'indignes traitements. Vous devez comprendre, Will, que je n'attends pas, que je n'espère pas l'affection de cet homme, et vous devez comprendre mieux encore qu'il faudrait n'avoir ni cœur ni âme pour rester insensible et indifférente aux témoignages de votre tendresse. Eh bien ! Will, mon cher Will, profondément touchée de vos généreuses paroles, je veux vous en exprimer ma gratitude par le don de ma main, par l'assurance d'une affection qui mettra toute sa force à conquérir, à mériter, à égaler la vôtre.

– A votre tour, écoutez-moi, Maude, répondit Will d'une voix tremblante. Je suis honteux de n'avoir pas compris les raisons de votre indifférence. Je vous prie de me pardonner l'aveu arraché à votre cœur. Par bonté d'âme, Maude, vous voulez accepter le nom du pauvre William, par bonté d'âme encore vous voulez vous sacrifier à son bonheur. Songez donc, Maude, que ce bonheur même est la perte de vos espérances, peut-être même celle de votre repos. Je ne puis ni je ne dois accepter un pareil sacrifice. Non seulement je ne crois pas en être digne, mais encore je rougirais de vous parler plus longtemps de mon amour. Pardonnez-moi les ennuis dont je vous ai accablée, pardonnez-moi de vous avoir aimée, de vous aimer encore, pardonnez-moi, je vous jure de ne jamais vous parler de mes sentiments.

– William, William, où donc êtes-vous ? s'écria tout à coup une voix forte et sonore.

– On m'appelle, Maude, adieu. Que la vierge Marie daigne veiller sur vous, que sa divine protection vous préserve de tout malheur ! Soyez heureuse, Maude ; mais, si vous ne me revoyez jamais, si je ne reviens plus, pensez quelquefois au pauvre Will, pensez à celui qui vous aime, qui vous aimera toujours.

En achevant ces paroles, murmurées d'une voix pleine de larmes, le jeune homme saisit Maude par la taille, pressa sur son cœur la jeune fille palpitante, l'embrassa passionnément, et s'enfuit sans détourner la tête, sans répondre à une douce voix qui cherchait à le retenir.

– Il ne m'a pas donné le temps de lui exprimer d'une manière explicite la délicatesse de mon aveu, se dit Maude tout attristée du brusque départ de William. Demain je lui dirai que mon cœur n'a aucun regret du passé ; il en sera bien heureux, ce cher Will.

Hélas ! le lendemain devait être précédé de longs jours d'attente.

Une vingtaine de robustes vassaux armés de lances,

d'épées, d'arcs et de flèches entouraient, à une distance respectueuse, un groupe d'hommes composé des fils de sir Guy de Gamwell, de Petit-Jean son neveu, et de Gilbert Head.

– Je suis fort étonné que Robin se fasse attendre, disait le vieillard à ses jeunes compagnons ; il n'est point dans les habitudes de mon fils d'être paresseux.

– Patience, maître Gilbert, répondit Petit-Jean en redressant sa grande taille pour jeter au loin un regard investigateur ; Robin n'est pas seul à manquer à l'appel, mon cousin Will se fait également désirer. Ce n'est pas sans motif, je le gage, qu'ils retardent le départ de deux ou trois minutes.

– Les voici ! cria un des hommes.

Will et Robin s'avancèrent rapidement.

– Avez-vous donc oublié l'heure du rendez-vous, mon fils ? demanda Gilbert en tendant la main aux deux jeunes gens.

– Non, mon père, et je vous demande pardon de m'être fait attendre.

– Partons ! s'écria Gilbert, Petit-Jean, ajouta-t-il en se tournant vers le jeune homme, vos amis connaissent-ils bien clairement le but de notre expédition ?

– Oui, Gilbert, et ils ont juré de vous suivre avec courage, de vous servir avec fidélité.

– Je puis donc en toute confiance compter sur leur appui ?

– En toute confiance.

– Très bien. Un mot encore : afin de gagner Nottingham par le chemin le plus court, nos ennemis traverseront Mansfeld, s'engageront dans la grande route qui coupe en deux la forêt de Sherwood, et atteindront un carrefour auprès duquel nous nous mettrons en embuscade... Je n'ai pas besoin d'en dire davantage. Petit-Jean, vous connaissez mes intentions ?

– Parfaitement, répondit le jeune homme. Mes garçons ! cria Petit-Jean sur un signe du vieillard, aurez-vous le courage d'enfoncer vos dents saxonnes dans le corps de ces loups normands ? aurez-vous le courage de vaincre ou de mourir ?

Un oui énergique répondit à la double question du jeune homme.

– Eh bien ! mes braves gens, en avant !...

– Hourra ! pour la guerre ! s'exclama Will en suivant avec Robin la belliqueuse troupe.

– Hourra ! hourra ! crièrent joyeusement les hommes.

Et l'écho de la sombre forêt répéta encore :

– Hourra ! hourra ! hourra !

– Qu'avez-vous donc, ami Will ? demanda Robin en prenant le bras du pensif jeune homme. Il me semble qu'un nuage de noire mélancolie obscurcit votre joyeuse figure. Les cris des combattants n'ont-ils donc plus d'harmonie pour le gentil William, ou bien craint-il le danger de notre promenade ?

– Vous me faites là une étrange question, Robin ? répondit William en tournant vers son ami un regard chargé de tristesse. Demandez au lévrier s'il aime poursuivre le cerf, au faucon s'il lui plaît de fondre du haut des nues sur le modeste passereau ; mais ne me demandez pas si je crains le danger.

– Ma question avait pour but de distraire votre esprit des sombres pensées qui l'occupent, cher Will, répondit Robin ; ces sombres pensées ont terni l'éclat de vos yeux et jeté sur votre front une inquiétante pâleur. Vous avez un chagrin, Will, un véritable chagrin, confiez-le-moi, ne suis-je pas votre ami ?

– Je n'ai pas de chagrin, Robin, je suis ce que j'étais hier et ce que je serai demain ; vous me verrez comme d'habitude, le premier au combat.

– Je ne doute nullement de votre courage, mon cher Will, mais je doute de la tranquillité de votre âme : quelque chose vous attriste, j'en suis convaincu. Soyez franc avec moi, je puis peut-être vous être utile, porter avec vous le fardeau de vos peines, et par cela même les rendre moins lourdes. Si vous vous êtes mis en querelle avec quelqu'un, dites-le-moi, votre affaire sera la mienne.

– Le motif de ma tristesse n'est ni assez important ni assez sérieux, mon cher Robin, pour rester plus longtemps un mystère. Si j'avais pris la peine de réfléchir, je ne serais ni surpris ni affligé de ce qui m'arrive... Pardonnez-moi mes hésitations, il y a en moi un sentiment qui, malgré ma volonté, ferme mon cœur à toute confidence. Est-ce orgueil ou timidité ? je l'ignore ; mais un ami tel que vous est un second soi-même. Vos questions trouvent souvent en moi un écho, votre amitié triomphe de ma fausse honte, je...

– Non, non, cher Will, interrompit vivement Robin ; garde ton secret : la souffrance a sa pudeur, et je te prie de me pardonner l'amicale importunité de mes interrogations.

– C'est à moi de demander pardon pour l'égoïsme de ma douleur, cher Robin, s'écria Will en saccadant ses paroles dans un éclat de rire plus triste que des pleurs. Je souffre, je souffre réellement, et je veux sonder devant toi la blessure qui a déchiré mon âme. Tu seras le confident de ma première souffrance comme tu as été le compagnon de mes premiers jeux ; car nous sommes plus étroitement liés par l'amitié que nous ne le serions par les liens du sang, et je veux être pendu, Rob, si mon affection pour toi n'est pas celle du plus tendre des frères.

– Tes paroles sont vraies, Will, l'affection nous a rendus frères. Où sont les jours de notre belle enfance ? le bonheur dont nous jouissions alors ne reviendra plus.

– Le bonheur reviendra pour vous, Robin, mais sous d'autres formes ; il portera d'autres vêtements, un autre nom, mais il sera toujours le bonheur. Quant à moi, je n'espère plus rien, je ne désire plus rien, mon cœur est brisé. Vous savez, Robin, combien j'ai aimé Maude Lindsay... je ne trouve pas de paroles qui puissent vous faire clairement comprendre l'invincible passion qui attachait ma vie au nom seul de cette jeune fille. Eh bien ! maintenant, je sais, je sais...

Une douloureuse crainte traversa l'esprit de Robin.

– Eh bien ! maintenant ? interrogea-t-il d'un ton plein d'anxiété.

– Lorsque vous êtes venu me chercher dans le jardin du hall, reprit William, j'étais auprès de Maude, je venais de lui dire ce que je lui dis tous les jours depuis bien longtemps, que mon rêve le plus doux est de la donner pour fille à ma mère, pour sœur à mes sœurs. Je demandais à Maude si elle voulait essayer de m'aimer un peu, et Maude me répondait qu'avant de venir au hall de Gamwell elle avait disposé de son affection. Alors, Robin, j'ai vu se détruire toutes mes espérances, alors j'ai senti quelque chose se briser en moi : c'était mon cœur, Rob, c'était mon cœur ; vous le voyez, je suis bien malheureux.

– Maude vous a-t-elle confié le nom de celui qu'elle aime ? demanda craintivement Robin.

– Non, répondit Will, elle m'a seulement dit que cet

homme ne l'aimait pas. Comprenez-vous cela, Robin ? Il existe un homme qui n'aime pas Maude et qui est aimé de Maude ! un homme que son regard cherche et qui fuit ce regard ! Ô l'insigne brute ! ô le misérable ! J'ai offert à Maude de m'emparer de lui, de le contraindre à donner l'amour qu'il refuse. Je lui ai offert de le battre à outrance, elle a refusé. Oh ! elle l'aime ! elle l'aime ! Après avoir achevé ce triste et pénible aveu, continua William, la pauvre et généreuse Maude m'a offert sa main. Je l'ai refusée. La raison, la loyauté, l'honneur ont imposé silence à mon amour... Dites adieu au rieur et joyeux Will, Robin, il est mort, bien mort.

– Allons, allons, William, un peu de courage, dit doucement Robin ; votre cœur est malade, il faut le soigner, il faut le guérir, et je veux en être le premier médecin. Je connais Maude mieux encore que vous ne la connaissez ; elle vous aimera un jour, si déjà elle ne vous aime. Je vous assure, William, que vous avez fort mal interprété ses petites confessions de jeune fille : elles ont été dictées par un sentiment d'extrême délicatesse, elles devaient vous faire comprendre les rigueurs passées et en même temps vous rendre plus précieuse une offre aussi inconsidérément refusée. Croyez-moi donc, William, Maude est une charmante fille, aussi honnête que belle, et vraiment digne de votre amour.

– J'en suis certain ! s'écria le jeune homme.

– Il ne faut point vous exagérer la profondeur des chagrins de miss Lindsay, mon ami, ni vous tourmenter l'esprit de suppositions chimériques. Maude vous aime déjà beaucoup, j'en suis sûr, et un jour elle vous aimera plus encore.

– Le pensez-vous, Robin, mon cher Robin ? s'écria Will, saisissant avec avidité cette lueur d'espoir.

– Oui, je le pense ; seulement faites-moi le plaisir de me laisser parler sans interruption ; je vous le répète, et je vous le répéterai toutes les fois que vous perdrez courage, Maude vous aime ; l'offre de sa main n'était ni un dévouement ni un sacrifice, mais bien un élan du cœur.

– Je vous crois, Robin, je vous crois ! s'écria Will, et demain je demanderai à Maude si elle veut bien donner un enfant de plus à ma mère.

– Vous êtes un excellent garçon, William ; reprenez donc courage, et doublons le pas, nous nous trouvons au moins à un quart de mille en arrière de nos compagnons, et franchement cette lenteur de marche ne nous donne pas un air fort martial.

– Vous avez raison, mon ami, et je crois déjà entendre la voix grondeuse de notre général en chef.

Lorsque la petite troupe eut atteint l'endroit désigné par Gilbert comme étant propice à une embuscade, le vieillard posta ses hommes, donna à chacun de nouvelles et brèves explications, ordonna sur toute la ligne un profond silence, et vint lui-même se placer derrière un tronc d'arbre à quelques pas de Petit-Jean, dont les oreilles étaient déjà aux aguets.

Le cri d'un oiseau éveillé, le chant mélodieux du rossignol, les soupirs de la brise se jouant dans les feuilles, troublaient seuls le calme silencieux de la nuit ; mais à ces indistincts murmures vint bientôt se joindre un bruit de pas encore éloigné, un bruit presque imperceptible et que l'ouïe seule des hommes de la forêt pouvait distinguer dans les rumeurs harmonieuses des plaintes du vent, de la voix de l'oiseau et du bruissement des feuilles.

– C'est un voyageur à cheval, dit Robin à mi-voix, je crois reconnaître le pas court et rapide d'un poney de nos pays.

– Votre observation est parfaitement juste, répondit Petit-Jean sur le même ton de prudence ; le survenant est un ami ou bien un passant inoffensif.

– Attention ! cependant.

– Attention ! se répétèrent les hommes les uns aux autres.

La personne qui excitait ainsi l'inquiète curiosité de la petite troupe continuait joyeusement sa route ; elle chantait d'une voix forte une ballade composée en son propre honneur et sans nul doute par elle-même.

– Malédiction sur toi ! s'écria tout à coup le chanteur en adressant à son cheval cette aimable parole. Eh ! quoi ! bête sans goût, lorsque des torrents d'harmonie s'échappent de mes lèvres, tu ne restes pas silencieuse, ravie, charmée ! Au lieu de dresser tes longues oreilles, de m'écouter avec une gravité convenable, tu tournes la tête de droite à gauche, tu mêles à la mienne ta voix fausse, gutturale et sans harmonie ! Mais tu es une femelle, et par conséquent tu as un naturel taquin, contrariant, entêté, opiniâtre. Si je désire te voir marcher d'un côté de la route, tu te diriges immédiatement vers une direction opposée, tu fais sans cesse ce que tu ne dois point faire, et tu ne fais jamais ce qu'il faut que tu fasses. Tu sais que je t'aime, effrontée, et c'est uniquement parce que tu as acquis la certitude de cette affection que tu veux changer de maître. Tu es comme elle, comme sont toutes les femmes enfin, capricieuse, inconstante, volontaire et coquette.

– Pour quelle raison déclames-tu ainsi contre les femmes, mon ami ? dit Petit-Jean qui, silencieusement sorti de sa cachette, saisit à l'improviste les brides du cheval.

Fort peu effrayé, l'inconnu repartit :

– Avant de répondre, je serais bien aise de savoir le nom de celui qui arrête un homme paisible et inoffensif, le nom de celui qui ajoute à ce procédé de brigand l'impudence d'appeler son ami un homme qui lui est bien supérieur, ajouta fièrement l'étranger.

– Apprenez, sir clerc de Copmanhurst, car la bruyante criaillerie de vos chants m'a dit votre nom, que vous êtes arrêté, non par un brigand, mais par un homme fort difficile à intimider, et qui est placé au-dessus de vous à une hauteur égale à celle que vous donne pour l'instant votre cheval, répondit d'un ton calme et froid le neveu de sir Guy.

– Apprenez, sir chien de la forêt, car la grossièreté de vos manières me dit votre nom, que vous questionnez un homme peu habitué à répondre aux demandes importunes, un homme qui vous rossera d'importance si vous ne laissez retomber à l'instant les brides de son cheval.

– Les grands brailleurs sont toujours les petits faiseurs, répondit le jeune homme d'un ton plein de raillerie, et je vais répondre à vos menaces par la présentation d'un jeune forestier qui vous fera crier merci avec votre propre bâton.

– Me faire crier merci avec mon propre bâton ! s'écria l'étranger d'un ton furieux ; le cas serait rare, s'il n'était impossible. Amenez votre ami, amenez-le à l'instant.

En achevant de vociférer ces dernières paroles, le voyageur sauta à bas de son cheval.

– Eh bien ! où est-il, ce batailleur de profession ? continua l'étranger en jetant sur le jeune homme de furieux regards, où est-il ? Je veux lui fendre le crâne afin d'avoir ensuite le plaisir de vous châtier, nigaud aux longues jambes.

– Allez vite, Robin, dit Gilbert, allez vite, le temps presse : donnez à ce bavard insolent une courte et bonne leçon.

En apercevant l'étranger, Robin saisit le bras de Petit-Jean, et lui dit à voix basse :

– Ne reconnaissez-vous donc pas ce voyageur ? C'est Tuck, le joyeux moine.

– Ah bah ! vraiment ?

– Oui ; mais ne dites rien, je désire depuis longtemps faire un tour de bâton avec ce brave Gilles, et comme le clair-obscur de la nuit me promet l'incognito, je veux abuser de cette bizarre rencontre.

Les formes élégantes et efféminées de Robin amenèrent un sourire narquois sur les lèvres de l'étranger.

– Mon garçon, dit-il en riant, es-tu sûr d'avoir le crâne épais et de pouvoir supporter sans en mourir la grêle de coups que mérite ton impudence ?

– Mon crâne est solide, quoiqu'il n'ait pas l'épaisseur du vôtre, sir étranger, répondit le jeune homme en parlant le dialecte de Yorkshire afin de dissimuler l'organe de sa voix ; néanmoins il résistera à vos coups, si toutefois ils ont l'adresse de l'atteindre, adresse que je mets en doute avec autant de hardiesse que vous mettez de forfanterie à la proclamer.

– Nous allons te voir à l'œuvre, jeune pie effrontée. Ainsi donc, assez de paroles, les faits sont plus éloquents. En garde !

Dans l'intention d'effrayer son jeune adversaire, Tuck fit avec son bâton un effrayant moulinet et parut vouloir diriger son premier coup dans les jambes de Robin ; mais le jeune homme, trop habile pour méconnaître les réelles intentions du moine, arrêta le bâton au moment où, guidé par une main sûre, il allait le frapper à la tête. Puis, non content de cette adroite parade, il asséna sur les épaules, les reins, et sur la tête de Tuck une grêle de coups, si rapide, si violente et si méthodiquement appliquée que le moine, abasourdi, moulu, les yeux aveuglés, demanda, non point merci, mais une suspension d'armes.

– Vous maniez assez bien le bâton, mon jeune ami, dit-il d'une voix haletante, tout en essayant d'en dissimuler la fatigue, et je m'aperçois que les coups rebondissent sans les meurtrir sur vos membres flexibles.

– Ils rebondissent lorsque je les reçois, messire, répondit gaiement Robin ; mais jusqu'à présent je ne connais pas le contact de votre bâton.

– C'est votre orgueil qui parle, jeune homme, car bien certainement je vous ai touché plus d'une fois.

– Vous avez donc oublié, moine Tuck, que ce même orgueil m'a de tout temps interdit le mensonge ? répondit Robin de sa voix naturelle.

– Qui êtes-vous ? s'écria le moine.

– Regardez mon visage.

– Ah ! par saint Benoît, notre bienheureux patron ! c'est Robin Hood, l'habile archer.

– Moi-même, joyeux Tuck.

– Joyeux Tuck, joyeux Tuck, oui, mais avant l'époque où vous m'avez enlevé ma petite maîtresse, la jolie Maude Lindsay.

Ces paroles étaient à peine achevées qu'une main de fer se cramponnait avec violence autour du bras de Robin, et une voix furieuse murmurait sourdement :

– Ce moine dit-il vrai ?

Robin tourna la tête et vit, pâle, les lèvres tremblantes, les yeux injectés de sang, la figure effarée de Will.

– Silence, William, répondit doucement Robin, silence, je répondrai tout à l'heure à votre question. Mon cher Tuck, reprit le jeune homme, je n'ai point enlevé celle que vous nommez si légèrement votre maîtresse. Miss Maude, en digne et honnête fille, a repoussé un amour qu'elle ne pouvait partager. Sa sortie du château de Nottingham n'était point une faute, mais l'accomplissement d'un devoir : elle accompagnait sa maîtresse, lady Christabel Fitz-Alwine.

– Je n'ai point prononcé de vœux monastiques, Robin, répondit le moine en manière d'excuse, et j'aurais pu donner mon nom à miss Lindsay. Si la capricieuse fille a repoussé mon amour, j'en dois accuser votre joli visage, ou bien l'inconstance de cœur naturelle aux femmes.

– Fi donc ! moine Tuck, s'écria Robin, calomnier les femmes est une infamie ; pas un mot de plus ! miss Maude est orpheline, miss Maude est malheureuse, miss Maude a droit au respect de tous.

– Herbert Lindsay est mort ? s'écria tristement Tuck. Dieu veuille avoir son âme !

– Oui, Tuck, mort. Bien des choses étranges se sont passées ; je vous conterai tout cela plus tard. En attendant la possibilité d'un long entretien, occupons-nous du motif qui amène notre rencontre. Votre concours nous est nécessaire.

– En quoi ? demanda Gilles.

– Je vais vous l'expliquer le plus brièvement possible. Le baron Fitz-Alwine a fait brûler par ses sbires la maison de mon père, comme vous le savez ; ma mère a été tuée au milieu de l'incendie, et Gilbert veut venger sa mort. Nous attendons ici le baron ; il revient de l'étranger et rentre à Nottingham. Notre intention est de pénétrer ensuite par surprise dans l'intérieur du château. Si vous avez envie d'échanger quelques bons coups, en voilà l'occasion.

– Bravo ! je ne refuse jamais un plaisir. Mais vous n'espérez pas que je pense remporter la victoire, car notre corps d'armée n'est pas fort, s'il ne se compose que de ces beaux garçons, de vous et de moi.

– Mon père et une bande de vigoureux forestiers sont en embuscade dans le taillis à vingt pas de nous.

– Alors nous serons vainqueurs ! s'écria le moine en faisant tournoyer son bâton d'un air enthousiasmé.

– Quelle route avez-vous suivie pour gagner la forêt, mon révérend père ? demanda Petit-Jean.

– Celle de Mansfeld à Nottingham, mon frêle ami, répondit le moine. En vérité, ajouta-t-il, je ne pardonne point à mes yeux leur aveuglement, et je vous serre les mains de bon cœur, mon cher Petit-Jean.

Le neveu de sir Guy répondit avec affection aux amicales politesses du moine.

– N'avez-vous point rencontré sur votre route une cavalcade militaire ? demanda le jeune homme.

– Une bande d'hommes arrivés de la terre sainte se rafraîchissait dans une auberge de Mansfeld ; mais cette bande, toute disciplinée qu'elle paraît être, est composée d'hommes à moitié morts de fatigue, d'épuisement et de privations. Croyez-vous qu'elle fasse partie du cortège qui accompagne le baron Fitz-Alwine ?

– Oui, car ces croisés attendus au château de Nottingham sont des hommes à lui. Ainsi donc, à bientôt la rencontre des illustres personnages. Moine Tuck, il faut disparaître dans un fourré ou derrière un tronc d'arbre.

– Volontiers ; mais où faut-il placer cette obstinée

jument ? Elle a autant de défauts qu'une fem... chut !... néanmoins je m'y suis attaché.

– Je vais la conduire dans un abri sûr ; confiez-m'en le soin, et cachez-vous.

Petit-Jean lia le cheval par les reins à un arbre peu éloigné de la route, puis il vint rejoindre ses compagnons.

L'inquiétude nerveuse de Will ne lui avait point permis d'attendre un moment propice à une explication ; il s'était emparé de Robin, et, bon gré, mal gré, le fougueux jeune homme avait contraint son ami à lui faire un récit détaillé des circonstances qui se rattachaient à la fuite du château de Nottingham.

Robin fut véridique, sincère et surtout généreux pour Maude.

Will écouta le cœur palpitant, et lorsque le jeune homme eut achevé son récit, il lui demanda :

– Est-ce tout ?

– C'est tout.

– Merci !

Et les deux excellents cœurs se pressèrent l'un contre l'autre.

– Je suis son frère, dit Robin.

– Je serai son mari, s'écria William ; et il ajouta gaiement : Allons nous battre !

Pauvre William !

L'attente des forestiers se prolongea fort avant dans la nuit, et ce ne fut que vers trois heures du matin qu'un hennissement de cheval retentit dans les profondeurs de la forêt. La jument de Tuck répondit gracieusement à cette voix de frère.

– Ma jeune demoiselle fait la coquette, dit Tuck ; est-elle solidement attachée, Petit-Jean ?

– Je le crois, répondit le jeune homme.

– Chut ! dit Robin, j'entends le pas des chevaux.

Quelques minutes après, une troupe qui ne faisait nullement un mystère de son approche, car les hommes moins fatigués que ne l'avait jugé Tuck, riaient, causaient et chantaient, parut à l'entrée du carrefour.

Au même instant le petit cheval de Tuck se précipita hors du taillis, passa comme une flèche devant son maître, et galopa d'un air délibéré au-devant des soldats.

Le moine fit un mouvement pour s'élancer sur les traces de la déserteuse.

– Etes-vous fou ? murmura Petit-Jean qui saisit le bras du moine ; un pas de plus et vous êtes mort.

– Mais ils me prendront mon petit poney, grommela Tuck ; laissez-moi, je vais...

– Silence, malheureux ! tu vas nous faire découvrir ; les poneys ne sont pas rares ; mon oncle t'en donnera un.

– Oui, mais il n'aura pas été béni par l'abbé de notre couvent comme l'a été ma gentille Mary ; lâchez-moi à l'instant. Que signifie cette violence, ami tourelle ? je veux mon cheval, je le veux, je le veux !

– Eh bien ! va le chercher, s'écria Petit-Jean en poussant le moine ; va, fanfaron étourdi, tête sans cervelle !

Tuck devint pourpre, ses yeux lancèrent des éclairs, et il dit d'une voix tremblante de colère :

– Ecoute, tour, clocher marchant, colonne ambulante, après le combat je te rosserai cruellement.

– Ou bien tu seras rossé, répondit Petit-Jean.

Tuck s'élança sur la route, et, tout en courant vers les soldats, il vit sa jument caracoler, se cabrer, soulever autour d'elle des nuages de poussière et résister aux efforts de ceux qui voulaient mettre un frein à ses joyeuses folies.

Un soldat atteignit le poney avec sa lance ; mais le coup qu'il frappa lui fut rendu avec usure par Tuck, car le pauvre diable glissa de sa monture en jetant un cri de douleur.

– Mary, Mary, doucement, ma fille, cria Tuck ; viens à moi, mignonne, viens.

Cette voix connue fit dresser les oreilles au cheval ; il hennit joyeusement, et trotta aussitôt du côté de son maître.

– Comment, coquin ! s'écria le chef d'un ton furieux, tu massacres mes hommes !

– Respectez un membre de l'Eglise, répondit Tuck en appliquant sur la tête du cheval monté par le chef un violent coup de bâton.

L'animal bondit en arrière, le chef chancela et perdit les étriers.

– Ne vois-tu pas l'habit que je porte ? reprit Tuck d'un ton qu'il essayait de rendre imposant.

– Non ! rugit le chef, non ! je ne vois pas ton habit, mais bien ta hardiesse insolente. Sans respect pour l'un et sans merci pour l'autre, je vais te briser le crâne.

Le coup de lance atteignit Tuck, et la douleur exaspéra

si follement le bon frère qu'il se jeta sur le chef en criant d'une voix de stentor :

– A moi les Hood ! les Hood à moi ! à moi !

Les clameurs de Tuck n'épouvantèrent pas le chef. Sa troupe, composée d'une quarantaine d'hommes, pouvait le secourir au moindre signe, et, quelque adroit et vigoureux que fût le moine, c'était un ennemi facile à vaincre.

– Arrière, coquin ! s'écria-t-il d'une voix terrible, arrière ! et sa lance repoussa Tuck, tandis que, violemment enlevé par son cavalier, le cheval se jetait au-devant du moine.

Le bénédictin fit un bond prodigieux, et, d'un formidable coup de bâton, fendit la tête du chef.

Vingt lances et autant d'épées menacèrent la vie de l'intrépide moine.

– Au secours, les Hood ! au secours ! vociféra Tuck en s'acculant comme un lion contre le tronc d'un arbre.

– Hourra ! hourra pour les Hood ! s'écrièrent furieusement les forestiers, hourra ! hourra !

Et la troupe commandée par Gilbert s'élança comme un seul homme au secours du moine.

En voyant courir sur eux cette bande armée et aux intentions hostiles, les soldats jetèrent un cri de ralliement, enveloppèrent la route dans toute sa largeur, et se préparèrent à renverser l'ennemi sous le pied des chevaux.

Une volée de flèches arrêta l'essor de cette première défense, et une demi-douzaine de soldats tombèrent blessés à mort sur le champ de bataille.

En s'apercevant que le nombre des ennemis était bien supérieur à sa petite troupe, Gilbert lui ordonna de s'appuyer sur le bas-côté de la route, afin d'y trouver la protection des ténèbres et le rempart des arbres.

Cette habile manœuvre livrait les soldats aux atteintes mortelles des flèches, car les forestiers ne manquaient point leur but, tant l'habitude leur avait donné de précision et d'adresse.

– Pied à terre ! cria l'homme qui, de sa propre autorité, avait pris la place du chef.

Les croisés obéirent, et la troupe de Gilbert s'élança bravement au-devant d'eux. Ce fut alors un combat corps à corps, un combat meurtrier où la force commandait en reine.

– Hood ! Hood ! criaient les forestiers, vengeance ! vengeance !

– Point de quartier ! à bas les chiens saxons ! à bas les chiens ! vociféraient les soldats.

– Gare aux dents de ces chiens ! cria Will en clouant une flèche sur la poitrine d'un gaillard qui venait de hurler ce cri de mort.

Petit-Jean, Robin et Gilbert se battaient du même côté, les Gamwell accomplissaient des merveilles d'adresse et de courage ; quant au vigoureux moine, chaque coup de son prodigieux bâton terrassait un homme.

William courait comme un cerf d'un côté et de l'autre, culbutant un soldat par-ci, fendant la tête à un autre par-là, mais veillant surtout au salut de ses amis, veillant sur Robin, qu'à deux reprises différentes il sauva d'un danger presque mortel.

En dépit de tous ces efforts, en dépit du courage particulier de chacun et de la force combinée d'une résistance générale, le résultat victorieux du combat était visiblement du côté de la troupe appartenant au baron. Cette troupe, bien disciplinée, rompue aux fatigues et d'une force double de celle des forestiers, regagnait de minute en minute le terrain qu'elle avait perdu en engageant le combat. Petit-Jean jugea d'un regard la situation presque désespérée, et du moment que l'effusion du sang ne devenait plus qu'un inutile carnage, il fallait y mettre une trêve. Mais n'osant agir sans l'autorisation de Gilbert, le jeune homme s'élança à sa recherche.

Les prouesses de William avaient attiré sur lui l'attention de quatre soldats réunis en conseil pour s'emparer d'un chef des forestiers. Ils jugèrent au nombre des chefs le tendre amoureux de la jolie Maude, et, malgré son énergique résistance, ils parvinrent à le terrasser. Robin vit le résultat de l'attaque, et, ne consultant que son bon cœur, il traversa d'un coup de lance la poitrine d'un homme, releva William d'une main vigoureuse, et, appuyé par son ami, tenta vers le corps des forestiers, déjà rassemblés par Petit-Jean, une victorieuse retraite.

Le danger couru par Will semblait être conjuré, il allait, toujours soutenu par Robin, gagner le groupe ami qui formait un rempart devant les soldats, lorsqu'un cri de Robin, un cri de furieux désespoir, fit perdre de vue au jeune homme les soldats qui n'avaient pas succombé dans la lutte.

– Mon père ! mon père ! criait Robin, ils vont tuer mon père !

Le jeune archer s'élança au secours de Gilbert, et William, ressaisi, entraîné, n'eut que le temps de voir tomber Robin à genoux devant Gilbert, dont le crâne avait été fendu par un coup de hache.

Au milieu des clameurs soulevées par la mort du vieillard, par la prompte vengeance qu'en tira Robin en tuant le soldat meurtrier, l'enlèvement de Will passa inaperçu.

Le combat, ralenti un instant, redevint plus terrible. Robin et Tuck frappaient de mort tous ceux qui cherchaient à les atteindre, et Petit-Jean mit à profit l'ivresse désespérée du jeune homme pour faire enlever le corps de Gilbert.

Un quart d'heure après le départ du triste cortège, Robin cria d'une voix forte :

– Au bois, mes garçons !

Les forestiers se dispersèrent comme une bande d'oiseaux surpris, et les soldats s'élancèrent à leur poursuite en criant :

– Victoire ! victoire ! chassons les chiens ! tuons les chiens !

– Les chiens ne se laisseront pas tuer sans mordre, cria Robin, et les arcs tendus envoyèrent une flèche meurtrière.

La dangereuse poursuite devint bientôt impossible, et les soldats eurent le bon sens de s'en apercevoir.

Six hommes manquaient à la troupe de Petit-Jean, Gilbert Head était mort, et William faisait partie des absents.

– Je n'abandonnerai pas William, dit Robin en arrêtant la troupe ; poursuivez votre chemin, mes braves ; quant à moi, je vais à la recherche de Will : blessé, mort ou prisonnier, il faut que je le retrouve.

– Je vous accompagne, dit aussitôt Petit-Jean.

Les hommes continuèrent leur route, et les deux jeunes gens reprirent en toute hâte le chemin qu'ils venaient de parcourir.

Le champ de bataille n'offrit plus à leurs regards aucune trace de combat. Les morts, forestiers ou soldats, avaient tous disparu. Quelques piétinements de chevaux indiquaient çà et là le passage d'une troupe nombreuse, mais rien de plus : tronçons d'arbres, bois de flèches et autres vestiges de lutte, les croisés avaient tout recueilli, tout emporté.

Cependant un être vivant errait dans le carrefour, jetant de droite et de gauche les regards intelligents d'une inquiète recherche : cet être était le cheval du moine.

À la vue des deux jeunes gens, le poney trotta de leur côté d'un air de satisfaction ; mais, en reconnaissant celui qui l'avait attaché, il hennit, se cabra et disparut.

– La douce Mary s'est émancipée, dit Petit-Jean, et bien certainement elle sera avant le jour la propriété d'un outlaw.

– Essayons de nous en emparer, dit Robin ; avec son secours il me sera peut-être possible de rejoindre les soldats.

– Et de vous faire tuer par eux, mon ami, répondit sagement le neveu de sir Guy ; la démarche serait, je vous l'assure, aussi inutile qu'imprudente ; retournons au hall, demain nous aviserons.

– Oui, retournons au hall, dit Robin, un douloureux devoir m'y rappelle aujourd'hui même.

Le surlendemain de cette funeste journée, le corps de Gilbert, sur lequel Tuck avait pieusement prié, fut enseveli et prêt à être transporté à sa dernière demeure.

Robin, resté seul, à son instante demande, auprès des restes chéris du bon vieillard, pria avec ferveur pour le repos de celui qui l'avait tant aimé.

– Adieu pour toujours, mon père chéri, dit-il, adieu, toi qui as reçu dans ta maison l'enfant étranger et sans famille ; adieu, toi qui as noblement donné à cet enfant une mère tendre, un père dévoué, un nom sans tache, adieu, adieu, adieu !... La séparation mortelle de nos corps ne sépare point nos âmes. Ô mon père ! tu vivras éternellement dans mon cœur, tu y vivras aimé, respecté, honoré à l'égal de Dieu. Ni le temps, ni les misères de la vie, ni même le bonheur n'affaibliront ma filiale tendresse. Tu m'as souvent dit, ô mon vénéré père ! que l'âme des bons garde et protège ceux qu'elle a aimés. Veille sur ton fils, sur celui auquel tu as donné un nom qu'il conservera toujours digne de toi. Je te le jure, père, ma main dans ta main, le regard vers le ciel, je te le jure, Robin Hood ne commettra jamais une action, bonne qu'elle ne soit guidée par toi, mauvaise qu'elle ne soit tempérée par des souvenirs de ta loyale justice.

Quelques minutes de calme succédèrent à ces paroles, puis le jeune homme se leva, appela ses amis, et, tête nue, suivi de tous les membres de la famille Gamwell, il accompagna les restes mortels du vieux forestier.

Derrière le triste cortège marchait Lincoln, plus pâle que le mort, puis un chien boiteux, un pauvre chien que personne ne voyait, auquel personne ne songeait, un pauvre chien fidèle jusqu'à l'exil de la tombe.

Lorsque le corps, tout habillé et enseveli dans un drap, fut couché sur son dernier lit de repos, lorsque les armes de Gilbert eurent été déposées auprès de lui, le bon vieux Lance se glissa jusqu'au bord de la fosse, hurla tristement et se jeta sur le corps.

Robin voulut enlever le chien.

– Laissez le serviteur auprès du maître, sir Robin, dit gravement Lincoln, maître et chien sont morts.

Le vieillard avait dit vrai, Lance n'existait plus.

La tombe fermée, Robin resta seul, car les grandes douleurs ne veulent ni consolations ni témoins.

Le soleil s'était couché dans un manteau de pourpre, les premières étoiles scintillaient au ciel, les doux rayons de la lune venaient éclairer la solitude de Robin au moment où deux ombres blanches apparurent à quelques pas du jeune homme.

Le léger contact de deux mains simultanément posées sur ses épaules arracha Robin à cette torpeur du désespoir, plus triste que des sanglots.

Il leva la tête et vit à ses côtés Maude en pleurs et Marianne pensive.

– L'espérance, le souvenir et mon affection vous restent, Robin, dit Marianne d'une voix émue. Si Dieu donne la douleur, il donne également la force de la supporter.

– Je couvrirai la tombe des fleurs du souvenir, Robin, dit Maude, et nous parlerons ensemble de celui qui n'est plus.

– Merci, Marianne, merci, Maude, répondit Robin.

Et, ne pouvant exprimer par des paroles sa profonde reconnaissance, le jeune homme se leva, pressa les mains de Maude, s'inclina devant Marianne, et s'éloigna précipitamment.

Les deux jeunes filles s'agenouillèrent à la place que Robin venait de quitter et se mirent silencieusement à prier.

18

Le lendemain, aux premières heures du jour, Robin et Petit-Jean entraient dans une auberge de la petite ville de Nottingham, afin d'y prendre leur premier repas. La salle de cette auberge était remplie pour le moment d'une quantité de soldats appartenant, ainsi que l'indiquait leur costume, au baron Fitz-Alwine.

Tout en déjeunant, les deux amis prêtaient une oreille attentive à la conversation des soldats.

– Nous ne savons pas encore, disait un des hommes du baron, à quel genre d'ennemis les croisés ont eu affaire. Sa Seigneurie suppose que ce sont des outlaws qui les ont attaqués, ou bien encore des vassaux guidés par un de ses ennemis. Fort heureusement pour monseigneur, son arrivée au château avait été retardée de quelques heures.

– Les croisés feront-ils un long séjour au château, Geoffroy ? demanda le maître du logis à celui qui parlait.

– Non, ils partent demain pour Londres, où ils vont conduire les prisonniers.

Robin et Petit-Jean échangèrent un éloquent regard.

Quelques paroles indifférentes pour nos deux amis suivirent cette réponse ; puis les soldats continuèrent à boire et à jouer.

– William est au château, murmura Robin d'une voix presque insaisissable ; il faut ou aller l'y chercher ou attendre sa sortie, il faut enfin user de force, de ruse, d'adresse, en un mot le rendre libre.

– Je suis prêt à tout, dit Petit-Jean du même ton.

Les deux jeunes gens quittèrent leur siège, et Robin paya l'hôte.

Au moment où les deux amis traversaient le cercle formé par les soldats, afin de gagner la porte, l'individu désigné sous le nom de Geoffroy dit à Petit-Jean :

– Par saint Paul ! mon ami, ton crâne me paraît avoir une singulière sympathie pour les solives du plafond, et si ta mère peut te baiser les joues sans te faire agenouiller à ses pieds, elle mérite un grade dans le corps des croisés.

– Ma haute stature offense-t-elle tes regards, sir soldat ? répondit Petit-Jean d'un ton de condescendance.

– Elle ne m'offense nullement, superbe étranger ; mais je dois te dire en toute franchise qu'elle me surprend beaucoup. Jusqu'à présent je m'étais cru l'homme le mieux découplé et le plus vigoureux du comté de Nottingham.

– Je suis heureux de pouvoir te donner une visible preuve du contraire, répondit gracieusement Petit-Jean.

– Je parie un pot d'ale, reprit Geoffroy en s'adressant à l'assemblée, que, en dépit de cette apparence de vigueur, l'étranger serait incapable de me toucher avec un bâton.

– Je tiens le pari, cria un des assistants.

– Bravo ! riposta Geoffroy.

– Mais, en vérité, s'écria à son tour Petit-Jean, tu ne me demandes même pas si j'accepte le défi ?

– Tu ne saurais refuser un quart d'heure de plaisir à celui qui, sans te connaître, a parlé pour toi, dit l'homme qui avait agréé la demande de Geoffroy.

– Avant de répondre à l'amicale proposition qui m'est faite, répliqua Petit-Jean, je voudrais donner à mon adversaire le léger avertissement que voici : Je ne suis point orgueilleux de ma force, cependant je dois dire que rien ne lui résiste ; je dois dire encore que vouloir lutter avec moi, c'est vouloir chercher une défaite, quelquefois un malheur, souvent une blessure d'amour-propre. Je n'ai jamais été vaincu.

Le soldat se mit bruyamment à rire.

– Tu es à mes yeux le plus grand fanfaron de la terre, sir étranger, cria-t-il d'un ton narquois, et si tu ne veux pas que j'ajoute la qualification de lâche à celle d'orgueilleux, tu vas consentir à te battre avec moi.

– Puisque vous le voulez absolument, ce sera de tout mon cœur, maître Geoffroy. Mais avant de vous donner les preuves de ma force, permettez-moi de dire quelques mots à mon compagnon. Une fois libre de mon temps, je vous promets de l'utiliser de manière à vous corriger sagement de votre défaut d'impudence.

– Tu ne vas pas t'éloigner au moins ! demanda Geoffroy d'une voix railleuse.

Les assistants éclatèrent de rire.

Blessé au vif par cette insolente supposition, Petit-Jean s'élança vers le soldat.

– Si j'étais normand, dit le jeune homme d'une voix pleine de colère, je pourrais agir ainsi : mais je suis saxon. Si je n'ai pas accepté sur-le-champ ton offre belliqueuse, c'est par bonté. Eh bien ! puisque tu te moques de mes scrupules, stupide bavard, puisque tu me dégages de toute commisération pour toi, appelle l'hôte, paye ton ale et demande des bandages ; car, aussi vrai que tu donnes le nom de tête à la vilaine bosse qui se balance entre tes deux épaules, tu en auras tout à l'heure grandement besoin. Mon cher Robin, dit Petit-Jean en rejoignant son ami, arrêté à quelques pas de l'auberge, rendez-vous dans la maison de Grâce May, où sans nul doute vous rencontrerez Hal. Il serait dangereux pour vous et surtout très compromettant pour le salut de Will que vous fussiez reconnu par un serviteur du château. Je suis obligé de répondre à l'intempestive bravade de ce soldat ; la réponse sera courte et bonne, soyez-en bien certain, et allez vous mettre à l'abri de toute fâcheuse rencontre.

Robin obéit à contrecœur aux sages conseils de Petit-Jean, car il va sans dire qu'il eût trouvé un véritable plaisir au spectacle d'une lutte dans laquelle son ami devait facilement triompher.

Lorsque Robin eut disparu, Jean rentra dans l'auberge. La réunion des buveurs s'était considérablement augmentée, car la nouvelle d'une bataille entre Geoffroy le Fort et un étranger qui ne lui cédait en rien comme vigueur et comme audace, avait déjà traversé la petite ville et appelé les amateurs de ce genre de combat.

Après avoir parcouru la foule d'un regard indifférent et tranquille, Petit-Jean s'approcha de son adversaire.

– Je suis à ta disposition, sir Normand, dit-il.

– Et moi à la tienne, répondit Geoffroy.

– Avant de commencer la lutte, ajouta Petit-Jean, je désire reconnaître la politesse de l'ami généreux qui, sur une habileté inconnue, s'est exposé à perdre un pari. Je veux donc, en réponse à la courtoisie de sa confiance, mettre cinq schellings en jeu et parier que non seulement je te ferai mesurer la terre de toute la longueur de ton corps, mais encore que je te frapperai à la tête avec mon bâton. Celui qui gagnera les cinq schellings offrira des liqueurs à l'aimable assemblée.

– J'y consens, répondit Geoffroy avec gaieté, et même j'offre à mon tour de doubler la somme si tu parviens à me blesser ou à me renverser.

– Hourra ! crièrent les spectateurs, qui dans cet arrangement des choses gagnaient encore et n'avaient rien à perdre.

Tumultueusement accompagnés par la foule, les deux

adversaires sortirent de la salle et allèrent se placer en face l'un de l'autre, au centre d'une vaste pelouse dont l'épais tapis convenait admirablement à la circonstance.

Les spectateurs formèrent un large cercle autour des combattants, et un profond silence succéda au bruit.

Petit-Jean n'avait fait aucun changement dans son costume ; il s'était contenté d'enlever ses armes et d'ôter ses gants ; mais Geoffroy avait mis plus de soin dans ses dispositions. Débarrassé de la plus lourde partie de ses vêtements, il se montrait la taille étroitement serrée dans un pourpoint de couleur sombre.

Les deux hommes s'examinèrent un instant avec une persistante fixité. La figure de Petit-Jean présentait une expression calme et souriante ; celle de Geoffroy révélait en dépit de lui-même une vague inquiétude.

– J'attends, dit le jeune homme en saluant le soldat.

– Je suis à vos ordres, répondit Geoffroy avec non moins de politesse.

Par un mouvement simultané, les deux hommes se tendirent la main, et une étreinte cordiale les réunit pendant une seconde.

La lutte commença. Nous n'entreprendrons pas de la décrire, nous dirons seulement qu'elle ne fut pas de longue durée. En dépit des vigoureux efforts d'une énergique résistance, Geoffroy perdit l'équilibre, et, par un mouvement d'une force inouïe et d'une adresse jusqu'alors restée sans exemple, Petit-Jean lança son adversaire par-dessus sa tête, et l'envoya rouler à vingt pas de lui.

Le soldat, exaspéré de cette honteuse défaite, se releva au bruit des clameurs joyeuses de tous les assistants, qui criaient en jetant leurs bonnets en l'air :

– Hourra ! hourra pour le beau forestier !

– J'ai gagné honnêtement la première partie de notre enjeu, sir soldat, dit Petit-Jean, et je suis tout disposé à commencer la seconde.

Pourpre de colère, Geoffroy répondit à cette demande par un signe affirmatif.

Les bâtons respectifs des deux hommes furent mesurés, et la lutte se continua, plus vive, plus acharnée, plus ardente.

Geoffroy fut encore une fois vaincu.

Les bravos enthousiastes de la foule célébrèrent les

triomphantes prouesses de Jean, et un flot d'ale ruissela dans les verres en l'honneur du beau forestier.

– Sans rancune, vaillant soldat, dit Jean en tendant la main à son adversaire.

Geoffroy refusa l'offre amicale qui lui était faite, et dit d'un ton amer :

– Je n'ai besoin ni du secours de votre bras ni des offres de votre amitié, sir forestier, et je vous engage à mettre moins d'orgueil dans vos manières. Je ne suis pas homme à supporter tranquillement la honte d'un échec, et si les devoirs de mon service ne me rappelaient au château de Nottingham, je vous rendrais coup pour coup les horions reçus.

– Voyons, mon brave ami, repartit Jean qui appréciait à sa valeur le courage réel du soldat, ne te montre ni mécontent ni jaloux. Tu as succombé devant une force supérieure à la tienne : le mal n'est pas grand, et tu trouveras, j'en suis sûr, les moyens de relever ta réputation de vigueur, de sang-froid et d'adresse. Je me fais un plaisir de reconnaître, et permets-moi de le proclamer, que tu es non seulement très fort dans l'art de manier le bâton, mais encore l'athlète le plus difficile à terrasser que puisse désirer un cœur ferme et un bras vaillant. Ainsi accueille sans arrière-pensée l'offre de ma main, elle t'est tendue avec une loyauté pleine de franchise.

Ces paroles, prononcées avec une expression de réelle bienveillance, parurent émouvoir le rancunier Normand.

– Voici ma main, dit-il en la présentant au jeune homme ; elle demande à la tienne une étreinte d'ami. Maintenant, bon jeune homme, ajouta Geoffroy d'une voix doucereuse, accorde-moi la grâce de connaître le nom de mon vainqueur.

– Je ne puis pour le moment accorder ce que tu me demandes, maître Geoffroy ; plus tard je me ferai mieux connaître.

– J'attendrai ton bon plaisir, étranger ; mais, avant de te laisser sortir de cette auberge, je crois qu'il est de mon devoir de te confier qu'en me qualifiant de normand, tu commets une erreur : je suis saxon.

– Ma foi ! répondit gaiement Petit-Jean, je suis très-enchanté d'apprendre que tu appartiens à la plus noble race du sol anglais ; ceci redouble l'estime et la sympathie que tu m'inspires. Nous nous reverrons bientôt, et je serai avec toi plus communicatif et plus confiant. Maintenant au revoir, les affaires qui m'ont appelé à Nottingham exigent mon départ.

– Comment ! tu songes déjà à me quitter, noble forestier ? Je ne le souffrirai pas, je vais t'accompagner là où tu as besoin de te rendre.

– Je vous en prie, sir soldat, laissez-moi la liberté d'aller rejoindre mon compagnon, j'ai déjà perdu un temps précieux.

La nouvelle du départ de Petit-Jean courut de bouche en bouche, et elle souleva un véritable tumulte.

Vingt voix prièrent :

– Etranger, nous allons te suivre, nous voulons proclamer partout ta grandeur d'âme et ta vaillance.

Fort peu désireux de recevoir les témoignages menaçants de cette soudaine popularité, Petit-Jean, qui voyait approcher avec une réelle crainte l'heure fixée pour son rendez-vous avec Robin, dit vivement à Geoffroy :

– Veux-tu me rendre un service ?

– De tout mon cœur.

– Eh bien ! aide-moi à me débarrasser honnêtement de ces braillards d'ivrognes. Je désire pouvoir m'éloigner sans attirer l'attention.

– Très-volontiers, répondit Geoffroy ; puis il ajouta après un instant de réflexion : Il n'y a, pour réussir, qu'un seul moyen à employer.

– Lequel ?

– Voici : accompagne-moi au château de Nottingham, ils n'oseront pas nous suivre au-delà du pont-levis. De l'intérieur du château je te conduirai à un chemin désert qui, par une voie détournée, te ramènera à l'entrée de la ville.

– Comment ! s'écria Petit-Jean, il n'est pas possible de trouver un autre moyen pour me délivrer de la compagnie de ces imbéciles ?

– Je n'en vois pas d'autre. Tu ne connais pas, mon homme, la sotte vanité de ces bavards ; ils te feraient cortège, non pour toi-même, mais pour être vus en ta compagnie, et afin de pouvoir dire à leurs voisins, à leurs parents, à leurs connaissances : « J'ai passé deux heures avec le vaillant garçon qui a battu Geoffroy le Fort ; il est de mes amis, nous sommes entrés en ville ensemble il y a quelques instants ; d'ailleurs vous avez dû me voir, j'étais à sa droite, ou à sa gauche, etc., etc. »

Petit-Jean se vit, bien à contrecœur, obligé de suivre le conseil que lui donnait Geoffroy.

– J'accepte ta proposition, lui dit-il ; éloignons-nous sans retard.

– Je suis à vous dans une seconde. Mes amis, cria Geoffroy, il faut que je rentre au château ; ce digne forestier m'y accompagne. Je vous prie donc de nous laisser tranquillement sortir ; s'il arrive que l'un de vous se permette de nous suivre, même à une distance de vingt pas, je regarderai sa démarche comme une insolente bravade, et, par saint Paul ! je l'en ferai cruellement repentir.

– Mais, hasarda une voix, ma maison se trouve sur le chemin que vous allez suivre, et je suis obligé de rentrer chez moi.

– Tu n'y seras obligé que dans dix minutes, repartit Geoffroy. Ainsi, bonjour à tous, et amitié à chacun.

Cela dit, Geoffroy sortit de la salle, et un formidable hourra accompagna Petit-Jean jusqu'au seuil de la porte.

Ce fut ainsi que Petit-Jean pénétra dans la seigneuriale demeure du baron de Fitz-Alwine.

Après avoir quitté Petit-Jean, Robin s'était dirigé vers la demeure de Grâce May. La jolie fiancée de Hal était une inconnue pour Robin en ce sens qu'il n'avait jamais autrement que par les yeux de son jeune ami admiré les charmes de la belle enfant, et si nous devons parler avec le cœur de Robin, il est nécessaire d'ajouter qu'un sentiment de vive curiosité l'attirait vers la maison de Grâce May.

Il frappa longtemps à la porte sans attirer la moindre attention ; puis, fatigué d'attendre, il se prit à chantonner à mi-voix le refrain d'une romance qui lui avait été apprise par son père.

Aux premiers murmures de ce chant mélancolique, un pas vif et précipité réveilla l'écho endormi de la vieille maison, et la porte brusquement ouverte donna passage à une jeune demoiselle qui, sans prendre le temps de regarder le visiteur, s'écria d'un ton joyeux :

– Je savais bien, mon cher Hal, que vous viendriez ce matin ; j'ai dit à ma mère... Ah ! pardon, messire, ajouta la vive jeune fille, qui n'était autre que Grâce May, pardon mille fois.

Tout en adressant ces excuses à Robin, Grâce rougissait

jusqu'au blanc des yeux, et la vivacité irréfléchie de ses mouvements motivait cette rougeur, car elle s'était jetée dans les bras de Robin.

– C'est à moi, mademoiselle, répondit le jeune homme d'une voix très-douce, de vous demander pardon de n'être pas celui que vous attendez.

Confuse et embarrassée, Grâce May ajouta :

– Puis-je savoir, messire, à quelle cause je dois attribuer l'honneur de votre visite ?

– Mademoiselle, répondit Robin, je suis un ami d'Halbert Lindsay, et je désire le voir. Un motif sérieux et qu'il serait trop long de vous expliquer ne me permet pas d'aller chercher Hal au château ; je vous serais donc fort obligé si vous vouliez m'accorder la permission d'attendre ici sa venue.

– Très-volontiers, messire ; les amis de Hal sont toujours des hôtes choyés dans la maison de ma mère ; entrez, je vous prie.

Robin s'inclina courtoisement devant Grâce et pénétra avec elle dans une vaste salle du rez-de-chaussée.

– Avez-vous déjeuné, messire ? demanda la jeune fille.

– Oui, mademoiselle, je vous remercie.

– Permettez-moi de vous offrir un verre d'ale, nous en avons d'excellente.

– J'accepte afin d'avoir le plaisir de boire au bonheur de Hal, mon heureux ami, dit galamment Robin.

Les yeux de la jolie Grâce étincelèrent de gaieté.

– Vous êtes courtois, messire, dit-elle.

– Je suis un sincère admirateur de la beauté, miss, rien de plus.

La jeune fille rougit.

– Venez-vous de loin ? demanda-t-elle comme pour donner un cours à la conversation.

– Oui, mademoiselle, j'arrive d'un petit village qui est situé dans les environs de Mansfeld.

– Du village de Gamwell ? ajouta vivement Grâce.

– Précisément. Vous connaissez ce village ? interrogea Robin.

– Oui, messire, répondit la jeune fille en souriant, je le connais parfaitement bien, et cependant je n'y suis jamais allée.

– Comment se fait-il alors... ?

– Oh ! c'est bien simple : la sœur de lait d'Halbert, miss

Maude Lindsay, habite le château de sir Guy. Halbert va très-souvent rendre visite à sa sœur, et au retour il me parle d'elle, il me raconte les nouvelles du pays ; il m'apprend ainsi, ajouta gracieusement la jeune fille, à connaître et à aimer les hôtes de sir Guy. Parmi ces hôtes, il y en a un dont Halbert me parle avec beaucoup d'amitié.

– Lequel ? demanda le jeune homme en riant.

– Vous-même, messire ; car, si ma mémoire est fidèle, je puis en toute confiance vous saluer du nom de Robin Hood. Hal m'a fait de vous un portrait si ressemblant qu'il est impossible de s'y tromper. Il m'a dit, continua avec volubilité la vive jeune fille, Robin Hood est grand, bien fait, il a de grands yeux noirs, des cheveux magnifiques, un air noble.

Un sourire de Robin arrêta l'expansive description de Grâce May ; elle se tut et baissa les yeux.

– Le bon cœur de Hal lui a donné relativement à moi une grande indulgence d'appréciation, mademoiselle ; mais il a été plus sévère à votre égard, et je m'aperçois que tout ce qu'il m'a dit de vous manque de vérité.

– Il n'a cependant rien dit qui puisse me blesser, j'en suis certaine, repartit Grâce avec cette admirable confiance de l'amour partagé.

– Non, il m'a dit que vous étiez une des plus charmantes personnes de tout le comté de Nottingham.

– Et vous n'avez pas ajouté foi à sa parole ?

– Pardonnez-moi, mais je viens de m'apercevoir que j'avais eu le grand tort d'y croire.

– Eh bien ! s'écria gaiement la jeune fille, je suis enchantée de vous entendre parler sincèrement.

– Très-sincèrement. Je vous disais tout à l'heure que Hal s'était montré sévère à votre égard, j'ai ajouté qu'en vous nommant une des plus charmantes femmes de tout le comté Hal était dans son tort.

– Oui, messire ; mais il faut pardonner l'exagération à un cœur favorablement prévenu.

– Il n'y a pas exagération, mademoiselle, il y a aveuglement, car vous n'êtes pas une des plus jolies femmes de tout le comté, mais bien la plus jolie.

Grâce se mit à rire.

– Permettez-moi, repartit-elle, de ne voir dans vos paroles qu'une bienveillante galanterie, et je suis sûre que si j'avais la folie de les croire sincères, vous penseriez que je suis une petite sotte. Maude Lindsay est d'une beauté accomplie, au-dessus de Maude il y a au château de Gamwell une jeune dame que bien certainement vous trouvez cent fois plus jolie que Maude, mille fois plus jolie que moi ; seulement, messire, vous êtes aussi discret que vous êtes galant, et vous n'osez dire ouvertement ce que vous pensez.

– Je ne redoute jamais de parler avec franchise, mademoiselle, répondit Robin, et je dis la vérité en vous assurant que vous êtes, dans votre genre de beauté, supérieure à toutes les jeunes filles de Nottingham. La jeune dame à qui vous faites allusion a comme vous droit au premier rang dans le type de son gracieux visage. Mais il me semble que notre conversation aborde la flatterie, ajouta Robin, et je ne veux pas que mon ami Hal puisse m'accuser de vous faire des compliments.

– Vous avez raison, messire, causons en amis.

– C'est cela. Eh bien ! miss Grâce, répondez franchement à la question que je vais vous adresser. Comment se fait-il que, sans prendre même le temps de regarder mon visage vous vous soyez jetée dans mes bras ?

– Votre question est tout à fait embarrassante, sir Robin, dit Grâce, je vais cependant y répondre. Vous fredonniez un air qui est toujours dans la bouche de Hal, et naturellement, j'ai cru reconnaître sa voix. Hal est un ami d'enfance, nous avons pour ainsi dire été élevés ensemble sur les genoux de ma mère ; j'ai avec Hal des familiarités de sœur, nous nous voyons tous les jours. Cela vous explique pourquoi je me suis montrée si vive. Excusez-moi, je vous prie.

– Comment donc, miss Grâce, vous n'avez nullement besoin de vous excuser. Maintenant que j'ai eu le plaisir de vous voir, je suis prêt à envier le bonheur de Hal, et je ne m'étonnerai plus désormais de l'entendre s'écrier qu'il est le plus heureux garçon de la terre.

– Sir Robin, repartit gaiement la jeune fille, je vous prends une fois encore en flagrant délit de mensonge. Ce bonheur que vous êtes si près d'envier, vous ne l'échangeriez pas pour celui qui est le mobile de toutes vos espérances.

– Ma charmante Grâce, répondit tranquillement Robin, lorsqu'il arrive à un homme ou à une femme de placer son affection dans un cœur honnête, il ne l'y reprend jamais, et je suis certain que, s'il me venait à l'esprit de chercher à supplanter Halbert dans votre cœur, vous ne voudriez pas de moi.

– Oh ! non, riposta naïvement Grâce ; mais, ajouta-t-elle en riant, je ne voudrais pas révéler à Halbert le fond réel de ma pensée, il en serait trop fier.

La conversation aussi joyeusement commencée se prolongea encore pendant une heure.

– Il me semble, dit tout à coup Robin, que Hal se fait attendre ; les amoureux sont toujours impatients et précèdent d'ordinaire l'heure du rendez-vous.

– Et c'est bien naturel, n'est-ce pas, messire ? dit Grâce.

– Très-naturel.

Enfin un coup de marteau retentit à la porte ; l'air chanté par Robin se fit entendre, et Grâce, après avoir jeté au jeune homme un regard qui semblait lui dire : « Vous le voyez, mon erreur était bien pardonnable », s'élança rapidement à la rencontre du nouveau venu.

La présence de Robin n'empêcha point la pétulante demoiselle de gronder Hal sur l'heure tardive de son arrivée, et de l'embrasser en boudant un peu.

– Comment ! vous ici, Robin ! s'écria Hal. Et Maude, ma chère sœur Maude ? donnez-moi des nouvelles de sa santé.

– Maude est un peu souffrante.

– J'irai la voir. Son mal n'a rien de grave ?

– Rien absolument.

– J'espérais vous rencontrer ici, reprit Halbert. J'ai su, ou plutôt j'ai deviné que vous étiez venu à Nottingham, et voici de quelle manière. En allant faire à la ville une commission pour le château, j'ai appris qu'un combat au bâton allait avoir lieu entre Geoffroy le Fort, vous le connaissez, Grâce ? et un forestier. Aussitôt la pensée m'est venue d'aller prendre ma part de plaisir à cette petite fête.

– Tandis que je vous attendais, monsieur, dit Grâce en allongeant d'un air boudeur ses jolies lèvres roses.

– Je n'avais pas l'intention de rester plus d'une minute au nombre des spectateurs. Je suis arrivé sur le terrain au moment où Petit-Jean lançait Geoffroy par-dessus sa tête, Geoffroy le Fort, Geoffroy le Géant, ainsi que nous le nommons au château, songez donc, Grâce, quel magnifique coup de main ! Je voulais demander de vos nouvelles à Jean ; impossible de l'aborder. Alors j'ai parcouru la ville, et, à bout de ressources pour ma recherche mystérieuse, je suis allé vous demander au château.

– Au château ! s'écria Robin, vous m'y avez demandé par mon nom ?

– Non, non, rassurez-vous. Le baron est revenu hier, et si j'avais eu la sottise de révéler votre présence sur ses terres, vous seriez traqué comme une bête fauve.

– Mon cher Hal, ma crainte était un véritable enfantillage ; je sais que vous êtes prudent et que vous savez garder un secret. Le but de mon voyage était d'abord de me rencontrer avec vous, puis ensuite de vous demander des renseignements sur les prisonniers qui se trouvent au château. Vous savez sans doute ce qui s'est passé cette nuit dans la forêt de Sherwood.

– Oui, je le sais ; le baron est furieux.

– Tant pis pour lui. Revenons aux prisonniers ; parmi eux se trouve un garçon que je veux sauver à tout prix, William l'Ecarlate.

– William ! s'écria le jeune homme, et comment se trouvait-il mêlé à la bande de proscrits qui a attaqué les croisés ?

– Mon cher Hal, répondit Robin, il n'y a pas eu rencontre avec des proscrits, mais bien avec de braves garçons qui ont eu le tort d'agir sans discernement et de croire s'attaquer, non à des croisés, mais bien au baron Fitz-Alwine et à ses soldats.

– C'était vous ! s'écria le pauvre Hal péniblement surpris.

Robin fit un signe affirmatif.

– Alors je comprends tout : c'est de votre adresse dont parlent les croisés en disant qu'un homme de la bande envoyait la mort au bout de chacune de ses flèches. Ah ! mon pauvre Robin, le résultat de cette bataille est bien malheureux pour vous.

– Oui, Hal, bien malheureux, répéta Robin avec tristesse ; car mon pauvre père a été tué.

– Mort, le digne Gilbert ! dit Hal d'une voix pleine de larmes ; ah ! mon Dieu !

Un instant de silence laissa les jeunes gens absorbés dans une commune douleur. Grâce ne souriait plus ; elle était navrée du chagrin de Hal et du désespoir de Robin.

– Et ce cher Will est tombé entre les mains des soldats

du baron ? reprit Halbert afin de ramener l'esprit de Robin sur le sort de son ami.

– Oui, répondit Robin, et je suis venu vous trouver, mon cher Hal, dans l'espoir que vous voudriez bien me prêter votre aide pour entrer au château. Je ne m'éloignerai de Nottingham qu'après avoir rendu la liberté à Will.

– Comptez sur moi, Robin, répondit vivement le jeune homme, je ferai tout ce qui dépendra de moi pour vous être d'un bon secours dans cette douloureuse circonstance. Nous allons nous rendre au château ; il me sera facile de vous y faire entrer ; mais une fois dans l'intérieur, il faudra veiller sur vous-même, prendre patience et vous montrer prudent. Depuis que le baron est revenu, l'existence est un véritable enfer pour nous tous ; il crie, il jure, il va, il vient, et nous accable de sa présence.

– Lady Christabel est-elle revenue avec lui ?

– Non, il n'a amené que son confesseur ; les soldats qui l'ont accompagné sont des étrangers.

– Vous n'avez rien appris sur le sort d'Allan Clare ?

– Pas un mot ; il n'y a personne au château à qui on puisse demander des nouvelles. Quant à lady Christabel, elle est en Normandie, et selon toute probabilité dans une maison religieuse. Il est donc fort à présumer que messire Allan se tient aux environs de ce couvent.

– C'est à peu près une chose certaine, répondit Robin, pauvre Allan ! son fidèle amour sera récompensé, je l'espère.

– Oui, ajouta Grâce, il est une Providence pour les amoureux.

– Je me confie à la bonté de cette douce Providence, s'écria Halbert en jetant un tendre regard à sa fiancée.

– Et moi aussi, dit Robin, le cœur ému au souvenir de Marianne.

– Cher Robin, reprit Hal, s'il nous est possible de faire quelque chose pour sauver William, il faut le tenter ce soir même ; les prisonniers doivent partir pour Londres au milieu de la nuit afin d'y être jugés et condamnés selon le bon plaisir du roi.

– Alors hâtons-nous, hâtons-nous ; j'ai promis à Petit-Jean d'aller l'attendre à l'entrée du pont-levis du château.

– Grâce, ma très chère, dit Hal d'un air craintif, vous ne me gronderez pas demain de vous avoir si promptement quittée aujourd'hui.

– Non, non, Hal, vous pouvez être tranquille. Allez avec courage au secours de votre ami, et ne pensez pas à moi ; je vais prier le ciel de vous venir en aide.

– Vous êtes la meilleure et la plus aimée des femmes, très chère Grâce, dit Hal en baisant les joues vermeilles de sa fiancée.

Robin salua gracieusement la jeune fille, et les deux amis s'élancèrent d'un pas rapide dans la direction du château.

....

....

– En effet, répondit Robin, c'est bien Petit-Jean. Que veut dire cette apparente intimité ?

– Je parie ma tête, répondit Hal, que Geoffroy s'est pris pour Petit-Jean d'une soudaine amitié, et qu'il l'emmène au château dans l'intention de lui offrir à boire. Geoffroy est un excellent garçon ; mais il est très imprudent. Il n'est au service du baron que depuis fort peu de temps, et il y aura du tapage s'il se livre trop légèrement au plaisir de vider des bouteilles.

– Nous pouvons avoir toute confiance en la sobriété habituelle de Petit-Jean, répondit Robin ; il maintiendra son compagnon dans les limites raisonnables.

– Faites attention, Robin, dit vivement Hal ; Petit-Jean nous a aperçus, il vient de vous adresser un signal.

Robin dirigea ses yeux du côté de son ami.

– Il me conseille de l'attendre, répondit Robin ; il va au château ; mais je vais lui faire comprendre que je vous accompagne, et que nous nous rencontrerons dans l'intérieur de quelque cour.

– Très bien. Vous allez me suivre à l'office, je dirai que vous êtes un de mes amis. Là, nous tâcherons de découvrir, par le bavardage des soldats, dans quelle partie du donjon sont enfermés les prisonniers et le nom de celui qui a mission de veiller sur eux ; s'il nous arrive de pouvoir dérober les clefs du château, nous mettrons William en liberté ; mais pour sortir il sera absolument nécessaire de traverser une fois encore les souterrains. Arrivés dans la forêt...

– Je leur permets de nous poursuivre et même de nous atteindre s'ils peuvent réussir ! s'écria gaiement Robin.

Le pont-levis s'abaissa à l'appel de Hal, et Robin se trouva bientôt dans l'intérieur du château de Nottingham.

En se voyant obligé de suivre Geoffroy, Petit-Jean résolut de mettre à profit, dans l'intérêt de son cousin, la subite amitié qui lui était témoignée par le soldat normand.

Il fut facile au forestier de ramener la conversation sur l'événement de la nuit : Geoffroy se prêta de la meilleure grâce du monde au curieux désir de son nouvel ami, et lui confia qu'il avait sous sa garde la surveillance de trois prisonniers.

– Parmi eux, ajouta-t-il, se trouve un fort beau garçon, et qui a vraiment une figure remarquable.

– Ah ! dit Petit-Jean d'un ton d'indifférence.

– Oui ; jamais de la vie peut-être vous ne verrez des cheveux d'une couleur aussi étrange, ils sont presque rouges ; malgré cela il est très beau, ses yeux sont magnifiques, et on dirait maintenant qu'ils contiennent un tison de l'enfer, tant la colère les a rendus lumineux. Monseigneur a fait une visite à ce pauvre jeune homme pendant que j'étais de faction : il n'a pu lui arracher un mot, et il est sorti en jurant de le faire pendre dans les vingt-quatre heures.

– Pauvre Will ! se dit Petit-Jean. Pensez-vous que ce malheureux soit blessé ? demanda le jeune homme.

– Il se porte aussi bien que vous et moi, répondit Geoffroy. Il est de mauvaise humeur, voilà tout.

– Vous avez donc des cachots sur les remparts ? reprit Petit-Jean ; c'est une chose assez rare.

– Vous êtes dans l'erreur, sir étranger ; en Angleterre, il s'en trouve dans plusieurs châteaux.

– A quel endroit sont-ils situés. Aux angles ?

– Le plus souvent, mais ils ne sont pas tous habitables ; par exemple, celui dans lequel est enfermé le jeune garçon dont je vous parle, et qui se trouve à l'ouest, est assez bien ; il est possible d'y vivre sans souffrir. Tenez, ajouta Geoffroy, vous pouvez apercevoir d'ici l'endroit où il est situé : regardez auprès de cette barbacane ; y êtes-vous ?

– Oui.

– Eh bien ! il y a au-dessus une ouverture assez large pour laisser pénétrer l'air et la lumière, au-dessous une porte basse.

– Je vois. Et ce garçon à cheveux rouges est là-dedans ?

– Oui, pour son malheur.

– Pauvre diable, c'est triste, n'est-il pas vrai, maître Geoffroy ?

– Très-triste, sir étranger.

– Et quand on pense, reprit Petit-Jean de l'air d'un homme qui fait une simple réflexion, qu'il se trouve là, entre quatre murs, derrière une porte barrée, un jeune homme vigoureux et bien portant, qui après tout n'a pas fait grand mal, et qui sans doute épuise ses forces dans de vains efforts ! Il est gardé à vue par des sentinelles ?

– Non, il est là tout seul, et s'il avait des amis il lui serait très facile de s'évader. Le verrou de la porte est en dehors ; il n'y aurait qu'à tirer, et crac ! la porte roulerait sur ses gonds ; seulement il serait impossible de traverser le rempart du côté de l'ouest.

– Pourquoi cela ?

– Parce qu'il est à tout instant parcouru par les soldats tandis que le côté de l'est, étant abandonné, serait un chemin sûr.

– Il n'y a pas de gardien ?

– Non, cette partie du château est complètement vide ; on la dit hantée par des esprits, de sorte qu'un sentiment de terreur en éloigne tout le monde.

– Ma foi ! dit Petit-Jean, je n'engagerais pas le prisonnier à tenter les hasards d'un sauvetage aussi incertain ; car, une fois hors du cachot, comment s'y prendre pour s'évader au-delà des murs d'une pareille forteresse ?

– Une personne étrangère et qui évidemment ignore les passages secrets, serait arrêtée avant d'avoir fait dix pas ; mais moi, par exemple, si je cherchais à fuir, je me dirigerais à l'est des remparts vers une chambre inhabitée dont la fenêtre s'ouvre au-dessus des fossés ; tout près de cette fenêtre, à la longueur du bras, se trouve un vieil arc-boutant ; il pourrait servir de marchepied. De là on descendrait sur une pièce de bois qui surnage au-dessus de l'eau ; ce pont volant a dû servir, je n'en doute pas, aux hommes du baron alors qu'ils rentraient au château après l'heure du couvre-feu. Une fois de l'autre côté, il faut nécessairement demander son salut à l'agilité de ses propres jambes.

– Il faudrait un intelligent ami au pauvre prisonnier, dit Petit-Jean.

– Oui, mais il n'en a pas.

– Il n'en a pas, répéta Jean comme un écho.

– Bon forestier, reprit Geoffroy, permettez-moi de vous laisser seul pendant quelques instants, j'ai des devoirs à remplir ; si vous désirez parcourir le château, vous en avez la permission, et si par hasard on vous interroge, donnez le mot de passe, qui est *volontiers et honnêtement*, on saura que vous êtes un ami.

– Je vous remercie, maître Geoffroy, dit Petit-Jean avec reconnaissance.

– Bientôt, tu auras à me remercier mieux encore, chien saxon ! grommela Geoffroy en sortant de la chambre. En vérité, ce paysan me prend pour un de ses pareils ; je suis normand, un véritable Normand ; et je vais lui donner la preuve que Geoffroy le Fort n'est pas impunément battu. Ah ! maudit forestier, tu as fait plier devant toi un homme qui n'a jamais senti sur ses épaules le bâton d'un adversaire ; tu te repentiras de ton impudence, sois tranquille. Ah ! ah ! ah ! s'écria Geoffroy au milieu d'un bruyant éclat de rire, tu es pris dans le piège, mon robuste forestier ; tu es venu bien certainement pour sauver tes amis, car ce sont des coquins de ton espèce qui ont attaqué les croisés. Bien, bien, tu feras un voyage au service de Sa Majesté, si mon couteau ne t'atteint pas au cœur. Comme il a lestement mordu à l'hameçon ! je gagerais ma vie que je le trouverai tout à l'heure sur le rempart de l'est ; ce sera l'occasion de lui payer d'un seul coup tout ce que je lui dois.

Tout en grommelant ainsi, Geoffroy songeait à se faire un mérite de sa vigilance auprès du baron, et en même temps à se venger de Petit-Jean.

Resté seul, notre ami Jean se prit à réfléchir.

– Ce Geoffroy est peut-être un homme, se disait le neveu de sir Guy, il peut avoir de bonnes intentions ; mais je ne crois ni à son honnêteté ni à sa bienveillance. Il n'est pas donné à un personnage aussi infime d'avoir la grandeur d'âme de pardonner, mieux encore de ressentir un sentiment d'intérêt pour un adversaire triomphant ; donc Geoffroy me trompe, je suis évidemment pris dans un filet ; il faut en sortir et veiller au salut de William.

Petit-Jean sortit de la chambre, et, sans autre guide que le hasard, il se dirigea vers une large galerie dont l'extrémité devait probablement le conduire à l'est des remparts.

Après avoir parcouru pendant une bonne demi-heure une enfilade de couloirs et de passages complètement déserts, il se trouva en face d'une porte. Petit-Jean l'ouvrit et aperçut un vieillard, le front penché au-dessus d'un coffre-fort dans lequel il entassait avec soin de petites sacoches remplies de pièces d'or. Absorbé dans les calculs de son opération, il ne s'aperçut pas de l'insolite présence du forestier.

Petit-Jean se demandait en lui-même quelle réponse il devait faire à l'inévitable question du vieillard, lorsque celui-ci, levant la tête, aperçut devant lui son gigantesque visiteur. Une expression de visible épouvante se peignit sur ses traits ; il laissa tomber un des sacs, et l'or, se heurtant contre le plancher, rendit un son qui fit trembler son propriétaire.

– Qui êtes-vous ? demanda-t-il d'une voix tremblante. J'avais donné l'ordre d'interdire l'entrée de mes appartements ; que me voulez-vous ?

– Je suis un ami de Geoffroy ; je désirerais me rendre sur le rempart de l'ouest, et je me suis égaré en chemin.

– Ah ! ah ! s'écria le vieillard, et un étrange sourire entr'ouvrit ses lèvres ; vous êtes un ami de Geoffroy le Fort, du brave Geoffroy ? Ecoutez-moi, beau forestier, car en vérité vous êtes le plus beau garçon que j'aie jamais vu de ma vie ; voulez-vous échanger votre habit de paysan contre l'uniforme d'un soldat ? Je suis le baron de Fitz-Alwine.

– Ah ! vous êtes le baron de Fitz-Alwine ? s'écria Petit-Jean.

– Oui, et vous vous féliciterez un jour, si vous avez le bon esprit d'accepter ma proposition, d'avoir eu la chance de me rencontrer.

– Quelle proposition ? demanda Petit-Jean.

– Celle d'entrer à mon service.

– Avant de répondre, permettez-moi de vous adresser quelques questions, reprit Petit-Jean tout en allant d'un air fort tranquille fermer à double tour l'entrée de la chambre.

– Que faites-vous, beau forestier ? interrogea le baron saisi d'une soudaine frayeur.

– Je préviens les interruptions discrètes, je mets un obstacle à des visites qui pourraient être gênantes, répondit le jeune homme d'un ton parfaitement calme.

Un éclair de fureur traversa les petits yeux gris du baron.

– Voyez-vous ceci ? demanda le forestier en mettant sous les yeux de Sa Seigneurie une large bande de peau de cerf.

Le vieillard, suffoqué de colère, se contenta de répondre à cette inquiétante demande par un signe affirmatif.

– Ecoutez-moi avec attention, reprit le jeune homme : j'ai une grâce à vous demander, et, s'il arrive que sous un prétexte quelconque vous refusiez de me l'accorder, je vous pendrai sans miséricorde à la corniche du grand meuble que j'aperçois là-bas. Personne ne viendra à l'appel de vos cris, par la meilleure des raisons : je vous empêcherai de crier. J'ai des armes, une volonté de fer, un courage égal à ma volonté, et je me sens de force à défendre contre vingt soldats l'entrée de cette chambre. De toute manière, comprenez-le bien, vous êtes un homme mort si vous refusez de m'obéir.

– Misérable coquin ! pensait le baron, je te ferai sûrement rouer de coups si je parviens à échapper à ton infernale domination. Que désirez-vous, brave forestier ? demanda Sa Seigneurie d'une voix doucereuse.

– Je veux la liberté...

En ce moment un pas rapide se fit entendre le long du couloir, et un coup violent ébranla le chambranle de la porte. Petit-Jean saisit à sa ceinture un couteau à lame effilée, s'empara du débile vieillard, et lui dit à voix basse et d'un ton menaçant :

– Si vous jetez un cri, si vous dites une parole qui soit dangereuse pour ma sécurité, je vous tue. Demandez quelle est la personne qui frappe.

Le baron épouvanté obéit prestement :

– Qui est là ?

– Monseigneur, c'est moi.

– Qui, toi, imbécile ? souffla Petit-Jean.

– Qui, toi, imbécile ? répéta le baron.

– Geoffroy.

– Que me voulez-vous, Geoffroy ?

– Monseigneur, j'ai à vous annoncer une nouvelle importante.

– Quelle nouvelle ?

– Je tiens en mon pouvoir le chef des coquins qui ont attaqué les vassaux de Votre Seigneurie.

– Ah ! vraiment ! murmura Petit-Jean d'un ton narquois.

– Ah ! vraiment ! murmura le pauvre baron.

– Oui, milord, et si Votre Seigneurie veut bien me le

permettre je lui apprendrai à l'aide de quelle ruse je suis parvenu à m'emparer de ce brigand.

– Je suis occupé en ce moment-ci, je ne puis donc vous recevoir ; revenez dans une demi-heure.

Le baron mâcha pour ainsi dire les paroles de cette réponse, qui lui était soufflée par Petit-Jean.

– Dans une demi-heure il sera trop tard, répondit Geoffroy d'un ton de visible mauvaise humeur.

– Obéissez, coquin ! allez-vous-en ; je vous le répète encore, je suis très occupé.

Le baron, anéanti de fureur, eût donné avec joie les sacs d'or enfermés dans son coffre-fort pour avoir la possibilité de retenir Geoffroy et de l'appeler à son aide. Malheureusement ce dernier, forcé d'obéir à l'ordre péremptoire qui venait de lui être donné, s'éloignait aussi rapidement qu'il était venu, et le baron se retrouva seul avec son gigantesque ennemi.

Lorsque le bruit de la marche du soldat se fut perdu dans la profondeur des couloirs, Petit-Jean remit son couteau à sa ceinture et dit à lord Fitz-Alwine :

– Maintenant, sir baron, je vais vous apprendre ce que je désire. La nuit dernière, un combat a eu lieu dans la forêt de Sherwood entre vos soldats revenant de la terre sainte et une compagnie de braves Saxons. Six hommes ont été faits prisonniers : je veux la liberté de ces six hommes, je veux encore que personne ne les accompagne ni les suive ; je redoute l'espionnage, et je vous l'interdis.

– Je consentirais de grand cœur à vous être agréable sur ce point, beau forestier, mais...

– Mais vous ne voulez pas. Ecoutez, seigneur baron, je n'ai ni le temps de prêter l'oreille à vos fausses paroles ni la patience d'en subir la fatigue. Donnez-moi la liberté de ces pauvres garçons, ou je ne réponds pas de votre vie, même pour un quart d'heure.

– Vous êtes vif, jeune homme. Eh bien ! je vais vous obéir. Voici mon sceau : allez trouver une des sentinelles du rempart, montrez-lui ce cachet, et dites-lui que je vous ai accordé la grâce des coquins... des prisonniers. La sentinelle vous enverra auprès de celui qui a la charge de vos protégés, et aussitôt on vous ouvrira les portes de la salle où je les tiens enfermés ; car ils ne sont point dans les cachots, les vaillants garçons.

– Vos paroles me semblent assez sincères, sir baron,

répondit Petit-Jean ; néanmoins je ne me sens pas d'humeur à y ajouter une grande confiance. Ce cachet, cette sentinelle, ce va-et-vient d'un endroit à l'autre, tout cela me paraît si bien embrouillé qu'il me serait impossible d'en sortir avec honneur. En conséquence, vous allez, de gré ou de force, m'accompagner auprès de l'homme qui a la charge de mes amis ; vous lui donnerez l'ordre de les mettre en liberté, puis vous nous laisserez sortir tranquillement de l'enceinte du château.

– Vous doutez de ma parole ? dit le baron d'un air scandalisé.

– Complètement, et j'ajoute que si, par un mot, par un geste, par un signe, vous tentez de me faire tomber dans un piège, je vous plante à l'instant même, et sans crier gare, mon couteau dans le cœur.

Les menaces de Petit-Jean étaient prononcées d'un ton si ferme, sa figure exprimait une résolution si immuable, qu'il n'y avait pas à douter un instant que des paroles au fait il n'y eût que le geste.

Le baron se trouvait dans une situation fort dangereuse, et cela par sa faute. D'habitude, une compagnie d'hommes veillait à sa sécurité, soit auprès de son appartement, soit à portée d'un facile appel. Mais, ce jour-là, désireux de rester seul afin de pouvoir ranger secrètement la prodigieuse quantité d'or entassée dans ses coffres (à cette époque il n'existait pas de banquiers), il avait éloigné ses gardes et défendu que, sous aucun prétexte on se permît de pénétrer auprès de lui. Désespérément convaincu de sa solitude, le baron n'osait enfreindre la défense formelle de Petit-Jean, et, la gorge pleine de clameurs épouvantées, il gardait un profond silence. Lord Fitz-Alwine tenait singulièrement à l'existence, et le désir d'aller rejoindre ses ancêtres ne lui était pas encore venu. Cependant il était bien près d'accomplir ce triste voyage, car la lutte qu'il allait entreprendre avec Petit-Jean était pour lui d'un difficile succès : la liberté promise et si impérieusement exigée des jeunes Saxons était un fait irréalisable par la raison que, aux premières heures du jour, enchaînés les uns aux autres, et confiés à la garde d'une vingtaine de soldats, les prisonniers étaient partis pour Londres.

Décimée par les guerres désastreuses de la Normandie, l'armée de Henri II était fort appauvrie, et quoique le royaume fût en pleine paix, Henri II faisait recruter, autant que cela lui était possible, les jeunes gens d'une santé robuste et d'une taille élevée.

Afin de complaire au bon plaisir du roi, les seigneurs suzerains envoyaient à Londres bon nombre de leurs vassaux, et lord Fitz-Alwine n'était revenu à Nottingham que pour y faire choix, parmi ses hommes, d'une troupe digne de prendre rang dans le corps de l'armée. La haute prestance de Petit-Jean, sa mine fière et la vigueur herculéenne de toute sa personne, avaient soudainement inspiré au baron le désir de l'envoyer à Londres. C'était donc avec cette secrète intention qu'il avait proposé au jeune homme d'entrer à son service et d'endosser la cape militaire.

Contraint d'obéir à une nouvelle injonction de Petit-Jean, le baron résolut de lui cacher la vérité, et de l'amener, sous le prétexte d'une visite aux prisonniers, dans un quartier du château où il serait possible d'obtenir de prompts secours.

– Je suis tout disposé à répondre à votre demande, dit-il en quittant son siège.

– Vous avez, je vous l'assure, grandement raison, repartit le jeune homme, et si vous désirez remettre à une époque encore lointaine la visite que vous devez à Satan, hâtons-nous de quitter cette chambre. Ah ! un mot encore, ajouta Petit-Jean.

– Dites, gémit le baron.

– Où est votre fille ?

– Ma fille ! s'exclama Fitz-Alwine au comble de l'étonnement ; ma fille !

– Oui, votre fille, lady Christabel ?

– En vérité, sir forestier, vous m'adressez là une étrange question.

– Qu'importe ! répondez-y franchement.

– Lady Christabel est en Normandie.

– Dans quelle partie de la Normandie ?

– A Rouen.

– Est-ce bien vrai ?

– Parfaitement vrai ; elle habite un couvent de cette ville.

– Qu'est devenu Allan Clare ?

Le visage du baron s'empourpra d'une subite rougeur, ses dents, pressées sous ses lèvres frémissantes, étouffèrent un cri de rage, et il attacha sur le jeune homme un regard d'indicible colère. Jean, qui dominait de toute sa taille son faible ennemi, répéta lentement sa question :

– Qu'est devenu Allan Clare ?

– Je ne sais pas.

– Mensonge ! s'écria Petit-Jean, mensonge ! Il nous a quittés depuis six ans pour suivre lady Christabel et je suis certain que vous savez ce qu'est devenu ce malheureux jeune homme. Où est-il ?

– Je ne le sais pas.

– Ne l'avez-vous donc pas vu pendant le cours de ces six années ?

– Je l'ai vu, l'obstiné misérable !...

– Pas d'injures, s'il vous plaît, seigneur baron. Où l'avez-vous vu ?

– La première rencontre qui a eu lieu entre nous, reprit lord Fitz-Alwine d'un ton amer, s'est passée dans un endroit qui devait être interdit à ce vagabond sans pudeur. Je l'ai trouvé dans l'appartement de ma fille, je l'ai trouvé aux genoux de lady Christabel. Le soir même, ma fille entrait dans un couvent ; le lendemain il eut l'audace de se présenter devant moi et de me demander la main de ma fille. Je le fis mettre dehors par mes hommes ; depuis cette époque je ne l'ai pas revu, mais j'ai appris dernièrement qu'il était entré au service du roi de France.

– De son propre gré ? demanda Jean.

– Oui, afin de remplir les conditions d'un traité fait entre nous.

– Quel traité ? à quoi s'est engagé Allan ? que lui avez-vous promis ?

– Il s'est engagé à rétablir sa fortune, à rentrer en possession de ses terres, mises sous le séquestre à cause du dévouement de son père pour Thomas Becket. Je lui ai promis la main de ma fille si pendant sept ans il reste éloigné d'elle et ne cherche pas à la voir. S'il manque à sa parole, je disposerai de lady Christabel comme bon me semblera.

– A quelle date remonte cet engagement ?

– Il existe depuis trois ans.

– C'est bien. Maintenant occupons-nous des prisonniers. Allons les mettre en liberté.

La poitrine du baron renfermait un véritable volcan ; elle brûlait, néanmoins son pâle visage ne révélait rien des sinistres projets qui occupaient son esprit. Avant de suivre

Petit-Jean, il ferma à double tour sa précieuse caisse, s'assura qu'il ne laissait aucune trace révélatrice de ses riches trésors, et dit au jeune homme d'un ton bénin :

– Venez, vaillant Saxon.

Petit-Jean n'était pas homme à suivre aveuglément l'itinéraire que choisirait le baron, et il lui fut facile de s'apercevoir que lord Fitz-Alwine s'engageait dans une direction opposée à celle qu'il fallait prendre pour gagner les remparts.

– Sir baron, dit-il, en mettant sa robuste main sur l'épaule du vieillard, vous choisissez un chemin qui nous éloigne de notre but.

– Comment le savez-vous ? demanda le baron.

– Parce que les prisonniers sont enfermés dans les cachots du rempart.

– Qui vous a donné ce renseignement ?

– Geoffroy.

– Ah ! le coquin !

– Oui, c'est un coquin ; car, non content de me dire dans quelle partie du château se trouvent mes amis, il m'a encore indiqué un moyen pour les faire évader.

– En vérité ! s'écria le baron. Je n'oublierai pas de lui donner la récompense de ses bons offices. Mais, tout en me trahissant, il se jouait de votre crédulité : les prisonniers ne sont pas dans cette partie du château.

– C'est possible, mais je désire m'en assurer en votre compagnie.

Au-dessous de la galerie dans laquelle se trouvaient nos deux personnages se fit tout à coup entendre le bruit d'une marche qui révélait le pas de plusieurs hommes. Un escalier seulement séparait lord Fitz-Alwine de ce secours providentiel ; aussitôt, profitant de l'inattention du forestier, occupé à se rendre compte de l'endroit où allaient aboutir les profondeurs de cette galerie, il s'élança avec une agilité extraordinaire pour son âge vers la porte dont l'ouverture plongeait sur l'escalier. Arrivé là, et au moment où il allait descendre les marches quatre à quatre, il sentit une main de fer se cramponner à son épaule. Le malheureux vieillard jeta un cri strident et se précipita le long des degrés. Impassible, et se contentant d'allonger le pas, Petit-Jean suivit le baron dont la course insensée devenait de minute en minute plus vive et plus rapide. Entraîné par l'espoir de rencontrer du secours, le baron poursuivait follement sa course, jetant des cris, appelant à l'aide. Mais ces cris entrecoupés restaient sans écho et se perdaient dans l'immense solitude des galeries. Enfin, après un quart d'heure de cette fuite étrange, le baron atteignit une porte ; il la repoussa avec une si grande vigueur que les deux battants s'ouvrirent, et il alla tomber éperdu dans les bras d'un homme qui s'était élancé au-devant de lui.

– Sauvez-moi ! sauvez-moi ! au meurtre ! s'écriait le baron ; saisissez-le ! tuez-le ! Et, en achevant de vociférer ces clameurs furieuses, lord Fitz-Alwine, à bout de forces, glissa des mains qui essayaient de le soutenir, et tomba de tout son long sur le plancher.

– Arrière ! cria Petit-Jean qui cherchait à repousser le protecteur du baron ; arrière !

– Eh bien ! Petit-Jean, dit une voix connue, est-ce que la colère vous aveugle à ce point que vous méconnaissiez vos amis ?

Petit-Jean jeta un cri de surprise.

– Comment ! c'est vous, Robin ? Vive Dieu ! voilà un hasard dont ce traître aura grandement à se féliciter ; car sans vous, je le jure, il était arrivé à sa dernière heure.

– Qui est donc ce malheureux que vous poursuivez ainsi, mon brave Jean ?

– Le baron Fitz-Alwine ! souffla Halbert à l'oreille de Robin, tout en cherchant à se dissimuler derrière le jeune homme.

– Le baron Fitz-Alwine ! s'écria Robin ; je suis vraiment enchanté de cette rencontre, elle va me permettre de lui adresser quelques questions de la plus haute importance pour des personnes que j'aime.

– Vous pouvez vous épargner la peine d'interroger Sa Seigneurie, répondit Petit-Jean ; j'ai appris d'elle tout ce que je désirais savoir, d'abord sur le sort d'Allan Clare, ensuite sur la situation de nos amis ; ils sont enfermés ici, et il me conduisait à leur cachot afin de les mettre en liberté ; ou, pour mieux dire, le traître faisait semblant de m'y conduire, car il a profité d'une minute d'inattention pour chercher à fuir.

Le regret de n'avoir pu réussir arracha au baron un gémissement lugubre.

– En vous promettant la mise en liberté de nos amis, il vous trompait, mon brave Jean : les chers garçons s'acheminaient vers Londres tandis que nous déjeunions à l'auberge.

– C'est impossible ! s'exclama Petit-Jean.

– C'est parfaitement vrai, répondit Robin Hood ; Hal vient de l'apprendre, et nous étions à votre recherche afin de vous faire sortir de l'antre du lion.

En entendant prononcer le nom d'Halbert, le baron releva la tête, jeta un regard furtif vers le jeune homme, et, entièrement édifié sur la fidélité de son guide, il reprit sa position de vaincu, grommelant en lui-même mille imprécations contre le pauvre Hal.

Le mouvement du baron n'avait pas échappé à l'attention inquiète d'Halbert.

– Robin, dit-il, Sa Seigneurie vient de me jeter un coup d'œil qui ne me promet pas de grandes récompenses pour l'amitié que je vous porte.

– Non, en vérité, murmura sourdement lord Fitz-Alwine et je n'oublierai pas ta traîtrise.

– Eh bien, mon cher Hal, répondit Robin, puisque votre séjour ici est devenu impossible, puisque notre présence au château est devenue inutile, allons-nous-en de compagnie.

– Attendez, ajouta Petit-Jean, je crois rendre un très grand service à tout le comté en le débarrassant à jamais de l'impérieuse domination de ce Normand maudit. Je vais l'expédier à Satan.

Cette menace fit bondir le baron, qui en un instant se dressa sur ses maigres jambes.

Hal et Robin allèrent fermer les portes.

– Bon forestier, murmura le vieillard, honnête archer, mon cher petit Hal, ne vous montrez pas sans pitié ! je suis innocent du malheur qui est arrivé à vos amis : ils ont attaqué mes hommes, mes hommes se sont défendus ; n'est-ce pas bien naturel ? Les braves garçons tombés entre mes mains, au lieu d'être pendus comme ils dev... comme ils méri... je veux dire comme ils auraient dû s'y attendre, ont été épargnés et envoyés à Londres. Je ne savais pas que vous dussiez venir aujourd'hui me demander leur liberté ; si j'en avais été prévenu, bien certainement les bons garçons... n'auraient à l'heure présente plus rien à désirer. Réfléchissez ; au lieu de vous mettre en colère, soyez des juges et non des bourreaux. Je vous jure de demander la grâce de vos amis. Je vous jure encore de pardonner à Halbert l'indi... la légèreté de sa conduite, et de lui conserver la bonne place qu'il occupe près de moi.

Tout en parlant, le baron prêtait l'oreille au moindre bruit, espérant, mais en vain, un secours qui ne lui venait pas.

– Baron Fitz-Alwine, dit gravement Petit-Jean, je dois agir selon les lois qui régissent nos forêts : vous allez mourir.

– Non ! non ! sanglota Sa Seigneurie.

– Ecoutez, je vous prie, sir baron. Je parle sans colère. Il y a six ans, vous avez fait brûler la maison de ce jeune homme ; sa mère a été tuée par un de vos soldats, sur le corps de cette pauvre femme nous avons juré de punir son meurtrier.

– Ayez pitié de moi ! gémit le vieillard.

– Petit-Jean, dit Robin, épargnez cet homme en faveur de l'angélique créature qui lui donne le nom de père. Milord, ajouta Robin en se tournant vers le baron, promettez-moi d'accorder à Allan Clare la main de celle qu'il aime, et vous aurez la vie sauve.

– Je vous le promets, sir forestier.

– Tiendrez-vous votre parole ? demanda Petit-Jean.

– Oui.

– Laissez-le vivre, Jean ; le serment qu'il vient de vous faire est enregistré au ciel ; s'il y manque, il vouera son âme à une damnation éternelle.

– Je crois que c'est déjà fait, mon ami, répondit Jean, et je ne puis me résigner à lui voir accorder ainsi grâce entière.

– Ne vous apercevez-vous donc pas qu'il est déjà à moitié mort de peur ?

– Oui, oui ; mais à peine serons-nous à cent pas d'ici qu'il nous fera poursuivre par toute sa troupe. Il nous faut mettre un obstacle à ce dangereux dénouement.

– Enfermons-le dans cette chambre, dit Hal.

Lord Fitz-Alwine lança au jeune homme un regard chargé de haine.

– C'est cela, repartit Robin.

– Et les cris qu'il poussera une fois seul ? et le tapage qu'il fera ? y songez-vous.

– Alors, dit Robin, attachez-le sur un siège, avec la bande de peau de cerf qui entoure votre ceinture, et bâillonnez-le avec le manche de son propre poignard.

Petit-Jean s'empara du baron, qui n'osa point se défendre, et le lia fortement au dossier du fauteuil.

Cette précaution prise, les trois jeunes gens gagnèrent en toute hâte la cour du pont-levis, et le gardien, qui était un ami de Hal, ne fit aucune difficulté pour le laisser passer.

Tandis que nos amis se dirigeaient rapidement vers la demeure de Grâce May, Geoffroy, exaspéré par l'impatience, montait à l'appartement du baron.

Arrivé devant la porte, il frappa d'abord un coup très léger ; puis, ne recevant pas de réponse, il heurta plus fortement ; personne ne répondit. Effrayé de ce silence, Geoffroy appela le baron ; mais l'écho de sa propre voix lui répondit seul. Alors, à l'aide de sa puissante épaule, il enfonça la porte.

La chambre était vide.

Geoffroy parcourut les salles, les couloirs, les passages, les galeries, criant de toutes ses forces :

– Monseigneur ! monseigneur ! où donc êtes-vous ?

Enfin, après une longue recherche, Geoffroy eut le plaisir de se trouver en présence de son maître.

– Milord ! seigneur ! qu'est-il arrivé ? s'exclama Geoffroy tout en déliant le baron.

Celui-ci, pâle de rage, répondit d'un ton furieux :

– Faites lever le pont-levis, ne laissez sortir personne, fouillez le château, trouvez un grand coquin de forestier qui s'y cache, liez-le, apportez-le-moi ; faites pendre Hal. Allez donc, imbécile ! mais allez donc !

Le baron, épuisé de fatigue, se traîna vers sa chambre, et Geoffroy, le cœur gonflé du séduisant espoir de s'emparer de Petit-Jean, alla donner les ordres multiples qu'il venait de recevoir.

Une heure après, et tandis qu'on bouleversait le château pour y découvrir Petit-Jean, Hal, qui avait fait ses adieux à la jolie Grâce May, traversait avec ses amis la forêt de Sherwood, dans la direction de Gamwell.

19

Lorsque le baron Fitz-Alwine fut entièrement remis de sa terreur et de ses fatigues, il ordonna à ses gens de faire une enquête dans la ville de Nottingham, afin d'y découvrir les traces du forestier. Il va sans dire que le baron se promettait une éclatante revanche de l'insulte inouïe qui lui avait été faite.

Geoffroy apprit au baron la fuite d'Halbert, et l'annonce de cette dernière nouvelle porta au comble de l'exaspération la colère du châtelain.

– Misérable coquin ! dit-il à Geoffroy, si tu as encore la maladresse de laisser échapper le brigand qui s'est présenté devant moi avec le titre de ton ami, tu seras pendu sans miséricorde.

Jaloux de regagner l'estime et la confiance de son maître, le robuste serviteur se livra consciencieusement à la recherche du forestier. Il parcourut la ville, fouilla ses environs, interrogea les aubergistes du pays, et se démena si bien qu'il arriva à savoir que le premier gardien de la forêt de Sherwood, sir Guy de Gamwell, avait un neveu dont le signalement répondait en tout point à celui du beau forestier. Geoffroy apprit encore que ce jeune homme habitait la maison de son oncle, et que, à en juger sur la description faite par les croisés du chef de la bande nocturne, ce personnage parent de sir Guy n'était autre que l'antagoniste du baron et le vainqueur de Geoffroy.

L'homme qui avait donné au soldat ces précieux renseignements avait encore ajouté qu'un jeune archer, d'une adresse à l'arc pour ainsi dire devenue proverbiale, et nommé Robin Hood, habitait également le château de Gamwell.

Comme on doit bien le penser, Geoffroy courut en toute hâte communiquer au baron ce qu'il venait d'apprendre.

Lord Fitz-Alwine écouta paisiblement le prolixe récit de son serviteur, ce qui révélait de sa part une grande faculté de patience, et aussitôt la lumière se fit dans son esprit. Il se souvint que Maude, ou Isabel, ainsi que le baron nommait d'ordinaire la suivante de sa fille, avait trouvé un asile au hall de Gamwell, et que là sans doute devaient être réunis Robin Hood, le chef de la bande, ainsi que Petit-Jean et les hommes qui composaient cette bande insolente.

De nouveaux renseignements confirmèrent l'exactitude du rapport de Geoffroy, et lord Fitz-Alwine se décida sur-le-champ à déposer au pied du trône de Henri II une plainte sévère contre les forestiers.

Le moment était bien choisi. A cette époque, Henri II, qui s'occupait activement de la police intérieure de son royaume, qui cherchait à y introduire le respect de la propriété territoriale, écoutait avec attention les récits de vols et de pillages qui lui étaient faits par ses rapporteurs.

Par ordre du roi, les coupables, appréhendés au corps, étaient d'abord incarcérés ; puis des prisons de l'Etat ils passaient soit dans les rangs subalternes de l'armée, soit sur les pontons des vaisseaux en croisière.

Lord Fitz-Alwine obtint une audience de la justice de Henri II, et il exposa au roi, en l'exagérant beaucoup, la cause de ses griefs contre Robin Hood. Ce nom attira vivement l'attention du prince ; il demanda de nouvelles explications, et apprit ainsi que ce même Robin Hood était celui qui avait revendiqué des droits au titre et aux biens du dernier comte de Huntingdon, prétendant descendre en ligne directe de Waltheof, à qui le comté de Huntingdon avait été accordé par Guillaume Ier. La demande de Robin Hood, comme on le sait, avait été repoussée, et son adversaire, l'abbé de Ramsay, était resté en possession de l'héritage du jeune homme.

En découvrant que l'agresseur du baron n'était autre que le prétendu comte de Huntingdon, le roi se mit dans une grande colère, et condamna Robin Hood à la proscription. Il décréta en outre que la famille Gamwell, protectrice avouée de Robin Hood, serait dépouillée de ses biens et chassée de son territoire.

Un ami de sir Guy, qui eut connaissance du cruel jugement rendu contre le pauvre vieillard, s'empressa de lui expédier une dépêche. Cette affreuse nouvelle jeta la consternation dans la paisible demeure de Gamwell ; les villageois, promptement instruits du malheur qui venait frapper leur maître, se réunirent autour du château et s'écrièrent avec sir Guy qu'il fallait défendre l'approche du hall, qu'ils mourraient en combattant plutôt que de céder un pouce de terrain. Sir Guy possédait une belle propriété dans le comté de Yorkshire, Robin Hood savait cela, et, conseillé par Petit-Jean, il supplia le vieillard de quitter Gamwell et de conduire sa famille dans cette retraite assurée.

– Je ne me soucie guère des derniers jours qui me restent à vivre, répondit le baronnet en essuyant d'une main tremblante les larmes qui rougissaient sa paupière. Je ressemble aux vieux chênes de nos forêts, auxquels le plus léger vent enlève une à une leurs dernières feuilles. Mes enfants quitteront aujourd'hui même cette maison en ruine ; mais, quant à moi, je n'ai ni la force ni le courage de déserter le toit de mes pères. Je suis né ici, ici je mourrai. N'exigez pas mon départ, Robin Hood, le foyer de mes ancêtres me servira de tombe ; comme eux je dormirai au seuil qui m'a vu naître, comme eux je défendrai ma porte contre une invasion étrangère. Emmenez ma femme et mes filles... Mes garçons, j'en suis certain, n'abandonneront pas leur vieux père ; avec lui ils défendront le berceau de notre race.

Les prières de Robin et les supplications de Petit-Jean trouvèrent le baronnet insensible ; il fallut renoncer à l'espoir de l'éloigner de Gamwell, et, comme les circonstances demandaient une très grande promptitude d'action, on s'occupa immédiatement d'organiser le départ des femmes.

Lady Gamwell, ses filles, Marianne, Maude et les servantes de la maison, confiées à une troupe de villageois fidèles, devaient, à la nuit tombante, s'éloigner du hall.

Lorsque les préparatifs de ce douloureux départ furent achevés, la famille se réunit dans la grande salle, et Robin Hood, après s'être assuré de l'absence de Marianne, se dirigea en toute hâte vers l'appartement de la jeune fille.

– Robin ! cria tout à coup une voix entrecoupée par les sanglots.

Le jeune homme tourna la tête et aperçut miss Maude tout en larmes.

– Cher Robin, dit la jeune fille, je désire vous parler avant de quitter le hall. Hélas ! mon Dieu ! peut-être ne nous reverrons-nous jamais !

– Chère Maude, calmez-vous, je vous prie, et ne vous laissez pas dominer par la souffrance d'une pensée aussi triste. Nous serons bientôt réunis, je vous le jure.

– Je voudrais pouvoir vous croire, Robin ; mais, en vérité, c'est impossible : je connais le danger qui nous menace, la défense que vous allez tenter présente des difficultés presque insurmontables. L'heure du départ approche, permettez-moi, Robin, de vous témoigner ma gratitude pour toutes les constantes bontés que vous avez eues pour moi.

– Je vous en prie, Maude, qu'il ne soit jamais question entre nous de reconnaissance et de remerciement : souvenez-vous du pacte d'amitié que nous avons fait ensemble il y a six ans : je me suis engagé à vous aimer comme un frère, et vous m'avez promis la tendresse d'une sœur. Je me hâte d'ajouter que vous avez tenu parole et que vous avez été pour moi la plus tendre des amies et la meilleure des sœurs. Depuis cette époque je vous ai aimée chaque jour davantage.

– M'aimez-vous réellement, Robin ?

– Oui, Maude, voyez en moi un parent tout dévoué à votre bonheur.

– Vous avez toujours agi de manière à me convaincre de votre affection, cher Robin ; c'est pourquoi je me sens assez de confiance en la loyauté de votre caractère pour vous dire...

En achevant ces mots, la jeune fille fondit en larmes.

– Voyons, Maude, qu'avez-vous ? Mais parlez donc, petite niaise ; en vérité, vous me paraissez aussi timide que l'est un jeune faon.

La jeune fille, la tête ensevelie dans ses mains, continua de sangloter.

– Allons, Maude, allons, courage ! Que signifie ce désespoir ? qu'avez-vous à me confier ? Je vous écoute, parlez sans crainte.

Maude laissa retomber ses mains, leva les yeux, essaya de sourire, et dit :

– Je souffre beaucoup... Je pense à une personne qui a eu pour moi des bontés, des soins, des attentions...

– Vous pensez à William, interrompit vivement Robin.

La jeune fille rougit.

– Hourra ! cria Robin. Ah ! chère petite Maude, vous aimez ce brave garçon, que Dieu soit béni ! Je donnerais tout au monde pour voir Will à vos genoux. Il serait si heureux de vous entendre dire : « William, je vous aime. »

Maude essaya de nier qu'elle aimât Will autant que Robin semblait le croire, cependant elle fut obligée de convenir que, à force de penser au jeune homme, elle en était arrivée à ressentir pour lui un vif sentiment d'affection. Après cet aveu assez pénible à faire pour Maude, surtout à Robin, la jeune fille l'interrogea sur l'absence de William.

Robin répondit que cette absence, nécessitée par une affaire importante, n'avait rien d'inquiétant, et que sous peu de jours Will se retrouverait au milieu de sa famille.

Cet affectueux mensonge ramena le calme et la sérénité dans le cœur de Maude ; elle tendit à Robin ses joues colorées par les larmes, et après avoir reçu son fraternel baiser, elle se hâta de descendre dans la salle.

De son côté Robin entra dans l'appartement de Marianne.

– Chère Marianne, dit Robin en prenant entre les siennes les mains de la jeune fille, nous sommes sur le point de nous quitter, et peut-être pour longtemps. Permettez-moi, avant de nous séparer, de causer cœur à cœur avec vous.

– Je vous écoute, cher Robin, répondit affectueusement la jeune fille.

– Vous savez, n'est-ce pas, Marianne, reprit le jeune homme d'une voix frémissante, que je vous aime de toutes les forces de mon âme ?

– Vos actions m'en donnent journellement la preuve, mon ami.

– Vous avez confiance en moi, n'est-il pas vrai ? vous ajoutez une foi entière, complète, absolue, à la sincérité de mon amour, à la tendre abnégation de mon dévouement ?

– Oui, oui, sans doute ; mais pour quel motif me demandez-vous si je vous crois un honnête homme, un brave cœur, un véritable ami ?

Au lieu de répondre à la question de Marianne, Robin sourit tristement.

– En vérité, vous me faites peur, Robin ; parlez, je vous en supplie. L'expression sérieuse de votre visage, la gravité de vos manières et les questions étranges que vous m'adressez, me font craindre d'avoir à apprendre un malheur plus grand encore que ceux dont je suis accablée depuis si longtemps.

– Rassurez-vous, Marianne, dit doucement Robin, je n'ai point, Dieu merci, de mauvaises nouvelles à vous communiquer. Je n'ai à vous parler que de vous-même, et si j'insiste il ne faut pas m'en vouloir. En dépit de tout raisonnement, l'amour est égoïste, et mon amour va se trouver soumis à une rude épreuve. Nous allons nous séparer, Marianne, et peut-être pour toujours.

– Non, Robin, non, il faut avoir confiance en la bonté de Dieu.

– Hélas ! chère Marianne, je vois tout se détruire autour de moi, et mon cœur est brisé. Voyez cette digne et hospitalière famille : parce qu'elle m'a tendu une main secourable alors que j'étais errant et sans asile, on la condamne au bannissement, on lui confisque ses biens, on la chasse de sa maison. Nous allons défendre le hall, et tant qu'il restera une pierre liée à une autre pierre dans le village de Gamwell, je resterai debout à côté d'elle. La Providence dont vous espérez un secours ne m'a jamais abandonné dans le danger, et comme vous, Marianne, je me repose sur elle ; je combattrai, elle me protégera. Mais songez-y bien, Marianne, une ordonnance du roi m'a proscrit du royaume, je puis être pendu au premier arbre du chemin, ou envoyé à la potence par quelque espion, car ma tête est mise à prix. Robin Hood, comte de Huntingdon, ajouta fièrement le jeune homme, n'est plus rien aujourd'hui ! Eh bien ! Marianne, vous m'avez donné votre foi, vous m'avez juré de devenir ma bien-aimée compagne ?

– Oui, oui, Robin.

– Ce serment, chère Marianne, je l'efface de mon cœur ; cette promesse, je veux la mettre en oubli. Marianne, ma très adorée Marianne, je vous rends votre liberté, je vous délie de votre engagement.

– Oh ! Robin, s'écria la jeune fille d'un ton de reproche.

– Je serais indigne de votre amour, Marianne, reprit Robin, si dans ma position actuelle je conservais l'espoir de vous nommer ma femme. Je vous laisse donc libre de disposer de votre main, et je vous prie seulement de penser quelquefois avec amitié au malheureux proscrit.

– Vous avez une bien triste opinion de mon caractère, Robin, répondit la jeune fille d'un ton blessé. Comment avez-vous pu croire un seul instant que celle qui vous aime fût à ce point indigne de votre amour ? Comment avez-vous pu croire que mon affection pût être infidèle au malheur ?

En achevant ces paroles, Marianne fondit en larmes.

– Marianne ! Marianne ! s'écria Robin éperdu, de grâce, écoutez-moi sans colère. Hélas ! je vous aime si ardemment que j'ai honte de vous condamner au partage de ma malheureuse destinée. Croyez-vous que je ne sois pas profondément humilié du déshonneur cruel attaché à mon nom, et que la pensée de me séparer de vous ne pénètre pas mon âme d'une amère souffrance. Mais, si je ne vous aimais pas, Marianne, je m'enfoncerais un couteau dans le cœur ; votre amour est le seul lien qui me rattache à la vie. Vous qui êtes habituée au luxe, chère Marianne, vous souffririez cruellement des atteintes de la pauvreté si vous deveniez la femme de Robin Hood, et, je vous le jure, je préférerais vous perdre à jamais, que de vous savoir malheureuse avec moi.

– Je suis votre femme devant Dieu, Robin, et votre vie sera la mienne. Maintenant, permettez-moi de vous faire quelques recommandations. Chaque fois que vous pourrez sûrement me faire parvenir de vos nouvelles, envoyez-moi un message, et, s'il vous est possible de venir me voir, venez, vous me rendrez bien heureuse. Mon frère reviendra auprès de nous, et par lui, je l'espère, nous réussirons à faire révoquer le cruel décret qui vous condamne.

Robin sourit tristement.

– Chère Marianne, dit-il, il ne faut point vous bercer le cœur d'un espoir chimérique. Je n'attends rien du roi. Je me suis tracé une ligne de conduite, et j'ai pris la ferme résolution de ne pas m'en écarter. Si vous entendez dire du mal de moi, Marianne, fermez vos oreilles à la calomnie ; car, par notre sainte mère, je vous jure de mériter toujours votre estime et votre amitié.

– Quel mal pourrais-je entendre dire de vous, Robin et quels projets avez-vous formés ?

– Ne m'interrogez pas, chère Marianne, je crois mes intentions honnêtes ; si l'avenir démontre qu'elles ne le sont pas, je serai le premier à reconnaître mon erreur.

– Je sais que vous êtes loyal et brave, Robin, et je prierai Dieu afin qu'il vous assiste dans toutes vos entreprises.

– Merci, ma bien-aimée Marianne ; et maintenant, adieu, ajouta Robin en refoulant les larmes qui baignaient ses paupières.

Enlacée par les bras de son malheureux ami, la jeune fille sentit à ce mot adieu ses dernières forces l'abandonner. Elle cacha son visage en pleurs sur l'épaule de Robin, et sanglota douloureusement.

Pendant quelques minutes, les deux jeunes gens restèrent ainsi muets, éperdus. Enfin une voix qui appelait Marianne vint les arracher à l'étreinte de ce dernier embrassement.

Ils descendirent, et Marianne, qui était déjà vêtue d'un costume d'amazone, monta sur le cheval qui lui était destiné.

Lady Gamwell et ses filles étaient tellement affectées de douleur qu'elles pouvaient à peine se maintenir sur leur selle.

Les servantes de la maison, pour la plupart mariées, leurs enfants, et quelques vieillards complétaient la cavalcade. Après une scène déchirante, les portes du hall se refermèrent sur les fugitifs, et, accompagnés d'une troupe d'hommes résolus, ils prirent le chemin de la forêt.

Une semaine s'écoula. Chaque jour de cette semaine d'anxieuse attente fut employé à fortifier Gamwell. Les habitants du village vivaient pour ainsi dire dans les tortures de la crainte, car chaque heure leur apportait l'épouvante du lendemain. Des sentinelles furent placées autour du hall, et, sous la direction de Robin, on construisit deux lignes de barricades qui devaient servir, sinon à arrêter la marche de l'ennemi, du moins à opposer à son approche les entraves d'une sérieuse défense. Ces barricades, élevées à hauteur d'homme, permettaient aux paysans de se tenir à l'abri des flèches meurtrières de leurs ennemis, tout en leur donnant le loisir de viser le point où devaient se porter leurs propres coups.

Il ne faut pas croire cependant que sir Guy se fît illusion sur le succès de sa défense, il la savait dangereuse et inutile ; mais il ne voulait pas se rendre sans avoir combattu, le noble et vaillant Saxon.

Robin était l'âme de la petite armée ; il surveillait les travaux, il encourageait les paysans, il fabriquait des armes, il se multipliait. Le village de Gamwell, autrefois si calme et si tranquille, était maintenant plein d'animation et de vie, la terreur avait fait place à l'enthousiasme, et les paisibles villageois se montraient fiers et heureux d'entrer en lutte ouverte avec les Normands.

Lorsque tous les préparatifs du combat furent terminés, une sorte de torpeur tomba sur Gamwell ; on eût dit que le calme, chassé par l'écho des clameurs guerrières, était revenu chez ses hôtes paisibles ; mais ce silence ressemblait à celui qui s'étend sur la nature quelques minutes avant l'orage. L'œil est inquiet, l'ouïe est tendue, on attend avec angoisse les grondements de la foudre.

L'ennemi se fit attendre pendant dix jours.

Enfin un des batteurs d'estrade qui avaient été postés dans la forêt vint annoncer l'approche d'une troupe d'hommes à cheval.

La nouvelle vola de bouche en bouche, on sonna le tocsin, et les paysans s'élancèrent comme un seul homme aux différents postes qui leur avaient été assignés. Blottis derrière le rempart de leurs barricades, ils s'y tinrent muets, l'arme tendue, attentifs à suivre du regard la marche rapide de l'ennemi.

N'apercevant personne, n'entendant aucun bruit qui pût révéler une tentative de défense, le chef des soldats de Henri II se frottait joyeusement les mains dans la persuasion où il était de surprendre les habitants de Gamwell. Cependant ce chef, qui connaissait le caractère des Saxons, qui savait par expérience, l'ayant appris à ses propres dépens, que ces vaillants hommes se battaient fort bien, s'était attendu à rencontrer des obstacles sur sa route. Le silence qui régnait dans la plaine lui causait donc un très-vif plaisir, il croyait pouvoir arriver à l'improviste.

La troupe normande se composait d'une cinquantaine d'hommes, les villageois étaient au nombre de cent ; comme on le voit, la force de ces derniers se trouvait supérieure à celle de l'ennemi, et de plus leur position était excellente.

Toujours persuadé qu'il allait fondre sur le village comme le fait un oiseau de proie sur un innocent passereau, le chef normand ordonna à ses hommes d'activer la marche de leurs chevaux. Ils obéirent, et d'un pas vif montèrent rapidement la colline.

A peine en eurent-ils atteint le sommet qu'une volée de flèches, de dards et de pierres les enveloppa des pieds à la tête. L'étonnement des soldats fut si grand qu'une seconde volée de flèches les atteignit avant même qu'ils eussent eu la pensée d'y répondre.

La chute de trois ou quatre soldats mortellement frappés fit jeter aux Normands un cri d'indignation ; ils aperçurent alors les barricades, s'élancèrent sur la première et la chargèrent avec fureur.

Vaillamment accueillis et repoussés avec force par les Saxons, invisibles dans leurs cachettes, les soldats comprirent qu'ils n'avaient d'autre parti à prendre que celui de se battre courageusement. Ils réussirent à s'emparer de la première barrière ; mais derrière celle-ci s'en trouvait une seconde, une troisième les arrêta encore. Ils avaient déjà perdu plusieurs hommes, et, pour comble de mécompte, il leur était impossible de voir s'ils parvenaient à abattre quelques-uns de leurs ennemis. Les Saxons, qui pour la plupart étaient des archers très-experts, ne manquaient jamais leur but, et leurs flèches jetaient la destruction au milieu de la petite armée.

Les soldats, désespérés de ne pouvoir se rencontrer face à face avec l'ennemi, commençaient à se plaindre. Le chef, qui saisit au vol ces murmures de découragement, ordonna à ses hommes d'opérer une fausse retraite, afin de contraindre les Saxons à sortir de leur secret asile. Cette ruse de guerre fut aussitôt mise en œuvre : les Normands feignirent de se retirer avec ordre, et ils étaient déjà à une certaine distance des barricades lorsqu'un cri annonça l'apparition des vassaux de sir Guy.

Sans arrêter la marche de sa troupe, le chef jeta un regard en arrière.

Les villageois couraient tumultueusement et dans un apparent désordre à la poursuite de leurs ennemis.

– Ne vous retournez pas, mes garçons, cria le chef ; laissez-les nous atteindre. Ils seront pris ! attention ! attention !

Les soldats, ranimés par l'espoir d'une éclatante revanche, continuèrent de s'éloigner.

Mais tout à coup, à la grande surprise du chef normand, les Saxons, au lieu de chercher à gagner les soldats de vitesse, s'arrêtèrent à la première barricade qui leur avait été enlevée, et de ce poste envoyèrent, avec une adresse incomparable, une nuée de flèches aux fuyards.

Le chef, exaspéré, ramena ses hommes sur le chemin déjà parcouru, et d'un bond furieux de son cheval, il se porta à la tête de la petite troupe. Soudain une pluie de flèches lancées par des mains sûres couvrit le malheureux Normand ; il chancela sur sa selle et, sans jeter un cri, roula comme une masse inerte au pied de son cheval, qui, blessé lui-même, bondit hors des rangs et alla tomber mort à quelques pas du cadavre de son maître.

Déjà abattus par l'insuccès de leurs efforts, les soldats furent complètement démoralisés en présence de ce nouveau malheur. Ils relevèrent le corps de leur chef, et, sans prendre le temps de compter les morts, d'enlever les blessés, ils s'éloignèrent du champ de bataille de toute la vitesse de leurs vigoureux chevaux.

Après avoir proclamé par des cris d'allégresse la fuite des soldats, les paysans s'occupèrent, non à les poursuivre, mais à recueillir les blessés et à enterrer les morts. Dix-huit Normands avaient succombé dans la lutte, y compris le chef emporté par ses hommes.

Les bons villageois étaient si joyeux d'avoir remporté la victoire qu'ils songeaient déjà à rappeler leurs femmes à Gamwell ; mais Petit-Jean fit clairement comprendre à ses naïfs compagnons que le roi ne bornerait pas sa vengeance à ce premier envoi et qu'il fallait s'attendre à recevoir la visite d'une troupe d'hommes plus considérable et se préparer à la bien recevoir.

En serviteurs dévoués de sir Guy, les vassaux se rendirent aux conseils de leur jeune chef ; ils fortifièrent les barrières et fabriquèrent de nouvelles armes. Par les soins de Petit-Jean, le hall fut approvisionné d'une grande quantité de vivres et mis en état de supporter les attaques d'un véritable siège. Une trentaine de paysans, alliés et amis des propriétaires de Gamwell, vinrent se joindre à la troupe villageoise, et, armés jusqu'aux dents, l'esprit en éveil, constamment sur la défensive, les braves Saxons attendirent la venue des sanguinaires Normands.

Le mois de juillet touchait à sa fin, et depuis quinze jours les villageois attendaient leurs dangereux visiteurs ; ils se préparaient à être attaqués aux premières heures du matin, parce que, selon toute probabilité, les Normands, fatigués d'une marche rapide par un temps de chaleur, prendraient à Nottingham une nuit de repos.

Un soir, deux habitants du village qui revenaient de Mansfeld, où ils étaient allés faire quelques acquisitions, annoncèrent à leurs amis qu'une troupe de soldats composée de trois cents hommes venait d'arriver à Nottingham, et qu'elle avait l'intention d'y passer la nuit afin de gagner sans fatigue le hall de Gamwell.

Cette nouvelle produisit une grande émotion ; mais cette émotion fit bientôt place à un sentiment de vigilante ardeur.

Le lendemain au point du jour, les villageois, réunis autour du moine Tuck, entendirent pieusement la messe, et Petit-Jean, qui avait uni ses prières à celles de ses hommes, se plaça au milieu d'eux, et, d'une voix douce et sonore, s'exprima ainsi :

– Mes amis, je désire vous parler avant que nous nous rendions mutuellement au poste où le devoir nous appelle ; mais je suis un homme peu lettré, et l'éloquence de la parole m'est inconnue. Tout homme a un talent qui lui est propre, le mien consiste à savoir manier le bâton et à tirer adroitement une flèche. Excusez-moi donc si je m'exprime mal, et écoutez-moi avec attention. L'ennemi approche, soyez prudents, et ne sortez de vos cachettes que dans un cas de nécessité absolue. Si vous êtes forcés d'attaquer l'ennemi corps à corps, faites-le avec calme, sans précipitation ; rappelez-vous bien que, s'il vous arrivait le malheur de perdre votre sang-froid, vous mettriez inévitablement en oubli les actes les plus importants à votre défense. Sachez-le bien, mes amis, une chose qui doit être bien faite ne doit point se faire à la hâte. Disputez pas à pas chaque pouce de terrain, frappez sans colère et ne manquez aucun de vos coups, car votre vie payerait votre erreur. Montrez à nos ennemis que chaque ligne de notre sol natal vaut l'existence d'un chien normand. Je vous le répète une fois encore, mes garçons, soyez calmes, vaillants et fermes, vendez chèrement aux soldats de Henri les avantages que la force du nombre et celle des armes peuvent leur faire obtenir. Hourra pour Gamwell et pour les cœurs saxons !

– Hourra ! crièrent joyeusement les vassaux, et d'une main ferme ils pressèrent leurs armes, et d'un œil étincelant ils cherchèrent au loin l'apparition de l'ennemi.

– Mes amis, cria Robin en s'élançant à la place que Petit-Jean venait d'occuper, souvenez-vous bien que vous vous battez pour vos foyers, souvenez-vous que vous défendez le toit qui abrite vos femmes, qui garde le berceau de vos enfants ; souvenez-vous que les Normands sont nos oppresseurs, qu'ils marchent sur nos têtes, qu'ils tyrannisent les faibles, et qu'ils n'étendent jamais la main que pour brûler, tuer ou détruire ! souvenez-vous qu'ici est la demeure de vos ancêtres, et que vous devez en défendre l'approche. Battez-vous avec courage, mes garçons, battez-vous tant qu'un souffle de vie sortira de vos lèvres !

– Oui, oui, nous nous battrons avec courage ! répondirent les hommes d'une seule voix.

Trois heures après le lever du soleil, le son d'un cor

annonça l'approche de l'ennemi. Les batteurs d'estrade rentrèrent à Gamwell, et bientôt, de même qu'à l'attaque précédente, les défenseurs du hall se firent invisibles.

Le corps ennemi avançait lentement, et il était facile de juger, d'après l'étendue qu'occupait sa marche, qu'il se composait réellement de deux à trois cents hommes.

Les cavaliers se réunirent au pied de la colline qu'il était nécessaire de monter avant d'apercevoir Gamwell, et, après un conciliabule de quelques minutes, la troupe se divisa en quatre parties. La première s'élança au galop sur la colline, la seconde mit pied à terre et suivit les cavaliers, la troisième tourna la colline du côté gauche, et la dernière se dirigea vers la droite.

Cette manœuvre, qui avait été prévue, fut contrecarrée, des défenses avaient été construites au pied des arbres qui croissent sur le sommet de la colline, et les interstices de ces arbres étaient remplis de broussailles et d'arbrisseaux si naturellement entrelacés que les soldats se félicitaient de la rencontre d'un abri auprès duquel il allait leur être loisible de se réunir, une fois qu'ils auraient atteint le sommet de la colline.

En approchant de ces arbres protecteurs, les Normands reçurent une volée de coups de flèches qui, tout en blessant les hommes, fit cabrer les chevaux, jeta la confusion parmi les soldats, et contraignit la troupe à descendre la colline plus rapidement qu'elle ne l'avait montée.

Les hommes envoyés aux côtés opposés de la colline furent accueillis d'une manière aussi désastreuse que l'avaient été leurs compagnons. En conséquence, il fut décidé que la marche, devenue impossible avec les chevaux, aurait lieu à pied. Les soldats abandonnèrent leurs montures, et, protégés par leurs boucliers, ils s'engagèrent résolument dans les trois chemins désignés par leur chef, tandis qu'une partie de la troupe, mise en réserve, dut attendre au bas de la colline le succès d'une première attaque contre les barrières.

Les Normands atteignirent rapidement la barrière, qui, d'une hauteur de sept pieds, était de distance en distance percée de meurtrières pour le passage des flèches. Au lieu de perdre un temps précieux à frapper des ennemis à l'abri de leurs coups, ils se mirent à escalader le rempart.

Les villageois n'essayèrent pas d'opposer une résistance inutile : ils se contentèrent de gagner la seconde barrière ;

les Normands surexcités par ce premier succès se précipitèrent confusément à la suite des villageois, et attaquèrent la nouvelle barricade avec une indicible fureur. Pendant un instant, les deux partis luttèrent presque corps à corps ; la bataille devenait sanglante, lorsqu'un signal appela les Saxons et les rejeta sous l'abri d'une troisième barrière.

Cette retraite fit alors apercevoir aux Normands qu'ils perdaient à chaque instant le terrain gagné.

Le capitaine réunit ses hommes afin de se concerter avec eux sur un plan d'attaque, et, tout en écoutant leurs avis, il regardait attentivement autour de lui.

Gamwell se trouvait placé au centre d'une vaste plaine, et la colline qui en quelque sorte lui servait de rempart était à la fois un chemin impraticable pour les chevaux et dangereux pour les hommes.

Le capitaine demanda à ses gens s'il se trouvait parmi eux un garçon qui connût la localité.

Cette question du capitaine, répétée de bouche en bouche, amena devant lui un paysan qui prétendit connaître le village de Gamwell où il avait un parent.

– Es-tu saxon ? coquin, demanda le chef en fronçant les sourcils.

– Non, capitaine, je suis normand.

– Ton parent est-il allié avec ces rebelles ?

– Oui, capitaine, car il est saxon.

– Comment est-il ton parent, alors ?

– Parce qu'il a épousé ma belle-sœur.

– Tu connais le village ?

– Oui, capitaine.

– Pourrais-tu conduire mes hommes à Gamwell par un autre chemin que celui-ci ?

– Oui, il y a au pied de la colline un sentier qui mène directement au hall de Gamwell.

– Au hall de Gamwell ? interrogea le chef ; où se trouve-t-il situé ?

– Là-bas, à votre gauche, capitaine ; c'est ce grand bâtiment entouré d'arbres. Il est habité par sir Guy.

– Le vieux rebelle que nous attaquons ? Ma foi ! le roi Henri aurait pu me donner une tâche plus facile que celle de faire sortir ce chien saxon de son chenil. Maintenant, coquin, puis-je me fier à toi ?

– Oui, capitaine, et, si vous suivez mes indications, vous verrez que je n'ai point menti.

– Je le désire pour tes oreilles, répondit le capitaine d'un ton menaçant.

– Je vous ai déjà rendu service, reprit l'homme, en vous guidant jusqu'ici.

– Sans doute, sans doute ; mais pour quelle raison ne m'as-tu pas d'abord indiqué ce chemin ?

– Parce que les Saxons se seraient aperçus du mouvement de la troupe, et auraient pris des précautions pour arrêter sa marche. Il est possible à une poignée de braves de protéger ce sentier contre un millier d'hommes.

– Il est situé, dis-tu, au pied de la colline ? demanda encore le chef.

– Oui, capitaine, sur la lisière de la forêt.

Celui-ci, très enchanté du renseignement, ordonna à une partie de sa troupe de se disposer à suivre le guide, tandis que lui, afin d'occuper sur un autre point l'attention des Saxons, allait commencer une nouvelle attaque.

Les projets du capitaine devaient être déjoués.

Le beau-frère du guide, qui en effet faisait partie des défenseurs de sir Guy, reconnut son parent, et, en le désignant à Petit-Jean, il lui fit remarquer l'espèce de conciliabule qui avait lieu entre lui et le chef.

Petit-Jean pressentit aussitôt la trahison du paysan ; il appela une trentaine d'hommes, et, sous le commandement d'un de ses cousins, il les envoya surveiller l'approche du chemin menacé d'invasion.

Ce soin pris, Petit-Jean fit appeler Robin Hood.

– Mon cher ami, lui dit-il, pourriez-vous atteindre avec votre arc un objet quelconque placé sur la colline ?

– Je le crois, répondit modestement le jeune homme.

– Ou, pour mieux dire, vous en êtes certain, reprit Petit-Jean. Eh bien ! suivez mon regard. Voyez-vous cet homme placé à la gauche du soldat qui porte sur sa tête un grand panache ? Cet homme, mon cher ami, est un perfide coquin, et je suis convaincu qu'il donne au chef des indications pour lui faire gagner Gamwell par le chemin de la forêt. Tâchez donc de tuer ce misérable.

– Volontiers.

Robin tendit son arc, et deux secondes après l'homme désigné par Petit-Jean fit un bond de douleur, jeta un cri et tomba pour ne plus se relever.

Le chef normand rassembla promptement ses hommes et se détermina à prendre les barrières d'assaut.

Les Saxons se défendirent bravement ; mais, inférieurs en nombre, ils ne purent empêcher l'escalade, et se retirèrent avec ordre dans la direction de Gamwell.

Les barrières franchies, les Normands gagnèrent facilement du terrain ; ils pénétrèrent dans le village, et une sorte de terreur panique s'empara des paysans. Ils allaient fuir lorsqu'une voix éclatante cria à pleins poumons :

– Saxons, arrêtez-vous ! celui qui a du cœur suivra son chef. En avant ! en avant !

Cette voix, qui était celle de Petit-Jean, ranima les forces défaillantes des villageois épouvantés ; ils se retournèrent, et, honteux de leur faiblesse, ils suivirent leur chef.

Celui-ci se précipita comme un lion vers un homme de haute taille qui partageait avec le chef principal le commandement de la troupe et qui, par l'ardeur de ses coups, avait causé l'effroi de ses hommes.

A la vue de Petit-Jean, qui s'avançait vers lui en courbant comme de flexibles roseaux les soldats qui tentaient de s'opposer à son passage, l'homme dont nous parlons s'arma d'une hache et s'élança à sa rencontre.

– Nous voici enfin en présence, maître forestier ! cria cet homme qui n'était autre que Geoffroy. Je vais me venger d'un seul coup de tout le mal que tu m'as fait.

Petit-Jean sourit dédaigneusement, et lorsque Geoffroy après avoir fait tournoyer sa hache, tenta de la faire descendre sur la tête du jeune homme, celui-ci, d'un geste prompt comme la pensée, la lui arracha d'entre les mains et la lança à vingt pas de lui.

– Tu es un misérable coquin, dit Petit-Jean, et tu mérites la mort ; mais, une fois encore, j'ai pitié de toi ; défends ta vie.

Les deux hommes, ou pour mieux dire les deux géants, car Geoffroy le Fort, on doit s'en souvenir, était d'une taille aussi remarquable que celle de Petit-Jean, commencèrent ce terrible combat. Il fut de longue durée, et la victoire, restée longtemps incertaine, se décida tout à coup en faveur de Petit-Jean, qui, concentrant toute sa vigueur dans un suprême effort, asséna un coup de son épée sur l'épaule de Geoffroy, et lui fendit le corps jusqu'à l'échine.

Le vaincu tomba sans pousser un cri, et les deux camps rivaux, qui avaient assisté en silence à cet étrange combat, regardaient avec une stupeur mêlée d'épouvante la terrible blessure produite par ce coup mortel.

Petit-Jean ne s'arrêta pas devant le corps de son ennemi ; il leva d'une main ferme son épée sanglante au-dessus de sa tête et traversa les rangs normands, semblable au dieu de la guerre, de la dévastation et de la mort.

Arrivé sur une éminence, le jeune homme porta ses regards en arrière ; il vit alors que, entourés par les Normands, les vassaux, malgré tout leur courage, étaient dans l'impossibilité de se défendre.

Aussitôt le jeune homme sonna du cor et donna l'ordre de la retraite ; puis, se précipitant de nouveau dans la mêlée, il fraya le chemin à ses hommes. Sa foudroyante épée tint pendant quelques minutes les soldats en respect, et les Saxons, secondant les intentions de leur chef, gagnèrent peu à peu la cour du hall. Réunis dans un seul corps et se battant en désespérés ils parvinrent à franchir les portes du château, déjà mis en état de résister aux attaques d'un siège.

Les Normands s'élancèrent sur les portes la hache à la main ; mais ces portes, en chêne massif, résistèrent à leurs efforts. Alors ils se mirent à rôder autour du vaste bâtiment dans l'espoir de découvrir une entrée mal défendue ; mais leur recherche, d'abord inutile devint bientôt dangereuse, car les Saxons jetaient du haut des fenêtres d'énormes pierres et les accablaient de flèches.

Le capitaine normand, effrayé du ravage que faisaient parmi ses hommes les projectiles lancés par les assiégés, les rappela à lui et après en avoir placé une centaine autour du hall, il descendit au village. Comme on le sait, les maisons de Gamwell étaient vides. Les soldats, autorisés par leur chef, fouillèrent les habitations ; mais à leur grande mortification, ils les trouvèrent non seulement désertes, mais encore vides de tout butin et de toute provision de bouche.

Comptant sur les ressources d'une prompte victoire, ils n'avaient point apporté de vivres, aussi étaient-ils dans un grand embarras. Ils témoignèrent leur mécontentement. Aussitôt le chef expédia dans la forêt une douzaine d'hommes réputés bons chasseurs, afin d'y tenter la prise de quelques cerfs. La chasse fut couronnée de succès ; les affamés se rassasièrent, et le capitaine, qui avait établi son camp dans le village, fit prendre du repos à une moitié de sa troupe, tandis que l'autre préparait les armes pour une attaque nocturne contre le bâtiment qui abritait les Saxons.

Plus heureux que leurs ennemis, les paysans avaient fait un excellent repas et s'étaient livrés au sommeil, après avoir relevé les morts et donné des soins aux blessés.

A la chute du jour, une éclatante lueur vint annoncer aux Saxons la nouvelle manœuvre de leurs ennemis : le village était en feu.

– Voyez, mon cher Petit-Jean, dit Robin Hood en montrant au jeune homme la lugubre clarté, les misérables brûlent sans miséricorde les chaumières de nos paysans.

– Et ils mettront le feu au hall, mon ami, répondit Petit-Jean avec tristesse ; il faut nous préparer à subir ce nouveau malheur. La vieille maison est entourée de bois, elle brûlera comme une botte de paille.

– Comme vous dites cela tranquillement ! s'écria Robin. N'est-il donc pas possible de prévenir cette odieuse tentative ?

– Nous emploierons tous les moyens qui se trouvent en notre pouvoir, mon cher Robin ; mais ne vous faites pas illusion, le feu est un ennemi difficile à vaincre.

– Regardez, Jean, voilà encore une autre chaumière qui brûle ; ils veulent donc incendier tout le village ?

– En avez-vous douté un seul instant, mon pauvre Robin ? Oui, ils détruiront notre cher Gamwell, et, lorsqu'ils auront achevé là-bas leur œuvre de démon, ils viendront essayer de mettre le feu ici.

Les paysans, désespérés, considéraient ce spectacle en jetant des cris d'indignation ; ils voulaient sortir du hall et satisfaire à l'heure même l'âpre désir de vengeance qui les mordait au cœur ; mais Petit-Jean, prévenu par un de ses cousins, accourut au milieu d'eux et leur dit d'une voix émue :

– Je comprends votre fureur, mes chers garçons ; mais de grâce ! attendez. Si nous pouvons nous défendre seulement jusqu'au point du jour, nous serons vainqueurs. Attendez, attendez, dans un quart d'heure les misérables seront ici.

– Les voilà ! dit Robin.

En effet, les Normands s'avançaient vers le château en jetant de grands cris et en portant à deux mains des tisons enflammés.

– A vos postes, enfants, à vos postes ! cria le neveu de sir Guy ; dirigez vos flèches avec attention, visez avec soin, et ne perdez aucun de vos coups. Quant à vous, Robin, restez auprès de moi, vous frapperez de mort ceux que je désignerai.

Les Normands entourèrent le château, et, tout en se tenant à distance des fenêtres et des barbacanes, ils lancèrent contre la porte des torches allumées ; mais ces torches, aussitôt atteintes par les torrents d'eau que versaient les paysans, s'éteignaient sans faire aucun mal.

Le feu fut suspendu, et une sorte de joyeux rugissement poussé par les soldats appela Petit-Jean et Robin à une fenêtre.

Précédés du chef, une dizaine de soldats traînaient un instrument qui, selon toute probabilité, devait servir à enfoncer la porte. Au moment où, sous la direction de leur capitaine, les Normands allaient établir la machine à la place qu'elle devait occuper, Petit-Jean dit à Robin :

– Envoyez donc une flèche à ce maudit capitaine.

– Je le veux bien ; mais il sera difficile de l'atteindre mortellement, car il est revêtu d'une cotte de mailles, et il faudrait pouvoir l'atteindre à la figure.

– Attention, dit Jean, préparez votre arc... tirez, mon cher Robin, mais tirez donc ! voilà son visage sous la lueur de la torche. La mort de cet homme nous sauvera.

Robin, qui suivait les mouvements du chef, tira tout à coup. La flèche partit. Le capitaine, frappé entre les deux sourcils, tomba en arrière. Les soldats éperdus se pressèrent confusément autour de leur chef, et un épouvantable désordre se mit dans les rangs.

– Maintenant, Saxons ! cria Jean d'une voix vibrante, envoyez une volée de flèches sur les incendiaires.

Cette nouvelle décharge fut tellement écrasante que les soldats restés debout se sentirent perdus. Ils allaient fuir lorsqu'un Normand, se plaçant de sa propre autorité à la tête de ses compagnons, leur proposa d'employer un dernier moyen pour contraindre les paysans à sortir de la forteresse. Un bosquet d'arbres, principalement composé de pins, se trouvait placé vis-à-vis de la façade intérieure du château, c'est-à-dire du côté des jardins. Les Normands, conduits par leur nouveau chef, scièrent à demi le tronc des arbres les plus rapprochés de la toiture du bâtiment, après en avoir au préalable enflammé les hautes branches. Petit-Jean, qui surveillait avec angoisse les rapides progrès de cette infernale destruction, laissa bientôt échapper un cri de fureur, et dit à Robin :

– Ils ont trouvé le moyen de nous obliger à sortir ; les arbres vont incendier le toit, et dans quelques instants le château sera enveloppé de flammes. Robin, faites tomber les porteurs de torches, et vous, mes amis, n'épargnez pas vos flèches. A bas les loups normands ! à bas les loups !

Les arbres, rapidement embrasés, tombèrent sur la toiture avec un bruit épouvantable, et une lueur rouge couronna bientôt le dôme du château.

Petit-Jean rassembla ses hommes dans la grande salle, les divisa en trois parties, se mit avec Robin Hood à la tête de la première, donna au moine Tuck le commandement de la seconde, confia la troisième à la direction du vieux Lincoln, et chacune de ces bandes se prépara à sortir du hall par une porte différente.

Sir Guy avait assisté d'un air impassible aux préparatifs de ce départ ; mais quand son neveu vint l'engager à quitter la salle avec lui, le vieux baronnet s'écria :

– Je veux mourir sur les ruines de ma maison.

Petit-Jean, Robin et les jeunes Gamwell supplièrent vainement le vieillard, vainement ils lui montrèrent la flamme empourprée qui jetait dans la salle une sanglante lueur, vainement ils lui parlèrent de sa femme, de ses filles, le vieux Saxon restait sourd à leurs prières, insensible à leurs larmes.

– Alerte ! alerte ! cria soudain Robin Hood ; la toiture va tomber.

Petit-Jean saisit son oncle, l'entoura de ses bras, et, malgré les plaintes du vieillard, malgré ses lamentations, il l'emporta hors de la salle.

A peine les Saxons eurent-ils franchi les portes du hall qu'un bruit sinistre se fit entendre : les étages, surchargés par la chute du toit, s'effondrèrent les uns après les autres, et la vieille demeure seigneuriale lança par ses ouvertures des trombes de flammes et de fumée.

Petit-Jean confia sir Guy à la garde de quelques hommes déterminés, et leur ordonna de prendre en toute hâte le chemin du Yorkshire.

L'esprit tranquille de ce côté-là, l'invicible Petit-Jean s'arma une fois encore de sa triomphante épée, et s'élança sur l'ennemi en criant :

– Victoire ! victoire ! Demandez grâce ! demandez merci !

L'apparition de Tuck, revêtu de sa robe de moine, jeta une terreur panique parmi les Normands ; pas un seul n'osa se défendre contre un membre de la sainte Eglise, et, saisis d'un soudain effroi, ils s'élancèrent, poursuivis par les Saxons, vers l'endroit où stationnaient les chevaux, se mirent lestement en selle, et s'éloignèrent à franc étrier. Des trois cents Normands arrivés le matin, il en restait à peine soixante-dix. Les villageois, enivrés de leur victoire, entouraient Petit-Jean, qui après avoir fait recueillir les blessés et les morts, parla ainsi à ses compagnons :

– Saxons ! vous avez donné la preuve aujourd'hui que vous étiez dignes de porter ce noble nom ; mais, hélas ! en dépit de votre vaillance, les Normands ont atteint leur but ; ils ont brûlé vos chaumières, ils ont fait de vous de pauvres bannis. Votre séjour ici est désormais impossible ; bientôt une nouvelle troupe de soldats enveloppera ces ruines, il faut donc vous en éloigner. Il nous reste encore un moyen de salut : la forêt nous offre un asile. Quel est celui de vous, enfant, qui n'a pas dormi sur la mousse du bois et sous le rideau ondoyant des vertes feuilles et des grands arbres ?

– Allons dans la forêt ! allons dans la forêt ! crièrent plusieurs voix.

– Oui, allons dans la forêt, répéta Petit-Jean ; nous y vivrons ensemble, nous travaillerons les uns pour les autres ; mais, pour que notre bonheur puisse s'appuyer sur la sécurité d'une constante harmonie, il faut vous nommer un chef.

– Un chef ? Alors ce sera vous, Petit-Jean.

– Hourra pour Petit-Jean ! répondirent les vassaux d'une voix unanime.

– Mes chers amis, reprit le jeune homme, je vous remercie infiniment de l'honneur que vous voulez me faire ; mais je ne puis l'accepter. Permettez-moi de vous présenter sur-le-champ celui qui est digne d'être placé à votre tête.

– Où est-il ? où est-il ?

– Le voici, dit Jean en posant sa main sur l'épaule de Robin Hood. Robin Hood, mes enfants, est un véritable Saxon, de plus il est brave. Sa discrétion et son jugement égalent la sagesse d'un vieillard. Vous voyez en Robin Hood le comte de Huntingdon, le descendant de Waltheof, fils bien-aimé de l'Angleterre. Les Normands, qui lui ont volé ses biens, lui disputent encore ses titres de noblesse ; le roi Henri a proscrit Robin Hood. Maintenant, mes garçons, répondez à ma demande : voulez-vous pour chef le neveu de sir Guy de Gamwell, le noble Robin Hood ?

– Oui ! oui ! s'écrièrent les paysans, flattés d'avoir pour chef le comte de Huntingdon.

Le cœur de Robin Hood bondissait de joie, ses plans secrets avaient donc enfin une espérance de réalisation. Il se sentait fier, et, disons-le, il se savait digne de remplir la difficile mission qui lui était dévolue par la tendresse de son ami. Après avoir promené sur les Saxons un regard étincelant, il se découvrit, et, la main appuyée sur le bras de Petit-Jean, il dit d'un ton ému :

– Mes amis, je suis heureux de voir que vous m'acceptez pour chef, et je vous en remercie du plus profond de mon cœur. Je ferai, soyez-en certains, tout ce qui dépendra de moi pour mériter votre estime et votre affection. Ma jeunesse pourrait être pour vous un sujet de crainte et de méfiance si je ne prenais le soin de vous dire que mes pensées, mes sentiments et mes actions sont ceux d'un homme qui a souffert, et par conséquent d'un homme fait. Vous trouverez en moi un frère, un compagnon, un ami, un chef dans les cas de nécessité absolue. Je connais la forêt, notre future demeure, et je m'engage à vous y trouver un asile sûr, à y rendre votre existence heureuse et agréable. Le secret de cet asile ne devra jamais être confié à personne ; nous serons nos propres gardiens, et il sera nécessaire de se montrer discret et prudent. Préparez-vous au départ, je vais vous conduire dans une retraite inaccessible à nos ennemis. Encore une fois, chers frères Saxons, je vous remercie de votre confiance ; elle sera méritée, je serai avec vous dans le malheur aussi bien que dans le bonheur.

Les préparatifs de départ furent bientôt faits, les Normands n'avaient rien laissé aux malheureux proscrits.

Trois heures après, Robin Hood et Petit-Jean, accompagnés des villageois, pénétraient dans une cave spacieuse située au centre de la forêt. Cette cave, parfaitement sèche, avait à son plafond de larges ouvertures qui permettaient à l'air et à la lumière de circuler librement dans toute son étendue.

– En vérité, Robin, dit Petit-Jean, moi qui connais le

bois aussi bien que vous, je suis émerveillé de votre découverte ; comment se peut-il faire que la forêt de Sherwood possède une demeure aussi confortable ?

– Il est probable, répondit Robin, qu'elle a été construite sous Guillaume Ier par des réfugiés saxons.

Quelques jours après l'installation de nos amis dans la forêt de Sherwood, deux hommes de leur bande, qui étaient allés faire des emplettes à Mansfeld, apprirent à Robin qu'une troupe composée de cinq cents Normands avait, ne pouvant mieux faire, achevé de démolir les murailles de l'hospitalière maison qui avait été le hall de Gamwell.

20

Cinq années s'écoulèrent.

La bande de Robin Hood, confortablement établie dans la forêt, y vivait en sécurité, quoique son existence fût connue des Normands, ses ennemis naturels. Elle s'était d'abord nourrie des produits de la chasse ; mais cette ressource, à la longue, aurait pu devenir insuffisante, ce qui avait obligé Robin Hood à pourvoir d'une manière plus certaine aux besoins de sa troupe.

En conséquence, après avoir fait garder les routes qui traversent en tous sens la forêt de Sherwood, il avait prélevé un impôt sur le passage des voyageurs. Cet impôt, quelquefois exorbitant si l'étranger surpris par la bande était un grand seigneur, se réduisait à fort peu de chose dans le cas contraire. Du reste, ces extorsions journalières n'avaient point les apparences du vol ; elles étaient faites avec autant de bonne grâce que de courtoisie.

Voici de quelle manière les hommes de Robin Hood arrêtaient les voyageurs :

– Sir étranger, disaient-ils en ôtant avec politesse la toque qui couvrait leur tête, notre chef, Robin Hood, attend Votre Seigneurie pour commencer son repas.

Cette invitation, qui ne pouvait être refusée, était donc accueillie avec un semblant de reconnaissance.

Conduit, toujours courtoisement, en présence de Robin Hood, l'étranger se mettait à table avec son hôte, mangeait bien, buvait mieux encore, et apprenait au dessert le chiffre de la dépense qui avait été faite en son honneur. Il va sans dire que ce chiffre était proportionné à la valeur financière de l'étranger. S'il se trouvait pourvu d'argent, il payait ; s'il n'avait sur lui qu'une somme insuffisante, il donnait le nom et l'adresse de sa famille, et l'on réclamait à celle-ci une forte rançon. Dans ce dernier cas, le voyageur, tout en restant prisonnier, était si bien traité qu'il attendait sans éprouver le moindre mécontentement l'heure de sa mise en liberté. Le plaisir de dîner avec Robin Hood coûtait très cher aux Normands, néanmoins on ne se plaignait jamais d'y avoir été contraint.

Deux ou trois fois une compagnie de soldats fut envoyée contre les forestiers ; mais, toujours honteusement vaincue, elle en arriva à déclarer que la bande de Robin Hood était invincible. Si les grands seigneurs étaient largement dépouillés, en revanche les pauvres gens, saxons ou normands, recevaient un cordial accueil. En l'absence de Tuck, on se permettait quelquefois d'arrêter un moine ; s'il consentait de bonne grâce à dire une messe pour la bande, il était généreusement récompensé.

Notre vieil ami Tuck se trouvait trop heureux en si joyeuse compagnie pour avoir eu un seul instant l'idée de se séparer d'elle. Il s'était fait construire un petit ermitage dans les environs de la cave, et il vivait plantureusement des meilleurs produits de la forêt. Il buvait toujours, le digne frère, du vin lorsqu'il avait le bonheur d'en rencontrer quelques bouteilles, de l'ale forte à défaut de vin, et de l'eau pure, hélas ! lorsque l'inconstante fortune lui retirait ses faveurs. Mais il va sans dire que le pauvre Gilles faisait alors une laide grimace, et qu'il déclarait fade et nauséabonde l'eau limpide du ruisseau. Le temps n'avait point apporté d'amélioration dans le caractère du brave moine. C'était toujours le même homme, hâbleur, bruyant, fanfaron et prêt à la riposte. Il suivait la bande dans ses excursions à travers la forêt, et c'était plaisir de rencontrer les gais compagnons aux visages riants, à la parole animée, qui, même en arrêtant les voyageurs, ne perdaient rien de leur aimable humeur. Ils se montraient à tous si visiblement heureux, si enchantés de leur manière de vivre, que la voix publique les nomma amicalement « les joyeux hommes de la forêt ».

Depuis près de cinq ans personne n'avait entendu parler

d'Allan Clare ni de lady Christabel ; on savait seulement que le baron Fitz-Alwine avait suivi Henri II en Normandie.

Quant au pauvre Will l'Ecarlate, il avait été enrôlé dans une compagnie.

Halbert, qui avait épousé Grâce May, habitait avec sa femme la petite ville de Nottingham, et il était déjà père d'une charmante fille de trois ans.

Maude, la jolie Maude, comme disait le gentil Williams, faisait toujours partie de la famille Gamwell, qui, nous l'avons dit, s'était secrètement retirée dans une propriété du Yorkshire.

Le vieux baronnet avait trouvé auprès de sa femme et de ses enfants l'oubli de son malheur ; il avait repris des forces, et sa florissante santé lui promettait une longue vie.

Les fils de sir Guy s'étaient faits les compagnons de Robin Hood, et ils vivaient avec lui dans la verte forêt.

Un grand changement s'était opéré dans la personne de notre héros : il avait grandi ; ses membres étaient devenus forts ; la beauté délicate de ses traits avait, sans perdre son exquise distinction, pris les formes de la virilité. Agé de vingt-cinq ans, Robin Hood paraissait avoir atteint sa trentième année ; ses grands yeux noirs pétillaient d'audace ; ses cheveux aux boucles soyeuses encadraient un front pur et à peine bruni par les caresses du soleil ; sa bouche et ses moustaches d'un noir de jais donnaient à sa charmante figure une expression sérieuse ; mais l'apparente sévérité de la physionomie n'ôtait rien à l'aimable enjouement de son caractère. Robin Hood, qui excitait au plus haut point l'admiration des femmes, n'en paraissait ni fier ni flatté, son cœur appartenait à Marianne. Il aimait la jeune fille aussi tendrement que dans le passé, et lui rendait de fréquentes visites au château de sir Guy. Le mutuel amour des deux jeunes gens était connu de la famille Gamwell, et on attendait pour conclure leur mariage le retour d'Allan ou la nouvelle de sa mort.

Au nombre des hôtes amicalement accueillis à Barnsdale (nom de la propriété du baronnet saxon) se trouvait un jeune homme qui adorait Marianne. Ce jeune homme, proche voisin de sir Guy (le parc de son château touchait aux limites de Barnsdale), était depuis quelques mois à peine de retour de Jérusalem, où il avait suivi une croisade, appartenant à l'ordre des Templiers.

Sir Hubert de Boissy était chevalier, et par conséquent voué au célibat.

Un matin, au retour d'une promenade faite à cheval dans les environs, sir Hubert aperçut Marianne à une fenêtre du château de son voisin. Il la trouva belle, désira la revoir et s'informa qui elle était. On le lui apprit. Aussitôt il se présenta à la porte du baronnet, s'annonça comme un voisin de bonne compagnie, offrit son amitié au vieillard et essaya de gagner sa confiance. C'était une conquête fort difficile à faire ; le vieux Saxon, qui détestait les Normands, se tint sur la réserve et accueillit avec une extrême froideur les avances du seigneur de Boissy. Fort peu découragé par ce premier échec, le chevalier revint à la charge. Alors, conseillé par la prudence, sir Guy se montra plus traitable. Quelques jours après cette seconde entrevue, Hubert rendit une visite aux dames de Gamwell, et, une fois admis au cercle de la famille, il se montra si franc, si affectueux, si aimable, que sir Guy, auquel il racontait de merveilleuses histoires, vit s'évanouir peu à peu le sentiment de méfiance que lui avait inspiré le seul aspect du Normand.

Les visites d'Hubert se multiplièrent, et il se conduisit avec tant d'adresse qu'il gagna complètement, sinon la confiance, du moins l'estime et l'amitié du vieillard, pour lequel il devint un très agréable compagnon. Galant avec les jeunes filles sans importunité, il partageait également entre elles ses prévenances et ses attentions. Il était donc impossible de se plaindre de son assiduité, elle paraissait être tout amicale ; Marianne la jugea ainsi, car il ne lui vint pas à la pensée d'en faire part à Robin. Cependant la jeune fille avait à redouter une rencontre fortuite entre les deux hommes dans le salon du château, et cette rencontre pouvait conduire Robin Hood à commettre quelque imprudence, car il était fort à présumer que le fougueux jeune homme ne pourrait voir d'un œil tranquille l'intimité d'un Saxon avec un ennemi de sa race.

Hubert de Boissy était un de ces hommes qui, sans posséder de grandes qualités physiques ou morales, ont le talent de plaire aux femmes et de s'en faire aimer. La souplesse de son caractère ayant toujours laissé croire à la bonté de son cœur, il avait eu dans le monde de véritables succès. Cet inexplicable engouement donna au jeune homme beaucoup de fatuité et une dose d'impudence qui ne lui permettait pas de supposer un refus sérieux de la part d'une femme honorée de son attention.

Les règles de l'ordre auquel appartenait Hubert, en lui interdisant le mariage, le soumettaient aux devoirs d'une vie chaste ; mais, à vrai dire, la plupart des templiers imitaient la conduite d'Hubert, qui, habitué au luxe d'une fortune princière, vivait dans le monde et menait l'existence d'un jeune homme entièrement libre de disposer de son cœur, de sa fortune et de ses loisirs.

Le premier regard qu'il obtint de l'innocente Marianne fit naître dans le cœur du chevalier une vive passion, et cette passion dissimulée à tous les yeux, ignorée de celle qui en était l'objet, devint un supplice pour Hubert. Tenu à distance par le froid maintien de la jeune fille, exaspéré par son dédaigneux mépris pour les usurpateurs normands, il se prit pour Marianne d'un amour haineux mêlé à la fois de désir et d'exécration.

Le chevalier avait assez de finesse et d'expérience pour comprendre que, à part le bon sir Guy, toute la famille supportait douloureusement sa présence. Il se sentait lui-même fort mal à l'aise auprès de ceux qu'il nommait ses amis, et contre lesquels il méditait lâchement une cruelle vengeance.

En dépit de la généreuse bonté de son caractère, il arrivait souvent au vieux baronnet de laisser paraître son mépris pour les Normands et de les qualifier d'épithètes injurieuses. Hubert contenait la rage que lui faisaient éprouver ces mortelles insultes ; il souriait d'un air indulgent, et poussait quelquefois la duplicité jusqu'à feindre de partager les opinions de son hôte, mais toutefois après avoir essayé de les combattre afin d'inspirer pour lui-même un sentiment de miséricorde et de sympathie.

Hubert possédait une remarquable intelligence, il jugeait vite et bien lorsque l'intérêt de ses passions exigeait une grande rapidité de coup d'œil. Il lui avait donc par conséquent été facile, dès la première entrevue qui l'avait mis à même de juger sir Guy, de s'apercevoir que le bon vieillard était un homme simple, franc, sincère et incapable de supposer chez les autres les mauvaises pensées qu'il n'avait pas lui-même.

Deux mois après la première visite d'Hubert au château, il s'y trouva traité en apparence comme l'est un véritable ami.

Winifred et Barbara, les deux filles du baronnet, se montraient poliment gracieuses envers le Normand ; mais il n'en était pas de même de la part de Marianne, qui se méfiait instinctivement de la fausse bonhomie du chevalier.

Hubert avait appris le prochain mariage de Marianne, mais il lui avait été impossible de découvrir le nom de son futur époux.

Un esprit moins ardent que ne l'était celui du chevalier eût reculé devant la glaciale réserve de Marianne ; mais, à vrai dire, Hubert obéissait plutôt à un sentiment de vengeance qu'à l'entraînement irrésistible d'un véritable amour. Il attendait l'heure propice à une soudaine déclaration ; il se proposait de tomber aux genoux de la jeune fille et de lui avouer d'un ton humble l'ardente tendresse qu'il ressentait pour elle. Mais, tout en guettant avec une patiente persévérance le moment de se trouver en tête à tête avec Marianne, Hubert essayait de surprendre le secret de son amour, se promettant bien, s'il y parvenait, de briser sous ses pieds ce dangereux obstacle.

Interrogés par les valets d'Hubert, les vassaux de sir Guy donnèrent sur le fiancé de Marianne de faux renseignements ; ils le baptisèrent d'un nom de fantaisie, et le chevalier, en dépit de ses ruses et de ses adroites investigations, resta sur ce fait dans la plus complète ignorance.

Néanmoins il réussit à savoir que le futur époux de Marianne était saxon, jeune et d'une beauté remarquable ; il apprit encore qu'on entourait de mystère les visites qu'il faisait au château. Le chevalier se mit en embuscade afin de surprendre l'arrivée de son rival et de le tuer au passage ; mais cette bienveillante intention fut déjouée, le jeune homme attendu ne vint pas.

Les choses en étaient là, Hubert n'avait encore révélé ni l'emportement de sa passion pour Marianne, ni la haine qu'il ressentait pour toute la famille, lorsque la fête d'un village situé à quelque distance du château y appela tous les membres de la famille Gamwell. Hubert sollicita la permission d'accompagner les dames, et cette permission lui fut gracieusement accordée.

Winifred, Maude et Barbara se promettaient un grand plaisir de cette petite excursion ; mais Marianne, qui attendait la visite de Robin Hood, prétexta un violent mal de tête pour avoir la liberté de rester seule au château.

La famille partit, les vassaux endimanchés la suivirent, et, à l'exception d'un homme de garde et de deux femmes de service, tous les habitants du logis s'éloignèrent de Barnsdale.

Restée seule, Marianne monta dans sa chambre, fit une jolie toilette, et se plaça auprès d'une fenêtre d'où elle pouvait plonger sur les différentes routes qui venaient aboutir au château. A chaque instant elle croyait entendre le son mélodieux du cor aérien, appel qui lui annonçait l'approche du bien-aimé. Alors sa charmante tête se penchait à demi, ses yeux pensifs brillaient d'un rapide éclat, ses lèvres sérieuses prononçaient un nom, et tout son être palpitait de joie, d'anxiété et d'attente. Mais le son ne s'était pas fait entendre, mais la silhouette entrevue n'avait pas allongé sa forme élégante sur le sable doré du chemin, et Marianne, ne voyant rien avec ses yeux, regardait en elle-même pour voir avec son cœur.

L'attente fut longue, et bientôt elle devint douloureuse. Marianne fouilla l'horizon, pénétra la profondeur des allées du parc, écouta tous les bruits, et, déçue dans son ardente espérance, elle se mit tristement à pleurer.

Assise dans un fauteuil et la tête appuyée sur une de ses mains, elle se livrait avec abandon à son naïf désespoir, lorsqu'un léger bruit lui fit lever les yeux.

Hubert était devant elle.

Marianne jeta un cri et voulut fuir.

– Pourquoi cette frayeur, miss ? me prenez-vous pour un fils de Satan ? Vive Dieu ! je croyais avoir le droit de supposer que ma présence dans la chambre d'une femme ne pouvait être pour elle un épouvantail.

– Excusez-moi, messire, balbutia Marianne d'une voix tremblante ; je ne vous ai pas entendu ouvrir la porte. J'étais seule... et...

– Vous me paraissez avoir une grande passion pour la solitude, charmante Marianne, et lorsqu'il arrive à un ami de vous surprendre dans votre retraite, vous lui montrez un visage aussi mécontent que s'il avait eu la maladresse d'interrompre une causerie amoureuse.

Marianne, un instant dominée par l'effroi, reprit bientôt le calme habituel à sa tranquille nature. Elle releva fièrement la tête, et d'un pas ferme se dirigea vers la porte. Le chevalier de Boissy l'arrêta au passage.

– Mademoiselle, dit-il, je désire causer avec vous ;

faites-moi donc le plaisir de m'accorder quelques instants. Je pensais en vérité que ma visite serait mieux accueillie.

– Votre visite, messire, répondit dédaigneusement la jeune fille, est aussi désagréable qu'elle a été inattendue.

– Vraiment ! s'écria Hubert, j'en suis fort peiné ; mais que voulez-vous, mademoiselle, il faut savoir subir ce que l'on ne peut empêcher.

– Si vous êtes gentilhomme, vous connaissez les usages du monde, sir Hubert ; il doit donc me suffire de vous inviter à me laisser seule.

– Je suis gentilhomme, ma belle enfant, répondit le chevalier d'une voix railleuse ; mais j'aime tellement la bonne société qu'il me faut une raison plus forte qu'un simple désir pour me décider à la quitter.

– Vous manquez à toutes les lois de la galanterie chevaleresque, messire, répondit Marianne. Veuillez alors me permettre de vous laisser dans un endroit où vous êtes venu sans être appelé ni désiré.

– Mademoiselle, reprit insolemment Hubert, je trouve bon aujourd'hui d'oublier la politesse en toute chose, et si mon intention n'est pas de me retirer, elle n'est pas non plus de vous laisser sortir. J'ai eu l'honneur de vous dire que je désirais causer avec vous, et comme les occasions d'un tête-à-tête sont aussi rares que votre beauté, il serait mal à moi de ne pas mettre à profit celle que j'ai conquise en prétextant à votre exemple une forte migraine. Veuillez donc m'écouter. Depuis longtemps je vous aime.

– Assez, messire, interrompit Marianne, il ne m'est pas permis d'en entendre davantage.

– Je vous aime, reprit Hubert.

– Oh ! s'écria Marianne, si le baronnet se trouvait auprès de moi, vous n'oseriez me parler ainsi.

– Evidemment, répondit le jeune homme avec insolence. (Une pâleur livide couvrit les joues de la pauvre enfant.) Vous avez de l'esprit et de l'intelligence, continua Hubert, il est donc inutile que je perde mon temps à vous combler de niaises flatteries. Cette manière d'agir aurait certainement une heureuse influence sur une jeune fille vaine et coquette ; mais vis-à-vis de vous elle serait oiseuse et de mauvais ton. Vous êtes fort belle, et je vous aime ; vous le voyez, je vais droit au but : voulez-vous me rendre une petite partie de mon affection ?

– Jamais ! répondit fermement Marianne.

– Voilà un mot qu'il serait prudent de ne point prononcer lorsqu'il arrive à une jeune fille de se trouver seule avec un homme fort épris de sa beauté.

– Ô mon Dieu ! mon Dieu ! s'écria Marianne en joignant les mains.

– Voulez-vous être ma femme ? Si vous y consentez, vous serez une des plus grandes dames du Yorkshire.

– Malheureux ! s'exclama la jeune fille, vous mentez honteusement aux serments que vous avez faits. Vous m'offrez une main qui n'est pas libre ; vous appartenez à l'ordre des Templiers, et le sacrement du mariage vous est interdit.

– Je puis être relevé de mes vœux, reprit le chevalier, et, si vous acceptez mon nom, rien ne pourra s'opposer à notre bonheur. Je vous le jure sur l'immortalité de mon âme, Marianne, vous serez heureuse ; je vous aime de toutes les forces de mon cœur, je serai votre esclave, je n'aurai d'autre pensée que celle de vous rendre la plus enviée des femmes. Marianne, répondez-moi ; ne pleurez pas ainsi ; voulez-vous me permettre d'espérer votre amour ?

– Jamais ! jamais ! jamais !

– Encore ce mot ! Marianne, ajouta Hubert d'un ton mielleux. N'agissez pas à la légère, réfléchissez avant de répondre. Je suis riche, je possède les plus beaux domaines de la Normandie, de nombreux vassaux ; ils seront vos valets, ils verront en vous la femme bien-aimée de leur seigneur, et vous serez l'idole de toute la contrée. Je couvrirai vos cheveux de perles fines, je vous comblerai des dons les plus précieux. Marianne, Marianne, je vous le jure, vous serez heureuse avec moi.

– Ne jurez pas, messire, car vous manqueriez à ce nouveau serment comme vous avez manqué à celui qui vous engage avec le ciel.

– Non, Marianne, j'y serai fidèle.

– Je veux bien ajouter foi à vos paroles, messire, reprit la jeune fille d'un ton plus conciliant ; mais je ne puis répondre aux désirs qu'elles expriment : mon cœur ne m'appartient pas.

– On me l'avait dit et je ne pouvais le croire, tellement cette pensée m'était odieuse. Est-ce vrai ? est-ce bien vrai ?

– C'est vrai, messire, répondit Marianne en rougissant.

– Eh bien ! soit ! je respecterai le secret de votre cœur si vous m'accordez quelquefois une parole bienveillante, si vous me dites que je puis espérer le titre de votre ami. Je vous aimerai si tendrement, Marianne, je vous serai si dévoué !

– Je ne veux point d'ami, messire, et je ne saurais reconnaître des droits à une affection qu'il m'est impossible de partager. Celui qui occupe mes pensées possède les seules richesses dont je puisse ambitionner la conquête : un noble cœur, un esprit chevaleresque et un caractère loyal. Je lui serai éternellement fidèle, éternellement attachée.

– Marianne, ne me jetez pas dans le désespoir, j'y perdrais ma raison. Je désire rester calme et me tenir vis-à-vis de vous dans les limites du respect ; mais si vous me traitez encore avec autant de dureté, il me sera difficile de dompter ma colère. Marianne, écoutez-moi ; vous n'êtes pas aimée aussi passionnément que je vous aime par cet homme qui peut vivre séparé de vous. Ô Marianne, soyez à moi ! Quelle est votre existence ici ? L'isolement au milieu d'une famille étrangère. Sir Guy n'est pas votre père, Winifred et Barbara ne sont pas vos sœurs. Le sang normand, je le sais, coule dans vos veines, et le dédain que vous me témoignez est un écho de la reconnaissance qui vous attache à ces Saxons. Venez, ma belle Marianne, venez avec moi, je vous ferai une vie de luxe, de plaisir et de fêtes.

Un dédaigneux sourire entr'ouvrit les lèvres de Marianne.

– Messire, dit-elle, veuillez vous retirer, les offres que vous me faites ne méritent même pas la politesse d'un refus. J'ai eu l'honneur de vous dire que j'étais fiancée à un noble Saxon.

– Alors vous repoussez, vous dédaignez mes offres, orgueilleuse jeune fille ? demanda Hubert d'une voix altérée.

– Oui, messire.

– Vous mettez en doute la sincérité de mes paroles ?

– Non, sir chevalier, et je vous remercie de vos bonnes intentions ; mais, je vous en prie une dernière fois, laissez-moi seule ; votre présence dans mon appartement me cause une peine très vive.

Pour toute réponse, le chevalier prit un siège et l'approcha de celui qu'occupait Marianne.

La jeune fille se leva, et, debout au milieu de la chambre, elle attendit le front calme et les yeux baissés le départ d'Hubert.

– Revenez auprès de moi, dit-il après un instant de silence, je ne veux point vous faire de mal, je veux obtenir une promesse qui, sans vous obliger à rompre votre mariage avec le mystérieux inconnu que vous aimez si tendrement, me donnera la force de supporter le souvenir de vos dédains. Je prie alors que j'ai le droit d'exiger, Marianne, ajouta Hubert en s'avançant vers la jeune fille qui, sans apparente précipitation, mais d'un pas ferme, se dirigea vers la porte. Cette porte est fermée, miss Marianne, et vos jolies mains se meurtriraient inutilement contre la serrure. Je suis homme de précaution, ma belle enfant ; il n'y a personne au château, et s'il vous prenait fantaisie d'appeler du secours, mes gens qui sont apostés à quelques pas de Barnsdale prendraient vos cris pour un ordre d'amener au bas du perron d'excellents chevaux tout sellés, et qui, bon gré, mal gré, vous emporteraient loin d'ici.

– Messire, dit Marianne d'une voix pleine de sanglots, ayez pitié de moi ; vous me demandez des choses qu'il m'est impossible de vous accorder, et la violence ne pourra rien sur mon cœur. Laissez-moi sortir ; vous le voyez, je ne crie pas, je n'appelle personne. Je vous estime assez pour croire que vos menaces d'enlèvement n'ont rien de sérieux ; vous êtes un homme d'honneur, et vous ne sauriez même avoir la pensée de commettre une action aussi lâche. Sir Guy vous aime, sir Guy a pour vous de l'estime, de la considération, auriez-vous le courage de mentir aussi cruellement à la généreuse amitié que vous avez fait naître ? Songez-y, toute la famille Gamwell serait au désespoir ; moi-même je... je me tuerais, chevalier.

En achevant ces mots, Marianne fondit en larmes.

– J'ai juré que vous seriez à moi.

– Vous avez fait là un serment insensé, messire, et si jamais votre cœur a battu d'amour pour une femme, songez dans quelle douloureuse situation elle se trouverait si, étant aimée de vous, un homme voulait l'obliger à renier cet amour. Vous avez peut-être une sœur, messire, pensez à elle ; moi j'ai un frère, et il ne survivrait pas à mon déshonneur.

– Vous serez ma femme, Marianne, ma femme chérie et respectée ; venez avec moi.

– Non, messire, non, jamais !

Hubert, qui s'était doucement rapproché de Marianne, voulut l'entourer de ses bras. La jeune fille échappa à cette odieuse étreinte, et, s'élançant à l'extrémité de la chambre, elle cria d'une voix retentissante :

– Au secours ! au secours !

Hubert, peu effrayé d'un appel qu'il savait devoir être sans effet, se prit cruellement à sourire, et parvint à saisir les mains de la jeune fille. Mais au moment où il tentait d'attirer Marianne à lui, par un geste rapide comme la pensée, la jeune fille arracha un poignard suspendu à la ceinture d'Hubert, et s'élança vers la fenêtre restée ouverte. La pauvre enfant tout éperdue allait se frapper ou se précipiter, lorsque le son d'un cor jeta ses notes harmonieuses dans le silence de la plaine. Marianne, à demi renversée sur la balustrade de la fenêtre, tressaillit faiblement ; puis elle releva la tête, et, la main toujours armée, l'ouïe tendue, le sein palpitant, elle écouta. Le son, d'abord vague et indistinct, se fit peu à peu clairement entendre, puis il éclata en fanfares joyeuses. Hubert, subjugué par le charme de cette mélodie inattendue, n'avait fait aucun mouvement offensif vers la jeune fille, mais lorsque le son du cor eut cessé de se faire entendre, il chercha à l'éloigner de la fenêtre.

– Au secours ! Robin, au secours ! cria Marianne d'une voix vibrante ; au secours ! vite, vite, Robin, mon cher Robin, c'est le ciel qui vous envoie !

Hubert, foudroyé de surprise en entendant prononcer ce nom redoutable, essaya d'étouffer les cris de Marianne ; mais la jeune fille se débattit avec une énergie et une force extraordinaires.

Tout à coup le nom de Marianne retentit au-dehors, le bruit d'une lutte succéda à cet appel ; puis la porte de l'appartement où se trouvait la jeune fille vola en éclats, et Robin Hood parut sur le seuil.

Sans jeter un cri, sans dire un mot, Robin bondit sur le chevalier, le saisit à la gorge et le jeta aux pieds de Marianne.

– Misérable ! dit le jeune homme en mettant son genou sur la poitrine d'Hubert, tu cherches à violenter une femme.

Marianne tomba en pleurant dans les bras de son fiancé.

– Soyez béni, cher Robin, dit-elle ; vous m'avez sauvé plus que la vie, vous m'avez sauvé l'honneur.

– Ma chère Marianne, répondit le jeune homme, je ne demande jamais à Dieu d'autre grâce que celle de me trouver auprès de vous à l'heure du danger. La sainte Providence a guidé mes pas, qu'elle soit glorifiée. Calmez-vous, vous me raconterez tout à l'heure ce qui s'est passé avant ma bienheureuse venue. Quant à vous, impudent coquin, continua Robin Hood en se retournant vers le chevalier qui venait de se relever, éloignez-vous ; je respecte trop profondément la noble jeune fille que vous avez eu l'audace d'insulter pour me permettre de vous frapper devant elle. Sortez...

Nous n'essayerons pas de dépeindre la rage du misérable séducteur, elle tenait de la folie. Ses yeux lancèrent sur le jeune couple un regard chargé de haine ; il grommela quelques mots indistincts, et, désarmé, raillé, insulté, honni, il gagna la porte, descendit en chancelant l'escalier qu'il avait franchi avec tant de joie, et s'éloigna du château. Robin Hood tenait Marianne pressée contre sa poitrine et la pauvre jeune fille continuait de pleurer, tout en essayant de témoigner à son sauveur toute la joie que lui donnait sa présence.

– Marianne, chère bien-aimée Marianne, disait Robin d'une voix attendrie, vous n'avez plus rien à craindre, je suis avec vous. Allons, levez vers moi ce charmant visage ; je désire lui voir une expression tranquille et souriante. Marianne essaya d'obéir à la tendre prière de son ami ; mais elle ne put prononcer un seul mot, tant son émotion était grande.

– Quel est ce jeune homme, mon amie ? demanda Robin après un silence, et en faisant asseoir à ses côtés la jeune fille encore tremblante.

– Un seigneur normand dont les propriétés avoisinent Barnsdale, répondit craintivement la jeune fille.

– Un Normand ! s'écria Robin. Comment se peut-il faire que mon oncle reçoive dans sa maison un homme qui appartient à cette race maudite ?

– Mon cher Robin, reprit Marianne, sir Guy, vous le savez, est un vieillard prudent et sage ; ne jugez pas sa conduite sous l'influence du sentiment de colère qui vous anime en ce moment. S'il a reçu les visites du chevalier Hubert de Boissy, croyez bien qu'une raison sérieuse lui en a fait une obligation. Autant que vous, peut-être plus encore, sir Guy déteste les Normands. Outre la raison de prudence qui a obligé votre oncle à accueillir les avances du chevalier, il y a encore la ruse, l'adresse, la mielleuse fourberie avec laquelle il est parvenu à s'insinuer dans les bonnes grâces de toute la famille. Sir Hubert se montrait si respectueux, si humble et si dévoué que tout le monde s'est laissé prendre à l'apparente loyauté de son caractère.

– Et vous, Marianne ?

– Moi, répondit la jeune fille, je ne le jugeais pas ; mais je trouvais dans son regard quelque chose de faux qui devait repousser la confiance.

– Comment est-il parvenu à s'introduire dans votre appartement ?

– Je ne sais. Je pleurais, parce que... Et la jeune fille rougit en baissant les yeux.

– Parce que ? interrogea tendrement Robin.

– Parce que vous ne veniez pas, dit Marianne avec un doux sourire.

– Chère bien-aimée !...

– Un léger bruit ayant attiré mon attention, je relevai la tête et je vis le chevalier. Il avait quitté sir Guy à l'aide de quelque prétexte, éloigné sans doute les femmes de service, et fait garder par ses gens les abords de la maison.

– Je sais cela, interrompit Robin ; j'ai renversé deux hommes qui avaient voulu me fermer le passage.

– Ô cher Robin, vous m'avez sauvée ! Sans vous j'étais morte ; j'allais me frapper lorsque j'ai entendu le son de votre cor.

– Où se trouve la demeure de ce misérable ? demanda Robin les dents serrées.

– A quelques pas d'ici, répondit la jeune fille en conduisant Robin du côté de la fenêtre. Venez, ajouta-t-elle ; voyez-vous ce bâtiment dont la toiture domine les arbres du parc ? Eh bien ! c'est le château du seigneur de Boissy.

– Merci, chère Marianne ; mais ne parlons plus de cet

homme, je souffre à l'idée seule que ses mains infâmes ont pu toucher vos mains. Parlons de nous, de nos amis ; j'ai de bonnes nouvelles à vous donner, chère Marianne, des nouvelles qui vous rendront bien heureuse.

– Hélas ! Robin, reprit tristement la jeune fille, je suis si peu habituée à la joie que je ne puis croire même à l'espérance d'un heureux événement.

– Et vous avez tort, mon amie. Voyons, oubliez ce qui vient de se passer, et tâchez de deviner le secret de mes bonnes nouvelles.

– Ô cher Robin ! s'écria la jeune fille, vos paroles me font pressentir un bonheur inespéré. Vous avez reçu votre grâce, n'est-ce pas ? vous êtes libre, vous n'êtes plus obligé de fuir le regard des hommes ?

– Non, Marianne, non, je suis toujours un pauvre proscrit ; je ne voulais pas parler de moi.

– Alors c'est de mon frère, de mon cher Allan ? Où est-il, Robin ? quand viendra-t-il me voir ?

– Il viendra bientôt, je l'espère, répondit Robin ; j'ai reçu de ses nouvelles par un homme qui s'est associé à ma bande. Cet homme, fait prisonnier par les Normands à l'époque fatale de notre rencontre avec les croisés dans la forêt de Sherwood, fut contraint d'entrer au service du baron Fitz-Alwine. Le baron est arrivé hier avec lady Christabel à son château de Nottingham. Naturellement le Saxon fait soldat est revenu avec lui, et sa première pensée a été de s'unir à nous. Il m'a donc appris qu'Allan Clare tenait un rang distingué dans l'armée du roi de France, et qu'il était sur le point d'obtenir un congé pour venir passer quelques mois en Angleterre.

– Voilà en vérité une heureuse nouvelle, cher Robin, s'écria Marianne ; comme toujours vous êtes le bon ange de votre pauvre amie. Allan vous aime déjà beaucoup, mais combien il vous aimera plus encore lorsque je lui aurai dit à quel point vous avez été généreux et bon pour celle qui, sans l'appui de votre protectrice tendresse, serait morte d'ennui, de chagrin et d'inquiétude.

– Chère Marianne, répondit le jeune homme, vous direz à Allan que j'ai fait tout mon possible pour vous aider à supporter patiemment la douleur de son absence ; vous lui direz que j'ai été pour vous un frère tendre et dévoué.

– Un frère ! ah ! plus qu'un frère, dit doucement Marianne.

– Chère bien-aimée, murmura Robin en pressant la jeune fille sur son cœur, dites-lui que je vous aime passionnément et que toute ma vie vous appartient.

Le tendre tête-à-tête des deux jeunes gens se prolongea longtemps, et s'il arriva à Robin de presser trop vivement entre les siennes les mains de sa belle fiancée, cette affectueuse caresse eut la chaste réserve d'un amour respectueux.

Le lendemain, au point du jour, Robin Hood monta à cheval, et, sans avertir personne de ce départ précipité, il gagna en toute hâte la forêt de Sherwood. Par ses ordres une cinquantaine d'hommes, placés sous le commandement de Petit-Jean, se rendirent à Barnsdale, et, cachés dans les environs du village, ils y attendirent les dernières instructions de leur jeune chef.

Le soir même, Robin Hood conduisit ses hommes dans un petit bois qui faisait face au château d'Hubert de Boissy, et leur raconta en peu de mots l'infâme conduite du chevalier normand.

– J'ai appris, ajouta Robin, qu'Hubert de Boissy se préparait à prendre une revanche terrible ; il a réuni ses vassaux, qui sont au nombre de quarante, et cette nuit il doit faire une descente sur le château de notre cher parent et ami sir Guy de Gamwell ; il se propose d'incendier les bâtiments, de tuer les hommes et d'enlever les femmes. Eh bien ! mes garçons, il a compté sans nous ; nous défendrons l'approche de Barnsdale ; la victoire ne peut être mise en doute. Adresse et courage, et en avant !

– En avant ! crièrent avec enthousiasme les joyeux hommes de la forêt.

Aux premières ténèbres de la nuit, les portes du château d'Hubert donnèrent passage à une troupe d'hommes qui prit à pas muets le chemin de Barnsdale. Mais à peine eut-elle franchi les limites de la propriété du Normand, qu'un cri de guerre passa au-dessus de sa tête et la glaça de terreur. Hubert s'élança au milieu de ses hommes, et, les encourageant de la voix et du geste, il se précipita du côté où s'était fait entendre cette menaçante clameur. Aussitôt les forestiers sortirent du bois et fondirent sur la petite troupe.

La bataille violemment engagée allait devenir sanglante, lorsque Robin Hood se rencontra face à face avec le chevalier de Boissy.

Le combat fut terrible. Hubert se défendit vaillamment ; mais Robin Hood, dont les forces étaient triplées par la colère, fit des prodiges de valeur et enfonça son épée jusqu'à la garde dans le cœur du chevalier normand.

Les vassaux demandèrent quartier, et Robin fut généreux ; son ennemi mort, il donna l'ordre d'arrêter le combat. Le château de Boissy fut livré aux flammes, et le seigneur de ce magnifique domaine pendu à un arbre du chemin.

Marianne était vengée.

Achevé d'imprimer en Italie
par GRAFICA VENETA
le 18 mars 2013.

1er dépôt légal dans la collection : octobre 1996.

ÉDITIONS J'AI LU
87, quai Panhard-et-Levassor, 75013 Paris

Diffusion France et étranger : Flammarion